胡世厚 校注

白朴集校注

中州古籍出版社
·郑州·

图书在版编目（CIP）数据

白朴集校注 / 胡世厚校注 . —郑州：中州古籍出版社，2023.5

ISBN 978-7-5738-0842-4

Ⅰ.①白… Ⅱ.①胡… Ⅲ.①中国文学－古典文学－作品综合集－元代　Ⅳ.① I214.72

中国国家版本馆 CIP 数据核字（2023）第 097142 号

BAIPU JI JIAOZHU

白朴集校注

策划编辑	马　达　刘　晓
责任编辑	高雪薇
责任校对	唐志辉
美术编辑	曾晶晶

出 版 社	中州古籍出版社（地址：郑州市郑东新区祥盛街 27 号 6 层　邮编：450016　电话：0371-65788693）
发行单位	河南省新华书店发行集团有限公司
承印单位	郑州市毛庄印刷有限公司
开　　本	710 mm×1000 mm　1/16
印　　张	44.75
字　　数	610 千字
印　　数	1—1000 册
版　　次	2023 年 5 月第 1 版
印　　次	2023 年 5 月第 1 次印刷
定　　价	120.00 元

本书如有印装质量问题，请联系出版社调换。

白朴画像

唐明皇秋夜梧桐雨

元 白仁甫

正名 高力士離合鸞鳳侶 安祿山反叛兵戈舉
楊貴妃曉日荔枝香 唐明皇秋夜梧桐雨

第一折

〔冲末扮張守珪引卒子上〕坐擁貔貅鎮朔方,每臨塞下受降王。太平時轄門靜,自把雕弓數鴈行。某姓張名守珪,見任幽州節度使,幼讀儒書,兼通韜略,為藩鎮之名臣,受心膂之重寄。且喜近年以來,邊烽息警,軍士休閒。昨日奚契丹部擅殺公主反叛,某命捉生使安祿山率兵征討,不見來回話。左右轅門前覷者,等來時報覆我知道。〔卒子云〕理會的。〔淨扮安祿山上〕軀幹魁梧膽力雄,六蕃文字頗皆通。男兒若遂平生志,柱地撑天建大功。自家安祿山是也。祖以來為營州雜胡,本姓康氏,母阿

戏画：明顾曲斋本《唐明皇秋夜梧桐雨》插图

裴少俊墙头马上

元 白仁甫 撰

第一折

（冲末扮裴尚书引夫人上）满腹诗书七步才，绮襟袖拂香埃。今生坐享荣华福，不是读书那里来。老夫工部尚书裴行俭是也。夫人郴氏，孩儿少俊，方今唐高宗即位，仪凤三年，自去年驾幸西御园见花木狼籍不堪，遂赏奉命前往洛阳不问权豪势要之家，拣奇花异竹和买花栽子。趂时栽接。为老夫年高奏过官里，教孩儿少俊承宣驰驿代其前去。自新正为

墙头马上

戏画：明元曲选本《裴少俊墙头马上》插图

董秀英花月東牆記

元白仁甫

冲末扮馬生上云　小生姓馬名彬字文輔祖貫臨陽人氏先父拜三原縣令不幸身亡小生年長二十五歲雪窗螢窗苦攻經史博古通今名譽文章自不可掩俺父親在日之時曾與松江府府尹董鏊為友嘗記得董府尹酒席之間問俺父親咱既為通家凡事皆當商量先父說別無甚事止有小兒馬彬年少頗肯向學未遂功名府尹見說聽明便道某有一女小字秀英頭与你令嗣為妻後來先父下世路途遙遠音信不通如今小生一者

董秀英花月東牆記

书影：明脉望馆抄校本《东墙记》

天籟集卷上

蘭谷白朴太素著

春從天上來

至元四年恭遇聖節真定總府請作壽詞

樞電光旋應九五飛龍大造登乾萬國冠帶一氣陶甄 天眷自古雄燕喜光臨彌月香浮動太液秋蓮鳳樓前 看金盤承露玉晁霏烟　梨園太平鈔選贊虎拜猊舡 鷺序鵷聯九奏虞韶三呼嵩嶽何用海上求僊但巖廊 高揆瓜瓞衍皇祚綿綿萬斯年快康衢擊壤同戴堯天

书影：清样友敬本《天籁集》

序

王永宽

  胡世厚先生花费六年时间完成了对元代戏曲作家白朴的古籍整理项目《白朴集校注》，前不久通过"特快专递"给我寄来了一份书稿，已列入计划由中州古籍出版社出版，让我为之写一篇《序》。我认真阅览之后，感到这是一项有分量、高质量的古籍整理成果，具有非常重要的出版意义与价值，应该给予全力支持。因此，我对于胡老师提出的写序的事不能推辞，就爽快地答应了，也正好利用这个机会谈一谈我的认识与感想，向胡老师请教，也和从事中国古代戏曲研究的同行朋友进行一次专业方面的学术交流。

  在学术界与出版界，古籍整理是非常重要的基础性工作。对于古代一位重要历史人物尤其是一位重要作家的研究，关于其著作的文本汇集整理与校注，常常是要首先进行的。可是，白朴的情况有一定的特殊性，他的戏曲作品及诗文散曲作品在流传过程中散失较多，其现存作品全部搜集起来非常困难。胡世厚先生在他80多岁高龄时才开始整理校注白朴的著作集，此书稿完成时他已是年届九十，他严谨不苟、孜孜不倦的治学精神让与他相识的人深受感动，更让比他年轻的学者同行深受鼓舞。我在阅读此书稿的过程中，对于胡世厚先生的品德与精神深表崇敬，对于他的这部新的重要学术成果的问世表示衷心的祝贺。

　　胡世厚先生进行白朴研究已有数十年。他从1980年春进入河南省社会科学院文学研究所，选择了中国古代文学的研究方向之后确定的第一个研究课题就是元曲四大家之一的白朴研究，很快就在《中州学刊》1981年第1期发表了《论白朴的杂剧〈墙头马上〉》，后来又陆续发表了十多篇研究白朴的生平与作品的文章，于1992年12月结集，定名为《白朴论考》，由中州古籍出版社出版。该书是胡世厚先生第一本专业学术研究论文集，非常郑重地请中山大学研究中国古代戏曲的著名学者王季思教授作序。王季思教授对于胡世厚先生的这本论文集进行了认真审读，给予了充分的肯定和好评，特别指出，胡世厚先生认为，"白朴的年代和他的戏剧创作时期，都早于王实甫二三十年"，这一解释非常合理，于是王季思教授在序文中说："白朴可能是受董解元说唱文学《西厢记诸宫调》的影响，并与之抗衡，争胜而创作杂剧《东墙记》的；王实甫是在董解元《西厢记诸宫调》的基础上，借鉴了白朴的杂剧《东墙记》而创作《西厢记》的。"（见《白朴论考》第2页）王季思教授的分析与判断肯定了胡世厚先生的观点是"独得之见"，这对于当时关于《西厢记》的研究产生了一定的影响，对于当时河南省社会科学院刚从事研究工作不久的年轻同志来说具有一定的教育和示范的意义。胡世厚先生本人也从自己学术上的初步成功，感受到从事学术研究的价值与乐趣，从此更加专心致志地在中国古代文学的学术园地里努力坚守，辛勤耕耘，不断取得新的更大的成就。

　　关于白朴研究，胡世厚先生在《白朴论考》出版之后，又继续进行着广度的拓展与深度的开掘。他自从1981年发表第1篇关于白朴研究的论文之后，到2012年发表《白朴晚年生活与卒地考》为止，在漫长的32年的岁月中，先后撰写了31篇研究白朴的文章。在《白朴论考》一书的基础上，他又增加了8篇论文，修改了《白朴传略》

和《白朴年谱》，编成《白朴著作生平论考》，于2014年出版。在此之前，胡世厚先生还曾与中国社会科学院文学研究所邓绍基先生合作，主编了《中国古代戏曲家评传》，其中的一篇《白朴评传》，即是由胡世厚先生撰写的，该书于1992年7月由中州古籍出版社出版。

胡世厚先生在研究白朴的过程中，也早就确立了整理校注白朴著作集的计划，只是由于他的专业研究工作头绪较多，这件事一直没有付诸实施；尤其是他在担任河南省社科联副主席职务之后，行政工作繁忙，因而一直没有抽出足够的时间来做白朴集的整理校注工作。到了2012年退休之后，胡世厚先生已年届八十，又耗费六年心血，编校了8卷12册的《三国戏曲集成》，由复旦大学出版社出版。这时胡世厚先生已经年过86岁，但是他依然宝刀不老，壮志未销，又继续贾其余勇，将白朴集的校注项目重新上马。又经过几年的努力，胡世厚先生终于完成了这部《白朴集校注》书稿，可以说了却一桩心愿，也为他数十年间所进行的白朴研究工作画上了一个圆满的句号。

《白朴集校注》的正文分为五编：

第一编，《白朴评传》，包括四章，分别论述白朴生平、白朴的杂剧、白朴的散曲、白朴的词集《天籁集》。这里的《白朴评传》，同胡世厚先生原来撰写的并且已经在刊物上发表过的旧作相比，有所增补，或是对于旧作的某些表述作了一些必要的更改，也吸纳了学术界关于白朴研究的某些新观点，代表着胡世厚先生研究白朴的整体成就，反映了作者进行学术研究能够与时俱进的创新精神与包容精神。

第二编，《白朴的杂剧》，包括存本、残曲、存目。据庄一拂《古典戏曲存目汇考》记述，白朴一生共写了16种杂剧，今存全本的杂剧有《唐明皇秋夜梧桐雨》《裴少俊墙头马上》《董秀英花月东墙记》3种，今仅存有残曲者《韩翠颦御水流红叶》《李克用箭射双雕》2种，此外仅存目者有《高祖归庄》《崔护谒浆》《幸月宫》《凤凰船》《梁山伯》《绝缨会》《钱塘梦》《银筝怨》《斩白蛇》《赚兰亭》《赶江江》共11种。白朴是中国文学史、戏曲史上重要作家，"元曲四大家"之一，戏曲作品是他的著作的主体，因而第二编是本书的主体。如今学术界对于当代学者古籍整理方面成果的价值认定，不仅要看他同前代学者相比做到了什么，更重要的是要看他同前代学者相比多做出了什么。白朴的戏曲作品《唐明皇秋夜梧桐雨》《董秀英花月东墙记》《裴少俊墙头马上》原来被收入《改定元贤传奇》《孤本元明杂剧》《古名家杂剧》《元曲选》等戏曲选本的时候，都是没有校注过的；当代20世纪王季思先生主编《全元戏曲》收录白朴杂剧，只校未注；张月中等主编《全元曲》收录白朴杂剧，只注未校。前代学者对于白朴戏曲作品的整理进行了可贵的筚路蓝缕的工作，这当然是应该给予肯定的成绩，但是客观上也存在着各种不足和遗憾。现在，胡世厚先生的工作正是在同前代学者的比较中显示出后来居上的优势。

  本书中，胡世厚对于白朴的全部戏曲作品，每一种在开头的位置都加写了《解题》，说明该作品的文献著录、剧中情节、本事来源、版本情况，以及其他需要指出的问题。《解题》既抓住作品的本质，又简明扼要，是胡世厚先生作者关于这一作品的主要观点的精练与浓缩。对于白朴尚存有全本的3种杂剧《唐明皇秋夜梧桐雨》《裴少俊墙头马上》《董秀英花月东墙记》，胡世厚先生都做了详细的注释，其中《唐明皇秋夜梧桐雨》在"校记"和"注释"之后附录了唐代白居易的《长恨歌》，《旧唐书》中的《后妃列传上·玄宗杨贵妃》（节录）和唐代陈鸿的《长恨歌传》，这些文献对于人们认识杂剧作品《梧桐雨》本身都是重要的原始资料。对于白朴的仅存有残曲的《韩翠颦御水流红叶》《李克用箭射双雕》2种，胡世厚先生也附录了有关文献，如宋代张实《流红记》，《旧五代史》中的《唐书·武皇本纪上》（节录），《新五代史》中的《唐本纪·庄宗上》（节录），以及《北史》中的《长孙道生列传附长孙晟》（节录）等，这也都是重要的原始资料。

第三编,《白朴的散曲》,收录散曲作品"小令"12 题、共 37 首,"套数"4 套。关于白朴的散曲,原来曾散见于一些选本中,当代学者也曾选收,皆未加校注。如今胡世厚先生都全部加了注释,并且写出了"解题",这些内容无疑也都具有研究的性质。

第四编,《白朴的词集<天籁集>》。这也是胡世厚先生非常下功夫并且最能体现编者学术功力的一编。因为《天籁集》的版本情况比较复杂,散失严重,前人的整理基础薄弱。白朴的词至清代才得以流传于世。现在能够见到的流传之本,清代刻本有 3 种,清代抄本有 7 种,此外又有 20 世纪以后的当代刊本。胡世厚先生把各种刊本、抄本加以比对、校勘,所花费的学术劳动量可想而知。《天籁集》原来的刊本、抄本都是没有校注过的;2005 年 5 月徐凌云的《天籁集编年校注》由安徽大学出版社出版,虽然有校注也不甚完备。现在,胡世厚先生不仅对《天籁集》作了完整的校记与注释,而且对每一首词都写了"解题",说明了这首词的写作时间、写作对象、写作背景等,这些都是胡世厚先生的研究成果,对于读者阅读以及专家学者研究白朴的词作都具有重要参考意义。

第五编,《附录》,包括"白朴家世生平资料","研究评述","白朴及其著作研究论著目录"。这些可以说是关于白朴的研究资料汇编,以前还没有人专门做过,胡世厚先生把它们汇辑在一起,分类编定,成为一部系统的关于白朴的个案研究资料,这对于白朴的学术研究,对于高校文科进行文学史、戏曲史、文化史的教学,都具有重要的实用价值。

从以上五编的内容来看,胡世厚先生完成的《白朴集校注》,实际上并不是单纯的对于白朴著作集的整理与校注,而是包括了对于白朴进行全面研究的许多内容,可以说是关于白朴研究的集大成著作,其中也涵盖着对于白朴全部著作的文本整理与校注。这样来观察问题，我们就更能充分理解胡世厚先生的良苦用心，而不至于低估胡先生这部书稿的价值与意义。此书的出版，将是学术界、出版界、文化界的一件大事，尤其是会受到中国古代文学研究领域专家学者及广大读者的关注，并为全国各大图书馆、资料库及专家学者个人收藏，显示出良好的社会效果与传世价值。

2023 年 1 月 16 日

自 序

2018年春，我耗费六年心血编校的8卷12册《三国戏曲集成》，由复旦大学出版社出版，了结一桩夙愿，心甚喜悦。此时此刻，使我想起了三十年前命运不济未能出版的《白朴集》。如今，我已年过90岁，但我不忍抛弃曾耗费六年心血校注的旧作。于是，我把旧书稿和有关资料找出来，尽余生之力，重新整理。

这部旧书稿，是我1980年春进入河南省社会科学院从事古代文学研究选择的第一个研究课题。对于白朴，我只是在大学读书时，知其是我国文学史和戏曲史上卓越的戏曲家，是元曲四大家之一，读过他的杂剧《唐明皇秋夜梧桐雨》《裴少俊墙头马上》和几首散曲，对其家世、生平及其他著作所知甚微。如今要研究他，就得从读他的作品做起。我首先搜集白朴的著作、前人研究白朴的论著以及与白朴有关的历史和戏曲资料。当时，尚未看到白朴著作的专集，且研究论著也很少。我只能从阅读、整理、校注白朴著作做起，并从阅读前人研究白朴论著的有关资料中，发现疑点、争论的不同观点和前人未论及的问题，以确定自己研究的题目。我用六年时间，对白朴的杂剧、散曲、词进行整理、考证、校注、评析，1986年完成了《白朴戏曲评注》，交给山西人民出版社，该社古籍编辑室负责人孙安邦先生决定出版并出具出版证明。后因该社古籍编辑室改制，成立山西古籍出版社，机构变动，人员调整，书不仅没出，书稿竟然也丢失了。我曾多次问孙安邦先生，他回答都是书稿无法找到，无法出书，并对此表示歉意。面对此情境，我无可奈何。1991年，河北师范大学中文系张月中先生主编《全元曲》，约我整理白朴的杂剧、散曲。丢失的书稿是手写稿，未复印留底稿，所以我只能遵照《全元曲》的体例，选择白朴杂剧、散曲的较好版本，重新标点注释，作为《全元曲》的一部分，1998年由河北教育出版社出版。1986年，我还将这六年间撰写的研究白朴杂剧、散曲、词及其家世、生平、交游、年谱的18篇文章，予以集结，编为《白朴论考》，由王季思先生作序，交给中州古籍出版社。因经费原因，直到1991年才出版面世。

1992年元旦，我突患脑梗死，住院四个月。一出院，组织上就批准我离职休养。这时，《白朴论考》已出版，又没有发现新的资料，我就将白朴研究暂时放下，转而研究其他课题。

2000年5月，我参加芜湖安徽师范大学主办的"第十三届全国《三国演义》学术讨论会"，老朋友山西省社会科学院孟繁仁先生告诉我，安徽六安市有一部《白氏宗谱》，可能是白朴的家谱。听到这一消息，我非常高兴。为了弄清《白氏宗谱》的真伪及其与白朴的关系，我于同年6月上旬就到安徽访书，在安徽省社科联、六安市委宣传部及苏埠镇党委帮助下，在白家庵看到了《白氏宗谱》，并得到白氏族长允许，予以复印。我如获至宝，仔细阅读，认真研究这16卷《白氏宗谱》，确认它是白朴裔孙精心编纂，续修11次，历经500年，真实可信的白朴家谱，解决了一些因无资料而不能解决的长期困扰学术界的问题。我连续写了《白朴与〈白氏宗谱〉》《白朴封赠及其诸子仕宦考》《白朴世系考补正》《〈白氏宗谱〉的发现及其意义》等多篇论文，在《文学遗产》《中州学刊》等书刊上发表。另外，在《白氏宗谱·老世传》中记载白朴"渡江而避，隐居金陵桐树湾，从诸故友放情山水……（卒）葬朱骆村之茔"，这个资料很重要，我欲亲自到南京考察，解开白朴隐居金陵桐树湾之谜。但由于杂事缠身和身体原因，这个愿望迟迟未能实现。2011年3月和5月，我两次到南京考察金陵桐树湾的地址和变迁，最终写成《白朴晚年生活与卒地考》一文，在扬州大学2011年10月主办的"第九届中国古代戏曲学会学术年会暨纪念徐沁君先生诞辰100周年学术研讨会"上，报告了我考察论证的结果，论文先收在《第九届中国古代戏曲学会年会暨纪念徐沁君先生诞辰100周年学术研讨会论文集》，后发表在《南大戏剧论丛（第八辑）》（2012年南京大学出版社出版）。

从1980年开始研究白朴，1981年《中州学刊》第1期发表第一篇《论白朴的杂剧〈墙头马上〉》起，到2012年发表《白朴晚年生活与卒地考》止，整整32年，后来，在这漫长岁月里，我先后撰写了31篇研究白朴的文章。后来我在《白朴论考》的基础上，增加了8篇文章，修改了《白朴传略》和《白朴年谱》，编成《白朴著作生平论考》一书，2014年出版。该书是我研究白朴32年成果的结晶。其中所收的26篇论文，涉及白朴的杂剧、散曲、词及其家世、生平、交游的方方面面，既有评论，又有考证。我不敢妄言，说它水平如何，但我可以说，我写的每篇文章，都是认真细心地进行思考，针对学界争论或未涉及的问题，选择题目，用自己的语言，表达自己的见解。至于妥当与否，自然须由学界同仁批评，历史检验。我自认为对得起学术良心，为继承弘扬传统文化尽了一点责任。

2012年5月19日，我曾在《研究白朴32年的回顾》一文中说道："学海无涯，研究亦无止境。我研究白朴及其著作虽然30余年，写过30多篇文章，但仍有许多问题，有待深入研究，有待新资料发现，进行缜密考证，取得新的突破、新的成果。如今，我已年过八十，进入迟暮之年，身患心脑血管及各种老年性疾病，精力大大衰退，但思维尚清晰，手还能握笔，期望在残年余生中，能为白朴研究再尽一点绵薄之力。"如今，6年过去了，我将履行诺言，整理校注白朴集，以了我未完成的心愿。

白朴一生共写了16部杂剧，今存杂剧《唐明皇秋夜梧桐雨》《裴少俊墙头马上》《董秀英花月东墙记》3种和残曲《韩翠颦御水流红叶》《李克用箭射双雕》2种，存目11种。另有散曲41首，其中小令37首、套数4首。还有词集《天籁集》，有词104首。且版本众多，历代校理者不乏其人。但七百多年来，却未有一本经过整理校注的白朴著作集。1984年6月，王文才《白朴戏曲集校注》由人民文学出版社出版，这是20世纪80年代以来白朴研究的重要成果。该书对白朴现存杂剧、散曲校勘注释，并将其词置于附编《天籁集编年》之后，但没有校勘注释。2005年5月，徐凌云《天籁集编年校注》由安徽大学出版社出版，该书是20世纪以来白朴词整理、校注和研究的重要成果。上述两书，王著侧重杂剧、散曲，徐作只重白词《天籁集》，均非留存著作的全集。另外，王季思主编《全元戏曲》收录白朴杂剧，只校未注；张月中等主编《全元曲》收录白朴杂剧、散曲，只注未校。历代特别是现当代研究白朴及其著作的成果甚丰，新见颇多。我拟在历代学人研究的基础上，吸取其研究成果，整理一本反映当代学术研究水平，接近原著，内容较为完备，可读性强并具有学术性、文献性的《白朴集校注》。

《白朴集校注》分为五编：第一编，白朴评传；第二编，白朴的杂剧；第三编，白朴的散曲；第四编，白朴的词集《天籁集》，附《天籁集》编年目录；第五编，附录，收录白朴家世生平资料、研究评述、白朴及其著作研究论著目录。该书不仅反映了我近40年研究白朴的心得，而且展现了历代，特别是近百年学界研究白朴的成果与信息，既可为专家、学者、研究人员等提供一部较为完备的白朴著作以供研究，又可为广大读者提供一部通畅的读本，对继承弘扬中华民族优秀传统文化有积极意义。

鉴于笔者学识水平有限,年老体衰多病,耳聋目昏,精力不济,书中难免有不当或错误之处,恳望学界同仁、专家学者和广大读者批评指正。

2023 年 1 月 28 日

凡　例

一、白朴是元曲四大家之一，是我国文学史、戏曲史上成就卓著的戏曲家、散曲家和词人。本书收录白朴今存全部作品：杂剧剧本3种、残曲2种、存目11种；散曲小令37首、套数4套；词104首。学界对某些作品是否为白朴著作尚有异见，在未见确证之前，今仍归白朴名下，待考。

二、本书校注，以保留原著面貌为主要原则，选用存世较早或较好的刻本或抄本为底本，以其他版本为参校本，择善而从，凡各本异文，均出校说明。

三、本书原本句读无标点处，曲依据曲谱格律，文依据文意，用新式标点符号断句标点。词依据2004年上海古籍出版社出版《中华韵典》中《词谱》标点。

四、本书校勘，旨在正讹、补脱、去衍、乙正。如认为底本某字为讹字，则于正文中直接订正；如认为某字脱去，则在正文中增加此字；如认为某字为衍字，则删去；如出现文字前后倒置，则直接在对应处乙正；如字有损坏或模糊，难以考补，用方形□代替。上述情况均出校记，说明校改原因依据；凡不辨正误者，说明待考。

五、本书注释，主要注释人名、地名、事件、典章制度、典故；

对于词语，释明词义，必要者，引用词源书证。

六、本书杂剧、散曲、词，每本或每首（组）前均写解题，杂剧（包括残本、存目）略述著录情况、剧本内容、本事来源、版本情况、流传影响、以何种版本作底本、参校何种版本、历代校点情况等。散曲、词，则分别统一说明存本情况、以何种版本作底本、参校何种版本、历年校勘情况。每首曲、词的解题只述其内容和著作年代，年代不详者，待考。

七、本书杂剧剧本的剧名、楔子、折数、唱词的宫调曲牌名，散曲的宫调曲牌名、题目，词的词牌名、题目，均依底本，若缺题目，不补。杂剧置于每折之后，曲、词置于每首（组）之后，皆先校记，后注释；正文句中标识的校记序号和注释的标识序号皆置于每一分句之后，即将同分句中需要注释的若干条内容统一处理。

八、本书对异体字、通假字和通用字区别对待。异体字应加以统一；通假字不校不改。元代戏曲特殊用字或习惯的通用字，如"们"作"每"、"杖"作"仗"、"伏"作"服"、"已"作"以"等，一般不做改动；若为避免发生歧义而有所改动，则一律出校说明。

九、剧曲、散曲的衬字。剧曲已标者或未标者、散曲未标者，今均依据1990年上海辞书出版社出版《元曲鉴赏词典》附录《元北曲谱简编》校补标出。

十、本书按杂剧剧本、杂剧残折、存目、散曲小令、套数、词的顺序排列；每本剧、每首曲词则按题目、解题、正文、校记、注释排列。

目 录

第一编　白朴评传

 第一章　白朴生平 ………………………………………… 3

 第二章　白朴的杂剧 ……………………………………… 12

 第三章　白朴的散曲 ……………………………………… 34

 第四章　白朴的词集《天籁集》 ………………………… 46

第二编　白朴的杂剧

杂剧

 唐明皇秋夜梧桐雨 ………………………………………… 69

  附：长恨歌 ……………………………………………… 108

   旧唐书·后妃列传上·玄宗杨贵妃（节录） ……… 109

   长恨歌传 …………………………………………… 110

 裴少俊墙头马上 …………………………………………… 113

 董秀英花月东墙记 ………………………………………… 155

残折

 韩翠颦御水流红叶 ………………………………………… 180

  附：流红记 ……………………………………………… 185

李克用箭射双雕 ………………………………… 188
　附：旧五代史·唐书·武皇本纪上（节录）……… 193
　　　新五代史·唐本纪·庄宗上（节录）…………… 193
　　　北史·长孙道生列传附长孙晟（节录）………… 194

存目

高祖归庄 …………………………………………… 195
崔护谒浆 …………………………………………… 196
幸月宫 ……………………………………………… 197
凤凰船 ……………………………………………… 198
梁山伯 ……………………………………………… 198
绝缨会 ……………………………………………… 199
钱塘梦 ……………………………………………… 200
银筝怨 ……………………………………………… 201
斩白蛇 ……………………………………………… 202
赚兰亭 ……………………………………………… 203
赶江江 ……………………………………………… 204

第三编　白朴的散曲

小令

仙吕·寄生草　劝饮。………………………………… 207
仙吕·醉中天　佳人脸上黑痣。……………………… 209
中吕·阳春曲　知几（四首）。……………………… 211
中吕·阳春曲　题情（六首）。……………………… 214
越调·小桃红　歌姬赵氏，常为友人贾子正所亲，携之江上，有数月留。后于过邓，径来侑觞。感而赋此，俾即席歌之。……………………………………………… 217

越调·天净沙　春夏秋冬（四首）……………………… 219
越调·天净沙　春夏秋冬（四首）……………………… 222
双调·驻马听　吹弹歌舞（四首）……………………… 225
双调·沉醉东风　渔夫……………………………………… 228
双调·庆东原　题阙（三首）……………………………… 230
双调·得胜乐　春夏秋冬（四首）……………………… 233
双调·得胜乐　题阙（四首）……………………………… 236

套数

仙吕·点绛唇　题阙………………………………………… 238
大石调·青杏子　咏雪……………………………………… 241
小石调·恼煞人　题阙……………………………………… 243
双调·乔木查　对景………………………………………… 246

第四编　白朴的词集《天籁集》

清朱彝尊序…………………………………………………… 251
元王博文序…………………………………………………… 251
明孙大雅序…………………………………………………… 252
清戴名世序…………………………………………………… 253
清无名氏序…………………………………………………… 254

《天籁集》卷上

春从天上来　至元四年，恭遇圣节，真定总府请作寿词。（枢电
　　光旋）………………………………………………… 256
夺锦标　《夺锦标》曲，不知始自何时，世所传者，惟僧仲殊一篇
　　而已。予每浩歌，寻绎音节，因欲效颦，恨未得佳趣耳。
　　庚辰卜居建康，暇日访古，采陈后主张贵妃事，以成素

志。按后主既脱景阳井之厄，隋元帅府长史高颎竟就戮丽华于青溪，后人哀之，其地立小祠，祠中塑二女郎，次则孔贵嫔也。今遗构荒凉，庙貌亦不存矣。感叹之余，作乐府《青溪怨》。（霜水明秋）………………………… 260

夺锦标　得友人王仲常、李文蔚书。（仲常名思廉，仕元至翰林学士承旨。）（孤影长嗟）………………………… 264

水调歌头　咏月。（银蟾吸清露）………………………… 267

水调歌头　用前韵，题阙。（明月复明月）………………………… 269

水调歌头　初至金陵，诸公会饮，因用《北州集·咸阳怀古》韵。（苍烟拥乔木）………………………… 271

水调歌头　诸公见赓前韵，复自和数章，戏呈施雪谷景悦。（楼船万艘下）………………………… 273

水调歌头　感南唐故宫，就檃括后主词。（南郊旧坛在）……… 276

水调歌头　前题。（朝花几回谢）………………………… 278

水调歌头　咸阳怀古，复用前韵。（鞭石下沧海）……………… 281

水调歌头　拟游茅山，赠心远提点。（三峰足云气）…………… 284

水调歌头　冬至，同行台王子勉中丞、韩君美侍御、霍清夫治书登周处读书台，过古鹿苑寺。（疏云黯遥树）………………… 287

水调歌头　丙戌夏四月八日，夜梦有人以"三元秘秋水"五言谓予，请三元之义，曰上中下也。恍惚玩味，可作《水调歌头》首句，恨秘字之义未详。后从相国史公欢游，如平生俾赋乐章，因道此句，但不知秘字何意。公曰，秘即封也。甫一韵而寤，后三日成之，以识其义。（三元秘秋水）………………………… 291

水调歌头　予既赋前篇，一日举似京口郭义山。义山曰："此词固佳，但详梦中所得之句，元者应谓水府，今止咏甲子及《秋水篇》事，恐未尽也。"因请再赋。（三元秘秋水）…… 294

水调歌头	予儿时在遗山家，阿姊尝教诵先叔《放言》古，今忽白首，感念之余，赋此词云。（韩非死孤愤）	297
水调歌头	题阙。（北风下庭绿）	301
水调歌头	至元戊寅为江西吕道山参政寿。（香风万家晓）	304
水调歌头	十月海棠。（金盘荐华屋）	307
水调歌头	夜醉西楼为楚英作。（双眸剪秋水）	310
水龙吟	丙午秋，别维扬，途中值雨，甚快然。（短亭休唱《阳关》）	312
水龙吟	幺前三字用仄者，见田不伐《洋讴集》，［水龙吟］二首皆如此。田妙于音，盖仄无疑，或用平字，恐不堪协。云和署乐工宋奴伯妇王氏，以洞箫合曲，宛然有承平之意。乞词于予，故作以赠。会好事者为王氏写真，末章及之。（彩云萧史台空）	315
水龙吟	送史总帅镇西川，时未混一。（壮怀千载风云）	318
水龙吟	九月四日，为江州总管杨文卿寿。（雁门天下英雄）	320
水龙吟	登岳阳楼，感郑生龙女事，谱大曲《薄媚》。（洞庭春水如天）	323
水龙吟	九日同诸公会饮钟山，望草堂有感。（倚天钟阜龙蟠）	325
水龙吟	送张大经御史，就用公九日韵，兼简卢处道副使使宁国，置按察司时，卢号疏斋。（绣衣揽辔西行）	327
水龙吟	遗山先生有《醉乡》一词，仆饮量素悭，不知其趣，独闲居嗜睡有味，因为赋此。（醉乡千古人行）	
	附：和词曹光辅教授《水龙吟》凡和三十首，不能尽录，姑记其一云。（世间清苦禅和）	330
水龙吟	用前韵赠答光辅。（倚阑千里风烟）	334

水龙吟	予始赋睡词,诸公赓和三十余首。一日,友人王文卿携肴来访,话及梁园旧游,因感其事,复用前韵。(万金不买青春) …… 336
念奴娇	题镇江多景楼,用坡仙韵。(江山信美) …… 338
念奴娇	中秋效李敬斋体,每句用月字。(一轮好月) 附:僧仲璋《念奴娇》 中秋重九,人间佳节也,古今赋咏固多,予早年尝记僧仲璋《九日抒怀》一篇,与此篇格相同,恐岁久无传,就附于此。仲璋俗姓阎,法讳志琏,号山泉道人,落魄嗜酒,滑稽玩世,颇为时人所爱。(消磨重九) …… 341
念奴娇	题阙。(江湖落魄) …… 344
念奴娇	壬戌秋泊汉江鸳鸯滩,寄赠。(露团渐冷) …… 347
满江红	题吕仙祠飞吟亭壁,用冯经历韵。(云外孤亭) …… 349
满江红	用前韵留别巴陵诸公,时至元十四年冬。(行遍江南) …… 352
满江红	庚戌春别燕城。(云鬟犀梳) …… 354
满江红	重阳后二日,王彦文并利用、秦山甫相过小饮。利用亦姓王,字国宾,赠柱国中书平章政事。(过了重阳) … 357
满江红	同郑都事复用前韵,退讫所租学田。(费尽长绳) … 360
瑞鹤仙	登金陵乌衣园来燕台。(夕阳王谢宅) …… 363
沁园春	金陵凤凰台眺望。 保宁佛殿即凤凰台,太白留题在焉。宋高宗南渡,尝驻跸寺中,有石刻御书王荆公《赠僧》诗云:"纷纷扰扰十年间,世事何常不强颜。亦欲心如秋水静,应须身似岭云间。"意者,当时南北扰攘,国家荡析,磨盾鞍马间,有经营之志,百未一遂,此诗若有深契于心者以自况。予暇日来游,因演太白、荆公诗意,亦犹稼轩[水龙吟]用李延年、淳于髡语也。(独上遗台) …… 366

沁园春　题阙。(我望山形) …………………………………… 370
沁园春　夜梦就树摘桃啖之，于中一枚甘苦，觉而异之，因为之赋。(渺渺吟怀) ……………………………………………… 373
沁园春　监察师巨源将辟予为政，因读嵇康与山涛书，有契于予心者，就谱此词以谢。(自古贤能) ……………………… 376
沁园春　送按察司合道公赴浙东任。(玉节星轺) …………… 380
沁园春　十二月十四日，为平章吕公寿。(盖世名豪) ……… 384
沁园春　吕道山左丞觐回，过金陵别业。至元丙子予识道山于九江，今十年矣。(流水高山) ………………………………… 387
沁园春　夜枕无梦，感子陵、太白事，明日赋此。(千载寻盟)
　　　　………………………………………………………… 390

《天籁集》卷下

风入松　咏红梅，将橙子皮作酒杯。(使君高宴出红梅) …… 394
风流子　丁亥秋，复得仲常书，有"楚星燕月，千里相望，何时会合，以副旧游"之语，就谱此曲以寄之。(花月少年场)
　　　　………………………………………………………… 397
烛影摇红　前事用吕东窗韵。(三尺枯桐) …………………… 400
摸鱼子　七夕用严柔济韵。(问双星、有情几许) …………… 403
摸鱼子　真定城南异尘堂同诸公晚眺(敞青红，水边窗外) … 406
摸鱼子　秋仲一日，李具瞻侍御偕予过天庆观，访蒲敬之都事。既而登冶城，藉草于苍苍万玉中，觞咏乐甚。道官王默堂者在焉，且盟其两柏森立间构亭，为游目骋怀之所。翌日赋此，记一时之概耳。(望参差) ……………………………… 408
摸鱼子　用前韵，送敬之蒲君卜居淮上，敬之自翰苑擢蕲黄道宣慰幕官。(听西风、细吟亭树) ………………………… 411
摸鱼子　复用前韵，题阙。(问谁歌六朝琼树) ……………… 415

木兰花慢	灯夕到维扬。(壮东南形胜) ……………………… 418
木兰花慢	题阙。(听鸣驺入谷) ………………………………… 421
木兰花慢	覃怀北赏梅,同参政西庵杨丈,和奥敦周卿府判韵。(记罗浮仙子) ……………………………………… 425
木兰花慢	复用前韵,代友人宋子冶赋。(望丹东沁北) ……… 428
木兰花慢	王彦立所居南斋,榜真隐,庭中新作盘池,同诸公赋。(渺高情公子) …………………………………… 431
木兰花慢	丙子冬,寄隆兴吕道山左丞。(忆元龙湖海) ……… 434
木兰花慢	戊子秋,送合道监司赴任秦中,兼简程介甫按察。(倦区区游宦) …………………………………… 437
木兰花慢	己丑送胡绍开、王仲谋两按察赴浙右、闽中任。时浙宪置司于平江,故有向吴亭句。(拥煌煌双节) ……… 440
木兰花慢	歌者樊娃索赋。(爱人间尤物) ……………………… 444
木兰花慢	为乐府宋生赋。宋字寿香,燕城好事者为渠写真,手捻荼蘼一枝。(展春风图画) …………………………… 447
木兰花慢	题阙。(快人生行乐) ………………………………… 451
木兰花慢	感香囊悼双文。(览香囊无语) ……………………… 454
玉漏迟	题阙。(故园风物好) ………………………………… 457
玉漏迟	段伯坚同予留滞九江,其归也,别侍儿睡香,予亦有感。(睡香花正吐) ………………………………… 460
玉漏迟	题阙。(碧梧深院悄) ………………………………… 463
江梅引	题阙。(一溪流水隔天台) …………………………… 465
秋色横空	本名《玉耳坠金环》。"秋色横空"盖前人词首句,遗山用以为名。赋虞美人草。(儿女情多) ………… 468
秋色横空	咏梅,顺天张侯毛氏以太母命题索赋,时壬子冬。(摇落秋冬) ………………………………………… 471

石州慢　丙寅九日，期杨翔卿不至，书怀用少陵诗语。（千古神州）
　　…………………………………………………………………… 475

凤凰台上忆吹箫　题阙。（箛鼓秋风）…………………………… 478

满庭芳　屡欲作茶词，未暇也。近选宋名公乐府，黄贺陈三集中，
　　凡载《满庭芳》四首，大概相类，互有得失。复杂用元、
　　寒、删、先韵，而语意若不伦。仆不揆狂斐，合三家奇
　　句，试为一首，必有能辨之者。（雅燕飞觞）………… 481

绿头鸭　洞庭怀古。（黯销凝）………………………………… 485

永遇乐　至元辛卯春二月三日，同李景安提举游杭州西湖。（一片
　　西湖）…………………………………………………… 488

贺新郎　题阙。（喜气轩眉宇）………………………………… 491

宴瑶池　《宴瑶池》本名《八声甘州》，乐府《八声甘州》名颇鄙
　　俚，予爱其法雅健，因采东坡《戚氏》一篇，稍加檃括，
　　使就新翻，仍改其名。（玉龟山，阿母统群仙）……… 494

垂杨　壬子冬，薄游顺天，张侯毛氏之兄正卿，邀予往拜夫人。既
　　而留饮，撰词一《咏梅》，以《玉耳坠金环》歌之；一《送
　　春》，以《垂杨》歌之。词成，惠以罗绮四端。夫人大名路
　　人，能道古今，雅好客。自言幼时，有老尼，年几八十，尝
　　教以旧曲《垂杨》，音调至今了然，事与东坡补《洞仙》歌
　　词相类。中统建元，寿春榷场中，得南方词编，有《垂杨》
　　三首，其一乃向所传者，然后知夫人真承平家世之旧也。词
　　为壬子作，叙中统事乃后补书。（关山杜宇）………… 497

西江月　题阙。（白石空销战骨）……………………………… 501

西江月　郭祐之得雄，渠即贾治中婿。（天上灵椿未老）……… 504

西江月　题阙。（过隙光阴流转）……………………………… 507

西江月　九江送刘牧之同知之杭。（我自纫兰为佩）…………… 509

西江月　李元让赴广东帅幕。（皎皎风前玉树）………………… 511

西江月	渔夫。（世故重重厄网）	514
浪淘沙	题阙。（今古海山情）	516
浪淘沙	题阙。（青琐几窥容）	518
浪淘沙	题阙。（行路古来难）	520
朝中措	题阙。（燕忙莺乱斗寻芳）	522
朝中措	题阙。（娃儿十五得人怜）	524
朝中措	题阙。（田家秋熟办千仓）	525
朝中措	题阙。（苍松隐映竹交加）	527
朝中措	题阙。（东华门外软红尘）	529
清平乐	咏木樨花。（碧云叶底）	531
清平乐	咏水仙花。（玉肌消瘦）	533
清平乐	李仁山槛中蟠桃梅。（前村潇洒）
	附：李仁山次韵蟠桃来自杭，和靖诗句得于孤山也。（谣英轻洒） ……………………………………………………… 535
清平乐	题阙。（篆篌朱字）	537
清平乐	题阙。（朱颜渐老）	540
清平乐	同施景悦赌双陆不胜，戏作。（闲寻博弈）	542
点绛唇	题阙。（翠水瑶池）	544
踏莎行	咏雪。（冻结南云）	546
浣溪沙	酒间赠金禅师，时近六旬，头白如雪。（世事方艰便猛回） …………………………………………………… 548

跋

清朱彝尊跋 ……………………………………………………… 550

清王皓跋 ………………………………………………………… 550

清杨友敬跋 ……………………………………………………… 551

清王皓跋 ………………………………………………………… 551

清姜颖新跋	551
清徐材仲跋	552
清王鹏运跋	552
清江阴缪荃孙跋	553
附：兰谷先生像赞	554
兰谷先生赞	554
酹江月	555
为白兰谷天籁集中临其家藏遗像于卷首偶成断句	555

《天籁集》编年目录 ……………………………… 557

第五编　附录

白朴家世生平资料 ………………………………… 569
研究评述 …………………………………………… 591
白朴及其著作研究论著目录 ……………………… 649

后　记 …………………………………………… 676

第一编　白朴评传

　　白朴是我国著名的戏曲作家，他与关汉卿、马致远、郑光祖并称"元曲四大家"。他不仅是我国戏剧史上的卓越作家，也是成就卓著的散曲作家和词人。

第一章　白朴生平

　　白朴，原名恒，字仁甫，又字太素，号兰谷先生，祖籍隩州（今山西河曲）。金哀宗正大三年（1226）生于金朝的都城汴京（今河南开封）。后流寓真定（今河北正定）、建康（今江苏南京）。他出生在一个官宦之家，父亲白华于金宣宗贞祐三年（1215）中进士后，便离开故乡隩州，到金都汴京做官，初为应奉翰林文字，累迁为枢密院判官，右司郎中。天兴二年（1233）降宋，任襄阳制干和均州提督。白朴，是白华的仲子，幼年同父母居住在汴京。金哀宗天兴元年（1232），蒙古军队挥戈南下，进犯汴京，京师粮尽援绝，金哀宗出奔，白华奉命随驾。第二年，金朝西面元帅崔立投降，京师陷落；蒙古军队在京城大肆劫掠王公大臣的妻女，白朴的母亲张氏也被劫罹难。当时，京师久被围困，粮尽民饥，"苏布特以汴多饥民，下令纵其北渡就食"。在蒙古军队的驱赶下，年幼的白朴，既无父亲照顾，又"苍皇失母"，只好随被蒙古军队拘管的父执元好问出京，北渡黄河，到山东聊城，后又至冠氏、真定。这次战乱弄得白朴家破人亡、流离失所，给白朴幼小的心灵上留下了深刻的伤痕。朴从此不食荤腥，人问其故，他回答说："俟见吾亲，则如初。"

　　元好问，字裕之，号遗山，是金代著名的文学家。他饱尝了战乱的痛苦，由此激起了强烈的爱国情怀。他不仕蒙元，专门从事著述，特别致力于金代史料的搜集、整理。元、白两家本系世交，有通家之好，两家子弟每举长庆故事（唐代诗人白居易、元稹），常以诗文相往来。白朴寄养在元家，好问把他看作亲生子侄一样，爱护备至。朴生病，"遗山昼夜抱持，凡六日，竟于臂上得汗而愈"。朴随好问读书，"颖悟异常儿"，在好问的精心教导下，学业日进。蒙古太宗九年（1237），降宋的白华由襄阳降蒙古北归，曾有诗谢好问："顾我真成丧家狗，赖君曾护落巢儿。"不久，白华父子卜居滹沱河北岸的真定，投靠早年归顺蒙古时任五路万户的史天泽。金代以律赋策论为科举取士的科目，这时金虽亡，科举也废，但白华看朴少有大志，因而悉心教子读书，并仍以"律赋为专门之学，而太素有能声，号后进之翘楚者"。未几，白朴"生长见闻，学问博览"。朴虽然已离开元家，但好问却非常关心朴的成长，每次拜访白家，一定要询问朴的学业，给予指点，曾赠诗说："元白通家旧，诸郎独汝贤。"由此可见好问是非常喜爱器重白朴的，而在白朴的成长过程中也确实倾注了好问的心血。明孙大雅《天籁集·序》云："先生（指白朴）生长兵间，流离窜逐，父子相失，遂鞠于元遗山先生所。遗山教之成人，始归其家。"白朴的学业、世界观的形成以致后来走上文学创作的道路，成为著名的文学家，都与好问的教导和影响分不开。

白朴志向远大，希望通过科举的道路登上宦途。但是，由于蒙元长期不举行科举，白朴出仕的希望成了泡影，因而转向文学创作。当时的真定，是北曲兴盛的地方，戏曲创作极为活跃，出现了许多知名的杂剧作家，像侯克中、李文蔚、尚仲贤、戴善甫、史樟等。白朴与侯、李、史是好友，交往甚厚，后来徙家金陵，仍与李有书信往来、诗文互赠。白朴弱冠之后便在真定以博学多闻、才华出众而负盛名。蒙古海迷失后称制二年（1249），二十五岁的白朴离开真定游历燕京，出入青楼、流连勾栏，结识书会才人关汉卿等，交往勾栏著名歌伎天然秀等人，并为她们撰写杂剧剧本、散曲，还赠词给她们。曾"赢青楼，薄幸名"。这期间，白朴的志向兴趣转向了文学创作，他把自己的才华、学识、感情都倾注到杂剧与散曲中。蒙古世祖中统二年（1261）居住在真定的中书右丞相史天泽看上了他的才华，想推荐他到元朝做官。朴"再三逊谢"，情愿"栖迟衡门"，潜心创作，过"嘲风弄月""放浪形骸"的自由生活。但是，他与当时蒙元的权贵也有交往，像中书右丞相史天泽、军民万户蔡国公张柔、真定路总管兼府尹贾文备等，并有称颂之词赠送给他们，这是当时知识分子不易回避的。白朴先后随史天泽等蒙古军队南至汉江、岳阳、九江等地，这说明他生活的环境是复杂的，思想是矛盾的。在真定，他写过不少词、曲，但主要从事杂剧创作。从现存的文字记载，看不出他创作杂剧的年代，但从上述情况来看，他大部分的杂剧作品当是在这一时期创作的。

元世祖至元十六年（1279），元灭南宋统一中国。第二年，五十五岁的白朴因弟白恪、长子白镶在江南为官，离开了长期居住的北方，迁居到金陵（今江苏南京），居住在环境优雅的秦淮河畔的桐树湾。从此优游岁月，无所事事。他日常与友人游山玩水，饮酒赋诗，"用示雅志"，过着无忧无虑自由自在的生活，享受天伦之乐。这时，他的朋友又推荐他出仕元朝，他便赋词，以"老来退闲"，"怕机事缠头不耐烦"，"对诗书满架，子孙可教，琴樽一室，亲旧相欢"，"鱼鸟溪山任往还"为由，婉言回谢。这一时期，他游历了江南的都会重镇、名胜古迹，写了大量的词曲。这些词曲既反映了他怀念故国家园、不满现实的情绪，又反映了他"今朝有酒今朝醉，且尽樽前有限杯"，"人生何苦奔竞，勘破大槐宫"的消极思想。白朴的晚年就是这样在与诗酒为友的惬意生活中度过的，活了八十多岁，于元成宗大德十年（1306）后不久卒于金陵秦淮河畔桐树湾，归葬在父茔——真定府灵寿县凤凰墩朱骆村东南五里之茔。白朴先后有两个妻子，生有五男二女，三个儿子居官仕元。后因长子镶官至嘉议大夫、江西道肃政廉访司副使，赠其为嘉议大夫，太常礼仪院卿。

关于白朴家世、生平、思想、交游的考证，由于白朴的生平史料和词作留下较多，21世纪初又发现了白朴的家谱，为后人研究提供了珍贵资料。所以，我才有可能对白朴的家世、生平有上述简要的记述。殊不知，长时期以来，由于学者对史料的解读不同，对某一问题又出现了许多不同的看法。在百家争鸣方针指引下，我针对学界的不同看法，经过缜密考证，提出了自己的见解。

关于白朴的籍贯，历来有：真定人；隩州人，后寓真定，或后寓建康；本为隩州或祖籍隩州，后流寓真定，故又为真定人等诸说。1982年我在《关于白朴的籍贯》中提出开封人的说法。我认为考察一个人的籍贯，亦可以其出生地为准。基于这种认识，我根据大量史料考证出白朴出生于金都汴京（今河南开封），少年时代也是在开封度过的。因此说白朴祖籍隩州，生于汴京较为合适，说他是开封人，亦无不可。如今"祖籍隩州，生于开封"之说已为学界同仁认可，但我认为用"祖籍隩州，生于开封，流寓真定、建康"表述更为恰当。

关于白朴的卒年，历来有1285年、1292年以后、1306年以后、1307年、1312年以后多种说法。1981年，我在《白朴卒年考辨》中，考证了白朴卒于1306年后不久的正确性。我的主要依据是《天籁集》中《水龙吟·丙午秋到维扬，途中值雨，甚快然》一词的系年。判定该词作于何年，关键在于对题中"丙午"所指年代的准确理解。我根据史料考证白朴游维扬只能是元成宗大德十年的"丙午"即1306年，因此卒年当在其后。鉴于其后看不到有文字记载，故其卒年当距1306年不远。

关于白朴拒仕元朝之因，历来评论家十分关注，而看法颇有分歧，但占主导的观点是对蒙元民族歧视和民族压迫政策不满。1985年我在《试论白朴拒仕元朝之因》中阐述了我与上述不同的看法。我从《天籁集》词中看到的是白朴对蒙元的统一大业和为之建立功勋的将相的竭力歌颂；交游的多是蒙元的权豪势要；家庭受到蒙元权贵的庇护和特殊照顾，政治地位很高，生活优裕；父欲仕蒙元、兄弟仕元；从《白氏宗谱》中知白朴三个儿子仕元为官。从上述情况看，看不出白朴对蒙元民族歧视和民族压迫政策的不满，更看不出他有反对蒙元的思想。那么，白朴为什么多次拒绝举荐而不出仕蒙元呢？我认为白朴少习举子业，本希望通过科举的道路登上宦途，由于蒙元长期不举行科举，使白朴出仕的希望成了泡影，因而把自己所学转向文学创作。他创作杂剧散曲，出入青楼，流连勾栏，结识书会才人，交往勾栏歌伎，在文苑剧坛已负盛名，并"赢青楼，薄幸名"。这时期白朴的志向兴趣已完全转移，他把自己的才华、学识、感情都倾注到杂剧、散曲创作中。中统元年（1260）当史天泽荐朴仕元时，白朴已三十五岁。多年自由自在放浪形骸的生活，热烈的戏曲散曲创作欲望，使他失去了为官作宦的兴趣，因而便借口谢绝。至于晚年在建康，友人再次举荐他出仕，他便赋词婉言回谢。理由词中说得很清楚，概括地说有三点：一，年老体衰，赋闲自得，"自古贤能，壮岁飞腾，老来退闲"，"怕机事缠头不耐烦"；二，暮年教子孙，享受天伦之乐，"对诗书满架，子孙可教，琴樽一室，亲旧相欢"；三，社会安定，生活安逸，可以自由自在地游山玩水，以诗酒自娱，"况属清时，得延残喘，鱼鸟溪山任往还"。从中很难看出有对蒙元民族歧视、民族压迫政策的不满。总之，白朴不出仕蒙元的原因是复杂的，是多方面的，但其主要原因是个人的志趣，绝对不是反对蒙元或是对蒙元民族歧视、民族压迫政策的不满。

关于白朴的交游。白朴出身官宦人家，才名贯世，平生游历大江南北都会重镇，交游甚广，今日能考知其名姓者有55人。前人对白朴的交游有过一些考察，写有专文，如郑骞《白仁甫交游生卒考》（未见）、李修生《白仁甫交游考辨》、徐凌云《白朴交游考辨八题》。我在前人考察的基础上吸取其研究成果，对白朴交游作了进一步考察，于20世纪80年代末撰写了《白朴交游考》。是文对36个交游者的生平及其与白朴的交游情况作了较为详细的考察，对17个只列出名姓的与白朴交游者，由于材料不足，未能考出其生平事迹，有待于新材料的发现，继续考证。2002年，我又发现了两位与白朴交游的，写了一篇《白朴交游考补》。从白朴的交游情况看，交游者有这样几种人：

金代遗老。像父执、业师元好问，白朴的思想及其后来从事文学创作，都深受其影响。父亲的朋友，金亡出仕元朝，并成显宦的杨果（西庵），是白朴父华仕金时的同僚，仕元为中书参知政事、怀孟路总管。

蒙元权贵。这部分人是白朴居住真定时或南游汉江、九江、岳阳、卜居建康以后结交的。如中书右丞相史天泽、左壁总帅史枢、军民万户蔡国公张柔及其妻兄毛正卿、真定路总管贾文备、怀孟路总管府判官奥敦周卿、江州路总管杨仁凤，江南行御史台治书侍御史李元让，江南行御史台侍御史李具瞻、霍清夫、韩君美；建康府判秦山甫；元朝新贵，南宋降元高官，如仕宋的襄阳知府兼京西安抚副使、降元官至江淮省右丞的吕文焕，宋兵部尚书提举江州兴国宫、降元官至中书左丞的吕道山。

青年挚友、仕元显官。如御史中丞王博文，太子宾客、翰林学士承旨王思廉，提刑按察使、翰林学士王仲谋，陕西提刑按察使、翰林学士承旨卢挚（弟妻之兄），提刑按察使、翰林学士胡祗遹，云南行御史台中丞、河东山西道肃政廉访使、太子宾客王利用。

文坛好友。白朴早年居真定时的挚友杂剧作家李文蔚、侯克中。客居建康后结交的吴人都事郑元、镇江路教授郭义山、镇江路判官郭祐之、扬州府学教授曹光辅。

勾栏艺人。如大都青楼歌伎天然秀、大都云和署乐工宋伯奴妇王氏、大都乐府宋寿香、金陵歌伎樊娃（香歌）。

寺观道士。如茅山崇禧观主人心远、金禅师，扬州仪征县长生观道士李道纯。

关于白朴的家世、妻室、儿女，以及封赠，以往仅知其有一子名镛，生平一概不知；对于白朴赠嘉议大夫、太常礼仪院卿的问题，众说不一，有因子贵、因子镛贵、弟冠兄戴、因子弟居官诸说。2000年，安徽六安市苏埠镇白家庵白朴后裔家中发现《白氏宗谱》之后，这个困扰学界的难题迎刃而解。我在《白朴与〈白氏宗谱〉》与《白朴封赠及其诸子仕宦考》两文中说：《白氏宗谱·老世传》载，白华次子"讳朴，字仁甫，又字太素，号兰谷。甫七岁，遭罹兵乱，父子相失，遂鞠于父执友元遗山所。自是不茹荤血，人问其故，曰：'俟见吾亲，则如初。'国亡不事异姓。中统初，开府史公天泽等特以荐之于朝，逊谢不就。遂渡江而避，隐居金陵桐树湾，从诸故友放情山水，诗篇词翰，在在有之。今世所传者，惟《天籁集》二卷，杂曲若干卷。生卒年失传，葬朱骆村之茔，圹有石蟾。配戴氏，生卒年、葬地失传。生子三：长镀，次钺，三鉴；女一：小字白姑姑。再配氏，小字秀英，生卒年、葬地亦失传。生子二：长钧，次镛；女一：小字桂娥"。这个世传，基本上是根据王博文《天籁集·序》撰写的，虽然简略，但其中增写了王序中未记和以前所不知道的情况。如移居建康，居住桐树湾，不过移居之因并非避仕蒙元，居金陵亦非隐居；死葬朱骆村，朱骆村在真定府灵寿县（今河北灵寿），那里有其父白华之茔；有两房妻室，有五男二女。世传说白朴一生未仕，但未提封赠。

按照元代封赠制度，儿子居官，其逝世的父亲可以获得封赠。那么，白朴儿子居官情况如何？《白氏宗谱·老世传》中有明确记载。白朴有五个儿子，其中三人做官，长子镀，"官至宣授嘉议大夫、江西道肃政廉访司副使"；次子钺，"官至宣授朝请大夫、同知江南浙西道杭州路事"；五子镛，"敕授从事郎、经历永州路事"。据《元史·

百官志》载：嘉议大夫，为文散官，秩为正三品；江西道（应为江西湖东道）肃政廉访司副使，秩为正四品；朝请大夫、杭州路同知秩为从四品；从事郎、永州路经历秩为从七品。按照元代封赠制度，白朴有三子做官，依其品秩官位，皆可封赠。但《元史·选举志》"封赠之制"规定："两子当封者，从一高。"白朴儿子官秩最高的是长子白镗，官至正三品的嘉议大夫。所以，白朴当享白镗的封赠。那么，白朴应封什么官职？《元史·选举志》"封赠之制"规定："正从三品封赠三代，爵郡侯、勋正上轻车都尉、从轻车都尉，母、妻并郡夫人……封赠者，一至五品并用散官勋爵，六品七品只用散官职事，从一高。"按照这一规定，封赠白朴的官职应与长子白镗相同，由此被封为正三品的嘉议大夫、太常礼仪院卿、郡侯、上轻车都尉。因而可知《录鬼簿》载白朴封赠嘉议大夫、太常礼仪院卿是正确的，只是遗漏了郡侯和上轻车都尉。

  关于白朴的晚年生活与卒地，以往论者少有涉及。我根据《白氏宗谱》提供的线索，在上海、南京图书馆查阅了古今编纂的有关史志，并亲自到南京实地考察，始知白朴晚年迁居建康居住生活的桐树湾，是一条不足二里的小巷，在建康府城内秦淮河的南岸与西岸（这一段河道弯曲），靠近府城。东起秦淮河上的武定桥，西至秦淮河上的镇淮桥，两桥之间还有座浮航，即长乐桥。小巷南北皆有闹市、通衢，附近有勾栏、行院、文庙、学府、贡院，以及伏龟楼、奉先寺、周处台、凤凰台、乌衣巷等名胜古迹，交通极为便捷，是一个临水而环境幽雅、适宜官宦富贵人家居住的地方。明初开国元勋信国公汤和在此建造府第，巷名遂改为信府河，沿用至今。白朴虽未做官，但属官宦人家，弟弟、儿子都在江南居官，所以，白朴有条件选择这样的地方长期居住，以享天年。

  白朴居住在金陵桐树湾，日常往还者既有新交，又有故人，且多是达官显宦。他放情山水，探胜访古，游历江南名城风光，饮酒赋诗，交往勾栏艺人，过着优裕的自由自在的生活。至元二十四年（1287），年过花甲的白朴，在桐树湾寓所，编竣自己的词集，并请好友、时任江南行御史台中丞的王博文写序。王博文为白朴词集作序并命名为《天籁集》，并对他的词给予很高的评价。

大德十年（1306），白朴游扬州，写了一首《水龙吟》，此后，再没有词作留世。这时白朴已81岁，游完扬州回到金陵桐树湾，不久，就在桐树湾谢世。按照中国传统习俗，白朴归葬在父茔真定府灵寿县凤凰墩朱骆村东南五里之茔。白朴从1280年迁居建康桐树湾，到1306年后不久去世，在桐树湾生活了近三十年。他死后，他的儿子、孙子、曾孙仍居住在桐树湾，直到明永乐元年（1403），四代人在桐树湾居住了123年。

第二章　白朴的杂剧

　　白朴，是作为一个著名的戏剧作家而载入文学史的。据元钟嗣成《录鬼簿》和明清之际李玉《北词广正谱》记载，白朴一生共写了16部杂剧，流传下来的仅有《唐明皇秋夜梧桐雨》《裴少俊墙头马上》《董秀英花月东墙记》三部杂剧和《韩翠颦御水流红叶》《李克用箭射双雕》两部杂剧的残曲。从白朴的现存杂剧来看，既有历史题材，又有反映社会生活、婚姻爱情方面的题材。他继承了我国古代现实主义的优良传统，以犀利和热情之笔通过对历史事件和男女爱情故事的描写，批判了封建统治者的昏庸无能、荒淫无耻，鞭挞了封建礼教、封建制度的残酷无情，揭露了战乱给人民带来的痛苦与灾难，在一定程度上反映了时代的黑暗；另一方面，他歌颂了反对战乱、维护国家统一的英雄人民，赞美了向往和追求纯真爱情的青年男女，对久禁深宫、精神极为痛苦的嫔妃宫女表示深切的同情，在某种程度上体现了人民的愿望。特别是他塑造人物、构思情节、描写人物心理的艺术技巧，以及优美清丽、朴素自然、富有文采的语言，历来为人们所称道，使他在元初剧坛享有盛名。《录鬼簿》把白朴列为前辈才人156人中的第二名，仅次于关汉卿；元明之际的贾仲明在《录鬼簿续编》吊马致远的《凌波仙曲》中说他与马"共庾、白、关老齐肩"，把白朴与马致远、庾吉甫、关汉卿并列；明朱权《太和正音谱》在"古今英贤乐府格势"中列了187位曲家,白朴名列第三;清末民初王国维《宋元戏曲考》中说:"元代曲家,自明以来,称关马郑白,然以其年代及造诣论之,宁称关白马郑为妥也。"由此可见,历代评论家对白朴杂剧的成就,评价是很高的。白朴的杂剧,与元代其他作家相比,无论从思想性还是艺术性而言都是鲜有敌手的。白朴被称作元曲四大家,是当之无愧的。如果排一下座次,他应排在关汉卿之后,是位居第二的杰出的作家。他的剧作是我国珍贵的文化遗产。

一

《梧桐雨》取材于唐白居易的诗《长恨歌》和唐陈鸿的传奇《长恨歌传》。此外又参酌了历史事实和传说轶闻。此剧情节为唐天宝年间,边将安禄山犯罪被解送长安论处,按律本当斩首,明皇却将其赦免,并逐步除授为渔阳节度使。明皇宠幸杨贵妃,七夕夜与贵妃在长生殿乞巧,对星盟誓,愿世世永为夫妇。数年后明皇在沉香亭观赏贵妃跳舞,兴致正浓,李林甫报警:安禄山叛乱。明皇仓皇逃蜀,车驾行至马嵬驿,军士哗变,先杀杨国忠,后逼贵妃自缢。叛乱平定之后,明皇返回长安,禅位为太上皇,朝夕思念贵妃。在一个秋雨之夜,梦会贵妃,忽然被雨打梧桐的声音惊醒,追思往事,无比伤感。

《梧桐雨》的思想意义,表现在它把批判的矛头指向了以唐明皇为首的封建统治者。唐明皇是一个荒淫、昏聩的皇帝。他淫乱无耻,纳儿媳杨玉环为贵妃。为了宠幸贵妃,竟将其"哥哥杨国忠加为丞相,姊妹三人封为夫人"。他不听大臣诤言,偏听安禄山的谄媚之言,为讨贵妃欢心,竟将安禄山赐贵妃为儿,封为平章政事。尤其令人痛恨的是,叛军兵临长安城下,他还在沉香亭看贵妃跳舞,饮酒取乐,并指责报警的宰辅李林甫不看时机,扫了他的兴。当李林甫告诉他

"京营兵不满万,将官衰老",无法御敌时,他心慌意乱,无可奈何。白朴在这里以犀利的笔触,形象地描绘了他们的丑态:皇帝纵情声色,不理朝政,叛军压境,宰辅惊慌失措,朝廷一片混乱,君臣互相埋怨攻讦,推卸责任,但却提不出退敌之策,只好弃京逃亡西蜀。这些描写,真实地反映了唐代由盛及衰的历史现实,深刻地揭露了造成安史之乱这场灾难的原因、罪魁祸首是唐明皇。但作者又浓笔描写了唐明皇对杨贵妃的一片深情,表现出对唐明皇的赞赏与同情。

作者还以热情的笔触,歌颂了捍卫国家统一、敢于抗击叛军的人民群众。正当明皇逃亡西蜀的时候,父老百姓拦阻了车驾,质问明皇,并勇敢地表示,愿"从殿下东破贼,取长安"。在父老百姓的恳求下,明皇才派郭子仪、李光弼随太子李亨东返破敌,平定叛乱,使广大百姓免受战乱之苦。

作者还对受侮辱、受压抑、陷于污泥而不能自拔的杨贵妃寄予了深切的同情。杨贵妃出身于小官吏之家,因貌美、能歌善舞被选为寿王妃,后又被明皇册封为贵妃。这样一个年轻美貌的女子,侍奉的却是一位年逾花甲的皇帝,尽管"朝歌暮宴,无有虚日",岂能排遣她精神上的苦闷与痛苦。就是这样一位弱女子,却被诬指为误国之人,被明皇赐死,六军马踏其尸。杨玉环真的是误国祸根、引起叛乱的妖妇吗?不是。就连唐明皇也说她"无罪过,颇贤达","怎做得闹荒荒亡国祸根芽?"高力士说得更明白:"贵妃诚无罪,然将士已杀国忠,贵妃在陛下左右,岂敢自安","杀了国忠,祸连贵妃"。显然,贵妃是无辜的,她的死,是受族兄杨国忠的株连,是受昏庸误国的唐明皇的牵累。杨贵妃在马嵬坡面临死亡,哀求明皇搭救无望之后,曾发出了怨恨与愤怒的声音:"陛下,好下的也!"这句话表现了贵妃死前的觉醒,撕下了唐明皇与杨贵妃海誓山盟的虚伪面纱,这是对封建统治者血的控诉和有力的抗议!这是一幕极为悲惨的历史悲剧,而杨贵妃是这幕悲剧中最悲惨的人物,她活着是供封建统治者淫乐的玩物,死时是解除封建统治者危难的替罪羊。其实唐明皇也是实出无奈,在江山美人的面前,他选择了江山。

《梧桐雨》不仅具有进步的思想倾向,而且有很高的艺术成就。

首先,作者善于选择典型的历史事件,构思情节,塑造人物。《梧桐雨》是历史剧,史有其人其事。剧中写了从唐玄宗开元二十四年到唐肃宗至德二年前后二十多年的历史事件,作者为了戏剧情节和塑造人物的需要,从戏剧的演出时间、舞台空间的特点出发,巧妙地进行艺术构思,将历史事件集中、时间集中。比如楔子,作者就概括地写了18年的历史事件,作为全剧的序幕,既突出了唐明皇的昏庸,又为安禄山叛乱埋下了伏笔。作者虽然忠于历史,但并不完全拘泥于史实,在不违背历史真实的情况下,也有虚构,甚至移花接木、张冠李戴,这种艺术方法有助于更集中、更鲜明地塑造人物。

其次,作者善于选择典型的细节,刻画人物性格,深化主题。杨贵妃喜欢吃鲜荔枝,唐明皇为讨其欢心,就特命四川道派使臣及时进献,而不计使臣驰驱驿马进献荔枝所要花费的代价,耗费了多少劳动人民的血汗!作者描写这一情节,生动地描绘了唐明皇纵情声色、奢侈无度的昏君形象。又如写唐明皇避兵入蜀的路上,看到"隐隐天涯,剩水残山五六搭;萧萧林下,坏垣破屋两三家"的情景,无限感慨地说:"寡人身居九重,怎知闾阎贫苦也!"这里离京城不远,尚未遭到叛兵洗劫,景况尚且如此,那么经过叛兵蹂躏的农村,惨状又该如何呢?作者用这个景物描写,既从侧面烘托了西逃的凄凉悲剧气氛,又形象地揭示了唐代由盛及衰的原因,这就深化了主题。

再次,作者善于采用先扬后抑、抑扬交错的手法,把戏剧矛盾安排得层次分明,跌宕顿挫、波澜起伏。唐明皇和杨贵妃宴乐沉香亭的一场戏,作者浓墨重抹:听,笙箫鼓瑟齐鸣;看,杨贵妃在翠盘上翩翩起舞,唐明皇已着迷昏昏然,要"拚着个醉醺醺,直吃到、夜静更阑"。作者把歌舞升平的欢乐气氛渲染烘托到顶点,突然宰辅李林甫进宫报警：安禄山谋反，兵临城下。这就使剧情急转直下，从极为欢乐的沸点，下降到一片凄凉的冰点。唐明皇无可奈何地怀着"恨无穷，愁无限"的心情，悲伤地离开了长安。这种先扬后抑的表现方法，使观众和读者的感情随着剧情的发展，从欢乐转到悲伤，在感情上产生共鸣。唐明皇离京西逃，在路上，经父老百姓劝阻，始派太子东返平叛，又使剧情有了新的发展，使明皇的社稷又出现了生机，这就使悲剧的气氛增添一些生气，使观众和读者的心情暂为舒缓。可是，作者紧接着安排了"马嵬兵变"，使戏剧矛盾进入高潮。六军将士愤怒地停鞭立马，掣剑离匣，团团围住唐明皇，立逼诛杀误国的丞相杨国忠。杨被杀后，六军又逼明皇诛杀杨贵妃，真是一波未平，一波又起。明皇无奈只好忍痛割爱，赐贵妃一死。作者这样安排情节，使戏剧矛盾层层加剧，步步趋向尖锐，观众和读者的感情波涛也跟着剧情起伏跌宕。

最后，作者善于运用清丽优美、富有个性的语言，细腻地描写人物的内心活动，塑造人物形象。《梧桐雨》历来为人们所推崇的就是它的语言清丽优美，所谓"俊语如珠"。它的曲文像抒情诗一样富有意境美，把叙事、写景、抒情和人物心理描写融为一体。比如第四折【叨叨令】：

一会价紧呵，似玉盘中万颗珍珠落；一会价响呵，似玳筵前几簇笙歌闹；一会价清呵，似翠岩头一派寒泉瀑；一会价猛呵，似绣旗下数面征鼙操。兀的不恼杀人也么哥！兀的不恼杀人也么哥！则被他诸般儿雨声相聒噪。

【叨叨令】形容雨打梧桐的声音多么生动、贴切。这语言只能出自唐明皇之口，他把雨声跟过去宫中的朝歌暮宴、疆场上的战鼓齐鸣联系起来。当年何等惬意、威风，如今孤独地在这凄风苦雨中，怎不让他恼恨、忧伤！又如第四折【倘秀才】：

这雨一阵阵打梧桐叶凋，一点点滴人心碎了。枉着金井银床紧围绕，只好把泼枝叶，做柴烧，锯倒。

【倘秀才】进一步把雨打梧桐的实写，引用到雨打人心的虚写，既切合唐明皇此时此地的心情，又富有诗意。室外的雨声，打乱了室内人的心情，引起他的愁思。昔日景物犹在，今日人亡室空，忽然梦中与杨贵妃相会，又被雨打梧桐的声音惊醒，这怎不引起唐明皇的痛恨，要把梧桐锯倒，把梧桐叶当柴烧呢！作者这样巧妙的艺术构思、细腻的心理描写和绘形绘色的生动语言，把唐明皇的孤独寂寞与追思、怀念贵妃的痛苦心情，和秋夜苦雨紧密结合起来，形成一种极为浓烈的悲剧气氛，具有很强感染力。

《梧桐雨》流传至今已有七百年了，和我国文学史上其他优秀剧作一样，它也不是完美无缺的。诸如在对唐明皇的批判中又流露出同情；把安史之乱归罪于杨贵妃；安禄山、李林甫、杨国忠的形象不够鲜明；第四折唐明皇独唱过多，戏剧性不强；等等。至于剧中所写安禄山与杨玉环私情，文字不多，却大大损害了杨玉环形象，是作者受封建思想"女人祸水"的影响，是作者的败笔。《元曲选》虽然作了删节，但痕迹仍在。然而，这些缺点只是白璧微瑕，它仍然不失为我国古典戏剧中的珍品。它与关汉卿的《窦娥冤》、马致远的《汉宫秋》、纪君祥的《赵氏孤儿》并称为我国古代四大悲剧。清初洪昇创作《长生殿》，深受其影响。

二

《墙头马上》的本事源于唐白居易诗《井底引银瓶》："妾弄青梅凭短墙，君骑白马傍垂杨。墙头马上遥相顾，一见知君即断肠。"而白朴词《满江红·庚戌春别燕城》有："断肠石上簪磨玉。恨马头、斜月减清光，何时复。"宋金以来，这个故事被搬上舞台，一直演唱不绝。金院本有《墙头马》和《鸳鸯简》，宋元戏文则有《裴少俊墙头马上》，均佚。白朴的杂剧写裴少俊前往洛阳，骑马路过李家花园，与园内的李千金一见钟情，私定终身。事为仆妇发现，放他们逃走，回到长安，李千金藏于裴家后花园七年，生下一双儿女。一日，李千金被裴父发现逐回娘家。后来少俊应试居官洛阳，到李府寻妻，裴父带孙男孙女到李家"赔话"，李千金拒不相认。最后，李千金在一双儿女的哀求下，含恨认亲，举家团圆。剧本通过裴李爱情故事的曲折描写，热情地歌颂了男女婚姻自由的合理性和他们的反抗精神，强烈地抨击了残害青年身心的封建礼教，鲜明地表现了赞赏青年追求理想爱情与个性解放的思想倾向，具有强烈的反封建意义。

《墙头马上》的主要成就是成功塑造了一组鲜明而典型的人物形象，其中尤为突出的是女主角李千金。

李千金是皇帝宗族洛阳总管李世杰的千金小姐，她"志量过人，容颜出世"，但受着封建礼教的禁锢，个性备受压抑，久锁深闺不能出三门四户。三月上巳，良辰佳节，洛阳城的王孙士女，都到郊外游春踏青玩赏去了，而千金却只能和梅香到后花园赏花。千金不满封建家庭给她安排的命运，赏花时触景生情，抒发了"耽搁的女怨深闺"的痛苦和怨恨。这时，她突然隔墙看见了身骑白马的风流俊俏的书生裴少俊，便将心相许，并约裴当晚相会。千金与少俊幽会的事，被佣妇李嬷嬷看破。千金为爱情，先是不惜自己主子的身份跪在嬷嬷面前，恳求放他们逃走，遭到了拒绝。继而解下搂带裙刀，以自杀相威胁。李嬷嬷怕千金自杀，夫人见怪，便放他们出去。在这场尖锐的斗争中，如果千金的意志稍微软弱，听从命运的安排，不去和李嬷嬷针锋相对地斗争，那么她和少俊的爱情就会被扼杀在襁褓之中。

千金随少俊到了长安裴家，藏在后花园，过了七年，生下一双儿女。千金这时的思想是矛盾的，她既对这种囚禁的隐居生活不满意，希望改变这种状况，早离书舍；但她又非常珍视这份靠自己努力争得的爱情,甘愿让这种不明不白的生活长久下去,生怕"老相公撞将来",拆散他们的幸福家庭。当老相公撞将来,发现她和一双小儿女时,她看此情难以掩盖,就向公爹公开承认:"妾身是少俊的妻室。"裴父一听勃然大怒,骂她是"娼优酒肆之家""共人淫奔",并凶狠地要把她送官治罪。在震怒的公爹面前,她并没有被淫威吓倒,既不亮明自己是李世杰女儿的身份,也不提她和少俊曾有婚议,而是坦然大方,据理抗争。她不仅申明自己的婚姻正当、合情合理并非耻辱之事,而且还竭力维护少女的人格,理直气壮地申辩自己"不是风尘烟月"。少俊在送官治罪的威吓下,要写休书弃她,这个突如其来的打击是她没有料想到的。然而她却理智清醒,一方面责备软弱的丈夫,另一方面谴责她的公爹"拆开我连理同心结"。至此,矛盾冲突达到了高潮。裴父引经据典骂千金是淫妇,与人私奔伤风败俗,"男游九郡,女嫁三夫"。千金却针锋相对,毫不示弱地说:"我则是裴少俊一个。"专横暴戾的裴行俭被驳得理屈词穷,就耍起花招,拿"石上磨玉簪""井底引银瓶"来刁难她。千金明知裴父设的是"陷人坑千丈穴","又教我水底捞明月",但她还是怀着一线希望,磨簪系瓶,结果瓶坠簪折,被逐出了裴家门。千金含着悲愤的泪水,怀着满腔的怨恨离开了裴家,但没有半点儿奴颜婢膝相。

千金回了娘家,并不懊丧,仍然坚强地生活下去。她怀念一双儿女,牵挂着少俊。后来,少俊真的一举状元及第,做了洛阳县尹,特意前往总管府寻求千金,希望重续旧好。这骤然而来的新情况,搅乱了千金的思绪,使她积聚多年的怨恨像喷泉似的倾泻了出来。她怨恨少俊懦弱,"读五车书会写休书";她痛恨婆婆"无那子母情",公爹"替儿嫌妇"。就这样,少俊碰了壁,被拒绝了。而后,裴行俭得知李千金是洛阳总管李世杰的女儿,就亲自带夫人、孙儿孙女,牵牛担酒,来向千金当面赔礼,恳求媳妇相认。千金斩钉截铁地回答:"你休了我,我断然不认。"最后,端端、重阳抱着母亲,苦苦哀求,并以死威胁。娇儿娇女的哭声，软化了慈母的心，千金出于母爱，这才饮恨相认。这时，曾经杀气腾腾、不可一世的封建礼教的卫道士裴行俭在倔强的千金面前屈服了，他"做小伏低"地替千金斟酒贺喜。千金这时悲愤交加，当年被逐的耻辱，精神上受的折磨，心里埋藏的怨恨，都和盘端了出来。弄得裴氏夫妇哭笑不得，狼狈不堪。到这里，千金余恨未消，又公然借文君私奔事，数落公婆，理直气壮地说卓文君可以私奔，我们墙头马上就不能相爱、结婚吗？

李千金是一个光彩照人的反封建礼教的叛逆形象。她对爱情的追求主动、大胆、果断，对破坏他们婚姻自主、家庭幸福的封建势力，无比痛恨，坚决斗争、顽强不屈。这个光辉、讨人喜爱的形象，与同时代爱情剧中出身于大家闺秀的崔莺莺（王实甫《西厢记》）、王瑞兰（关汉卿《拜月亭》）、张倩女（郑光祖《倩女离魂》）等形象相比，具有更强烈的反抗精神，在我国古代戏曲作品中是不多见的。

精心构思戏剧冲突，刻画人物性格，这本是优秀剧作的共同要求，而《墙头马上》以裴李爱情为线索，以李千金为中心，巧妙地安排了花园定情、月夜私奔、父逼休妻、寻亲团圆四折戏，取得了良好的戏剧效果。剧中某些人物的心理描写也很成功，它既使人物形象丰满，又增加了作品的艺术魅力。例如，当千金夜晚将要依约幽会的时候，她的心情是复杂的。她盼天黑月出，祝告月亮"你方便我无碍，深拜你个嫦娥不妒色，你敢且半霎儿雾锁云埋"。这就把一个大家闺秀少女既喜悦又恐惧的心理，细腻地描绘出来。当千金与梅香去花园赴约时，千金还唱了一支【感皇恩】："咱这大院深宅，幽砌闲阶。不比操琴堂，沽酒舍，看书斋。教你轻分翠竹，款步苍苔。休惊起庭鸦喧，邻犬吠，怕院公来。"这支曲子，把千金大胆而心细的性格逼真生动地表现出来。

历来论者都把元杂剧的语言风格分为文采、本色两派。有人认为白朴的杂剧语言典雅华丽，属文采派。这只是白朴语言风格的一个方面。《墙头马上》的语言，自然朴素，优美清新，少有雕琢，应该说本色应是其基本风格。白朴深谙杂剧是一种舞台艺术，要面向观众，要让观众听得懂，所以，他杂剧的语言最重质朴，注意通过人物的语言传达出人物内心的思想感情，富有个性。《墙头马上》的曲文是优美动人的，但又通俗易懂，无论是写景、叙事，还是抒发感情，都能从剧情和人物的性格出发。例如当梅香问小姐幽会的诗简寄与谁时，千金唱道："你道是情词寄与谁，我道来新诗权做媒。我映丽日墙头望，他怎肯袖春风马上归。怕的是外人知，你便叫天叫地。哎！小梅香好不做美。"这支曲子把一个少女主动偷寄情诗的欢喜、恐惧的心情明白如话地表现了出来。

《墙头马上》的宾白也写得通俗易懂、生动活泼。剧中许多人物形象的塑造，都借助于宾白。往往只三言两语，人物形象便神态活现。尤其是老院公的形象，剧中用了不多的几段对话、独白，就把一个善良、淳朴、忠厚、风趣的形象塑造得栩栩如生，闻其声如见其人。

《墙头马上》虽然写裴李两家早有婚约，流露出封建门第观念和功名利禄思想，在艺术上也有不足的地方。但无论就其反封建的思想倾向，还是就其出色的艺术成就来看，都是一部优秀作品。它流传甚广，在国外有日文译本流传东土，在国内剧坛上，至今仍有昆曲、京剧、越剧和其他地方戏的改编本在上演，1963年还曾将俞振飞、言慧珠主演的昆曲《墙头马上》摄制成彩色戏曲电影。

三

《东墙记》写马文辅自幼与董秀英订婚，文辅成年后去松江马家投亲，借住于设馆授徒的山寿家花木堂，恰与董家花园隔一东墙。秀英到花园春游，巧遇攀墙看花的文辅，彼此一见钟情，因情难酬感伤致病。侍女梅香为其传书递简，使董、马得以在花园海棠轩幽会，不料被董母撞见，怒责秀英与梅香。梅香陈明文辅、秀英幼年曾有婚约，建议成全他们的婚事，以掩家门之丑。董母无奈，许其成婚，但立逼文辅进京应试，待中试后方可回来团聚。一年后，文辅果中状元，荣归松江，偕妻进京赴任。

对于这部杂剧的看法，历来有不同意见。

首先，有的论者认为《东墙记》不是白朴的作品。我认为这缺乏足够的证据。元人钟嗣成的《录鬼簿》在白朴名下收录有《东墙记》，明初朱权的《太和正音谱》也著录《东墙记》为白朴所作。尤其值得注意的是，《录鬼簿》成书于元明宗三年（1330），距白朴去世仅二十余年，它的记载应较为可靠。不过，近人有人怀疑今存明赵清常抄东阿于小谷藏本，不是白朴的原作，主要理由是：男主人公的名讳不同；明抄本为马文辅，《录鬼簿》著录为马君卿；唱法及角色名称违反北曲惯例；语言风格与白朴其他二剧不同；等等。其实弄清原作含义，问题自解。杂剧与诗词小说不同，它不是案头文学，而是舞台艺术，它要有勾栏的戏曲艺人在舞台上演出。在演出过程中，戏曲艺人往往从演出的特点出发，对剧本加以补充和修改，进行再创造，不能因为后人改动过就不承认它是某作家的作品。《东墙记》在流传、演出过程中，确经后人改动，但不能因此否定其为白朴作品。

其次，有的论者认为白朴《东墙记》有蹈袭王实甫《西厢记》之嫌，《东墙记》是从《西厢记》脱胎而来。有的论者甚至说《东墙记》生吞活剥地剽窃了《西厢记》。我认为上述看法不尽妥当，且与事实不符。白朴与王实甫都是元初戏曲大家，他们之间发生蹈袭、剽窃之事，是不大可能的。若不弄清楚这个问题，就会影响对白朴及其创作的评价。我认为弄清这个问题的关键是作者生活的年代与创作杂剧的时间。这个问题搞清楚了，蹈袭、剽窃的问题也就迎刃而解。

白朴出生于公元1226年，文献有准确记载；卒于公元1306年以后不远。他戏剧创作活动的年代，史料没有明确记载。但据《天籁集》赠燕城勾栏艺人的《水龙吟》《木兰花慢》词，留别燕妓之作的《满江红·庚戌春别燕城》，《青楼集》中记载白朴与大都著名歌伎天然秀的关系，白朴与真定杂剧作家侯克中、李文蔚、史樟等人的交往，《录鬼簿》所记载白朴为真定以及他与杂剧班头关汉卿在燕京参加玉京书会等，可以得知，白朴的杂剧创作活动主要在他居住真定期间，即徙居金陵的1280年以前。那么《东墙记》亦可能创作在这一时期。王实甫生卒年月，未见史籍记载。但据近人考证，王实甫生活的年代稍迟于白朴。王季思《西厢记叙说》说："王实甫在戏剧方面活动的年代，主要应在元成宗大德年间及其以后，他的时代应该和白无咎、冯子振相去不远，而比关汉卿、白朴稍迟。"冯沅君在《王实甫生平的探索》中考证：王实甫"约生于1255~1260年……卒年约在1336~1337年"。顾学颉在《元明杂剧》中认为，王实甫"约生于蒙古世祖中统蒙古元年（1260）以前，约卒于元顺帝至元初（1335~1336年）"。另外，元人钟嗣成在《录鬼簿》里，把白朴和王实甫都列为前辈人才，但把白排在王之前。钟氏排列名次，一般按作者年代的先后为序，这是后人公认的。从上述资料和近人考证看，白朴生活的年代和他的戏剧创作时期，都早于王实甫二三十年。既然如此，《东墙记》成书当在《西厢记》之前，这就不可能发生白朴受王实甫影响，《东墙记》蹈袭、剽窃《西厢记》的问题。

　　还有一个值得注意的情况，明人陆采在《南西厢叙》中说："逮金董解元演为《西厢记》，元初盛行。顾当时专尚小令，率一二阕，即改别宫。至都事王实甫，易为套数。"这段话清楚说明元初还没有王实甫的《西厢记杂剧》，流行的是董解元的《西厢记诸宫调》。元朝建国于公元1271年，元初当为此后数年；可是蒙古改元之前，元世祖忽必烈已于1260年建元中统，世祖之前为宪宗，这似乎都可以称之为元初。这时，白朴正居住在杂剧兴盛的真定，从事杂剧创作。据此可以推断，白朴可能是受董解元说唱文学《西厢记诸宫调》的影响，创作了杂剧《东墙记》；王实甫在董解元《西厢记诸宫调》的基础上，借鉴了白朴的杂剧《东墙记》而创作了《西厢记》，这样看似乎更合乎情理。

《东墙记》的成就，虽然不及《墙头马上》《梧桐雨》，也不及王实甫的《西厢记》，但从它鲜明的反封建的主题和突出的艺术成就看，仍不失为一部值得肯定的佳作，并不像有的论者所说的，"内容平泛"，"叙次凌杂而不匀称，宾白草率生硬，曲文也极平常，并无可以值得赞美之处"。它在我国戏剧发展史上，应该有一定地位。

《东墙记》的主要成就，是较好地塑造了一个大胆冲破封建礼教束缚、主动追求理想爱情的妇女形象董秀英。董的形象尽管不如崔莺莺的形象那样完整丰满，但她无视封建礼教、主动追求爱情的叛逆性格还是很鲜明的，而她对爱情追求的主动、大胆，似乎比崔莺莺还突出些。《东墙记》的艺术成就主要有以下三点：

1. 善于描写典型环境，突出秀英的叛逆性格。秀英是松江府尹的千金，她生活的环境，作者是这样描写的：父早亡，"止有老母在堂，治家严肃"，"俺那火性如雷老母亲。谨慎闺门，昼夜追巡，坐守行跟，恐失人伦。但若离了半时辰，来相问"。生长在这样的环境里，正当青春的少女秀英，精神上受压抑，行动上受约束，她不能出三门四户，没有母命，甚至连自家的花园，也不能随便去，落得个"掩重门尽日无人问，情不遂，越伤神"。作者在这里真实而形象地描写了这个恪守封建礼教、家风严苛的典型环境。白朴描写的这个使人感到窒息的环境，既为秀英一见文辅而倾心做了铺垫，又突出了她置封建礼教于不顾、大胆追求爱情的叛逆性格。

2. 作者从戏剧内容和舞台艺术的特点出发，安排关目和曲子，突破了元杂剧的传统格式。或者说元蒙时期的杂剧格式尚未定型。

《东墙记》没有恪守元杂剧四折一楔子、一人主唱的惯例，在结构上出现了一本五折一楔子，在演唱方面出现了五折多人唱和角色轮唱的情况。这种从戏剧内容、从人物塑造出发安排的关目、曲文，使形象鲜明，演出活泼，收到了较好的舞台效果。这是元杂剧发展史上的一个进步，对明清戏曲的发展起到了积极的作用。

3. 文词清新俊丽。白朴是写词的高手，他写的曲文几乎像词一样，清新俊丽，富有意境美。比如第一折秀英唱的【仙侣·点绛唇】："万物乘春，落花成阵，莺声嫩。垂柳黄匀，越引起心间闷。"这支曲子描写三春景色，引起少女思春的苦闷，情景交融，意境深邃，耐人寻味。又如第四折秀英唱的【小桃红】："腰肢纤细减芳容，似带雨梨花重。翠被香消谁与共，思无穷，音书写下无人送。鱼沉雁杳，枕剩衾空，因此上泪滴满酥胸。"这支曲子把一个空守闺房的少女思念远方恋人的情态、心理描写得活灵活现，语言清丽、俊俏而传神。有的曲文写得朴素自然，不加雕饰，明白如话。如第二折梅香唱的【上小楼·幺】："你待教媒人偶成，老夫人天生劣性。不争你走透消息，泄漏风声，误了前程。俺姐姐念旧盟，想旧情，何须媒证，不用你半星儿绛罗为定。"作者精通音律，又常与勾栏艺人往来，因而他写的曲子很注意音乐的节奏感，读起来朗朗上口，配乐唱起来娓娓动听。

当然，《东墙记》也有它的不足，比如作品把文辅与秀英的自主婚姻安排为早有婚约，这就在一定程度上削弱了反封建的意义；剧中对功名利禄的宣扬，也有损人物形象；又如戏剧性不够强，宾白杂有文言，有的曲文显得粗俗；等等。尽管它有这些缺点，但是作为戏剧发展史上的一部元代早期剧作，在思想和艺术上取得那样突出的成就，却是难能可贵的。

四

《流红叶》,《录鬼簿》著录为"于祐之金沟送情诗",正名《韩翠颦御水流红叶》,简称《流红叶》。"流红叶"的故事,唐孟棨《本事诗》、范摅《云溪友议》和宋孙光宪《北梦琐言》都有记载,但主人公姓名不同。宋人张实根据这些传说,渲染加工,写成传奇《流红记》(载宋刘斧编《青琐高议》)。白朴的杂剧《流红叶》就是根据传奇《流红记》创作的,全剧已失散,只剩下第三折残曲,收入《盛世新声》《词林摘艳》《雍熙乐府》等曲集。据张实传奇《流红记》的故事看,写的是于祐和韩夫人的爱情故事。情节大略是:唐僖宗时,诗人于祐傍晚沿御沟闲步,于水中拾得一枚从皇宫御沟中漂出的红叶,上有诗句:"流水何太急?深宫尽日闲。殷勤谢红叶,好去到人间。"于祐喜其诗意清新,想是宫女所作,引起倾慕之情,遂在一片红叶上题"曾闻叶上题红怨,叶上题诗寄阿谁?"诗句,放在御沟上流水中,流入宫内,恰好被宫人韩夫人拾得。后来于祐为丞相韩泳的馆客,值帝放宫人三千出宫适人,泳闻韩氏有才学,又同姓,就接她出宫寄居自己家中,并作伐嫁祐。成婚之后,韩夫人在于祐书箱中发现题诗的红叶,甚为惊异,问祐原委,祐以实相告。韩夫人亦取出祐题诗的红叶,夫妇相对惊叹感泣。一日,韩泳宴请于祐夫妇,席间韩泳说:"子二人今日可谢媒人也!"韩夫人即席咏一七绝:"一联佳句题流水,十载幽思满素怀。今日却成鸾凤友,方知红叶是良媒。"后来,僖宗知此事,亦甚嘉许。

白朴根据这个故事创作的杂剧《流红叶》,今天已无从看到其全貌,但从现存的一些曲文中,我们仍可以清晰地看到一个久禁深宫,过着寂寞忧郁、痛苦寡欢的生活而渴望获得自由、爱情的宫女形象。

看，她怀着满腹忧愁，离席逃走，独步闲游到"去年前感恨题诗御沟"，触景生情，感慨万端。她长期被禁锢在像囚牢似的深宫里，难见父母亲人，难得青春少女的欢乐，时光空度，精神是多么郁闷痛苦，命运是何等悲惨凄凉！然而，她不甘于这种凄苦的生活，竟贸然题诗红叶，以排遣她心中的忧愁，寄希望于有情人。如今时过一年，杳无音讯，怎不让她"扑簌簌，泪交流，恰便似珍珠脱了线头"。正当她以泪洗面之时，突然发现了水上漂来的红叶，"可怎生颜色儿俨然新，墨迹儿无些旧"，她原以为是自己题诗的红叶，便顺流赶去，探身将红叶捞起来一看，原来是新题诗的红叶。她喜出望外，惊讶自语："是谁将巧计搜，全不怕官司穷究，将那两句儿诗联就。"是啊，题情诗流向禁宫，若被发觉，不仅要断送了自己的前程，而且还要判重刑。然而，他竟敢冒险题诗红叶，这怎能不引起韩翠颦对他的崇敬与爱慕！她"看了这诗中意投，必定是个俊儒流，裁冰剪雪忒惯熟，若得来双双配偶，尽今生共结绸缪"。从诗中，她看到了希望，得到了安慰，但又滋生了新的忧愁。

"往常我守椒房耽寂寞捱昏昼，今日个又添上关心症候。趁西风飘离了树梢头，送与我这一场闲闷闲愁。见了些翠裙凤翅伤秋扇，我听了些绛帻鸡人报晓筹。年年池馆皆依旧，你看俺这嫔妃年老，几时得叶落归秋！"这是多么凄惨的声音，它倾诉了少女的青春寂寞、被遗弃的痛苦，以及联想到白发苍苍、尚无归宿时的哀怨。这曲子唱出了命运凄苦宫女的心声，是对封建制度的血的控诉。痴情的韩翠颦清醒地知道"这姻缘空遥受"，她还是"暗欢喜空把他心中爱"，仍然"办着个志诚心将他候"。你看她痴心地像着了魔似的竟然打扮起来"准排着洞房花烛"了。她甚至想象出洞房的情景："稳坐着白象床，满斟着碧玉瓯，拥鲛绡将红叶儿怀中搂，吃几杯新来庆喜的酒。"作者在这里把她追求自由、渴望爱情的如痴如醉的心理、神态，描绘得惟妙惟肖、活灵活现。韩翠颦的形象虽然在戏曲里显露得还不是那么完整、丰满，但她的性格是鲜明的，形象是典型的。

　　白朴一向尊崇唐代大诗人白居易，他创作《流红叶》又深受白居易《上阳白发人》的启示与影响。他不仅深切同情久被幽禁的宫女们的悲惨命运，而且以热情的笔触，以传奇般的精巧安排，使她们获得了爱情。作者赞美她们对自由、对爱情追求和向往的斗争精神，抨击了禁锢妇女的封建制度。因此，作品的主题是鲜明的、进步的。同时，作品的艺术性也是很高的，白朴以巧妙的艺术构思、清新自然的语言、细腻的心理描写，绘声绘色地描写了韩翠颦的忧郁、苦闷、喜悦与欢乐，好像一首优美动人的叙事诗。

五

　　《箭射双雕》全名为《李克用箭射双雕》，元钟嗣成《录鬼簿》和明朱权《太和正音谱》都未著录，明张禄《词林摘艳》始题作"元白仁甫李克用箭射双雕杂剧"，明末清初李玉《北词广正谱》"仙侣宫"收此套五支残曲，题为"白仁甫箭射双雕杂剧"。近人王国维《曲录》据《北词广正谱》著录其正名。此剧至今未见传本，仅在《盛世新声》《词林摘艳》《雍熙乐府》《北词广正谱》等曲集中，有其残存佚文。

　　《箭射双雕》是一部历史剧，它借醉汉观剧，转述李克用一箭射双雕降服周德威的故事。李克用历史上实有其人。他是唐沙陀部人，善骑射，初踞云州，为唐军所败，与其父逃入鞑靼。后为代州刺史，率沙陀兵镇压黄巢起义军，攻进长安，被任为河东节度使，继而进封为晋王。他长期与朱温交战，其子存勖灭后梁建立后唐，尊其为太祖武皇帝。李克用在历史上的作用，我们姑且不论，而他箭射双雕的事，史书上是有记载的。据《旧五代史·武皇纪》记载：李克用

"尝与鞑靼人角胜,鞑靼指双雕于空曰:'公能一发中否?'武皇即弯弧发矢,连贯双雕,边人拜伏"。周德威历史上也实有其人,是李克用部下的一员大将。李克用收降周德威之事,史籍并无记载。脉望馆抄本古今杂剧《飞虎峪存孝打虎》第二折,开始有一段小戏,亦写了李克用一箭射双雕收降周德威的故事;《残唐五代史演义》也记述了这个故事,可见这个故事已在民间流传。白朴就是根据这些史实,将其生发,并汲取民间传说,创作了杂剧《李克用箭射双雕》。可惜剧作已佚失,不能窥其全貌,但从流传下来的残曲里,尚可看见一个威风凛凛的英雄形象。

剧本一开始,白朴就把主人公放在两军对垒锣鼓震天的战场上,听,"两棒鼓赤力力似春雷,一声锣轰霹雳惊天地","喝一声手下儿郎快准备,摆列着金鼓旗幡队"。看,"鞭稍点处,三军队伍,前后皆齐","一双皂雕空中飐翼,上下翻飞"。威风凛凛的李克用,把沙场上赳赳雄威的猛将周德威,毫不放在眼里,说什么"比及和你对垒,先着你试看咱武艺",他左手弯宝雕弓,右手取凤翎箭,"绑的一声弦头响,似春雷般乍起,箭光流似一点寒星飞坠","一双雕透心窝正中着金钑。我则见垓心内、旗影里,他捆着手高声叫起"。李克用手起箭发,双雕坠地,真乃百发百中,神奇无比,赢得了一片喝彩声。在武艺高超的英雄面前,周德威"下的战骑,怎敢道说兵机,扑的来跪膝。遥望见七重围,则这沙陀壮士归服你"。两军尚未交锋,周德威就在李克用百步穿杨超群箭艺的威势下,折服归顺,"情愿马头前亲执辔"。李克用也就耀武扬威地足敲金镫,手举玉鞭,高唱凯歌,胜利回师。作者在这里运用巧妙的构思、对比的手法、简练的笔触、质朴的语言,塑造了一个威武雄壮、武艺高超、令人敬佩的英雄形象。

白朴把李克用看作是功高爵显忠于李唐王朝的英雄,因而在剧中极力赞美他,其目的是借歌颂历史人物,寄托自己对"爱国"英雄的敬仰。

《箭射双雕》是一部武打戏，这在白朴剧作乃至元杂剧中是不多见的，从中既可看出白朴创作杂剧的思想倾向，又可看出作者创作选材广泛、题材新颖的一面。

六

白朴杂剧还有存目 11 种：《高祖归庄》《崔护谒浆》《幸月宫》《凤凰船》《梁山伯》《绝缨会》《钱塘梦》《银筝怨》《斩白蛇》《赚兰亭》《赶江江》。这些剧目的剧本佚失，但经考析，除《凤凰船》《赶江江》两种不知其本事和所写内容，另外九种有五种是历史题材。《绝缨会》写楚庄王夜宴绝缨的故事，赞扬楚庄王宽厚仁德，绝缨者知恩图报，沙场冒死却敌，最终使楚军打败晋军。《斩白蛇》写汉高祖刘邦斩白蛇起义的故事；《高祖归庄》写汉高祖刘邦做皇帝后衣锦还乡的故事；《赚兰亭》写监察御史萧翼为唐太宗智赚王右军《兰亭记》书帖的故事；《幸月宫》写唐明皇游月宫的故事。还有四种是社会生活男欢女爱题材，《崔护谒浆》写崔护与村姑的爱情故事；《梁山伯》写梁山伯与祝英台的故事；《钱塘梦》写司马槱与苏小小的爱情故事；《银筝怨》写崔怀宝与薛琼琼的爱情故事。这些剧作虽没有留下剧本，但在元代活跃在舞台上，当是受人欢迎、影响很大的剧作。它影响后世许多剧作家创作了同题材的杂剧、南戏、传奇、昆曲、京剧和地方戏，像《绝缨会》《崔护谒浆》《梁山伯》等剧目，至今仍有许多剧种演出活跃在全国各地的舞台上。

七

白朴是13世纪中国著名的戏曲作家，后来他和他的作品才传播到国外，为国外人所知。据王丽娜《关、王、马、白名剧在国外》（《河北师院学报》1990年第2期）说，朝鲜《世界文学大事典》及《文艺大辞典》都列有马致远《汉宫秋》及白朴《梧桐雨》专门辞条。在评介《梧桐雨》时说："《梧桐雨》整个剧情的描写非常典雅而艳丽，场面的构成与布置都有特色，是元曲中难得的杰作。特别是平定了贼乱之后，玄宗在秋雨打着梧桐的深夜追念贵妃的最后一幕，给人留下回味不尽的余韵。"日本的《文艺辞典》在评介白朴的剧作时，认为《梧桐雨》的悲剧性比洪昇的《长生殿》更加深厚。《苏联大百科全书》在《中国文学》条目中说："戏剧在元代文学中占主导地位。著名戏剧家关汉卿的《窦娥冤》、王实甫的《西厢记》、马致远的《汉宫秋》、白朴的《梧桐雨》，代表着元代戏曲发展的高峰。"

1951年巴黎版《亚洲杂剧》1~12月号又连载巴赞的元代百种戏曲译介，其中包括白朴的《墙头马上》《梧桐雨》。从此，元曲四大家的这些剧本的故事内容便都为西方读者所知了。

1951~1977年日本京都大学人文科学研究所出版的《元曲选释》收入白朴《墙头马上》全部译文，并有注释。此书的翻译注释者为著名元曲研究家青木正儿、吉川幸次郎、入矢义高、田中谦二。1966年莫斯科艺术出版社出版的《元代戏曲》一书，收《墙头马上》《梧桐雨》的全译文。此书由著名汉学家彼得罗夫编辑，缅希科夫校注。

20世纪以来，国外学者研究元曲的各种综合性专著逐渐增多，影响较大的有：英国汉学家路易斯·查尔斯·阿林顿著《古今中国戏曲概论》（1930年上海出版），美国学者凯特·布斯著《中国戏曲研究》（1929年波士顿及纽约出版），美国学者刘君若的博士论文《中国十三世纪杂剧研究》（1952年发表于威斯康辛大学），美国学者斯科特著《传统中国戏剧》（1970年麦迪森威斯康辛大学及伦敦威斯康辛大学出版），美国学者时钟雯著《中国戏曲的黄金时代·元杂剧》（1975年普林斯顿大学出版社出版），威尔特·艾德马与斯蒂芬·韦斯特合著《中国戏曲，1100~1450》（1982威斯巴登出版），日本著名中国戏曲研究家青木正儿著《元人杂剧概说》（1937年弘文堂书店出版，隋树森的中译本，开明书店于1941年出版，后经修订，中国戏剧出版社1957年出版），日本著名汉学家吉川幸次郎著《元杂剧研究》（1948年岩波书店出版，郑清茂的中译本于1960年台湾艺文印书馆出版），苏联著名汉学家索罗金著《十三~十四世纪的中国古典戏曲：起源·结构·形象·情节》（1979年莫斯科出版），等等。

　　在这些著作中，有关元曲四大家的论述都占据着较多的篇幅，重要论点和新见解不时出现。例如，索罗金即不同意一些中国学者贬低《梧桐雨》艺术成就的看法，他在专著里写道："不应把白朴对杨贵妃的形象和对故事基本情节的处理看作'缺点'，相反地，应当看作是作者忠实于历史事实的证据，尤其重要的，是他忠实于心理真实的证据。唐明皇不问国政，迷恋女色，自然该受谴责，但是他的'迷恋'终于成为真心实意的爱情，这显示了他灵魂中美好的一面。作为一个人，不仅是皇帝！不能从一个方面来评判。剧作家好像是在某种猛然的省悟中认识了现实主义手法的实质。"索罗金还将《梧桐雨》与《汉宫秋》中两个帝王的相似处境和描写上的差别进行了比较分析。青木正儿的《元人杂剧概说》，许多论述都尤见功力，如他评白朴《墙头马上》的艺术成就时说："此剧虽然恐怕不适合道学先生之意，但在一般人来说却是颇负盛名的故事，它的辞曲之典丽，可与《西厢记》相比，而女主人公的性格又比《西厢记》的女主人公更为热情、果敢、意志坚强。全剧结构直截简明而并不平板，第四折团圆那一场的紧张,尤其写得出色。"评马致远《汉宫秋》第四折与白朴《梧桐雨》第四折之异同时说:"元帝秋夜中思念昭君,与《梧桐雨》同一情趣。彼为秋夜,此亦为秋夜;彼梦杨贵妃,此梦王昭君;彼咒梧桐雨,此咒雁声。……此两剧的收场法是有力的,是元曲中不见他例的有力作品,神韵缥缈,洵为绝妙。"又评王、白二家曲辞风格之异同时说:"王、白虽然一样的藻采焕发,但其间风趣自异。""王实甫之曲辞是艳丽的,白仁甫曲辞于典雅之中寓有豪放磊落之气。"

　　值得高兴的是,20世纪50年代以来,有关元曲四大家的一些专题研究论著也陆续问世,而英国、美国与日本学者在这方面所做的成绩更为突出。如美国杰罗姆·卡瓦诺的博士论文《元代剧作家白朴的作品》,日本金文京的《白仁甫的文学》。金文京对《梧桐雨》即从剧作的表现、剧作与《天宝遗事诸宫调》、剧作与史书、剧作的特征四个方面展开论述,同时将剧作的题材处理与《墙头马上》的题材处理进行比较,并论及白朴的散曲,最后说明白朴文学经历的轨迹是:从古典的诗的世界到词,再到曲,进而摆脱词、曲的世界,正式搞起杂剧这一要求新的内容、新的表现的文学创作来。金文京还特别强调指出知识者的参加,在杂剧从简单的演艺嬗变而成为真正文学的过程中的积极作用。

第三章　白朴的散曲

一

元代知名的散曲作家有二百余人，他们中间许多人是既作杂剧又写散曲的，白朴就是这样。

白朴寓居真定（今河北正定）约三十年。当时，那里正是杂剧演出兴盛的地方。他又是大都（今北京）玉京书会的才人，经常为勾栏的戏曲艺人编写杂剧，制作清唱的散曲，甚"赢青楼、薄幸名"（见《录鬼簿》）。他创作的散曲当不少，而今存者为数不多。这些作品散见在元人杨朝英选辑的散曲总集《乐府新编阳春白雪》《朝野新声太平乐府》以及元代无名氏辑选的散曲总集《梨园按试乐府新声》、明人朱权的《太和正音谱》、明人蒋一葵的笔记《尧山堂外纪》等著作中。清初杨友敬从上述诸书中得小令28首、套数3首，辑为《天籁集·摭遗》1卷，附在他于康熙三十九年（1700）所刻词集《天籁集》之后，并作跋云："兰谷先生《天籁集》，至元丁亥王西溪为作序，已云二百篇，集内有戊子至辛卯作者，可知尚有增益。今传一百八篇（按：其中有三篇友人和词），散佚多矣。无已，始掇拾他书所载套数小令，编附卷末。"今人隋树森编辑的《金元散曲》，收录了

《天籁集·摭遗》全部作品，又从《朝野新声》《阳春白雪》《尧山堂外纪》中补小令8首、套数1首，并从《天籁集》中选入1首《越调·小桃红》，共计小令37首、套数4首。这就是白朴今存的全部散曲。如今有人疑其中几首作品非白朴所作，但无确证，故仍归白朴。

对于白朴散曲的评价，历来是很高的。明人朱权《太和正音谱》在《古今英贤乐府格势》中，列元曲家187人，马东篱（即马致远）为首，张小山排二，白朴居三。这种排列既不是以作者时代先后为序，又不是以杂剧成就的高低为据，显然是从他们散曲的成就着眼的。朱权评白朴的散曲，"如鹏搏九霄"，"风骨磊块，词源滂沛，若大鹏之起北溟，奋翼凌乎九霄，有一举万里之志，宜冠于首。"（《太和正音谱》）。清初朱彝尊在白兰谷《天籁集·序》中说："明宁献王权谱元人曲作者凡一百八十有七人。白仁父居第三，虽次东篱、小山之下，而喻之鹏搏九霄，其矜许也至矣。"这种评价虽然失之过誉，如"鹏搏九霄"的豪迈风格，并不完全符合白朴散曲的实际，但也可窥见他的散曲在元曲中的地位。清末民初的卢前《天籁集·摭遗·跋》云："昔王观堂（即王国维）以唐诗为喻，谓仁甫似刘梦得；以词为喻，则如苏东坡。此殆指其杂剧而言，散曲微有不逮，亦元初一大家也。"这样评价是颇有道理的。

历史上对白朴散曲的评价，是从总体来说的，还没有看到具体细致分析论述的文字。新中国成立后，许多文学史著作在评价白朴杂剧创作成就及其在文学史上的地位时，都曾涉及他的散曲，但分析论述仍比较简括。20世纪50年代羊春秋先生写的一篇有关白朴散曲的论文，也只是论及《寄生草·饮》一支曲子。鉴于这种情况，笔者曾对白朴散曲进行较为全面深入的研究，于1982年春写成《论白朴的散曲》一文，发表在河南人民出版社出版的《文学论丛》1983年第2期。

二

　　公元 1226 年，籍隶隩州（今山西河曲）的白朴，出生在金朝都城汴京（今河南开封）的一个官宦人家（见拙作《关于白朴的籍贯》，载 1982 年第 5 期《河南师范大学学报》），父亲白华是参与皇室军机要务的枢密院判官。公元 1232 年，蒙古军队围攻汴京，白华随金哀宗出逃。第二年汴京陷落，朴母失踪，年幼的白朴只得随父执元好问作为蒙古军队的俘虏，北渡黄河，被拘管在山东聊城。后来白华北归，从元家接回白朴，曾以诗谢遗山云："顾我真成丧家狗，赖君曾护落巢儿。"不久，父子便徙居真定。白朴"幼经丧乱，苍皇失母，便有山川满目之叹。逮亡国，恒郁郁不乐，以致放浪形骸，期于适意"（见元王博文《天籁集·序》）。元朝权贵多次荐举其入仕元朝，他都"再三逊谢，栖迟衡门，视荣利蔑如也"（同上）。元灭南宋之后，白朴因弟白恪、长子白镗在江南做官，便于公元 1280 年徙家金陵（今江苏南京），"从诸遗老放情山水间，日以诗酒优游，用示雅志，以忘天下"（明孙大雅《天籁集·序》）。白朴作为封建世家出身而又有这样生活经历和思想状况的知识分子，他创作的散曲，自然要反映他所处的时代和他自己的生活与思想，正像王博文《天籁集·序》中评其词时所说："凡当歌对酒，感事兴怀，皆自肺腑流出。"这是符合白朴创作散曲的实际情况的。

　　白朴的散曲有咏史、感怀、颂扬归隐、描写男女恋情及描写自然景物等内容。但是，这些内容所表现的思想则有所不同。他的散曲虽然不同程度地表现了人生无常、逃避现实的虚无主义的消极思想，但鄙视功名利禄、蔑视封建礼教、赞颂女子追求自由爱情则是作品的主流。

咏史,是元曲家经常涉及的题材,白朴也不例外。他的散曲有四首写这方面内容。历代作家运用历史题材进行创作,总是和他所生活的时代、政治环境直接联系着。马克思在《路易·波拿巴的雾月十八日》中谈到一些资产阶级革命家时曾指出:"他们战战兢兢地请出亡灵来给他们以帮助,借用他们的名字、战斗口号和衣服,以便穿着这种久受崇敬的服装,用这种借来的语言,演出世界历史的新场面。"(《马克思恩格斯选集》第一卷第306页)革命导师的这段话,可以帮助我们理解、分析白朴的咏史之作。白朴借助功成隐退和业就遭祸的历史人物,表达自己的爱慕和哀叹,这是元代黑暗现实的折射,表达了他对元代统治者的愤慨不满和对功名利禄的蔑视。比如:

张良辞汉全身计,范蠡归湖远害机。乐山乐水总相宜。君细推,今古几人知?

——《中吕·阳春曲·知几》之四

曲家用张良助刘邦兴汉而后辞官、范蠡助越王勾践复国而后归隐的历史事件,歌颂他们识远谋深、激流勇退地保全身家性命的行为,赞扬退隐山林过田园生活的人最合时宜。作者写的是历史人物,实际是奉劝当时有作为的仁人志士,要认清统治者的面目,功成名就之后,还是归隐、向田园山林寻求生活情趣为好。白朴还进一步对建立功业的陆贾、姜子牙、张华加以否定,他是这样写的:

忘忧草,含笑花。劝君闻早冠宜挂。那里也能言陆贾?那里也良谋子牙?那里也豪气张华?千古是非心,一夕渔樵话。

——《双调·庆东原·题阙》之一

作者奉劝世人,不要留恋高官,要尽早辞官归隐,像汉朝助刘邦安天下的能言善辩的陆贾,辅助周武王伐殷纣建立周朝的足智多谋的姜子牙,劝谏、协助晋武帝灭吴并威镇幽州的满怀豪气的张华,虽然都是功勋卓著的名臣,但是他们的是非功过,也不过是渔民樵夫夜晚谈话的资料。千秋功罪,谁人曾与评说?这就进一步表明作者对统治者是非贤愚不辨的怨恨,对功名利禄的轻蔑,对归隐渔樵生活的向往。这思想固然有虚无、消极的一面,然而消极中有牢骚、有愤慨,这不能不是一种软弱的抗争。作者在散曲中还对屈原、陶潜加以褒贬:

> 长醉后方何碍,不醒时有甚思。糟腌两个功名字,醅淹千古兴亡事,曲埋万丈虹霓志。不达时皆笑屈原非,但知音尽说陶潜是。
>
> ——《仙吕·寄生草·劝饮》

曲中描写了长醉之后,万念俱灰,什么功名、事业、志向,统统淹没在酒中,化成了泡影。事不通达时,以屈原独标高洁、屡受猜忌,终自沉汨罗为非;遇知音时,则以陶潜不为五斗米折腰,辞官归隐,过着"采菊东篱下,悠然见南山"的田园生活为是。前一句话是反语,实际上作者对屈原、陶潜都是很推崇的。作者用这种愤世嫉俗的语言,称赞长醉不醒、忘怀世事的态度,是发自内心的愤慨之言,也是一种消极的反抗。

白朴生活在优裕的封建官宦家庭里,一生没做过官,对于元朝权贵的多次推荐,他都婉言谢绝,决不出仕,这表示他有"傲杀人间万户侯,不识字、烟波钓叟"(《双调·沉醉东风·渔夫》)的不同流俗的性格。由此可见,白朴散曲所表达的思想,正是曲家思想的真实反映,也是当时一部分知识分子思想苦闷、忧虑的反映。应该说,这种思想是具有时代特征的。作者对元朝黑暗现实的不满,只能采取这样咏史的手法,曲折地表达自己的思想感情,爱与憎是鲜明的,这在当时来说是难能可贵的。

与咏史内容相近的是叹世的作品,这些作品从另一个侧面表现了作者怀念故国、不满现实的思想情感和明哲保身、与世无争、纵情诗酒的处世态度。曲家是这样写的:

> 岁华如流水,消磨尽、自古豪杰。盖世功名总是空,方信花

开易谢,始知人生多别。忆故园,漫叹嗟,旧游池馆,翻做了狐踪兔穴。休痴休呆,蜗角蝇头,名亲共利切。富贵似花上蝶,春宵梦说。

——《双调·乔木查·对景·幺》

这支曲子表达了对金代故国沦丧的哀叹,对追逐名利之徒的蔑视,对社会现实的不满,但也流露了较为浓厚的人生如梦、世事皆空的悲观厌世的虚无主义思想。面对这样的社会现实,作者的态度,一是明哲保身,缄默不言,如:

知荣知辱牢缄口,谁是谁非暗点头。诗书丛里且淹留。闲袖手,贫煞也风流。

——《中吕·阳春曲·知几》之一

作者在这里宣扬的是明哲保身、安贫乐道的思想,主张各人自扫门前雪,休管他人瓦上霜。然而,我们可以进一步分析,他为什么要宣扬这种思想?这与元朝统治者的残暴统治及知识分子所处的九儒十丐的低下地位有关,与元朝的刑律妄议朝政者诛或许有关。作者知荣辱、明是非,对元朝的社会现实有自己的清醒看法,然而,有谁敢冒杀头之罪去谈论呢?在是非荣辱面前,只好闭口不言,暗暗摇头,袖手旁观,躲在诗书丛里,从中寻求精神寄托。这里,作者的难言之苦,正是元朝长夜如磐、万马齐喑的黑暗现实的真实反映。

作者对黑暗现实的第二种态度是及时行乐,以酒为友,借酒消愁。说什么"少年枕上欢,杯中酒好天良夜,休辜负了锦堂风月"(《双调·乔木查·对景·尾声》),"今朝有酒今朝醉,且尽樽前有限杯"(《中吕·阳春曲·知几》),"不因酒困因诗困,常被吟魂恼醉魂。四时风月一闲身。无用人,诗酒乐天真"(同上),充分表现了作者纵情诗酒、消磨岁月、无所事事的生活态度。这虽然揭示了作者隐伏的内心的苦闷和对现实的不满,但也表现了悲观失望、精神空虚的古代知识分子的生活情趣。尽管有其消极的一面,但从中可以透视出生活在元代黑暗统治下知识分子的精神面貌。

散曲中有十几首是描写男女恋情和离愁别恨的。这样的内容，在元代散曲中占的比重很大，也是古典文学作品经常写的题材。然而，白朴笔下的恋情之曲，却独具特色，别有风味。

曲中热情歌颂无视封建礼教、大胆追求爱情的女性。妇女在封建社会里受害至深，三从四德的封建礼教不知吞噬了多少善良的弱女子。就是在元初，尽管元代统治者在男女生活方面管教不是那么严，但是，由于长时期受封建礼教，特别是宋代理学思想的影响，妇女仍然被封建礼教的枷锁禁锢着。婚姻要遵父母之命，要有"媒妁之言"；私定终身，自选情侣，被视为伤风败俗。在这种情况下，歌颂妇女解放，争取婚姻自由，就具有反封建的进步意义。而作者笔下的妇女形象，追求爱情更加大胆。且看：

> 从来好事天生俭，自古瓜儿苦后甜。你娘催逼紧拘钳。甚是严，越间阻越情忺。
>
> ——《中吕·阳春曲·题情》之四

这位妇女的行动多么大胆，感情多么炽烈，性格多么直率，她就是不顾封建礼教的束缚，不顾母亲的严格管教，勇敢地追求爱情，越是中间阻拦越是爱得深。这是对封建礼教的挑战！这支曲子好像一首感情热烈、语言泼辣的民歌。从这里可以联想到白朴的杂剧《墙头马上》的女主人公李千金，她们大胆追求爱情的叛逆性格何等相似！

散曲还写了男女的离愁别恨。这类作品，深刻地表现了女子的痴情和忠贞。正因为男女相爱感情至深，一旦分离，就给妇女带来莫大的痛苦，散曲是这样写的：

> 红日晚，遥天暮。老树寒鸦几簇。咱为甚妆妆频觑？怕有那新雁儿寄来书。
>
> ——《双调·得胜乐·题阙》之三

曲中的女主人公，望眼欲穿地盼望着远方离人的讯息，天色已晚,而她还一趟又一趟地频繁观望,希望"新雁儿"捎来书信。这种对爱情执着追求的感情令人同情。尤其是作者在套数《仙吕·点绛唇·金凤钗分》中,生动而细腻地刻画了一个怀念远方丈夫的妇女形象。她晚间空守危楼,怀念远别的丈夫,唯恐丈夫在外另有新欢,希望丈夫莫忘送别时的话语:"莫吃秦楼酒、谢家茶,不思量执手临歧话。"(《穿窗月》)她对爱情是忠诚的。她等待丈夫归来竟然"数归期空画短琼簪,揾啼痕频湿香罗帕"(《寄生草》),她是如此的痴情,这样的痛苦。盼呀,盼呀,结果是"自从绝雁书,几度结龟卦。翠眉长是锁离愁,玉容憔悴煞。自元宵等待过重阳,甚犹然不到家"(《元和令》)。这样空守闺房的妇女,精神是极为痛苦的。这里包含着对这位痴情妇女的深切同情,也是向不合理的封建制度的抗议!

白朴散曲中有 20 首是写景咏物的,几乎占全部作品的一半。这些曲子写得清新自然,充满了诗情画意,虽然没有表现出什么大的思想意义,但当它艺术地再现大自然美的时候,也给人以美的享受,使人心旷神怡。这样的作品具有美学价值,能够为千百人所欣赏,能够触发人们热爱生活、热爱祖国大自然的感情。这类作品,绝不同于那种风花雪月或粉饰太平之作,它的情感是健康的。比如《越调·天净沙》四支曲子,写春、夏、秋、冬的四季景色,生动真切,色彩鲜明,给人以清新、可爱的感觉。看作者是怎样具体描写的:

春山暖日和风。阑干楼阁帘栊。杨柳秋千院中。啼莺舞燕,小桥流水飞红。

——《越调·天净沙·春》

一声画角谯门。半庭新月黄昏。雪里山前水滨。竹篱茅舍,淡烟衰草孤村。

——《越调·天净沙·冬》

前一支曲子写富贵之家春天的庭院景色,具体生动,红绿色彩相映,山清水秀,春意盎然,这些景物充分表现了初春的飞花流红之景。后一支曲子写冬天农村孤村茅舍的景色，也写得形象逼真、凄凉萧索，又是一番情味。

从上述散曲的思想内容来看，白朴散曲反映的生活面比较狭窄，视野不够开阔，多是抒发个人的生活感受和描写眼前所见的自然景物，很少触及当时社会的重大问题，诸如国计民生、人民疾苦、吏治黑暗、民族矛盾等，这是由作者的阶级的局限性和所处时代的局限性造成的。在元朝黑暗统治下，白朴能够既不粉饰生活愚弄人民，还能以自己的笔比较曲折真实地反映当时的现实生活，曲折地表现出对统治者的怨恨，直抒对封建礼教的不满，这是他高出不少封建文人的地方，也是他的散曲具有进步意义的一个重要方面。

三

白朴散曲的艺术成就是很高的，特别是出现在元初，更值得称道。应该说，白朴的散曲对后来散曲创作的影响是很大的，对散曲这种新的文学样式的形成和发展有着重要的贡献。元人周德清《中原音韵》中曾列散曲定格40首，其中有3首是白朴的作品。所谓定格，就是制曲的标准或规定的格式。这虽然是从散曲的形式说的，但也可见其散曲有相当影响。白朴散曲的艺术成就，有四点可资借鉴。

形象鲜明。散曲，特别是小令本为体制短小的艺术形式，但作者能用如椽的妙笔，用极简练的文字，塑造一个一个鲜明的艺术形象，给人以真实的感受，读后经久难忘。比如：

> 黄芦岸、白蘋渡口，绿杨堤、红蓼滩头。虽无刎颈交，却有忘机友。点秋江、白鹭沙鸥，傲杀人间万户侯。不识字、烟波钓叟。

——《双调·沉醉东风·渔夫》

这支曲子塑造了一个蔑视权贵、以渔樵生活为乐的垂钓老翁形象。他饱经沧桑，洞悉人情世事，傲视功名富贵，以目不识丁过渔樵生活为乐。可以说这个钓翁形象中有作者自己的影子。这支曲子，情景交融，兼发议论，语言优美，意境深邃，给人以回味余地。又如：

  鬓云懒理松金凤，胭粉慵施减玉容。伤情经岁绣帏空，心绪冗，闷倚翠屏风。

    ——《中吕·阳春曲·题情》之二

作者用了29个字，生动地描绘了一个被抛弃的满怀幽怨的妇女形象。从她的外貌、心理、行动几个方面作了精细的描绘，使人能够想象出一位俊俏的妇女，发髻不整，脂粉不施，心事重重，痛苦地倚在屏风前的神态，富有立体感，似乎是一幅工笔的仕女图。

尤为值得称道的是套数《仙吕·点绛唇》（金凤钗分），只用了7支曲子133个字，就把一个满怀哀怨、忧虑、痴情，思念远方丈夫的妇女形象刻画得栩栩如生。作者如果没有敏锐的观察力和高超的表现技巧，是很难取得这样的艺术效果的。

注意刻画心理活动。作者善于用较为细腻的笔触，描绘景物，渲染气氛，衬托人物的内心活动，或者直抒其内心世界的意念，以揭示其心灵的奥秘，富有意境美。如《双调·得胜乐·题阙》之四：

  红日晚，残霞在。秋水共长天一色。寒雁儿呀呀的天外，怎生不捎带个字儿来？

前三句写景，后两句埋怨鸿雁不带书信。以秋天傍晚的萧索凄凉之景，衬托出怨女的哀婉幽寂之情。又如：

  轻拈斑管书心事，细折银笺写恨词。可怜不惯害相思。则被你个肯字儿，迤逗我许多时。

    ——《中吕·阳春曲·题情》之一

作者精细地描写思念、怨恨情侣的妇女的心情，细腻地刻画出她大胆追求爱情又反被爱情所羁的微妙心理，给读者留下很深刻的印象。

景新意深。作者写了许多写景咏物抒情的小令,他能将三者融于一体,景情难辨。作者好像一位高超的丹青画手,善于捕捉形象,用常见的一些景物勾勒出一幅幅精美的画图。比如《越调·天净沙》四首小令中的《秋》:

> 孤村落日残霞。轻烟老树寒鸦。一点飞鸿影下。青山绿水,白草红叶黄花。

短短28个字,描写了12个有秋天特征的景物,组成了一幅郊野秋景图,形象清晰,色彩鲜明,浓淡映衬,意境清新。这支曲子与被誉为"秋思之祖"的马致远的《天净沙·秋》相比并不逊色,而且这支曲子的情调比马曲的羁旅愁思还要高昂一些。特别应该看到,此曲作于马曲之前,这就更显得可贵了。又如描写吹、弹、歌、舞四支曲子,从不同事物的特点出发,进行细致具体的描写。如:

> 裂石穿云,玉管宜横清更洁。霜天沙漠,鹧鸪风里欲偏斜。凤凰台上暮云遮。梅花惊作黄昏雪。人静也。一声吹落江楼月。
> ——《双调·驻马听·吹》

曲中提到的凤凰台,故址在今江苏南京市南面,显然作者此时已由真定徙居南京。这支曲子把笛声的悠扬婉转,写得异常传神。笛声激越"裂石穿云",一直吹到夜深人静,江月西下。这支富有诗意的曲子,简直像一首奔放而优美的词。

语言通俗,口语化,风格质朴自然,具有民歌特点。散曲本来就是在北方民歌和少数民族乐曲的基础上发展起来的,以通俗易懂见长,但采用的又不是一般的口头语言,而是经过加工提炼的文学语言,所以质朴乃是其基本特点,但亦富有文采。白朴很少用夸张的语言,而是从现实生活中捕捉典型事件,以朴素的语言表达出来,个别语句虽然有点粗俗,但并没有轻佻之感。如:

> 独自走,踏成道。空走了千遭万遭。肯不肯疾些儿通报,休

直到教担阁得天明了。

——《双调·得胜乐·题阙》之二

这支曲子用通俗、口语化的语言，描写一个恋人赴约的心情。他心焦如焚，来回也不知走了多少遭，竟然把路都踏出来。十分生动地表现了主人公的急切等待之心，神态活灵活现，语言明白如话。又如：

雪调冰弦，十指纤纤温更柔。林莺山溜，夜深风雨落弦头。芦花岸上对兰舟，哀弦恰似愁人消瘦。泪盈眸，江州司马别离后。

——《双调·驻马听·弹》

这支曲子的词语隽永，意境清新，富有新意，不露堆砌之痕。此曲语言与前曲不同，表现出不同风格，一个质朴自然，一个婉约清丽，但都是同样生动、逼真，形象鲜明，感情真挚，具有艺术感染力。这说明作者的艺术风格是多样的。

散曲是入乐的，要配乐唱给人听，所以作者既注意语言通俗易懂，又注意语音谐调，具有音乐美。从这个特点出发，白朴按照散曲的要求，适当运用衬字，注意用韵，增强其艺术表现力。同时还很注意鼎足对的运用，这种句式在其他文学体裁中是少见的，比如《仙吕·寄生草·劝饮》就用了鼎足对："糟腌两个功名字，醅渰千古兴亡事，曲埋万丈虹霓志。"语言对得相当工整，入乐听起来也很美。

总之，白朴的散曲，继承了古代诗词的优良传统，采用了现实主义手法，真实地反映了当时的现实生活，成就是很高的。他的艺术成就不仅影响着散曲的形成和发展，而且对新诗歌的创作也有借鉴意义。有人评价散曲是新诗歌的先驱，是不无道理的。

第四章　白朴的词集《天籁集》

白朴是元曲大家，由于曲名太盛，其在元代词坛的声望也就不大为人注意。其实，他不仅是一位卓越的杂剧与散曲作家，而且也是一位著名词人，是元代词坛的代表作家。然而七百年来，人们关注最多的是他的杂剧与散曲，而对他的词作却没有给予应有的重视。近代学者王国维甚或认为白朴"所作《天籁词》，粗浅之甚，不足为稼轩奴隶"（《人间词话》）。辛弃疾词工意境，而王国维论词又唯重"意境"二字，故其推重稼轩。白朴词篇篇"皆自肺腑流出"，率意而为，真实自然，可谓是"我手写我心"，因而同样具有独特的价值。王国维贬低白朴词作，未免失之偏颇。这里，让我们追寻白朴的心理轨迹，欣赏一曲坦诚真率的心灵之歌！

一

未入正题之前，有必要对白朴《天籁集》的刊行及流行情况作一简单梳理。

白朴词作甚丰，晚年自编成集，请好友王博文作序。元世祖至元二十四年（1287），身居江南行御史台中丞的王博文为白朴词集作序云："太素与予三十年之旧。亦汲会于江东。尝与予言：'作诗不及唐人，未可轻言诗。平生留意于长短句，散失之余，仅二百篇，愿吾子序之。'读之数过，辞语遒丽，情寄高远，音节协和，轻重稳惬，凡当歌对酒，感事兴怀，皆自肺腑流出，予因以《天籁》名之。噫！遗山之后，乐府名家者何人？残膏剩馥，化为神奇，亦于太素集中见之矣。然则继遗山者，不属太素而奚属哉？知音者览其所作，然后知予言之不为过。"白朴对自己的词是很自许的，认为作词是自己之长，对自己的词也是很珍视的，亲自编集，请人作序，且词作之多，"散失之余"，尚有二百篇。王博文对白词的评价是很高的，认为他是元遗山之后的大家，并以其词的特色，名其集为《天籁集》。就是这样一部词集，当时却没能付梓面世。其原因为何，尚待考证。是时，其弟白恪及其长子白镀在江南做官，其友也多为显宦，按经济条件，完全可以板行，然而，不知何故，其集未能刊行，以致后来又散佚近半，使我们不能看到全貌，这不能不是件憾事。有人说，元人张翥曾看到过白朴的集子，所以有效其体之词。张翥看到的《天籁集》是刊本还是抄本，无据可证，且至今尚未看到或有资料证明有元刊本。

至明初洪武丁巳年（1377），白朴的孙子白湨将其词拿出，请国学助教孙大雅作序，希冀刊行。孙序云："余以洪武甲寅（1374）春，掾姑孰郡文学。时真定白湨子南分教诸生。间示其祖兰谷先生《天籁集》。……先生少有志天下，已而事乃大谬。顾其先为金世臣，既不欲高蹈远引以抗其节，又不欲使爵禄以污其身，于是屈已降志，玩世滑稽，徙家金陵，从诸遗老放情山水间，日以诗酒优游，用示雅志，以忘天下。诗词篇翰，在在有之。是编计词二百余首，名《天籁集》。兵燹散失，其孙湨得之姑孰士大夫家，传写失真，字多谬误。余既考订一二，归之。比召赴京，复求语以叙之。余惟先生词章翰墨挥洒奋迅，出于天才，既以得名当时，板行于世，余又何足以轻重哉！然又不可以不一言者，先生出处大节，微而婉，曲而肆。庸人孺子所不能识,非志和、龟蒙、林君复往而不返之俦可同日语,故序,以著其出处之大较云。"孙序说明了《天籁集》散失、流传、考订的情况,给予了很高的评价。孙序虽说"板行于世",实际未果,今日尚未看到明代刊本。就是白溁出示的集子,亦是抄本。是时,白溁只不过是个教书先生,生活不会很富裕,哪会有余银为其祖印书?这恐怕是未能刊行的重要原因。

直到清初,六安杨希洛始得是集,请戴名世、朱彝尊等人作序,方得刊行。戴名世的序是这样写的:"《天籁集》者,元初白仁甫所作诗余也。诗余莫盛于元,而仁甫所作尤称隽妙,至今流传人间者无多。而此集乃仁甫自定藏于家,距今逾四百年,屡经兵火,其子孙皆能守之不失。而今裔孙某惧其磨灭,乃介其乡人杨君希洛,请序于余,而属为刊而行之于世。……至于仁甫诗余之隽妙,则当元时已有称为如鹏搏九霄,而今词家之所共宗仰者也,故不著。"无名氏为其序云:白朴"生长兵间,家丧,鞠于元遗山所。自念其先为金世臣,遂恣意林壑,销磨岁月。至胸臆轮囷逼塞,槎枒横出,所不能销,悉发而为词。词二百余首,散佚其半。皋城白氏千里,实兰谷裔,俾其中表希洛杨子携至,乞序于余。余叹曰:兰谷心乎中州者也!……遗山之后,憾无遗山,以致元词工若兰谷,亦复碑沉剑伏,罕有觑者……曲盛则词益衰,即涵虚子谓兰谷为鹏搏九霄,谓其曲非谓其词也。"朱彝尊为其序云:"余少日避兵练浦,村舍无书,览金元院本,最喜仁父《秋夜梧桐雨》剧,以为出关、郑之上。及辑唐、宋、元人诗余为《词综》,憾未得仁父只字,意世无复有储藏者。康熙庚辰八月之望,六安杨希洛氏千里造余,袖中出兰谷《天籁集》,则仁父之词也。前有王尚书子勉序,述仁父门世本末颇详,始知仁父名朴,又字太素,为枢判寓斋之子。后又有洪武中国子助教江阴孙大雅序及安丘儒学教谕松江曹安赞。……白氏于明初由姑孰徙六安。是集希洛得之于其裔孙驹,将刊行,属余正其误,乃析为二卷,序其端。"从以上三序可进一步得知《天籁集》的遭遇是很坎坷的，历经四百余年，屡遭兵火，散失近半，白朴后裔惧之泯灭，求人作序，欲存祖文，使之显之于世。由朱彝尊为之订正、分卷，杨希洛为之刊行，得以传之于世。而这些序文对白词也是很推崇的。这是《天籁集》的第一个刊本，收词104首。

《天籁集》版本今日能看到的有四个刊本。一为康熙三十九年（1700）杨希洛依据朱彝尊订正分卷刊行本。书前有白仁甫小像、王博文序、孙大雅序、朱彝尊序，末附跋文六则和《摭遗》（为杨氏从《太平乐府》《阳春白雪》《尧山堂外纪》中辑录的散曲）。二为清乾隆年间《四库全书》本（该本实际上是抄校本），纪昀《四库全书总目提要》云："……世久失传。康熙中，六安杨希洛始求得于白氏之裔，凡二百篇，前有王博文序，后有孙作序及曹安赞。希洛以示朱彝尊，彝尊分为二卷，序而传之。朴词清隽婉逸，意惬韵谐，可与张炎玉田词相匹。虽其学出于元好问，而词则有出蓝之目，足为倚声家正宗。惜以制曲掩其词名，故选录者多未之，及彝尊辑《词综》，亦以不得朴词为憾。其实，在元初诸家中洵可称矫矫拔俗者也。"提要未提及戴名世的序文，可能是因戴氏以文字狱故，不便载入。而无名氏之序，抑或不便具名，因而也未刊入。三为光绪十八年（1892）王鹏运重刻、辑入《四印斋所刻词》本。这个刊本，基本与杨希洛刻本相同，其中也有不少错讹。但这个刻本删去白朴小像和《摭遗》，并附有王鹏运跋。这个刊本，数量有限，流传不广，知者不多。四为光绪三十一年（1905）吴仲熙、缪荃荪据以钱塘丁氏旧抄本与杨希洛刊本合校并跋，刻入金人遗集中，是为《九金人集》，为光绪年间吴重熹辑，宣统元年石莲庵初刻吴重熙室名，一名石莲庵刻《九金人集》本，该本二卷，《摭遗》一卷。另有，民国三十七年（1948）之无堂刻《白氏宗谱》本，该本据杨希洛本刊，词二卷，《摭遗》一卷。今见抄本六种：清康熙年间曹寅藏抄本，该本不分卷；清盛起校丁丙跋抄本，该本两卷，无《摭遗》；清赵氏小山堂抄本，该本两卷；清乾隆三十八年（1773）汪启淑藏抄本，该本两卷，无《摭遗》，当为《四库全书》本之底本；清劳权抄校本，该本两卷；清乾隆年间朱筠结一庐藏抄本。1979年，唐圭璋据上述刊本和传抄本，进行校订，收入其编的《全金元词》，共收白朴词104首。其词收录数量之多，在有元词坛也是名列前茅的。由上可见，诸家序文对白朴词是很推崇的。白朴词名所以不高，一是其词集刊行较晚，二是"惟以制曲掩其词名"，而不是如王国维所说"粗浅之甚"。

二

白朴的大半生，生活在宋、金、元政权峙立和嬗变的年代，金亡之后，社会处于宋与蒙元南北对峙的局面。白朴的词记载了他半个世纪的活动，表现了这个时期多方面的社会生活，反映了白朴这一时期的思想与心路历程。可以说，《天籁集》是白朴一生的生活写照，是他心灵剖白的歌。它既是白朴心灵的写真，也是白朴的自画像。从中可以看到一个不能忘怀尘世的人，感受到一颗不甘寂寞的心。其思想内容主要反映在下述五个方面。

（一）歌颂蒙元的统一大业和为之建功立业的谋臣良将

这类词有13首，多是祝寿送别之词，但却是白朴词中非常重要的一部分。它表现了白朴的社会理想、政治态度和主要思想倾向。白朴出生在金末，历经丧乱，但成年之后却生活在蒙古统治下的真定，依附蒙古权贵史天泽、军民万户张柔，结识了文士王博文、王恽、胡祗遹、王思廉、侯克中、李文蔚、史樟等。当时南北战事频仍，征战激烈。1254年，白朴曾到亳县，赋词《凤凰台上忆吹箫·题阙》，称颂镇守亳县的蒙古军民万户张柔。其词云：

笳鼓秋风,旌旗落日,使君威震雄边。羡指麾貔虎,斗印腰悬。尽道多多益办,仗玉节亳邑新迁。江淮地,三军耀武,万灶屯田。　　戎轩,几回开宴,有画戟门庭,珠履宾筵。惯雅歌堂上,起舞樽前。况是称觞令节,望醉乡有酒如川。明年看,平吴事了,图像凌烟。

从词中清楚地看到,白朴称赞张柔"笳鼓秋风,旌旗落日,使君威震雄边",歌颂他的功业"江淮地,三军耀武,万灶屯田"。特别是对蒙古灭南宋实现统一事业及建立功勋的将帅寄予极大的期望:"明年看,平吴事了,图像凌烟。"

1267年,即蒙古统一北方不久的至元四年,南宋攻开、达诸州,元世祖以史枢为左璧总帅,率诸路军马赴西川,行前,白朴为其送行,写下了《水龙吟·送史总帅镇西川,时末混一》,词中竭力颂扬元朝的开国大将史枢"天教唤起,峥嵘才器,人称王佐。豹略深藏,虎符荣佩,君恩重荷。看旌旗动色,军容一变,鹏翼展,先声播"。他把偏安的南宋比作三国时的东吴,"我望金陵王气,尽消磨区区江左。楼船万舻,瞿塘东瞰,徒横铁锁。八阵名成,七擒功就,南夷胆破",把史枢比作智慧忠贞的蜀汉丞相诸葛亮。最后说什么待灭南宋功成之后,"待他年画像,麒麟阁上,为将军贺"。

1277年,白朴来到蒙元军队占领不久的江州,很快结识了江州总管杨文卿,赋词《水龙吟·九月四日为江州总管杨文卿寿》,其词上片云:"雁门天下英雄,策勋宜在平吴后。金符佩虎,青云飘盖,名藩坐守。千里江皋,一时淮甸,扫清残寇。看人归厚德,天垂余庆,阶庭畔,芝兰秀。"作者对杨总管的褒扬,对元灭南宋的态度,爱憎褒贬,溢于言表。离此不远,南宋军队节节溃退,江南重镇纷纷纳款归降,宋臣携幼主退往广东。白朴于1277年在《西江月·李元让赴广东帅幕》的词中说"皎皎风前玉树,煌煌腰下金符。陈琳檄草右军书,香满红莲幕府。政自雄心抚剑,不妨雅唱投壶。长缨系越在须臾,看扫蛮烟瘴雨"。无须多加解释,白朴的政治态度和思想倾向都一目了然。

上面引用的几首词写于1254年至1277年这二十多年间,其中也许有言不由衷之语,也不无阿谀奉承之词,但思想是一致的。这种向往统一的思想,应该说是积极的,不能因为他站在蒙元统治者一方,歌颂了入主中原的蒙古民族,讥刺、反对的是所谓正统的南宋统治者就予以否定。

蒙古灭南宋之后,实现了国家的统一,结束了百余年来南北分治的状况,白朴的心情是喜悦的,他在一首《西江月·题阙》中说:"四海幸归英主,三山免化飞仙。大家有分占桑田,近日蓬莱水浅。"词人称赞元朝统治者为统一国家的英明之主,歌颂元朝实行的分占桑田的农业政策,着眼点却是国家的统一和人民的安居乐业。不仅如此,白朴还对元朝寄有厚望,希望政治清明、吏治廉洁。在《沁园春·送按察司合道公赴浙东任》中,他称赞元朝吏治清明:"玉节星轺,十道监司,治称最优……镇静洪都,澄清白水,又过东南第一州。"十道监司是元世祖灭南宋之后于江南各地设立的监察吏治的机构,初名提刑按察司,至元二十八年改为肃政廉访司,其任务是专门监察吏治,惩治枉法之官贪污之吏,而白朴称其政绩"最优"。白朴还有一首《木兰花慢·己丑送胡绍开、王仲谋两按察赴浙右、闽中任》:

> 拥煌煌双节,九万里,入鹏程。爱人物邹枚,文章李杜,海内声名。相逢广陵陌上,恨一樽、不尽故人情。岁月奔驰飞鸟,交游聚散浮萍。　　出门一笑大江横,马首向吴亭。且分路扬镳,七闽两浙,得意澄清。江山剩供诗否,想徘徊、南斗避文星。留着调元老手,却来同佐升平。

白朴于至元二十六年(1289)在扬州,遇见了去闽浙赴任的两位好友胡绍开、王仲谋,他们皆任宪司提刑按察使。白朴赋此词以记相逢惜别之情，并希望他们"澄清"吏治，同佐太平。这反映了白朴的一种社会政治理想，他希望好友能够为政清廉，刷新吏治，共同辅佐，开创升平社会，这实际上是希望社会安定、黎民安乐。显然，白朴的这一思想是与元初统治者的思想一致的。

（二）关心国事，同情农民疾苦

长期战乱，给社会生活和人民的生命财产带来极大的灾难，作者在词中揭露了战争给人民造成的苦难，对社会带来的破坏。元世祖至元十三年（1276）元军陷临安，宋恭帝被掳北去。次年冬，白朴来到蒙元军队占领不久的岳阳，写了一首《满江红·用前韵留别巴陵诸公》，其上片为"行遍江南，算只有、青山留客。亲友间、中年哀乐，几回离别。棋罢不知人换世，兵余犹见川流血。叹昔时、歌舞岳阳楼，繁华歇"。白朴描绘了连年战争对社会的破坏，以致昔日繁华歌舞升平的江南，战后是满目疮痍，看见的是"兵余犹见川流血"。

长期战乱，给农民带来极大灾难。农田荒芜，生产长期不能恢复，农民苦不堪言。对农田荒芜，农民疾苦，白朴深表同情。这一情感在《朝中措·题阙》中有真实的反映：

田家秋熟办千仓，造物恨难量。可惜一川禾黍，不禁满地螟蝗。　委填沟壑，流离道路，老幼堪伤。安得长安毒手，变教四海金穰！

这是一首极为难得的词，也是《天籁集》中唯一描写农村景象的词。词中真切地描写农民辛勤劳作耕耘，秋禾丰收在望，突然灾害天降，蝗虫遍地，丰收成了泡影，使得农民无粮可食，流离失所，扶老携幼，逃荒乞食。这是一幅多么生动、真实、凄惨的流民图。面对饥饿的灾民，白朴无限感慨，希望消灭虫害，使四海获得丰收，农民安居乐业。"安得长安毒手，变教四海金穰"，与杜甫《茅屋为秋风所破歌》中"安得广厦千万间，大庇天下寒士俱欢颜"何其相似！二者一为天下寒士，一为天下黎庶，有同工异曲之妙。白朴是地主阶级知识分子，离农民生活甚远，然而他目睹这种灾民惨状，怀着对农民的深切同情，祝愿丰收"四海金穰"，这确实是难能可贵的。

白朴自言"放浪形骸"，沉于诗酒，"志在长林丰草间"，其实并不像孙大雅《天籁集·序》中所说："放情山水间，日以诗酒优游，用示雅志，以忘天下。"他仍然关心国事。元世祖至元十七年（1280），日本杀了元使臣杜世忠等五人，挑起事端，元军借机大举攻日。对此，白朴在一首《木兰花慢·题阙》中说："伏波勋业照青编，薏苡又何冤。笑蕞尔倭奴，抗衡上国，挑祸中原。"显然，作者是站在元朝统治者的立场看待此事的。既赞扬了维护国家尊严、民族利益的伐日之举，亦含有为死难将士鸣不平之意。

（三）蔑视功名利禄，志在诗酒林泉

公元1261年，蒙古世祖中统二年四月，世祖曾命各路宣抚司官，"举文学才识可以从政及茂才异等，列名上闻，以听擢用"。是时，任河南等路宣抚使、兼江淮经略使的史天泽，于五月进拜中书右丞相。朴父白华由襄阳北归，便投依史天泽，因而白史两家关系甚密，白朴经常跟从史天泽欢游，实是史氏的文友和文学侍从。是年，白朴已三十五岁，在真定已颇具文名。史天泽曾于此时推荐白朴出仕蒙古政权，而白朴"再三逊谢"，情愿"栖迟衡门"，从事著述，不愿做官，"视荣利蔑如也"（引文见王博文《天籁集·序》）。白朴晚年，徙家金陵，江南行御史台友人推荐他出仕，他写了一首《沁园春》词婉言谢绝。词题是《监察师巨源将辟予为政，因读嵇康与山涛书，有契于心者，就谱此词以谢》其词云：

自古贤能，壮哉飞腾，老来退闲。念一身九患，天教寂寞，百年孤愤，日就衰残。麋鹿难训，金镳纵好，志在长林丰草间。唐虞世，也曾闻巢许，遁迹箕山。　　越人无用殷冠，怕机事缠头不耐烦。对诗书满架，子孙可教，琴樽一室，亲旧相欢。况属清时，得延残喘，鱼鸟溪山任往还。还知否？有绝交书在，细与君看。

白朴虽然"一身九患",有"百年孤愤",但已入老年,"怕机事缠头",企望在"长林丰草间"度过晚年,尤其是"对诗书满架,子孙可教,琴樽一室,亲旧相欢",他可以和子孙们在一起享受天伦之乐。

他对功名利禄是十分厌恶的,甚至蔑视,说什么"一壶酒浇平磊块,问甚功名","闲身好,浮家泛宅,聊寄平生"(《绿头鸭·洞庭怀古》)。他讥刺利禄,向往自由自在的生活;他寄情山水,甚至想浪迹山林,逃避世事纷争,以求自适。这当然是一种消极思想。这种思想,词中有许多表现,比如"尽纷争蜗角,算都输林泉闲适。淡悠悠流水行云,任我平生踪迹"(《夺锦标·得友人王仲常、李文蔚书》)最能表现这一消极思想的是一首《水调歌头·前题》:

朝花几回谢,春草几回空。人生何苦奔竞,勘破大槐宫。不入麒麟画里,却喜鲈鱼江上,一宅了扬雄。且饮建业水,莫羡富家翁。 玩青山,歌赤壁,想高风。两翁今在,何许唤起一樽同。系住天边白日,抱得山间明月,我亦遂长终。何必翳鸾凤,游戏太虚中。

这首词清楚地表明他不愿奔走于宦途,寻求功名利禄,贪图富贵,而企望过着山林悠闲的自得生活。白朴还有一首《西江月·渔夫》:

世故重重厄网,生涯小小渔船。白鸥波底五湖天,别是秋光一片。 竹叶醅浮绿酽,桃花浪渍红鲜。醉乡日月武陵边,管甚陵迁谷变。

这首词更清楚地表明他远离现实,不管社会变迁、国事是非,只求个人安逸自适,追求闲适的消极思想。

(四) 怀念故园,感叹黍离之悲

白朴的思想深受时代和家庭的影响,往往触景生情,发出沦丧黍离之感,流露出对故国的一片深情。他在《木兰花慢·歌者樊娃索赋》中写道:"想故国邯郸,荒台老树,尽赋《招魂》。青山几年无恙,但泪痕、差比向来新。"他由真定移家金陵之后,同友人常去凭吊六朝遗迹,触景生情,感慨万端,写了不少词,抒发怀念故国之情。他在一首《水调歌头·初至金陵,诸公会饮,因用〈北州集·咸阳怀古韵〉》中写道:

  苍烟拥乔木,粉雉倚寒空。行人日暮回首,指点旧离宫。好在龙蟠虎踞,试问石城钟阜,形势为谁雄。慷慨一尊酒,南北几衰翁。　　赋朝云,歌夜月,醉春风。新亭何苦流涕,兴废古今同。朱雀桥边野草,白鹭洲边江水,遗恨几时终。唤起六朝梦,山色有无中。

在另几首《水调歌头》中,他还写道:"楼船万艘下,钟阜一龙空。胭脂石井犹在,移出景阳宫。花草吴时幽径,禾黍陈家古殿,无复成楼雄。""记当年,南北恨,马牛风。降幡一片,飞出难与向来同。""慨悲歌,怀故国,又东风。不堪往事,多少回首梦魂同。"表达了对故国沦丧的沉痛之情。

在一首回忆重游金亡之后汴京的词《石州慢·丙寅九日,期杨翔卿不至,书怀用少陵诗语》中,白朴这种故国之情表现得更为沉痛和激愤,上片写道:"千古神州,一旦陆沉,高岸深谷。梦中鸡犬新丰,眼底姑苏麋鹿。少陵野老,杖藜潜步江头,几回饮恨吞声哭。岁暮意何如,怯秋风茅屋。"作者化用杜甫诗句,抒发自己思念故国的真挚感情。这首词当写于1266年,距金亡已三十二年,但是在白朴的心目中,神州陆沉,陵谷巨变,如在眼前,令人悲痛欲绝,让人感慨不已,难以忘怀,表现了他对金朝故国一往情深。

白朴还通过对历史故事的追忆和对历史陈迹的凭吊,曲折地表现了他对故国的思念和对兴亡的感叹。如《水调歌头·咸阳怀古,复用前韵》:

  鞭石下沧海,海内渐成空。君王日夜为乐,高枕望夷宫。方叹东门逐兔，又慨中原失鹿，草昧起英雄。不待素灵哭，已识斩蛇翁。　　笑重瞳，徒叱咤，凛生风。阿房三月，焦土有罪与秦同。秦固亡人六国，楚复绝秦三世，万世果谁终。我欲问天道，政在不言中。

这首词十分清楚地表明，作者是借秦汉兴亡的故事，寄寓对金朝故国的眷恋深情和沉痛悼念，以及对其覆灭原因的反省和慨叹。

白朴还有一些词，深切怀念自己的身世，以抒发自己深沉悲怆的情感。他在《夺锦标》词中写道："孤影长嗟，凭高眺远，落日新亭西北。幸有山河在眼，风景留人，楚囚何泣！"在《瑞鹤仙·登金陵乌衣园来燕台》词中写道："乌衣旧时客，渺双飞、万里水云宽窄。东风羽翅，也迷却、当时巷陌。"作者在这里自比"楚囚"啜泣、"乌衣"缥缈，抚今思昔，无限依恋，无比痛惜。

（五）眷恋妻子，怀念恋人，既表现他对爱妻的真切感情，又表现了他放浪形骸、流连青楼的生活情趣

白朴有一些词描写离情别绪，情沉意笃，描写与青楼歌伎的交往，情谊深厚。白朴弱冠之后，便游历燕都，中年之后，游历大江南北，经常与妻子、恋人分手离别，他写的一些反映离情别绪的词，情意非常深厚。他在《朝中措·题阙》词中写道："东华门外软红尘。不到水边村。任是和羹傅鼎，争如漉酒陶巾。三年浪走，有心遁世，无地栖身。何日团圞儿女，小窗灯火相亲。"这首词表现了他离家三年，浪走天涯，思念妻儿老小的真切心情。公元1262年，即蒙古中统三年壬戌年秋天，白朴离家南游江汉，船泊汉江鸳鸯滩，写了一首《念奴娇·壬戌秋泊汉江鸳鸯滩，寄赠》：

　　露团渐冷，又今年、孤负中秋明月。谁念江干憔悴我，梦断芙蓉城阙。燕子东归，鸿宾南下，满眼芦花雪。行人何处，也应珠泪凝睫。　　常记楼上歌声，一樽酒尽，默默无言别。恨杀鸳鸯滩下水，不寄题诗红叶。聚泪鲛绡，画眉螺黛，总在归时节。

百年心事，等闲休向人说。

这首词写于他中年拒荐、离家南游之时。离家一年有余，形容憔悴，思家心切，面对中秋圆月，深切怀念妻子，感情真切，情意绵绵，表现了他对颠沛流离生活、人世沧桑的感慨。还有一首悼念亡妻之词，写得声泪俱下，表现他们夫妻感情至深。其词是《木兰花慢·感香囊悼双文》：

> 览香囊无语，谩流泪、湿红纱。记恋恋成欢，匆匆解佩，不忍忘他。消残半襟兰麝，向绣茸、诗句映梅花。疏影横斜何处，暗香浮动谁家。　　春霜底事扫浓华，埋玉向泥沙。叹物是人非，虚迎桃叶，谁偶匏瓜。西风楚辞歌罢，料芳魂、飞作碧天霞。镜里舞鸾空在，人间后会无涯。

这首词真实地描绘了妻亡后的痛苦悲伤心情。

白朴还写了一些与青楼歌伎乐工交往的词，表现了他对青楼女子、勾栏歌伎的尊重、钟情与怜爱；同时，有些词也表现了他放浪形骸、玩世徜徉的生活态度。比如：《满江红·庚戌春别燕城》：

> 云鬓犀梳，谁似得、钱塘人物。还又喜、小窗虚幌，伴人幽独。荐枕恰疑巫峡梦，举杯忽听阳关曲。问泪痕、几度浥罗巾，长相续。　　南浦远，归心促。春草碧，春波绿。黯销魂无际，后欢难卜。试手窗前机织锦，断肠石上簪磨玉。恨马头、斜月减清光，何时复。

这首词写于公元1250年，白朴时年二十五岁。他游历燕京，迷恋青楼，与恋人离别时情意绵绵，十分真切。这首词既表现了他拈花摘叶、放浪形骸的冶游生活，又表现了他怡然自得的欢快心情。又如《木兰花慢·歌者樊娃索赋》：

> 爱人间尤物，信花月、与精神。听歌串骊珠，声匀象板，咽水萦云。风流旧家樊素，记樱桃名动洛阳春。千古东山高兴，一时北海清樽。　　天公不禁自由身，放我醉红裙。想故国邯郸，

荒台老树，尽赋《招魂》。青山几年无恙，但泪痕、差比向来新。莫要琵琶写恨，与君同是行人。

这首词当写于移家金陵之后。词用白居易《琵琶行》之意，暗示了他与白居易同样的命运，表现了他迷恋青楼、沉醉红裙的放荡生活。虽然如此，他对青楼女子还是十分尊重的，态度严肃、情感真切，没有狎谑调笑的低级趣味。还有一首《水调歌头·夜醉西楼为楚英作》：

双眸剪秋水，十指露春葱。仙姿不受尘污，缥缈玉芙蓉。舞遍拓枝遗谱，歌尽桃花团扇，无语到东风。此意谁复解，我辈正情钟。　喜相从，诗卷里，酒杯中。缠头安用百万，自有海犀通。日日东山高兴，夜夜西楼好梦，斜月小帘栊。何物写幽思，醉墨锦笺红。

这又是一首写其放浪形骸、沉醉青楼的词。他生活闲适，以诗酒自娱，常住青楼，迷恋女色，生活放荡。在那个时代，文人墨客青楼狎妓是很平常的事。不过，白朴寄迹烟花柳巷，并不是单纯为了寻欢作乐，追求刺激，他是为了寻找感情的依托和精神的慰藉。正因为如此，他对青楼女子楚英感情十分深挚，很是钟情于她。此词虽写狎妓，但并没有轻佻语言，思想还是比较健康的。由于他有这样的生活情趣，又是那样钟情于青楼女子，所以钟嗣成在《录鬼簿》中说他"拈花摘叶风诗性，得青楼、薄幸名"。

三

白朴不仅以诗人的坦诚谱写了一曲感人至深的心灵之歌，表现了他的政治思想、人生态度、思想情感，而且还显示出杰出的艺术才华，使《天籁集》具有相当高的艺术价值。

（一）诗人继承了宋词的现实主义传统，采用写实的手法，真实地反映了诗人一生的生活、思想和情感，用艺术之笔塑造了一个真实生动、有血有肉的自我形象

《天籁集》收录了白朴自公元1250年至1306年间所写的104首词，真实地记录了白朴五十多年间的生活历程。从词中可以看出，在半个多世纪的人生旅途中，他足履祖国各地，北游燕城、顺天，中游怀孟、汴京、亳州、邓州等地，南游汉江、岳阳、九江、扬州、金陵、苏州、镇江、杭州，可谓是北抵燕赵，南达吴越。这样丰富的游历，不仅使他尽阅人间沧桑，而且还为他赋诗填词，摹世态人情、状祖国山水，提供了便利的条件。词中还记录了他一生的交游，这些人中，有丞相、军民万户、翰林承旨、御史中丞，有总管、知府、同知、判官，有左壁总帅、安抚使、按察使、侍御史、都事、经历，有儒学教授、提举、乐工、歌伎、沙弥等，可见他的一生，上至达官贵人，下至三教九流，无所不交。从中不难看出白朴为人处世的原则和态度，看出他的政治理想倾向、道德情操、生活情趣，看出他的喜、怒、哀、乐、怨。从这个意义说，《天籁集》是白朴的人生写照，是一部充满诗情的、形象化的自我传记。

诗词不同于小说戏曲，它不是靠故事情节塑造艺术形象，而是以抒情写意、绘事状物为主，在抒情写意中表现自己，在绘事状物中寄托感情。白朴的《天籁集》正是这样，它在漫不经心的抒情写意、绘事状物中勾勒出一个饱经忧患、历经沧桑、文才俊逸、感情丰富的词人形象。在这些词中，词人有时慷慨激昂、热血沸腾（《凤凰台上忆吹箫·题阙》《水龙吟·九月四日，为江州总管杨文卿寿》）；有时神情沮丧、消沉颓唐，渴望寻求人生净土、世外桃源（《水调歌头·前题》《西江月·渔夫》）；有时神采飞扬、风流倜傥；有时放浪形骸，玩世徜徉（《水调歌头·夜醉西楼为楚英作》《木兰花慢·题阙》）；有时忧国忧民、尘心不泯（《念奴娇·题镇江多景楼，用坡

仙韵》《朝中措·题阙》)。从这些词中，人们看到的不是一幅素描式的人物平面图，而是一个立体的、富有层次感地活着的艺术形象。

(二) 善于捕捉景物，通过景物点染，抒发诗人内心深处复杂而微妙的感情，富有表现力和艺术感染力

借景抒情是诗人常用的手法。然而，白朴较少描写壮阔的场面，而常常是借助某一具体景物和瞬间的景象，来写心胸、吐块垒、寄深情。如《摸鱼子·真定城南异尘堂同诸公晚眺》：

> 敞青红，水边窗外，登临元有佳趣。薰风荡漾昆明锦，一片藕花无数。才欲语，香暗度，红尘不到苍烟渚。多情鸥鹭，尽翠盖摇残，红衣落尽，相与伴风雨。　横塘路，好在吴儿越女，扁舟几度来去。采菱歌断三湘远，寂寞岸花汀树。天已暮，更留看，飘然月下凌波步。风流自许，待载酒重来，淋漓醉墨，为写洛神赋。

这首词写白朴晚年北渡，重登真定异尘堂的所见所感。写湖水，词人用"薰风荡漾昆明锦"，形象而生动，抓住了特点。湖面和风习习，微波荡漾，远远望去，像巨人织就的锦绣。这样的湖面上，又装点上片片荷花、多情鸥鹭，构成一幅动人的湖面晚景图，真令人心旷神怡，美不胜收。词人并不是静态地写景状物，而是在动态的景物描写中抒发自己的感情。词人由多情鸥鹭联想到吴儿越女，联想到南方的生活，忽然生出一种孤独寂寞之感："采菱歌断三湘远，寂寞岸花汀树。"词人回到了现实，远眺湖水，幻想洛神凌波的情景再现。这首词由远眺而生联想，由联想而生思念，景断意连，语尽情牵，最堪玩味。在《木兰花慢·感香囊悼双文》中，词人更是触物生情："览香囊无语，谩流泪、湿红纱。"看到了香囊，词人想到了亡妻，想起了往昔幽会的欢娱。而如今"叹物是人非，虚迎桃叶，谁偶匏瓜"。词人从夫妇定情时的香囊写起，写得情景交融，物我为一，十分真挚感人。

白朴很善于捕捉瞬间的景象，用以起兴抒情。在《夺锦标·得友人王仲常、李文蔚书》中，词人凭高眺远，捕捉住"落日新亭西北"这一景象，抒写薄暮凄凉之情。落日，在不同心绪的人眼中会有不同的景象，自然也就产生不同的联想。在李商隐看来，"夕阳无限好，只是近黄昏"；在李清照那里，"落日熔金"却勾起了她无限的故国之情；在王维的笔下，却是"大漠孤烟直，长河落日圆"；然而，新亭西北的落日在白朴这里却有另一番联想。他从落日想到了自身的处境，想到了官场的争斗和林下的闲适，想到了江州司马青衫湿，想到了天涯孤客沦落人。缕缕思绪，绵绵延延，一直到"对中天凉月"，词人想到了"陇头人应也相思，万里梅花消息"才收拢思绪，作一收束。这首词以"落日新亭西北"起兴，以"中天凉月"收束，真实地展现了词人困窘的心境，抒发了对远方友人的思念之情。

（三）巧妙地隐栝化用前人诗句诗意，造景写情，增强了作品的艺术感染力

白朴是词曲大家，其虽常常使事用典，隐栝化用前人诗句诗意，但无"掉书袋"之感。往往如羚羊挂角、踏雪无痕，看不出逞才使气的痕迹，如《夺锦标·得友人王仲常、李文蔚书》的下片：

> 谁念江州司马，沦落天涯，青衫未免沾湿。梦里封龙旧隐，经卷琴囊，酒樽诗笔。对中天凉月，且高歌、徘徊今夕。陇头人、应也相思，万里梅花消息。

短短五十余字，有三处隐括化用前人诗句诗意。前三句用白居易《琵琶行》中"同是天涯沦落人"和"江州司马青衫湿"两句诗意；"对中天凉月"三句，取法东坡《水调歌头·明月几时有》；最后两句，糅合六朝民歌《陇头歌辞》和前人"江南无所有，聊赠一枝春"诗句。上片诗人自比江州司马，下片结束时诗人又自称"陇头人"，更强化了诗人孤寂凄凉的心境。在《木兰花慢·感香囊悼双文》中，词人化用宋代诗人林逋《山园小梅》中的"疏影横斜水清浅，暗香浮动月黄昏"两句，但由于词人此时有爱梅之意却无咏梅之兴，因而其"疏影横斜何处，暗香浮动谁家"两句则显得徨徨无依、寂寞无主，更衬托出词人的孤寂悲凉。《永遇乐·至元辛卯春二月三日，同李景安提举游西湖》词中的"青衫尽耐，蒙蒙雨湿，更着小蛮针线"三句，化用苏东坡《青玉案·和贺方回韵送伯固归吴中故居》的"春衫犹是小蛮针线，曾湿西湖雨"。不过，况周颐却认为"太素语特伤心，其言外之意，虽形骸可土木，何有于小蛮针线之青衫！"（《蕙风词话》卷三）也许由于一生流落，白朴对白居易《琵琶行》中的"同是天涯沦落人"一语感触特深，在《木兰花慢·歌者樊娃索赋》中，他劝导樊娃"莫要琵琶写恨，与君同是行人"，再次化用白居易诗。

  白朴词还善于使事用典，以增加词的思想容量，突出和加强诗人某一方面的思想情感。《满江红·庚戌春别燕城》中"荐枕恰疑巫峡梦，举杯忽听阳关曲"二句，前句用巫峡神女的故事，后句用《阳关三叠》典；"南浦远"以下六句，不仅用南浦送别的典故，而且还化用江淹《别赋》，"黯然消魂者，唯别而已矣"之意。《玉漏迟·故园风物好》下片用宋玉《高唐赋》故事，"妆镜晓，应念画眉人老"二句用张敞画眉的典故。在《凤凰台上忆吹箫·题阙》和《水龙吟·送史总帅镇西川》中，词人还用麒麟阁、凌烟阁典称赞蒙元勋臣。应该指出的是，白朴使事用曲不是为了显示才学，而是为了更好地抒发感情，寄托情怀，增强艺术表现力，同时也无意中为其语言增色不少。

  （四）语言隽美，风格多样

  白朴戏曲的语言本色当行，俊语如珠，历来为曲家所称道。他的词语言隽永，亦为论者所称道。王博文说它"辞语遒丽，情寄高远，音节协和，轻重稳惬"，纪昀《四库总目提要》称"朴词清隽婉逸，意惬韵谐，可与张炎玉田词相匹"。遒丽清隽、调适韵谐和慷慨激昂、雄浑豪放，共同构成了白朴词的基本特色。

白朴词有不少是写祝寿、赠别、咏史、述志的。在这些词中，诗人感情激越，因而多慷慨激昂、雄健豪放之语。如《沁园春·十二月十四日为平章吕公寿》："盖世名豪，壮岁鹰扬，拥兵上流。把金汤固守，精诚贯日，衣冠不改，意气横秋。"另一首《沁园春·题阙》写得也很有气势："我望山形，虎踞龙盘，壮哉建康。忆黄旗紫盖，中兴东晋，雕阑玉砌，下逮南唐。步步金莲，朝朝琼树，宫殿吴时花草香。今何日，尚寺留萧姓，人做梅妆。"白朴的咏史怀古之词写得雄健而有气势，往往是一泻千里、难以收束，《石州慢·丙寅九日，期杨翔卿不至，书怀用少陵诗语》《木兰花慢·丙子冬，寄隆兴吕道山左丞》皆如是。朱彝尊说"兰谷词源出苏、辛，而绝无叫嚣之气，自是名家"（《天籁集·跋》）。苏东坡、辛弃疾都是宋词豪放派的代表人物。朱氏说白朴词"源出苏、辛"，正说明白朴继承了宋词豪放派的风格，指出了白朴词的重要特色。

遒丽隽美、调适韵谐，是白词语言的又一特色。如《水龙吟·丙午秋，别维扬，途中值雨，甚快然》：

短亭休唱《阳关》，柳丝惹尽行人怨。鸳鸯只影，荷枯苇淡，沙寒水浅。红绶双衔，玉簪中断，苦难留恋。更黄花细雨，征鞍催上，青衫泪、一时溅。　　回首孤城不见，黯秋空、去鸿一线。情缘未了，谁教重赋，春风人面，斗草闲庭，采香幽径，旧曾行遍。谩今宵酒醒，无言有恨，恨天涯远。

上片写雨中所见景物明丽如画，清新宜人。整首词读来音节分明，顿挫有致，富有韵律感。也许正是基于这种原因，纪昀才称赞白朴词"清隽婉逸"。

白朴有些词同其曲一样质朴本色，清新自然。如《清平乐·题阙》："朱颜渐老，白发添多少，桃李春风浑过了，留得桑榆残照。江南地迥无尘。老夫一片闲云。恋杀青山不去，青山未必留人。"整首词明白如话，质朴自然。上片的"桃李春风浑过了"句似平常话语，最称本色。下片四句亦句句清新自然，如自然流出。《满江红·重阳后二日，王彦文并利用、秦山甫相过小饮》也是这样，上片的"过了重阳，寒惨惨、秋阴连日。尚何事、满城风雨，漏天如泣"和"听敲门、忽有客三人，来相觅"，直似小说家的"慢慢道来"，下片的"时节好，夸橙橘，儿女喜，分梨栗"，也是娓娓叙来，质朴中透出清新，自然中给人爽意。

  由上可知，白朴词清丽隽美，风格多样。它既受苏、辛的影响，遒劲雄健、豪放旷达，又婉约清丽，显出受婉约词的影响；它既注重词采，又本色当行、质朴自然。这使得白朴词显示出不同的风格特色。

  总之，白朴是我国元初卓越的剧作家、散曲家和词人，他才学兼备，创作甚丰，风格清新，特色鲜明，他对元曲的形成兴起、发展做出了重要的贡献。

第二编 白朴的杂剧

白朴,是元代戏剧家,元曲四大家之一,作杂剧16部,今存杂剧3部:《唐明皇秋夜梧桐雨》《裴少俊墙头马上》《董秀英花月东墙记》和杂剧残曲《韩翠颦御水流红叶》《李克用箭射双雕》。另有存目11种:《高祖归庄》《崔护谒浆》《幸月宫》《凤凰船》《梁山伯》《绝缨会》《钱塘梦》《银筝怨》《斩白蛇》《赚兰亭》《赶江江》。这些杂剧的著录、故事内容、本事来源、版本情况,都被写入各部杂剧的解题之中。

杂 剧

唐明皇秋夜梧桐雨

解 题

　　杂剧。天一阁本《录鬼簿》著录，题正名《唐明皇秋夜梧桐雨》，简名《梧桐雨》；说集本《录鬼簿》、孟本《录鬼簿》、曹本《录鬼簿》著录，题正名《唐明皇秋夜梧桐雨》；《太和正音谱》《元曲选目》《曲海目》《曲海总目提要》著录，题简名《梧桐雨》；《永乐大典·质韵杂剧目》《也是园藏书目》《今乐考证》《曲录》著录，题正名《唐明皇秋夜梧桐雨》。

　　写唐代开元年间，蕃将捉生讨击使安禄山兵败按律当斩，幽州节度使张守珪怜其勇悍，将其解送京师，请唐明皇决断。丞相张九龄奏请明皇按律斩之。明皇召见安禄山，信其忠心，喜其会跳胡旋舞。为讨杨贵妃欢心，不仅赦免安禄山死罪，还将其赐给杨贵妃作义子，授平章政事。安禄山乘杨贵妃酒醉将其强暴，杨贵妃醒后不敢明言，日久生情。安、杨私通事，为贵妃族兄丞相杨国忠发觉，恐事漏，奏请明皇，授安禄山为渔阳节度使，调离京师。安因此深恨杨国忠。明皇宠幸贵妃，倦理朝政。七月七日，贵妃陪明皇宴于长生殿，明皇赐贵妃金钗钿盒。贵妃为了固宠，感牛郎织女事，请明皇对星盟誓，愿世世为夫妻。天宝十四载，当明皇在沉香亭正观贵妃歌舞时，丞相李林甫来报，安禄山谋反，兵逼长安，京城空虚，兵少将寡，满朝文武大臣无计拒敌。明皇无奈，听从李林甫之谏，率嫔妃百官逃往西蜀。行至马嵬坡，父老百姓拦阻西逃车驾。明皇在父老百姓谏阻下，命郭子仪、李光弼随太子李亨东返破敌。然而六军喧哗不行，龙武将军陈玄礼请诛误国的杨国忠，明皇难断，令其诛之。杨国忠被诛，六军仍喧哗不行。陈玄礼复请诛杨贵妃，明皇称其无罪，六军不听，明皇迫不得已，命高力士引贵妃至佛堂自尽。六军验看，马踏其尸，始护驾而行。李亨继位为肃宗，平定叛乱、收复两京。明皇回长安，被尊为太上皇，退居西宫。明皇思念贵妃，命画师绘贵妃像悬于宫中，朝夕相对。一夕，梦中与贵妃相见，忽被雨打梧桐声惊醒。追思往事，痛心悲伤。

本事出于《旧唐书》的《玄宗本纪》《杨贵妃传》《安禄山传》，《新唐书》卷七十六，唐白居易《长恨歌》，唐陈鸿《长恨歌传》，唐郑处海《明皇杂录》，五代王仁裕《开元天宝遗事》，唐姚汝能《安禄山事迹》，宋乐史《杨太真外传》等书。宋元戏曲写李杨故事的，南戏有《马践杨妃》，院本有《击梧桐》，元杂剧关汉卿有《唐明皇启瘗哭香囊》、庾天锡有《杨太真霓裳怨》和《杨太真华清宫》、岳伯川有《罗光远梦断杨贵妃》，均佚。唯有白朴的《唐明皇秋夜梧桐雨》流传至今。

版本今有明李开先刻《改定元贤传奇》本（简称李本）、明赵琦美脉望馆藏《古名家杂剧》本（简称脉本）、明顾曲斋刊王骥德编《古杂剧》本（简称顾本）、明继志斋刊《元明杂剧》本（简称继本)、明孟称舜编《古今名剧合选·酹江集》本(简称孟本)、明臧懋循《元曲选》本。另有今人王季思主编《全元戏曲》本、张月中等主编《全元曲》本、王文才《白朴戏曲集校注》本、徐沁君等校注《元曲四大家名剧选》本、王学奇《元曲选校注》本。今以《元曲选》本为底本,以明刊李本、脉本、顾本、继本、孟本五种本参校,以今人诸校本参考,校勘注释,择善而从。

楔　子

〔冲末扮张守珪引卒子上①,诗云〕:坐拥貔貅镇朔方,每临塞下受降王。太平时世辕门静,自把雕弓数雁行。某姓张,名守珪,见任幽州节度使②。幼读儒书,兼通韬略,为藩镇之名臣,受心膂之重寄。且喜近年以来,边烽息警,军士休闲。昨日奚契丹部擅杀公主③,反叛[一],某差捉生使安禄山率兵征讨④,不见来回话。左右,辕门前觑者,等来时报复我知道。〔卒云〕:理会的。〔净扮安禄山上,云〕:躯干魁梧胆力雄,六蕃文字颇皆通。男儿若遂平生志,柱地撑天建大功[二]。自家安禄山是也。积祖以来,为营州杂胡,本姓康氏。母阿史德,为突厥觋者,祷于轧荦山战斗之神而生某。生时有光照穹庐,野兽皆鸣,遂名为轧荦山,以志祥瑞[三]。后母改嫁安延偃,乃随安姓,改名安禄山。开元年间,延偃携某归国,遂蒙圣恩,分隶张守珪部下。现任捉生讨击使。张大人见某通晓六蕃言语,膂力过人,每加亲任[四],昨因奚契丹反叛,差我征讨。自恃勇力深入,不料众寡不敌,遂致丧师[五]。今日不免回见主帅,别作道理。早来到府门首也。左右,报复去,道有捉生使安禄山来见。〔卒报科〕〔张守珪云〕:着他进来。〔安禄山做见科〕〔张守珪云〕:安禄山,征讨胜败如何?〔安禄山云〕:贼众我寡,军士畏怯,遂至败北。〔张守珪云〕:损军失机,明例不宥。左右,推出去,斩首报来[六]。〔卒推出科〕〔安禄山大叫云〕:主帅不欲灭奚契丹耶?奈何杀壮士[七]!〔张守珪云〕:放他回来。〔安禄山回科〕〔张守珪云〕:某也惜你骁勇,但国有定法,某不敢卖法市恩,送你上京,取圣断如何?

〔安禄山云〕：谢主帅不杀之恩。〔押下〕〔张守珪云〕：安禄山去了也。某无甚事，且回营中去来[八]。〔诗云〕：须知生杀有旗牌，只为军中惜将才。不然斩一胡儿首，何用亲烦圣断来。〔下〕

〔正末扮唐玄宗驾，旦扮杨贵妃，引高力士⑤、杨国忠、宫娥上〕〔正末云〕：高祖乘时起晋阳，太宗神武定封疆。守成继统当兢业，万里河山拱大唐[九]。寡人唐玄宗是也。自高祖神尧皇帝起兵晋阳⑥，全仗我太宗皇帝以神武之资，仗黄钺白旄[十]，灭了六十四处烟尘，一十八家擅改年号，立起大唐天下。传高宗、中宗，不幸有宫闱之变[十一]⑦。寡人以临淄郡王领兵靖难⑧，大扫宫庭，重清海宇[十二]，大哥哥宁王鉴前人之失让位于寡人[十三]⑨。即位以来二十余年，喜的太平无事。赖有贤相姚元之、宋璟、韩休、张九龄同心致治⑩，寡人得遂安逸。六宫嫔御虽多，自武惠妃死后⑪，无当意者。去年八月中秋，梦游月宫，见嫦娥之貌，人间少有。昨寿邸杨妃⑫，绝类嫦娥，已命为女道士；既而取入宫中，策为贵妃⑬，居太真院。寡人自从太真入宫，朝歌暮宴，无有虚日。高力士，你快传旨排宴，梨园子弟奏乐⑭，寡人消遣咱。〔高力士云〕：理会的。〔外扮丞相张九龄押安禄山上[十四]〕〔诗云〕：调和鼎鼐理阴阳，位列鹓班坐省堂。四海承平无一事[十五]，朝朝曳履侍君王。老夫张九龄是也，南海人氏。幼读经书[十六]，早登甲第，荷圣恩直做到丞相之职。近日边帅张守珪解送失机蕃将一人，名安禄山。我见其身躯肥矮，语言利便，有许多异相。若留此人，必乱天下。我今见圣人，面奏此事。早来到宫门前也。宫官奏去，道张九龄见驾也。〔左右报科〕〔云〕：着他过来[十七]！〔入见科〕〔云〕：臣张九龄见驾。〔正末云〕：卿来有何事？〔张九龄云〕：近日边臣张守珪解送失机蕃将安禄山，例该斩首，未敢擅便，押来请旨。〔正末云〕：你引那蕃将来我看。〔张九龄引安禄山见科，云〕：这就是失机蕃将安禄山。〔正末云〕：一员好将官也。你武艺如何？〔安禄山云〕：臣左右开弓，一十八般武艺，无有不会，能通六蕃言语。〔正末云〕：你这等肥胖，此胡腹中何所有？〔安禄山云〕：惟有赤心耳。〔正末云〕：丞相，不可杀此人，留他做个白衣将领。〔张九龄云〕：陛下，此人有异相，留他必有后患。守珪军令若行，禄山不宜免死[十八]。〔正末云〕：卿勿以王夷甫识石勒⑮，留着怕做甚么！兀那左右，放了他者！〔做放科〕〔安禄山起，谢云〕：谢主公不杀之恩。〔做跳舞科〕〔正末云〕：这是什么？〔安禄山云〕：这是胡旋舞⑯。〔旦云〕：陛下，这人又矬矮，又会舞旋，留着解闷倒好。〔正末云〕：贵妃，就与你做义子，你领去。〔旦云〕：多谢圣恩。〔同安禄山下〕〔张九龄云〕：国舅，此人有异相，他日必乱唐室，衣冠受祸不小⑰。老夫老矣，国舅恐或见之，奈何？奈何[十九]？〔杨国忠云〕：待下官明日再奏，务要屏除为妙。〔外〕既如此，咱且回私宅去。〔同下〕

〔正末扮驾引高力士、杨国忠一行人上〕〔正末云〕：寡人今日早朝，只听的后宫喧笑[二十]，左右，可去看来回话[二一]。〔宫娥云〕：是贵妃娘娘与安禄山做洗儿会哩⑱。〔正末云〕：既做洗儿会，取金钱百文，赐他做贺礼。就与我宣禄山来，封他官职。〔宫娥拿金钱下〕〔安禄山上，见驾科，云〕：谢陛下赏赐。宣臣那厢使用？〔正末云〕：宣卿来不为别，卿既为贵妃之子，即是朕之子，白衣不好出入官掖，就加你为平章政事者⑲。〔安禄山云〕：谢了圣恩。〔杨国忠云〕：陛下，不可，不可！安禄山乃失律边将，例当处斩，陛下免其死足矣。今给事官庭，已为非宜，有何功勋，加为平章政事？况胡人狼子野心，不可留居左右，望陛下圣鉴[二二]。〔张九龄云〕：杨国忠之言，陛下不可不听。〔正末云〕：你可也说的是。安禄山，且加你为渔阳节度使⑳，统领蕃汉兵马，镇守边庭，早立军功，不次升擢。〔安禄山云〕：感谢圣恩。〔正末云〕：卿休要怨寡人，这是国家典制，非轻可也呵！〔唱〕：

【仙吕·端正好】禄山呵[二三]！则为你不曾建甚奇功[二四]，便教你做元辅，满朝中都指斥銮舆。眼见的平章政事难停住，寡人待与你定夺些别官禄[二五]。

【幺篇】且着你做节度渔阳去[二六]，破强寇永镇幽都。休得待国家危急才防护[二七]，常先事设权谋。收猛将，保皇图，分铁券，赐丹书㉑，怎肯便辜负了你这功劳簿[二八]。〔同下〕

〔安禄山云〕：圣人回官去了也㉒。我出的官门来。叵奈杨国忠这厮好生无礼㉓，在圣人前奏准，着我做渔阳节度使，明升暗贬。别的都罢，只是我与贵妃有些私事，一旦远离，怎生放的下心。罢、罢、罢！我这一去，到的渔阳，练兵秣马，别作个道理。正是：画虎不成君莫笑，安排牙爪好惊人[二九]。〔下〕

校记

[一] 反叛：底本无。今从李本及诸参校本补。

[二] 躯干魁梧胆力雄，六蕃文字颇皆通。男儿若遂平生志，柱地撑天建大功：此四句上场诗，底本无。今从李本及诸参校本补。"柱"，继本作"拄"。

[三] 以志祥瑞：底本无。今从李本、脉本、顾本补。

[四] 现任捉生讨击使。张大人见某通晓六蕃言语，膂力过人，每加亲任：此几句底本作"为某通晓六蕃言语，膂力过人，现任捉生讨击使"。今从李本及诸参校本改。

[五] 遂致丧师：孟本同，李本及其他诸参校本作"遂致失律"。

[六] 斩首报来：李本及诸参校本作"斩首示众"。

[七] 主帅不欲灭奚契丹耶？奈何杀壮士："主帅""壮士"，顾本作"大丈夫""安禄山"，孟本"灭"作杀，李本"壮士"作"禄山"。李本及其他诸参校本作"大丈夫"，"壮士"作"安禄山"。

[八] 某无甚事，且回营中去来：此句，底本无。今从李本及诸参校本补。

[九] 高祖乘时起晋阳，太宗神武定封疆。守成继统当兢业，万里河山拱大唐：此四句上场诗，底本无。今从李本及诸参校本补。"守成继统"，顾本作"守城继统"，孟本作"继统守成"。"万里河山拱大唐"，孟本作"山河一统属皇唐"。"河山"统本作"山河"。

[十] 以神武之资，仗黄钺白旄：此两句，底本无。今从李本及诸参校本补。

[十一] 宫闱之变：李本及诸参校本作"武韦之变"。

[十二] 大扫宫庭，重清海宇：此八字，底本无。今从李本及诸参校本补。

[十三] 鉴前人之失：此五字，底本无。今从李本及诸参校本补。

[十四] 外扮丞相张九龄："丞相"，底本无。今从李本及诸参校本补。

[十五] 四海承平无一事："一"字，继本、脉本作"个"。

[十六] 幼读经书：此四字，底本无。今从李本及诸参校本补。"读"，孟本作"诵"。

［十七］宫宦奏去，道张九龄见驾也。〔左右报科〕〔云〕：着他过来：此几句，底本无。今从李本及诸参校本补。

［十八］守珪军令若行，禄山不宜免死：此二句，底本无。今从李本及诸参校本补。

［十九］奈何：此二字，底本无。今从李本及诸参校本补。

［二十］〔外〕既如此，咱且回私宅去。〔同下〕〔正末扮驾引高力士、杨国忠一行人上〕〔正末云〕：寡人今日早朝，只听的后宫喧笑：这几句提示与白，底本作"〔正末云〕：不知后宫中为什么这般喧笑。"今依剧情从李本及诸参校本改。

［二一］可去看来回话：此六字，继本、脉本作"看是那里"。

［二二］圣鉴：此二字下，李本及诸参校本有"不错"二字，但均无"〔张九龄云〕：杨国忠之言，陛下不可不听"。

［二三］禄山呵：底本无。今从李本及诸参校本补。

［二四］则为你不曾建甚奇功："则为你"三字为衬字，底本不分衬字、正字。今据李本、脉本、顾本曲文以大小字区分正字、衬字，并以曲谱补诸本之缺失。本剧下同。

［二五］与你：底本无。今从李本及诸参校本补。

［二六］且着你做节度渔阳去："且着你"，李本及诸参校本作"执军权"。

［二七］休得待国家危急才防护："休得待国家危急"，孟本作"休得待国家危如垒卵"；李本、脉本、顾本作"国家直到危如累卵"。

［二八］常先事设权谋。收猛将，保皇图，分铁券，赐丹书，怎肯便辜负了你这功劳簿：李本及诸参校本作"成大事，掌权谋。收猛将，保皇图。开选举，取名儒，寡人怎肯教闭塞了贤门户"。"怎肯便辜负了你这功劳簿"：此句"怎肯便"前，孟本有"寡人"二字。

［二九］正是，画虎不成君莫笑，安排牙爪好惊人：此十六字，李本及诸参校本无。

注释

①张守珪：陕州河北（今山西平陆西南）人，幽州节度使。开元二十三年

(735)，以战功拜辅国大将军兼御史大夫。

②幽州：州名。唐辖境相当于今北京及天津武清区，河北永清、廊坊等市县。其治所在今北京市大兴区。节度使：官名，唐玄宗天宝初设，沿边有九节度使、经略使，总揽该地区军政大权。

③昨日奚契丹部擅杀公主：奚和契丹都属东胡族。唐初常有冲突，贞观二年（628）脱离东突厥降唐。天宝四载（745），范阳节度使安禄山劫掠奚、契丹部，契丹首领李怀节杀静乐公主，奚王李延宠杀宜芳公主，叛唐，又为安禄山所败。

④捉生使：亦称"捉生将"。唐军将称号，言能活捉敌人。安禄山：营州柳城（今辽宁朝阳）人。本姓康，初名轧荦山。母改嫁突厥人安延偃，遂姓安，更名禄山。玄宗时官平卢、范阳、河东三镇节度使。天宝十四载（755）冬在范阳起兵叛乱，先后攻陷洛阳、长安，称帝，国号燕。至德二年（757）正月为其子安庆绪所杀。

⑤高力士：唐玄宗宠幸的宦官。天宝初，晋冠军大将军、右监门卫大将军，进封渤海郡公。

⑥自高祖神尧皇帝起兵晋阳：隋炀帝大业十三年（617），太原留守李渊起兵晋阳，攻入长安，立炀帝孙代王杨侑为恭帝。明年，宇文化及杀炀帝于江都，李渊便废恭帝，建立唐朝。李渊死后，庙谥为高祖神尧大圣大光孝皇帝。

⑦宫闱之变：指韦后毒杀中宗事。景龙四年（710）六月，韦后与安乐公主毒杀中宗，立温王重茂为少帝。韦后临朝称制，南北卫军、台阁要司，皆任命韦氏子弟。

⑧靖难：平定叛乱。此指景云元年（710）临淄王李隆基与太平公主合谋发动政变，杀韦后、安乐公主等人，拥其父相王睿宗继位。

⑨宁王：睿宗长子李宪。开元二十九年（741）卒，追谥为让皇帝。

⑩姚元之：本名元崇，字元之。历任武则天、睿宗、玄宗三朝宰相。宋璟：睿宗时宰相。开元四年（716）冬，继姚元之居相位。韩休：开元中累拜黄门侍郎，后为相。张九龄：长安二年（702）进士，官至中书侍郎同平章事，迁中书令。以上四人，新、旧《唐书》均有传，皆开元时贤相。

⑪武惠妃：唐玄宗妃。开元二十五年（737）卒，追谥贞顺皇后。

⑫寿邸杨妃：开元二十三年（735），玄宗册封故蜀州司户杨玄琰女杨玉环为其子寿王瑁（武惠妃生）妃，故称寿邸杨妃。

⑬策为贵妃：天宝四载（745）册封杨太真（玉环）为贵妃。

⑭梨园子弟：据宋王溥《唐会要》卷三十四载：开元二年（714）玄宗在梨园教诸子弟习法曲，称为皇帝梨园弟子。《新唐书·礼乐志十二》载：宫中宜春北院教场的几百宫女，也叫梨园弟子。子弟，指乐伎人。

⑮王夷甫识石勒：《晋书·载记第四·石勒上》记载："年十四，随邑人行贩洛阳，倚啸上东门。王衍见而异之，顾谓左右曰：'向者胡雏，吾观其声视有奇志，恐将为天下之患。'"石勒，羯族人，后为五胡十六国中后赵的皇帝。王夷甫，即王衍，西晋大臣。

⑯胡旋舞：出自西域康居国，唐代西北少数民族舞蹈。节奏鲜明欢快，旋转如风，纵横腾踏，故名。

⑰衣冠：古代士以上戴冠。衣冠连称，是古代士以上的服装。后引申指豪族、士绅。

⑱洗儿会：唐代风俗，婴儿出生后三日或满月时会聚亲友，替婴儿洗身，故名"洗儿会"。宋孟元老《东京梦华录·育子》："至满月，则生色及褓绣线，贵富家金银犀玉为之，并果子。大展洗儿会，亲朋盛集……浴儿毕，落胎发，遍谢座客。"

⑲平章政事：官名。唐称平章事，宋元称平章政事，位次于丞相。

⑳渔阳：即范阳。辖今北京市东南及天津蓟州区等地。

㉑分铁券，赐丹书：汉高祖始以丹书铁券赐功臣，表示永得爵禄；犯死罪，也可赦免。是世代享受免罪特权的契券。因其以丹书写于铁板之上，故名。详见宋王应麟《困学纪闻》卷十二引《楚汉春秋》、元陶宗仪《南村辍耕录》。天宝七载（748），玄宗曾赐安禄山铁券。

㉒圣人：臣子对皇帝的一种敬称。元杂剧中常用以作为皇帝的代称。

㉓叵奈：亦作"叵耐"。这里有可恨、可恶之意。

第一折

〔旦扮贵妃引宫娥上，云〕：妾身杨氏，弘农人也①。父亲杨玄琰，为蜀州司户②。开元二十二年,蒙恩选为寿王妃。开元二十八年八月十五日,乃主上圣节③,妾身朝贺。圣上见妾貌类嫦娥,令高力士传旨度为女道士,住内太真宫,赐号太真。天宝四年[一],册封为贵妃,半后服用④,宠幸殊甚。将我哥哥杨国忠加为丞相⑤,姊妹三人封做夫人⑥,一门荣显极矣。近日边庭送一蕃将来,名安禄山。此人猾黠,能奉承人意,又能胡旋舞。圣人赐与妾为义子,出入宫掖。不期此人乘我醉后私通,醒来不敢明言,日久情密[二],我哥哥杨国忠看出破绽,奏准天子,封他为渔阳节度使,送上边庭。妾心怀想[三],不能再见,好是烦恼人也!今日是七月七夕,牛女相会,人间乞巧令节⑦。已曾分付宫娥,排设乞巧筵在长生殿⑧,妾身乞巧一番。宫娥,乞巧筵设定不曾?〔宫娥云〕:已完备多时了。〔旦云〕:咱乞巧则个。〔正末引宫娥挑灯拿砌末上,云〕:寡人今日朝回无事,一心只想着贵妃。已令在长生殿设宴,庆赏七夕。内使[四],引驾去来。〔唱〕:

【仙吕·八声甘州】朝纲倦整,寡人待痛饮昭阳⑨,烂醉华清⑩。却是吾当有幸,一个太真妃倾国倾城。珊瑚枕上两意足,翡翠帘前百媚生。夜同寝昼同行,恰似鸾凤和鸣⑪。

〔带云〕:寡人自从得了杨妃,真所谓朝朝寒食,夜夜元宵也。〔唱〕:

【混江龙】晚来乘兴,一襟爽气酒初醒。松开了龙袍罗扣,偏斜了凤带红鞓⑫[五]。侍女齐扶碧玉辇,宫娥双挑绛纱灯。顺风听,一派《箫韶》令⑬。

〔内作吹打喧笑科〕〔正末云〕:是那里这等喧笑?〔宫娥云〕:是太真娘娘在长生殿乞巧排宴哩。〔正末云〕:众宫娥,不要走的响,待寡人自看去。〔唱〕:多咱是胭娇簇拥⑭[六],粉黛施呈。

【油葫芦】报接驾的宫娥且慢行,亲自听,上瑶阶那步近前楹。悄悄麽蹑款把纱窗映,扑扑簌簌风飐珠帘影。我恰待行,打个呓挣,怪玉笼中鹦鹉知人性,不住的语偏明。

〔内作鹦鹉叫,云〕:万岁来了,接驾。〔旦惊云〕:圣上来了!〔做接驾科〕〔正末唱〕:

【天下乐】则见展翅忙呼万岁声,惊的那娉婷,将銮驾迎,一个晕庞儿画不就描不成。行的一步步娇，生的一件件撑，一声声似柳外莺。

〔旦见科〕[七]

〔云〕：卿在此做甚么[八]？〔旦云〕：今逢七夕，妾身设瓜果之会，问天孙乞巧哩⑮。〔正末看科，云〕：排设的是好也。〔唱〕：

【醉中天】龙麝焚金鼎，花萼插银瓶。小小金盆种五生⑯[九]，供养着鹊桥会丹青帧，把一个米来大蜘蛛儿衔定[十]。搀夺尽六宫宠幸，更待怎生般智巧心灵。

〔正末与旦砌末科，云〕：这金钗一对，钿盒一枚，赐与卿者。〔旦接科，云〕：谢了圣恩也。〔正末唱〕：

【金盏儿】我着绛纱蒙，翠盘盛，两般礼物堪人敬，趁着这新秋节令赐卿卿。七宝金钗盟厚意，百花钿盒表深情。这金钗儿教你高耸耸头上顶，这钿盒儿把你另巍巍手中擎⑰。

〔旦云〕：陛下，这秋光可人，妾待与圣驾亭下闲步一番。〔正末做同行科〕〔唱〕：

【忆王孙】瑶阶月色晃疏棂，银烛秋光冷画屏。消遣此时此夜景。和月步闲庭，苔浸的凌波罗袜冷⑱。

〔云〕：这秋景与四时不同[十一]。〔旦云〕：怎见的与四时不同？〔正末云〕：你听我说。〔唱〕：

【胜葫芦】露下天高夜气清，风掠得羽衣轻⑲，香惹丁东环佩声。碧天澄净，银河光莹，只疑是身在玉蓬瀛⑳。

〔旦云〕：今夕牛郎织女相会之期，一年只是得见一遭，怎生便又分离也？〔正末唱〕：

【金盏儿】他此夕把云路凤车乘，银汉鹊桥平㉑。不甫能今夜成欢庆[十二]，枕边忽听晓鸡鸣。却早离愁情脉脉，别泪雨泠泠。五更长叹息，则是一夜短恩情。

〔旦云〕：他是天宫星宿[十三]，经年不见，不知也曾相忆否？〔正末云〕：他可怎生不想来！〔唱〕：

【醉扶归】暗想那织女分牛郎命，虽不老是长生。他阻隔银河信杳冥，经年度岁成孤另。你试向天宫打听，他决害了些相思病。

〔旦云〕：妾身得侍陛下，宠幸极矣。但恐容貌日衰，不得似织女长久也！〔正末唱〕：

【后庭花】偏不是上列着星宿名[十四]，下临着尘世生。把天上姻缘重，将人间恩爱轻。各办着真诚[十五]㉒，天心必应，量他每何足称！

〔旦云〕：妾想牛郎织女[十六]，年年相见，天长地久，只是如此，世人怎得似他情长也！〔正末唱〕：

【金盏儿】咱日日醉霞觥，夜夜宿银屏；他一年一日见把佳期等，若论着多多为胜，咱也合赢。我为君王犹妄想，你做皇后尚嫌轻。可知道斗牛星畔客㉓，回首问前程。

〔旦云〕：妾蒙主上恩宠无比，但恐春老花残，主上恩移宠衰，使妾有龙阳泣鱼之悲㉔，班姬题扇之怨㉕，奈何？〔正末云〕：妃子，你说那里话！〔旦云〕：陛下请示私约，以坚终始。〔正末云〕：咱和你去那处说话去[十七]。〔做行科，唱〕：

【醉中天】我把你半弹的肩儿凭[十八]，他把个百媚脸儿擎[十九]。正是金阙西厢叩玉扃，悄悄回廊静。靠着这招彩凤、舞青鸾，金井梧桐树影，虽无人窃听，也索悄声儿海誓山盟。

〔云〕：妃子，朕与卿尽今生偕老，百年以后，世世永为夫妇，神明鉴护者！〔旦云〕：谁是盟证？〔正末唱〕：

【赚煞尾】长如一双钿盒盛[二十]，休似两股金钗另，愿世世姻缘注定[二一]。在天呵做鸳鸯常比并，在地呵做连理枝生[二二]。月澄澄，银汉无声，说尽千秋万古情。咱各办着志诚，你道谁为显证，有今夜度天河相见女牛星！〔同下〕

校记

[一] 天宝四年："年"，李本作"载"。

［二］此人乘我醉后私通，醒来不敢明言，日久情密：此三句，底本删。今从李本及诸参校本补。按：此三句与前文安禄山说的"别的都罢，只是我与贵妃有些私事，一旦远离，怎生放的下心"意相连，若删去，意不通，语言也不通。故补，保持旧本原貌。如果将"日久情密"之后"我哥哥杨国忠看出破绽，奏准天子，封他为渔阳节度使，送上边庭。妾心怀想，不能再见，好是烦恼人也"和前文安禄山说的几句话以及第二折安禄山说的"我想当初与贵妃私情甚密，杨国忠奏准天子，送我出来"，"抢了贵妃"，以及四句下场诗"统精兵直指潼关，料唐家无计遮拦。单要抢贵妃一个，非专为锦绣江山"等删去，则使该剧少缺憾，增光彩。

［三］妾心怀想："李本及诸参校本作妾心中怀想"。

［四］内使：此二字后，孟本、脉本有一"每"字。

［五］凤带红鞓："凤"，李本及诸参校本作"玉"。

［六］多咱是胭娇簇拥："多咱是"，李本及诸参校本作"着些"。

［七］旦见科：底本无。今从李本、脉本、顾本补。

［八］卿在此做甚么："在此"，李本、脉本、顾本无。孟本有此二字。

［九］小小金盆种五生："小小"二字，之前，孟本有"几个"二字。

［十］衔定：底本作"抱定"。今依文意从李本及诸参校本改。

［十一］这秋景与四时不同："这"，李本及诸参校本无。

［十二］不甫能今夜成欢庆："甫"字，李本及诸参校本作"何"。

［十三］他是天宫星宿："宿"字，顾本、李本、脉本、继本作"神"，孟本作"辰"。

［十四］偏不是上列着星宿名："是"字，李本及诸参校本无。

［十五］各办着真诚："办"，底本作"辨"，今依下文"办着志诚"从李本、脉本改。

［十六］妾想牛郎织女："妾想"二字，李本及诸参校本无。

［十七］咱和你去那处说话去："和你"二字，孟本有；李本、脉本无。

［十八］我把你半鞾的肩儿凭："半鞾的"三字，李本及诸参校本作"脸上"。

［十九］百媚脸儿擎："百媚"，孟本同；李本、脉本、顾本作"可喜"。

[二十] 长如一双钿盒盛：此句李本及诸参校本作"心如一塔钿盒盛"。

[二一] 姻缘注定："姻缘"二字后，李本及诸参校本有一"簿"字。

[二二] 在天呵做鸳鸯常比并，在地呵做连理枝生：此二句，李本及诸参校本作"在天同为比翼鸟，在地连理枝牛"。

注释

①弘农：郡名。治所在弘农县（今河南灵宝北）。

②司户：唐代官名。据《新唐书·百官志》载，在府曰户曹参军，在州曰司户参军。

③主上圣节：指唐玄宗生日。

④半后服用：享用皇后服色、仪仗、侍从的一半待遇。杨贵妃位在皇后之下，其舆服等减半于皇后。

⑤杨国忠：据《旧唐书·杨国忠列传》载，本名钊，贵妃从祖兄。甚得玄宗宠信，赐名国忠。天宝十一载（752）李林甫死，即为右相，兼文部（吏部）尚书。

⑥姊妹三人封做夫人：《旧唐书·后妃列传上·玄宗杨贵妃》：太真"有姊三人，皆有才貌，玄宗并封国夫人之号：长曰大姨，封韩国；三姨，封虢国；八姨，封秦国。并承恩泽，出入宫掖，势倾天下"。

⑦乞巧：古代风俗，妇女于夏历七月七日夜间，向织女星乞求智巧，谓之"乞巧"。南朝梁宗懔《荆楚岁时记》："七月七日为牵牛织女聚会之夜……是夕，人家妇女结彩缕，穿七孔针，或以金银鍮石为针，陈瓜果于庭中以乞巧。有喜子网于瓜上，则以为符应。"

⑧长生殿：唐代华清宫殿名。宋王溥《唐会要·华清宫》："天宝元年（742）十月造长生殿，名为集灵台，以祀神。"

⑨昭阳：汉成帝宠妃赵飞燕所在的昭阳殿。此指杨贵妃居住的宫殿。

⑩华清：唐代修建的温泉浴池名。在今陕西临潼骊山上。天宝六载（747）扩建并改名华清宫，为唐玄宗和杨贵妃游乐的地方。这里的华清，亦泛指后宫而言。

⑪鸾凤和鸣：鸾鸟和凤凰唱和。《左传·庄公二十二年》："初，懿氏卜妻敬仲，其妻占之。曰：'吉。是谓凤皇于飞，和鸣锵锵。'"后世用以比喻夫妻和谐。

⑫红鞓（tīng）：红色革带。据宋金两代服制，五品以下才用红鞓，元代作为仪卫人员的服色。

⑬《箫韶》令：泛指美妙的宫廷音乐。《箫韶》，亦称《大韶》《九韶》。相传为舜时之乐。令，本为词调或曲调的一个种类，此泛指乐曲。

⑭多咱是：推测之词。恐怕是、多半是。

⑮天孙：织女星的别称。《史记·天官书》："婺女，其北织女。织女，天女孙也。"司马贞《索隐》："织女，一名天女，天子女也。"

⑯种五生：古代七夕的一种习俗。宋孟元老《东京梦华录·七夕》载：七夕前，以"绿豆、小豆、小麦于磁器内，以水浸之，生芽数寸，以红蓝彩缕束之，谓之种生"，用以供奉。

⑰另巍巍：高高的。

⑱凌波罗袜：妇女袜子的美称。三国魏曹植《洛神赋》："凌波微步，罗袜生尘。"

⑲羽衣：道士用鸟羽制成的衣服。唐玄宗曾诏令将杨玉环度为女道士，赐号太真。

⑳玉蓬瀛：指仙境。《史记·秦始皇本纪》："言海中有三神山，名曰蓬莱、方丈、瀛洲，仙人居之。"

㉑鹊桥：俗传七夕喜鹊架桥于银河以渡牛郎织女相会。唐韩鄂《岁华纪丽》卷三引《风俗通》："织女七夕当渡河，使鹊为桥。"

㉒办着真诚：宋元时习语。宋胡铨《经筵玉音问答》："只是办着一片至诚心去，自有许多好处。"

㉓斗牛：指二十八宿中的斗宿和牛宿。牛宿包括牵牛、织女二星在内。

㉔龙阳泣鱼之悲：战国时，魏王的宠臣龙阳君钓鱼时，忽然哭泣起来，对魏王说：开始钓起鱼来很高兴，以后钓得多了，就把先钓的鱼丢掉了。天下拥有美貌的人很多，都想得到王的宠幸；我恐怕也会像先钓的鱼一样，被王丢弃，所以很伤心。

㉕班姬题扇之怨：班姬，即班婕妤。美秀能文，受到汉成帝宠爱。后被谗失宠，作《怨歌行》，以秋扇见弃，喻君恩中断。

第二折

〔安禄山引众将上，云〕某安禄山是也。自到渔阳，操练蕃汉人马，精兵见有四十万，战将千员。如今明皇年老昏眊[一]，杨国忠、李林甫播弄朝政①。我想当初与贵妃私情甚密，杨国忠奏准天子，出我送来[二]。我今只以讨贼为名，起兵到长安[三]，抢了贵妃[四]，夺了唐朝天下，才是我平生愿足[五]。左右[六]，军马齐备了么？〔众将云〕：都齐备了。〔安禄山云〕：着军政司先发檄一道②，说某奉密旨讨杨国忠等。随后令史思明领兵三万[七]③，先取潼关，直抵京师，成大事如反掌耳[八]！〔众将云〕：得令！〔安禄山云〕：今日天晚，明日起兵[九]。〔诗云〕：统精兵直指潼关，料唐家无计遮拦。单要抢贵妃一个，非专为锦绣江山。〔同下〕

〔正末引高力士，郑观音抱琵琶④，宁王吹笛，花奴打羯鼓⑤，黄翻绰执板⑥，十美人捧旦上[十]〔正末云〕：今日新秋天气，寡人朝回无事，妃子学得霓裳羽衣舞⑦，同往御园中沉香亭下⑧，闲耍一番。早来到也。你看这秋来风物，好是动人也呵！〔唱〕

【中吕·粉蝶儿】 天淡云闲，列长空数行征雁。御园中夏景初残，柳添黄，荷减翠，秋莲脱瓣。坐近幽阑[十一]，喷清香玉簪花绽。

〔带云〕：早到御园中也。虽是小宴，倒也整齐。〔唱〕：

【叫声】[十二] 共妃子喜开颜，等闲，等闲，御园中列肴馔[十三]。酒注嫩鹅黄⑨，茶点鹧鸪斑[十四]⑩。

【醉春风】 酒光泛紫金钟，茶香浮碧玉盏。沉香亭畔晚凉多，把一搭儿亲自拣，拣。粉黛浓妆，管弦齐列，绮罗相间。

〔外扮使臣上，诗云〕：长安回望绣成堆，山顶千门次第开。一骑红尘妃子笑，无人知是荔枝来。小官四川道差来使臣。因贵妃娘娘好啖鲜荔枝[十五]，遵奉诏旨,特来进鲜。早到朝门外了。宫官,通报一声,说四川使臣来进荔枝。〔做报科〕〔正末云〕:引他进来。〔使臣见驾科,云〕:四川道使臣来进贡荔枝[十六]。〔正末看科,云〕:妃子,你好食此果,朕特令他及时进来[十七]。〔旦云〕:是好荔枝也!〔正末唱〕:

【迎仙客】 香喷喷味正甘,娇滴滴色初绽,只疑是九重天滴来人世间。取时难,得后悭。可惜不近长安,因此上教驿使把红尘践。

〔旦云〕:这荔枝颜色娇嫩,端的可爱也[十八]。〔正末唱〕:

【红绣鞋】 不则向金盘中好看[十九],便宜将玉手擎餐,端的个绛纱笼罩水晶寒[二十]。为甚教寡人醒醉眼,妃子晕娇颜?物稀也人见罕。

〔高力士云〕:陛下酒进三爵[二一],请娘娘登盘,演一回霓裳之舞。〔正末云〕:依卿奏者。〔正旦做舞〕〔众乐撺掇科〕〔正末唱〕:

【快活三】 嘱咐你仙音院莫怠慢⑪,道与你教坊司要迭办⑫。把个太真妃扶在翠盘间,快结束宜妆扮[二二]。

【鲍老儿】 双撮得泥金衫袖挽,把月殿里霓裳按。郑观音琵琶准备弹,早搭上鲛绡襻⑬。贤王玉笛[二三],花奴羯鼓,韵美声繁。寿宁锦瑟,梅妃玉箫⑭,嘹喨循环。

【古鲍老】 屹剌剌撒开紫檀,黄翻绰向前手拈板[二四]。低低的叫声玉环,太真妃笑时花近眼。红牙箸,趁五音,击着梧桐按。嫩枝柯,犹未干,更带着、瑶琴音泛[二五]。卿呵,你则索出几点琼珠汗。

〔旦舞科〕〔正末唱〕:

【红芍药】 腰鼓声干,罗袜弓弯[二六],玉佩丁东响珊珊,即渐里舞弹云鬟。施呈你蜂腰细,燕体翻,作两袖香风拂散。〔带云〕:卿倦也,饮一杯酒者。〔唱〕:寡人亲捧杯玉露甘寒,你可也莫得留残,拼着个醉醺醺[二七],直吃到、夜静更阑。

〔旦饮酒科〕〔净扮李林甫上,云〕:小官李林甫是也,见为左丞相之职。今早飞报将来,说安禄山反叛,军马浩大,不敢抵敌,只得见驾。无人报复,我自过去[二八]。〔做见驾科〕〔正末云〕:丞相有何事,这等慌促⑮?〔李林甫云〕：边关飞报，安禄山造反，大势军马杀将来了。陛下，承平日久，人不知兵，怎生是好？〔正末云〕：你慌做什么！〔唱〕：

【剔银灯】 止不过奏说边庭上造反，也合看空便觑迟疾紧慢。等不的俺筵上笙歌散，可不气丕丕冒突天颜！那些个齐管仲、郑子产[二九]⑯，敢得做假忠孝龙逢比干[三十]⑰！

〔李林甫云〕：陛下，如今贼兵已破潼关，哥舒翰失守逃回⑱，目下就到长安了[三一]。京城空虚，决不能守，怎生是好？〔正末唱〕：

【蔓菁菜】 险些儿慌杀你个周公旦⑲。〔李林甫云〕：陛下，只为女宠盛[三二]，谗夫昌，惹起这刀兵来了。〔正末唱〕：你道我因歌舞坏江山。你常好是占奸[三三]，早难道羽扇纶巾笑谈间[三四]，破强虏三十万。

〔云〕：既贼兵压境，你众官计议，选将统兵，出征便了[三五]。〔李林甫云〕：如今京营兵不满万，将官衰老，如哥舒翰名将，尚且支持不住，那一个是去得的？〔正末唱〕：

【满庭芳】 你文武两班，空列些乌靴象简、金紫罗襕。内中没个英雄汉，扫荡尘寰。惯纵的个无徒禄山⑳，没揣的撞过潼关。先败了哥舒翰。疑怪昨宵向晚，不见烽火报平安。[三六]

〔云〕：卿等有何计策，可退贼兵？〔李林甫云〕：安禄山部下，蕃汉兵马四十余万，皆是一以当百，怎与他拒敌？莫若陛下幸蜀，以避其锋。待天下兵至[三七]，再作计较。〔正末云〕：依卿所奏[三八]。便传旨收拾六宫嫔御，诸王百官，明日早起，幸蜀去来。〔旦作悲科，云〕：妾身怎生是好也！〔正末唱〕：

【普天乐】 恨无穷，愁无限。争奈仓卒之际，避不得蓦岭登山。銮驾迁，成都盼。更那堪泸水西飞雁㉑，一声声、送上雕鞍。伤心故园，西风渭水，落日长安。

〔旦云〕：陛下，怎受的途路之苦[三九]？〔正末云〕：寡人也没奈何哩！〔唱〕：

【啄木鸟尾】[四十] 端详了你上马娇，怎支吾蜀道难㉒！替你愁那嵯峨峻岭连云栈[四一]，自来驱驰可惯？几程儿挨得过剑门关㉓！〔同下〕

校记

［一］年老昏眊："老"，底本作"已"。今从李本及诸参校本改。

［二］我想当初与贵妃私情甚密，杨国忠奏准天子，出我送来：此几句，底本无。今据李本及诸参校本补。

［三］起兵到长安："到"字，李本及诸参校本作"上"。

［四］抢了贵妃："抢"，孟本同；李本、顾本、脉本均作"见"。

［五］才是我平生愿足：此句，李本及诸参校本作"我心方才是足"。

［六］左右：此二字后，李本及诸参校本有一"的"字。

［七］令史思明领兵三万：此句，孟本同；李本及其他参校本作"令尹子奇领兵三千"。

［八］成大事如反掌耳：此句下，李本及诸参校本作"众军士，听我将令：不许交头接耳，不许语笑喧哗，不许抢人财产，不许掳人妇女，鼓进金退，违令者斩"。此几句，底本删，改作"［众将云］：得令"。

［九］明日起兵：此四字后，李本及诸参校本有"某且回后帐去来"。底本、孟本有四句下场诗，李本和其他参校本无。

［十］十美人：此三字，底本无。今从李本及诸参校本补。

［十一］坐近幽阑："幽阑"，脉本、孟本、顾本作"幽兰"；李本作"雕阑"。

［十二］叫声：此二字，李本及诸参校本作曲词。

［十三］御园中列肴馔："御"，李本及诸参校本作"后"。

［十四］茶点鹧鸪斑：此句后，脉本补有"□酒来，朕与妃子同饮则个"。

［十五］好啖鲜荔枝："好"，孟本同；李本及诸参校本无。

［十六］使臣来进贡荔枝："来进"二字，顾本作"进贡"。

［十七］及时进来："及"，李本及诸参校本作"宜"。"进来"，顾本作"进贡"。

［十八］端的可爱也："端的"，李本及诸参校本无。

［十九］不则向金盘中好看："不则"二字，顾本、孟本、脉本作"则不"。

［二十］便宜将玉手擎餐，端的个绛纱笼罩水晶寒：此二句，李本及诸参

校本作"也宜将翠袖擎看,绛纱囊光罩水晶寒"。"看",孟本作"餐"。

[二一] 陛下酒进三爵:此句底本无。今从李本及诸参校本补。

[二二] 宜妆扮:"妆",李本及诸参校本作"宫"。

[二三] 贤王玉笛:"贤王",李本及诸参校本作"宁王"。

[二四] 向前手拈极:"前手"二字,顾本、孟本、继本作"手前"。

[二五] 音泛:李本及诸参校本作"声范"。

[二六] 罗袜弓弯:"罗袜",李本及诸参校本作"罗袖"。

[二七] 拼着个醉醺醺:此句,李本及诸参校本无。

[二八] 无人报复,我自过去:此八字,底本无。今从李本、脉本、顾本补。

[二九] 那些个齐管仲、郑子产:"那些个",李本及诸参校本作"快过来"。

[三十] 敢得做假忠孝龙逢比干:"敢得做"三字,李本及诸参校本无。

[三一] 长安了:李本及诸参校本作"京师"。

[三二] 只为女宠盛:"为"字,李本及诸参校本作"因"。

[三三] 你常好是占奸:"常好是"三字,李本及诸参校本作"好"。

[三四] 羽扇纶巾笑谈间:"笑谈间",李本及诸参校本作"坐间"。

[三五] 出征便了:李本及诸参校本作"征进"。

[三六] 烽火报平安:"平安"李本及诸参校本作"长安"。

[三七] 待天下兵至:"兵至"后,李本及诸参校本有一"日"字。

[三八] 依卿所奏:"所",李本及诸参校本作"准"。

[三九] 途路之苦:此四字之后,李本及诸参校本有一"也"字。

[四十] 啄木鸟尾:此曲,顾本、李本、孟本、脉本作"尾声"。

[四一] 嵯峨峻岭:李本及诸参校本作"巇崄嵯峨"。

注释

①李林甫播弄朝政:唐大臣李林甫口蜜腹剑,善用狡计,窥伺皇帝意旨,嫉贤害能。玄宗晚年,耽乐声色,专任林甫,天下威权,皆归于李。详见《旧

唐书·李林甫列传》。

②军政司：官署名。负责军事行政，掌握部队作战等事。

③史思明：唐宁夷州（今辽宁朝阳）人。突厥族。天宝十四载（755）安禄山叛乱，他首先率部攻入长安。至德二载（757）安庆绪杀安禄山。唐收复两京，史思明降唐，次年复叛。乾元二年（759）史思明杀安庆绪，自称大燕皇帝。上元二年（761）三月被其子史朝义所杀。

④郑观音：玄宗宫中乐工。善弹琵琶。

⑤花奴：汝南王李琎，小名花奴。善击羯鼓。唐段安节《乐府杂录·羯鼓》："明皇好此伎。有汝南王花奴，尤善击鼓。花奴时戴砑绢帽子，上安葵花，数曲，曲终花不落，盖能定头项尔。"

⑥黄翻绰：玄宗宫廷艺人。据唐段安节《乐府杂录·拍板》："拍板本无谱。明皇遣黄翻绰造谱，乃于纸上画两耳以进。上问其故，对曰：'但有耳道，则无失节奏也。'"

⑦霓裳羽衣舞：唐时舞乐名。唐柳宗元《龙城录·明皇梦游广寒宫》："见有素娥十余人，皆皓衣乘白鸾，往来舞笑于广陵大桂树之下。又听乐音嘈杂，亦甚清丽。上皇素解音律，熟览而意已传。顷，天师亟欲归，三人下若旋风。忽悟，若醉中梦回尔。次夜上皇欲再求往，天师但笑谢而不允。上皇因想素娥风中飞舞袖被编律成音，制《霓裳羽衣舞》曲，自古洎今，清丽无复加于是矣。"

⑧沉香亭：唐宫苑中亭名，在兴庆宫内。相传唐玄宗与杨贵妃曾在亭中观赏木芍药花（即牡丹）。

⑨鹅黄：酒名。宋祝穆《方舆胜览》："鹅黄乃汉州酒名，蜀中无能及者。"

⑩鹧鸪斑：茶名。宋叶廷珪《名茶谱》有鹧鸪香、思劳香，谓其"出日南，如乳香"。宋秦观《满庭芳·北苑研膏》词："香泉溅乳，金缕鹧鸪斑。"

⑪仙音院：音乐机构的名称。蒙古世祖中统蒙古年（1260）设立的掌管乐工、供奉祭享的机构，名为仙音院。后改为玉宸院。

⑫教坊司：唐代管领音乐杂技、教习歌舞的机关，名为"教坊"。唐崔令钦《教坊记》："西京右教坊在光宅坊，左教坊在延政坊。右多善歌，左多工舞，盖相因习。"元代亦有"教坊司"。迭办：办理。

⑬鲛绡襻（pàn）：丝织的带子。鲛绡，传说中鲛人所织的绢。南朝梁任昉《述异记》卷上载："南海出鲛绡纱，泉先潜织，一名龙纱。其价百余金，以为服，入水不濡。"襻，衣带。

⑭梅妃：唐玄宗之妃。原名江采蘋。尝得玄宗宠爱，能吹白玉笛，作惊鸿舞。性喜梅，居所均植梅花，玄宗戏名之为梅妃。于杨贵妃入宫后失宠，迁于洛阳上阳宫。唐曹邺《梅妃传》传奇记述甚详。

⑮慌促：慌张。

⑯齐管仲、郑子产：管仲，春秋齐国政治家，名夷吾。帮助齐桓公以"尊王攘夷"相号召，使其成为春秋时的第一个霸主。子产，即姬侨。春秋时郑国的政治家。为郑简公的卿，实行改革，给郑国带来新气象。

⑰龙逢比干：龙逢，即关龙逢。相传为夏朝的忠臣。夏桀暴虐荒淫，他直言强谏被囚禁杀死。比干，商朝的忠臣。殷纣淫乱，他强谏，被剖心而死。

⑱哥舒翰：唐突厥族酋长哥舒部后裔，唐代名将。安禄山叛乱时，他为兵马副元帅，率兵二十万守潼关，兵败被俘，不久被杀。

⑲周公旦：即姬旦。周文王子，辅助武王灭纣。武王死，成王年幼，由他摄政，为周朝的宰辅。这里借指李林甫。

⑳无徒："无藉徒"的省文。无赖、泼皮。

㉑浐水：水名。源出今陕西蓝田县西南秦岭山中，北流至西安市东入灞水。

㉒支吾：这里有对付、支持之意。

㉓剑门关：古关名。在今四川剑阁县北。峭壁中断，形似剑门，地势险峻。

第三折

〔外扮陈玄礼上①，诗云〕：世受君恩统禁军[一]，天颜喜怒得先闻。太平武备皆无用，谁料狂胡起战尘[二]。某右龙武将军陈玄礼是也。昨因逆胡安禄山倡乱，潼关失守。昨日宰臣会议，大驾暂幸蜀川，以避其锋。今早飞报，说贼兵离京城不远。圣主令某统领禁军护驾，军马点就多时，专候大驾起行。〔正末引旦及杨国忠、高力士并太子[三]，扈驾郭子仪、李光弼上②〕〔正末云〕：寡人眼不识人，致令狂胡作乱。事出急迫，只得西行避兵，好伤感人也呵！〔唱〕：

【双调·新水令】五方旗招飐日边霞，冷清清、半张銮驾。鞭倦袅，镫慵踏，回首京华，一步步放不下。

〔带云〕：寡人深居九重[四]，怎知闾阎贫苦也！〔唱〕：

【驻马听】隐隐天涯，剩水残山五六搭；萧萧林下，坏垣破屋两三家。秦川远树雾昏花，灞桥衰柳风潇洒。煞不如碧窗纱，晨光闪烁鸳鸯瓦[五]。

〔众扮父老上，云〕：圣上，乡里百姓叩头[六]。〔正末云〕：父老有何话说？〔众云〕：宫阙，陛下家居；陵寝，陛下祖墓。今舍此欲何之？〔正末云〕：寡人不得已，暂避兵耳。〔众云〕：陛下既不肯留，臣等愿率子弟，从殿下东破贼，取长安。若殿下与至尊皆入蜀，使中原百姓，谁为之主？〔正末云〕：父老说的是。左右，宣我儿近前来者！〔太子做见科〕[七]〔正末云〕：众父老说，中原无主，留你东还，统兵杀贼。就令郭子仪、李光弼为元帅，后军分拨三千人[八]，跟你回去。你听我说。〔唱〕：

【沉醉东风】父老每忠言听纳，教小储君专任征伐。你也合分取些社稷忧，怎肯教别人把江山霸？将这颗传国宝你行留下，〔太子云〕：儿子只统兵杀贼，岂敢便登天位[九]？〔正末唱〕：剿除了贼徒救了国家，更避甚称孤道寡？

〔太子云〕：既为国家重事，儿子领诏旨，率领郭子仪、李光弼回去也。〔做辞驾科〕〔众军呐喊不行科〕[十]〔正末唱〕：

【庆东原】前军疾行动，因甚不进发？〔众军呐喊科[十一]〕一行人觑了皆惊怕。嗔忿忿停鞭立马，恶噷噷披袍贯甲[十二]，明彪彪掣剑离匣。齐臻臻雁行班排，密匝匝鱼鳞似亚。

〔陈玄礼云〕：众军士说，国有奸邪，以致乘舆播迁，君侧之祸不除，不能敛戢众志[十三]。〔正末云〕：这是怎么说？〔唱〕：

【步步娇】寡人呵万里烟尘，你也合嗟讶，就势儿把吾当諕。国家又不曾亏你半掐[十四]③，因甚军心有争差？问卿咱，为甚不说半句儿知心话?

〔陈玄礼云〕：杨国忠专权误国，今又与吐蕃使者交通④，似有反情，请诛之以谢天下。〔正末唱〕：

【沉醉东风】据着杨国忠合该万剐，斗的个禄山贼乱了中华⑤。是非寡人股肱难弃舍，更兼与妃子骨肉相牵挂。断遣尽枉展污了五条刑法，把他剥了官职贬做穷民也是阵杀，允不允陈玄礼将军鉴察。

〔众军怒喊科〕〔陈玄礼云〕：陛下，军心已变，臣不能禁止，如之奈何？〔正末云〕：随你罢！〔众杀杨国忠科〕〔正末唱〕：

【雁儿落】数层枪密匝匝，一声喊山摧塌。元来是陈将军号令明，把杨国忠施行罢。

〔众军士仗剑拥上科〕[十五]〔正末唱〕：

【拨不断】语喧哗，闹交杂，六军不进屯戈甲。把个马嵬坡簇合沙⑥，又待做甚么？諕的我战钦钦遍体寒毛乍⑦。吃紧的军随印转，将令威严，兵权在手，主弱臣强，卿呵，则你道波，寡人是怕也那不怕！

〔云〕：杨国忠已杀了，您众军不进，却为甚的？〔陈玄礼云〕：国忠谋反，贵妃不宜供奉，愿陛下割恩正法。〔正末唱〕：

【搅筝琶】高力士，道与陈玄礼，休没高下，岂可教妃子受刑罚？他见请受着皇后中宫[十六]，兼踏着寡人御榻。他又无罪过，颇贤达[十七]，须不似周褒姒举火取笑⑧，纣妲己敲胫觑人⑨，早间把他个哥哥坏了，总便有万千不是[十八]，看寡人也合饶过他，一地胡拿[十九]⑩。

〔高力士云〕：贵妃诚无罪，然将士已杀国忠，贵妃在陛下左右，岂敢自安？愿陛下审思之。将士安，则陛下安矣。〔正末唱〕：

【风入松】止不过凤箫羯鼓间琵琶，忽刺刺板撒红牙。假若更添个《幺花十八》⑪，那些儿是败国亡家！可知道陈后主遭着杀伐⑫，皆因唱《后庭花》⑬。

〔旦云〕：妾死不足惜，但主上之恩，不曾报得。数年恩爱，教妾怎生割舍[二十]？〔正末云〕：妃子[二一]，不济事了，六军心变[二二]，寡人自不能保。

〔唱〕：

【胡十八】似恁地对咱，多应来变了卦，见俺留恋着他。龙泉三尺手中拿⑭。便不将他刺杀，也将他吓杀[二三]。更问甚陛下，大古是知重俺帝王家⑮。

〔陈玄礼云〕：愿陛下早割恩正法。〔旦云〕：陛下，怎生救妾身一救？〔正末云〕：寡人怎生是好？〔唱〕：

【落梅风】眼儿前不甫能栽起合欢树[二四]⑯，恨不得手掌里奇擎着解语花[二五]⑰，尽今生、翠鸾同跨⑱。怎生般爱他看待他，忍下的教横拖在马嵬坡下[二六]！

〔陈玄礼云〕：禄山反逆，皆因杨氏兄妹；若不正法以谢天下，祸变何时得消？望陛下乞与杨氏，使六军马踏其尸[二七]，方得凭信。〔正末云〕：他如何受的？高力士，引妃子去佛堂中，令其自尽，然后教军士验看。〔高力士云〕：有白练在此[二八]。〔正末唱〕：

【殿前欢】他是朵娇滴滴海棠花⑲，怎做得闹荒荒亡国祸根芽？再不将曲弯弯远山眉儿画⑳，乱松松云鬓堆鸦。怎下的硌磕磕马蹄儿脸上踏，则将细袅袅咽喉掐，早把条长挽挽素白练安排下[二九]。他那里一身受死，我痛煞煞独力难加。

〔高力士云〕：娘娘去罢，误了军行。〔旦回望科，云〕：陛下好下的也㉑！〔正末云〕：卿休怨寡人！〔唱〕：

【沽美酒】没乱杀㉒，怎救拔？没奈何，怎留他？把死限俄延了多半霎。生各支勒杀[三十]㉓，陈玄礼、闹交加。

〔高力士引旦下〕〔正末唱〕：

【太平令】李本作"怎不教"酪子里[三一]㉔、题名单骂，脑背后、着武士金瓜？教几个鲁莽的宫娥监押，休将那软款的娘娘惊唬㉕。你呀[三二]，见他，问咱，可怜见、唐朝天下。

〔高力士持旦衣上，云〕：娘娘已赐死了，六军进来看视。〔陈玄礼率众马践科〕〔正末做哭科，云〕：妃子，闪杀寡人也呵[三三]㉖！〔唱〕：

【三煞】不想你马嵬坡下今朝化，没指望长生殿里当时话。

【太清歌】恨无情卷地狂风刮，可怎生偏吹落我御苑名花[三四]！想他魂断天涯，作几缕儿彩霞[三五]。天那！一个汉明妃远把单于嫁㉗，止不过泣西风、泪湿胡笳。儿曾见六军厮践踏[三六]，将一个尸首卧黄沙？

〔正末做拿汗巾哭科，云〕：妃子不知那里去了，止留下这个汗巾儿[三七]，好伤感人也！〔唱〕：

【二煞】谁收了锦缠联窄面吴绫袜？空感叹这泪斑斓拥项鲛绡帕。

【川拨棹】痛怜他，不能勾水银灌玉匣[三八]㉘。又没甚彩嬲宫娃[三九]，拽布拖麻㉙，奠酒浇茶。只索浅土儿、权时葬下，又不及选山陵将墓打。

【鸳鸯煞】[四十]黄埃散漫悲风飒[四一]，碧云黯淡斜阳下[四二]。一程程水绿青山，一步步剑岭巴峡。唱道感叹情多，恓惶泪洒[四三]，早得升遐，休休却是今生罢。这个不得已的官家㉚，哭上逍遥玉骢马！〔同下〕

校记

［一］世受君恩统禁军："君恩"二字，李本及诸参校本作"天恩"。

［二］起战尘："战"，李本及诸参校本作"塞"。

［三］太子：李本及诸参校本作"小驾"，下同。另，此处各本后补"扈驾"二字。

［四］深居九重："深居"孟本作"身居"。

［五］闪烁鸳鸯瓦："闪烁"，李本及诸参校本作"闪灼"。

［六］乡里百姓叩头："乡里"二字，顾本、孟本、继本作"乡间"，李本作"乡间"。

［七］太子做见科："做见"二字，李本及诸参校本作"近见"。

［八］三千人：李本及诸参校本作"二千人"。

［九］便登天位："天位"，继本、孟本作"大位"。

［十］众军呐喊不行科："呐喊"二字，底本无。今从李本及诸参校本补。

［十一］众军呐喊科：李本及诸参校本作"众军喧怒科"。

[十二] 披袍贯甲："贯甲"二字，脉本作"掼"。

[十三] 不能敛戢众志："众志"，李本及诸参校本作"军心"。

[十四] 半挡：李本及诸参校本作"半霎"。

[十五] 众军士仗剑拥上科："士"，底本无，今从李本及诸参校本补。

[十六] 请受着皇后中宫："请受着"李本及诸参校本作"情受"。

[十七] 他又无罪过，颇贤达："又"字，诸参校本同底本、《北词广正谱》作"人"。"颇贤达"三字后，李本及诸参校本有"卿呵，他不如吴太后般弄权，武则天似篡位"。"吴"，脉本作"胡"，孟本、顾本作"吕"。

[十八] 总便有万千不是："总便"二字，李本及诸参校本作"贵妃"。

[十九] 一地胡拿：李本及诸参校本作"一面擒拿"。

[二十] 教妾怎生割舍：正句，李本及诸参校本作"怎生割舍的也"。

[二一] 妃子：李本及诸参校本作"娘娘"。

[二二] 六军心变：此四字，李本及诸参校本作"六军心乱"。

[二三] 便不将他刺杀，也将他吓杀：此二句，李本及诸参校本作"便刺死着沙，他一句话生杀"。

[二四] 不甫能栽起合欢树："甫"字，李本及诸参校本作"付"。

[二五] 奇擎着解语花："着"字，继本、孟本无。

[二六] 忍下的教横拖在马嵬坡下：此句，李本及诸参校本作"怎下的教横捿在马嵬坡下"。继本无"教字"。

[二七] 使六军马踏其尸："使"字，继本、顾本、李本、脉本无。

[二八] 有白练在此："有"前，李本及诸参校本有一"已"。

[二九] 长挽挽素的待安排下："长挽挽"三字，李本及诸参校本作"长挽挽"。

[三十] 生各支勒杀：此句，李本及诸参校本作"活支煞勒杀"。

[三一] 怎的教酩子里："怎的教"三字，李本作"怎不教"。

[三二] 你呀：李本及诸参校本作"大王"。

[三三] 闪杀寡人也呵："闪杀"二字，顾本作"闷杀"。

[三四] 可怎生偏吹落我御苑名花：此句，李本及脉本、孟本作"都吹落宫花"；顾本作"都则落宫花"。

[三五] 作几缕儿彩霞："作"字之前，李本有一"散"字。
[三六] 六军厮践踏：此句李本及诸参校本作"这般蹀践踏"。
[三七] 止留下这个汗巾儿："止"字，顾本作"正"。
[三八] 不能勾水银灌玉匣："勾"字，顾本作"彀"。
[三九] 宫娃：李本及诸参校本作"宫娥"。
[四十] 鸳鸯煞：此曲牌，李本及诸参校本作"双鸳鸯煞"。
[四一] 悲风飒："飒"字，李本及诸参校本作"刮"。
[四二] 黯淡斜阳下：李本及诸参校本作"黯惨夕阳下"。
[四三] 恓惶泪洒："恓"字，孟本作"凄"。

注释

①陈玄礼：唐玄宗的禁军将领，官封右龙武将军。新、旧《唐书》有记载。

②太子：此指唐肃宗李亨。郭子仪：唐代名将。华州郑县（今陕西华县）人。以武功累官至天德军使兼九原太守。安史之乱时，任朔方节度使。肃宗时因功升中书令。李光弼：唐代名将。营州柳城（今辽宁朝阳）契丹族人。曾任河东节度副使等职。安史之乱时，与郭子仪进军河北，收复十余郡。见《旧唐书》。

③半掐：意为半点儿。"掐"，量词，拇指和中指相对握着的数量。

④吐蕃：古代居住在青藏高原的少数民族，唐时曾建立政权于拉萨。

⑤斗：通"逗"。引逗、引惹。

⑥马嵬坡簇合沙：马嵬坡，地名。《大清一统志》："马嵬坡在兴平县西二十五里，一名马嵬山，唐杨贵妃葬此。"簇合，包围之意。

⑦寒毛乍：寒毛竖起。形容恐惧。

⑧周褒姒举火取笑：褒姒，周幽王的宠妃。据《史记·周本纪》载："褒姒不好笑，幽王欲其笑万方，故不笑。幽王为烽燧大鼓，有寇至则举烽火。诸侯悉至，至而无寇，褒姒乃大笑。"后来外族攻周，幽王举烽火，诸侯不至，终致亡国。

⑨纣妲己敲胫觑人：妲己，商纣王的宠妃。敲胫觑人，《尚书·泰誓》："斫朝涉之胫。"孔颖达疏："冬月见朝涉者，谓胫耐寒，斩而视之。"

⑩一地胡拿：一味胡作非为。元王实甫《西厢记》三本三折《搅筝琶》："真假，这其间性儿难按纳，一地里胡拿。"

⑪《幺花十八》：即《六幺花十八》。本大曲《六幺》中的一段，因在前后十八拍外加四花拍，使音节抑扬变化，故名《六幺花十八》。宋王灼《碧鸡漫志》卷三："欧阳永叔云：'贪看《六幺花十八》。'此曲内一叠，名《花十八》。前后十八拍，又四花拍，共二十二拍。"欧阳修诗不曰"听"而曰"看"，当为舞曲。

⑫陈后主：即南朝陈的亡国之君陈叔宝。

⑬《后庭花》：即《玉树后庭花》。南朝陈后主所作。《隋书·五行志上》："祯明初，后主作新歌，词甚哀怨，令后宫美人习而歌之。其辞曰：'玉树后庭花，花开不复久。'时人以歌谶，此其不久兆也。"

⑭龙泉：宝剑名。《晋书·张华列传》：焕到县，掘狱屋基，入地四丈余。得一石函，光气非常，中有双剑，并刻题，一曰"龙泉"，一曰"太阿"。这里泛指剑。

⑮大古是：大概是、多半是。

⑯合欢树：即夜合树。其叶至夜则合，故名。

⑰解语花：指杨贵妃。五代王仁裕《开元天宝遗事·解语花》："明皇秋八月，太液池有千叶白莲，数枝盛开，帝与贵戚宴赏焉。左右皆叹美久之。帝指贵妃示于左右曰：'争如我解语花？'"

⑱翠鸾同跨：比喻美满的婚姻。春秋时萧史善吹箫，秦穆公以女弄玉嫁给他。萧史教弄玉吹箫作凤鸣，凤果然感音而来。后萧史乘龙，弄玉跨凤，共同升天。详见汉刘向《列仙传》。

⑲海棠花：唐玄宗以"海棠睡未足"比喻杨贵妃醉态。据宋释惠洪《冷斋夜话》卷一引《太真外传》载："上皇登沉香亭，诏太真妃子。妃子时卯醉未醒，命力士从侍儿扶掖而至。妃子醉颜残妆，鬓乱钗横，不能再拜。上皇笑曰：'是岂妃子醉，真海棠睡未足耳！'"

⑳远山眉：形容妇女双眉细长秀美。晋葛洪《西京杂记》卷二："文君姣

好,眉色如望远山,脸际常若芙蓉。"

㉑下的:亦作"下得"。舍得、忍心。元秦简夫《东堂老》楔子,白:"父亲,你好下的也,怎生着人打死我那!"

㉒没乱杀:没乱,意为迷离惝恍,心神无主,手足无措。杀,亦作"煞",为词尾,有极、甚、很等义。金董解元《西厢记诸宫调》卷一《仙吕·赏花时》:"引调得张生没乱煞,把似当初休见他,越添我闷愁加。"

㉓生各支:活活地。

㉔酪子里:这里是平白无故之意。元石君宝《秋胡戏妻》第三折《满庭芳》:"他酪子里丢抹娘一句,怎人模人样,做出这等不君子,待何如?"

㉕软款:温柔腼腆的样子。元李好古《张生煮海》第三折《倘秀才》:"秀才家能软款,会安详,怎做这般热忽喇的勾当。"

㉖闪杀:苦煞,苦死。元马致远《青衫泪》第一折:"妾之贱躯,得事君子,誓托终身。今相公远行,兀的不闪杀人也。"

㉗汉明妃远把单于嫁:汉明妃即汉元帝宫人王嫱,字昭君。晋避司马昭讳,改称明君、明妃。匈奴呼韩邪单于入朝求和亲,她自请嫁匈奴。《汉书·元帝纪》:"赐单于待诏掖庭王樯(嫱)为阏氏。"《汉书·匈奴传下》:"单于自言愿婿汉氏以自亲。元帝以后宫良家子王樯(嫱)字昭君赐单于,单于欢喜。"《后汉书·南匈奴列传》《西京杂记》记载颇详。单于,指匈奴王呼韩邪。

㉘水银灌玉匣:用水银灌进棺木之中,是一种隆重的葬礼。始于秦代。唐代富贵人家棺中亦置水银,保护尸体。

㉙拽布拖麻:犹言披麻戴孝。指穿戴孝服。元张国宾《合汗衫》第二折:"儿也,便当的你哭啼啼,拽布拖麻。"

㉚官家:亦作"官里"。唐宋时对皇帝的一种习惯称呼。

第四折

〔高力士上[一],云〕:自家高力士是也。自幼供奉内宫,蒙主上抬举[二],

加为六宫提督太监。往年主上悦杨氏容貌，命某取入宫中，宠爱无比，封为贵妃，赐号太真。后来逆胡称兵，伪诛杨国忠为名[三]，逼的主上幸蜀。行至中途，六军不进。右龙武将军陈玄礼奏过，杀了国忠，祸连贵妃。主上无可奈何[四]，只得从之[五]，缢死马嵬驿中。今日贼平无事，主上还国，太子做了皇帝。主上养老，退居西宫①，昼夜只是想贵妃娘娘。今日教某挂起真容②，朝夕哭奠[六]。不免收拾停当[七]，恐驾到[八]，在此侍候咱[九]。〔正末上，云〕：寡人自幸蜀还京，太子破了逆贼，即了帝位。寡人退居西宫养老，每日只是思量妃子[十]。教画工画了一轴真容供养着，每日相对，越增烦恼也呵[十一]！〔做哭科，唱〕：

【正宫·端正好】自从幸西川，还京兆，甚的是，月夜花朝！这半年来白发添多少，怎打叠愁容貌③！

【幺篇】[十二]瘦岩岩不避群臣笑④，玉叉儿将画轴高挑[十三]。荔枝花果香檀卓，目觑了伤怀抱。

〔做看真容科，唱〕：

【滚绣球】险些把我气冲倒，身搽靠，把太真妃放声高叫[十四]，叫不应、雨泪嚎咷。这待诏，手段高[十五]⑤，画的来没半星儿差错，虽然是、快染能描。画不出沉香亭畔回鸾舞，花萼楼前上马娇，一样儿妖娆[十六]。

【倘秀才】妃子呵[十七]，常记得千秋节、华清宫宴乐⑥，七夕会、长生殿乞巧，誓愿学连理枝比翼鸟。谁想你乘彩凤，返丹霄，命夭！

〔带云〕：寡人越看越添伤感，怎生是好！〔唱〕：

【呆骨朵】寡人有心待盖一座杨妃庙[十八]，争奈无权柄谢位辞朝[十九]。则俺这孤辰限难熬⑦，更打着离恨天最高[二十]⑧。在生时同衾枕，不能勾死后也同棺椁[二一]。谁承望马嵬坡尘土中，可惜把一朵海棠花零落了[二二]。

〔带云〕：一会儿身子困乏，且下这亭子去闲行一会咱[二三]。〔唱〕：

【白鹤子】那身离殿宇，信步下亭皋。见杨柳裊翠蓝丝，芙蓉拆胭脂萼。

【幺】[二四]见芙蓉怀媚脸[二五]，遇杨柳忆纤腰。依旧的两般儿点缀上阳宫[二六]⑨，他管一灵儿潇洒长安道。

【幺】[二七]常记得碧梧桐阴下立，红牙箸手中敲。他笑整缕金衣，舞按霓裳调[二八]。

【幺】[二九]到如今翠盘中荒草满，芳树下暗香消。空对井梧阴，不见倾城貌。

〔做叹科，云〕：寡人也怕闲行[三十]，不如回去来[三一]。〔唱〕：

【倘秀才】本待闲散心、追欢取乐，倒惹的感旧恨、天荒地老⑩。怏怏归来凤帏悄，甚法儿，捱今宵？懊恼！

〔带云〕：回到这寝殿中，一弄儿助人愁也⑪。〔唱〕：

【芙蓉花】淡氤氲篆烟袅[三二]，昏惨剌银灯照。玉漏迢迢，才是初更报。暗觑清霄，盼梦里他来到[三三]。却不道口是心苗[三四]，不住的频频叫。

〔带云〕：不觉一阵昏迷上来[三五]，寡人试睡些儿。〔唱〕：

【伴读书】一会家心焦憔[三六]，四壁厢秋虫闹[三七]。忽见掀帘西风恶，遥观满地阴云罩。俺这里披衣闷把帏屏靠[三八]，业眼难交[三九]⑫。

【笑和尚】原来是滴溜溜绕闲阶败叶飘[四十]⑬，疏剌剌刷落叶被西风扫，忽鲁鲁风闪得银灯爆。厮琅琅，鸣殿铎，扑簌簌，动朱箔，吉丁当玉马儿向檐间闹。

〔做睡科，唱〕：

【倘秀才】闷打颏[四一]⑭、和衣卧倒，软兀剌、方才睡着⑮。〔旦上，云〕：妾身贵妃是也。今日殿中设宴，宫娥，请主上赴席咱[四二]。〔正末唱〕：忽见青衣走来报，道太真妃将寡人邀，宴乐。

〔正末见旦科，云〕：妃子，你在那里来？〔旦云〕：今日长生殿排宴，请主上赴席。〔正末云〕：分付梨园子弟齐备着。〔旦下〕〔正末做惊醒科，云〕：呀！元来是一梦。分明梦见妃子，却又不见了。〔唱〕：

【双鸳鸯】斜軃翠鸾翘[四三],浑一似出浴的旧风标,映着云屏一半儿娇。好梦将成还惊觉,半襟情泪湿鲛绡。

【蛮姑儿】[四四]懊恼,窨约[四五]⑯。惊我来的又不是楼头过雁,砌下寒蛩,檐前玉马,架上金鸡,是兀那窗儿外梧桐上雨潇潇。一声声洒残叶[四六],一点点滴寒梢,会把愁人定虐[四七]⑰。

【滚绣球】这雨呵,又不是救旱苗,润枯草,洒开花萼,谁望道,秋雨如膏。向青翠条,碧玉梢,碎声儿䎱剥[四八],增百十倍,歇和芭蕉。子管里珠连玉散飘千颗,平白地瀽瓮番盆下一宵[四九],惹的人心焦!

【叨叨令】一会价紧呵,似玉盘中万颗珍珠落;一会价响呵,似玳筵前几簇笙歌闹[五十];一会价清呵,似翠岩头一派寒泉瀑[五一];一会价猛呵,似绣旗下数面征鼙操[五二]。兀的不恼杀人也么哥!兀的不恼杀人也么哥!则被他诸般儿雨声相聒噪[五三]。

【倘秀才】这雨一阵阵打梧桐叶凋,一点点滴人心碎了,枉着金井银床紧围绕。只好把泼枝叶,做柴烧[五四],锯倒。

〔带云〕:当初妃子舞翠盘时[五五],在此树下;寡人与妃子盟誓时,亦对此树。今日梦境相寻,又被他惊觉了。〔唱〕:

【滚绣球】长生殿那一宵,转回廊说誓约,不合对梧桐并肩斜靠[五六],尽言词、絮絮叨叨。沉香亭那一朝,按霓裳,舞六幺,红牙箸、击成腔调,乱宫商、闹闹炒炒。是兀那当时欢会栽排下,今日凄凉厮辏着[五七]⑱,暗地量度[五八]。

〔高力士云〕:主上,这诸样草木,皆有雨声,岂独梧桐?〔正末云〕:你那里知道,我说与你听者[五九]。〔唱〕:

【三煞】润蒙蒙杨柳雨,凄凄院宇侵帘幕[六十],细丝丝梅子雨,妆点江干满楼阁。杏花雨红湿阑干,梨花雨玉容寂寞,荷花雨翠盖翩翻[六一],豆花雨绿叶萧条。都不似你惊魂破梦,助恨添愁,彻夜连宵!莫不是水仙弄娇,蘸杨柳洒风飘?

【二煞】哗哗似喷泉瑞兽临双沼⑲,刷刷似食叶春蚕散满箔。乱洒琼阶，水传宫漏[21]，飞上雕檐，洒滴新槽。直下的更残漏断，枕冷衾寒[六二]，烛灭香消。可知道夏天不觉，把高凤麦来漂[21]。

【黄钟煞】顺西风低把纱窗哨，送寒气频将绣户敲。莫不是天故将人愁闷搅[六三]，前度铃声响栈道[六四]。似花奴羯鼓调[六五]，如伯牙《水仙操》[22]。洗黄花润篱落[六六]，渍苍苔倒墙角；渲湖山漱石窍，浸枯荷溢池沼；沾残蝶粉渐消[六七]，洒流萤焰不着；绿窗前促织叫，声相近雁影高；催邻砧处处捣，助新凉分外早。斟量来这一宵，雨和人紧厮熬；伴铜壶点点敲，雨忿多泪不少[六八]。雨湿寒梢，泪染龙袍[六九]。不肯相饶，共隔着一树梧桐直滴到晓[七十]！

题目　安禄山反叛兵戈举[七一]
　　　陈玄礼拆散鸾凰侣
正名　杨贵妃晓日荔枝香
　　　唐明皇秋夜梧桐雨

校记

[一] 高力士上：此前，李本、脉本、顾本、继本有："〔小驾一行上，云〕：寡人唐肃宗是也。自安禄山构乱，父皇幸蜀，驾至灵武，因父老之请，传位于朕，征天下兵马，东还破贼。安禄山被李猪儿刺死，郭子仪、李光弼等擒灭安庆绪、史思明等，余党尽除，廓清海宇，重立唐朝天下。百官大臣，立朕为肃宗皇帝，迎父皇还宫，居于西内。今早问安回来无甚事，还后宫去来。下。"底本删，孟本从。

[二] 自家高力士是也。自幼供奉内宫，蒙主上抬举：此三句孟本作"某高力士，后蒙主上抬举"。"内宫"二字之后，顾本、李本、脉本、继本有"以勤慎自守"五字。"蒙"字之后，顾本、李本、继本有"明皇"二字。

[三] 伪诛杨国忠为名："伪"，孟本、顾本同；李本作"为"，脉本校笔改为"以"。

［四］无可奈何：此句，李本作"无奈何"。

［五］只得从之："只得"，脉本同；李本及诸参校本无。

［六］朝夕哭奠：此四字前，李本及诸参校本有"主上"二字。

［七］不免收拾停当："不免"二字，李本及诸参校本无。

［八］恐驾到：此三字，底本无，今从李本及诸参校本补。

［九］在此侍候咱："在此"二字，继本、李本、孟本、脉本作"只得"。

［十］每日只是思量妃子："每日"孟本作"昼夜"。

［十一］烦恼也呵："也呵"二字，脉本、顾本、李本无。

［十二］幺篇：此曲牌，李本及诸参校本作"幺"。

［十三］玉叉儿：此三字，李本及诸参校本作"玉仪儿"。

［十四］把太真妃放声高叫：此句，孟本同。李本及诸参校本作"把太真妃叫"。

［十五］手段高：此三字，孟本同；李本及诸参校本作"试手高"。

［十六］一样儿妖娆："样"字，底本作"段"，误。今从李本及诸参校本改。

［十七］妃子呵：此三字，李本及诸参校本作"娘娘呵"。

［十八］寡人有心待盖一座杨妃庙："有"，孟本同；李本及诸参校本无。"待"，脉本、顾本、李本、继本无此字。

［十九］争奈无权柄谢位辞朝："争"字，顾本作"怎"。

［二十］则俺这孤辰限难敖，更打着离恨天最高："则俺这""更打着"六字，李本及诸参校本无。

［二一］在生时同衾枕，不能勾死后也同棺椁：此二句，李本及诸参校本作"在时同衾枕，死后同棺椁"。

［二二］谁承望马嵬坡尘土中，可惜把一朵海棠花零落了："谁承望"，李本及诸参校本作"怎想"；"可惜""一"诸参校本均无。

［二三］且下这亭子去闲行一会咱："且"字，李本及诸参校本无。

［二四］幺：此曲牌，李本及诸参校本作"二"，下两"幺"分别作"三""四"。

［二五］怀媚脸："媚"，李本及诸参校本作"娇"。

[二六] 依旧的两般儿点缀上阳宫："依旧的两般儿"，脉本校笔改为"两般儿依旧的"。

[二七] 幺：此曲牌，李本及诸参校本作"三"。

[二八] 舞按霓裳调："调"，底本作"乐"，李本、孟本、顾本、继本同。失韵，今从脉本校笔改。

[二九] 幺：此曲牌，李本及诸参校本作"四"。

[三十] 寡人也怕闲行："怕"字后，李本及诸校本有一"待"字。

[三一] 不如回去来："不如"二字，李本及诸参校本无。

[三二] 篆烟袅："篆"，底本作"串"，李本及诸参校本同。今从脉本校笔改。

[三三] 暗觑清霄，盼梦里他来到："觑"字，李本及诸参校本作"睹"。"盼"字，李本及诸参校本作"望"。

[三四] 却不道口是心苗："却不道"三字，李本及诸参校本无。

[三五] 不觉一阵昏迷上来：此句，李本及诸参校本作"一阵沉困"。

[三六] 一会家心焦燥："一会家"，李本及诸参校本作"一点儿"。

[三七] 四壁厢秋虫闹："厢"字，李本及诸参校本无。

[三八] 俺这里披衣闷把帏屏靠："俺这里"三字，李本及诸参校本无。

[三九] 业眼难交："交"，李本及诸参校本作"熬"。

[四十] 原来是滴溜溜绕闲阶败叶飘："原来是滴溜溜绕"七字，李本及诸参校本作"滴溜溜彪"。"败"，李本及诸参校本作"落"。

[四一] 闷打颏："打颏"二字，继本、脉来、顾本、李本作"答孩"，孟本作"打孩"。

[四二] 赴席咱："咱"字，顾本、李本、脉本无。

[四三] 斜軃翠鸾翘：此句前，脉本校笔有"语音清，眉眼颦，翠黛云鬟不敛整，宝髻斜偏乱松松"十九字，且"眼"字不清。据王文才校注本云："五本俱无，独《北词广正谱》有之，可补'眼'字，并注云：'首多四句，反不用韵，不可晓。'"

[四四] 蛮姑儿：此曲牌，孟本、继本作"蛮牌儿"。

[四五] 窨约："窨"字，继本、顾本、李本作"喑"。

［四六］洒残叶："残"，李本及诸参校本作"枝"。

［四七］会把愁人定虐："虐"字，继本、顾本、李本、脉本作"谑"。

［四八］碎声儿刿剥："刿剥"，李本及诸参校本作"毕剥"，义同。均为象声词。按：此句曲谱为七字句，底本与诸参校本均作五字句。

［四九］番盆下一宵："番"字，孟本作"翻"。"下一宵"，李本及诸参校本作"倾一宵"。

［五十］几簇笙歌闹："几簇"，李本作"一"，下字空缺。诸参校本同底本。

［五一］翠岩头一派寒泉瀑："头"，李本及诸参校本作"前"。

［五二］征辔操："操"，脉本作"噪"，诸参校本作"躁"。

［五三］则被他诸般儿雨声相聒噪："则被他"三字，李本及诸参校本无。

［五四］做柴烧：此三字前，李本及诸参校本有一"砍"。

［五五］当初妃子舞翠盘时："当初"二字，李本及诸参校本作"当时"。

［五六］转回廊说誓约，不合对梧桐并肩斜靠：此二句，李本及诸参校本作"听回廊祝誓约，不合把梧桐挨靠"。

［五七］今日凄凉厮辏着："辏"，李本及诸参校本作"觅"。

［五八］暗地量度：此四字，李本及诸参校本均作"暗暗地还报"。

［五九］你那里知道，我说与你听者：此二句，李本、脉本、顾本作"主上试说一遍。〔正云〕：你听我说"；孟本作"你听我说与你听者"。

［六十］凄凄院宇侵帘幕："凄凄"二字，继本、孟本作"凄凉"。

［六一］翠盖翩翩："翩翩"二字，顾本、李本作"翻翻"。

［六二］直下的更残漏断，枕冷衾寒：李本及诸参校本作"直下的衾寒枕冷"。

［六三］天故将人愁闷搅：李本及诸参校本作"噀酒栾巴殿阁"。

［六四］前度铃声响栈道："前"底本无。今从李本及诸参校本补。

［六五］似花奴羯鼓调："调"字，李本及诸参校本作"敲"。

［六六］洗黄花润篱落："润"，李本及诸参校本作"洒"。此六字前，李本及诸参校本有"洒回廊嫩竹梢，润阶前百草苗"二句十二字。

［六七］沾残蝶粉渐消："沾"，李本及诸参校本作"湿"。

[六八] 雨忿多泪不少："忿"，底本作"更"。今从李本及诸参校本改。按："忿"，作"愤怒、愤恨"解。《汉语大词典》有"雨恨云愁"，意为"感觉上以为可以惹人愁怨的云和雨"。

[六九] 泪染龙袍："染"，李本及诸参校本作"湿"。

[七十] 共隔着一树梧桐直滴到晓：此句，顾本、李本、继本作"帘映梧桐上下到晓"。

[七一] 安禄山反叛兵戈举　陈玄礼拆散鸾凰侣：李本及诸参校本作"高力士离合鸾凰侣，安禄山反叛兵戈举"。

注释

①退居西宫：唐肃宗至德二年（757）冬，收复两京；年底，玄宗归都，居兴庆宫内。上元元年（760）李辅国矫诏将太上皇（玄宗）迁西内甘露殿。西内，即太极宫。

②真容：画像。宋乐史《杨太真外传》载唐玄宗"又令画工写妃形于别殿，朝夕视之而欷歔焉"。

③打叠：收拾、安排、料理。

④瘦岩岩：瘦骨嶙峋的样子。

⑤待诏：待命供奉内廷的人。这里指画工待诏。《旧唐书·职官志》："若在东都，华清宫，皆有待诏之所。其待诏者，有词学、经术、合炼僧道、卜祝、术艺、书弈、各别院以禀之，日晚而退。"

⑥千秋节：唐玄宗生日。见本剧第一折注⑤。

⑦孤辰限：不吉利、交厄运的时限。古代以十天干、十二地支相配以纪时日，辰指地支，孤指没有天干相配。星相家迷信说法，以为卜课时得孤辰，主事不利。

⑧离恨天：民间传说三十三天中，离恨天最高，是男女相思烦恼的境界。

⑨上阳宫：唐宫殿名。在东都洛阳，系高宗所建。这里泛指西内宫殿。

⑩天荒地老：形容历时极为久远。唐李贺《致酒行》："吾闻马周昔作新丰客，天荒地老无人识。"

⑪一弄儿：所有的、一概地。元无名氏《百花亭》第二折："多承见爱，将你这一弄儿都借与我。"

⑫业眼：造孽的眼睛。"业"通"孽"。多用于自怨自艾。金董解元《西厢记诸宫调》卷六："愿薄幸的冤家梦中见，争奈按不下九曲回肠，合不定一双业眼。"

⑬滴溜溜：形容快速旋转的样子。这里形容败叶飘坠的样子。金董解元《西厢记诸宫调》卷六："触目凄凉千万种，见滴溜溜的红叶，渐零零的微雨，率刺刺的西风。"

⑭闷打颏：亦作"闷打孩""闷答孩"。形容烦闷的样子。

⑮软兀剌：形容瘫软无力的样子。元王实甫《西厢记》二本四折《雁儿落》："软兀剌难存坐。"

⑯窨约：思忖、思量。元武汉臣《老生儿》第二折《倘秀才》："也曾昧着心说咒誓，今日个睁着眼犯天曹，孜孜的窨约。"

⑰定虐：亦作"定害""定搅"。打扰、打搅、扰害。

⑱厮辏：聚集。明冯惟敏《喜迁莺·姚秋涧园宴集酬金白屿》曲："英才，厮辏着五湖四海。"

⑲哝（chuáng）哝：象声词。形容泉水喷溅的声音。

⑳宫漏：古时宫中计时器。用铜壶滴漏，故称宫漏。唐白居易《同钱员外禁中夜直》诗："宫漏三声知半夜，好风凉月满松筠。"

㉑把高凤麦来漂：《后汉书·逸民列传·高凤》载："高凤，字文通，南阳叶人也。少为书生，家以农亩为业，而专精诵读，昼夜不息。妻尝之田，曝麦于庭，令凤护鸡。时天暴雨，而凤持竿诵经，不觉潦水流麦。妻还怪问，凤方悟之。"元曲常用这个故事比喻士人失志困顿。这里取其潦水满庭之意。

㉒伯牙：传说为春秋时人，精于琴艺。《水仙操》：琴曲名。据传是伯牙所作。

附：

长恨歌

〔唐〕白居易

　　汉皇重色思倾国，御宇多年求不得。杨家有女初长成，养在深闺人未识。天生丽质难自弃，一朝选在君王侧。回眸一笑百媚生，六宫粉黛无颜色。春寒赐浴华清池，温泉水滑洗凝脂。侍儿扶起娇无力，始是新承恩泽时。云鬓花颜金步摇，芙蓉帐暖度春宵。春宵苦短日高起，从此君王不早朝。承欢侍宴无闲暇，春从春游夜专夜。后宫佳丽三千人，三千宠爱在一身。金屋妆成娇侍夜，玉楼宴罢醉和春。姊妹弟兄皆列士，可怜光彩生门户。遂令天下父母心，不重生男重生女。
　　骊宫高处入青云，仙乐风飘处处闻。缓歌慢舞凝丝竹，尽日君王看不足。渔阳鼙鼓动地来，惊破《霓裳羽衣曲》。九重城阙烟尘生，千乘万骑西南行。翠华摇摇行复止，西出都门百余里。六军不发无奈何，宛转蛾眉马前死。花钿委地无人收，翠翘金雀玉搔头。君王掩面救不得，回看血泪相和流。黄埃散漫风萧索，云栈萦纡登剑阁。峨嵋山下少人行，旌旗无光日色薄。蜀江水碧蜀山青，圣主朝朝暮暮情。行宫见月伤心色，夜雨闻铃肠断声。天旋地转回龙驭，到此踌躇不能去。马嵬坡下泥土中，不见玉颜空死处。
　　君臣相顾尽沾衣，东望都门信马归。归来池苑皆依旧，太液芙蓉未央柳。芙蓉如面柳如眉，对此如何不泪垂？春风桃李花开日，秋雨梧桐叶落时。西宫南内多秋草，宫叶满阶红不扫。梨园弟子白发新，椒房阿监青娥老。夕殿萤飞思悄然，孤灯挑尽未成眠。迟迟钟鼓初长夜,耿耿星河欲曙天。鸳鸯瓦冷霜华重,翡翠衾寒谁与共?悠悠生死别经年,魂魄不曾来入梦。

临邛道士鸿都客,能以精诚致魂魄。为感君王辗转思,遂教方士殷勤觅。排空驭气奔如电,升天入地求之遍。上穷碧落下黄泉,两处茫茫皆不见。忽闻海上有仙山,山在虚无缥缈间。楼阁玲珑五云起,其中绰约多仙子。中有一人字太真,雪肤花貌参差是。金阙西厢叩玉扃,转教小玉报双成。闻道汉家天子使,九华帐里梦魂惊。揽衣推枕起徘徊,珠箔银屏迤逦开。云鬓半偏新睡觉,花冠不整下堂来。风吹仙袂飘飖举,犹似霓裳羽衣舞。玉容寂寞泪阑干,梨花一枝春带雨。

含情凝睇谢君王,一别音容两渺茫。昭阳殿里恩爱绝,蓬莱宫中日月长。回头下望人寰处,不见长安见尘雾。惟将旧物表深情,钿合金钗寄将去。钗留一股合一扇,钗擘黄金合分钿。但教心似金钿坚,天上人间会相见。临别殷勤重寄词,词中有誓两心知。七月七日长生殿,夜半无人私语时。在天愿作比翼鸟,在地愿为连理枝。天长地久有时尽,此恨绵绵无绝期。

旧唐书·后妃列传上·玄宗杨贵妃(节录)

〔后晋〕刘昫等

天宝中,范阳节度使安禄山大立边功,上深宠之。禄山来朝,帝令贵妃姊妹与禄山结为兄弟。禄山母事贵妃,每宴赐,锡赉稠沓。及禄山叛,露檄数国忠之罪。河北盗起,玄宗以皇太子为天下兵马元帅,监抚军国事。国忠大惧,诸杨聚哭,贵妃衔土陈请,帝遂不行内禅。及潼关失守,从幸至马嵬,禁军大将陈玄礼密启太子,诛国忠父子。既而四军不散,玄宗遣力士宣问,对曰"贼本尚在",盖指贵妃也。力士复奏，帝不获已，与妃诏，遂缢死于佛室。时年三十八，瘗于驿西道侧。

上皇自蜀还，令中使祭奠，诏令改葬。礼部侍郎李揆曰："龙武将士诛国忠，以其负国兆乱。今改葬故妃，恐将士疑惧，葬礼未可行。"乃止。上皇密令中使改葬于他所。初瘗时以紫褥裹之，肌肤已坏，而香囊仍在。内官以献，上皇视之凄婉，乃令图其形于别殿，朝夕视之。

长恨歌传

〔唐〕陈鸿

唐开元中，泰阶平，四海无事。玄宗在位岁久，倦于旰食宵衣，政无大小，始委于丞相。稍深居游宴，以声色自娱。先是，元献皇后、武淑妃皆有宠，相次即世；宫中虽良家子千万数，无悦目者。上心忽忽不乐。时每岁十月，驾幸华清宫，内外命妇，焜耀景从，浴日余波，赐以汤沐，春风灵液，澹荡其间。上心油然，恍若有遇，顾左右前后，粉色如土。诏（"诏"原作"谒"，据明抄本改）高力士，潜搜外宫，得弘农杨玄琰女于寿邸。既笄矣，鬓发腻理，纤秾中度，举止闲冶，如汉武帝李夫人。别疏汤泉，诏赐澡莹。既出水，体弱力微，若不任罗绮，光彩焕发，转动照人。上甚悦。进见之日，奏《霓裳羽衣》以导之。定情之夕，授金钗钿合以固之。又命戴步摇，垂金珰。明年，册为贵妃，半后服用。由是冶其容，敏其词，婉娈万态，以中上意，上益嬖焉。时省风九州，泥金五岳，骊山雪夜，上阳春朝，与上行同辇，止同室，宴专席，寝专房。虽有三夫人、九嫔、二十七世妇、八十一御妻，暨后宫才人、乐府妓女，使天子无顾盼意。

自是六宫无复进幸者。非徒殊艳尤态，独能致是；盖才知明慧，善巧便佞，先意希旨，有不可形容者焉。叔父昆弟皆列在清贵，爵为通侯，姊妹封国夫人，富埒王室。车服邸第，与大长公主侔，而恩泽势力，则又过之。出入禁门不问，京师长吏为之侧目。故当时谣咏有云："生女勿悲酸，生男勿欢喜。"又曰："男不封侯女作妃，君看女却为门楣。"其为人心羡慕如此。

天宝末，兄国忠盗丞相位，愚弄国柄。及安禄山引兵向阙，以讨杨氏为辞。潼关不守，翠华南幸。出咸阳道，次马嵬，六军徘徊，持戟不进。从官郎吏伏上马前，请诛晁错以谢天下。国忠奉牦缨盘水，死于道周。左右之意未快，上问之，当时敢言者，请以贵妃塞天下之怒。上知不免，而不忍见其死，反袂掩面，使牵而去之。仓皇展转，竟就绝于尺组之下。

既而玄宗狩成都，肃宗禅灵武。明年，大凶归元，大驾还都，尊玄宗为太上皇，就养南宫，自南宫迁于西内。时移事去，乐尽悲来，每至春之日，冬之夜，池莲夏开，宫槐秋落，梨园弟子，玉管发音，闻《霓裳羽衣》一声，则天颜不怡，左右欷歔。三载一意，其念不衰。求之梦魂，杳杳而不能得。适有道士自蜀来，知上心念杨妃如是，自言有李少君之术。玄宗大喜，命致其神。方士乃竭其术以索之，不至。又能游神驭气，出天界，没地府，以求之，又不见。又旁求四虚上下，东极绝天涯，跨蓬壶，见最高仙山。上多楼阁，西厢下有洞户，东向，窥其门，署曰"玉妃太真院"。方士抽簪扣扉，有双鬟童出应门。方士造次未及言，而双鬟复入。俄有碧衣侍女至，诘其所从来。方士因称唐天子使者，且致其命。碧衣云："玉妃方寝，请少待之。"于时云海沉沉，洞天日晚，琼户重阖，悄然无声。方士屏息敛足，拱手门下。久之而碧衣延入，且曰："玉妃出。"俄见一人，冠金莲，披紫绡，佩红玉，曳凤舄，左右侍者七八人，揖方士，问皇帝安否？次问天宝十四载已还事，言讫悯然。指碧衣女，取金钗钿合，各拆其半，授使者曰："为谢太上皇，谨献是物，寻旧好也。"方士受辞与信，将行，色有不足。玉妃因征其意，复前跪致词："乞当时一事，不闻于他人者，验于太上皇。不然，恐钿合金钗，罹新垣平之诈也。"玉妃茫然退立，若有所思，徐而言曰："昔天宝十年，侍辇避暑骊山宫，秋七月，牵牛织女相见之夕，秦人风俗，夜张锦绣，陈饮食，树花燔香于庭，号为乞巧。宫掖间尤尚之。时夜始半，休侍卫于东西厢，独侍上。上凭肩而立，因仰天感牛女事，密相誓心，愿世世为夫妇。言毕，执手各呜咽。此独君王知之耳。"因自悲曰："由此一念，又不得居此，复于下界，且结后缘。或在天，或在人，决再相见，好合如旧。"因言："太上皇亦不久人间，幸唯自安，无自苦也。"使者还奏太上皇，上心嗟悼久之。余具国史。

裴少俊墙头马上

解　题

　　杂剧。天一阁本《录鬼簿》著录，标：题目《千金女眼角眉尖》，正名《裴小（少）俊墙头马上》，简名《墙头马上》；《说集》本《录鬼簿》、孟本《录鬼簿》、《太和正音谱》、《元曲选目》、《重订曲海总目》均题简名《墙头马上》；《也是园藏书目》题：正名《裴少俊墙头马上》；《今乐考证》《曲录》题：正名《鸳鸯简墙头马上》。剧写唐代曾任京兆留守的李世杰与时任工部尚书裴行俭指腹为婚，议结儿女亲事。后因李世杰讽谏武则天，被贬谪为洛阳总管，婚事拖延。裴少俊代父裴行俭到洛阳为御花园买花苗，骑马路过李总管家花园，恰遇李世杰之女李千金在后花园赏春。二人在墙头相见，一见钟情，互赠诗简，约定夜深在后花园相会。深夜，裴少俊跳墙进园，与李千金幽会，正当欢悦之时，被嬷嬷撞见。嬷嬷责怪丫鬟梅香，千金则坦言是自己所为，不关梅香事。嬷嬷提出两条解决的办法：第一，"且教这秀才求官去，再来取你，不着嫁了别人"；第二，"就今夜放你两个了，等这秀才得了官，那时依旧来认亲"。千金选择第二条，同裴少俊逃走，二人同到长安裴家。少俊不敢禀告父母，把千金安排在后花园居住，相亲相爱七年，生下一双儿女。后被裴行俭发现，李千金坦言自己是少俊的妻子。行俭怒斥千金是"娼优酒肆之家"。千金则以自己是"官宦人家"辩解反驳。裴行俭逼儿子写休书逐千金回家，软弱的少俊屈从，千金则怨公公拆散天赐姻缘。裴行俭又以玉簪磨细针、丝系银瓶汲井水难为千金，结果簪折瓶坠，千金被逐。少俊借出外应试之名，私送千金归家。李千金自回娘家，父母已相继亡故，衣食虽无忧，但独自居住，思念亲人，心甚痛苦。后来，裴少俊应试举状元，授洛阳县尹。少俊一到洛阳，即往李家寻妻，言说自己官居洛阳县尹，千金拒不相认。裴行俭同夫人带领一双孙儿孙女，登门赔礼，千金仍然不认亲。儿子、女儿痛哭哀求，以死相挟，千金这才动心认亲，礼拜公婆，阖家和好团圆。

本事出于唐白居易《新乐府·井底引银瓶》，诗云："井底引银瓶，银瓶欲上丝绳绝。石上磨玉簪，玉簪欲成中央折。瓶沉簪折知奈何？似妾今朝与君别！忆昔在家为女时，人言举动有殊姿。婵娟两鬓秋蝉翼，宛转双蛾远山色。笑随戏伴后园中，此时与君未相识。妾弄青梅倚短墙，君骑白马傍垂杨。墙头马上遥相顾，一见知君即断肠。知君断肠共君语，君指南山松柏树。感君松柏化为心，暗合双鬟逐君去。到君家舍五六年，君家大人频有言。聘则为妻奔是妾，不堪主祀奉蘋蘩。终知君家不可住，其奈出门无去处。岂无父母在高堂，亦有亲情满故乡。潜来更不通消息，今日悲羞归不得。为君一日恩，误妾百年身。寄言痴小人家女，慎勿将身轻许人！"据《曲海总目提要》云：《稗史》又有《青梅歌》，言室女金英，闲步后园，因戏青梅，窥见墙外俊士骑马经过，彼此相顾。女背其亲相从。及后相弃，悔恨无极，乃作《青梅歌》以自解。这一题材曾为剧作家青睐。据宋周密《武林旧事》称，宋官本杂剧名目中有《裴少俊伊州》，元陶宗仪《南村辍耕录》著录，金院本有《墙头马（上）》《鸳鸯简》，剧本均佚。白朴当根据白居易诗，借鉴宋金戏曲，凭借自己的思想认识和审美观点,创作了杂剧《裴少俊墙头马上》。该剧为旦本,四折,曲白俱全。

版本今存明赵琦美脉望馆藏《古名家杂剧》本、明臧懋循《元曲选》本、明孟称舜《古今名剧合选·柳枝集》本。另有王文才《白朴戏曲集校注》本、王季思主编《全元戏曲》本、张月中等主编《全元曲》本、徐沁君等《元曲四大家名剧选》本、王学奇《元曲选校注》本。今以《元曲选》本为底本,以脉望馆藏《古名家杂剧》本(简称脉本)、《柳枝集》本(简称柳本)参校,以今人诸校本参考,校勘注释,择善而从。

第一折

〔冲末扮裴尚书引老旦扮夫人上,诗云〕:满腹诗书七步才①,绮罗衫袖拂香埃。今生坐享荣华福,不是读书那里来!老夫工部尚书裴行俭是也②。夫人柳氏,孩儿少俊。方今唐高宗即位仪凤三年③。自去年驾幸西御园,见花木狼藉,不堪游赏,奉命前往洛阳,不问权豪势要之家④,选拣奇花异卉,和买花栽子,趁时栽接。为老夫年高,奏过官里⑤,教孩儿少俊承宣驰驿⑥,代某前去。自新正为始⑦,得了六日宣限⑧,那的是老夫有福处⑨。少俊三岁能言,五岁识字,七岁草字如云,十岁吟诗应口[一],才貌两全,京师人每呼为少俊⑩。年当弱冠,未曾娶妻,不亲酒色。如今差他出去公干[二],万无一失。教张千伏侍舍人[三]⑪,在一路上休教他胡行,替俺买花栽子去来[四]。〔下〕

〔外扮李总管上,云〕:花上晒衣嫌日淡,池中濯足恨鱼腥。花根本艳公卿子,虎体鸳班将相孙[五]。老夫姓李,双名世杰,乃李广之后,当今皇上之族。嫡亲三口儿,夫人张氏,有女孩儿小字千金,年方一十八岁,尤善女工,深通文墨,志量过人,容颜出世。老夫前任京兆留守⑫,因讽谏则天,谪降洛阳总管[六]⑬。老夫当初曾与裴尚书指腹成亲[七],裴尚书得了一子,名少俊;老夫得了一女,小字千金[八]。只为宦路相左,遂将此事都不提起了[九]。如今左司家

勾唤我[十]⑭,今日便行,留下夫人与孩儿,紧守闺门[十一]。待我回来,另议亲事,未为迟也[十二]。〔下〕

〔正末扮裴舍人引张千上,云〕:小生是工部尚书舍人裴少俊。自三岁能言,五岁识字,七岁草字如云,十岁吟诗应口[十三],才貌两全,京师人每呼为少俊。年当弱冠,未曾娶妻,惟亲诗书,不通女色。承宣驰驿,前来洛阳,不问权豪势要之家,名园佳圃,选拣奇花和买花栽子。就用铺车搬送[十四],来日启程。今日乃三月初八日上巳节令⑮,洛阳王孙士女,倾城玩赏。张千,咱每也同你看去来⑯。〔下〕

〔正旦扮李千金领梅香上,云〕:妾身李千金是也。今日是三月上巳,良辰佳节,是好春景也呵!〔梅香云〕:小姐[十五],观此春天,真好景致也。[十六]〔正旦云〕:梅香,你觑着围屏上佳人才子,士女王孙,是好华丽也。〔梅香云〕:小姐,佳人才子为甚都上屏障,非同容易也呵![十七]〔正旦唱〕:

【仙吕·点绛唇】[十八]往日夫妻,凤缘仙契,[十九]多才艺。倩丹青写入屏围[二十],真乃是画出个蓬莱意⑰。

〔梅香云〕:小姐看这围屏,有个主意。梅香猜着了也,少一个女婿哩!〔正旦唱〕:

【混江龙】[二一]我若还招得个风流女婿,怎肯教费工夫学画远山眉⑱。宁可教银釭高照,锦帐低垂。[二二]菡萏花深鸳并宿,梧桐枝隐凤双栖。这千金良夜,一刻春宵,谁管我衾单枕独数更长,则这半床锦褥,枉呼做鸳鸯被。〔梅香云〕:等老相公回来呵,寻一门亲事,可不好也[二三]。〔正旦唱〕:流落的男游别郡,耽阁的女怨深闺。

〔梅香云〕:小姐这几日越消瘦了。〔正旦唱〕:

【油葫芦】我为甚消瘦春风玉一围[二四],又不曾染病疾,近新来宽褪了旧时衣[二五]。〔梅香云〕:夫人道,小姐不快时,少做女工,胜服汤药。〔正旦唱〕:害的来不疼不痛难医治,吃了些好茶好饭无滋味。似舟中载倩女魂⑲,天边盼织女期⑳。这些时困腾腾,每日家贪春睡㉑,看时节针线强收拾。

【天下乐】我可便提起东来忘了西。〔梅香云〕:昨日几家来问亲,小姐不语怎么？〔正旦唱〕：咱萱堂又觑着面皮㉒。至如个穷人家女孩儿到十六七，或是谁家来问亲，那家来作媒，你教女孩儿羞答答说甚的！

〔梅香云〕：今日上巳，王孙士女，宝马香车，都去郊外玩赏去了。咱两个去后花园内看一看来。〔正旦云〕：梅香，将着纸墨笔砚，咱去来。[二六]〔做行科〕〔正旦唱〕：

【那吒令】本待要送春，向池塘草萋，我且来散心，到荼蘼架底，我待教寄身，在蓬莱洞里。蹙金莲红绣鞋，荡湘裙鸣环佩，转过那曲槛之西。[二七]

【鹊踏枝】怎肯道负花期，惜芳菲。粉悴胭憔，他绿暗红稀。九十日春光如过隙，怕春归又早春归。

【寄生草】柳暗青烟密，花残红雨飞。这人人和柳浑相类，花心吹得人心碎，柳眉不转蛾眉系。为甚西园陡恁景狼藉[二八]㉓？正是东君不管人憔悴！

【幺篇】[二九]榆散青钱乱，梅攒翠豆肥。轻轻风趁蝴蝶队，霏霏雨过蜻蜓戏，融融沙暖鸳鸯睡。落红踏践马蹄尘，残花酝酿蜂儿蜜。

〔裴舍骑马引张千上[三十]，云〕：方信道洛阳花锦之地，休道城中有多少名园。〔做点花本科，云〕：你觑这一所花园。〔做见旦惊科，云〕：一所花园，呀，一个好姐姐！〔正旦见末科，云〕：呀，一个好秀才也！〔唱〕：

【金盏儿】兀那画桥西，猛听的玉骢嘶。便好道杏花一色红千里[三一]㉔，和花掩映美容仪[三二]。他把乌靴挑宝镫，玉带束腰围，真乃是能骑高价马，会着及时衣。

〔正末云〕：你看他雾鬓云鬟，冰肌玉骨；花开媚脸，星转双眸[三三]。只疑洞府神仙，非是人间艳冶。〔梅香云〕：小姐，你听来。〔正旦唱〕：

【后庭花】休道是转星眸上下窥，恨不的倚香腮左右偎。便锦被翻红浪，罗裙作地席。〔梅香云〕：小姐休看他，倘有人看见。〔正旦唱〕：既待要暗偷期，咱先有意，爱别人可舍了自己。

〔梅香云〕：小姐，你却顾盼他，他可不顾盼你哩。〔张千上，云〕：舍人[三四]，休要惹事，咱城外去看来。〔做催科〕〔裴舍云〕：四目相觑，各有眷心，从今已后，这相思须害也。〔张千做催打马科，云〕：舍人去罢[三五]。〔裴舍云〕：如此佳丽美人，料他识字，写个简帖儿嘲拨他。张千，将纸笔来，看他理会的么。〔做写科[三六]，云〕：张千，将这简帖儿与那小姐去。〔张千云〕：舍人使张千去[三七]，若有人撞见，这顿打可不善也[三八]。〔裴舍云〕：我教你，有人若问呵，则说俺买花栽子，不妨事。若见那小姐，说俺舍人教送与你[三九]。〔张千云〕：舍人，我去。〔裴舍云〕：那小姐喜欢，你便招手唤我[四十]，我便来；若是抢白㉕，你便摆手，我便走[四一]。〔张千云〕：我知道。〔做见旦科，云〕：小姐，你这后花园里有卖花栽子么？〔梅香云〕：这里花栽子谁要买？〔张千云〕：俺那舍人要买。〔做招手科〕[四二]〔裴舍望科，云〕：谢天地，事已谐矣！〔梅香做叫科，云〕：小姐，那两个人拿过一张纸来[四三]，不知写什么，小姐看咱！〔正旦做念诗科，云〕：只疑身在武陵游㉖，流水桃花隔岸羞。咫尺刘郎肠已断㉗，为谁含笑倚墙头？梅香，将纸笔来。〔做写科，云〕：梅香，我央你咱，你勿阻我。将这一首诗送与那舍人。〔梅香云〕：小姐，教我送这诗与谁去也？诗中意怎生？见那秀才道甚的？则怕有人撞见怎了？〔正旦云〕：好姐姐，你与我走一遭去。〔梅香云〕：你往常打我骂我，今日为甚的央我？着我寄与谁？〔正旦唱〕：

【幺篇】[四四]你道是**情词寄与谁**，我道来**新诗权做媒**。[四五]我映**丽日墙头望**，他怎肯袖**春风马上归**。怕的是外人知，你便叫天叫地。哎！小梅香好不做美。

〔梅香云〕：这简帖我送与老夫人去。[四六]〔正旦云〕：梅香，我央及你，要告老夫人呵，可怎了！〔梅香云〕：你慌么？〔正旦云〕：可知慌哩。〔梅香云〕：你怕么？〔正旦云〕：可知怕哩。〔梅香云〕：我斗你耍哩。〔正旦云〕：则被你諕杀我也！〔梅香送裴舍科，云〕：俺小姐上复舍人，看这首诗咱。〔裴舍看科，诗云〕：深闺拘束暂闲游[四七]，手捻青梅半掩羞。莫负后园今夜约，月移初上柳梢头。千金作[四八]。这小姐有倾城之态，出世之才[四九]，可为囊箧之宝[五十]。〔梅香云〕：俺小姐道来，今夜后园中赴期，休得失信。〔裴舍云〕：张千，俺打那里过去？〔张千云〕：跳墙过去。〔梅香转向旦云〕：小姐，他待跳墙来也。〔正旦唱〕：

【赚煞】[五一]这一堵粉墙儿低，这一带花阴儿密。与你个在客的刘郎说知：虽无那流出胡麻香饭水，比天台山到径抄直。莫疑迟，等的那斗转星移[五二]，休教这印苍苔的凌波袜儿湿㉘。将湖山困倚，把角门儿虚闭，这后花园权做武陵溪。〔下〕

〔裴舍云〕：惭愧！这一场喜事，非同小可。只等的天晚[五三]，便好赴约去也[五四]。〔诗云〕：偶然间两相窥望，引逗的春心狂荡。今夜里早赴佳期，成就了墙头马上。[五五]〔下〕

校记

［一］十岁吟诗应口："十岁"，脉本、柳本无。

［二］如今差他出去公干："如今差他出"，脉本、柳本无。

［三］教张千伏侍舍人："舍人"，脉本、柳本无。

［四］买花栽子去来："来"字，脉本、柳本作"者"。

［五］花上晒衣嫌日淡，池中濯足恨鱼腥。花根本艳公卿子，虎体鸳班将相孙：此四句上场诗，底本无。今从脉本、柳本补。

［六］谪降洛阳总管："谪"，脉本、柳本无。

［七］老夫当初曾与裴尚书指腹成亲："当初"二字，脉本无。"指腹成亲"四字，底本、柳本作"议结婚姻"。今从脉本改。下同。

［八］裴尚书得了一子，名少俊；老夫得了一女，小字千金：此几句白，底本、柳本无。今从脉本补。

［九］只为宦路相左，遂将此事都不提起了：此二句，柳本同，脉本作"未成姻眷"。

［十］我：柳本有，脉本无。

［十一］留下夫人与孩儿，紧守闺门："留下"，柳本同，脉本无。"紧"，柳本同，脉本作"善"。

［十二］待我回来，另议亲事，未为迟也：此三句，柳本同，脉本作"廉洁行止，休惹是非。"

〔十三〕应口：柳本同，脉本作"作赋"。

〔十四〕铺车搬送：此四字，底本作"一车装送"。今从脉本改。柳本作"铺车挪送"。

〔十五〕小姐：脉本、柳本作"姐姐"。本剧下同。

〔十六〕真好景致也："真"字，柳本作"是"。

〔十七〕非同容易也呵："呵"字，脉本、柳本无。

〔十八〕点绛唇：柳本同，脉本误作"混江龙"。

〔十九〕夙缘仙契：此四字前，脉本、柳本有"都是"二字。

〔二十〕写入屏围："屏围"二字，柳本作"围屏"。

〔二一〕混江龙：柳本同，脉本误作"点绛唇"。

〔二二〕锦帐低垂："锦帐"二字，柳本作"纸帐"。

〔二三〕等老相公回来呵，寻一门亲事，可不好也："等老"二字、"回"一字、"可不好也"四字，柳本有，脉本均无。

〔二四〕消瘦春风玉一围："瘦"字，脉本作"损"。

〔二五〕近新来宽褪了旧时衣："近"字，底本作"迎"，脉本同。今从柳本改。

〔二六〕咱去来：此三字之后，脉本有"（梅香）随行都有了。"

〔二七〕转过那曲槛之西："那"字，脉本无。

〔二八〕西园陡恁景狼藉："陡"字，脉本作"徒"，误。

〔二九〕幺篇：此曲牌，柳本作"么"。

〔三十〕张千：柳本同，脉本作"祗候"，下同。

〔三一〕杏花一色红千里："红"字，柳本同，脉本作"思"。

〔三二〕和花掩映美容仪："和花掩映"四字，柳本、脉本作"出乎其类"。

〔三三〕你看他雾鬓云鬟，冰肌玉骨；花开媚脸，星转双眸：此四句，柳本、脉本作"看他冰肌玉骨，雾鬓云鬟，巧笑倩兮，花开媚脸，美目盼兮，星转双眸；飞琼精神，嫦娥窈窕"。

〔三四〕舍人：此二字后，脉本、柳本有"小哥"二字。本剧下同。

〔三五〕舍人去罢：柳本作"舍人哥去罢"，脉本作"非敢后也，马不追也"。

[三六] 做写科:"写"字,柳本有一"了"字。

[三七] 舍人使张千去:"舍人"柳本作"小哥"。

[三八] 可不善也:"可"字,脉本、柳本无。

[三九] 舍人教送与你:"舍人"二字后,脉本、柳本有"小哥"二字。

[四十] 便招手唤我:"招"字,脉本、柳本作"点"。

[四一] 走:此字之前,柳本、脉本有一"就"。

[四二] 做招手:柳本作"做唤手"。

[四三] 拿过一张纸来:此句,脉本、柳本作"搬过一张儿纸来"。

[四四] 幺篇:此曲牌,脉本、柳本作"后庭花"。

[四五] 权做媒:"做"字,脉本、柳本作"作"。

[四六] 这简帖我送与老夫人去:"帖"字后,柳本有一"儿"字。

[四七] 深闺拘束暂闲游:"深闺",脉本作"闺深"。

[四八] 千金作:脉本、柳本作"千金之作"。

[四九] 倾城之恋,出世之才:此八字,脉本、柳作"倾城志、出世才"。

[五十] 可为囊箧之宝:"之宝"二字,底本作"宝玩"。今从脉本、柳本改。

[五一] 赚煞:此曲牌,脉本、柳本作"尾声"。

[五二] 等的那斗转星移:"的"字柳本作"得"。

[五三] 惭愧:这一场喜事,非同小可,只等的天晚:"等"前十二字,脉本无。

[五四] 便好赴约去也:"便好",脉本、柳本作"却来"。

[五五] 诗云,偶然间两相窥望,引逗的春心狂荡。今夜里早赴佳期,成就了墙头马上:此下场诗,脉本、柳本无。

注释

①七步才:形容人才思敏捷。南朝宋刘义庆《世说新语·文学》:"文帝(曹丕)尝令东阿王(曹植)七步中作诗,不成者,行大法。应声便为诗曰:'煮豆持作羹,漉菽以为汁。萁在釜下然,豆在釜中泣。本自同根生,相煎何太

急?'帝深有惭色。"

②裴行俭：字守约。史有其人，唐代绛州闻喜（今山西）人，曾任吏部侍郎、礼部尚书等职。《墙头马上》中的裴行俭，是作为一个艺术形象出现在戏曲舞台上的，并非真实的历史人物。

③仪凤三年：公元678年。仪凤，唐高宗李治的年号。

④权豪势要：指有权势居高位的人。在元代，指皇亲国戚、大官僚地主、高级军官、大喇嘛等统治集团里的上层人物。

⑤官里：亦作"官家"。唐宋时对皇帝的一种习惯称呼。

⑥承宣驰驿：承宣，接受皇帝的诏令。驰驿，古代各省都设有驿站，凡官吏因急召入京或奉差外出，皆由沿途驿站急供夫马粮食，兼程而进，不按站停止耽搁。

⑦新正：即正月。亦可指元旦。

⑧宣限：承宣规定的期限。

⑨的是：确是、真是。

⑩人每：同"人们"。每，宋元时口语，同"们"。

⑪舍人：本是官名，宋元以来称显贵子弟为舍人，犹称公子。

⑫京兆留守：京兆，府名。隋文帝改京兆郡为雍州，唐开元元年（713），升雍州为京兆府，治所在长安、万年。留守，官名。从隋唐起，皇帝出巡或亲征时，指定亲王或大臣留守京城，得便宜行事，称京城留守；其他陪都或行部亦常设留守，以地方行政长官兼任。

⑬总管：官名。地方高级军政长官。

⑭左司：官名。隋炀帝大业三年（607），于尚书诸省置左右司郎，唐宋因之。宋制，左司治吏部、户部、礼部、奏钞房、班簿房。

⑮上巳：节日名。以夏历三月上旬巳日为上巳。汉代以前，上巳必取巳日，魏晋以后一般改为三月初三日。在上巳这一天，官民要到郊外游玩洗濯。《后汉书·礼仪志上》载："是月，上巳，官民皆洁于东流水上，曰洗濯祓除，去宿垢疢（病）为大洁。"

⑯咱每：即"咱"。此是裴少俊自称。

⑰蓬莱：古代传说中的神山名。《史记·秦始皇本纪》："齐人徐巿等上书，

⑱远山眉：形容女子眉毛秀丽。也用来指美貌的女子。晋葛洪《西京杂记》卷二："文君姣好，眉色如望远山。"

⑲舟中载倩女魂：典出唐代陈玄祐《离魂记》传奇。金有《倩女离魂》诸宫调，元代郑光祖有杂剧《迷青琐倩女离魂》。这里李千金以追求爱情自由的张倩女自比。

⑳天边盼织女期：三国魏曹丕《燕歌行》："牵牛织女遥相望，尔独何辜限河梁。"李善注引曹植《九咏》注云："牵牛为夫，织女为妇，织女、牵牛之星各处一旁，七月七日得一会同矣。"李千金以盼七月七日的织女自比。

㉑每日家：每日里。

㉒萱堂：原指母亲的居室，这里借指母亲。

㉓陡恁：突然如此、忽然这样。

㉔便好道：有道是、常言说得好。在引用熟语、古语时常用。

㉕抢白：当面斥责。

㉖武陵游：本指东晋陶渊明《桃花源记》里所说的武陵渔夫误入桃花源，遇秦时避乱人与世隔绝事；后来元杂剧中多与东汉刘晨、阮肇入天台山采药在桃花溪遇二仙女成婚的故事混用，当作男女恋爱的典故。下文的"武陵溪""武陵源"皆如此。

㉗刘郎：指东汉人刘晨。南朝宋刘义庆《幽明录》中说：东汉永平年间，剡县人刘晨与阮肇同入天台山采药，经十三日不得返。饥，采山桃吃；渴，下山取水。途中遇二仙女，被邀至家，留半年。那里气候草木常如春天，等到还乡，子孙已历七世。这里裴少俊自比刘郎。

㉘凌波袜：三国魏曹植《洛神赋》有"凌波微步，罗袜生尘"句，原意形容洛水女神步履轻盈，后来用"凌波袜""罗袜"作为女子袜子的美称。

第二折

〔夫人同老旦嬷嬷上①，云〕：老身是李相公夫人。相公左司家唤的去了，不见回来。今日老身东阁下探妙子回来②，身子有些不快。天色晚也，梅香，绣房中道与小姐，休教他出来。嬷嬷，收拾前后，我歇息去也。〔下〕

〔裴舍上，云〕：我回到这馆驿安下，心中闷倦，那里有心去买花栽子，巴不得天晚了也。我如今与小姐赴期去来。〔下〕

〔正旦同梅香上，云〕：今日因去后园中看花，墙头见了那生，四目相视，各有此心，将一个简帖儿约今夜来赴期。我回到绣房中。梅香，不知夫人睡去也不曾？〔梅香云〕：我去来看。〔下〕〔正旦做睡，梅香推科，云〕：小姐，小姐！〔正旦醒科，云〕：我正好做梦哩[一]〔梅香云〕：你梦见甚么来？[二]〔正旦唱〕：

【南吕·一枝花】睡魔缠缴得慌[三]，别恨禁持得煞③。离魂随梦去，几时得好事奔人来。一见了多才，口儿里念，心儿里爱，合是姻缘簿上该④。则为画眉的张敞风流[四]⑤，掷果的潘郎稔色⑥。

〔梅香云〕：今夜好歹来也，则管里作念的眼前活现⑦。〔正旦唱〕：

【梁州第七】[五]早是抱闲怨时乖运蹇⑧，又添这害相思月值年灾⑨。〔带云〕：休道是我[六]，〔唱〕：天若知道和天也害。〔云〕：梅香，这早晚多早晚也⑩？〔梅香云〕：是申牌时候了[七]。〔正旦唱〕：几时得月离海峤，才则是日转申牌。〔梅香云〕：小姐[八]，日头下去了，一天星月出来了。〔正旦唱〕：怕露惊宿鸟，风弄庭槐。看银河斜映瑶阶[九]，都不动纤细尘埃。月也你本细如弓一半儿蟾蜍，却休明如镜照三千世界，冷如冰浸十二瑶台[十]。禁垆[十一]，瑞霭。把剔团圞明月深深拜⑪，你方便我无碍，深拜你个嫦娥不妒色，你敢且半霎儿雾锁云埋。

〔梅香云〕：这场事也非容易哩[十二]！〔正旦唱〕：

【牧羊关】待月帘微簌[十三]，迎风户半开，你看这场风月规划。〔梅香云〕：怎生规划？〔正旦云〕：你与我接去。〔梅香云〕：怕他不来，倒教我去接他[十四]！〔正旦唱〕：就着这风送花香，云笼月色。〔梅香云〕：小姐，为甚么着我接他去？〔正旦唱〕：你道为甚着你个丫嬛迎少俊[十五]，我则怕似赵杲送曾哀[十六]⑫。〔梅香云〕：这里线也似一条直路，怕他迷了道儿[十七]？

〔正旦唱〕：你道方径直如线，我道侯门深似海。

〔梅香云〕：你两个头目，自说话来。〔正旦唱〕：

【骂玉郎】相逢正是花溪侧，也须穿短巷，过长街。〔梅香云〕：到那里便唤你来。〔正旦唱〕：又不比秦楼夜宴金钗客⑬，这的担着利害，把你那小性格，且宁奈[十八]⑭。

【感皇恩】咱这大院深宅，幽砌闲阶。不比操琴堂，沽酒舍，看书斋。〔梅香云〕：迟又不是，疾又不是，怎生可是？〔正旦唱〕：教你轻分翠竹，款步苍苔。休惊起庭鸦喧，邻犬吠，怕院公来。

〔梅香云〕：小姐，这来时可着多早晚也？〔正旦唱〕：

【采茶歌】把粉墙儿挨，角门儿开，等夫人烧罢夜香来。月色朦胧天色晚，鼓声才动角声哀。

〔梅香云〕：我说与你，夫人已睡了也[十九]，一准不来了[二十]。今夜嬷嬷又在前面守着库房门哩[二一]。天色晚了，我点上灯，就接姐夫去。〔裴舍引张千上，云〕：张千，休大惊小怪的，你只在墙外等着[二二]。〔做跳墙见科，云〕：梅香，我来了也！〔梅香云〕：我说去。小姐，姐夫来了也。你两个说话，我门首看着。〔裴舍云〕：小生是个寒儒[二三]，小姐不弃，小生杀身难报。〔正旦云〕：舍人则休负心。〔唱〕：

【隔尾】我推粘翠靥遮宫额，怕绰起罗裙露绣鞋。我忙忙扯的鸳鸯被儿盖，翠冠儿懒摘，画屏儿紧挨，是他撒滞殢把香罗带儿解[二四]⑮。

〔嬷嬷上，云〕：这早晚小姐房里有人说话，在窗下听咱。呀！果然有人，我去觑破他[二五]。〔梅香云〕：小姐，吹灭了灯，嬷嬷来也！〔嬷嬷云〕：吹灭了灯？我听的多时了也[二六]！你待走那里去？〔裴舍同旦做跪科，正旦云〕：是做下来也，怎见父母！奶奶可怜见，你放我两个私走了罢，至死也不敢忘你[二七]。〔嬷嬷云〕：兀的是不出嫁的闺女，教人营勾了身躯⑯，可又随着他去[二八]。这汉子是谁家的？〔裴舍云〕：小生是客寄书生，乞容宽恕。〔嬷嬷云〕：俺这里不是赢奸买俏去处[二九]⑰。〔正旦唱〕：

【红芍药】他承宣驰驿奉官差，来这里和买花栽。又不是瀛洲方丈接蓬莱，远上天台。比画眉郎多气概，骤青骢踏断章台。〔嬷嬷云〕：

都是这梅香小奴才勾引来的[三十]！〔正旦唱〕：枉骂他偷寒送暖小奴才，要这般当面抢白[三一]。

〔嬷嬷云〕：不是这奴胎是谁⑱？〔正旦唱〕：

【菩萨梁州】是这墙头掷果裙钗，马上摇鞭狂客[三二]。说与你个聪明的奶奶，送春情是这眼去眉来。〔嬷嬷云〕：好！可羞也那不羞[三三]？眼去眉来，倒与真奸真盗一般[三四]，教官司问去。〔正旦唱〕：则这女娘家直恁性儿乖[三五]⑲，我待舍残生还却鸳鸯债。也谋成不谋败，是今日且停嗔过后改，怎做的奸盗拿获？

〔嬷嬷云〕：你看上这穷酸饿醋甚么好⑳？〔正旦唱〕：

【牧羊关】龙虎也招了儒士，神仙也聘与秀才，何况咱是浊骨凡胎。一个刘向题倒西岳灵祠㉑，一个张生煮滚东洋大海㉒。却待要宴瑶池七夕会，便银汉水两分开！委实这乌鹊桥边女，舍不的斗牛星畔客[三六]。

〔嬷嬷云〕：家丑事不可外扬。兀那汉子[三七]，我将你拖到官中，不道的饶了你哩！〔裴舍云〕：嬷嬷，你要了我买花栽子的银子[三八]，教梅香唤将我来，咱就和你见官去来[三九]！〔正旦唱〕：

【三煞】不肯教一床锦被权遮盖[四十]，可不道九里山前大会垓㉓，绣房里血泊浸尸骸。解下这搂带裙刀[四一]，为你逼的我紧也便自伤残害。颠倒把你娘来赖。〔梅香云〕：你要他这秀才的银子，教我去唤将他来。便见夫人，也则实说。〔嬷嬷云〕：夫人也不信。〔正旦唱〕：你则是拾的孩儿落的摔[四二]，你待致命图财。

【二煞】我怎肯掩残粉泪横眉黛，倚定门儿手托腮，山长水远几时来。且休说度岁经年，只一夜冰消瓦解，怎时节知他是和尚在钵盂在。他凭着满腹文章七步才，管情取日转千阶[四三]㉔。

〔嬷嬷云〕：亲的则是亲，若夫人变了心，可不枉送我这老性命[四四]。我如今和你商量，随你拣一件做：第一件，且教这秀才求官去，再来取你，不着嫁了别人。第二件，就今夜放你两个走了，等这秀才得了官，那时依旧来认亲。〔正旦云〕：嬷嬷，只是走得好[四五]。〔唱〕：

【黄钟尾】[四六]他折一枝丹桂群儒骇㉕，怎肯十谒朱门九不开㉖。〔嬷嬷云〕：若以后泄漏出些风声，枉坏了一世前程，拆散了一双佳配[四七]。常言道：一岁使长百岁奴㉗。我耽着利害放您[四八]，则要一路上小心在意者[四九]。〔正旦云〕：母亲年高，怎生割舍！〔嬷嬷云〕：夫人处有我在此，你自放心去罢。〔正旦同裴谢科，正旦唱〕：不是我**敢为非，敢作歹**，他也有风情，有**手策**㉘；你也会圆成，会分解，我也肯过从，肯耽待[五十]㉙。便锁在空房，嫁在乡外。你道**父母年高老迈**，那里有女孩儿共爷娘相守到头白[五一]？女孩儿是你十五岁寄居的堂上客。〔同裴舍、梅香下〕

〔嬷嬷云〕：他每去也。若夫人问时，说个谎道：不知怎生走了，料夫人必然不敢声扬。等待他日后再来认亲，也未迟哩[五二]。〔下〕

校记

[一] 我正好做梦里："我"字之后，脉本、柳本有一"却"字。

[二] 你梦见甚么来："梦"字，柳本无。

[三] 睡魔缠缴得慌："缠缴"，脉本作"着末"。

[四] 则为画眉的张敞风流："则"，脉本、柳本作"画"。"的"字，脉本、柳本无。

[五] 梁州第七：此曲名柳本同，脉本作"梁州"。

[六] 休道是我："是"字，脉本无。"我"之后，柳本有"呵"。

[七] 是申牌时候了：此句脉本、柳本作"有申牌时候"。

[八] 小姐：脉本、柳本无此二字。

[九] 看银河斜映瑶阶：此句，脉本、柳本作"银汉间淡露生阶"。

[十] 冷如冰："冰"，脉本、柳本作"水"。

[十一] 禁垆："垆"字，脉本、柳本作"炉"。

[十二] 这场事也非容易哩：此句脉本、柳本作"这场公事也不小可"，柳本此句无"公"。

[十三] 待月帘微簌：脉本、柳本作"将筛月帘垂簌"。

[十四] 怕他不来，倒教我去接他：此二句，脉本、柳本作"我去接他，

怕他不知线（柳本作"绿"）缝也似一条方径"。

［十五］丫嬛迎少俊："嬛"字，脉本、柳本作"环"。

［十六］似赵杲送曾哀："赵杲"，脉本、柳本误作"赵果"。

［十七］这里线也似一条直路，怕他迷了道儿：此二句，脉本、柳本作"线到（柳本作"倒"）也似一条直路"。

［十八］宁奈：柳本作"宁柰"。

［十九］夫人已睡了也："夫人"之前，脉本、柳本有一"恰"字。

［二十］一准不来了："一准"二字，脉本、柳本无。

［二一］今夜嬷嬷又在前面守着库房门哩："今夜"后，柳本、脉本有一"个"字，"又在"二字，脉本、柳本无。

［二二］你只在墙外等着：此句，脉本、柳本无。

［二三］小生是个寒儒："个"字，柳本无。

［二四］撒滞殢把香罗带儿解："滞殢"，脉本、柳本作"殢殢"。

［二五］我去觑破他：此句，脉本、柳本作"我早觑破，小姐绣房里是谁说话哩"。

［二六］我听的多时了也：此句，脉本作"听恁多时也"，柳本作"听您多时也"。

［二七］至死也不敢忘你："敢"字，脉本、柳本无，"你"字，脉本无。

［二八］可又随着他去：此句，脉本、柳本作"可罢更待随去"。

［二九］买俏去处："去"字，脉本、柳本无。

［三十］都是这梅香小奴才勾引来的："这""勾引来的"，此五字，脉本、柳本无。

［三一］要这般当面抢白：此句，脉本、柳本作"何须询问抢白"。

［三二］马上摇鞭狂客："摇鞭"，柳本作"瑶鞭"。

［三三］好！可羞也那不羞："好可"二字，脉本作"好"，柳本作"你好"。

［三四］倒与真奸真盗一般："倒""一般"三字，脉本无。

［三五］女娘家直恁性儿乖："女娘家"，脉本、柳本作"闺娘"。

［三六］斗牛星畔客："畔"，脉本、柳本作"伴"。

［三七］兀那汉子："那"，柳本作"的"。

［三八］你要了我买花栽子的银子："我""的"二字，柳本无。

［三九］咱就和你见官去来："就和你"三字，脉本作"咱一发"。

［四十］一床：脉本、柳本作"一天"。

［四一］这搂带裙刀：此五字，脉本、柳本"搂带和裙刀"。

［四二］拾的孩子落的摔："拾"字，脉本、柳本作"舍"。

［四三］管情取日转千阶："情"字，柳本作"倩"。

［四四］可不枉送我这老性命："可不枉送我这"六字，柳本作"枉送了我"。

［四五］我如今和你商量……只是走得好：这几句对白，脉本、柳本作"商量。第一件，教这秀才求官去，若得官时节，来取你；不着，你嫁了别人。第二件，今夜我放你两个去了罢，等这秀才得了官，那时依旧又来认亲"。

［四六］黄钟尾：此曲牌，脉本、柳本作"煞尾"。

［四七］枉坏了一世前程，拆散了一双佳配：柳本同，其中"一双"作"这双"，脉本作"枉坏了孩儿前程，拆散了这双佳人才子，久后休负了心"。

［四八］常言道：脉本无此三字。放您：脉本作"放恁"。

［四九］则要一路上小心在意者。〔正旦云〕：母亲年高，怎生割舍！〔嬷嬷云〕：夫人处有我在此，你自放心去罢：这几句对白，脉本作"在路上小心，孩儿不想父母年高"；柳本作"在路上小心者，想你父母年高，等秀才得了官，须早些儿便回来那"。

［五十］不是我敢为非，敢作歹，他也有风情，有手策；你也会圆成，会分解，我也肯过从，肯耽待：此几句，脉本作"不是我说过从斯公卖，你也权术好手策，如你也能吾快分解，你敢承宣敢耽待"。柳本作"不是我敢为非、肯作歹，也只是计前程、图远大，做的这场丑怎诉说。没分解，谢你肯圆成，敢耽待"。

［五一］头白：柳本同，脉本作"白头"，失韵。

［五二］他每去也。若夫人问时，说个谎道：不知怎生走了，料夫人必然不敢声扬。等待他日后再来认亲，也未迟哩：这几句柳本同，但无"道""料""再""也"四字，"若"作"等"，"问"作"来"，"必然"作"也"，"声扬"

作"扬声","未"后补"为"字。脉本作"等夫人来时,说个谎,不知怎生走了也,不敢扬声"。

注释

① 嬷嬷:同"妈妈",对年老妇女或奶妈的称呼。

② 妗子:舅母。

③ 禁持:纠缠、折磨。

④ 姻缘簿:唐人传奇故事记载,韦固于宋城遇一老人在月下翻书,书上记载着一对对应行婚配的男女姓名。月下老人还说,夫妻姻缘,都是命定。那本书就是婚姻簿子。详见唐李复言《续玄怪录·定婚店》。

⑤ 画眉的张敞:《汉书·张敞传》载:汉代京兆尹张敞和他的妻子感情很好,曾"为妇画眉"。后来常用这个故事比喻夫妻相爱。

⑥ 掷果的潘郎:《晋书·潘岳列传》:岳"美姿仪……少时常挟弹出洛阳道,妇人遇之者,皆连手萦绕,投之以果,遂满载以归"。后来常用这个故事比喻妇女对男子的爱慕。稔色:容貌美好、俊秀。

⑦ 则管里作念:则管里,意为只管、一味地。作念,思念、怀念。

⑧ 时乖运蹇:意为时运不好。元杂剧《冻苏秦》一折:"偏则是我五星,直恁般时乖运蹇不通亨。"

⑨ 月值年灾:遇到厄运、灾难。元杂剧《玉壶春》三折:"管什么逢着吊客,怕什么月值年灾,拼死在莺花寨。"

⑩ 这早晚多早晚也:意为现在是什么时候啊?早晚,时候。

⑪ 剔团圞:非常圆、滴溜圆的意思。剔,甚。宋方壶《清江引·托咏》:"剔秃圞一轮天外月,拜得低低说。是必常团圆,休着些儿缺。"

⑫ 赵杲送曾哀:亦作"赵老送灯台"。宋元时俗语,谓一去不回来之意。宋欧阳修《归田录》卷二:"俚谚云:'赵老送灯台,一去更不来。'不知是何等语……天圣中,有尚书郎赵世长以滑稽自负。其老也,求为西京留台御史。有轻薄子送以诗云:'此回真是送灯台。'其后竟卒于留台。"又,宋徐梦莘《三朝北盟会编》卷二四三《江上录》所载童谣:"郎主向南去,赵老送灯台。"

"赵果送曾哀"之"曾哀"应是"灯台"的音讹。而"赵果"（元曲中亦作"赵蒇"）、"赵老"与今四川民间故事"赵巧儿送灯台"之"赵巧"又是同一传说中的同一人名的讹变。四川民间故事：赵巧儿是鲁班师傅的唯一徒弟，此人虽学到了师傅的一些手艺，但喜欢展示自己。一次，鲁班欲建一石桥，因海龙王在海底兴风作浪，难以建成。鲁班为镇住龙王，便将一木制灯台交与赵巧儿，命他带了去见龙王。告诉他：龙王看了，就不敢兴风作浪了。赵巧儿以为，自己如做一灯台，会比师傅的更好，就暗中自制了一个，藏在身上。下海时他先点燃师傅的灯台，海水当即分开，一条道路直通龙宫。赵巧儿持灯面见龙王，龙王见了大为惊讶，恭敬下拜。赵巧儿想显示自己的本领，就拿出自制的灯台来点上。不料他这灯台漏油，不一会儿便油干灯灭。龙王马上翻脸，重又兴风作浪，并将赵巧儿赶出龙宫。从此，赵巧儿就再也没有回到师傅身边去。

⑬秦楼夜宴金钗客：秦楼，见汉刘向《列仙传》。后来常用秦楼作妓院的代称。金董解元《西厢记诸宫调》卷一《仙吕·醉落魄缠令·引辞》："秦楼谢馆鸳鸯幄，风流稍似有声价。"金钗客，此指妓女，因其头戴金钗，故称。唐李贺《残丝曲》："绿鬓年少金钗客。"

⑭宁奈：亦作"宁耐"。忍耐。奈，同"奈"。

⑮撒滞殢：撒娇、撒赖。元杂剧《笑存孝》一折："我见他执盏擎壶忙跪膝，他那里撒滞殢，阿妈那锦袍上全不顾酒淋漓。"

⑯营勾：诓骗、勾引。

⑰赢奸买俏：宋元时俗语。亦作"迎奸卖俏"。意为狎妓买笑。去处：地方。

⑱奴胎：即奴才。

⑲直恁性儿乖：意为竟然这样性情乖张。直，竟然、居然。恁，这样、如此。乖，乖张、固执、倔强。

⑳穷酸饿醋：对贫穷书生的讥称。元杂剧《裴度还带》一折："你那读书的穷酸饿醋，有什么好处？"此指裴少俊。

㉑刘向题倒西岳灵祠：相传山东刘向赴京应考，路经华岳娘娘庙，见塑像甚美，题诗庙壁。庙神赴王母蟠桃会归，欲追杀刘向，及见其风姿，乃幻化楼阁，招配为婿。事见道光刊本《说唱沉香太子全传》等书。

㉒张生煮滚东洋大海：指秀才张羽与龙女琼莲恋爱的传说。元陶宗仪《南村辍耕录》"诸杂大小院本"中著录有《张生煮海》。元李好古根据这个故事创作了杂剧《沙门岛张生煮海》。

㉓九里山前大会垓：九里山，山名。在今江苏徐州市北。峰峦东西连亘，长约九里，故名。大会垓，大会战。相传韩信攻破项羽，由此进军，项羽兵败，乌江自刎，因有"九里山前大会垓"的说法。元时常用以比喻乱子闹得很大。这里用来暗指李千金闯了祸。

㉔日转千阶：形容官职升迁很快，一天升千级。阶，指官阶、品级。元杂剧《荐福碑》三折："哥也，不争你日转千阶，我便是第三番又劫着个空寨。"

㉕折一枝丹桂：即折桂，比喻科举及第。《晋书·郤诜传》："武帝于东堂会送，问诜曰：'卿自以为何如？'诜对曰：'臣举贤良对策，为天下第一，犹桂林之一枝，昆山之片玉。'帝笑。"

㉖十谒朱门九不开：意为投托无门，到处碰壁。

㉗使长：宋元时奴仆对主人的称呼。元杂剧《伍员吹箫》四折【得胜令】："害的这小使长好心焦，撞见那年少的女多娇。"

㉘手策：手段、计谋。金董解元《西厢记诸宫调》卷二【正宫·甘草子】："是则是英雄临阵披重铠，倚仗着他家有手策，欲反唐朝世界。"

㉙我也肯过从，肯耽待：过从，交往、互相往来。耽待，宽恕、宽容。

第三折

〔裴尚书上，云〕：自从少俊去洛阳买花栽子回来，今经七年[一]。老夫常是公差，多在外，少在里。且喜少俊颇有大志，每日只在后花园中看书，直等功名成就，方才娶妻[二]。今日是清明节令，老夫待亲自上坟去，奈畏风寒，教夫人和少俊替祭祖去咱。〔下〕

〔裴舍引院公上，云〕：自离洛阳，同小姐到长安七年也。得了一双儿女，小厮儿叫做端端，女儿唤做重阳。端端六岁，重阳四岁[三]，只在后花园中隐藏，不曾参见父母，宅下人共知道，皆是院公伏侍[四]。今日清明节令，父亲畏风寒，我与母亲郊外坟茔中祭奠去[五]。院公，在意照顾[六]，怕老相公撞见。〔院公云〕：哥哥，一岁使长百岁奴。这宅中谁敢题起个不字[七]！若有一些差失[八]，如同那赵盾便有灾难[九]，老汉就是灵辄扶轮①，王伯当与李密叠尸②。为人须为彻。休道老相公不来[十]，便来呵，老汉凭四方口，调三寸舌，也说将回去，我这是蒯文通、李左车③。哥哥，你放心，倚着我呵，万丈水不教泄漏了一点儿。〔裴舍云〕：若无疏失，回家多多赏你。〔下〕

〔正旦引端端、重阳上，云〕：自从跟了舍人来此呵，早又七年光景[十一]，得了一双儿女[十二]。过日月好疾也呵！〔唱〕：

【双调·新水令】 数年一枕梦庄蝶④，过了些不明白好天良夜。想父母关山途路远，鱼雁信音绝⑤。为甚感叹咨嗟⑥？知甚日得离书舍[十三]！

【驻马听】 凭男子豪杰，平步上万里龙庭双凤阙[十四]；妻儿贞烈[十五]，合该得五花官诰七香车[十六]⑦。也强如带满头花[十七]，向午门左右把状元接；也强如挂拖地红，[十八]两头来往交媒谢。今日个改换别，成就了一天锦绣佳风月。

〔云〕：我掩上这门，看有甚人来此。〔院公持扫帚上，云〕：哥哥祭奠去了，嫂嫂跟前回复去咱[十九]。〔见科，云〕：嫂嫂，舍人祭奠去了，院公特地说与嫂嫂得知[二十]。〔正旦云〕：院公，可要在意者，则怕老相公撞将来。〔院公云〕：老汉有句话敢说么？老不以斤力为能，人报根椽，衣食为命[二一]。今日清明节，有甚节令酒果，把些与老汉吃饱了[二二]，只在门首坐着[二三]，看有甚的人来。〔旦与酒肉吃科〕〔院公云〕：夜来两个小使长[二四]，把墙头上花都折坏了，今日休教出来，只教书房中耍，则怕老相公撞见。〔正旦唱〕：

【乔牌儿】 当拦的便去拦[二五]，我把你个院公谢[二六]。想昨日被棘针都把衣袂扯[二七]，将孩儿指尖儿都扫破也[二八]。

〔端端云〕：妳妳，我接爹爹去来。〔正旦云〕：还未来哩[二九]！〔唱〕：

【幺篇】[三十] 便将球棒儿撇，不把胆瓶藉[三一]。你哥哥⑧这其间未是他来时节，怎抵死的要去接[三二]？

〔院公云〕：我门口去吃了一瓶酒，一分节食，觉一阵昏沉，倚着湖山睡些咱！〔端端打科〕〔院公云〕：諕杀人也！小爷爷[三三]，你到那里耍去[三四]。〔又睡科，重阳打科〕〔院公云〕：小妳妳，女孩家这般劣！〔又睡科，二人齐打介〕〔院公云〕：我告你去也，快书房里去！〔裴尚书引张千上，云〕[三五]：夫人共少俊祭奠去了[三六]，老夫心中闷倦，后花园内走一遭去，看孩儿做下的功课咱。〔见院公云〕：这老子睡着了。〔做打科〕〔院公做醒、着扫帚打科，云〕：打你娘，那小厮[三七]！〔做见慌科〕〔尚书云〕：这两个小的是谁家？〔端端云〕：是裴家。〔尚书云〕：是那个裴家？〔重阳云〕：是裴尚书家。〔院公云〕：谁道不是裴尚书家花园[三八]？小弟子，还不去⑨！〔重阳云〕：告我爹爹、妳妳说去。〔院公云〕：你两个采了花木，还道告你爹爹、妳妳去。跳起恁公公来也[三九]，打你娘！〔两人走科〕〔院公云〕：你两个不投前面走，便往后头去？〔二人见旦科，云〕：我两人接爹爹去，见一老爹，问是谁家的。〔正旦云〕：孩儿也，我教你休出去，兀的怎了⑩！〔尚书做意科，云〕：这两个小的，不是寻常之家。这老子其中有诈，我且到堂上看来[四十]。〔正旦唱〕：

【豆叶儿】接不着你哥哥，正撞见你爷爷。魄散魂消，肠慌腹热[四一]，手脚獐狂去不迭⑪。相公把拄杖恬详[四二]，院公把扫帚支吾，孩儿把衣袂掀者。

〔尚书云〕：咱房里去来。〔到书房，正旦掩门科〕〔尚书云〕：更有谁家个妇人？〔院公云〕：这妇人折了俺花，在这房内藏来[四三]。〔正旦唱〕：

【挂玉钩】小业种把拢门掩上些⑫，道不的跳天撅地十分劣[四四]。被老相公亲向园中撞见者，諕的我死临侵地难分说[四五]。〔尚书云〕：拿的芙蓉亭上来！〔正旦唱〕：氲氲的脸上羞[四六]，扑扑的心头怯。喘似雷轰，烈似风车。

〔院公云〕：这妇人折了两朵儿花，怕相公见，躲在这里[四七]，合当饶过教家去。〔正旦云〕：相公可怜见，妾身是少俊的妻室。〔尚书云〕：谁是媒人？下了多少钱财？谁主婚来？〔旦做低头科〕〔尚书云〕：这两个小的是谁家？〔院公云〕：相公不合烦恼，合欢喜！这的是不曾使一分财礼[四八]，得这等花枝般媳妇儿[四九]，一双好儿女。合做一个大筵席，老汉买羊去。大嫂，请回书房里去者[五十]。〔尚书怒科,云〕:这妇人决是娼优酒肆之家⑬!〔正旦云〕:妾是官宦人家[五一],不是下贱之人。〔尚书云〕:不是这等人家,妇人呵共人淫奔[五二],私情来往,这罪过逢赦不赦[五三]。送与官司问去,打下你下半截来!〔正旦唱〕:

【沽美酒】 本是好人家女艳冶,便待要兴词讼发文牒,送到官司遭痛决。人心非铁[五四],逢赦不该赦。

【太平令】 随汉走怎说三贞九烈⑭,勘奸情八棒十挟[五五]⑮。谁识他歌台舞榭?甚的是茶房酒舍[五六]⑯?相公便把贱妾,拷折[五七],下截,并不是风尘烟月⑰。

〔尚书云〕:则打这老汉,他知情。〔张千云〕:这个老子,从来会勾大引小[五八]。〔院公云〕:相公,七年前舍人哥哥买花栽子时,都是这厮搬大引小,着舍人刁将来的[五九]。〔张千云〕:老子攀下我来也[六十]!〔尚书云〕:是了,敢这厮也知情[六一]!〔正旦唱〕:

【川拨棹】[六二] 赛灵辄、蒯文通、李左车,都不似季布喉舌[六三]⑱,王伯当尸叠。更做道向人处无过背说⑲,是和非须辩别。

〔尚书云〕:唤的夫人和少俊来者。〔夫人、裴舍上,见科〕〔尚书云〕:你与孩儿通同作弊,乱我家法[六四]。〔夫人云〕:老相公,我可怎生知道?〔尚书云〕:这的是你后园中七年做下功课!我送到官司,依律施行者[六五]!〔裴舍云〕:少俊是卿相之子,怎好为一妇人[六六],受官司凌辱,情愿写与休书便了[六七],告父亲宽恕。〔正旦唱〕:

【七弟兄】 是那些,劣憋⑳,痛伤嗟也,时乖运蹇遭磨灭。冰清玉洁肯随邪[六八]?怎生的拆开我连理同心结[六九]㉑!

〔尚书云〕:我与你说[七十],我便似八烈周公[七一]㉒,俺夫人似三移孟母[七二]㉓。都因为你个淫妇,枉坏了我少俊前程,辱没了我裴家上祖[七三]。兀那妇人[七四]㉔,你听者:你既为官宦人家,如何与人私奔?昔日无盐采桑于村野[七五]㉕,齐王车过,见了欲纳为后,同车。而无盐曰:不可,禀知父母,方可成婚;不见父母,即是私奔。呸!你比无盐败坏风俗,做的个男游九郡,女嫁三夫[七六]。〔正旦云〕:我则是裴少俊一个。〔尚书怒云〕:可不道女慕贞洁[七七]，男效才良；聘则为妻，奔则为妾[七八]㉖。你还不归家去[七九]！〔正旦云〕：这姻缘也是天赐的。〔尚书云〕：你也说的是[八十]。夫人，将你头上玉簪来[八一]。你若天赐的姻缘，问天买卦，将玉簪向石上磨做了针儿一般细。不折了，便是天赐姻缘；若折了，便归家去也！〔正旦唱〕：

【梅花酒】他毒肠狠切[八二]，丈夫又软揣些些[八三]㉗，相公又恶噷噷乖劣[八四]㉘，夫人又叫丫丫似蝎蜇㉙。你不去望夫石上变化身[八五]㉚，筑坟台上立个碑碣。待教我谩憋憋㉛，愁万缕，闷千叠；心似醉，意如呆；眼似瞎，手如瘸[八六]；轻拈掇㉜，慢拿捻㉝。

【收江南】呀！琤叮珰掂做了两三截，有鸾胶难续玉簪折[八七]，则他这夫妻儿女两离别[八八]。总是我业彻[八九]㉞，也强如参辰日月不交接[九十]㉟。

〔尚书云〕：可知道玉簪折了也，你还不肯归家去？再取一个银壶来，将着游丝儿系住，到金井内汲水。不断了，便是夫妻[九一]；瓶坠簪折，便归家去。〔正旦云〕：可怎了也[九二]！〔唱〕：

【雁儿落】似陷人坑千丈穴，胜滚浪千堆雪。恰才石头上损玉簪[九三]，又教我水底捞明月。

【得胜令】[九四]冰弦断便情绝，银瓶坠永离别。把几口儿分两处[九五]。〔尚书云〕：随你再嫁别人去。〔正旦唱〕：谁更待双轮碾四辙？恋酒色淫邪，那犯七出的应拚舍㊱；享富贵豪奢，这守三从的谁似妾[九六]㊲！

〔尚书云〕：既然簪折瓶坠，是天着你夫妻分离。着这贼丑生与你一纸休书，便着你归家去[九七]。少俊，你只今日便与我收拾琴剑书箱[九八]，上朝求官应举去，将这一儿一女收留在我家。张千，便与我赶离了门者！〔下〕〔裴舍与旦休书科〕〔正旦云〕：少俊[九九]，端端，重阳，则被你痛杀我也！〔唱〕：

【沉醉东风】梦惊破情缘万结，路迢遥烟水千叠。常言道有亲娘有后爷，无亲娘无疼热[一○○]。他要送我到官司，逞尽豪杰。多谢你把一双幼女痴儿好觑者，我待信拖拖去也。

〔云〕：端端、重阳，孩儿也[一○一]！你晓事些儿个，我也不能勾见你了也！〔唱〕：

【甜水令】端端共重阳，他须是你裴家枝叶[一○二]。孩儿也啼哭的似痴呆[一〇三]。这须是我子母情肠[一〇四]，厮牵厮惹，兀的不痛杀人也！

【折桂令】果然人生最苦是离别[一〇五]。方信道花发风筛[一〇六]㊳，月满云遮。谁更敢倒凤颠鸾，撩蜂剔蝎[一〇七]，打草惊蛇？坏了咱墙头上传情简帖，拆开咱柳阴中莺燕蜂蝶[一〇八]。儿也咨嗟[一〇九]，女又拦截，既瓶坠簪折，咱义断恩绝[一一〇]！

〔张千云〕：娘子，你去了罢，老相公便着我回话哩[一一一]。〔正旦云〕：少俊，你也须送我归家去来[一一二]。〔唱〕：

【鸳鸯煞】[一一三]休把似残花败柳冤仇结[一一四]，你与我生男长女填还彻[一一五]。指望生则同衾，死则同穴。唱道题柱胸襟㊴，当垆的志节[一一六]㊵。也是前世前缘，今生今业。少俊呵，与你干驾了会香车[一一七]㊶，把这个没气性的文君送了也！〔下〕

〔裴舍云〕[一一八]：父亲，你好下的也！一时间将俺夫妻子父分离[一一九]，怎生是好[一二〇]？张千，与我收拾琴剑书箱，我就上朝取应去[一二一]。一面瞒着父亲，悄悄送小姐回到家中，料也不妨。〔诗云〕：正是：石上磨玉簪，欲成中央折。井底引银瓶，欲上丝绳绝。两者可奈何，似我今朝别。果若有天缘，终当做瓜葛[一二二]㊷。

校记

[一] 去洛阳买花栽子回来，今经七年：“买”字之前，脉本、柳本有一“和”字。“来”字，脉本、柳本作“还”。

[二] 且喜少俊颇有大志，每日只在后花园中看书，直等功名成就，方才娶妻：此四句，脉本、柳本作“少俊功名不遂，想孩儿有下惠颜渊之志，向后花园中观书，直待功名成就，方才娶妻”。脉本"妻"后，还有“也不迟”三字，无“直待”二字。

[三] 端端六岁，重阳四岁：此八字，柳本同，脉本作“（重阳）六岁也，端端四岁也”，缺“重阳”二字。

[四] 宅下人共知道，皆是院公伏侍：此句，底本作“皆是院公伏侍，连宅里人也不知道”。今依文意从脉本、柳本改。

［五］坟茔中祭奠去："坟茔"，柳本作"茔坟"。

［六］在意照顾："顾"，脉本、柳本作"看"。

［七］这宅中谁敢题起个不字：此句，脉本、柳本作"这宅中题起个李字，谁敢言辨"。

［八］若有一些差失：此句，脉本、柳本作"有些差失"。

［九］便有灾难：柳本同。"有"，脉本无。

［十］休道老相公不来："休道"二字后，柳本有一"是"字。

［十一］早又七年光景："光景"二字，脉本、柳本作"也"。

［十二］一双儿女："儿女"，柳本误作"女儿"。

［十三］知甚日得离书舍："知"，底本无。今依文意从柳本补。此句，脉本作"我直到经年数离书舍"。

［十四］平步上万里龙庭双凤阙：此句，脉本作"平步里龙庭双凤阙"。

［十五］妻儿贞烈："贞"，底本作"真"。脉本、柳本同。今依文意改。

［十六］合该得五花官诰七香本："合该得"三字，脉本、柳本作"也合有的"。

［十七］带满头花：此四字，柳本作"将喜图"，脉本作"将喜□图"。

［十八］挂拖地红："挂"字后，脉本有一"也"字。

［十九］嫂嫂跟前回复去咱："跟"字，底本作"根"，今从柳本改。"回复去咱"，此四字，脉本作"安伏去咱"，柳本作"回伏去咱"。

［二十］院公特地说与嫂嫂得知："地"字，柳本作"来"。

［二一］老不以斤力为能，人报根椽，衣食为命：此三句，底本无。今依脉本、柳本补。"能"，脉本作"无"。

［二二］把些与老汉吃饱了：此句，脉本作"吃些个饱了"。

［二三］只在门首坐着："只在"二字，脉本、柳本无。

［二四］两个小使长："小使长"，脉本同，柳本作"小厮常"。

［二五］当拦的便去拦："便"字，脉本、柳本作"教休"。

［二六］我把你个院公谢："我"字，脉本、柳本作"深"。

［二七］想昨日被棘针都把衣袂扯："想昨日被"四字，柳本作"被那"。

［二八］都挦破也："挦"字，柳本同，脉本作"搽"。

［二九］还未来哩："还"字，脉本、柳本无。

［三十］幺篇：此曲牌，柳本作"幺"。

［三一］不把胆瓶藉："藉"字，脉本、柳本均作"籍"。今依文意改。

［三二］怎抵死的要去接："怎"字，脉本无。"抵死的"三字，脉本、柳本作"熬煎"。

［三三］小爷爷：柳本作"小爹爹"。

［三四］你到那里耍去："到"，脉本、柳本作"去"。"耍"字，脉本、柳本无。

［三五］裴尚书与张千上，云：此八字，柳本作"孤上云"。

［三六］夫人共少俊祭奠去了："去"字，柳本作"与"。

［三七］那小厮："厮"字，脉本、柳本无。

［三八］裴尚书家花园："家"字后，柳本有一"的"。

［三九］跳起恁公公来也："跳"字前，柳本有一"便"字。"恁"字，柳本作"您"。

［四十］我且到堂上看来：此句，脉本作"你与往堂上去来"，柳本作"我且往堂上去来"。

［四一］魄散魂消，肠慌腹热："消"，柳本作"飞"。"慌"，脉本、柳本作"荒"。

［四二］相公把拄仗恬详："拄""恬"二字，脉本、柳本作"拉""掂"。

［四三］房内藏来："来"字之前，脉本有一"则"字。

［四四］十分劣："十分"二字，脉本、柳本作"难当"。

［四五］被老相公亲向园中撞见者，諕得我死临侵地难分说：此二句，脉本、柳本作"直到老相公向花园里撞着他，死临侵叫天叩地精神捻"。"他"，柳本作"者"。

［四六］氲氲的脸上羞："氲氲"二字，脉本、柳本作"蕴蕴"。

［四七］怕相公见，躲在这里：此二句，柳本同，脉本作"怕相公，可躲"。

［四八］一分财礼："财礼"，脉本、柳本作"钱财"。

［四九］得这等花枝般媳妇儿："得"，脉本、柳本无。

［五十］大嫂，请回书房里去者："大"，脉本、柳本作"阿"。"请回""者"三字，脉本、柳本无。

［五一］官宦人家："人"，脉本、柳本作"之"。

［五二］不是这等人家，妇人呵共人淫奔：此二句，底本作"嗏声，妇人家共人淫奔"。今从脉本、柳本改。

［五三］这罪过逢赦不赦："罪"字，底本作"非"。今依文意从脉本、柳本改。

［五四］人心非铁："非"，脉本、柳本作"未似"。

［五五］八棒十挟："挟"，脉本作"枷"。

［五六］甚的是茶房酒舍："是"，脉本无。

［五七］拷折："折"脉本、柳本作"打"。

［五八］这个老子从来会勾大引小："个"，脉本、柳本无。"从来会"，脉本、柳本作"是"。"小"字之后，脉本、柳本有一"的"字。

［五九］都是这厮搬大引小，着舍人刁将来的："搬"，脉本、柳本作"般"，"小"之后，脉本、柳本有一"的"。"来的"之后，脉本、柳本无"的"字。

［六十］老子攀下我来也："攀"字，柳本作"扳"。

［六一］敢这厮也知情："敢"字，柳本无。

［六二］川拨棹：此曲牌，柳本作"川拨子"。

［六三］都不似季布喉舌："似"，脉本、柳本作"是"。

［六四］乱我家法：此句，脉本、柳本作"乱家"。

［六五］依律施行者：此句之后，脉本、柳本有"兀那淫妇不坏了少俊前程，辱没了裴家祖上"二句。

［六六］少俊是卿相之子，怎好为一妇人："之子"二字，脉本无。"怎好"二字，脉本、柳本无。

［六七］情愿写与休书便了："情愿"，脉本、柳本作"私下"。

［六八］是那些劣憋，痛伤嗟也，时乖运蹇遭磨灭。冰清玉洁肯随邪：此四句，脉本、柳本作"是那些哏切，痛伤嗟越，冰清玉洁遭磨灭，不肯闱往鬓边斜"。"不肯闱往鬓边斜"，柳本作"肯随邪"。

［六九］怎生的拆开我连理同心结：此句，柳本同，脉本作"走将来拂开同心结"。

［七十］我与你说：此四字，底本无。今依文意从脉本、柳本补。

［七一］烈周公："公"，脉本作"士"。

［七二］三移孟母："移"，脉本、柳本作"从"。

［七三］柱坏了我少俊前程，辱没了我裴家上祖："柱""我""没""我"四字，脉本、柳本无。"上祖"，脉本作"宗上"，柳本作"祖上"。

［七四］兀那妇人："兀那"，脉本、柳本作"这"。

［七五］无盐采桑于村野："盐"，脉本、柳本作"艳"。下同。

［七六］男游九郡，女嫁三夫：此二句，脉本、柳本作"男逃九郡，女聘三夫"。

［七七］可不道女慕贞洁："道"，脉本、柳本无。

［七八］聘则为妻，奔则为妾："为"二字，脉本、柳本都作"是"。

［七九］你还不归家去：此句，脉本、柳本作"待要怎么教归家去也"。

［八十］你也说的是：此句，底本无。今依文意从脉本、柳本补。

［八一］将你头上玉簪来："将你"，柳本作"你将"。

［八二］狠切：脉本、柳本作"哏切"。

［八三］软揣些些：此四字，柳本同，脉本作"软揣绝些"。

［八四］乖劣：此二字，柳本同，脉本无"劣"。

［八五］你不去望夫石上变化身："去"字，脉本无。

［八六］眼似瞎，手如瘸：此句，柳本同，脉本作"眼似瞎子手如瘸"。

［八七］难续玉簪折："续"字，脉本、柳本作"接"。

［八八］则他这夫妻儿女两离别："他这"二字，脉本、柳本作"是"。

［八九］总是我业彻："总"字，脉本、柳本作"也"。

［九十］日月不交接："接"字，脉本、柳本作"食"。

［九一］可知道玉簪折了也，你还不肯归家去？再取一个银壶来，将着游丝儿系住，到金井内汲水。不断了，便是夫妻：此六句，脉本、柳本作"更有一件，若不归家去，取一个银壶瓶来，着游丝儿系住，将金井内汲水。不断了，便是夫妻"。

[九二] 可怎了也："也"字后，柳本、脉本有一"呵"字。

[九三] 损玉簪："损"字后，柳本、脉本有一"了"字。

[九四] 得胜令：此曲牌，脉本、柳本作"德胜令"。

[九五] 把几口儿分两处："把"字，脉本、柳本作"都"。

[九六] 那犯七出的应揸舍；享富贵豪奢，这守三从的谁似妾：此三句，柳本同，脉本作"如是七□□妾不能勾，享富贵豪奢，那里有"。

[九七] 便着你归家去："便"字，脉本无。

[九八] 少俊，你只今日便与我收拾琴剑书箱："少俊"二字，脉本无。"只今日"，脉本、柳本作"到明日"。

[九九] 少俊：此二字前，脉本、柳本有一"裴"字。

[一〇〇] 无亲娘无疼热："娘"字后，脉本、柳本有一"呵"字。

[一〇一] 孩儿也："孩"字，底本无。今依文意从脉本、柳本补。

[一〇二] 他须是你裴家枝叶："他"字，柳本、脉本无。

[一〇三] 孩儿也啼哭的似痴呆："也"字，脉本、柳本无。

[一〇四] 这须是我子母情肠："这"字，脉本、柳本无。"我子"，二字，脉本、柳本作"儿"。

[一〇五] 果然人生最苦是离别："果然"后，脉本、柳本有一"道"字。

[一〇六] 方信道花发风筛："方"字前，脉本有一"他"字。

[一〇七] 撩蜂剔蝎：此句，柳本同，脉本作"撩蜂作耍"。

[一〇八] 拆开咱柳阴中莺燕蜂蝶："拆"字，底本作"折"，脉本同。今依文意从柳本改。

[一〇九] 儿也咨嗟："咨"字，脉本、柳本作"相"。

[一一〇] 咱义断恩绝："咱"字，柳本无。

[一一一] 老相公便着我回话哩："老"字，脉本、柳本无。

[一一二] 〔正旦云〕：少俊，你也须送我归家去来：此二句，脉本、柳本无。

[一一三] 鸳鸯煞：此曲牌，脉本、柳本作"尾声"。

[一一四] 残花败柳冤仇结：此句，脉本、柳本作"簪花娼妇冤仇结"。

[一一五] 你与我生男长女填还彻："你与我"，脉本、柳本作"我与你"。

［一一六］当垆的志节："垆"，脉本、柳本作"炉"，误。

［一一七］少俊呵，与你干驾了会香车："少俊呵"，脉本无此三字。"你"，脉本作"相公"。

［一一八］父亲：此二字后，脉本、柳本有一"也"字。

［一一九］将俺夫妻子父分离："将俺"二字，柳本无。"父"字，柳本作"母"。

［一二〇］怎生是好：此四字，脉本、柳本无。

［一二一］我就上朝取应去：此句，柳本作"我上朝取功名去"。

［一二二］一面瞒着父亲，悄悄送小姐回到家中，料也不妨。〔诗云〕：正是：石上磨玉簪……终当做瓜葛：这些句，脉本无，柳本无"回到家中"，"料"字作"谅"。

注释

① 如同那赵盾便有灾难，老汉就是灵辄抉轮：据《左传·宣公二年》载，春秋时，晋国的正卿赵盾在首山打猎，看见灵辄饿饭，就给了他一些食物。后来晋灵公埋伏甲士，想击杀赵盾。灵辄身为灵公的甲士，却倒戟扶轮，保护赵盾，使他免于祸患。这里的意思是说，小主人如果有了灾难，老汉我就像救赵盾的灵辄那样保护他们。

② 王伯当与李密叠尸：据《旧唐书·李密列传》载，王伯当，隋末瓦岗军将领；李密，隋末瓦岗军首领。后李密与伯当皆降唐，复又叛唐。因遭唐军伏兵，二人双双战死沙场。这里的意思是说，像王伯当忠于李密一般，不顾死活地保护小主人。

③ 蒯文通、李左车：蒯文通，即蒯彻。汉初范阳（今河北定兴县南固城镇）人。李左车，与蒯彻均为秦汉之际多谋善辩之士。李初在赵封广武君，后归附韩信。

④ 一枕梦庄蝶：战国时楚人庄周，尝梦自己化为蝴蝶。醒后自疑，不知是蝴蝶化为自己，还是自己化为蝴蝶。详见《庄子·齐物论》。后泛指梦。

⑤ 鱼雁：书信的代称。典出古乐府《饮马长城窟行》《汉书·苏武传》。元王修甫套曲《越调·斗鹌鹑·醉中天》："海角天涯鱼雁疏，千里云山阻。"

⑥咨嗟：叹息。

⑦五花官诰七香车："五花官诰"，古时颁发给命妇的封赠文书。因用五色金花绫纸书写，故称。七香车，用多种香料涂饰的极为华丽的车。

⑧哥哥：本是弟妹对兄或平辈的称呼。此称父亲，是临时移用。唐代有父对子自称哥哥的。详见清梁章钜《称谓录》。

⑨小弟子：即小弟子孩儿。詈词，意为妓女养的。

⑩兀的：指示词，这、这个。有时也兼表惊异或疑问的口气。

⑪獐狂去不迭："獐狂"亦作"张狂"，慌张、忙乱。不迭，不及。

⑫小业种：詈词。"业"通"孽"。造孽的意思。

⑬娼优酒肆之家：指妓女、艺人、卑微下贱的人家。娼优，古代以乐舞戏谑为业的艺人，女乐称娼，男乐称优，旧时常和妓女并称。酒肆，酒店。

⑭三贞九烈：即贞操节烈。三、九，极言其甚。

⑮八棒十挟：意为严刑拷打。八、十，泛言其多。

⑯甚的：疑问词，什么。

⑰风尘烟月：花街柳巷的妓女。

⑱季布喉舌：意为像季布那样说话有信用。季布，初为项羽部将。汉文帝时，任河东郡守。他本为楚地著名游侠，说话重信用，当时有"得黄金百斤，不如得季布一诺"的赞语。详见《史记·季布栾布列传》。

⑲更做道：即便、即使。

⑳劣憋：鲁莽、暴躁。

㉑怎生的拆开我连理同心结：怎生，怎么、为什么。连理，"连理枝"的省文。本指两棵树的枝条长在一起，后用以比喻恩爱的夫妻。同心结，旧时用锦带打成的连环回文样式的结子，用作男女相爱的象征。

㉒八烈周公：不详，待考。

㉓三移孟母：相传孟轲年幼时，邻里环境不好，孟母三次迁移住处。后世把孟母誉为善于择邻教子的典范。详见汉刘向《列女传·母仪》。

㉔兀那：指示代词。兀，发语词，无义。那，那个。

㉕无盐：传说为战国时齐人，姓钟离，名春。因系齐国无盐邑人而得名。相貌丑陋，曾自谒齐宣王，陈述齐国当时的危殆情况，宣王感动，立为王后。

旧时因以称颂和比拟貌丑而有德行的妇女。也有单用此比喻貌丑的妇女。详见汉刘向《列女传》。

㉖聘则为妻，奔则为妾：语出《礼记·内则》。聘，指封建婚姻的纳彩、问名、迎娶等礼法。奔，指不遵守礼法而私与男子结合。

㉗软揣些些：软揣，懦弱无能。些些，一些、一点儿。

㉘恶噷（hěn）噷：极端凶恶的样子。

㉙丫丫：象声词。形容叫喊的声音。

㉚望夫石：古代传说，丈夫从役未归，他的妻子天天登山远望，盼他回来。日子久了，她就变成了山上的一块石头，后来称其为"望夫石"。见南朝宋刘义庆《幽明录》。

㉛待教我谩憋憋：谩，同"漫"。徒然。憋憋，烦躁、焦急不安。

㉜轻拈掇：小心地拈起、掂量。

㉝拿捻：拿捏。捻，同"捏"。

㉞业彻：意为恶缘已尽、罪孽深重。

㉟参辰日月不交接：喻指彼此分离，不能相见。参辰，二星名。参在东，辰在西，此出彼没，两不相见。

㊱七出：封建时代丈夫休妻子的七种借口，即无子、淫佚、不事舅姑、口舌、盗窃、妒忌、恶疾。如果妻子犯了其中一条，丈夫便可以把妻子赶出家门。详见《仪礼·丧服》疏。

㊲三从：指封建礼教规定的女子未嫁从父、既嫁从夫、夫死从子。《仪礼·丧服》："妇人有三从之义，无专用之道。故未嫁从父，既嫁从夫，夫死从子。"

㊳方信道：才知道。

㊴唱道题柱胸襟：唱道，亦作"畅道"。真正是、简直是。题柱胸襟，指求取功名的雄心壮志。据晋常璩《华阳国志·蜀志》记载，汉代司马相如由蜀初入长安，过升仙桥，在桥柱题字表达抱负说："不乘赤车驷马，不过汝下也！"

㊵当垆的志节：指汉代司马相如和卓文君为了忠贞的爱情，不惜当垆卖酒。故事详见《史记·司马相如传》。当垆，古代的酒店垒土为垆，安放酒瓮，卖酒的坐在垆边，叫"当垆"。

㊶干：空、白白地。

㊷瓜葛：两种蔓生的植物。古人常用以喻指亲属或亲戚关系。这里指夫妻。

第四折

〔正旦引梅香上，云〕：自从裴少俊将我休弃了，回到洛阳，父母双亡。遗下几个使数和那宅舍庄田①，依旧的享用富贵不尽[一]。则是撇下一双儿女，又未知少俊应举去[二]，得官也不曾，好伤感人也！〔唱〕：

【中吕·粉蝶儿】帘卷虾须②，冷清清绿窗朱户，闪杀我独自离居[三]。落可便想金枷③，思玉锁[四]，风流的牢狱。〔内做鸟鸣科，唱〕[五]：谁叫你飞出巴蜀，叫离人"不如归去"。

【醉春风】家万里梦蝴蝶，月三更闻杜宇④。则兀那墙头马上引起欢娱，怎想有这场苦，苦！都则道百媚千娇，送的人四分五落[六]，两头三绪。

〔裴舍上，诗云〕：亲捧丹书下九重⑤，路人争识五花骢。想来全是文章力，未必家门积善功[七]。小官裴少俊，自从上朝取应，一举状元及第，就除洛阳县尹之职。来到这洛阳城，我且换了衣服，去寻我那李千金小姐去[八]。问人来，则这里便是李总管家府门首。兀的不是梅香！小姐在家么？〔梅香见科，云〕：我则做不知。我这里有甚么小姐！这个汉子不达时务，你这里立地⑥，我家去也。〔见旦科，云〕：你欢喜也！姐夫在门首。〔正旦云〕：这妮子又胡说[九]！果然是他？你看他穿着甚么衣服哩？〔梅香云〕：他穿着秀才的衣服。小姐[十]，真个我不说谎。〔正旦云〕：可怎生穿着秀才衣服！〔唱〕：

【满庭芳】长安应举，羞归故里，懒睬乡间。他那里谈天口喷珠玉⑦，一划的者也之乎[十一]⑧。他那三昧手能修手模⑨，读五车书会写休书⑩。教斋长休题柱⑪，想他人有怨语，兀的不笑杀汉相如。

〔裴舍云〕：梅香进去了，就不出来，我自过去。〔做见旦科，云〕：小姐，间别无恙？今日还来寻你，依旧和你相好[十二]，重做夫妻[十三]。〔正旦云〕：裴少俊，你是说甚么话！〔唱〕：

【普天乐】你待结绸缪，我怕遭刑狱。我人心似铁，他官法如炉[十四]。你娘并无那子母情，你爹怎肯相怜顾[十五]？问的个下惠先生无言语⑫，他道我更不贤达、败坏风俗。怎做家无二长[十六]，男游九郡，女嫁三夫。

〔裴舍云〕：小姐，我如今得了官也，我父亲致仕闲居⑬。我特来认你，我就在此处为县尹[十七]。〔正旦唱〕：

【迎仙客】你封为三品官，列着八椒图⑭。你父亲告致仕，却离了京兆府。吏部里注定迁移，户部里革罢了俸禄。枉教他遥授着尚书，则好教管着那普天下姻缘簿[十八]。

〔裴舍云〕：我则今日就搬将行李来[十九]。〔正旦云〕：我这里住不的！〔唱〕：

【石榴花】常言道好客不如无，抢出去又何如。我心中意气怎消除！你是窨付⑮，负与何辜。既为官怎脸上无羞辱？〔裴舍云〕：我与你是儿女夫妻，怎么不认我？〔正旦唱〕：你道我、不识亲疏。我道你眼中没的珍珠处，全不知略辨个贤愚[二十]。

〔裴舍云〕：这是我父亲之命[二一]，不干我事。〔正旦唱〕：

【斗鹌鹑】一个是八烈周公，一个是三移孟母。我本是好人家孩儿，不是娼人家妇女[二二]。也是行下春风望夏雨，待要做眷属。枉坏了少俊前程，辱没了你裴家上祖。

〔裴舍云〕：小姐，你是个读书聪明的人，岂不闻：子甚宜其妻，父母不悦，出；子不宜其妻，父母曰：是善事我[二三]，则行夫妇之礼焉，终身不衰[二四]⑯。〔正旦云〕：裴少俊，你是不知，听我说与你咱[二五]。〔唱〕：

【上小楼】恁母亲从来狠毒[二六]，恁父亲偏生嫉妒[二七]。治国忠直，操守廉能[二八]，可怎生做事糊突！幸得个鸾凤交[二九]，琴瑟谐，夫妻和睦，不似你裴尚书替儿嫌妇[三十]。

〔尚书引夫人、端端、重阳上，云〕：老夫裴尚书。我问人来，这便是李总管家府里。听的少俊孩儿得了官，授本处县尹，媳妇儿不肯认他。我引着两个孩儿同老夫人,可早来到也。左右[三一],报复去⑰,道裴尚书在你门首[三二]。〔祗候报科〕⑱〔裴舍云〕:呀! 父亲在门首,我接去。父亲,你孩儿得了官也,授本处县尹。媳妇不肯相认,道我当初休了他来。〔尚书云〕:孩儿在那里?〔见旦科,云〕:阿儿也[三三],谁知道你是李世杰的女儿! 我当初也曾指腹为亲[三四],谁知道你暗合姻缘。你可怎生不说[三五],**你是李世杰的女儿,我则道你是优人娼女**[三六]。我如今和夫人[三七]、两个孩儿,牵羊担酒,一径的来替你陪话⑲,可是我不是了! 左右[三八],将酒来,你满饮此一杯。〔正旦唱〕:

【幺篇】[三九]他把**酒盏**儿擎,我便把"认"字儿许?〔夫人云〕:你看我的面皮,我替你抬举的两个孩儿偌大也,你认了俺者!〔端端、重阳云〕:姐姐,你认了俺者!〔正旦唱〕:赤紧的**陶母熬煎**⑳,曾参错见㉑,太公跌扈㉒。一个儿,一个女,都一时啼哭,〔带云〕:哎! 儿,则被你想杀我也!〔唱〕:须是俺**断不了、子母肠肚**。

〔尚书云〕:孩儿[四十],哎,你认了我罢!〔正旦云〕:你休了我[四一],我断然不认[四二]!〔尚书云〕:你既不认,引着孩儿回去。〔端端、重阳悲云〕:姐姐,你好狠也,则被你痛杀我也[四三]! 你若不认,要我两个性命怎的? 我两个死了罢。〔正旦云〕:我待不认来呵,不干你两个事。罢,罢,罢! 我认了罢。公公、婆婆,你受媳妇四拜[四四]。〔尚书云〕:既是孩儿认了,将酒来,我与你庆喜,你满饮一杯者。〔正旦拜受科,唱〕:

【十二月】这是你自来的媳妇,今日**参拜公姑**。索甚擎壶执盏,又怕是定计铺谋。猛见了**玉簪银瓶**[四五],不由我不想起当初[四六]。

【尧民歌】呀! 又怕**簪折瓶坠写休书**[四七]。〔尚书云〕:孩儿,旧话休题。〔正旦唱〕:他那里**做小伏低劝芳醑**㉓,将一杯满饮醉模糊[四八]。〔裴舍云〕:小姐,须索欢喜咱。〔正旦唱〕:有甚心情笑欢娱。踌也波躇[四九]㉔,贼儿胆底虚,又怕似赶我归家去。

〔尚书云〕:孩儿也,您当初等我来问亲可不好? 你可瞒着我私奔来宅内,你又不说是李世杰女儿。〔正旦云〕:父亲,自古及今,则您孩儿私奔哩[五十]?〔唱〕:

【耍孩儿】告爹爹妳妳听分诉[五一]，不是我家丑事将今喻古。只一个卓王孙气量卷江湖[五二]，卓文君美貌无如[五三]。他一时窃听求凰曲㉕，异日同乘驷马车，也是他前生福。怎将我墙头马上，偏输却沽酒当垆[五四]？

【煞尾】[五五]今日个五花诰准应言，七香车谈笑取。愿普天下姻眷皆完聚，荷着万万岁当今圣明主[五六]。

〔尚书云〕：今日夫妻团圆，杀羊造酒，做庆喜的筵席。〔诗云〕：从来女大不中留，马上墙头亦好逑。只要姻缘天配合，何必区区结彩楼[五七]！

题目　李千金月下花前
正名　裴少俊墙头马上[五八]

校记

［一］遗下几个使数和那宅舍庄田，依旧的享用富贵不尽：此二句，脉本、柳本作"止有几个使数，还有宅舍庄田。自我到家，欢喜不尽，我依旧享荣华富贵"。"还有"作"和那"，柳本同底本。"旧"字，底本作"还"，误。今从脉本、柳本改。

［二］又未知少俊应举去："又"字，脉本无。

［三］闪杀我独自离居："闪"字，柳本同，脉本作"想"；"独自离居"，脉本、柳本作"鳏寡孤独"。

［四］落可便想金枷，思玉锁："落"字，脉本、柳本作"我"；"玉"字，柳本同，脉本作"王"。

［五］内做鸟鸣科，唱：此六字，脉本无。柳本作"内杜鹃叫科"。

［六］四分五落："落"字，柳本同，脉本作"路"。

［七］〔裴舍上，诗云〕：亲捧丹书下九重，路人争识五花骢。想来全是文章力，未必家门积善功：此四句诗，柳本同，脉本作"龙楼凤阁九重城，新筑沙堤宰相行。我贵我荣君莫羡，十年前是一书生"。在此诗前，柳本、脉本有"梅香门首觑着，看有什么人来？〔梅香云〕：理会的"。

〔八〕去寻我那李千金小姐去："去"字，底本作"跟"。今依文意从脉本、柳本改。

〔九〕这妮子又胡说："胡说"二字，柳本同，脉本作"轻狂"。

〔十〕小姐：柳本、脉本作"姐姐"。

〔十一〕一划的者也之乎："一划的"三字，柳本无。

〔十二〕依旧和你相好："依旧和你"四字，脉本、柳本无。"相好"二字，脉本、柳本作"相会"。

〔十三〕重做夫妻："重"字，脉本、柳本无。

〔十四〕他法官如垆："垆"字，脉本、柳本作"炉"。

〔十五〕你爹怎肯相怜顾："爹"字，底本、脉本作"爷"。柳本作"爹"，今从。

〔十六〕家无二长："长"字，脉本同，柳本作"主"。

〔十七〕我就在此处为县尹：此句，脉本、柳本作"我就为本处县尹"。

〔十八〕则好教管着那普天下姻缘簿：此句，脉本、柳本作"则好是教管着普天下姻缘簿"。

〔十九〕搬将行李来："搬"字，柳本、脉本作"撒"。

〔二十〕我道你眼中没的珍珠处，全不知略辨个贤愚：此二句，底本作"虽然是眼中没的珍珠处，也须知略辨贤愚"；脉本作"〔末〕你眼里无珠。〔旦唱〕：眼里无珠处，我须知近辨贤愚"。今从柳本改。

〔二一〕这是我父亲之命："这"字，柳本、脉本无。

〔二二〕不是娼人家妇女："娼"字，柳本同，脉本作"姬"。

〔二三〕是善事我："善"字，柳本作"膳"。

〔二四〕终身不衰："终"字，脉本、柳本作"没"。

〔二五〕听我说与你咱：此句，脉本、柳本作"听我说一遍咱"。

〔二六〕恁母亲从来狠毒："恁"字，柳本作"您"。下同，不另出校。

〔二七〕偏生嫉妒："偏"字，脉本、柳本作"三"。

〔二八〕操守廉能：此句，脉本、柳本作"养正廉能"。

〔二九〕幸得个鸾凤交："个"字，脉本作"的"。"交"字，脉本、柳本作"和"。

［三十］不似你裴尚书替儿赚妇："似"字，柳本作"是"。

［三一］左右：柳本、脉本无此二字。

［三二］在你门首："你"字，底本作"于"。今依文意从脉本、柳本改。

［三三］阿儿也："阿"字，底本无。今依文意从脉本、柳本补。

［三四］我当初也曾指腹为亲："也曾"二字，柳本、脉本无。"指腹为亲"四字，底本作"议亲来"。今从脉本、柳本改。

［三五］你可怎生不说："你"字后，脉本、柳本有"当初"二字。

［三六］优人娼女：此四字，脉本、柳本作"姬人娼优"。

［三七］夫人：脉本、柳本作"母亲"。

［三八］左右：此二字，脉本无。

［三九］幺篇：此曲牌，脉本、柳本作"么"。

［四十］孩儿：底本无。今从脉本、柳本补。

［四一］你休了我："休"字，脉本、柳本作"弃"。

［四二］不认：此二字后，柳本有一"你"字。

［四三］痛杀我也："痛"字，脉本作"想"。

［四四］你受媳妇四拜："四"字，底本作"几"。今依文意从脉本、柳本改。

［四五］猛见了玉簪银瓶："猛""了"二字，脉本、柳本无。

［四六］不由我不想起当初：此句，柳本同，但无"我"字；脉本作"怕惧不似当初"。

［四七］又怕簪折瓶坠写休书："又"字，底本作"只"。今依文意从脉本、柳本改。

［四八］将一杯满饮醉模糊：此句，柳本同，脉本作"一杯开眉眼醉模糊"。

［四九］踌也波躅："也波"二字，脉本、柳本无。

［五十］私奔哩："私奔"二字后，脉本有"听我说遍咱"五字，柳本无。

［五一］告爹爹妳妳听分诉："告"字之后，脉本、柳本有"宽洪"二字。

［五二］只一个卓王孙气量卷江湖："只"字，脉本无。

［五三］卓文君美貌无如：此句，柳本作"卓文君曾夜奔相如"，脉本作

"卓文君曾沽酒当垆"。

〔五四〕他一时窃听求凰曲……偏输却沽酒当垆：此五句，柳本同。脉本作"他吟诗夺的千钟禄，不思异日当乘驷马车，也是他前生福。官居一品荫子封妻"。

〔五五〕煞尾：此曲牌，柳本、脉本作"尾声"。

〔五六〕当今圣明主："当今"二字前，脉本有一"我"字。

〔五七〕〔诗云〕：从来女大不中留……何必区区结彩楼：此四句诗，柳本同。脉本作"杂剧卷终，一人有庆安天下，雨顺风调贺太平。游春郊彼此窥望，动关心两情狂荡。李千金守节存贞，裴少俊墙头马上"。后四句诗，柳本作题目正名置一折前。

〔五八〕题目　李千金月下花前　正名　裴少俊墙头马上：题目、正名，柳本无。题目，脉本作"千金守志等见夫"，正名同。

注释

①使数：奴仆、仆人。

②虾须：原指帘子上的流苏，这里用为帘子的别称。

③落可便：句中衬字，无义。

④杜宇：鸟名。又名杜鹃、子规。春夏之交时常昼夜鸣叫，古人以其声悲切，若"不如归去"之音。相传为蜀主望帝（杜宇）所化，故以名之。晋常璩《华阳国志·蜀志》载："后有王曰杜宇，教民务农，一号杜主……会有水灾，其相开明，决玉垒山以除水害，帝遂要以政事，法尧舜禅受之义，遂禅位于开明。帝升西山隐焉。时适二月，子鹃鸟鸣，故蜀人悲子鹃鸟鸣也。"另宋李昉《太平御览》、乐史《太平寰宇记》亦载有望帝化为杜鹃之事。

⑤丹书下九重：丹书，皇帝的诏书。九重，指天，极言甚高。汉刘向辑《楚辞·九辩》有"君之门以九重"句，后因称"九重"为帝王所住的地方。

⑥立地：立着、站着。

⑦谈天口喷珠玉：谈天，战国齐人邹衍善于论辩宇宙之事，故齐人称其为"谈天衍"。珠玉，这里比喻文辞华美。

⑧者也之乎：讥讽说话时引经据典，咬文嚼字。

⑨三昧手能修手模：三昧手，能文好手。三昧，佛家语。本指修禅时息思凝虑，正定其心，借指事物的诀窍、奥妙。唐李肇《国史补》：长沙僧怀素，好草书，自言得草圣三昧。手模，指印。这里"能修手模"是讥讽裴少俊会写休书。

⑩五车书：亦作"五车"。形容读书极多，学问广博。《庄子·天下篇》："惠施多方，其书五车。"

⑪斋长：太学学舍的学长。宋代太学分置若干斋，每斋设斋长一人。元代太学各斋亦有斋长。此指裴少俊。

⑫下惠先生：即柳下惠。姓展，名获，字子禽。春秋时鲁国大夫。食邑在柳下，死后谥"惠"，故称。据《荀子·大略》记载，柳宿城门，遇一无家女子，恐其受冷，就用自己的衣服把她裹在怀里，竟宿而无淫乱行为。后人因此称赞他"坐怀不乱"。

⑬致仕：即辞官。犹今云退休。

⑭八椒图：官府、豪门家门上的螺形装饰物，因每一对"八"字式分开，故名八椒图。明陆容《菽园杂记》："椒图其形似螺蛳，性好闭口，故立于门上。"

⑮窨付：思忖、思量。

⑯子甚宜其妻……终身不衰：语见《礼记·内则》。

⑰报复：传达、通报。

⑱祗候：宋代武官名。元代各路、县都设有祗候。后来官宦富贵人家的仆役头，也称祗候。

⑲一径的：专门、特意。

⑳陶母熬煎：据《晋书·列女传·陶侃母湛氏》载，陶母，姓湛。陶氏家贫，湛氏纺绩资助侃。鄱阳孝廉范逵过侃家，时大雪，湛氏锉所卧荐以饲马，截发卖之以供肴馔。陶母贤良，为儿子忍受艰辛痛苦、教导儿子成才之事，在古代备受称许。

㉑曾参错见：这里意为像曾参那样也被看错了。曾参，春秋时鲁国人，字子舆，孔子弟子。据《战国策·秦策二》记载，曾参住在费邑时，有同名者杀

了人。有人告参母说，曾参杀人。参母不信，继续织布，神态自若。一会儿，又告之。参母惧怕，丢下织布梭，跳墙逃走。

㉒太公跋扈：传说姜太公妻马氏，不堪其贫而去。及太公显贵，马氏再来，太公取一壶水倾于地，谓能收起水，即可回来。此即泼水难收的故事。这里引此典是说裴尚书像姜太公那样专横暴戾，逼儿休妻。

㉓做小伏低劝芳醑：做小伏低，委曲求全，甘心认输。芳醑（xǔ），芳香的美酒。

㉔踌也波躇：即"踌躇"。犹豫不决、徘徊不定。也波，句中衬字，无义。

㉕窃听求凰曲：据《史记·司马相如列传》载，司马相如寓居临邛，在卓王孙家做客，有意弹《凤求凰》一曲，暗向卓文君求爱。"文君窃从户窥之，心悦而好之"，终于与司马相如私自结合。

董秀英花月东墙记

解　题

　　杂剧。天一阁本《录鬼簿》著录，标题目《马君卿寂寞看书斋》，正名《董秀英花□（月）东墙记》，简名《东墙记》；《说集》本《录鬼簿》、孟本《录鬼簿》、《太和正音谱》、《元曲选目》著录，题简名《东墙记》；曹本《录鬼簿》、《今乐考证》、《曲录》著录，题正名《董秀英花月东墙记》。剧写三原书生马文辅的父亲马昂任三原县令时，曾与挚友松江董府尹议定儿女婚姻，董府尹将女儿秀英许配给文辅。马昂去世，没能完婚。马文辅年长，前往松江游学、投亲，借住在董府隔壁的客店内，一边苦读，一边教店主人儿子山寿读书。阳春三月，秀英在深闺闷倦，奉母命由梅香陪伴到后花园散心。是时，马文辅已知隔壁是董府，站立墙头向园内看花。董秀英看见马文辅在东墙向她观望，二人相望，彼此钟情。马文辅知她是自己思念的未婚妻，虽只隔一道墙，但不能相会，害起了相思病。董秀英本已伤春，忽见青年俊士，更加愁烦，入夜，命梅香设香桌"问天求聘"。马文辅也因见了秀英，益加思念，难以入睡，便操琴遣闷。董秀英闻琴声，更加动情，隔墙吟诗，马文辅依韵唱和，使秀英赞其是高才。

次日，马文辅让山寿到董府向秀英讨花，秀英欣然赠海棠花一朵，并从山寿口中得知其师父便是父亲生前为自己许婚的丈夫，于是让梅香送诗简给马文辅。二人传递诗简，更增相思之情。马文辅相思成病。恰在这时，梅香送来秀英的诗简，约在后花园海棠轩相会。二人正在海棠轩私会时，被董母撞见。董老夫人严责女儿"不修妇德"，又问罪梅香。梅香理直气壮地告诉老夫人，马文辅是董府尹早定的女婿，二人私会无大错，指责老夫人治家不严，建议成全两人婚事。老夫人斥责马文辅越礼，但看在马文辅父母面上，同意二人婚姻，急配成亲。然而又立逼马文辅进京取应，待中第后回来相聚。马文辅与董秀英分别后，经年不得音讯，秀英思念成疾，服药不济事，病情愈加沉重。马文辅进京应试，果中头名状元，立即返回松江，与秀英团聚。继接圣命，授状元马文辅为翰林学士，封董秀英为学士夫人，夫荣妻贵。本事不详，待考。宋元戏文有史九敬先所作同名剧目，《永乐大典·戏文十八》《南词叙录·宋元旧篇》均著录，剧本佚。该剧共有五折加一楔子，旦本，然除正旦董秀英主唱外，冲末与梅香亦有唱。

《东墙记》版本今有明赵琦美脉望馆藏《古名家杂剧》本。另有王季烈《孤本元明杂剧》本、隋树森《元曲选外编》本、王季思主编《全元戏曲》本、张月中等主编《全元曲》本、王文才《白朴戏曲集校注》本、徐沁君《元曲四大家名剧选》本。今依脉望馆本为底本，该本为抄本，无标点，曲白、提示俱全，并参考其他校注本，校勘注释，择善而从。

该剧本是否为白朴原作，学界尚有争议，但又无确证，故仍归白朴。

楔　子[一]

〔冲末扮马生上，云〕：小生姓马，名彬，字文辅，祖贯临阳人氏。先父拜三原县令，不幸身亡。小生年长二十五岁，雪案萤窗①，苦攻经史，博古通今，名誉文章，自不可掩。俺父亲在日之时，曾与松江府府尹董镒为友。尝记得董府尹酒席之间，问俺父亲："咱既为通家，凡事皆当商量。"先父说："别无甚事，止有小儿马彬年少，颇肯向学，未遂功名。"府尹见说聪明，便道："某有一女，小字秀英，愿与你令嗣为妻。"后来先父下世，路途遥远，音信不通。如今小生一者游学，二者就问这亲，走一遭去。家童，收拾琴剑书箱，今日就行。〔唱[二]〕：

【仙吕·赏花时】[三]文质彬彬一丈夫，千里寻师为学谋。今日个践程途，单身独步，云外雁声孤。

【幺篇】我如今赤手空拳百事无，父丧家贫不似初，囊箧尽消疏。鹏程有路，何日赴皇都？

〔云〕：行了个月期程，到得松江府了。家童，你寻个客店安下。〔童云〕：理会的。兀那就是一所店房。店主在家么？〔净上，云〕：谁叫？谁叫？〔童云〕：老者，俺家长来此投宿②。〔做见科〕〔云〕：小生动问老公公，此处董府尹在否[四]？〔净云〕：府尹下世去了。〔生云〕：他宅子在何处？〔净云〕：隔壁就是。足下与府尹甚亲？〔生云〕：先父与府尹相交契厚。自先父下世，一向间阔，不曾问候。〔净云[五]〕：足下如今那里去？〔生云〕：小生儒业进身，游学至此，将赴诏选。敢问公公，有房舍借一间小生借居，待来春赴试。〔净云〕：足下既要安住，老夫有一小顽，名曰山寿，就托足下教训攻书。老夫东墙下有一花木堂，先生就在其中设馆，如何？〔生云〕：如此多谢！〔净云〕：院公，疾忙收拾洁净者。〔院公云〕：已停当了。〔净云〕：先生请往花木堂安歇。〔同下〕

校记

[一] 楔子：底本不分折。今从王季烈《孤本元明杂剧》本（以下称王本）

分楔子、折数。

[二] 唱：此字，底本无。今从王本、隋树森《元曲选外编》本（以下称隋本）补。

[三] 仙吕·赏花时："仙吕"，底本无。今从王本、隋本补。该本曲文正字衬字不分，今据曲谱以大小字区分标出。

[四] 董府尹在否："尹"字，底本无。今依下文补。

[五] 净云："净"字，底本作"末"。为求前后一致，今从王本改。下同。

注释

①雪案萤窗：形容贫穷书生勤学苦读。南朝梁任昉《为萧扬州作荐士表》："至乃集萤雪，编蒲缉柳。"李善注："孙康家贫，尝映雪读书。"《晋书·车胤列传》："（胤）博学多通。家贫不常得油，夏月则练囊盛数十萤火以照书，以夜继日焉。"

②家长：家主、主人。

第一折

〔老夫人引梅香上，云〕：老身姓刘名节贞，乃刘太守之女，董府尹之妻。不幸府尹告殂，止生得一个女孩儿，唤做秀英。年长一十九岁，生的性质沉重，言□语真；诗词书算，描鸾刺绣，无所不通。更有个小妮子，是小姐使唤的梅香，亦能吟诗写染[一]。昨日梅香说小姐身体不快，老身想来，多是伤春。梅香，如今是三月之间，后园中百花开放，你和小姐去海棠亭畔散心，走一遭去。〔正旦上，云〕：妾身董秀英是也。父亲拜松江府尹，不幸早亡，止有老母在堂，治家严肃。今乃三春天气，好生困人，终日在绣房中描鸾刺绣，针指女工[二]，十分闷倦。恰才母亲教同梅香去后花园散闷，梅香，掩上房门，咱两个去来。〔做行科，旦云〕：梅香你看，是好春景也呵！〔唱〕：

【仙吕·点绛唇】万物乘春，落花成阵，莺声嫩。垂柳黄匀，越引起心间闷。

【混江龙】三春时分，南园草木一时新。清和天气，淑景良辰。紫陌游人嫌日短，青闺素女怕黄昏。寻芳俊士，拾翠佳人。千红万紫，花柳分春。对韶光半晌不开言，一天愁都结做心间恨。憔悴了玉肌金粉，瘦损了窈窕精神。

〔生上，云〕：我正坐间，只见落花飞于帘下，此花待败也。正是：坐见落花生叹息[三]，又疑春老树南枝。这花必定是董府尹后园里飞过来的，我起去望咱[四]。〔做望科〕〔梅云〕：姐姐，你看那桃杏花是好爱人也！〔旦唱〕：

【油葫芦】杏朵桃枝似绛唇，柳絮纷，春光偏闪断肠人。微风细雨催花信①，闲愁万种心间印。罗帏绣被，寒孤欲断魂。掩重门尽日无人问，情不遂越伤神。

〔梅云〕：姐姐，兀那东墙上看的是一个秀才②！〔旦看科，唱〕：

【天下乐】我只见杨柳横墙易得春，欢欣。可意人，一见了心下如何忍。送秋波眼角情，近东墙住左邻，觑了可憎才有就因③。

〔梅云〕：姐姐，咱回房中去来。不争你在此留恋，夫人知道怎了也？〔旦云〕：咱去来。〔下〕

〔生云〕：这相思索害也！恰才那女子正是董秀英。今日见了他一面，不由人行思坐想，有甚心情看书！似此如之奈何？〔下〕

〔旦上，云〕：好闷倦人也。自从昨日后园中见了那个秀才，生的眉清目秀，状貌堂堂。我一见之后，着我存于心目之间。非为狂心所使，乃人之大伦④。早是身体不快，又遇着这等人物，教我神不附体，何时是可也？〔梅云〕：姐姐，因何见了那生，如此模样了也？〔旦唱〕：

【那吒令】一见了那人，不由我断魂。思量起这人，有韩文柳文。他是个俏人，读齐论鲁论。想的咱不下怀，几时得成秦晋，甚何年一处温存？

【鹊踏枝】好教我闷昏昏，泪纷纷，都只为美貌潘安，仁者能仁。一会家、心中自忖，谁与俺、通个殷勤。

〔梅云〕：姐姐，早是这两日茶饭不进，厌厌瘦削。若再狂荡了心，敢是不中也。〔旦云〕：我身上病患，汝怎得知！〔梅云〕：是何病患？〔旦云〕：我是未嫁之女，对你一言难尽。〔梅云〕：姐姐有话，但说不妨。〔旦唱〕：

【寄生草】怕的是黄昏后，入罗帏愁越狠。孤眠独枕教人闷，愁潘病沈教人恨[五]⑤，行迟力顿教人困。似这等含情掩卧象牙床，几时得阳台上遇着多才俊⑥。

〔梅云〕：姐姐，我猜着你敢待和昨日那秀才说话？他在那壁，你在这壁，如何得会？〔旦云〕：想当初卓文君怎生私奔相如来？〔梅云〕：他两个缘何便得成就来？〔旦唱〕：

【幺】汉相如坐寒窗下[六]，卓氏女配做婚[七]。都只为我情你意相投顺，姻缘自把佳期问，郎才女貌皆相称[八]。你道是阻东墙难会碧纱厨，似俺这干荷叶那讨灵犀润。

〔旦云〕：梅香，我若不说，你也不知。自从后花园中见了那个秀才，教我愁闷更增十倍，不觉耽此病症。如之奈何？〔梅云〕：姐姐，不争你看上那个书生，老夫人倘然窥视出来，你为妇女，怎生是了？姐姐，夜深了，不睡做甚么？〔旦云〕：我怎生睡的着？我这身上越觉不快，兀的不害杀我也⑦！〔唱〕：

【后庭花】似这等害相思怎地忍，不由人上心来雨泪频[九]。避不的老母将咱怪，好教我留连心上人。枉劳魂，不觉的罗衣宽褪，被生寒怎地温？看看的憔悴了身，厌厌的害杀人。唤梅香掩上门，把沉檀炉内焚，志诚心祷告神。

【柳叶儿】呀，愁锁定眉尖春恨，怎不教心怀忧闷[十]，见如今人远天涯近。难勾引，怎相亲？越加上、鬼病三分⑧。

〔梅云〕：姐姐，你实意心里待怎样？〔旦唱〕：

【青哥儿】对人前一言难尽，老夫人治家严训，怨俺那火性如雷老母亲。谨慎闺门，昼夜追巡，坐守行跟，恐失人伦。但若是离了半时辰[十一]，来相问。

〔梅云〕：姐姐，似你今春多病，可以自己调理，莫费神思。不争你这等念想，倘若其身有失，如何是了？休休，莫要护病成疾，自损其身。姐姐自当思之。〔旦云〕：梅香，你可知我心间的事？〔梅云〕：妾虽不知，见姐姐身体不快，以此谏劝，自可调理。〔旦云〕：似这等病，如何治度？我一会家不想起来便罢，一会家想将起，好是凄凉人也！〔唱〕：

【赚煞】合晚至黄昏，独宿心间闷。苦厌厌忧愁自忖。便有铁石心肠也断魂，串香焚，被冷谁温？引入多情梦里人。窗儿外月华正新。玉人儿，在方寸，我将这海棠花分付与东君。

〔云〕：睡起金炉香烬寒，宝钗斜插碧云鬟。愁低杨柳梢头月，花落莺啼春又残。〔下〕

校记

［一］亦能吟诗写染："亦能"二字，隋本作"又重"。

［二］针指女工："指"隋本作"黹"。

［三］坐见落花生叹息："生叹息"三字，底本空缺。今依文意从王本补。

［四］我起去望咱："咱"王本作"者"。本剧下同，不另出校。

［五］愁潘病沈教人恨："沈"字，底本作"沉"，今从隋本、王本改。

［六］汉相如坐寒窗下："坐"字，底本笔误作"下"。今依文意从王本改。

［七］卓氏女配做婚："婚"字，底本作"昏"。"昏"字，古有结婚义。为免歧义，今从王本改。

［八］郎才女貌皆相称："称"字，底本作"趁"，系音假之误。今依文意从王本改。

［九］雨泪频："雨"字，隋本、王本作"两"。

［十］怎不教心怀忧闷："怎"字，底本无。今依文意和曲谱补。按：此句曲谱为七字句，上三下四句式。

［十一］若是离了半时辰："是"底本作□，隋本、王本作"是"，今从。

注释

①花信：开花的消息，即花期。宋范成大《雪后守之家梅未开呈宗伟》诗："凭君趣花信，把酒撼琼英。"

②兀那：即"那"。兀，发语词，无义。

③可憎：可爱。憎，爱极的反语。元李冶《敬斋古今黈》卷一："世俗以可爱为可憎，以无赖为赖，以病差为愈，亦极致之辞。"

④人之大伦：男女婚配，儒家五伦之一。《孟子·万章上》："男女居室，人之大伦也。"《元典章·嫁娶》："男女婚配，人之大伦。"

⑤愁潘病沈：秀英以忧愁的潘岳、患病的沈约自比。晋潘岳作《秋兴赋》，自抒愁苦；南朝梁沈约《与徐勉书》，谓己老病，"百日数旬，革带常应移孔"。

⑥阳台：指男女欢会之处。详见战国楚宋玉《高唐赋·序》。

⑦兀的：亦作"兀得""兀底"等。指示词，犹言"这""这个""这样"。与否定词"不"字连用时，表示反问语气。

⑧鬼病：难以启齿、无法告人的怪病、心病。戏曲中多指相思病，极言相思之苦。金董解元《西厢记诸宫调》卷五【中吕·木兰花】："十分来的鬼病，九分来痤瘵。"

第二折

〔生上，云〕：小生马文辅[一]。自从那日见了那小姐之后，朝则忘食，夜则废寝，其心荡然，如有所失。倘生不测，将平日所学，一旦废矣。今夜这等风清月朗，且操一曲琴，洗我心间之闷咱。〔下〕

〔旦引梅香上科〕〔梅云〕：姐姐，这早晚不烧香做甚？〔旦云〕：你放下香桌者[二]。〔梅云〕：已放下了。〔旦行科，唱〕：

【正宫·端正好】下香阶，踏芳径，步苍苔月影当庭。过回廊一弄凄凉景，好教我添悲兴。

【滚绣球】垂杨宿鸟惊，绣鞋不待行，降明香问天求聘，志诚心祷告神灵。相思病渐成，看看瘦损形，受寂寞事关前定，盼佳期井底银瓶。似这等栖迟误了奴家命，强打精神拜斗星，何日安宁？

〔梅云〕：姐姐，你听那里冰弦之声。〔旦唱〕：

【倘秀才】则道是半空中神仙胜境，却元来东墙下把丝桐慢整，你听他款抚冰弦音韵清。夜阑人静，情悲戚[三]，话丁宁，怎不教人动情？

〔旦听科〕〔生歌云〕："明月娟娟兮夜永生凉[四]，花影摇风兮宿鸟惊慌[五]。有美佳人兮牵我情肠，徘徊不见兮只隔东墙。佳期无奈兮使我遑遑，相思致疴兮汤药无方[六]。托琴消闷兮音韵悠扬[七]，离家千里兮身在他乡，孤眠客邸兮更漏声长。"〔梅云〕：姐姐，那生弹的好凄凉人也呵！〔旦唱〕：

【滚绣球】我向这东墙仔细听，凤求鸾曲未成，怎不教想的人成病，今日个聪明的遇着聪明。这琴陶潜膝上横，蔡邕爨下生[八]。断肠人这答儿孤另，一句句诉你飘零。几时得同衾共枕销金帐，满斗焚香说誓盟，愿足平生。

〔生云〕：东墙那边似有人言，莫不有人么？我试挽着垂杨，隔墙而望咱。〔生望科〕〔旦云〕：梅香，恰才那生弹的是好伤感人也。我听了琴中之语，教我越添其愁。且将我心中之闷，共联一绝。〔梅云〕：姐姐你做。〔旦云〕："客馆闲门静，闺房寂寞春。月来花弄影，疑是有情人。"〔生听，云〕：吟咏妙哉！我依韵和一首咱。"书舍须臾恨，南园老尽春。东墙明月满，偏照意中人。"〔旦听，云〕：墙角边吟诗者，必是那弹琴的秀才。是好高才也！〔唱〕：

【倘秀才】他在那东墙下诗和了一声[九]，我这里近亭轩把绣鞋立定，好教我兜上心来意不宁。愁攒眉角上，忽的动伤情，知他是怎生。

〔梅云〕：姐姐，咱回去罢，夜深了。〔同下〕

〔生云〕：呀，小姐回去了，这相思索害也！我且回书房去。〔下〕

〔旦上，云〕：自从昨日听了那生弹琴，不想我病症转加，身子好生不快。可怎了也！〔梅云〕：姐姐，为一女子，当守闺门之正，不要这等狂荡。〔旦唱〕：

【呆骨朵】我这里闷厌厌锁不住疏狂性，怎禁的独自伤情？孤帏里翠减香消，花梢上蜂喧蝶并。少年人孤负了三春景，身体也无康盛。自思量怎奈何，渐染出风流病。

〔生上，云〕：我昨日晚间，月下弹琴，不想小姐来听，隔墙吟诗，我也和了一首。我想来,终不见个分晓。我今日使山寿去,只推问他讨花,看他有甚么话说。山寿,你来。〔山寿上,云〕:师父,叫我怎么?〔生云〕:隔壁董宅好花[十],你去讨一朵来,休教老夫人知道。〔山寿云〕:我只问小姐讨去。〔生云〕:然也。〔下〕〔山寿上,见旦科〕〔旦云〕:山寿,来有何故?〔山寿云〕:俺师父使我来问姐姐讨花哩。〔旦云[十一]〕:你师父是谁?〔山寿云〕:俺师父姓马,名彬,字文辅。〔旦云〕:他多少年纪了?〔山寿云〕:俺师父二十五岁了。〔旦云〕:他要甚么花?〔山寿云〕:随姐姐与我甚么花。〔旦云〕:我与你一朵海棠花,你将去。〔旦与花科〕〔山寿辞科,下〕〔旦唱〕:

【脱布衫】思量起俊俏书生,今日个显姓通名。海棠花权为信行,姻缘事该前定。

【小梁州】谁想是旧日刘郎到武陵①,听说罢怎不伤情!孤鸾寡凤几时成?人孤另,长叹两三声。

【幺】黄昏一盏孤灯映,困腾腾闷倚帏屏。鼓二更,人初静,更添愁兴,照不到天明。

〔旦云〕:我常记得,俺父亲在日,曾与俺母亲说,在朝之日,曾与三原县令马昂为交,次后,将我许与他儿子马文辅为妻。我那时年幼,也不曾成得;后来信不通,因此上不曾成合这亲事。我那日在后花园中,只见山寿家东墙上,有一秀才往这壁望着。我一见那生,发黑眉青,唇红齿白,教我放心不下。我那日在海棠亭下烧夜香,又遇着他弹琴,专诉失其佳配。昨日使山寿来问我讨花,我因问他:你师父是谁?山寿说:姓马,名彬,字文辅。我就想起俺父亲的言语,莫不就是这生?我两日前写下了一个简帖儿,今日着梅香送与他去。梅香,你送这简帖儿与那秀才去。〔梅云〕:将来,我送去。〔旦与简科〕〔梅云〕:我送简帖儿去来。〔同下〕

〔生上,云〕:自从见了秀英小姐,着我神魂飘荡,茶饭懒尝。昨日着山寿讨花去,小姐与了一朵海棠花,不知主何意。似这等信不通,如何是了!〔梅上[十二],云〕:先生万福。〔生云〕:小娘子,来有何事?〔梅云〕:你不知,听我说咱。〔唱〕:

【上小楼】只因你青春后生,俺小姐心肠不硬。想前夜月下鸣琴,韵和新诗,福至心灵。音韵轻,声律清,精通理性,多管是暗中传两情相应[十三]。

〔云〕:俺姐姐与了这个简帖儿,教送与先生,不知是甚么言语。〔生云〕:将来我看。〔生看科,云〕:小娘子,这一首诗是谁写的?〔梅云〕:俺姐姐亲笔写的,你试念与我听。〔生云〕:"潇洒月明中,潜身墙角东。鸣琴离恨积,入夜绣帏空。梦绕三千界②,云迷十二峰。仙郎休负却,我意若春浓。"好高才也!既小姐有顾恋小生之心,我如今备办礼物,使媒人说去,如何?〔梅唱〕:

【幺】你待教媒人偶成,老夫人天生劣性。不争你走透消息,泄漏风声,误了前程。俺姐姐念旧盟,想旧情,何须媒证,不用你半星儿绛罗为定③。

〔生云〕:既蒙小姐垂念,小生也写一简,烦小娘子稍去[十四]。〔梅云〕:你写来。〔生写科,云〕:小娘子,你道我多多上复小姐来。〔梅下〕〔生云〕:小姐若见了这简帖儿,好事必成也。〔下〕

〔旦上,云〕:梅香去了多时,怎生不见回来了?〔梅上,见旦科〕〔旦云〕:如何?〔梅云〕:他有回简在此。〔旦云〕:将来我看。〔梅香递简,旦接看科,念云〕:"客馆枕凄凉[十五],孤眠春夜长。瑶琴拨一弄,春色在墙东。勿问诗中意,相思病染床。情人在咫尺,何日赴高唐?"是好才学也!〔唱〕:

【满庭芳】恰便似龙蛇弄影,才过子建,笔扫千兵。温柔软款多才性④,忒煞聪明。据相貌容颜齐整,论文学海宇传名。堪人敬,都只为更长漏永,伤感泪盈盈。

〔云〕:似这等何见得成也。〔唱〕:

【耍孩儿】似这等空房静悄人孤另,却又早香消金鼎。何时害彻相思病[十六],卜金钱祷告神灵。生前禽演分明判⑤,八卦详推莫顺情。四柱安排定,都来增下,祸福分明。

【四煞】画檐铁马喧,纱窗梦不成,佳人才子何时娉?他是个异乡背井飘零客[十七],我便是孤枕独眠董秀英。都薄幸⑥,一个在东墙下烦恼,一个在锦帐里伤情。

【三煞】叹鸳鸯绣被空,满怀愁为那生,只因他新诗和的声相应。更把那瑶琴拨出艰难调，彩凤求凰指下鸣。都是相思令。听了他凄凉惨切，好教我寸步难行。

【二煞】婚姻配偶迟，难捱更漏永，画蛾眉懒去临妆镜。老天不管人憔悴，一派黄河九遍清。贞烈性，也只是粉墙一堵，似隔着百座连城。

【尾煞】相思愁越添，凄凉恶梦境。便做道铁石般只恁心肠硬，都写入愁怀唤不省。〔下〕

校记

［一］小生马文辅："辅"字，底本笔误作"举"。今从王本改。

［二］你放下香桌者："桌"字，底本笔误作"车"。今依文意从王本改。

［三］情悲戚："戚"字，底本作"感"。今从隋本改。

［四］明月娟娟兮夜永生凉："娟娟"，底本、隋本作"涓涓"。

［五］宿鸟惊慌："慌"字，底本音假误作"荒"。今从隋本改。

［六］相思致疴兮汤药无方："致"字，底本误作"未"。今依文意从王本、隋本改。

［七］音韵悠扬："音"字，底本笔误作"韵"。今从王本、隋本改。

［八］蔡邕爨下生："蔡邕爨"三字，底本空缺。今从王本、隋本补。

［九］他在那东墙下诗和了一声："他"字，底本无。今依文意与下句对称补。

［十］隔壁董宅好花："壁"字，底本作"望"。今依文意从王本、隋本改。

［十一］旦云：此二字，底本无。今依文意从王本、隋本补。

［十二］梅上："上"，底本无。今依文意补。

［十三］多管是："是"字，底本音假误作"事"。今从王本改。

［十四］稍去："稍"隋本、王本作"捎"。"稍"一义通"捎"。

［十五］客馆枕凄凉："凄凉"二字，底本、隋本作"飘零"，失韵。今从王本改。

［十六］相思病：底本作"病相思"，失韵。今从王本、隋本改。

[十七] 异乡背井飘零客:"异"字,王本作"离"。

注释

①旧日刘郎:秀英知马文辅为其许聘对偶,故称旧日刘郎。刘郎指入天台山采药遇仙女的刘晨。详见宋李昉《太平广记》卷六十一《天台二女》。这里泛指情郎。

②三千界:"三千大千世界"的省文。佛家把人所住的地方称"三千世界"或"三千界"。元无名氏《锁魔镜》第三折【紫花儿序】:"直赶遍三千世界,搜寻过四大神州。"敦煌变文《佛说阿弥陀经讲经文》:"唯愿光明普照三千界,佛到微尘国土中。"

③绛罗为定:即下红定。旧时婚俗中男方送给女方的聘礼,为财红、纱绢、缎子、银钗、金环等花红财礼。

④软款:指动作轻柔、款缓。

⑤禽演:即演禽术。星相迷信推算"吉凶"之法。宋洪迈《夷坚丁志》卷三《谢花六》:"精星禽遁甲,每日演所得禽名,视以藏匿。"

⑥薄幸:旧时女子对所喜爱的人的昵称,犹"冤家"。宋周紫芝《谒金门》词:"薄幸更无书一纸,画楼愁独倚。"

第三折

〔生上,云〕:从昨日小姐着梅香送了一首诗来,我也回了一首,教他将去了,至今音信不通。小生不觉病枕着床,性命在于顷刻。万一有成,这病还有可时;倘若阻隔,如之奈何!〔唱〕:

【中吕·粉蝶儿】睡眼难开,锁愁眉、如何担待?恨相思、昼夜难捱。则俺这异乡人,如风絮,飘零在外。愁满心怀,何时得否极生泰?

【醉春风】只因遇着可憎才,引的我熬煎深似海。害的我须臾咫尺难移[一]，你你好是歹，歹[二]！一会家倒枕捶床，长吁短叹，教咱无奈。

〔云〕：我且掩上门，静坐一会。〔旦同梅香上，云〕：昨日使梅香探那生去，回了一首诗来，我看罢，他真有此心。我今又写下一个简帖儿，梅香，你再送与那生去。〔梅云〕：将来。〔旦与简科，云〕：你快去来[三]。〔下〕〔梅云〕：不知写的是甚么，须索送去。〔唱〕：

【脱布衫】病潘安瘦损形骸，杜韦娘憔悴香腮①。你两个恩情似海，没来由把咱禁害。

【小梁州】你只要搂带同心结不开[四]，都只待鱼水和谐。旷夫怨女命安排，心无奈，盼杀楚阳台。

【幺】这便是才郎有意佳人爱，两下里怎不伤怀？好意挪，舒心害，粉墙为界，镜破两分钗。

〔云〕：早来到也，我隔这窗儿试瞧咱。〔唱〕：

【上小楼】我把这窗儿润开，觑一觑何妨何碍。只见他东倒西歪，倚床靠枕，身体斜挨。叫一声马秀才，头不抬，相思苦害。问你个病襄王在也不在②？

〔梅见科，云〕：先生万福。〔生起，跪科，云〕：呀呀呀！小娘子，怎生就不来了？〔梅云〕：夫人严谨，仆妾岂敢轻出？〔生云〕：小娘子，今日小姐有何话说？〔梅云〕：俺姐姐写了一简，教我送来，不知上面写着甚么。〔生云〕：将来我看。〔做接科〕〔梅唱〕：

【幺】俺小姐亲封一策，向你这东君叩拜[五]。不知他有甚衷肠，道甚言词，诉甚情怀。试取开，看内才，中间梗概，比那吓蛮书赛也不赛③。

〔生念云〕："画阁销金帐，番成离恨天[六]。东墙相见后，疑是武陵源。"小生有一句话，只得对小娘子伸诉。〔梅云〕：先生但说不妨。〔生跪，云〕：想先君在时，曾蒙府尹相公将小姐许聘小生；后来阻滞[七]，因此上不曾合成亲事。小生此一来，问这亲事，欲令媒人通问于老夫人，争奈寒儒孤陋，不能谐事。自那日后花园中见了小姐，就得了这等症候。除小娘子在小姐左右，怎生方便，成就此事，有何伤乎？〔梅云〕：足下是一丈夫，立于天地之间，当以功名为念,垂芳名,显祖宗。岂不闻圣人云:"血气之勇,戒之在色。"足下是聪明之人,何为一女子丧其所守?先生察之![生跪,云]:只是小娘子可怜小生!通一句话呵,此事必成矣。[梅云]:先生请起。等妾身看小姐之动静,若是得空呵,慢慢的假一言。肯与不肯,再来回报足下。[生云]:小生还有一简,烦小娘子稍去,未知可否?[梅云]:将来,我稍去。[生与简科][梅云]:妾身回去也。[同下]

[旦上,云]:恰才使梅香去了,这早晚不见回来,好闷人也呵![梅上,云]:姐姐,我来了。[旦云]:事以如何?[梅云]:姐姐,则被你弄杀那生也![旦云]:他对你说甚么来?[梅云]:他将前事诉了一遍。[旦云]:甚么前事?[梅云]:他说道:俺父亲在时,曾与你先尊为交,就将小姐许了亲事;后来遭阻滞,不曾成事。如今千里而来,也只为这亲事。自从那一日见了姐姐,如今在书房中害相思病哩。[旦云]:他再有甚么话说?[梅云]:我临来时,他又与了个简帖来,稍与姐姐哩。[旦云]:将来看咱。[做看科,旦念云]:"相思病转添,愁锁眉间上。无意读经书,引的春心况[八]。忽见可憎才,疑是嫦娥降。盼得眼睛穿,何日同鸳帐?"[旦唱]:

【快活三】闷昏昏眼倦开,困腾腾鸳枕挨。怎阃思量的无聊赖,几时得云雨会阳台。我和你同欢爱,爱你个俊俏书生,风流秀才。俺两个少欠下相思债,自裁自改,何日得共挽同心带?

【贺圣朝】似这般子建才学,埋没书斋,愁肠一似东洋海。生的相貌堂堂,见了开怀。心中自猜,怎生教他昼去昏来?

[梅云]:姐姐,似此如之奈何?[旦云]:我如今写一个期约简儿[九],你将去。我若不如此,他岂敢来?[旦付简科,云]:他若看了这诗,便知我的意思。[下][梅同下]

[生上,云]:我写了一简,着梅香稍去,这早晚不见回来,恐成不的这事。这一会身子困倦,且睡些儿。[梅上,见科,云]:先生万福。[生云]:小娘子,那事如何?[梅云]:贺万千之喜,事已成矣![生云]:有甚好音着我知道?[梅云]:简帖在此。[生接,念云]:"待月东墙下,花阴候大才。明宵成欢会,同赴楚阳台。"[生跪谢,云]:今日得成此事,皆小娘子之力,异日当

犬马相报。〔梅云〕：足下请起。你准者，妾当回去也。〔下〕〔生云〕：小生这病害的着了！〔唱〕：

【满庭芳】姻缘合该，今朝相待，鱼水和谐。似这等不枉了教人害，苦尽甘来。古人言知过必改，不由人兜在心怀。一见了相亲爱，便休道贤贤易色，非是我放狂乖。〔下〕

〔旦、梅上〕〔梅云〕：姐姐，天色晚了，那生必定等哩，好去了。〔旦云〕：我乃室女，潜出闺门，与少年私约，敢非礼么？〔梅云〕：姐姐，男女居室，人之大伦，有何非礼？〔旦云〕：母亲不知睡了不曾？〔梅云〕：咱去来，不妨事。〔下〕〔生上，云〕：早间梅香来约，海棠亭上与小姐会。夜色深了，我掩上书房门，好去也。早来到墙边，跃而过去，潜身在这海棠亭下者。〔旦上，云〕：梅香，那东墙下似有人影，莫不是那秀才来了？你去看咱。〔梅望科〕〔生见梅科，云〕：小娘子，小姐来了不曾？〔梅云〕：兀的不是。〔生见旦科，云〕：小姐令小生将来赴约。〔旦云〕：梅香[十]，你在角门首望着，有人来便报我知道。〔梅虚下〕〔生、旦携手至海棠亭成亲科〕〔生唱〕：

【耍孩儿】看了你桃腮杏脸花无赛，星眼朦胧不开。魂灵儿飞在五云端，只将这玉体相挨。安排定共宿鸳鸯枕，准备下双飞鸾凤台，今日得同欢爱。把湘裙皱损，宝髻斜歪。

【五煞】衫儿扭扣松，裙儿搂带解，酥胸粉腕天然态[十一]。楚腰似柳娇尤软，未吐桃花露润开。完成了恩和爱，今日个良姻匹配，便死呵一穴同埋。

【四煞】温柔软款情，佳人忒艳色，春风美满身心快。轻蝉鬓軃乌云乱，宝髻偏斜溜凤钗。越显的多娇态，心中留恋，可意多才。

【三煞】娇羞力不加，低垂颈怕抬，风流彻骨遗香在。相偎玉体轻轻按，粉汗溶溶湿杏腮。似这等，偷香窃玉，几时得一发明白。

【二煞】澄澄夜气清，低低月转阶，枝枝花影横窗外。灯前试把香罗看，点点猩红映莹白。则见他羞无奈，困腾腾倚墙靠壁，急忙忙重整金钗。

【尾煞】相思一笔勾，姻缘前世该。好教人撇不下恩和爱，几时得再把同心带儿解。

〔老夫人上，云〕：我前日听得梅香说，小姐身体不快，不曾看得。今夜睡不着，我试看小姐去咱。〔做行科〕来到这绣房中，怎生不见小姐？莫不敢做下了勾当也？我试往后花园看去。呀！这角门怎生开着？〔做撞见科，生、旦慌科〕〔梅云〕：姐姐，不妨事，夫人行我有话说。〔夫人骂云〕：好贱人！你三个都过来[十二]。〔生、旦、梅香跪科〕〔夫人云〕：好女孩儿，做下这等勾当！岂不闻"座不正不坐，割不正不食"。我入董家为妇[十三]，一世何曾有针尖大小破绽？你如今年方及笄，不遵母训，不修妇德，与这等不才丑生私约，兀的不辱么杀人也！我想来，都是这小贱人迤逗的来！〔梅云〕：老夫人息雷霆之怒，听贱妾陈是非之由。想当初先尊在日，将小姐曾许与三原县尹马昂之子马文辅为妻。先尊下世，不曾成合。不想马生因问亲事至此，安歇于山寿家花木堂中[十四]。使佳人才子，临风对月，心非木石，岂无所思！夫人失治家之道，不能掩骨肉之丑[十五]，何为之过？〔夫人沉吟科，云〕：兀那厮！你端的姓甚名谁？何方人氏？〔生跪，云〕：不瞒老夫人说，小生姓马，名彬，字文辅，先父拜三原县令[十六]，祖贯临阳人也。〔夫人云〕：你这个小禽兽无礼[十七]！你既到此，如何不来见我，却做下这等勾当？若是别人呵，决打坏了。你空读孔孟之书，不达周公之礼，这等不才。我待教你离我门去，只是看你先父母面上。我家三辈不招白衣之人，如今且将你两个急配了，则明日上朝取应去。得中科第，那时来也未迟。〔生云〕：非敢对夫人夸口，小生六岁攻书，八岁能文，十一岁通六经。据小生文学，不夺状元回来，永不见夫人之面。〔夫人云〕：想你父亲，也不曾弱了。常言道，有其父必有其子。孩儿，你着志者！秀英，便收拾行装，送文辅上朝取应去。〔旦云〕：恰相逢，又分别，好是烦恼人也呵！今朝同把一杯酒，后夜醉眠何处楼？如今送别临溪水，他日相逢在水头。〔同下〕

校记

[一] 难移："移"字后，隋本、王本有一"捱"字。

[二] 你你好是歹歹："你"字隋本、王本无。

［三］你快去来："去"字，底本笔误作"此"。今从王本、隋本改。

［四］搂带同心结不开："搂"字，王本作"缕"。

［五］东君叩拜："叩"字，底本作"扣"。今从隋本、王本改。

［六］番成离恨天："番"字，王本作"翻"。

［七］后来阻滞："阻"字前，王本有一"遭"字。

［八］春心况："心"字，王本作"情"。

［九］期约简儿："约"字，底本笔误作"的"。今从王本、隋本改。

［十］梅香：此二字，底本无，今依文意补。

［十一］酥胸粉腕天然态："胸"字，底本笔误作"脑"。今从王本、隋本改。

［十二］你三个都过来："三"字，底本漏。今从隋本补。

［十三］我入董家为妇："入"字，底本笔误作"欲"。隋本作"于"。今从王本改。

［十四］山寿家花木堂中："花"字，底本漏。今依前文楔子补。

［十五］骨肉之丑："肉"字，底本漏。今从王本、隋本补。

［十六］先父拜三原县令："拜"字，底本笔误作"后"。今从王本、隋本改。

［十七］你这个小禽兽无礼："个"字，底本缺。今从王本、隋本补。

注释

①杜韦娘：本为唐代歌伎名，后为唐代歌曲名。唐崔令钦《教坊记》所录曲名中，有《杜韦娘》曲。唐孟棨《本事诗》："刘尚书禹锡罢和州，为主客郎中。集贤学士李司空罢镇在京，慕刘名，尝邀至第中，厚设饮馔。酒酣，命妙妓歌以送之。刘于席上赋诗曰：'鬟鬓梳头宫样妆，春风一曲《杜韦娘》。'"这里借指董秀英。

②病襄王：战国楚宋玉《高唐赋》中有楚襄王遇巫山神女的故事。这里比喻男子思恋成疾。

③吓蛮书：据唐范传正《唐左拾遗翰林学士李公新墓碑》载，天宝初，玄宗曾召李白草答蛮书。后世称为"吓蛮书"。元王伯成《贬夜郎》第一折："那

里是樽前误草吓蛮书,便是我醉中纳了风魔状。"

第四折

〔旦、生同上,旦云〕:梅香,将酒果来,与秀才饯行。〔做把盏科〕〔旦云〕:今日得成佳配,妾身不敢久留,当以功名为念、进取为心。以君之才,必有台辅之任①。若到京师,早登科第,当速反征辕也。〔生云〕:我这一去,青霄有路终须到,金榜无名誓不归。请老夫人拜别咱。〔夫人上,云〕:孩儿,着志者,早些回来。〔生拜夫人科〕〔旦云〕:如今暮春天道,是好伤感人也。〔唱〕:

【越调·斗鹌鹑】眼见的枕剩衾空,怎捱这更长漏永?桃蕊飘霞[一],杨花弄风。翠袖生寒,乌云不拢。恰成了鸾凤交,眼见的各西东[二]。离恨千般,闲愁万种。

【紫花儿序】见如今亭前分袂,目下离别,多应是梦里相逢。忍不住长吁短叹,难割舍意重情浓。枉教我埋怨天公,莫不是美满姻缘不得终!好教人伤悲切痛,霎时间去马回车[三],都做了往雁归鸿。

〔夫人云〕:孩儿就此启程者。〔生白〕:便是。〔做掩泪下〕〔夫人云〕:文辅已去。秀英,随俺回房去者。〔旦应科〕〔夫人、旦同下科〕

〔旦同梅上〕[四]〔云〕:自从文辅去后,今经半载有余,杳无音讯,教我身心不安。好是烦恼人也!〔唱〕:

【小桃红】腰肢纤细减芳容,似带雨梨花重。翠被香消谁与共[五],思无穷,音书写下无人送。鱼沉雁杳,枕剩衾空,因此上泪滴满酥胸。

〔梅云〕:姐姐,怎生害的这等瘦了②!〔旦唱〕:

【天净纱】害的人病厌厌瘦了形容,宽绰绰带慢衣松,俏身儿往日难同。越添悲痛,倚帏屏星眼朦胧。

【调笑令】好教我气冲,怨天公,闪的我独宿孤眠锦帐中。珠帘不卷金钩控,怕的是南楼上画鼓冬冬。我这里好梦初成,又在墙东,怎生般梦魂中鱼水也难同。

【秃厮儿】恨人,画檐间铁马丁东;恨人,寒山野寺鸣钟。恨人,把美爱幽欢好梦惊;恨人,又见花梢儿,窗影下,重重。

【圣药王】想旧境,一梦中,海棠亭下正欢浓。宝髻松,绣被重,觉来犹在画屏东,无语泪溶溶。

【麻郎儿】恨相思病浓,转思量泪重。眉蹙损春山闷萦,益显的凄凉一弄[六]。

【幺篇】这病攻、泪浓、闷重,都只为满腹愁衷[七],都只为鱼水难同,都只为孤鸾寡凤。〔梅云〕:姐姐,何不写一书信寄去?〔旦云〕:便是。取纸墨笔砚来。〔梅应作取科〕〔旦写科,唱〕[八]:

【络丝娘】粉花笺写下更长漏永,专诉着瘦减香肌玉容。写罢了眉尖一纵,更教人悲痛。

〔云〕:自马生去后,教我朝思暮想,疾病转加,如之奈何!梅香,你来。〔梅云〕:姐姐,怎么说?〔旦云〕:我这几日身子不快,我待请医调理,你请母亲来商量。〔梅云〕:老夫人,有请。〔卜上,云〕:孩儿,有甚事?〔旦云〕:母亲,你孩儿身体不快,如何治之?〔卜云〕:孩儿,快请个良医来,服些药饵就好了。梅香,你快请去。〔梅背云〕:除是马秀才来,就好了[九]。〔做请科,云〕:李郎中在家不在家?〔净上,云〕:小子李郎中是也。别无买卖营生,专靠我这药上盘费。我这妙用,有神仙之法,手到病除。家传一样妙药,专治男女伤春之病。恰才董府尹家来请,须索走一遭去。〔行科,见梅科,云〕:小娘子,报复去[十]。〔梅报云〕:奶奶,请将医士来了。〔卜云〕:请进来。〔见科〕〔卜云〕:小女有些不快,特请先生调治[十一]。〔净云〕:请出来诊脉。〔旦出见科〕〔诊脉科,净云〕:此脉沉细。〔卜云〕:如何调治?〔净云〕:小人专治伤春之病,岂可无药?不瞒老夫人说,我这药费本钱……〔卜云〕:老身怎肯少了药资?〔净云〕:我便攒药。〔旦云〕:此药何名?〔净云〕:是撮病芙蓉散。〔做与药科〕〔卜云〕:梅香,与郎中五钱银子。〔净云〕:不当受,小人回去也。

〔下〕〔卜云〕：梅香，你教孩儿睡一会儿，我回去。〔下〕〔梅云〕：姐姐，服了此药就好。〔旦唱〕：

【东原乐】[十二]这厮是哄人机见③，他说来的不通，越教人添沉重。他一片胡言都是空，无些儿效功，他正是说真方把咱做弄。〔梅云〕：姐姐且将息，俺去也。〔下〕〔且叹科，唱〕[十三]：

【绵打絮】深闺静悄[十四]，幽僻空庭。月轮展纸，几扇屏风。似海棠半醉春睡重，鲛绡上绿鬓拥。有情人何日相逢？几时得赴高唐梦中？

【拙鲁速】花落去、绿丛丛，怎不教人、泪盈盈？愁锁眉尖万种，清夜悠悠谁共？画檐下摇曳帘栊，不想把、离人断送，鹧鸪啼、惊觉巫山梦。

【尾声】鱼沉雁杳音难送，阻隔着千里关山万重。埋怨俺狠毒娘，走将来分开了鸾凤种。〔下〕

校记

〔一〕桃蕊飘霞："桃"字，底本作"桂"，今依文意从《北词广正谱》改。

〔二〕各西东："西东"二字，底本作"东西"，失韵。今从王本、隋本改。

〔三〕霎时间去马回车："霎"字，底本作"煞"，今依意从隋本改。

〔四〕〔夫人云〕：孩儿就此启程者。〔生白〕：便是。取纸墨笔砚来。〔梅应作取科〕〔旦写科，唱〕：这几句对白，底本无。今从王本补。

〔五〕翠被香消谁与共："与"字，底本无。此句按谱应为七字句，今从王季思《全元戏曲》本补。

〔六〕益显的凄凉一弄："益"字，底本无。此句按谱应为七字句，今依文意补。

〔七〕都只为满腹愁哀："腹愁"二字，底本空缺。今依文意从王季思《全元戏曲》本补。

〔八〕〔梅云〕：姐姐，何不写一书信寄去？〔旦云〕：便是。取纸墨笔砚。

〔梅应作取料〕〔旦写科，唱〕：这几句对白，底本无。今从王本补。

[九] 就好了："就"字，底本作"我"，误。王本、隋本在"我"字下，增一"就"字，义不通。今从王季思《全元戏曲》本改。

[十] 报复去："复"字，底本作"伏"，今依文意改。

[十一] 特请先生调治："治"字，底本空缺。今从王本、隋本补。

[十二] 东原乐："原"字，底本音假误作"园"。今依曲谱从隋本改。

[十三]〔梅云〕：姐姐且将息，俺去也。〔下〕〔且叹科，唱〕：这几句科白，底本无。今从王本补。

[十四] 深闹静悄："闹"字，底本音假误作"围"。今从王本、隋本改。

注释

①台辅：本指三公宰相之职，这里泛指高官。《三国志·魏书·袁术传》裴松之注引《三辅决录》注："历位九卿，遂登台辅。"

②怎生：怎么、如何。

③机见：见识、智谋、心术、谋略。元关汉卿《裴度还带》第二折："此诗中意，有世教，有机见，有志气，有彼此，得诗家之兴也。"

第五折

〔生衣冠上，云〕：自家马文辅是也。自到京师，应试科场，一举状元及第，蒙恩赐彩段官诰。今日谢了恩，回松江搬取夫人秀英去。骏步高骞谒紫宸①，学成词赋贯天人。丈夫欲遂平生志，年少先栽帝里春[一]。好是称心也呵！〔唱〕：

【双调·新水令】春雷揭地震青天②，平步上广寒宫殿。风吹乌帽整，日照锦袍鲜。拜宴开筵，这其间方称了丈夫愿。

【驻马听】十载心坚，酬志了金屋银屏紫府仙。当时贫贱，怎忘了箪瓢陋巷在穷檐。官高犹记武陵源，身荣怎忘前亲眷。才中选，今朝又把程途践。

〔云〕：行了数日，早到松江府了。趱动马，径奔宅上去者。〔做到科，云〕：左右，报的老夫人知道。〔做报科〕〔夫人上，云〕：马文辅得了头名状元，今日回来，我须迎他进来者。〔生做见科〕〔卜云〕：儿鞍马劳困。梅香，叫你姐姐来见学士者。〔梅走上，云〕：姐姐在那里？〔旦上，云〕：小贱人，你管我怎么？〔梅云〕：俺姐夫做了官回来，在堂上，老夫人着我请你相见哩。〔旦云〕：是真个？〔梅云〕：你待不见哩？〔旦云〕：不想有今日也！〔做相见叙礼科〕〔旦云〕：才郎及第，官拜何职？〔生云〕：托祖宗福荫，叨中状元，小生喜不自胜。〔旦唱〕：

【雁儿落】谁想你入科场艺在先，金榜上名堪羡。脱却了旧布衣，直走上金銮殿。

【得胜令】你如今束带立朝前，得志受皇宣。列翰苑为学士，插金花饮玉筵。标写在凌烟③，宝匣内方显出龙泉剑。享富贵绵绵，立芳名见大贤。

〔生云〕：小生别后一载有余，多亏小姐持家养德。〔旦唱〕：

【水仙子】今朝一日笑声喧，又得才郎叙旧缘。相逢诉不尽心中怨。那时节意惨然，自别来、动是经年。我只怕恩情断，盼归期天样远，谁知到今日团圆。

【折桂令】喜今朝又得团圆，夫妇相逢，前世姻缘。携手相将，花前月下，笑语甜言。旧日的恩情不浅，还记得海棠亭誓对婵娟。你如今黄榜名悬，翰苑超迁，愿足平生，尽在神天。

〔使臣上，云〕：雷霆驱号令，星斗焕文章。小官使命官是也，奉朝命来与马状元加官进秩。可早来到也。状元装香，来接诏旨。〔生跪科〕〔使臣云〕：皇帝诏旨："尔状元马彬，有文武全才，博学宏词，可授翰林学士。其妻董氏，一节不渝，封学士夫人。可即走马赴任，勿替朕命。故敕。"〔生拜云〕：感谢圣恩。〔唱〕：

【沽美酒】降明香接诏宣，拜天使喜开颜，圣主恩波遍九天。坐金銮宝殿，四海内、都朝见。

【太平令】托皇朝文能武羡，养德性道重名传。姓列在金章宝篆，普天下黎民方便。只愿的万年，永远，保天恩圣贤，端的是威镇了四方八面。

〔生云〕：使臣请筵宴。〔使臣云〕：不必了，就此告回。〔下〕〔生云[二]〕：贤妻，如今有圣旨，教即便赴京上任，你心下如何？〔旦云〕：妾身岂敢抗拒？〔生云〕：既如此，弓兵快收拾车马④，赴任去来。〔唱〕：

【川拨棹】列头搭在马前，把香车帘半卷。只见官诰新鲜，翠袖花钿，宝髻云偏，疑是天仙。只见他喜孜孜俏脸儿笑撚，敢见我紫罗袍体间穿⑤。

【七弟兄】我这里向前，谢得完全，今日个，夫妻称了平生愿。身荣休忘了海棠轩，东墙下私约成姻眷。

【梅花酒】俺如今践登程，路途沿，几时到八水三川⑥，西洛中原。莫得俄延，摔碎丝鞭。马蹄儿践香尘，钿车儿古道穿[三]。今日个，来赴选。来赴选，到金銮。到金銮，日月边。日月边，受皇宣。受皇宣，古今传。

〔云〕：想小生今日到的这一步，夫荣妻贵，怎肯忘了那时。〔唱〕：

【收江南】想当初五言诗和得句儿联，七条弦弹就旧姻缘，想着那海棠亭下设盟言。今日个两全，夫妻敕赐再团圆。

【鸳鸯煞】佳人才子心留恋，东墙花下成姻眷。标写青编[四]。唱道一举登科将名姓显，男儿得志共赏在琼林宴。玉堂中千古名贤，似这等金榜题名万代显。

　　题目　老夫人急配好姻缘
　　　　　小梅香暗把诗词递
　　正名　马文辅平步上鳌头
　　　　　董秀英花月东墙记

校记

［一］年少先栽帝里春："栽"字，底本笔误作"截"。今从王本、隋本改。

［二］生云：底本"生"之下，有一"下"字。王本、隋本同。今依文意删。

［三］钿车儿古道穿："钿"字，底本笔误作"细"。今从隋本改。

［四］标写青编：此句前，按曲谱缺一四字句。

注释

①紫宸：唐宋都有紫宸宫，为宴朝便殿，接见大臣、奏事听政之所。详见宋叶梦得《石林燕语》。

②春雷揭地：比喻中试发迹。唐韦庄《喜迁莺》："凤衔金榜出云来，平地一声雷。"

③凌烟：即凌烟阁。系帝王图画功臣、表彰功绩的地方。

④弓兵：据《元典章》载，元代每百户内抽一人充役为弓手，"专一捕盗巡防"。

⑤紫罗袍：金元五品以上官员服紫。《大金国志》《元典章》皆称"紫罗袍"。

⑥八水三川：指京畿、关中。南朝梁无名氏《三辅黄图》载关中有霸、浐、泾、渭、丰、镐、牢、潏八水。《国语·周语上》韦昭注三川为泾、渭、洛三水。元周文质《持汉节苏武还乡》第三折【一煞】："想杀人十亲九故，盼杀人也八水三川。"

残 折

韩翠颦御水流红叶

解 题

杂剧。天一阁本《录鬼簿》著录,题目《于祐之金沟送情诗》,正名《韩翠颦御水流红叶》,简名《流红叶》;《说集》本《录鬼簿》、孟本《录鬼簿》、《太和正音谱》、《元曲选目》著录,均题简名《流红叶》;曹本《录鬼簿》、《今乐考证》、《曲录》著录,均题正名《韩翠颦御水流红叶》。剧写于祐之和韩翠颦的爱情故事,剧本仅有一折曲文,难见剧情全貌。这一折写宫女韩翠颦满腹忧愁,独步闲游,到"去年前感恨题诗御沟",触景生情,感慨万端。她长期禁锢在深宫,难见父母亲人,难得青春少女的欢乐,时光空度,精神痛苦,命运悲惨。然而,她不甘于这种凄苦的生活,冒然题诗红叶,排遣忧愁,寄希望于有情人。如今时过一年,杳无音讯,正当她以泪洗面之时,忽然发现御水上漂来的红叶,顺流赶去,探身将红叶捞起一看,原来是新题诗的红叶，喜出望外，惊讶自语道："是谁将巧计搜，全不怕官司穷究，将两句儿诗联就。"引起韩翠颦对写诗人的崇敬与爱慕。她看到希望，得到了安慰，又滋生了新的忧愁，难以实现自己的心愿。本事见唐孟棨《本事诗》、唐范摅《云溪友议》和宋孙光宪《北梦琐言》，但主人公名讳不同。宋张实据这类传说，渲染加工，写成传奇《流红记》，载于宋刘斧《青琐高议》，有小标题《红叶题诗娶韩氏》（详见附录）。白朴根据张实《流红记》创作了杂剧《韩翠颦御水流红叶》。剧本残。残折版本今有《盛世新声》本，该本存残折，无作者、剧目、折数；《词林摘艳》本，题元白仁甫《流红叶》杂剧；《雍熙乐府》本，题《御沟红叶》；《太和正音谱》本【中吕】调选【柳青娘】【道合】二曲，题"白仁甫《流红叶》第三折"；【越调】中有白仁甫《流红叶·酒旗儿》一支曲子；《北词广正谱》本，收录【柳青娘】【道合】【酒旗儿】三支曲子，题"白仁甫撰《御水流红叶》杂剧"。另有今人赵景深《元人杂剧钩沉》本，辑存【正宫】一套，题《韩翠颦御水流红叶》，王文才《白朴戏曲集校注》本；王季思主编《全元戏曲》本；张月中等主编《全元曲》本。今以《盛世新声》本为底本，参考其他本校勘注释，择善而从。

第三折[一]

【正宫·端正好】我恰才秋香亭上正欢浓，望着他上林苑逃席走[1]，趁西风独步闲游。想一年世事如翻手，撚指间重阳又。

【滚绣球】淅零零暮雨收，冷清清禁苑幽。闷恹恹、去年时候。不觉的透罗衣、风力飕飕。风吹散，面上酒。戏折的砌畔菊、我则将嫩香来重嗅，果然道、佳节难酬。今朝绿蚁，人先醉，明日黄花蝶也愁。信步闲游。

【倘秀才】一弄儿、残荷败柳，这塌儿是俺那去年前感恨题诗御沟，低首沉吟喟然久。扑簌簌，泪交流，恰便似珍珠脱了线头。

【叨叨令】帕儿湮泪揾湿我这衫儿袖，冰的我这袜儿凉、浸的我鞋儿透。逗的我意儿新，感起我情儿旧。哭的我心儿酸，引的我眉儿皱。玉英！咱两个去来也么哥，咱两个去来也么哥[二]，照的我这影儿孤，越显的身子儿瘦。

【白鹤子】我从那去年前亲发送，今岁也尚停留。我分明送过这玳瑁石压栏前，到闪在金漆木排栅后。

【白鹤子】经年离了池沼，我则道红叶烂在汀州。可怎生颜色儿俨然新，墨迹儿无些旧[三]！

【红绣鞋】紧趿定玻璃鸳甃，天生下驼腰柳不缆龙舟，恰便似玉女观泉弄温柔②。将身子儿斜探定，踮着脚把柳条揪[四]，一只手搣着这颤巍巍新嫩竹。

【快活三】莫不是有谁人题诗在上溜头？怎肯道是我干休？好教我厮傒厮幸厮追究，我与你亲把河崖叩。

【鲍老儿】展玉腕厮琅琅向水面上兜，更怕甚溅湿泥金衫袖。则这翠竹梢头少个钓钩[五]，引的这水势向东流。我则见冲开锦鳞，惊飞绿鸭[六]，荡散白鸥；见题红泛泛，随风飐飐，顺水悠悠。

【古鲍老】我这里探身在岸口，将红丢丢叶儿掉在手。就看这向阳日头，湿浸浸水痕罗帕收。浑一似血染般胭脂透。是谁将巧计搜，全不怕官司穷究，将两句儿诗联就。

【柳青娘】谁曾道是趁逐，天赐这场厮迤逗。看了这诗中意投，必定是个俊儒流。裁冰剪雪忒惯熟。若得来双双配偶，尽今生共结绸缪。则这去年前，红叶上，红叶上把诗修。

【道合】恰向今秋，恰向今秋，今秋园苑却闲游，恰相投。道着俺着俺自僝僽，怎的怎的空遥受。同观的池上景清幽。细凝眸，自索守；使咱家，空迤逗。道那些那些合成就，天生落在咱家勾，那些那些合成就；若还见的迟些后[七]，若不咱收，风力飕飕，趁着龙沟，险些恹恹逐水，逐水向向向东流[八]。

【耍孩儿】往常我守椒房耽寂寞捱昏昼，今日个又添上关心症候。趁西风飘离了树梢头，送与我这一场闲闷闲愁。见了些翠裙凤翅伤秋扇，我听了些绛帻鸡人报晓筹③。年年池馆皆依旧，你看俺这嫔妃年老，几时得叶落归秋！

【三煞】题诗人长共短，有情人知他是好共丑！不明不暗因他瘦。心儿中想念何曾见，梦儿里相逢不厮偢。这姻缘空遥受。青鸾无信，红叶难酬。

【二煞】弄诗章相戏逐，不良才歹事头④，去年前写两句相迤逗。暗欢喜空把他心中爱，虚烦恼胡遮脸上羞。办着个至诚心将他候[九]。看承做神珠玉颗，出入在凤阁龙楼。

【一煞】做一个符牌儿挑在鬓边[十]⑤，做一个面花儿贴在额头，做一个香囊儿盛了揣着肉。无情则许无情受，好处将来好处收。自今夜黄昏后，准排着洞房花烛，绣幕香球[十一]⑥。

【尾声】稳坐着白象床，满斟着碧玉瓯，拥鲛绡将红叶儿怀中搂，吃几杯新亲庆喜的酒的酒。

【越调·酒旗儿[十二]】海上将书来，房外无人至，谁替你、打官司？你染病和咱软了四肢，你敢别不见些风情事。谁教你向唐天子行花儿叶子？元来你心在长安市。

题目　于祐之金沟送情诗
正名　韩翠颦御水流红叶[十三]

校记

［一］第三折：底本无。《太和正音谱》【中吕】调选【柳青娘】【道合】，题"白仁甫《流红叶》第三折"。今从。

［二］咱两个去来也么哥：此句，底本无。今依据《雍熙乐府》本补。

〔三〕墨迹儿无些旧:"旧"字之上,底本有一"儿"字。为与上句同,今据《词林摘艳》本、《雍熙乐府》本删。

〔四〕跐着脚把柳条揪:"跐着脚"三字,底本作"用一只手将"。今依《雍熙乐府》本改。

〔五〕翠竹梢头少个钓钩:"梢"字,底本作"稍"。今依文意改。

〔六〕惊飞绿鸭:"惊"字,底本无。今据《词林摘艳》本、《雍熙乐府》本补。

〔七〕若还见的迟些后:"迟些"二字,底本作"迟疾"。今依《雍熙乐府》本、《太和正音谱》本、《北词广正谱》改。

〔八〕逐水向向向东流:"逐"字之前,底本有一"厌"字。今据《雍熙乐府》本删。

〔九〕办着个至诚心将他候:"办"字,底本音假误作"扮"。今依《雍熙乐府》本改。

〔十〕做一个符牌儿挑在鬓边:"牌"字,底本形近误作"脾"。今依《雍熙乐府》本改。

〔十一〕绣幕香球:"球"字,底本音假误作"裘"。今依《雍熙乐府》本改。

〔十二〕越调·酒旗儿:这支曲,底本无。今据《太和正音谱》本补。按:此曲用韵与上〔中吕〕调不同,疑为第四折残曲。待考。

〔十三〕题目 于祐之金沟送情诗 正名 韩翠颦御水流红叶:此题目、正名,底本无。今据天一阁本《录鬼簿》补。

注释

①上林苑:南朝梁无名氏《三辅黄图》载,上林苑为秦时旧苑,汉武帝扩大为三百里,内筑离宫七十所。这里泛指宫苑。

②玉女观泉:南朝梁陶弘景《真诰》载,明星玉女居华山,祠前有玉女洗头盆,其中水色碧绿澄澈。

③听了些绛帻鸡人报晓筹:绛帻,夜间守卫宫门卫士戴的大红色头巾。汉应劭《汉官仪》:"卫士候于朱雀门外著绛帻,专传鸡唱。"元代沿用汉制。鸡人,古官名,

即鸡供奉。用以报晓。《元史·舆服志》载，宫中设六品职"鸡唱"一人。

④不良才歹事头：不良才，意为没有良心的家伙，是对情人的昵称，以反语见义，犹云冤家、可憎才。元张国宾《公孙汗衫记》第三折【小梁州·幺】："只为那当年认了个不良贼，送的俺一家儿横祸非灾。"极爱之反语。歹事头，有多义，此指坏家伙。这里以反语见义，实为对爱者的昵称。王学奇、王静竹《宋金元明清曲辞通释》引作例句。

⑤符牌儿：宋周密《武林旧事》卷三载，宋以来风俗，端午节妇女戴"钗符"，即符牌儿。

⑥香球：唐元稹《香球》："顺俗唯团转，居中莫动摇。爱君心不侧，犹讶火长烧。"有疏孔的金属球，内装一个能转动的金属碗，碗口向上，焚香后，怎样转动也不会掉出和熄灭。

附：

流红记

〔宋〕张实

唐僖宗时，有儒士于祐，晚步禁衢间。于时万物摇落，悲风素秋，颓阳西倾，羁怀增感。视御沟，浮叶续续而下。祐临流浣手，久之，有一脱叶，差大于他叶，远视之，若有墨迹载于其上，浮红泛泛，远意绵绵。祐取而视之，果有四句题于其上。其诗曰：

流水何太急？深宫尽日闲。

殷勤谢红叶，好去到人间。

祐得之，蓄于书笥，终日咏味，喜其句意新美，然莫知何人作而书于叶也。因念御沟水出禁掖，此必宫中美人所作也。祐但宝之，以为念耳，亦时时对好事者说之。祐自此思念，精神俱耗。

一日，友人见之，曰："子何清削如此？必有故，为吾言之。"祐曰："吾数月来眠食俱废。"因以红叶句言之。友人大笑曰："子何愚如是也！彼书之者，无意于子。子偶得之，何置念如此？子虽思爱之勤，帝禁深宫，子虽有羽翼，莫敢往也。子之愚，又可笑也。"祐曰："天虽高而听卑，人苟有志，天必从人愿耳。吾闻牛仙客遇无双之事，卒得古生之奇计。但患无志耳，事固未可知也。"祐终不废思虑，复为二句，题于红叶上云：

　　曾闻叶上题红怨，叶上题诗寄阿谁？

置御沟上流水中，俾其流入宫中。人或笑之，亦为好事者称道。有赠之诗者，曰：

　　君恩不禁东流水，流出宫情是此沟。

祐后累举不捷，迹颇羁倦，乃依河中贵人韩泳门馆，得钱帛稍稍自给，亦无意进取。久之，韩泳召祐谓之曰："帝禁宫人三千余得罪，使各适人。有韩夫人者，吾同姓，久在宫。今出禁庭，来居吾舍。子今未娶，年又逾壮，困苦一身，无所成就，孤生独处，吾甚怜汝。今韩夫人箧中不下千缗，本良家女，年才三十，姿色甚丽，吾言之，使聘子，何如？"祐避席伏地曰："穷困书生，寄食门下，昼饱夜温，受赐甚久，恨无一长，不能图报。早暮愧惧，莫知所为，安敢复望如此！"泳乃令人通媒妁，助祐进羔雁，尽六礼之数，交二姓之欢。祐就吉之夕，乐甚。明日，见韩氏装橐甚厚，姿色绝艳。祐本不敢有此望，自以为误入仙源，神魂飞越矣。既而韩氏于祐书笥中见红叶，大惊曰："此吾所作之句，君何故得之？"祐以实告。韩氏复曰："吾于水中亦得红叶，不知何人作也。"乃开笥取之，乃祐所题之诗。相对惊叹，感泣久之，曰："事岂偶然哉！莫非前定也。"韩氏曰："吾得叶之初，尝有诗，今尚藏箧中。"取以示祐。诗云：

　　独步天沟岸，临流得叶时。

　　此情谁会得？肠断一联诗。

闻者莫不叹异惊骇。

一日，韩泳开宴召祐洎韩氏。泳曰："子二人今日可谢媒人也。"韩氏笑答曰："吾为祐之合，乃天也，非媒氏之力也。"泳曰："何以言之？"韩氏索笔为诗，曰：

　　一联佳句题流水，十载幽思满素怀。
　　今日却成鸾凤友，方知红叶是良媒。

泳曰："吾今知天下事无偶然者也。"

僖宗之幸蜀，韩泳令祐将家僮百人前导。韩以宫人得见帝，具言适祐事。帝曰："吾亦微闻之。"召祐，笑曰："卿乃朕门下旧客也。"祐伏地拜，谢罪。帝还西都，以从驾得官，为神策军虞侯。

韩氏生五子三女，子以力学俱有官，女配名家。韩氏治家有法度，终身为命妇。宰相张濬作诗曰：

　　长安百万户，御水日东注。
　　水上有红叶，子独得佳句。
　　子复题脱叶，流入宫中去。
　　深宫千万人，叶归韩氏处。
　　出宫三千人，韩氏籍中数。
　　回首谢君恩，泪洒胭脂雨。
　　寓居贵人家，方与子相遇。
　　同媒六礼具，百岁为夫妇。
　　儿女满眼前，青紫盈门户。
　　兹事自古无，可以传千古。

议曰：流水，无情也；红叶，无情也。以无情寓无情而求有情，终为有情者得之，复与有情者合，信前世所未闻也。夫在天理可合，虽胡、越之远，亦可合也；天理不可，则虽比屋邻居，不可得也。悦于得，好于求者，观此可以为诫也。

李克用箭射双雕

解　题

　　杂剧。《词林摘艳》著录，题元白仁甫《李克用箭射双雕杂剧》。《北词广正谱》《曲录》著录，题正名《李克用箭射双雕》。剧本仅存一折曲文，难见全貌。该折借一醉汉观剧，转述李克用箭射双雕收降周德威的故事。剧写威风凛凛的李克用，把沙场上的猛将周德威，毫不放在眼里，他左手挽宝雕弓，右手取凤翎箭，手起箭发，双雕坠地，赢得一片喝彩声，折服了周德威，使其归降，"情愿马头前亲执辔"。李克用足敲金蹬，手举玉鞭，高唱凯歌，胜利回师。箭射双雕事，史传有载。《旧五代史·唐书·武皇本纪上》载：李克用"尝与鞑靼部人角胜，鞑靼指双雕于空曰：'公能一发中否？'武皇即弯弧发矢，连贯双雕，边人拜服"。《新五代史·唐本纪》《北史·长孙晟传》亦有近似记载。收降周德威事，史籍未载。脉望馆藏《古名家杂剧》本《飞虎峪存孝打虎》第二折，写有李克用箭射双雕收降周德威事，《残唐五代史演义》也记述了这一故事。白朴据史实和民间传说，创作了杂剧《李克用箭射双雕》。近人有疑《李克用箭射双雕》非白朴的作品、不是杂剧，但因证据不足，只好仍将其放在白朴名下，以杂剧残曲看待。残曲版本今存《盛世新声》本、《词林摘艳》本、《雍熙乐府》本（简称"雍本"）；《北词广正谱》本，收存《仙吕宫》此套残曲【六幺篇】【六幺序】【蔓青菜】【柳青娘】【道和】五支。另有今人赵景深《元人杂剧钩沉》本、王文才《白朴戏曲集校注》本、王季思主编《全元戏曲》本、张月中主编《全元曲》本，均收残曲一折。今以《盛世新声》本为底本，参考其他本校勘整理，择善而从。

【中吕·粉蝶儿】赛社处人齐①，一个个恁般沙势，直吃的浑身上村酒淋漓。手张狂，脚趔趄②，吃的来吐天秽地[一]。着人道村里夫妻，但行处不曾相离。

【醉春风】恰晒的布被搭上溪儿干[二]，又淹的旧流丢前襟湿[三]。你这般揎拳裸袖打阿谁？我甘不过你，你！焦了重焦，絮了重絮，我则待醉了重醉。

【快活三】俺这里村庄儿上会亲戚，当村里做筵席。醇糯酒整做下两三石，有猪肉腥无羊膻气[四]。

【朝天子】就着这瓮里碗食，一个个乍手风无拘系[五]。俺从那里早晨间直吃到日平西，都灌的来酾釅醉。有他那牛表嘲歌③，沙三争戏，舞的是一张掀乔样势。再有是么乐器，又无他那路岐④，俺正是村里鼓儿村里擂。

【快活三】则听的摔风也似喊声起，土雨般阵云飞[六]。则听的两棒鼓赤力力似春雷，一声锣轰霹雳惊天地。

【六幺篇】忽的向林莽中，见这山崦里，闪出一队勇烈军旗。手下军便排雁行齐。多无那半千来人马相随。明晃晃秋霜手中持着刃器，铎琅琅銮铃响战马如飞[七]，不剌剌直撞到阵根底。

【六幺序】其实端的，则见灿灿金盔，纠纠雄威。甲挂唐猊[八]，马骤狻猊。一点鞭催，两下军随。摆列着一字儿长蛇阵势，他当拦住去不的。猛然间听的审问个真实，来者将姓甚名谁？

【六幺令】他道是纵横壮士周德威[九]。留下些买路钱别有个商议。不登登怒从心上起，我跟前怎敢道相欺，大胆的将俺来不依随[十]。

【鲍老儿】呀，你则是小觑俺阃外将军八面威，也则是引起俺好斗便争势。喝一声手下儿郎快准备，摆列着金鼓旗幡队[十一]。则见鞭稍点处，三军队伍，前后皆齐。见一双皂雕空中飐翼[十二]，上下翻飞。

【古鲍老】他道是比及和你对垒，先着你试看咱武艺。左手取宝雕弓打两石，右手取凤翎箭撚转端的直。箭吻入朱红扣，慢慢的弓兜开碧玉弰[十三]。微微的靶推出，龙腰细。托泰山前手推、抱婴孩后手轻轻着力，拽一个秋月团圆势。

【剔银灯】[十四]绑的一声弦头响，似春雷般乍起，箭光流似一点寒星飞坠。我则见把的中滴溜溜扑扑的着田地，一双雕透心窝正中着金鈚。我则见垓心内、旗影里，他捆着手高声叫起。

【蔓青菜】自从盘古分天地，便有那汉李广、养由基⑤。他也不似这般快射，我见他拱手舒心便伏低⑥，我见他喏喏连声退。

【柳青娘】[十五]我则见他下的战骑，怎敢道说兵机。扑的来跪膝[十六]。遥望见七重围，则这沙陀壮士归服你。再谁想高官重职？再谁敢耀武扬威[十七]？情愿马头前亲执辔，亲执辔，一戎衣。

【道合】[十八]试他听的，可早欢喜，攀鞍上马不猜疑，共相随。寻思的话投机，正寻觅英雄辈，共扶持边威势。道着俺着俺同商议，俺每俺每天教只[十九]。则今日离了汾州地。将令皆知，谁敢道延迟，金镫敲者，玉鞭擎者，则俺那众儿郎呀来来齐和着齐和着凯凯凯歌回。

校记

[一] 吐天秽地：此四字，底本作"醺醺沉醉"。为免与下文意重，今据雍本改。

[二] 布被搭上褃儿干："被搭上"，雍本作"背褡"。

［三］流丢前襜湿：“流”"襜"二字，雍本作"留""襟"。

［四］有猪肉腥无羊膻气："无"字，底本无，今从雍本补。

［五］乍手风无拘系："乍手风"三字，雍本作"查手缝"。

［六］土雨般阵云飞："土"字，底本音假误作"吐"。今据雍本改。

［七］銮铃响战马如飞："銮"字，雍本作"鸾"。

［八］甲挂唐猊："猊"字，底本音假误作"衣"。今据雍本改。

［九］他道是纵横壮士周德威：此"纵横壮士"底本无。今从雍本补。

［十］大胆的将俺来不依随："胆"字，底本误作"倘"。今依《北词广正谱》改。

［十一］摆列着金鼓旗幡队："摆"字之前，底本有一"轰"，衍。今据雍本删。

［十二］空中展翼："展翼"二字，底本作"招展"，今从雍本改。

［十三］慢慢的弓兜开碧玉弰："弰"字，底本音假误作"稍"。今据雍本改。

［十四］剔银灯：此曲，底本在［蔓青菜］之后。今依文意据《北词广正谱》中吕宫套数分题改移［蔓青菜］之前。

［十五］柳青娘：此曲牌，雍本作"道合"。

［十六］扑的来跪膝："跪"字，底本刊误作"虽危"。今据雍本改。

［十七］耀武扬威："扬"字，底本音同误作"杨"。今据雍本改。

［十八］道和：此曲牌，雍本作"柳青娘"。

［十九］俺每俺每天教只：此句，底本作"着俺着俺教天执"。今据雍本改。

注释

①赛社处人齐：赛社，古代春秋社日的神会。元代一般神会都称赛社。详见《元典章》。

②手张狂，脚趔趄：张狂，慌张失措。趔趄，人行走时，立脚不稳、脚步踉跄、身体倾斜的样子。

③牛表：与下句"沙三"一样，同为元曲中青年农民泛用的名字。

④路岐：亦作"路歧"，民间流动艺人的别称。本义指道路，宋元时因江湖艺人冲州撞府，流动表演，终日奔波于道路之上，故名。

⑤便有那汉李广、养由基：李广，西汉名将。陇西成纪（今甘肃静宁西南）人。善骑射，匈奴称之为"飞将军"。详见《史记·李将军列传》。养由基，亦作"养游基"。春秋时楚国大夫。善射，能百步穿杨。详见《左传·成公十六年》。

⑥拱手舒心便伏低：拱手，心甘情愿。伏低，甘居人下、认输。

附:

旧五代史·唐书·武皇本纪上（节录）

〔宋〕薛居正等

（李克用）年十三，见双凫翔于空，射之连中，众皆臣伏。……（李克用）又尝与达靼部人角胜，达靼指双雕于空曰："公能一发中否？"武皇即弯弧发矢，连贯双雕，边人拜伏。

新五代史·唐本纪·庄宗上（节录）

〔宋〕欧阳修

国昌子克用，尤善骑射，能仰中双凫，为云州守捉使。……克用少骁勇，军中号曰"李鸦儿"。其一目眇，及其贵也，又号"独眼龙"。其威名盖于代北。其在达靼，久之，郁郁不得志，又常惧其图己，因时时从其群豪射猎，或挂针于木，或立马鞭，百步射之辄中，群豪皆服以为神。

北史·长孙道生列传附长孙晟（节录）

〔唐〕李延寿

　　晟字季晟，性通敏，略涉书记，善弹工射，趫捷过人。年十八，仕周为司卫上士。初未知名，唯隋文帝一见深异焉，谓曰："长孙武艺逸群，又多奇略。后之名将，非此子邪？"及突厥摄图请婚，周以赵王招女妻之。周与摄图各相夸竞，妙选骁勇以充使者，因遣晟副汝南公宇文神庆送千金公主至其牙。前后使人数十辈，摄图多不礼之；独爱晟，每共游猎，留之竟岁。尝有二雕，飞而争肉，因以箭两只与晟，请射取之。晟驰往，遇雕相攫，遂一发双贯焉。摄图喜，命诸子弟贵人皆相亲友，冀昵近之，以学弹射。其弟处罗侯号突利设，尤得众心，为摄图所忌，密托心腹，阴与晟盟。晟与之游猎，因察山川形势，部众强弱，皆尽知之。还，拜奉车都尉。

存　目

　　元钟嗣成《录鬼簿》著录白朴杂剧 15 部，明清之际李玉《北词广正谱》著录白朴杂剧 16 部，多出《箭射双雕》一种。今存《墙头马上》《梧桐雨》《东墙记》3 部杂剧和《流红叶》《箭射双雕》2 部杂剧的残曲。其余 11 种皆佚。继前人研究成果，对其佚作了进一步考察，现将佚作存目分述于下：

高祖归庄

解　题

　　杂剧。天一阁本、孟称舜本《录鬼簿》，《太和正音谱》皆著录简名《高祖归庄》，曹楝亭本《录鬼簿》作《泗上亭长》。剧写汉高祖刘邦做皇帝后衣锦还乡的故事。本事见《史记·高祖本纪》："高祖，沛丰邑中阳里人，姓刘氏，字季。""及壮，试为吏，为泗水亭长。"汉高祖十二年（前 195）十月，"高祖还归，过沛，留。置酒沛宫，悉召故人父老子弟纵酒，发沛中儿得百二十人，教之歌。酒酣，高祖击筑，自为歌诗曰：'大风起兮云飞扬，威加海内兮归故乡，安得猛士兮守四方！'令儿皆和习之。高祖乃起舞，慷慨伤怀，泣数行下。谓沛父兄曰：'游子悲故乡。吾虽都关中，万岁后吾魂魄犹乐思沛。且朕自沛公以诛暴逆，遂有天下，其以沛为朕汤沐邑，复其民，世世无有所与。'沛父兄诸母故人日乐饮极欢，道旧故为笑乐。十余日，高祖欲去，沛父兄固请留高祖。高祖曰：'吾人众多，父兄不能给。'乃去。沛中空县皆之邑西献。高祖复留止，张饮三日。沛父兄皆顿首曰：'沛幸得复，丰未复，唯陛下哀怜之。'高祖曰：'丰吾所生长，极不忘耳，吾特为其以雍齿故反我为魏。'沛父兄固请，乃并复丰，比沛"。元张国宾有杂剧《汉高祖衣锦还乡》，一作《歌大风高祖还乡》，今佚。明庚生子有传奇《歌风记》，今存残曲，题材与白朴杂剧同。元睢景臣有散曲套数【般涉调·哨遍】《高祖还乡》，今存。

崔护谒浆

解 题

杂剧。天一阁本《录鬼簿》著录，题目正名作《四不知佳人诉恨，十六曲崔护谒浆》，曹楝亭本、孟称舜本《录鬼簿》及《太和正音谱》著录简名《崔护谒浆》。剧写崔护与村姑的爱情故事。本事见唐孟棨《本事诗》："博陵崔护，资质甚美，而孤洁寡合。举进士下第。清明日，独游都城南，得居人庄。一亩之宫，而花木丛萃，寂若无人。扣门久之，有女子自门隙窥之，问曰：'谁耶？'以姓字对，曰：'寻春独行，酒渴求饮。'女入以杯水至，开门设床命坐，独倚小桃斜柯伫立，而意属殊厚，妖姿媚态，绰有余妍。崔以言挑之，不对，目注者久之。崔辞去，送至门，如不胜情而入。崔亦眷盼而归，嗣后绝不复至。及来岁清明日，忽思之，情不可抑，径往寻之。门墙如故，而已锁扃之。因题诗于左扉曰：'去年今日此门中，人面桃花相映红。人面只今何处去，桃花依旧笑春风。'后数日，偶至都城南，复往寻之，闻其中有哭声，扣门问之，有老父出曰：'君非崔护耶？'曰：'是也。'又哭曰：'君杀吾女。'护惊起，莫知所答。老父曰：'吾女笄年知书，未适人。自去年以来，常恍惚若有所失，比日与之出，及归，见左扉有字，读之，入门而病，遂绝食数日而死。吾老矣，此女所以不嫁者，将求君子以托吾身。今不幸而殒，得非君杀之耶？'又特大哭。崔亦感恸，请入哭之。尚俨然在床。崔举其首，枕其股，哭而祝曰：'某在斯，某在斯。'须臾开目，半日复活矣。父大喜，遂以女归之。"孟称舜本《录鬼簿》注为"末本"，《太和正音谱》注为"二本"。宋官本杂剧有《崔护六幺》《崔护逍遥乐》各一本，今佚。元南戏有《崔护谒浆记》，今存残曲16支。元尚仲贤有杂剧《崔护谒浆》，今佚。明孟称舜有杂剧《桃花人面》，明王澹有传奇《双合记》。清舒位有杂剧《人面桃花》，清曹锡黼有杂剧《桃花吟》。上述戏曲皆演同一故事。本事中女主人公无姓名，元杂剧中则为谢菊英，明人则改为庄慕琼或谢娇英、叶蓁儿。今有京剧、评剧等多种地方戏曲改编本《人面桃花》上演。

幸月宫

解　题

　　杂剧。天一阁本《录鬼簿》、孟称舜本《录鬼簿》《太和正音谱》著录题作《幸月宫》，曹楝亭本《录鬼簿》作《唐明皇游月宫》，《今乐考证》著录题正名《唐明皇游月宫》（注云：一本"游"作"幸"），《曲录》亦作《唐明皇游月宫》。剧写唐明皇游月宫的故事。本事见唐蒋防《幻戏志·叶法善》："尝因八月望夜，师（叶法善）与元（即玄）宗游月宫，聆月中天乐，问其曲名，曰《紫云曲》。元宗素晓音律，默记其声，归传其音，名之曰《霓裳羽衣》。自月宫还，过潞州城上,俯视城郭悄然,而月光如昼。师因请元宗以玉笛奏曲。时玉笛在寝殿中,师命人取,顷之而至。奏曲既,投金钱于城中而还。旬日,潞州奏,八月望夜,有天乐临城,兼获金钱以进。"玄宗游月宫的故事,唐柳宗元《龙城录》、唐郑綮《开天传信记》亦有记载,故事情节与同游者虽各有不同,但多与《霓裳羽衣曲》相联。《雍熙乐府》有残曲《大石调》题《玉翼蝉煞·游月宫》,亦与此题材相同。

凤凰船

解 题

杂剧。天一阁本《录鬼簿》著录,题作《凤皇松》,疑"松"为"船"之误。孟称舜本《录鬼簿》《太和正音谱》作《灯月凤凰船》。曹楝亭本《录鬼簿》作《秋江风月凤皇船》,疑"风月"为"灯月"。本事未详,待考。

梁山伯

解 题

杂剧。天一阁本《录鬼簿》著录,题目正名作《马好儿不遇吕洞宾,祝英台死嫁梁山伯》。孟称舜本《录鬼簿》、《太和正音谱》著录题作《祝英台》。曹楝亭本《录鬼簿》著录题作《祝英台死嫁梁山伯》。剧写梁山伯与祝英台的爱情故事。梁祝故事起源甚早,民间流传极广。宋张津《乾道四明图经》引唐梁载言《十道四蕃志》云:"义妇祝英台与梁山伯同冢,即其事也。"记载梁祝故事较详的为明邵金彪《祝英台小传》："祝英台小字九娘，上虞富家女，生无兄弟，才貌双绝。父母欲为择偶，英台曰：'儿当外出游学，得贤士事之耳。'因易男装，改称九官。遇会稽梁山伯，亦游学，遂与之偕，至宜兴善权山之碧鲜岩，筑庵读书。同居同宿三载，而梁不知祝为女子。临别，约梁曰：'某月日可相访，将告父母，以妹妻君。'实则以身许之也。梁自以家贫，羞涩畏行，遂至愆期。父母以英台字马氏子。后梁为鄞令，过祝家询九官。家僮曰：'吾家但有九娘，无九官也。'梁惊悟，以同学之谊乞一见。英台罗扇遮面出，侧身一揖而已。梁悔念成疾卒，遗言葬清道山下。明年，英台归于马，命舟子迂道过之。至则风涛大作，舟遂停泊。英台乃造梁墓前，失声恸哭，地忽开裂，坠入茔中，绣裙绮襦，化蝶飞去。丞相谢安闻其事于朝，请封为义妇。此东晋永和时事也。其读书宅称碧鲜庵，齐建元间改为善权寺。今寺后有石刻，大书'祝英台读书处'。寺前里许，村名祝陵。山中杜鹃花发时，辄有大蝶双飞不散，俗传是二人之精魂。今称大彩蝶尚曰'祝英台'云。"元南戏有《祝英台》，今存残曲。明传奇有朱从龙《牡丹记》，佚；朱少斋《英台记》（一名《还魂记》），佚；王紫涛《两蝶诗》，佚；佚名《访友记》（一名《同窗记》），今存残曲。清有小说、鼓词《梁山伯》。今京剧、越剧等地方戏曲有改编本《梁山伯与祝英台》《柳荫记》等。

绝缨会

解题

　　杂剧。曹楝亭本《录鬼簿》《今乐考证》《曲录》著录，题目作《楚庄王夜宴绝缨会》，孟称舜本、天一阁本《录鬼簿》《太和正音谱》《元曲选目》著录题作《绝缨会》。剧写楚庄王夜宴绝缨的故事。

本事见汉刘向《说苑》:"楚庄王赐群臣酒,日暮,酒酣,灯烛灭,乃有人引美人之衣者。美人援绝其冠缨,告王曰:'今者烛灭,有引妾衣者,妾援得其冠缨,持之。趣火来上,视绝缨者。'王曰:'赐人酒,使醉失礼,奈何欲显妇人之节而辱士乎?'乃命左右曰:'今日与寡人饮,不绝缨者不欢。'群臣百有余人皆绝去其冠缨而上火,卒尽欢而罢。居二年,晋与楚战,有一臣常在前,五合五获首,却敌,卒得胜之。庄王怪而问曰:'寡人德薄,又未尝异子,子何故出死不疑如是?'对曰:'臣当死。往者醉失礼,王隐忍不暴而诛也。臣终不敢以荫蔽之德,而不显报王也。常愿肝脑涂地,用颈血湔敌久矣。臣乃夜绝缨者也。'遂败晋军,楚得以强。此有阴德者必有阳报也。"这种宣扬楚庄王宽厚仁德和被绝缨者知恩图报的传说流传颇广,《韩诗外传》《楚史梼杌·绝缨第二十一》亦有记载,情节、主人公名讳略有不同。明笔花主人有与此题材相同的传奇《摘缨记》。今有京剧《摘缨会》,亦名《绝缨会》《晋楚交兵》《功臣宴》。

钱塘梦

解 题

杂剧。天一阁本《录鬼簿》著录,题目正名作"司马槱诗酒蝶恋花,苏小小月夜钱塘梦"。曹楝亭本《录鬼簿》《今乐考证》《曲录》著录,题作《苏小小月夜钱塘梦》。孟称舜本《录鬼簿》《太和正音谱》《元曲选目》著录,题简名作《钱塘梦》。《今乐考证》《曲录》亦著录简名《钱塘梦》。剧写司马槱与苏小小的爱情故事。本事见宋王宇《司马才仲传》,亦见宋何薳(wěi)《春渚纪闻》和宋李献民《云斋广录》。据《词苑丛谈》记载:"宋时司马槱才仲,初在洛下,昼寝,梦一美姝牵帷而歌曰:'妾本钱塘江上住,花落花开,不管流年度。燕子衔将春色去，纱窗几阵黄梅雨。'才仲爱其词，因询曲名，云是《黄金缕》。后五年，才仲以苏子瞻荐作钱塘幕官，为秦少章道其事。少章为续其后，词云：'斜插犀梳云半吐，檀板轻敲，唱彻《黄金缕》。梦断彩云无觅处，夜凉明月生南浦。'明夕，复梦美姝迎笑曰：'凤愿谐矣。'遂与同寝。自是每夕必来。才仲为寮宷谈之，咸曰：'公廨后有苏小小墓，得无妖乎！'不逾年，才仲得疾。所乘游舫舣湖塘，柂工见才仲携一丽人登舟，即前喏之，声断，火起舟尾。仓皇走报其衙，则才仲已死矣。"另据《词苑丛谈》云："苏小小者，钱塘名娼也，盖南齐时人。其墓或云湖曲，或云江干。古词云：'妾乘油壁车，郎跨青骢马。何处结同心，西陵松柏下。'今西陵在钱塘江之西，则云江干者近是。"此苏小小当另是一人。

银筝怨

解　题

杂剧。曹楝亭本《录鬼簿》《今乐考证》《曲录》著录，题为《薛琼琼月夜银筝怨》（原本脱"琼"字，据抄本增）。天一阁本、孟称舜本《录鬼簿》，《太和正音谱》《元曲选目》著录，题简名《银筝怨》。剧写崔怀宝与薛琼琼的爱情故事。清褚人获《坚瓠广集》云："薛琼琼，开元中宫姬。"本事见元陈元靓《岁时广记》引《丽情集》："明皇时，乐供奉杨羔以贵妃同姓，宠幸殊常，或谓之羔舅。天宝十三载，节届清明，敕诸宫娥韂（lán）出东门，恣游赏踏青。有狂生崔怀宝，佯以避道不及，映身树下，睹车中一宫嫔，敛容端坐，流眄于生。忽见一人重戴黄缘衫，乃羔舅也，斥生曰：'何人在此！'生惶骇，告以窃窥之罪。羔笑曰：'尔是大憨汉，识此女否？乃教坊第一筝子。尔实有心，当为尔作狂计。今晚可来永康坊东，问杨将军宅。'生拜谢而去。晚诣之,羔曰:'君能作小词,方得相见。'生吟曰:'平生无所愿,愿作乐中筝。得近玉人纤手子,砑罗裙上放娇声,便死也为荣。'羔喜,俄而遣美人相见,曰:'美人姓薛,名琼琼,本良家女,选入宫为筝长,今与崔郎永奉箕帚。'因各赐薰肌酒一杯,曰:'此酒千岁蘽所造,饮之白发变黑,致长生之道。'是日,宫中失筝手,敕诸道寻求之不得。后旬日,崔因调补荆南司录,即事行李,羔曰:'琼琼好事,崔郎勿更为本艺,恐惊人闻听也。'遂感咽叙别。自是,常以唱和为乐。琼有诗云:'黄鸟翻红树,青牛卧绿苔。诸宫歌舞地,轻雾锁楼台。'后因中秋赏月,琼琼理筝弹之,声韵不常,吏辈异之,曰:'近来索筝手甚切,官人又自京来。'遂闻监军,即收崔赴阙。事属内侍司,生状云:'杨羔所赐。'羔求救贵妃。妃告云:'是杨二舅与他,乞陛下留恩。'上赦之,下制赐琼琼与崔怀宝为妻。"与此同题材的还有元郑光祖的杂剧《崔怀宝月夜闻筝》,今存残曲;元佚名作者的南戏《崔怀宝月夜闻筝》,今存残本。

斩白蛇

解 题

杂剧。天一阁本《录鬼簿》著录,题作《汉高祖泽中斩白蛇》。曹楝亭本《录鬼簿》《今乐考证》《曲录》著录,题作《汉高祖斩白蛇》。孟称舜本《录鬼簿》《太和正音谱》题简名《斩白蛇》。剧写汉高祖刘邦斩白蛇起义的故事。本事见《史记·高祖本纪》:"高祖以亭长为县送徒骊山,徒多道亡。自度比至皆亡之,到丰西泽中,止饮,夜乃解纵所送徒。曰:'公等皆去,吾亦从此逝矣!'徒中壮士愿从者十余人。高祖被酒,夜径泽中,令一人行前。行前者还报曰:'前有大蛇当径,愿还。'高祖醉,曰:'壮士行,何畏!'乃前,拔剑击斩蛇。蛇遂分为两，径开。行数里，醉，因卧。后人来至蛇所，有一老妪夜哭。人问何哭，妪曰：'人杀吾子，故哭之。'人曰：'妪子何为见杀？'妪曰：'吾子，白帝子也，化为蛇，当道，今为赤帝子斩之，故哭。'人乃以妪为不诚，欲告之，妪因忽不见。后人至，高祖觉。后人告高祖，高祖乃心独喜，自负。诸从者日益畏之。"

赚兰亭

解 题

杂剧。曹楝亭本《录鬼簿》《今乐考证》《曲录》著录，题作《萧翼智赚兰亭记》。孟称舜本《录鬼簿》《太和正音谱》《元曲选目》著录，题作《萧翼赚兰亭》。天一阁本《录鬼簿》题简名《赚兰亭》。剧写监察御史萧翼为唐太宗智赚王右军《兰亭记》书帖的故事。本事见何延之《兰亭始末记》载唐张彦远《法书要录》、宋《太平广记》。内容大略为：唐太宗颇爱书法，临右军真草书帖，独缺《兰亭》。寻知此书在会稽嘉祥寺僧辩才处，召见问之，答称已于丧乱中失去。召问再三，终不肯出。房玄龄乃荐监察御史萧翼设计前往取之。翼微服作潦倒书生，至会稽，日暮入寺，辩才与谈，竟甚相得，乃结为诗酒之友。一日，谈论书法，争辩《兰亭》存亡，翼坚持真迹已失，辩才则以为尚在，终乃出其所藏以为证实。翼既知其藏处，遂乘辩才他出，入室窃去，后召辩才作别，告以奉诏而来。辩才闻之，哽绝良久始苏。翼持《兰亭》入京，太宗大喜，擢员外郎，厚加赏赐。辩才亦得赐物及谷甚多，但不敢将入己用，用以建三层宝塔。《听雨轩笔记》亦载其事。明李日华《紫桃轩杂缀》认为，"《兰亭》开皇中已为秘宝，江都随行，久付烈焰。'萧翼计赚'之说，传奇幻语，乌足深信也"。是论可备一说。

赶江江

解 题

杂剧。天一阁本《录鬼簿》题作《赴江江》,"赴"为"赶"之笔误。曹楝亭本、孟称舜本《录鬼簿》,《今乐考证》,《曲录》著录,题作《阎师道赶江》。《太和正音谱》题作《阎师道赶江江》。本事未详。叶德均《读稗杂录》云:"宋人罗烨《醉翁谈录》著录话本名目一百零九种,其中《妖术》类《严师道》疑与白朴《阎师道赶江江》杂剧同叙一事,'阎'似为'严'字误。"此说当是。

第三编 白朴的散曲

白朴创作的散曲当不少，但流传下来的为数不多，散见在元杨朝英选辑的《乐府新编阳春白雪》《朝野新声太平乐府》，元无名氏选辑的《梨园按试乐府新声》，明朱权《太和正音谱》，明蒋一葵《尧山堂外纪》等作品中。清初杨友敬从上述诸书中得小令28首、套数3首，辑为《天籁集摭遗》1卷，附在他于康熙四十九年（1710）所刻词集《天籁集》之后。今人隋树森编辑《全元散曲》，收录了《天籁集摭遗》全部作品，又从上述作品选集及《乐府群珠》《雍熙乐府》等作品选集中补收小令8首、套数1首，并从《天籁集》词中选录1首《越调·小桃红》，共计小令37首、套数4首。今人有疑其中几首作品非白朴所作，但无确证，故仍归白朴。版本今见元刊、明刊、明抄本《乐府新编阳春白雪》本（简称阳春白雪本），《朝野新声太平乐府》本（简称太平乐府本），《梨园按试乐府新声》本（简称乐府新声本），《中原音韵》本，《太和正音谱》本，《尧山堂外纪》本，《雍熙乐府》本，《北词广正谱》本，杨友敬《九金人集》《白氏宗谱》等《天籁集摭遗》本，今人卢前《天籁集摭遗》本，隋树森《全元散曲》本、王文才《白朴戏曲集校注》本，徐征、张月中主编《全元曲》本。至于每首曲的版本情况，则写入每首曲的解题。

小　令

仙吕·寄生草

劝饮[一]。

解　题

　　小令。本曲载《中原音韵》，未署作者；《尧山堂外纪》卷六十八署白仁甫曲。曲写长醉之后，万念俱灰，什么功名、事业、志向，统统淹没在酒中，化成了泡影。事不通达时，以屈原独标高洁、屡受猜忌，终自沉汨罗为非；遇知音时，则以陶潜不为五斗米折腰，辞官归隐，过着"采菊东篱下，悠然见南山"的田园生活为是。前一句是反语，实际上作者对屈原、陶潜都是很推崇的。作者用这种愤世嫉俗的语言，称赞长醉不醒、忘怀世事。版本今见《中原音韵》本、《尧山堂外纪》本、《坚瓠集》本、杨友敬《天籁集摭遗》本（该本目录《寄生草》下注："以下见《尧山堂外纪》"）、《白氏宗谱》中的《天籁集摭遗》本、《雍熙乐府》本、《北宫词纪外集·卷六》本、

《艺苑卮言》本。另有今人卢前编《天籁集摭遗》本、隋树森编《全元散曲》本，王文才《白朴戏曲集校注》本，徐征、张月中主编《全元曲》本。今以《中原音韵》本为底本，参考其他本校勘注释，择善而从。按：本曲《尧山堂外纪》署名白朴作，在注中又谓"或以为范子安作"，《北宫词纪外集·卷三》收范子安《寄生草》"酒色财气"四首中有此一首。王文才《白朴戏曲集校注》，谓范作"疑为后世拼凑而成"。隋树森编《全元散曲》云："词纪外集范作说似可信。"张石川《白朴与元初词曲之嬗变》谓"把这一首曲作为范子安作的一组曲中的一支是更为合理的。鉴于此，我们也不把这首散曲放在白朴的名下"。此论，可备一说，有待进一步考证。我今仍将此曲置于白朴名下。

长醉后方何碍[二]，不醒时有甚思[三]。糟腌两个功名字，醅渰千古兴亡事，曲埋万丈虹霓志①。不达时皆笑屈原非，但知音尽说陶潜是。

校记

[一] 劝饮："劝"字，底本无。今据《尧山堂外纪》本（以下简称外纪本）补。

[二] 长醉后方何碍："长"字，《雍熙乐府》本（以下简作雍本）作"常"。

[三] 不醒时有甚思："醒"字，雍熙本、外纪本作"醉"。

注释

①虹霓志：比喻凌云壮志。这里反典故，以示鄙弃功名。三国魏曹植《七启》："若夫田文、无忌之俦，乃上古之俊公子也。皆飞仁扬义，腾跃道艺。游心无方，抗志云际。凌轹诸侯，驱驰当世。挥袂则九野生风，慷慨则气成虹霓。"

仙吕·醉中天

佳人脸上黑痣。

解　题

　　小令。曲载《太平乐府》《中原音韵》《尧山堂外纪》《天籁集摭遗》。《太平乐府》署作者杜遵礼，《中原音韵》未署作者，《尧山堂外纪》署作者白朴，又云，或以为杜遵礼作，《天籁集摭遗》从《尧山堂外纪》署作者白朴。另外，隋树森编《全元散曲》将此曲录于白朴、杜遵礼两人曲中，王文才《白朴戏曲集校注》则将其录入白朴散曲中。今从《尧山堂外纪》，估作白朴撰。曲写传说唐明皇令李白作诗，杨贵妃为其捧砚。李白挥毫，墨点溅在杨贵妃脸上。作者借此赞美脸上有黑痣的丽人。版本今有《中原音韵》本、《太平乐府》本、《尧山堂外纪》本、《北词广正谱》本、杨友敬《天籁集摭遗》本、《白氏宗谱》中的《天籁集摭遗》本。另有今人卢前编《天籁集摭遗》本、隋树森《全元散曲》本、王文才《白朴戏曲集校注》本，徐征、张月中主编《全元曲》本。今以《中原音韵》为底本，参考其他本校注。

疑是杨妃在,怎脱马嵬灾。曾与明皇捧砚来①,美脸风流杀。叵奈挥毫李白②,觑着娇态,洒松烟③点破桃腮[一]。

校记

[一] 洒松烟点破桃腮：此句后,杨友敬《天籁集摭遗》注云："《朝野新声第五卷》谓杜遵礼作,亦小不同,云'好似杨妃在,逃脱马嵬灾。曾向宫中捧砚台,堪伴读书客。叵耐无情的李白,醉拈斑管,洒松烟点破桃腮'。"

注释

①捧砚：传说唐玄宗曾宣李白作诗,李白醉,因命高力士为他脱靴,杨贵妃为他捧砚。详见宋刘斧《摭遗》。

②叵奈：亦作"叵耐""叵耐""颇耐"。可恨、可恼、可恶。

③松烟：指墨,古有松烟墨,用松木燃后黑灰和胶制成。

中吕·阳春曲

知几(四首)。

解　题

小令。本曲有四首,散曲中称"重头"或"联章体",载于《太平乐府》。第一支曲写在荣与辱、是与非面前,保持沉默,闭口不言,暗暗点头,袖手旁观,躲在诗书丛里,从中寻求精神寄托。第二支曲写人生短暂,及时行乐,一世能有多少个今朝醉,人世沧桑,岁月如飞,转眼白发满头,旧友稀少,已是垂暮之年。第三支曲写心情寂寥,常常饮酒赋诗,以忘却一切,过着宁静淡泊,不汲汲于富贵,不碌碌于名利,闲适自乐的生活。第四支曲则写自己乐山乐水,像张良、范蠡那样识时务,为了全身避祸,急流勇退,功成身隐。版本今有《太平乐府》本、《乐府群珠》本、杨友敬《天籁集摭遗》本,《白氏宗谱》中的《天籁集摭遗》本,《雍熙乐府》本收录后三支曲。另有今人卢前编《天籁集摭遗》本、隋树森编《全元散曲》本、王文才《白朴戏曲集校注》本,徐征和张月中等主编《全元曲》本。今以《太平乐府》本为底本,参考其他本校勘注释,择善而从。

知荣知辱牢缄口①,谁是谁非暗点头。诗书丛里且淹留。闲袖手,贫煞也风流。

今朝有酒今朝醉,且尽樽前有限杯。回头沧海又尘飞[一]。日月疾,白发故人稀。

不因酒困因诗困,常被吟魂恼醉魂。四时风月一闲身[二]。无用人[三],诗酒乐天真。

张良辞汉②全身计[四],范蠡归湖③远害机[五]。乐山乐水总相宜[六]。君细推[七],今古几人知。

校记

[一] 回头沧海又尘飞:"又"字,雍熙本作"尽"。

[二] 四时风月一闲身:"风月"二字,雍熙本作"风景"。

[三] 无用人:此三字,雍熙本作"虽无甚"。

[四] 张良辞汉全身计:"辞汉全身"底本作"辞道全身"。今据《乐府群珠》本(以下简作群珠本)、雍熙本改。

[五] 范蠡归湖远害机:"湖"字,底本音假误作"胡"。今据群珠本、雍熙本改。

[六] 乐山乐水总相宜:"总"字,雍熙本作"两"。

[七] 君细推:此句,雍熙本作"消息儿"。

注释

①知荣知辱牢缄口:知荣知辱,知荣辱之分际,且谨言慎行以避祸端。《老子》:"知其荣,守其辱,为天下谷。"河上公注:"荣以喻富贵,辱以喻污浊,

知己之有荣贵,当守之以污浊。如是,则天下归之,如流水入深谷也。"缄口,闭口不言。有不言世事、避祸全身之意。

②张良辞汉:张良,"汉初三杰"之一,封万户侯,爵留侯。汉朝立国后,功成身退,不参朝政。详见《史记·留侯世家》。

③范蠡归湖:范蠡辅佐越王灭吴雪耻后,毅然辞官,乘舟泛湖而去。后用以比喻功成身退的通达之士。详见《史记·越王勾践世家》。

中吕·阳春曲

题情（六首）。

解　题

　　小令。此曲六首，载于《太平乐府》，是重头，或称联章体，但各自独立。六首曲，赞颂勇于冲破封建礼教，大胆追求爱情的妇女。首曲写一女子提笔展纸写信，埋怨恋人用一个"肯"字，勾引得她长期害相思病。二曲写一女子经年痛苦地空守绣帏，懒于梳妆打扮，心情纷乱，依靠着屏风，闷怀难解。三曲写一女子因恋人或丈夫离去少音讯，深切思念，忧愁叹息，珠泪洗面。四曲写一女子懂得好事多磨，瓜先苦后甜，不顾母亲的严格管束，母亲越是从中阻挠，她越是爱得深。五曲写女子用红袖遮烛，不让恋人或丈夫夜晚读书，应举中第有什么，不如男欢女爱享受生活。六曲有别，写一男子寂寞难耐，不顾罗帏寒冷，向前抱着可爱的未婚妻，即使耽误了赶做嫁妆也没关系。版本今有《太平乐府》本、《乐府群珠》本，《北宫词纪外集》本、《尧山堂外纪》本、杨友敬《天籁集摭遗》本与《白氏宗谱》中的《天籁集摭遗》均收录第五、第六两支曲；《乐府新声》《柳塘词话》收录第五支曲。另有今人卢前编《天籁集摭遗》本、隋树森编

《全元散曲》本、王文才《白朴戏曲集校注》本，徐征和张月中主编《全元曲》本，均为六首。今以《太平乐府》本为底本，参考其他本校勘注释，择善而从。

轻拈斑管书心事[一]，细折银笺写恨词。可怜不惯害相思。则被你个肯字儿，迤逗我许多时①。

鬓云懒理松金凤，胭粉慵施减玉容[二]。伤情经岁绣帏空。心绪冗，闷倚翠屏风。

慵拈粉线闲金缕[三]，懒酌琼浆冷玉壶。才郎一去信音疏。长叹吁，香脸泪如珠。

从来好事天生俭②，自古瓜儿苦后甜。你娘催逼禁拘钳③。甚是严[四]，越间阻越情忺④。

笑将红袖遮银烛，不放才郎夜看书。相偎相抱取欢娱[五]。止不过迭应举[六]，及第待何如[七]！

百忙里铰甚鞋儿样，寂寞罗帏冷篆香[八]。向前搂定可憎⑤娘[九]。止不过赶嫁妆，误了又何妨！

校记

[一] 轻拈斑管书心事："斑"字，底本音假误作"班"。今据群珠本改。

[二] 胭粉慵施减玉容："胭"字，底本音假误作"烟"。今据群珠本改。

[三] 慵拈粉线闲金缕："线"字，底本、《全元散曲》本作"扇"，误。今从卢前《天籁集摭遗》。

[四] 甚是严："甚"字，底本作"苗"，误。今据群珠本改。

[五] 相偎相抱取欢娱：此句，《乐府新声》本作"一更才尽二更初"。

[六] 止不过迭应举："迭"字，《北宫词纪外集》本作"的"；杨友敬《天籁集摭遗》本作"赶"。

[七] 及第待何如："及第"二字前，《乐府新声》本有一"不"字。

[八] 冷篆香："冷"字，元刊《太平乐府》作"令"，误。今据万历本《太平乐府》、群珠本改。

[九] 向前搂定："搂"字，底本音同形近误作"楼"。今据群珠本改。

注释

①迤（tuó）逗：亦作"拖逗""拖斗"。引逗、引惹、引诱。

②从来好事天生俭：好事，此指男女相爱。俭，节省、贫乏。这里引申为受拘束。

③拘钳：拘束、压制。

④越间阻越情忺：间阻，从中阻拦。情忺（xiān），情投意合。忺，高兴，合意。

⑤可憎：即可爱。憎，是爱极的反语。明闵遇五注《西厢记》曰："不曰可爱，而曰可憎，犹曰冤家，爱之极也，反语见意。"

越调·小桃红

歌姬赵氏,常为友人贾子正所亲,携之江上,有数月留。后予过邓①,径来侑觞[一]。感而赋此,俾即席歌之。

解　题

小令。此曲前人误作词,收入《天籁集》,今人隋树森将其编入《全元散曲》。曲写作者过邓州时,友人贾子正所爱的歌女赵氏,前来宴前吟唱劝酒。作者看到往日相识的赵氏梳妆容貌,已非昔日风貌,询问别后情况而伤心,旧情难忘,感而赋之,让赵氏即席歌唱。版本今有杨友敬《天籁集摭遗》本、《四库全书》本、四印斋《天籁集》本、《九金人集》本、《白氏宗谱》中的《天籁集摭遗》本。另有今人卢前编《天籁集摭遗》本、隋树森《全元散曲》本、王文才《白朴戏曲集校注》本、徐征和张月中等主编《全元曲》本。今以《全元散曲》本为底本,参考其他本校勘注释,择善而从。

云鬟风鬓浅梳妆,取次樽前唱。比著当时楚江上[二],减容光,故人别后应无恙。伤心留得,软金罗袖,犹带贾充香②。

校记

［一］径来侑觞："径"字,《四库全书》本、《九金人集》本作"往"。

［二］比著当时楚江上："楚"字,底本、杨友敬《天籁集摭遗》本为墨丁,四印斋本、《九金人集》本空缺。今从《四库全书》本补作"楚"。按:楚江,指楚境内的江河。唐李白《望天门山》诗:"天门中断楚江开,碧水东流至此回。"

注释

①邓:即邓县。古县名。今河南邓州市。

②贾充香:比喻奇香。此指歌姬所佩之奇香。暗喻旧情。南朝宋刘义庆《世说新语·惑溺》记述了贾充女贾午窃家中御赐奇香赠韩寿的爱情故事。

越调·天净沙

春夏秋冬（四首）。

解　题

　　小令。四首重头。载于《乐府新编阳春白雪》。曲写春夏秋冬四季景色。春写山呈翠绿、阳光日暖、和风吹拂，春意盎然。雅致的楼阁上，人们可卷起绣帘，凭栏赏春；庭院里杨柳袅袅，人荡秋千，黄莺紫燕飞来飞去，发出"啾啾"的鸣叫声；庭院里小桥之下，流水飘送着红色的落花，这是一个美好的春天。夏写雨过天晴，江河水涨，波浪荡漾，天空万里无云，一碧如洗。雨后降暑，高楼上的人身感凉爽，口吃着甜蜜的瓜，心情格外舒畅。绿色的大树，树荫遮挡着烈日，玉人躺在纱帐中的凉席上，穿着轻薄的丝绸衣衫，轻摇着罗扇。这是一幅多么美丽的美女消夏纳凉图。秋写太阳落山残霞夕照，天色将晚，一缕缕炊烟，在孤零零的村庄上冉冉升起，几株老树，归巢乌鸦瑟缩其间。一只孤独离群的大雁，在长空翱翔，在它的影子下，呈现出秋天的景色：霜打变衰的白草，霜染的满树红叶，傲霜的黄色野菊花。冬写谯楼号角吹响，黄昏降临，轻淡的月光，照耀着半个庭院。山峦披着银装，山前，一个孤村坐落在一湾水边。村里的茅草房,由竹篱笆围着。时值黄昏,各家做晚饭,袅袅的炊烟从各家茅舍的烟囱上飞出,给村子蒙上一层淡淡的白纱。村边衰草萋萋,更显村落的孤独。版本今有《阳春白雪》十卷本、《阳春白雪》残元本、《阳春白雪》九卷本、杨友敬《天籁集摭遗》本与《白氏宗谱》中的《天籁集摭遗》本,在曲题下注"见《阳春白雪》前集第五卷"。另有今人卢前编《天籁集摭遗》本、隋树森编《全元散曲》本、王文才《白朴戏曲集校注》本、徐征和张月中等主编《全元曲》本。今以《阳春白雪》前集第五卷本为底本,参考其他本校勘注释,择善而从。

春

春山暖日和风。阑干楼阁帘栊。杨柳秋千院中。啼莺舞燕,小桥流水飞红。

夏

云收雨过波添。楼高水冷瓜甜。绿树阴垂画檐。纱厨藤簟,玉人罗扇轻缣。

秋

孤村落日残霞。轻烟老树寒鸦[一]。一点飞鸿影下。青山绿水,白草红叶黄花。

冬

一声画角谯门[二]。半庭新月黄昏[三]。雪里山前水滨。竹篱茅舍,淡烟衰草孤村。

校记

［一］轻烟老树寒鸦："鸦"字，底本作"雅"，今从《九金人集》本改。

［二］一声画角谯门："谯"字，底本作"樵"，误。今据《阳春白雪》残元本改。

［三］半庭新月黄昏："庭"字，底本作"亭"。误。今据抄本《阳春白雪》九卷本改。

越调·天净沙

春夏秋冬（四首）。

解　题

  小令。四首重头体。曲载《乐府新编阳春白雪》。《春》写春天日暖，妙龄美女，青春少年，奴仆提酒主骑驴，到青山绿水的风景佳处，赏春忘返。《夏》写夏日景色，竹笋发，梅子垂，庭院槐树遮阴，南风习习，解去郁结，消除烦怀，心情畅快。《秋》写桐叶落，荷花谢，离枝的霜打的红叶，飞过来我好题诗在叶上，心情多么舒畅。《冬》写雪花飞舞，酒宴前，为了探问春天的消息，让人去江边探问梅花开否？因为江上水暖水鸟先知道。版本今有《乐府新编阳春白雪》本、《朝野新声太平乐府》本、杨友敬《天籁集摭遗》本、《白氏宗谱》中的《天籁集摭遗》本。《秋》《冬》二支曲亦收入《乐府新声》本。另有今人卢前编《天籁集摭遗》本、隋树森编《全元散曲》本、王文才《白朴戏曲集校注》本、徐征和张月中等主编《全元曲》本。今以《乐府新编阳春白雪》本为底本，参考其他本校勘注释，择善而从。按：此曲元杨朝英选编《乐府新编阳春白雪》署白仁甫，后其选编《朝野新声太平乐府》署朱庭玉，隋树森编《全元散曲》在校记中说"疑澹斋初选《阳春白雪》误属仁甫,后选《太平乐府》乃改正"。因而有人认为隋说合乎情理,将此四首小令不算作白朴作品。此论可为一说。是否也可以说杨朝英选编《太平乐府》误将此四曲属朱庭玉,因改前署名之误并未说明。故可将此四曲暂属白朴,待考。

春

暖风迟日春天。朱颜绿鬓芳年。挈榼携童跨蹇[一]。溪山佳处,好将春事留连。

夏

参差竹笋抽簪。累垂杨柳攒金[二]。旋趁庭槐绿阴。南风解愠,快哉消我烦襟。

秋

庭前落尽梧桐。水边开彻芙蓉。解与诗人意同。辞柯霜叶,飞来就我题红①。

冬

门前六出花飞②。樽前万事休提。为问东君消息③。急教人探,小梅江上先知。

校记

[一] 挈榼携童跨蹇:"童"字,杨友敬《天籁集摭遗》作"壶"。

[二] 累垂杨柳攒金:"杨柳"二字,《太平乐府》本作"梅子"。

注释

①题红：指在红叶上题写诗篇。红叶题诗事，唐孟棨《本事诗》、范摅《云溪友议》和宋刘斧《青琐高议·流红记》、王铚《补侍儿小名录》、孙光宪《北梦琐言》中都有记载。故事梗概是：唐代一宫女在红叶上题诗，经御沟流出宫禁，为一士子所得。后来宫中遣放宫人，题诗的宫女正好嫁于此士人。白朴《韩翠颦御水流红叶》杂剧（残）敷演此事。

②六出：指雪花。因雪花六瓣，故名。《太平御览》卷十二引《韩诗外传》曰："凡草木花多五出，雪花独六出。""出"者花朵分瓣之谓也。

③东君：此指春神。唐成彦雄《柳枝辞》："东君爱惜与先春，草泽无人处也新。"

双调·驻马听

吹弹歌舞（四首）。

解　题

小令。本曲四首，采用重头体，分咏吹、弹、歌、舞四种艺术，曲载《阳春白雪》。《吹》写笛声悠扬动听，使鹓鸰起舞，凤凰云集，梅花惊落如雪飘，心平静入神，江楼上明月西沉。《弹》写琵琶音诉哀怨离愁，感人泪下。《歌》写曲雅韵美，歌声绕梁，响遏行云。《舞》写精致的舞妆、优美的舞姿、热闹的舞场，令观者难忘。版本今有《阳春白雪》十卷集本、杨友敬《天籁集摭遗》本、《白氏宗谱》中的《天籁集摭遗》本。另有今人卢前编《天籁集摭遗》本、隋树森《全元散曲》本、王文才《白朴戏曲集校注》本、徐征和张月中等主编《全元曲》本。今以《阳春白雪》十卷集本为底本，参考其他本校勘注释，择善而从。

吹

裂石穿云，玉管宜横清更洁①。霜天沙漠[一]，鹓鸰②风里欲偏斜[二]。凤凰台上暮云遮③。梅花惊作黄昏雪。人静也。一声吹落江楼月。

弹

雪调冰弦④,十指纤纤温更柔。林莺山溜,夜深风雨落弦头。芦花岸上对兰舟⑤,哀弦恰似愁人消瘦。泪盈眸,江州司马别离后⑥。

歌

《白雪》《阳春》⑦,一曲西风几断肠。花朝月夜,个中唯有杜韦娘⑧。前声起彻绕危梁⑨。后声并至银河上。韵悠扬。小楼一夜云来往。

舞

凤髻蟠空,袅娜腰肢揾更柔[三]。轻移莲步[四],汉宫飞燕旧风流⑩。谩催鼍鼓品梁州⑪。鹧鸪飞起春罗袖。锦缠头⑫。刘郎错认风前柳⑬。

校记

[一] 霜天沙漠:"霜"字,《阳春白雪》九卷抄本作"雪"。

[二] 鹧鸪风里欲偏斜:"欲"字,杨友敬《天籁集摭遗》本为墨丁,《九金人集》本、《白氏宗谱》本无。

[三] 袅娜腰肢揾更柔:"揾"字,《阳春白雪》九卷抄本、杨友敬《天籁集摭遗》本、《九金人集》本作"温"。

[四] 轻移莲步:此四字,《全元散曲》作"轻衫莲步"。"移莲"二字,底本作"衫远"。今从《阳春白雪》九卷抄本、杨友敬《天籁集摭遗》本改。

注释

①玉管宜横:指横吹之笛。玉管,箫笛的美称。

②鹧鸪:鸟名。羽毛大多以黑白两色相杂,脚橙黄至红褐色。唐崔令钦

《教坊记》曲名中有《山鹧鸪》。

③凤凰台：古台名。在今江苏南京市的南面。宋张敦颐《六朝事迹编类·凤台山》："宋元嘉中，凤凰集于是山，乃筑台于山椒，以旌嘉瑞。在府城西南二里，今保宁寺是也。"

④雪调：指曲名《白雪》，或泛指高雅之歌曲。

⑤兰舟：指构造华丽的船。

⑥江州司马：指被贬为江州司马的唐代诗人白居易。

⑦《白雪》《阳春》：古代楚国的歌曲名。后代称高雅的音乐。战国楚宋玉《对楚王问》："其始曰《下里》《巴人》，国中属而和者数千人；其为《阳阿》《薤露》，国中属而和者数百人；其为《阳春》《白雪》，国中属而和者不过数十人；引商刻羽，杂以流徵，国中属而和者不过数人而已。是其曲弥高，其和弥寡。"

⑧杜韦娘：本为唐代歌伎名，后为唐代歌曲名。这里喻指歌女。

⑨绕危梁：形容歌声美妙动听。《列子·汤问》："昔韩娥东之齐，匮粮，过雍门，鬻歌假食。既去，而余音绕梁栭，三日不绝。"

⑩汉宫飞燕：这里形容舞娘舞姿轻盈，似善舞的汉成帝宠妃赵飞燕。《汉书·外戚传下·孝成赵皇后》："孝成赵皇后，本长安宫人。……学歌舞，号曰飞燕。"

⑪谩催鼍鼓品梁州：鼍鼓，用鼍皮制的鼓。鼍，即鼍龙。是鳄鱼的一种。详见宋赵令畤《侯鲭录》。梁州，唐大曲名。由西凉人传入。详见宋王灼《碧鸡漫志》。

⑫缠头：指古时歌伎把锦帛缠在头上作妆饰，或指舞伎所得的赏锦。后成为赠送妓女财物或酬金的通称。《旧唐书·郭子仪传》："出罗锦二百匹，为子仪缠头之费。"唐杜甫《即事》："笑时花近眼，舞罢锦缠头。"

⑬刘郎：指汉代刘晨。宋李昉等《太平广记》卷六十一《天台二女》记刘晨、阮肇入天台山采药遇仙女的故事。元曲多以刘、阮喻指情郎。

双调·沉醉东风

渔夫。

解　题

小令。此曲载于《中原音韵》。曲写渔夫在秋天的江边，逍遥自在地垂钓，怡然自乐，不羡慕高官，却与无机心的知己鸥鹭交游，表达对隐居生活的满足和对功名利禄的厌恶。版本今有《中原音韵》本，该本未署作者；《尧山堂外纪》本，署白朴；《坚瓠甲集》本题白仁甫；杨友敬《天籁集摭遗》本、《白氏宗谱》中的《天籁集摭遗》本、《九金人集》本。另有今人卢前编《天籁集摭遗》本、隋树森《全元散曲》本、王文才《白朴戏曲集校注》本、徐征和张月中等主编《全元曲》本。今以《中原音韵》本为底本，参考其他本校勘注释，择善而从。按：该曲《艺苑卮言》《雨村曲话》置于马东篱名下，误。《盛世新声》《词林摘艳》《雍熙乐府》《词谑》所载《范蠡归湖》杂剧第四折均有此曲（《词林摘艳》剧作者题赵明道，《词谑》剧作者署范子安），均是杂剧借用白朴的小令作唱词。

黄芦岸、白蘋渡口[一]，绿杨堤、红蓼滩头[二]。虽无[三]刎颈交①，却有[四]忘机友②。点秋江、白鹭沙鸥，傲杀人间万户侯。不识字[五]、烟波钓叟③。

校记

[一] 黄芦岸、白蘋渡口：此句前，《盛世新声》本、《词林摘艳》本有三个衬字"棹不过"。

[二] 绿杨堤、红蓼滩头：此句前，《盛世新声》本、《词林摘艳》本有四个衬字"且湾在那"。

[三] 虽无：此二字，《盛世新声》本、《词林摘艳》本作"虽无那"。

[四] 却有：此二字，《盛世新声》本、《词林摘艳》本作"有几个"。

[五] 不识字：此句前，《盛世新声》本、《词林摘艳》本有三个衬字"我是个"。

注释

①刎颈交：比喻友人生死不渝的情谊。《史记·廉颇蔺相如列传》："卒相与欢，为刎颈之交。"

②忘机友：喻指没有世俗机巧之心的挚友。《列子·黄帝》："海上之人有好沤鸟者，每旦之海上，从沤鸟游。沤鸟之至者百数而不止。其父曰：'吾闻沤鸟皆从汝游，汝取来吾玩之。'明日至海上，沤鸟舞而不下也。"

③烟波钓叟：指渔夫。唐代诗人、画家张志和，隐居江湖，自称"烟波钓徒"。详见《新唐书》《唐诗纪事》等书。

双调·庆东原

题阙（三首）。

解　题

　　小令。三首曲载《阳春白雪》。首曲，劝人忘却功名利禄，早日辞官，像陆贾、张良、张华那样的历史名臣也如同过眼烟云，成了渔夫樵客夜晚闲话的谈资。第二首写自己年轻时常到勾栏瓦舍、歌楼舞榭，如今青春已逝，老之将至，有心白头簪花，又怕旁人笑话。第三首写春暖花开，骑马坐轿，郊外游赏，寒食节荡秋千，百花盛开迎客，来往画船，酒肆招客，一片美好春光丽景。版本今有元刊《阳春白雪》十卷本，元残本、明抄九卷集本，杨友敬《天籁集摭遗》本，《九金人集》本，《白氏宗谱》中的《天籁集摭遗》本。另有今人卢前编《天籁集摭遗》本、隋树森《全元散曲》本、王文才《白朴戏曲集校注》本、徐征和月中等人主编《全元曲》本。今以元刊《阳春白雪》十卷本为底本，参考其他本校勘注释，择善而从。按：第三曲"暖日宜乘轿"，为《乐府新声》《盛世新声》《词林摘艳》《雍熙乐府》收入［新水令·四时湖水］套数，均是借白朴曲配套。《乐府新声》题马致远作，《词林摘艳》署王伯成作。

忘忧草①，含笑花②。劝君闻早[一]冠宜挂③。那里也能言陆贾④？那里也良谋子牙⑤？那里也豪气张华⑥？千古是非心，一夕渔樵话⑦。

黄金缕⑧，碧玉箫。温柔乡里寻常到⑨。青春过了，朱颜渐老，白发凋骚。则待强簪花，又恐旁人笑。

暖日宜乘轿，春风宜讯马[二]。恰寒食有二百处秋千架⑩。对人娇杏花。扑人飞柳花。迎人笑桃花。来往画船游[三]，招飐青旗挂⑪。

校记

[一] 闻早：意为趁早。此二字，明抄《阳春白雪》九卷本作"及早"。

[二] 春风宜讯马："宜讯马"三字，底本、残元本《阳春白雪》作"宜试马"，《乐府新声》本、《盛世新声》本、《词林摘艳》本作"堪信马"。今依文意从明抄《阳春白雪》九卷本、杨友敬《天籁集摭遗》本改。讯马即"信马"。意为信马由缰，任情游踏。讯，"信"的借音字。

[三] 来往画船游："游"字，诸本《阳春白雪》《天籁集摭遗》均作"边"。今依文意从《乐府新声》本改。

注释

①忘忧草：亦称"萱草"，即丹棘。常用以比喻忘却忧愁。晋崔豹《古今注·问答释义第八》："欲忘人之忧，则赠以丹棘，丹棘一名忘忧草，使人忘其忧也。"

②含笑花：花名。宋代丁谓贬崖州时，有诗曰："草解忘忧忧底事，花名含笑笑何人。"详见宋欧阳修《归田录》。清吴其浚《植物名实图考》引《艺花谱》："含笑花产广东，花如兰，开时常不满，若含笑，然随即凋落。"

③冠宜挂：指辞官归隐。用汉代逢萌挂冠隐居之典。详见《后汉书·逸民列传》。

④陆贾：汉高祖时大臣。有口才，曾出使南越，使其称臣于汉。详见《史记·郦生陆贾列传》。

⑤子牙：即吕尚。本姓姜，从其封姓。亦称"太公""尚父"。有谋略，辅佐文王理平政事，辅佐武王伐纣，建立周朝，是我国古代的大政治家。详见《史记·齐太公世家》。

⑥豪气张华：晋代张华由于"勇于赴义，笃于周急，器识弘旷"，因而人们称颂他有豪气。他尝作《鹪鹩赋》，自喻豪志。阮籍见之，以为王佐之才。详见《晋书·张华列传》。

⑦渔樵话：诗歌中常用渔樵闲话感慨兴亡。

⑧黄金缕：乐调名。

⑨温柔乡：汉成帝称赵合德处为温柔乡。后喻美女迷人的温情，又用以指风月场。详见汉伶玄《赵飞燕外传》。

⑩寒食：节令名。在清明前一天或两天。古人从这天起，三天不生火做饭，所以叫寒食。据南朝梁宗懔《荆楚岁时记》载，夏历冬至节后一百五日或六日为寒食节，古代禁火三日，为斗鸡、打球、秋千之戏。

⑪青旗：俗称望子、酒幔。唐宋时酒店皆悬青白旗帘，或以瓶、瓢、帚杆为标识。详见宋洪迈《容斋续笔》卷十六。

双调·得胜乐

春夏秋冬（四首）。

解　题

　　小令。四首重头体。曲载元残本《阳春白雪》。四首小令描绘春夏秋冬四季特征的景物。《春》写丽日和风，王孙公子游春嬉戏，酒醉头上插花。《夏》写葵花、石榴花吐艳，荷花飘香，舟泊垂杨，枕簟横卧，披襟散发纳凉。《秋》写露冷蛩吟，秋风习习，黄叶飘洒，寒雁南飞，鸣叫凄清高亢，酒醉东篱赏菊。《冬》写腊月乌云密布，取雪煮茗，多饮羊羔美酒，温水瓶插梅花。版本今有元残本《阳春白雪》、明抄《阳春白雪》九卷集本，杨友敬《天籁集摭遗》本、《九金人集》本、《白氏宗谱》本《天籁集摭遗》。《太和正音谱》本、《北词广正谱》本、《九宫大成》本收录第三首《秋》。另有今人卢前编《天籁集摭遗》本、隋树森《全元散曲》本、王文才《白朴戏曲集校注》本、徐征和张月中主编《全元曲》本。今以《阳春白雪》元残本为底本，参考其他本校勘注释，择善而从。

春

丽日迟，和风习。共王孙公子游戏。醉酒淹衫袖湿，簪花压帽檐低[一]。

夏

酷暑天，葵榴发。喷鼻香十里荷花。兰舟斜缆垂杨下。只宜铺枕簟①、向凉亭披襟散发。

秋

玉露冷，蛩吟砌。听落叶西风渭水[二]。寒雁儿长空嘹唳。陶元亮醉在东篱②。

冬

密布云，初交腊。偏宜去扫雪烹茶。羊羔酒③添价[三]。胆瓶内温水浸梅花。

校记

[一] 簪花压帽檐低："簪"字，杨友敬《天籁集摭遗》本作"筵"。按曲谱，此句与上句均少一字，应为上三下四七字句。

[二] 玉露冷，蛩吟砌，听落叶西风渭水：此三句，涵芬楼藏本《太和正音谱》本与《北词广正谱》本、《九宫大成》本作"玉露冷冷，蛩吟砌。落叶西风渭水"。

[三] 羊羔酒添价：此句少二字，按曲谱应作上三下四字句。

注释

①枕簟：枕席。泛指卧具。《礼记·内则》："敛枕簟，洒扫堂屋及庭，布

席,各从其事。"

②陶元亮醉在东篱:元亮,东晋陶渊明的字。又名潜。浔阳柴桑(今江西九江)人。曾任江州祭酒、镇军参军、彭泽令等职。因不满现实,辞官归隐。东篱,喻隐士的庄园。陶潜《饮酒》:"采菊东篱下,悠然见南山。"

③羊羔酒:美酒名。明黄一正《事物绀珠》:"羊羔酒出汾州,色白莹,饶风味。"

双调·得胜乐

题阙（四首）。

解　题

　　小令。四首重头体，均无题。第一支曲写少妇独卧空房，孤苦相思，身体消瘦。第二支曲写少妇院中走来走去，等待思念的人，想着他不能快点来说一声，不要让人直等到天明。第三支曲写日暮天晚，寒鸦归巢，少妇多次观看，希望有信来。第四支曲写秋天的傍晚，少妇埋怨长空寒雁为什么不带信来！四首从不同角度写少妇思念丈夫之情景。版本今有元残本《阳春白雪》、明抄九卷本《阳春白雪》、杨友敬《天籁集摭遗》本、《九金人集》本、《白氏宗谱》本《天籁集摭遗》。按：《九宫大成》五，收有第四支曲，然曲文有异。另有今人卢前编《天籁集摭遗》本、隋树森《全元散曲》本、王文才《白朴戏曲集校注》本、徐征和张月中主编《全元曲》本。今以元残本《阳春白雪》本为底本，参考其他本校勘注释，择善而从。

　　独自寝，难成梦。睡觉来怀儿里抱空。六幅罗裙宽褪，玉腕上钏儿松。

独自走,踏成道。空走了千遭万遭。肯不肯疾些儿通报,休直到教担阁得天明了[一]。

红日晚,遥天暮。老树寒鸦几簇。咱为甚妆妆频觑[二]?怕有那新雁儿寄来书[三]。

红日晚,残霞在。秋水共长天一色。寒雁儿呀呀的天外[四],怎生不捎带个字儿来[五]?

校记

[一] 担阁得天明了:"天明",底本作"大明"。今据明抄《阳春白雪》九卷本、诸本《天籁集摭遗》改。

[二] 妆妆频觑:"妆妆"二字,杨友敬《天籁集摭遗》本,《九金人集》本、《天籁集摭遗》空缺。卢前《天籁集摭遗》本作"妆妆"。《全元散曲》拟改作"憧憧",意为往来不绝的样子。

[三] 怕有那新雁儿寄来书:"寄"字,底本作"既",误。今据明抄《阳春白雪》九卷本改。诸本《天籁集摭遗》作"新雁□飞来出"。

[四] 寒雁儿呀呀的天外:"寒"字,《九金人集》本作"塞"。"雁"字,明抄《阳春白雪》九卷本作"鸭"。

[五] 怎生不捎带个字儿来:此句与其前的四句,《九宫大成》本作"红日晚,夕阳犹在,碧水共长天一色。雁儿嘎,呀呀云外,雁儿嘎,却怎生不带将一个价字儿来。"

套　数

仙吕·点绛唇

题阙。

解　题

散套。本套收录于《梨园按试乐府新声》本上。《太和正音谱》本收【穿窗月】一支曲，《北词广正谱》本、《九宫大成》本收【穿窗月】【上马娇煞】二支曲。曲写一位闺中少妇在深秋黄昏时，对远游丈夫的思念，表现丈夫离去之后的寂寞、哀愁之苦，塑造了一位痴情、多姿、执着、热情、忠贞、生动鲜明的怨妇形象。该套曲第一支曲子【点绛唇】写丈夫离家的时间和少妇在家的生活情景。【幺篇】写少妇观赏秋色，孤独地站在高楼上，挂上窗帘。【混江龙】写少妇在丈夫去京之后的孤独与愁怨。【穿窗月】写少妇对丈夫的思念、怨怼和临别时的叮咛。【寄生草】和【元和令】写少妇对丈夫的思念和期待早日归来的心情。【上马娇煞】写丈夫不归给少妇带来的烦恼和痛楚。版本今见《乐府新声》本，《太和正音谱》本收录一支曲，《北词广正谱》本、《九宫大成》本收录两支曲。另有今人卢前编《天籁集摭遗》本、隋树森《全元散曲》本、吴庚舜等主编《全元散曲：广选·新注·集评》本、王文才《白朴戏曲集校注》本、徐征和张月中主编《全元曲》本。今以《乐府新声》本为底本，参考其他本校勘注释，择善而从。

【点绛唇】金凤钗分，玉京人去①，秋潇洒。晚来闲暇。针线收拾罢。

【幺篇】[一]独倚危楼，十二珠帘挂。风萧飒。雨晴云乍，极目山如画。

【混江龙】断人肠处，天边残照水边霞。枯荷宿鹭，远树栖鸦。败叶纷纷拥砌石，修竹珊珊扫窗纱。黄昏近，愁生砧杵，怨入琵琶。

【穿窗月】忆疏狂阻隔天涯[二]，怎知人埋怨他[三]。吟鞭醉袅青骢马[四]。莫吃秦楼酒[五]、谢家茶②？不思量执手临歧话③。

【寄生草】凭阑久，归绣帏，下危楼强把金莲撒[六]。深沉院宇朱扉屧？④，立苍苔冷透凌波袜⑤。数归期空画短琼簪，揾啼痕频湿香罗帕。

【元和令】自从绝雁书[七]，几度结龟卦。翠眉长是锁离愁，玉容憔悴煞。自元宵等待过重阳，甚犹然不到家？

【上马娇煞】欢会少，烦恼多，心绪乱如麻，偶然行至东篱下。自嗟自呀，冷清清和月对黄花。

校记

[一] 幺篇：底本无此曲调名。今依曲谱据《全元散曲》本补。

[二] 忆疏狂阻隔天涯："狂"字，底本形近误作"往"。今据《太和正音谱》本、《北词广正谱》本改。

[三] 怎知人埋怨他："埋怨"二字，底本误作"理冤"。今据《太和正音

谱》本改。

[四] 吟鞭醉袅青骢马："骢"字，底本作"骏"。今据《太和正音谱》本、《北词广正谱》本改。

[五] 莫吃秦楼酒："吃"字，底本误作"知"。今据《太和正音谱》本、《北词广正谱》本改。

[六] 下危楼强把金莲撒："莲"字，底本形近误作"運"（运）。今依文意从《全元散曲》本改。

[七] 自从绝雁书："自"字，底本无。今依曲谱字数、文意从《全元散曲》本补。

注释

①玉京人：喻指所爱的男子。玉京，道家术语，指天宫。《魏书·释老志》："道家之原，出于老子。其自言也，先天地生，以资万类。上处玉京，为神王之宗；下在紫微，为飞仙之主。"比喻京城。唐孟郊《长安旅情》："玉京十二楼，峨峨倚青翠。"

②莫吃秦楼酒、谢家茶：莫，疑问词，犹言"莫不""莫非""莫不是"。秦楼、谢家，都城中心吃喝玩乐之所。也指妓院。金董解元《西厢记诸宫调》卷一："秦楼谢馆鸳鸯幄，风流稍是有声价。"

③临歧话：临别时的话语。宋赵长卿《念奴娇》："记得临歧收泪眼，执手叮咛言语。"

④朱扉户：意为红色的门关闭。扉，门扇。户，掩闭。宋欧阳修《蝶恋花》："小院深深门掩户。"

⑤凌波袜：典出三国魏曹植《洛神赋》："凌波微步，罗袜生尘。"形容洛水女神步履轻盈，后作为妇女袜子的美称。

大石调·青杏子

咏雪。

解 题

散套。全套原载于《太平乐府》，杨友敬《天籁集摭遗》据此移录。本套共五支曲子，写漫天飞雪的严寒隆冬，富贵人家赏雪宴请宾客饮酒、寻欢作乐的情景。首曲【青杏子】写漫天风雪，千山万壑顿时成了一望无垠的银色世界，大雪给室外带来了严寒。二曲【归塞北】写身着貂皮衣的富贵闲人，卷帘赏雪，雪景如画。三曲【好观音】写富贵人家夜晚在红炉正暖的室内宴请宾客。四曲【幺篇】写华灯下，丽人劝酒，歌声助兴，主宾畅饮，笑语满堂。五曲【结音】写桌上杯盘狼藉，主宾醉眼蒙眬，问侍女何物清香扑鼻，猜测是园中蜡梅绽放。版本今见元刊本、明万历本、明大字本《太平乐府》；杨友敬《天籁集摭遗》本、《九金人集》本、《白氏宗谱》本《天籁集摭遗》（该本在【青杏子】注："见《朝野新声》第七卷。"）；《盛世新声》本；《雍熙乐府》本；《太和正音谱》《北词广正谱》收【好观音】一支。另有今人卢前编《天籁集摭遗》本、隋树森《全元散曲》本、王文才《白朴戏曲集校注》本、徐征和张月中主编《全元曲》本。今以杨友敬《天籁集摭遗》本为底本，参考其他本校勘注释，择善而从。

【青杏子】空外六花翻①，被大风洒落千山[一]。穷冬节物偏宜晚。冻凝沼沚，寒侵帐幕[二]，冷湿阑干。

【归塞北】貂裘客，嘉庆卷帘看。好景画图收不尽，好题诗句咏尤难。疑在玉壶间。

【好观音】富贵人家应须惯，红炉暖不畏严寒[三]。开宴邀宾列翠鬟。拌酡颜②。畅饮休辞惮。

【幺篇】劝酒佳人擎金盏[四]，当歌者款撒香檀。歌罢喧喧笑语繁[五]。夜将阑。画烛银光灿。

【结音】似觉筵间香风散，香风散非麝非兰。醉眼朦腾问小蛮[六]③。多管是④，南轩蜡梅绽。

校记

[一] 洒落千山："洒"字，《雍熙乐府》本作"撒"。

[二] 寒侵帐幕："侵"字，明万历本《太平乐府》作"浸"。

[三] 红炉暖不畏严寒："严寒"，底本作"初寒"。今依文意据《太和正音谱》本、《北词广正谱》本改。

[四] 劝酒佳人擎金盏："佳人"，元刊《太平乐府》本、明万历本《太平乐府》、《北词广正谱》本作"家人"。

[五] 歌罢喧喧笑语繁：此句，《太和正音谱》作"罗绮交杂笑语繁"。

[六] 醉眼朦腾问小蛮："腾"字，《雍熙乐府》作"胧"。

注释

①六花：雪花的代称。因雪花多为六瓣，故称。

②酡（tuó）：饮酒后脸色发红。

③小蛮：唐代白居易家舞伎。唐孟棨《本事诗》："白尚书姬人樊素善歌，妓人小蛮善舞，尝为诗曰：'樱桃樊素口，杨柳小蛮腰。'"这里代指能歌善舞的歌伎。

④多管：推测之词，意为大概是、恐怕是。

小石调·恼煞人

题阙。

解　题

　　散套。本套曲杨友敬本《天籁集摭遗》、《太和正音谱》、《北词广正谱》、《九宫大成》，均收全套无题。据《天籁集摭遗》目录云：本套见《阳春白雪》后集第六卷。今查两种版本的《阳春白雪》均无第六卷，《天籁集摭遗》所据，当系别本。待考。本套借叙书生双渐在江船上，思忆小卿之情，以抒发胸臆之感。首曲【恼煞人】写江山夕霞映照，夜寒烟波，雾雨蒙蒙，离别的恋人身处两地，不能相见，心感凄凉。二曲【幺篇】以宋玉悲秋、江淹梦笔之典，抒发愁闷寂寞的离情别绪。三曲【伊州遍】写深切思念小卿，痛恨冯魁狠心夺走恋人。四曲【幺篇】写小卿远在他乡、双生无奈独坐画船，在月下听胡笳声唱渔歌，默默无语，悲伤泪落。五曲【尾声】写摇橹的声音不要惊散夜晚同宿的鸳鸯，让鸳鸯不要像我们这样离别分飞。这个故事在宋元之际广为流传，为文人青睐，戏曲多敷演为《双渐赶苏卿诸宫调》（《太平乐府》杨立斋【哨遍】序云为南宋初年张午中作）；《西厢记诸宫调》《风月紫云庭》杂剧均有《双渐豫章城》诸宫调剧目。元人散曲中吟咏双渐小卿爱情故事的甚多，如王晔、朱凯的《题双渐小卿问答》组曲。明梅鼎祚《青泥莲花记》云："书生双渐与庐州妓苏小卿相爱，渐赴考后，鸨母卖小卿与茶商冯魁，随船过金山寺，小卿题诗于壁，以示行踪。双渐赶至，告于官府，仍判为夫妇。"《永乐大典》卷二四〇五"苏小卿"条载《醉翁谈录·烟花奇遇》话本云："苏寺丞为闾江知县，女小卿于园中见人卧花阴，问之，乃郡吏双渐，待取贤士。二载渐至，寺丞殁，女投外祖扬州，又落为娼。生往，饮于妓楼，二人相见。时女与司理院薛官人为亲，女留之。二年双渐归京，舟泊豫章。适薛与女亦系舟是处，渐以歌挑之，女品琵琶为答。二人易衣驰骑，赴京参选，得其偕老。"上引两种，内容不同，但此曲均提及。版本今有《太和正音谱》本、《北词广正谱》本、杨友敬《天籁集摭遗》本、《九金人集》中的《天籁集摭遗》本、《九宫大成》本、《白氏宗谱》中的《天籁集摭遗》本。另有今人卢前编《天籁集摭遗》本、隋树森《全元散曲》本、王文才《白朴戏曲集校注》本、徐征和张月中主编《全元曲》本。今以杨友敬《天籁集摭遗》本为底本，参考其他本校注，择善而从。

【恼煞人】又是红轮西坠，残霞照万顷银波。江上晚景寒烟，雾蒙蒙、风细细，阻隔离人萧索。

【幺篇】宋玉悲秋愁闷①，江淹梦笔寂寞②。人间岂无成与破[一]，想别离情绪，世界里只有俺一个。

【伊州遍】为忆小卿③，牵肠割肚④，凄惶悄然无底末。受尽平生苦，天涯海角，身心无个归着。恨冯魁⑤、趋恩夺爱，狗行狼心[二]，全然不怕夭折挫。到如今划地吃耽阁⑥，禁不过、更那堪晚来暮云深锁⑦。

【幺篇】故人杳杳，长江风送，听胡笳沥沥声韵聒。一轮皓月朗，几处鸣榔，时复唱和渔歌。转无那⑧、沙汀蓼岸，一点渔灯相照，寂寞古渡停画舸。双生无语泪珠落，呼仆隶、指拨水手，在意扶柁[三]。

【尾声】兰舟定把芦花过，橹声省可里高声和⑨。恐惊散宿鸳鸯，两分飞也似我。

校记

[一] 人间岂无成与破："岂无"二字，底本作"岂有"，误。今据《太和正音谱》本、《北词广正谱》本改。

[二] 狗行狼心："狗行"二字，底本作"狗幸"，《太和正音谱》同，误。今依文意据《北词广正谱》本改。

[三] 在意扶柁："在意"，底本作"意在"。今依文意据《太和正音谱》本、《北词广正谱》本改。

注释

①宋玉悲秋：战国楚宋玉《九辩》："悲哉，秋之为气也！萧瑟兮，草木摇落而变衰。"意在悲叹秋景萧瑟。后人常以此渲染秋景或写秋意。这里用来比喻自己的离思。

②江淹梦笔：《南史·江淹列传》："又尝宿于冶亭，梦一丈夫自称郭璞，谓淹曰：'吾有笔在卿处多年，可以见还。'淹乃探怀中，得五色笔一以授之。尔后为诗绝无美句，时人谓之才尽。"这里用此典表达自己的烦恼、寂寞之情。

③小卿：亦名苏卿、苏小卿。庐州名妓。她与双渐的爱情故事在宋元间流传甚广。

④牵肠割肚：形容操心、挂念之极。

⑤冯魁：即解题中所说骗娶苏小卿的江西茶商。

⑥划地吃耽阁："划地"亦作"划的""产的"。宋元时口语，反而、反倒之意。吃，挃、被。

⑦更那堪：更兼之、更加上。

⑧无那：无奈。

⑨省可里：意为省得、免得、休得要。可里，语助词，无义。

双调·乔木查

对景。

解　题

  散套。本套原载于《太平乐府》，杨友敬《天籁集摭遗》本移录，并在目录【双调·乔木查】下注云："一名【银汉浮槎】，见《朝野新声》第六卷；《太和正音谱》引【乔木查】首支曲；《北词广正谱》、《九宫大成》引【乔木查·挂搭沽序】。"本套写春夏秋冬四季景物的循环变化，抒发作者对人世沧桑、功名虚幻的感慨，表现作者对韶华易逝、应及时行乐的人生态度。首曲写春景，百花争艳，桃花梨花"乱红堆雪"。一【幺】写夏景，万紫千红，"榴花红似血"。【挂搭沽序】写秋景，梧桐叶落，"露白霜结"。二【幺】写冬景，朔风凛冽，漫天飞雪。三【幺】写岁月如流水，世态变化，抒发人生短暂的感慨。【尾声】写人生短暂，须及时行乐，借以抒发胸中块垒。版本今见《太平乐府》本、杨友敬《天籁集摭遗》本、《九金人集》本及《白氏宗谱》中的《天籁集摭遗》本。《太和正音谱》录【乔木查】二曲、《北词广正谱》录前五首，另有今人卢前编《天籁集摭遗》本、隋树森《全元散曲》本、王文才《白朴戏曲集校注》本、徐征和张月中主编《全元曲》本。今以杨友敬《天籁集撺遗》本为底本，参考其他本校注，择善而从。

【乔木查】海棠初雨歇，杨柳轻烟惹。碧草茸茸铺四野。俄然回首处，乱红堆雪。

【幺】恰春光也，梅子黄时节。映日榴花红似血。胡葵开满院，碎剪宫缬[一]。

【挂搭沽序】[二]倏忽早庭梧坠①，荷盖缺。院宇砧韵切，蝉声咽，露白霜结。水冷风高，长天雁字斜，秋香次第开彻。

【幺】不觉的冰澌结[三]，彤云布、朔风凛冽。乱扑吟窗，谢女堪题②，柳絮飞玉砌。长郊万里，粉污遥山千叠。去路赊，渔叟散，披蓑去[四]，江上清绝。幽悄闲庭，舞榭歌楼酒力怯，人在水晶宫阙。

【幺】岁华如流水，消磨尽、自古豪杰。盖世功名总是空，方信花开易谢，始知人生多别。忆故园，漫叹嗟，旧游池馆，翻做了狐踪兔穴。休痴休呆，蜗角蝇头③，名亲共利切。富贵似花上蝶，春宵梦说。

【尾声】少年枕上欢，杯中酒好天良夜，休辜负了锦堂风月[五]。

校记

[一] 胡葵开满院，碎剪宫缬：此二句，《北词广正谱》本作"蜀葵开满院，剪碎宫缬"。《九宫大成》本"胡葵"作"葵花"，"宫缬"作"香缬"。

[二] 挂搭沽序："挂搭沽"三字，底本无。今据《北词广正谱》本、《九宫大成》本补。

[三] 不觉的冰澌结："澌"字，底本音假误作"厮"。今据《全元散曲》本改。

[四] 披蓑去："去"字，底本墨丁，今从《全元散曲》补。

[五] 休辜负了锦堂风月："辜"字，《九金人集》本作"孤"。

注释

①倏忽：忽然、转眼之间。

②谢女堪题：指晋代谢道韫以柳絮比拟雪花的故事。

③蜗角蝇头：蜗牛角，苍蝇头，比喻微小的名利。宋苏轼《满庭芳·或注警悟》："蜗角虚名，蝇头微利，算来着甚干忙。"亦作"蝇头蜗角"。宋侯寘《满江红》："拼蝇头蜗角去来休，休姑息。"

第四编 白朴的词集《天籁集》

白朴是元词大家，作词甚丰，晚年自编词集，收词二百多篇，由好友王博文作序并题名《天籁集》。但其遭遇坎坷，四百多年，屡遭兵火，散失近半，尚存104首，清康熙年间，方得刊行广传于世。版本今见清刊本三种：康熙三十九年（1700）杨友敬刊二卷本（简称杨友敬本），今存国家图书馆；光绪十八年（1892）王鹏运据杨友敬本刻《四印斋所刻词》本（简称四印斋本）；光绪三十一年（1905）吴重熹、缪荃孙据杨友敬本与丁丙抄本合校刻入《石莲盦汇刻九金人集》本（简称《九金人集》本）。另有民国戊子（1948）之无堂据杨友敬本刻《白氏宗谱》本（简称《白氏宗谱》本）；1979年唐圭璋编《全金元词》中华书局排印本（简称《全金元词》本）；2005年安徽大学出版社出版徐凌云《天籁集编年校注》本（简称徐凌云本）。今见清抄本七种：清康熙年间曹寅藏抄明洪武丁巳刊本（简称曹本），今存国家图书馆；乾隆三十七年（1772）纂修《四库全书》本（简称四库本）；乾隆三十八年（1773）汪启淑藏抄本（简称汪抄本），今存上海图书馆；乾隆年间朱筠结一庐传抄本（简称朱抄本），今存国家图书馆；清赵氏小山堂传抄本（简称赵抄本），今存国家图书馆；光绪丁丑（1877）盛起核丁丙跋抄本（简称丁抄本），今存南京图书馆；清劳权抄校本（简称劳抄本），今存上海图书馆。今以杨友敬本为底本，参考其他刻本、抄本校注，择善而从。

清朱彝尊序

　　明宁献王权谱元人曲作者凡一百八十有七人。白仁父居第三，虽次东篱、小山之下，而喻之鹏抟九霄，其矜许也至矣。余少日避兵练浦，村舍无书，览金元院本，最喜仁父《秋夜梧桐雨》剧，以为出关、郑之上。及辑唐、宋、元人诗余为《词综》，憾未得仁父只字，意世无复有储藏者。康熙庚辰八月之望，六安杨希洛氏千里造余，袖中出兰谷《天籁集》，则仁父之词也。前有王尚书子勉序，述仁父门世本末颇详。始知仁父名朴，又字太素，为枢判寓斋之子。后又有洪武中国子助教江阴孙大雅序及安丘儒学教谕松江曹安赞。余因考元人诗集，则匪独遗山元氏与枢判衿契，若秋涧王氏、雪楼程氏皆有与白氏父子往来赠送之诗，盖寓斋子三人，仁父仲氏也。其伯叔则诚父、敬父。敬父官江西理问，雪楼送其之官，有"思君还读寓斋诗"之句，此亦敬父昆弟之父执矣。白氏于明初由姑孰徙六安。是集希洛得之于其裔孙驹，将刊行，属余正其误，乃析为二卷，序其端。竹垞老人朱彝尊。

　　此序杨友敬本、曹寅藏抄本均以朱彝尊手书载其端

元王博文序

　　乐府始于汉，著于唐，盛于宋。大概以情致为主。秦、晁、贺、晏虽得其体，然哇淫靡曼之声胜，东坡、稼轩矫之以雄词英气，天下之趋向始明。近时元遗山每游戏于此，掇古诗之精英，备诸家之体制，而以林下风度，消融其膏粉之气。白枢判寓斋序云："裕之法度

最备。"诚为确论，宜其独步当代，光前人而冠来者也。元、白为中州世契，两家子弟每举长庆故事，以诗文相往来。太素即寓斋仲子，于遗山为通家侄，甫七岁，遭壬辰之难。寓斋以事远适，明年春，京城变，遗山遂挈以北渡。自是不茹荤血，人问其故，曰："俟见吾亲则如初。"尝罹疫，遗山昼夜抱持，凡六日，竟于臂上得汗而愈，盖视亲子弟不啻过之。既读书，颖悟异常儿，日亲炙遗山，謦咳谈笑，悉能默记。数年，寓斋北归，以诗谢遗山云："顾我真成丧家狗，赖君曾护落巢儿。"居无何，父子卜筑于滹阳，律赋为专门之学，而太素有能声，号后进之翘楚者。遗山每过之，必问为学次第，尝赠之诗曰："元白通家旧，诸郎独汝贤。"未几，生长见闻，学问博览，然自幼经丧乱，苍皇失母，便有山川满目之叹。逮国亡，恒郁郁不乐，以故放浪形骸，期于适意。中统初，开府史公将以所业力荐之于朝，再三逊谢，栖迟衡门，视荣利蔑如也。太素与予三十年之旧，亦汲会于江东。尝与予言："作诗不及唐人，未可轻言诗。平生留意于长短句，散失之余，仅二百篇，愿吾子序之。"读之数过，辞语遒丽，情寄高远，音节协和，轻重稳惬，凡当歌对酒，感事兴怀，皆自肺腑流出，予因以《天籁》名之。噫！遗山之后，乐府名家者何人？残膏剩馥，化为神奇，亦于太素集中见之矣。然则继遗山者，不属太素而奚属哉？知音者览其所作，然后知予言之不为过。太素名朴，旧字仁甫，兰谷其号云。至元丁亥（1287）春二月上休日正议大夫行御史台中丞西溪老人王博文子勉序。

此序载杨友敬本朱彝尊手书序之后

明孙大雅序

余以洪武甲寅（1374）春，掾姑孰郡文学。时真定白溟子南分教诸生，间示其祖兰谷先生《天籁集》。谨按，先生讳朴字仁甫，后改字太素，姓白氏，号兰谷，金季寓斋先生枢密院判之子也。寓斋生三子，先生其仲子也。先生生长兵间，流离窜逐，父子相失。遂鞠于元遗山先生所，遗山教之成人，始归其家。先生少有志天下，已而事乃大谬。顾其先为金世臣，既不欲高蹈远引以抗其节，又不欲使爵禄以污其身，于是屈己降志，玩世滑稽，徙家金陵，从诸遗老放情山水间，日以诗酒优游，用示雅志，以忘天下。诗词篇翰，在在有之。是编计词二百余首，名《天籁集》。兵燹散失，其孙溟得之姑孰士大夫家，传写失真，字多谬误。余既考订一二，归之。比召赴京，复求语以叙之。余惟先生词章翰墨挥洒奋迅，出于天才，既以得名当时，板行于世，余又何足以轻重哉！然又不可以不一言者，先生出处大节，微而婉，曲而肆。庸人孺子所不能识，非志和、龟蒙、林君复往而不返之俦可同日语。故序，以著其出处之大较云。洪武丁巳（1377）春二月国学助教江阴孙大雅叙。

此序以《天籁集后序》载清赵氏小山堂传抄本附录

清戴名世序

《天籁集》者，元初白仁甫所作诗余也。诗余莫盛于元，而仁甫所作尤称隽妙，至今流传人间者无多。而此集乃仁甫自定藏于家，距今逾四百年，屡经兵火，其子孙皆能守之不失。而今裔孙某惧其磨灭，乃介其乡人杨君希洛，请序于余，而属为刊而行之于世。余惟子孙之欲不朽其先人者，其情无所不至，至于文字之可以公之于世者，即残篇断简，而不忍其没焉，必思所以流传于不朽。故古之作者，赖有贤子孙为之表彰，不致泯灭而无闻。如白氏之世守其先人遗书，数百年而卒显于世，此孝子慈孙之所为效法者也。顷余有志于先朝文献，欲勒为一书，所至辄访求遗编，颇略具。而今侨寓秦淮之上，闻秦淮一二遗民所著书甚富。当其存时，冀世有传之者而不得，深惧零落，往往悲涕不能自休，死而付其子孙。余诣其家，殷勤访谒，欲得而为雕刻流传之。乃其子孙拒之甚坚，惟恐其书之流布，而姓名之彰著。呜乎！祖父死不数年，而其子孙视之，不啻如仇雠，其终必至于磨灭。倘其见此集，而比量于白氏之裔孙，吾不知其有颡有泚而汗浃于背否也。余故感某之意，而牵连及之。至于仁甫诗余之隽妙，则当元时已有称为如鹏抟九霄，而今词家之所共宗仰者也，故不著。戴潜虚序。

此序载清戴名世《南山集》

清无名氏序

兰谷名朴，金源白寓斋仲子也。生长兵间，家丧，鞠于元遗山所。自念其先为金世臣，遂恣意林壑，销磨岁月。至胸臆轮囷逼塞，槎枒横出，所不能销，悉发而为词。词二百余首，散佚其半。皋城白氏千里，实兰谷裔，俾其中表希洛杨子携至，乞序于余。余叹曰：兰谷心乎中州者也！余往题《中州乐府》谓：诗而至于余，诗余而至于金源，是亦世外之世，韵外之韵，譬之水中之有雁字，月下之有花影而已。夫当金源百余年间，汗青溦漫，丹粉凋残，得传于今，赖有遗山为之抉摘篇章，指陈趋尚，遗山之后，憾无遗山，以致元词工若兰谷，亦复碑沉剑伏，罕有觑者。而终元之世，戎马倥偬，此又水中之雁影将排，而激湍忽鼓荡之；月下之花阴将布，而阴云忽蒙晦之；水月云泥，不能自主。且词至元，降而为曲，三声杂糅，淫哇迭出。曲盛则词益衰，即涵虚子谓兰谷为鹏抟九霄，谓其曲非谓其词也。世传《黄鹤楼》剧乃兰谷作，是亦因其有吕仙祠一阕而附会之。要皆无关生平，余不复辨。余第就仅存之词，略为披读，深取其性情有独挚焉。曰韩非死孤愤，虞叟坐穷愁；盖忆儿时，其姐教之诵《放言》于遗山家，老不能忘也。曰羡东方臣朔，从容帝所，西真阿母，唤作儿郎；痛兵燹失母，见凡有母，如见阿母也。曰照影来今往古，圆缺阴晴几度；借月自形，往者流离窜逐，父子散失，靡有宁止也。曰梦中鸡犬新丰，眼底姑苏麋鹿；曰飙轮蓬莱去好，又愁沧海尘扬；则更缅怀上世，甘作洛顽，托神仙之渺邈无稽，极黍离之涕泗满目，沉郁顿挫，曾何异于少陵江头之哭，同谷之歌也哉！然意婉思深，必展转乃出，是尤霜寒阵断之有嗷嗷孤唳，而为雁外之雁；且落参横之有伶仃无偶，而为影外之影矣。词于白下，留吟居多，余故愿为之序。至白氏后裔，《中庐郡志》载："永乐中，白侍御春，自黄州徙皋城。"又《中州集》有白先生赍，号决寿老。《元文类》碣铭部有白彦邻，号颐乐先生。元诗人不著爵里有白仁秦。时因希洛之问，牵连书之。

           此序载曹栋亭藏钞本

《天籁集》卷上

春从天上来

至元四年①,恭遇圣节②,真定总府③请作寿词④。

解 题

此词作于真定,时为至元四年(1267)。作者应友人真定路总管府总管兼府尹贾文备之请,代其写的为元世祖祝寿的词。通篇用最吉祥、最美好的语言,歌颂元世祖的功德,祝贺他的江山万代久传。词虽是受人之请而写,其中有些恭维奉承、阿谀称颂的话或许是违心的,但拥元的基本思想应是真实的。

枢电光旋⑤。应九五飞龙⑥,大造登乾⑦。万国冠带,一气陶甄⑧。天眷⑨自古雄燕。喜光临弥月⑩,香浮动、太液⑪秋莲。凤楼前,看金盘承露,玉鼎霏烟。

梨园⑫太平妙选⑬,赞虎拜猊舥[一]⑭,鹭序鹓联[二]⑮。九奏虞韶[16]，三呼嵩岳[17]，何用海上求仙。但岩廊高拱，瓜瓞衍[18]、皇祚[19]绵绵。万斯年。快康衢击壤[20]，同戴尧天[21]。

校记

［一］赞虎拜猊狲："猊"字，四印斋本作"兕"。

［二］鹭序鹓联："序"，曹本作"字"，其下有小字注："字一作序。""联"字，四印斋本作"班"。

注释

①至元四年：至元，为元世祖年号；四年，即公元1267年。

②圣节：指元世祖忽必烈寿辰。《元史·世祖纪》载："世祖圣德神功文武皇帝，讳忽必烈，睿宗皇帝第四子。母庄圣太后，怯烈氏。以乙亥岁八月乙卯生。"乙亥岁八月乙卯，即蒙古太祖十年、南宋嘉定八年（1215）八月二十八日。《元史·世祖纪》：至元四年八月，"高丽国王王植遣其秘书监郭汝弼来贺圣诞节"。时为元世祖52周岁寿辰。

③真定总府：即真定路总管府。真定，即今河北正定。至元四年，真定路总管为贾文备。《元史·贾文备传》："贾文备字仲武，祁州蒲荫人。……中统三年，升开元府路女真水达达等处宣抚使，佩金虎符。……至元二年，加昭勇大将军、真定路总管，兼府尹。六年，调卫辉路总管。"由此可知，贾文备至元二年（1265）至至元六年（1269）任真定路总管府总管、府尹。

④请作寿词：贾文备为真定军政长官，请居住真定文名著称当时的白朴代其为元世祖写祝贺的寿词。

⑤枢电光旋：意为天枢星的光芒普照。南朝宋谢庄《皇太子元服上皇太后表》："离景承宸，枢光陪极，毓问东华，飞英上序。"南朝梁沈约《光宅寺刹下铭》："寿丘暧暧，电绕枢光。"《宋书·符瑞志》："黄帝轩辕氏，母曰附宝，见大电光绕北斗枢星，照郊野，感而孕。二十五月而生黄帝于寿丘。"枢，古星名。北斗第一星，亦称"天枢"。

⑥九五飞龙：指天子之位。语出《易经》。《易经·乾卦》："九五，飞龙在

天,利见大人。"孔颖达疏:"言九五阳气盛至于天,故飞龙在天……犹若圣人有龙德,飞腾而居天位。"后因以"九五飞龙"或"九五"指帝位。

⑦大造登乾:歌颂元世祖功德之词。大造,大功劳、大成就、大恩德。《左传·成公十三年》:"文公恐惧,绥靖诸侯,秦师克还无害,则是我有大造于西也。"注:"造,成也,言晋有功于秦。"登乾,指登皇帝位。乾,指君位。南朝梁沈约《瑞石像铭》:"我皇体神御极,挹睿临乾。"

⑧一气陶甄:歌颂皇帝之词。一气,指混沌之气,古代认为构成天地万物之本原。《晋书·凉武昭王李玄盛传论》:"王者受图,咸资世德,犹混成之先大帝,若一气之生两仪。"陶甄,比喻陶冶、教化。《文选·张华·女史箴》:"茫茫造化,二仪既分。散气流形,既陶既甄。"《晋书·乐志上》:"弘济区夏,陶甄万方。"又比喻君主。五代齐己《送司空学士赴京》:"重谒往年金榜主,便将才术佐陶甄。"

⑨天眷:上天的眷顾。此指帝王对臣下的恩宠。《晋书·庾冰传》:"非天眷之隆,将何以至此。"

⑩弥月:足月。怀孕满十个月。《诗经·鲁颂·閟宫》:"无灾无害,弥月不迟。"郑玄注:"终人道十月而生子,不迟晚。"今俗称小儿生后满一月为"弥月",也称"满月"。此指生日。

⑪太液:古池名。汉、唐太液池皆在长安。元代太液池即今故宫西华门外的北海、中海、南海三海。元亦称西华潭。元至元元年(1264),蒙古自和林迁都燕京后改称大都,即今北京城。

⑫梨园:唐玄宗时教练宫廷歌舞艺人的地方。《新唐书·礼乐志十二》:"玄宗既知音律,又酷爱法曲,选坐部伎子弟三百教于梨园,声有误者,帝必觉而正之,号'皇帝梨园弟子'。宫女数百,亦为梨园弟子,居宜春北院。"后以"梨园"泛指戏班或演戏之所。此指蒙元皇帝的宫廷乐队。

⑬太平妙选:精选的音乐。太平,谓太平令。曲调名。南北曲都有。南曲属中吕宫,北曲属双调。

⑭虎拜貔貅:喻指文武大臣祝寿的盛况。虎拜,谓臣拜君。《诗经·大雅·江汉》:"虎拜稽首:'天子万年。'"按召穆公名虎,周宣王时人,因有战功,宣王赏给他山川土地,他稽首拜谢,后因称臣拜君为虎拜。貔貅,古时一种狮

形的酒器。猊，狮子，又名狻猊。觞，盛满的酒杯，亦泛指酒器。

⑮鹭序鹓联：喻指朝臣上朝时行列。鹭与鹓为两种鸟名，成群飞行时，整齐有序。《禽经》："寀寮雝雝，鸿仪鹭序。"张华注："鹭，白鹭也。小不逾大，飞有次序，百官缙绅之象。"

⑯九奏虞韶：喻指不断地弹奏着美妙的音乐。九奏，指古代行礼奏乐九曲。《尚书·益稷》："《箫韶》九成，凤凰来仪。"孔传："备乐九奏而致凤凰。"孔颖达疏："成，谓乐曲成也。郑云：'成，犹终也。每曲一终，必变更奏。'故经言九成，传言九奏。"虞韶，谓虞舜时的"韶"乐。汉班固《幽通赋》："虞《韶》美而仪凤兮，孔忘味于千载。"唐陈陶《闲居杂兴》诗之一："虞《韶》九奏音犹在，只是巴童自弃遗。"

⑰三呼嵩岳：指文武百官对皇帝祝贺时，叩头呼万岁三次。据《汉书·武帝纪》载：汉元封元年春，武帝登嵩山，从祀吏卒皆闻三次高呼万岁之声。后臣下祝颂帝王，高呼万岁，亦谓之"嵩呼"。嵩岳，即嵩山。

⑱瓜瓞衍：《诗经·大雅·绵》："绵绵瓜、瓞，民之初生，自土沮、漆。"瓞，小瓜。沮、漆，都是水名。谓周的祖先像瓜瓞似的岁岁相连。后因用为祝颂子孙昌盛之词。衍，本义为水广布和长流，引申为展延。

⑲皇祚：帝统，皇位。晋张华《烈文先生鲍玄泰诔》："于铄烈文，续蕤皇祚。"

⑳快康衢击壤：康衢，本指四通八达的大道，此句指称颂太平盛世之歌。击壤，我国古代的一种投掷游戏，此指《击壤歌》，古歌名。相传唐尧时有老人击壤而唱此歌。汉王充《论衡·艺增》："有年五人击壤于路者，观者曰：'大哉，尧德乎！'击壤者曰：'吾日出而作，日入而息，凿井而饮，耕田而食；尧何等力！'"明无名氏《鸣凤记·幼海议本》："息风波，固皇图，愿见康衢击壤歌。"

㉑尧天：唐尧、虞舜为古代传说中的贤明帝王，因此"尧天"或"尧天舜日"比喻理想中的太平盛世。此为称颂皇帝盛德之辞。

夺锦标

《夺锦标》曲,不知始自何时,世所传者,惟僧仲殊一篇而已①。予每浩歌,寻绎音节,因欲效颦,恨未得佳趣耳。庚辰卜居建康②,暇日访古,采陈后主张贵妃事③,以成素志。按后主既脱景阳井之厄④,隋元帅府长史高颎⑤竟就戮丽华于青溪,后人哀之,其地立小祠,祠中塑二女郎,次则孔贵嫔也。今遗构荒凉,庙貌亦不存矣。感叹之余,作乐府《青溪怨》⑥。

解 题

这首词作于元世祖至元十七年(1280)移家建康(即金陵,今南京)之后不久的秋天。白朴闲暇,探访古迹,借六朝亡国特别是陈后主张丽华之事,隐约表达对金亡之哀怨之情。

霜水明秋,霞天送晚,画出江南江北。满目山围故国,三阁余香⑦,六朝陈迹⑧。有庭花遗谱⑨,惨[一]哀音⑩、令人嗟惜。想当时、天子无愁⑪,自古佳人难得。

惆怅龙沉宫井,石上啼痕,犹点胭脂红湿⑫。去去天荒地老⑬,流水无情,落花狼籍⑭。恨青溪犹在[二],渺重城、烟波空碧。对西风、谁与招魂⑮,梦里行云消息。

校记

[一]惨:底本、四印斋本亦缺。今从曹本、《九金人集》本、四库本、朱抄本、赵抄本、丁抄本、劳抄本、汪抄本补。

[二]恨青溪犹在:"犹"字,底本、四印斋本作"留"。曹本作"留",其下有小字注"一作犹"。《九金人集》本、四库本、丁抄本作"犹",今从。

注释

①僧仲殊:仲殊姓张,名挥,字师利。北宋安州(今湖北安陆)人。曾举进士,后弃家为僧,居杭州吴山宝月寺。素与苏轼交善,因常食蜜以解毒,故人称蜜殊。崇宁中自缢死。工诗词,有词《宝月集》七卷,不传。今有赵万里《校辑宋金元人词》辑《重月集》一卷,唐圭璋《全宋词》收之,存词46首,残句7。白朴所见仲殊之词《夺锦标》,今已不传。

②庚辰卜居建康:庚辰,元世祖至元十七年(1280),为元灭南宋的第二年,国家实现统一;白朴由真定(今河北正定)徙家建康(今江苏南京)。移家的原因,与其长子白镛在江南做官有关,也可能与其弟白恪到江南做官有关。据《新元史·白恪传》载:至元十四年,白恪为江南行台大夫相威辟为掾,至元十八年授建康道按察司经历。

③陈后主张贵妃事:指陈后主宠幸张贵妃导致亡国之事。陈后主,即南朝陈皇帝陈叔宝,字元秀,公元582~589年在位。在位时大建宫室,生活奢侈,日与嫔妃、文臣游宴,制作艳词,如《玉树后庭花》。隋兵南下时,恃长江天险,不以为意。祯明三年(589),隋兵入建康,被俘,后病死洛阳。张贵妃,即张丽华,陈后主之宠妃。据《南史·张丽华传》云:张贵妃名丽华,兵家女也,性聪慧,甚被宠遇。时后主怠于政事,百司启奏,并因宦者蔡临儿、李善度进请,后主倚隐囊,置张贵妃于膝上共决之。李、蔡所不能记者,贵妃并为疏条,无所遗脱。及隋军克台城,贵妃与后主俱入井,隋军出之,晋王广命斩之于青溪中桥。

④景阳井之厄：据《南史·陈本纪·后主纪》载：隋文帝开皇九年（589）隋兵破建康，陈后主携张贵妃、孔贵嫔藏于景阳宫外之井中，隋兵发现后将三人救出，陈后主被献俘于长安。

⑤高颎：高颎（541~607），字昭玄，一名敏，渤海蓚（今河北景县）人。隋文帝时任尚书左仆射。灭陈时，杨广为元帅，颎为元帅府长史，主持军事。张丽华被俘，杨广欲留之，高颎拒不受命，杀丽华于青溪之上。杨广即位，终被诛杀。

⑥青溪怨：词题名。当指隋兵入建康灭陈事，含有哀怨之情。青溪，古水名，秦淮河支流。三国吴赤乌四年（241），在建业城东南凿东渠，称为青溪。发源于江苏南京市钟山西南，穿过今南京市流入秦淮河，长十余里。因折曲多，后世亦称为九曲青溪。六朝时，为首都漕运要道；溪上置栅，亦为防守要地。五代以后，逐渐湮废，今仅存秦淮河的一段。《南畿志》云："青溪发源钟山，吴凿东渠，名青溪九曲。"又《一统志》载："张丽华墓在秦淮上赏心亭天井中，又有祠在青溪。"

⑦三阁：指陈后主所起临春、结绮、望仙三阁。《南史·张贵妃传》："至德二年，乃于光昭殿前起临春、结绮、望仙三阁，高数十丈，并数十间……后主自居临春阁，张贵妃居结绮阁，龚、孔二贵嫔居望仙阁，并复道交相往来。"

⑧六朝：朝代合称。三国的吴、东晋，南朝的宋、齐、梁、陈都以建康（吴名建业，今江苏南京）为首都，历史上合称六朝。

⑨有庭花遗谱：庭花即《后庭花》，唐教坊曲名，后用为词牌。本名《玉树后庭花》，为南朝陈后主所制艳曲，后世称其为亡国之音。据《南史·张贵妃传》："后主每引宾客，对贵妃等游宴，则使诸贵人及女学士与狎客共赋新诗，互相赠答。采其尤艳丽者，以为曲调，被以新声。选宫女有容色者以千百数，令习而歌之，分部迭进，持以相乐。其曲有《玉树后庭花》《临春乐》等，大抵所归，皆美张贵妃、孔贵嫔之容色。"

⑩惨哀音：哀音，即亡国之音。唐杜牧《泊秦淮》："烟笼寒水月笼沙，夜泊秦淮近酒家。商女不知亡国恨，隔江犹唱《后庭花》。"

⑪天子无愁：指《北史·齐本纪》："（幼主）盛为无愁之曲，帝自弹胡琵琶而唱之，侍和之者以百数，人间谓之无愁天子。"

⑫龙沉宫井，石上啼痕，犹点胭脂红湿：《南史·张贵妃传》："及隋军克台城，贵妃与后主俱入井，隋军出之，晋王广命斩之于青溪中桥。"《金陵志》："景阳井在台城内，陈后主与张丽华、孔贵嫔投其中以避隋兵。旧传栏有石脉，以帛拭之，作胭脂痕，名胭脂井，一名辱井，在法华寺。"此三句指此。

⑬天荒地老：历时久远的意思。唐李贺《致酒行》："吾闻马周昔作新丰客，天荒地老无人识。"

⑭狼籍：散乱的样子。按：旧传狼群常籍草而卧，起则践草使之灭迹，后因以"狼籍"为散乱之形容词。见《通俗编》引《苏氏演义》。

⑮招魂：为宋玉招屈原魂而作。作者用此典缅怀古人，凭吊江山。

夺锦标

得友人王仲常、李文蔚书①。(仲常名思廉,仕元至翰林学士承旨。)②

解 题

这首词是作者移家建康之后第一次收到友人王仲常、李文蔚书信。至元二十四年(1287)有词《风流子》,丁亥秋复得仲常书。故此词当作于元至元十七年(1280)移家建康不久。此词抒发了作者对友人、家乡的怀念之情,表现了作者鄙视蜗角争利之徒,羡慕山泉隐逸生活的思想。

孤影长嗟,凭高眺远,落日新亭西北③。幸有山河在眼,风景留人,楚囚何泣④。尽纷争蜗角⑤,算都输、林泉闲适⑥。澹悠悠、流水行云,任我平生踪迹。

谁念江州司马⑦,沦落天涯,青衫未免沾湿。梦里封龙旧隐⑧,经卷琴囊,酒樽诗笔。对中天凉月,且高歌、徘徊今夕。陇头人、应也相思,万里梅花消息⑨。

注释

①王仲常：白朴早年居真定时的挚友。据《元史·王思廉传》载：王思廉，字仲常，真定获鹿人。幼师太原元好问，既冠，张德耀宣抚河东，辟为书记，复谢归。至元十年，董文忠荐之，世祖召见，授符宝局掌书，曾官符宝局直长、翰林待制、典瑞少监、同知大都留守兼少府监事、枢密院判官、翰林学士、工部尚书、征东行省参知政事、大名路总管、集贤学士、太子宾客，以翰林学士承旨、资善大夫致仕。延祐七年卒，年八十三。赠翰林学士承旨、资德大夫、河南江北等处行中书省右丞、上护军，追封恒山郡公，谥文恭。延祐七年为公元1320年，是年仲常八十三岁，上推其生年为公元1237年。白朴生于1226年，长仲常十二岁，年龄虽然相差十二岁，由于皆师从元好问，有师兄弟之谊，两人在真定时交往甚密。白朴得此信时，王仲常居官在大都。李文蔚：白朴早年居真定时的挚友。据《录鬼簿》载，李文蔚，真定（今河北正定）人，北杂剧作家，曾官江西瑞昌县尹。生卒年不详。

②仲常名思廉，仕元至翰林学士承旨：底本、四印斋本无此注。曹本、赵抄本、四库本、《九金人集》本、丁抄本《天籁集》题下均有此注。徐凌云注云："此条小注至关重要，涉及白朴的卒年，仁宗皇庆元年（1312）壬子，王仲常以翰林学士承旨致仕，如此条确属白朴所注，则白朴亲知或亲见王仲常致仕事，白氏卒年当在仁宗皇庆元年之后，因注中直接称'仕元'，白朴词中尚无先例，姑存疑。"勿须存疑，此条小注为后人所加。其实理由很清楚，既然断定白朴的《夺锦标·得友人王仲常、李文蔚书》一词写于元世祖至元十七年（1280）至至元二十四年（1287）间，而至元十八年（1281）王仲常在大都任典瑞少监，至元二十三年（1286）改任嘉议大夫、同知大都留守兼少府监事，白朴此时绝不可能知道王仲常在二十五年之后以翰林学士承旨致仕。显然，小注是后人加的。另外，这个小注尚有"按丁丙钞本《天籁集》题下所注"等字，这与集中其他词的体例也不同。显然，后人加上"仲常名思廉，仕元至翰林学士承旨"，意在彰显白朴友人的显赫地位，而白朴本人似无必要加这个小注。因而，这个小注，明显是后人所加。亦知徐凌云未见曹本、赵抄本、四库本。

③落日新亭西北：比喻忧国忧时之思。典出南朝宋刘义庆《世说新语·言语》：

"(东晋)过江诸人,每至美日,辄相邀新亭,藉卉饮宴。周侯(周颛)中坐而叹曰:'风景不殊,正自有山河之异!'皆相视流泪。唯王丞相(王导)愀然变色曰:'当共勠力王室,克复神州,何至作楚囚相对!'"后都用此喻忧国忧时之思。事又见《晋书·王导传》。新亭,故址在今南京市南。三国吴筑。东晋时为朝士游宴之所。地近江滨,依山为城垒,为军事及交通重地。南朝宋孝武帝即位于此,因改名中兴亭,通常仍称新亭。宋建炎四年(1130)岳飞大破金兀术于此。后废。此句可说明作者时在建康。

④楚囚何泣:楚囚,本指楚人被俘者,后用以比喻处境窘迫的人。此处为作者自比。《左传·成公九年》:"楚子重侵陈以救郑。晋侯观于军府,见钟仪。问之曰:'南冠而絷者,谁也?'有司对曰:'郑人所献楚囚也。'"

⑤蜗角:蜗牛角。原为极微小的东西,后人以此比喻极细小的虚名与微利。此处表示对名利之鄙视。典出《庄子·则阳》:"有国于蜗之左角者,曰触氏;有国于蜗之右角者,曰蛮氏。时相与争地而战,伏尸数万。"

⑥林泉闲适:林泉,指山林泉石胜境,也指退隐之地。《北史·韦夐传》:"所居之宅,枕带林泉。"

⑦江州司马:指唐诗人白居易。白居易,字乐天,晚年号香山居士。贞元进士,授秘书省校书郎。元和年间任左拾遗及太子左赞善大夫。因上表请求严缉刺死宰相武元衡的凶手,得罪权贵,被贬为江州司马。白朴一生虽未做官,但从诗人这一角度来考虑,再加地点相同(同在江州),故特借白居易来自喻。

⑧封龙:山名,在今河北石家庄市鹿泉区南,接元氏县界。一曰飞龙山。风景绝佳,称为奇胜,山下封龙书院,传为汉李躬授业之所。唐郭震,宋李昉、张蟠叟,元李治、安熙等皆尝讲学于此。《读史方舆纪要·北直真定府元氏县》:"封龙山,县西北五十里,《史记》赵武灵王伐中山,取封龙,盖因山以名邑。唐《十道志》:'封龙,河北之名山也。'本名飞龙山,山势如伏龙欲飞举状。峰峦泉石,回环错列,称为奇胜,其最著者为龙首、熊耳、华盖诸峰。"

⑨陇头人、应也相思,万里梅花消息:陇,山名,在今陕西陇县西北。陇头人,指在北方的友人。据南朝宋盛弘之《荆州记》载:南朝宋陆凯与范晔相善,陆自江南寄梅花一枝与诗一首,赠在长安的范晔。其诗曰:"折梅逢驿使,寄与陇头人。江南无所有,聊赠一枝春。"一枝春,梅花别称。作者以这个故事中的陆凯与范晔的友情自比。

水调歌头

咏月。

解　题

这首词通过咏月，表现了一个失去爱情的女子的痛苦，并以唐玄宗游月宫听《霓裳羽衣曲》的故事，寄托自己的感情。是词当作于白朴青壮年时期，具体作于何时，待考。

银蟾吸清露①，白兔捣玄霜②。青天万古明月，中有物苍苍。想是临风丹桂，费尽斫云玉斧，秋蕊自芬芳。印透一轮影，吹下九天香③。

怪霜娥④，才二八，减容光。蛾眉几画，新样晚镜为谁妆。见说开元天子，曾到清虚仙府，一曲听霓裳⑤。何事便归去，空断舞鸾肠。

注释

①银蟾：月中的白色蟾蜍，亦为月的别称。唐段成式《酉阳杂俎·天咫》载："旧言月中有桂，有蟾蜍，故异书言月桂高五百丈，下有一人常斫之，树创随合。人姓吴名刚，西河人，学仙有过，谪令伐树。"以下几句皆言月中之事

物。

②白兔捣玄霜：白兔，喻月亮，或作月亮的代称。又称玉兔。据《太平御览·天部四》引晋傅咸《拟天问》："月中何有？白兔捣药。"今因此常用白兔、玉兔来比喻月亮。玄霜，古代神话传说中的仙药。《汉武故事》载："药有五云之浆、风实云子、玄霜绛雪。"

③九天：九重天，天的最高处；一说九为阳数，九天即天。

④霜娥：即嫦娥。《淮南子·览冥训》云："羿请不死之药于西王母，姮娥窃以奔月。"姮娥，因避汉文帝刘恒讳，改为"嫦娥"，又称素娥、霜娥。此指纯洁的女子。

⑤见说开元天子，曾到清虚仙府，一曲听霓裳："开元天子"指唐玄宗李隆基。开元为玄宗年号。清虚仙府，即广寒清虚之府，即月宫。霓裳，《霓裳羽衣曲》的简称。此三句，写传说中唐明皇游月宫的故事。旧题唐柳宗元《龙城录》载有"明皇梦游广寒宫"条："下见有素娥十余人，皆皓衣乘白鸾，往来舞笑于广寒大桂树之下。又听乐音嘈杂，亦甚清丽，上皇素解音律，熟览而意已传。顷，天师亟欲归，三人下若旋风，忽悟，若醉中梦回尔。次夜，上皇欲再求往，天师但笑谢而不允。上皇因想素娥风中飞舞袖被，编律成音，制《霓裳羽衣舞》曲，自古洎今，清丽无复加于是矣。"唐白居易《长恨歌》曾写有玄宗游仙山听《霓裳羽衣曲》事。

水调歌头

用前韵，题阙。

解 题

  这首词上半阕写月中景物，下半阕写嫦娥吃了仙药飞升月宫，尚能与风神相聚，不像织女星那样孤苦伶仃，终日织仙衣，思念牛郎，不能相见。表现了作者对寂寞空虚的嫦娥、孤独痛楚的织女的同情。隐约寄托自己远离家乡，与妻儿不得相见的苦衷。是词当作于白朴青壮年时期，具体作于何年，待考。

  明月复明月，天宇净新霜。霜中养就白兔，未觉玉容苍。照影来今往古，圆缺阴晴几度，丹桂俨然芳。遐想广寒露①，谁得一枝香。
  恍瑶台②，飞宝镜，散重光③。嫦娥久饵灵药④，点出淡云妆。闲与风姨相聚⑤，不似天孙独苦⑥，终日织仙裳。脉脉望河鼓⑦，萦损几柔肠。

注释

①广寒：即广寒宫。传说唐玄宗于八月望日游月中，见一大宫府，榜曰：

广寒清虚之府。见《龙城录·明皇梦游广寒宫》。后人因称月宫为广寒宫。

②恍瑶台：恍，恍惚，隐隐约约，不可辨认。瑶台，古代传说中的神仙居处。

③散重光：散，分开，分散。重光，指日和月。《文选》左思《吴都赋》"常重光"李善注："谓日月画于旗上也。"常，古旗帜名。

④嫦娥久饵灵药：嫦娥，神话中后羿之妻。后羿从西王母处得到不死之药，嫦娥偷吃之后，遂奔月宫。故事见《淮南子·览冥训》与高诱注。饵，食。

⑤风姨：即封姨，又名封十八姨，神话传说中的风神。唐人小说《博异志》云，崔玄微春夜遇花神共饮，席间有封十八姨，备受众花神的尊敬，后始悉其为风神。

⑥天孙：星官名，即织女星。织女为民间传说中巧于织造的仙女，为天帝之孙，故名。据《史记·天官书》载："河鼓大星……其北织女。织女，天女孙也。"

⑦脉脉望河鼓：脉脉，形容凝视的样子。河鼓，星官名，亦称天鼓，俗称牛郎星。

水调歌头

初至金陵①,诸公会饮,因用《北州集·咸阳怀古》韵②。

解 题

这首词借用对金陵景物的描写,感怀六朝兴亡之事,抒发作者对古今江山易代、盛衰无常的感叹,表达其追求超脱世事、安逸自在生活的心情。这首词的词题明确写"初至金陵",应判定其写作时间为元世祖至元庚辰(1280)至辛巳(1281)。由于词中有"醉春风"句,确知是词作于庚辰年或辛巳年的春天。

苍烟拥乔木,粉堞倚寒空③。行人日暮回首,指点旧离宫④。好在龙蟠虎踞⑤,试问石城钟阜⑥,形势为谁雄。慷慨一尊酒,南北几衰翁。

赋朝云,歌夜月,醉春风。新亭何苦流涕⑦,兴废古今同。朱雀桥边野草⑧,白鹭洲边江水⑨,遗恨几时终。唤起六朝梦,山色有无中。

注释

①初至金陵：《天籁集·夺锦标·青溪怨》小序云"庚辰卜居建康"，知白朴初至金陵与诸公饮为庚辰或辛巳初春，即至元十七年（1280）或至元十八年（1281）的春天。由于不知白朴卜居建康庚辰年的月份，故写庚辰或辛巳的春天。

②《北州集·咸阳怀古》韵：今查《全唐五代词》《全宋词》《全金元词》均未载此词。待考。

③粉雉：白色的野鸡，实为披雪的野鸡，指冬天。

④离宫：皇帝正宫以外的临时居住的宫室。此指六朝时的离宫。

⑤龙蟠虎踞：形容地形雄伟险要，特指南京。《太平御览》卷一五六引晋张勃《吴录》："蜀主曾使诸葛亮至京口，睹秣陵山阜，叹曰：'钟山龙盘，石头虎踞，此帝王之宅。'"李白《永王东巡歌》："龙蟠虎踞帝王州，帝子金陵访古丘。"

⑥石城钟阜：石城，即石头城的简称，又名石首城。故址在今江苏南京市清凉山。本楚金陵邑，东汉建安十七年（212）孙权重筑，改名石头城。东晋义熙时又加固。六朝时，江流紧迫山麓，城负山面江，南临淮（秦淮）口，当交通要冲，为建康（东吴称"建业"）军事重镇。隋平陈，在此置蒋州。唐武德四年（621）为扬州治所，八年，扬州移治江都（今江苏扬州），此城遂废。后用以南京的代称。钟阜，即钟山，又称紫金山，在江苏南京市玄武区境内。

⑦新亭：见前《夺锦标·得友人王仲常、李文蔚书》注③。

⑧朱雀桥边野草：朱雀桥，古浮桥名。故址在今南京市镇淮桥北，跨秦淮河上，隋灭陈后废。白朴词此处化用唐刘禹锡《乌衣巷》中诗句："朱雀桥边野草花，乌衣巷口夕阳斜。"

⑨白鹭洲：古代长江中的沙洲。故址在今南京市水西门外。唐李白《登金陵凤凰台》："三山半落青天外，二水中分白鹭洲。"即指此地。后世江流西移，洲与陆地遂相连接。

水调歌头

诸公见赓前韵,复自和数章,戏呈施雪谷景悦[一]①。

解 题

这首怀古词,借六朝即东吴、东晋及南朝的宋、齐、梁、陈兴亡之事,特别是陈亡之事,表现词人的黍离之感。词作于移家金陵之后,即元世祖至元十七年(1280)。

楼船万艘下,钟阜一龙空②。胭脂石井犹在③,移出景阳宫④。花草吴时幽径,禾黍陈家古殿,无复戍楼雄。更道子山赋⑤,愁煞白头翁[二]⑥。

记当年,南北恨,马牛风⑦。降幡一片⑧,飞出难与向来同。璧月琼枝新恨⑨,结绮临春好梦⑩,毕竟有时终。莫唱后庭曲⑪,声在泪痕中。

校记

[一] 施雪谷景悦:此五字,四库本、汪抄本、朱抄本、赵抄本、劳抄本、丁抄本无。

［二］愁煞："煞"字，汪抄本、四库本作"煞"；底本、劳抄本、《九金人集》本作"杀"；赵抄本无；朱抄本、丁抄本作"照"。

注释

①施雪谷景悦：白朴的朋友，生平里籍不详，待考。

②楼船万艘下，钟阜一龙空：指晋王濬率水师灭吴事。《晋书·王濬传》："吴人于江险碛要害之处，并以铁锁横截之，又作铁锥长丈余，暗置江中，以逆距船。"后均被王濬设计破掉，直捣石头城，灭亡了吴国。此处指隋灭南朝陈事。

③胭脂石井：即胭脂井，南朝陈景阳殿之井，又名景阳井。祯明三年（589）隋兵南下过江，攻占台城，陈后主闻兵至，与贵妃张丽华藏此井中。至夜，为隋兵所执。后人因称此井为辱井。故址在今南京市玄武湖侧。见《陈书·后主纪》与《南史·张贵妃传》。

④景阳宫：南朝陈宫殿名。

⑤子山赋：子山，是北周文学家庾信的字。庾信，南阳新野（今河南）人。初仕梁，后出使西魏，值西魏灭梁，被留。历仕西魏、北周，官至骠骑大将军，开府仪同三司，世称庾开府。善诗赋、骈文。子山赋，当指庾信的《哀江南赋》。赋中结合身世，叙述梁末侯景之乱及西魏攻陷江陵事，悼念梁朝衰亡，寄托乡国之思。

⑥白头翁：指白发老人，此当指词人自己，是时，白朴年55岁。

⑦马牛风：即风马牛。因押韵而倒写。《左传·僖公四年》："君处北海，寡人处南海，唯是风马牛不相及也。"风，奔逸、走失的意思，谓齐、楚相去很远，即使马牛走失，也不会跑到对方境内。一说兽类雌雄相诱叫作"风"，马与牛不同类，不致相诱。后用以比喻事物之间毫不相干。

⑧降幡一片：语出唐刘禹锡《西塞山怀古》："王濬楼船下益州，金陵王气黯然收。千寻铁锁沉江底，一片降幡出石头。"

⑨璧月琼枝新恨：《玉树后庭花》《临春乐》中的词句。《陈书·张贵妃传》："其曲有《玉树后庭花》《临春乐》……其略曰：'璧月夜夜满，琼树朝朝新。'"璧月，对月亮的美称。琼枝，传说中的玉树。

⑩结绮临春：即南朝陈后主所建三阁中的结绮、临春两阁。参见《夺锦标·〈夺锦标〉曲》。

⑪后庭曲：即南朝陈后主撰的《玉树后庭花》。

水调歌头

感南唐故宫①,就檃括后主词[一]②。

解　题

　　这首词借南唐后主李煜亡国事,寄托金亡的黍离之思。前词序有"诸公见赓前韵,复自和数章"句,知此词亦是作者自和词,当作于移居金陵的至元十七年(1280)。

　　南郊旧坛在,北渡昔人空③。残阳澹澹无语,零落故王宫。前日雕阑玉砌,今日遗台老树,尚想霸图雄。谁谓埋金地[二]④,都属卖柴翁⑤。
　　慨悲歌,怀故国[三],又东风。不堪往事,多少回首梦魂同。借问春花秋月,几换朱颜绿鬓,荏苒岁华终。莫上小楼望[四],愁满月明中。

校记

　　[一] 感南唐故宫,就檃括后主词:此题,曹本作"诸公见赓前韵,复自和数章,戏呈施雪谷景悦"。
　　[二] 谁谓埋金地:此句,曹本同;四库本、汪抄本、朱抄本、赵抄本、劳

抄本、丁抄本作"谁为买金地"一云"谁谓埋蛇地"。

[三] 怀故国:"故"字,丁抄本作"古"。

[四] 莫上小楼望:"望"字,底本作"上",四库本作"望",今依文意从。

注释

①南唐:五代时十国之一。公元937年李昪代吴称帝,建都金陵,国号唐,史称南唐。曾灭闽、楚,极盛时有今江苏、安徽淮河以南和福建、江西,湖南及湖北北部。975年为北宋所灭,共历三主,三十九年。

②櫽括后主词:櫽括,依某种文体原有的内容、词句,改写成另一种体裁。后主,指南唐后主李煜。李煜,字重光,初名从嘉,号钟隐,徐州(今江苏)人,是南唐最后一个皇帝,世称李后主,公元975年宋兵破金陵,出降,后被毒死。能诗文、音乐、书画,尤以词名世。《新五代史》《宋史》有传。白朴所櫽括的后主词,为李煜《虞美人》:"春花秋月何时了,往事知多少?小楼昨夜又东风,故国不堪回首月明中。雕栏玉砌应犹在,只是朱颜改。问君能有几多愁,恰似一江春水向东流。"

③北渡昔人空:宋太祖开宝七年(974)冬九月命大将曹彬伐南唐,连下池州、芜湖、当涂等地,十二月败南唐军于白鹭洲,进围金陵。八年(975)十一月破升州(即金陵),李煜肉袒出降,全家被押送开封,江南平,南唐亡。见《宋史·太祖本纪》。

④埋金地:指金陵。《太平御览》引《金陵图》云:"楚威王见此有王气,埋金镇之,故曰金陵。秦并天下,望气者言东南有天子气,凿地断冈,改金陵为秣陵。"

⑤卖柴翁:徐凌云《天籁集编年校注》云:"疑指宋太祖赵匡胤,因五代周世宗名柴荣,又称柴世宗,赵匡胤素为柴荣赏识重用,官至检校太傅、殿前都点检,掌握禁军大权,但赵却在柴荣死后不久,假借部下名义,发动陈桥兵变,黄袍加身,做了皇帝,夺取了后周柴家的天下。事见《宋史》卷一《太祖本纪》。"白朴以此绰号讥之。典无佐证,仅供参考。

水调歌头

前题[一]。

解 题

这首词描写人生短暂，无须苦于奔波，谋取功名利禄，要像扬雄、李白、苏轼那样以辞赋诗文为乐，表现了词人看破红尘，鄙视名利，向往山林隐逸生活的思想。此词与前几首《水调歌头》同用一韵，且曾言"复自和数章"，应是同一时期作品。故此词当作于元至元十七年（1280），时在建康。

朝花几回谢，春草几回空。人生何苦奔竞，勘破大槐宫①。不入麒麟画里②，却喜鲈鱼江上③，一宅了扬雄[二]④。且饮建业水，莫羡富家翁。

玩青山⑤，歌赤壁⑥，想高风⑦。两翁今在，何许唤起一樽同。系住天边白日，抱得山间明月，我亦遂长终。何必鹥鸾凤⑧，游戏太虚中。

校记

[一] 前题：四库本作"前题"，今从。底本、曹本、劳抄本四印斋本、《九金人集》本作"又"。赵抄本、丁抄本作"又，前题"。

[二] 一宅了扬雄："扬"字，底本、曹本、赵抄本、汪抄本、劳抄本、四印斋本、《九金人集》本均作"杨"，今据《汉书·扬雄传》从四库本、朱抄本、丁抄本改。

注释

①大槐宫：大槐安国之宫。唐李公佐《南柯太守传》载：淳于棼在大槐树下醉倒，梦入大槐安国，历尽荣华富贵，梦醒方知所游不过大槐树下的蚁穴。此传奇小说阐明人生如梦的人生哲学。后来也被当作人生若梦、富贵变化无常和虚幻的事情，或比喻愿望的破灭。

②麒麟画：即麒麟阁。《汉书·苏武传》："上思股肱之美，乃图画其人于麒麟阁，法其形貌，署其官爵姓名。"注引张晏曰："武帝获麒麟时作此阁，图画其象于阁，遂以为名。"师古曰："《汉宫阁疏名》云萧何造。"麒麟阁为汉代宫中阁名。汉宣帝时曾图霍光、苏武十一人于阁上。后人用麒麟画象征功勋卓著的功臣。

③鲈鱼江上：比喻人鄙弃功名，有归于林下之志。《晋书·张翰传》："齐王冏辟为大司马东曹掾。同时执权，翰谓同郡顾荣曰：'天下纷纷，祸难未已。夫有四海之名者，求退良难。吾本山林间人，无望于时。子善以明防前，以智虑后。'荣执其手，怆然曰：'吾亦与子采南山蕨，饮三江水耳。'翰因见秋风起，乃思吴中菰菜、莼羹、鲈鱼脍，曰：'人生贵得适志，何能羁宦数千里以要名爵乎！'遂命驾而归。"

④扬雄：据《汉书·扬雄传》载，字子云，西汉蜀郡成都人。少好学，长于辞赋，但淡于利禄。成帝时以大司马王音荐，献《甘泉》《河东》《羽猎》《长杨》四赋，拜为郎。王莽时为大夫，校书天禄阁。以事被株连，投阁自杀，几死。

⑤玩青山：指唐代诗人李白志在青山。青山在今安徽当涂县境内。《新唐书·李白传》："白晚好黄老，度牛渚矶至姑孰，悦谢家青山，欲终焉。及卒，葬东麓。元和末，宣歙观察使范传正祭其冢，禁樵采。访后裔，惟二孙女嫁为民妻，进止仍有风范，因泣曰：'先祖志在青山，顷葬东麓，非本意。'传正为改葬，立二碑焉。"

⑥歌赤壁：指宋代文学家苏轼。宋神宗元丰五年（1082），苏轼被贬谪黄州（今湖北黄冈）时，经常游览赤壁（赤鼻矶），写下了著名的《念奴娇·赤壁怀古》词和《前赤壁赋》《后赤壁赋》文。《宋史》有传。

⑦高风：高尚的品格操守。

⑧翳鸾凤：本谓用鸾凤的羽毛做华盖，后用为乘凤之意。宋张孝祥《水调歌头·金山观月》："挥手从此去，翳凤更骖鸾。"

水调歌头

咸阳怀古,复用前韵。

解 题

这首词通过对秦汉历史人物、历史事件的褒贬,批判了秦始皇和项羽,颂扬了统一天下的刘邦,寄托了词人的社会理想和对社稷更迭、时代变迁的哀叹。是词作于移居金陵之后的元世祖十七年(1280)。是词序云"复用前韵",当是与前词"楼船万艘下"序中所云"诸公见赓前韵,复自和数章"中的一首。

鞭石下沧海①,海内渐成空。君王日夜为乐,高枕望夷宫②。方叹东门逐兔③,又慨中原失鹿④,草昧起英雄[一]⑤。不待素灵哭⑥,已识斩蛇翁⑦。

笑重瞳⑧,徒叱咤,凛生风。阿房三月⑨,焦土有罪与秦同。秦固亡人六国⑩,楚复绝秦三世⑪,万世果谁终。我欲问天道,政在不言中。

校记

[一] 草昧起英雄:"英雄"二字,四库本、汪抄本、劳抄本、朱抄本、赵抄本、丁抄本作"群雄"。

注释

①鞭石下沧海:传说秦始皇造石桥,欲渡海看日出。时有神人,驱石下海,石行不快,神辄鞭之,皆流血,至今悉赤。见《太平寰宇记·登州文登县》引《三齐略记》。

②望夷宫:秦宫名。以临泾水,可望北夷,故名。故址在今陕西泾阳县东南。秦末赵高杀二世胡亥于此。见《史记·秦始皇本纪》。

③东门逐兔:指李斯遭诬被斩事。秦丞相李斯因赵高诬以谋反而被腰斩,临刑谓其子曰:"吾欲与若复牵黄犬俱出上蔡东门逐狡兔,岂可得乎!""遂父子相哭,而夷三族"。见《史记·李斯传》。后因以东门逐兔指做官遭祸,抽身悔迟。

④中原失鹿:《汉书·蒯通传》:"秦失其鹿,天下共逐之。"颜师古注引张晏曰:"以鹿喻帝位。""中原失鹿"指秦失去帝位。

⑤草昧:蒙昧,原始未开化的状态,亦指混乱的时世。唐杜甫《重经昭陵》诗:"草昧英雄起,讴歌历数归。"宋王巩《闻见近录》:"(张元)将行,过项羽庙,乃接囊沽酒,对羽极饮,酹酒泥像,又歌'秦皇草昧,刘项起吞并'之词,悲歌累日,大恸而遁。"

⑥素灵:指白帝妻,白帝子之母。《史记·高祖本纪》:"行数里,醉,因卧。后人来至蛇所,有一老妪夜哭。人问何哭,妪曰:'人杀吾子,故哭之。'人曰:'妪子何为见杀?'妪曰:'吾子,白帝子也,化为蛇,当道,今为赤帝子斩之,故哭。'人乃以妪为不诚,欲告之,妪因忽不见。"赤帝,即神话中的炎帝,又称神农氏。白帝,神话中的五帝之一,古代又以蛇神称白帝。

⑦斩蛇翁:指汉高祖刘邦。《史记·高祖本纪》:"高祖被酒,夜径泽中,令一人行前。行前者还报曰:'前者有大蛇当径,愿还。'高祖醉,曰:'壮士

行,何畏!'乃前,拔剑击斩蛇。蛇遂分为两,径开。"后人因此称刘邦为斩蛇翁。

⑧重瞳:眼中有两个瞳仁。此指项羽。《史记·项羽本纪》:"吾闻之周生曰,'舜目盖重瞳子',又闻项羽亦重瞳子。"

⑨阿房:即阿房宫。秦代著名的宏大皇宫建筑。宫的前殿筑于始皇三十五年(前212),遗址在今西安市阿房村,俗名郿邬岭。规模极其宏大,"东西五里,南北千步"(《汉书·贾山传》),秦亡,为项羽所焚。

⑩秦固亡人六国:战国时,韩、赵、魏、楚、燕、齐六国,先后为秦所灭。秦始皇统一中国。

⑪楚复绝秦三世:秦三世指秦始皇、子二世胡亥、孙子婴祖孙三代。最终亡于楚。此楚指楚霸王项羽。

水调歌头

拟游茅山①,赠心远提点②。

解 题

这首词写茅山景物、历史,颂扬茅山之美,羡慕入山修道的茅君和隐居茅山的陶弘景,表现了词人有不染尘世、脱离世俗的情怀。是词为和卢挚《游茅山》之作。元卢挚《游茅山五首并序》云:"闻句曲山旧矣。乃至元二十五年(1288)春,由宣部行郡溧阳,省俗,其墟距山麓一舍而近,凡隆阜胜川,曰:洞天福地。登诸祀秩者部使者,至焉礼也。予于是有三茅之行。至所谓崇禧观。崇禧主人邹姓,以心远自命。宾余精舍,规构若相第燕室。"《茅山作并序》云:"戊子岁除,复如茅山。己丑春正月朔,举祝厘之典。晓登天市坛,遂偕崇禧主人过积金中峰,留饮松溪方丈,复归远师玉气凝润之室。"由此可知卢挚于至元二十五年(1288)春和至元二十六年(1289)正月朔两次登临茅山,写下《游茅山五首》《茅山作》。卢挚是白朴弟恪之妻兄,卢白有姻亲关系,是时卢任江东道提刑按察副使,白朴居建康。白朴看到卢诗,便以词相和,写下《水调歌头·拟游茅山》,故此词当作于至元二十六年(1289)。按白朴游过茅山,与心远为友。

三峰足云气③,万壑散秋声。茅君曾此成道④,山与地俱灵。遥望苍松紫桧,疑是烟幢雾盖,冉冉下青冥。鸾鹤故山梦[一],香火岁时情。

洞天开,丹灶冷[二],有遗经。华阳自古⑤,招隐飞炼得长生。惭愧山中宰相⑥,便许纶巾鹤氅⑦,相对听吹笙。何处沧浪水,吾亦濯尘缨⑧。

校记

[一] 故山梦:"梦"字,朱抄本、丁抄本作"旁"。
[二] 丹灶冷:"灶"字,朱抄本、丁抄本作"电"。

注释

①茅山:山名。在江苏句容市,原名句曲山。传说西汉景帝时茅盈与弟茅固、茅衷三人在此修道成仙,号三茅真君,因改名三茅山,又称茅山。山上有三茅宫、华阳三洞和唐碑等多处道观和名胜古迹。

②心远提点:心远,姓邹,名道元,法号心远,茅山崇禧观提点(又称主人),即掌管教事的官员。元刘大彬《茅山志》载《崇禧万寿宫记》云:"皇元肇兴,天兵南渡,神明所扶,坛宇如故。心远邹君道元,若造物者拟其人为时而出,叫间阖于九天之上。上方偃武修文,以清静为坛,以慈俭为宇,垂意玄教,命邹君道元掌教事,尽护诸山……"

③三峰:指茅山的大茅峰、中茅峰、小茅峰。传为茅氏兄弟各自得道之地。

④茅君:即传说中得道于此的茅氏兄弟。

⑤华阳:茅山大茅峰有华阳洞。《南史·陶弘景传》:"于是止于句容之句曲山。恒曰:'此山下是第八洞宫,名金坛华阳之天,周回一百五十里。'"元卢挚《游茅山五首并序》有"下探华阳洞穴"句。南朝梁陶弘景曾隐于华阳洞。自西汉以来,汉三茅兄弟、晋许谧、南朝梁陶弘景、唐吴筠均归隐于此修道。

⑥山中宰相：指南朝梁陶弘景。《南史·陶弘景传》："帝手敕招之，锡以鹿皮巾。后屡加礼聘，并不出，唯画作两牛，一牛散放水草之间，一牛著金笼头，有人执绳，以杖驱之。武帝笑曰：'此人无所不作，欲敩曳尾之龟，岂有可致之理。'国家每有吉凶征讨大事，无不前以咨询。月中常有数信，时人谓为山中宰相。"原指有政治影响的隐士，既能入山隐居，悠闲自得，又受到最高统治者的尊敬。这是封建文人们十分羡慕的地位。但后来却用来泛指弃官归隐的人。

⑦纶巾鹤氅：纶巾，古代用丝带做的头巾。又称诸葛巾。鹤氅，古代用羽毛制的裘。后来也专称道服。

⑧何处沧浪水，吾亦濯尘缨：意为哪里有青苍色的水，我也洗去冠缨的灰尘，引申为不染尘世之俗务。典出《孟子·离娄上》："沧浪之水清兮，可以濯我缨。"亦谓出家当道士。

水调歌头

冬至，同行台王子勉中丞①、韩君美侍御②、霍清夫治书③登周处读书台④，过古鹿苑寺⑤。

解　题

这首词写词人同友人游览建康名胜古迹，触景生情，抒发对世事变化的感慨，隐有看破红尘，万事无须穷根问底，得过且过的思想。是词作于王子勉任江南行御史台御史中丞之时，据《至大金陵新志》载，时年为至元二十三年（1286）。

疏云黯遥树[一]，秋潦净寒潭。徘徊子隐台下⑥，不见旧书龛。鹿苑空余萧寺，蟮穴谁传郲氏⑦，聊此问瞿昙⑧。千古得欺罔[二]，一笑莫穷探。
俯秦淮，山倒影，浴层岚。六朝城郭，如故江北到江南。三十六陂春水⑨，二十四桥明月⑩，好景入清谈⑪。未醉更呼酒，欲去且停骖。

校记

［一］黯遥树："遥"字，底本作"雾"，四库本作"遥"，今依文意从。

［二］欺罔："罔"字，四库本、朱抄本、赵抄本、汪抄本、丁抄本作"妄"。

注释

①王子勉中丞：王子勉，白朴的好友。子勉为字，名博文，号西溪。祖籍东鲁，流寓相州（今河南安阳），历任侍御史、河东山西道提刑按察使、大名路总管、江南行御史台御史中丞。据《至大金陵新志·官守》"御史中丞"栏中载："王博文，正议，至元二十三上。"由此可知王子勉在至元二十三年（1286）任正议大夫、江南行御史台御史中丞。"中丞"，御史中丞的简称，时为正三品。

②韩君美侍御：韩君美，白朴在建康结识之友。君美为字，名彦文，号遵晦。祖籍铇（或禹）城，出生在燕，曾任府判、监察御史，至元二十三年（1286）任江南行御史台侍御史。据《至大金陵新志·官守》"行台侍御史"栏中载："韩彦文，中顺，至元二十三年上。"由此可知韩君美在至元二十三年任中顺大夫、江南行御史台侍御史。侍御，侍御史的简称，时为正五品。

③霍清夫治书：霍清夫，白朴在建康结识之友。清夫为字，名肃，号恕斋。广平（今河北）人，曾任监察御史、宪台掾、宣徽院事、总管府判官、治中、提刑按察司事、南台治书侍御史、浙西副宪、肃政廉访使。据《至大金陵新志·官守》："治书侍御史"栏中载："霍肃，奉议，至元二十四年上。"另据元张之翰《沁园春·序》霍清夫至元二十三年十月已在江南行台治书侍御史任上。"治书"，治书侍御史的简称，时为正六品。

④周处读书台：周处（约236~297），字子隐，西晋义兴阳羡（今江苏宜兴南）人。相传少时横行乡里，父老把他和蛟、虎合称三害，后斩蛟射虎，发愤改过，从陆机、陆云学。吴时为东观左丞。晋平吴后，任新平太守，迁御史中丞，纠劾不避权贵，受到贵戚权臣排挤。后齐万年反，奉命进讨战死。见

《晋书·周处传》。周处读书台,宋张敦颐《六朝事迹编类》卷四《楼台门》载:"府雉东南有故台基,曰'周处台'。今鹿苑寺之后。"故址在今南京市武定门附近。

⑤古鹿苑寺:原名法光寺,即梁之萧帝寺。宋元绛《萧帝寺记》云:"不知从昔之名,故后人以帝氏目之。南唐保大(949~956)间重建,后主(李煜)易名曰法光寺,有子隐堂、郗氏窟。""今隶祥鸾坊,本朝敕改鹿苑寺。"见宋张敦颐《六朝事迹编类·寺院门》。元初尚存,元以后废。

⑥子隐台:即周处读书台。因周处,字子隐而得名。

⑦蟒穴谁传郗氏:南宋张敦颐《六朝事迹编类》引《梁武忏序》云:"郗氏,梁武帝皇后(追封)也。崩数月,帝常追悼之,昼则忽忽不乐,宵乃耿耿不寐。居寝殿,闻外骚窣声,视之,乃一蟒盘蹯上殿,睒睛牙口以向于帝。帝大惊骇,无所逃遁,不得已蹶然而起,谓蛇曰:'朕宫殿严警,非尔蛇类所生之处,必其妖孽欲祟朕邪?'蛇为人语,启帝曰:'蟒则昔之郗氏也,妾以生存嫉妒六宫,其性惨毒,怒一发则火炽矢射,损物害人死,以是罪谪为蟒耳。无饮食可实口,无窟穴可庇身,饥窘困迫,力不自胜;又鳞甲有虫唼啮肌肉,痛苦甚剧,若加锥刀焉。蟒非常蛇,亦复变化而至,不以皇居深重为阻耳。感帝平昔眷妾之厚,故托丑形陈露于帝,祈一功德,以见拯拔也。'帝闻之,呜呼感激,既而求蟒,遂不复见。帝明日大集沙门于殿庭,宣其由,问善之最,以赎其苦。志公对曰:'非礼佛忏涤悃款不可。'帝乃然其言,搜索佛经,录其名号,兼亲杼睿思,洒圣翰,撰悔文,共成十卷。皆采撷佛语,削去闲词,为其忏礼。又一日,闻宫室内异香馥郁,良久转美。初不知所来,帝因仰视,乃见一天人,容仪端丽,谓帝曰:'此则蟒后身也,蒙帝功德,已得生忉利,今呈本身以为明验也。'殷勤致谢,言讫而去。"虽系迷信,但此传说一直流传民间。宋元绛《萧帝寺记》中所说法光寺复有郗氏窟,即指此事。白朴词中所提亦即此事。遗址今不存,蟒蛇仓地名仍存留在南京市。

⑧瞿昙:梵文乔达摩的另一译音,古代天竺人的姓,如唐代来中国的天文学者瞿昙罗等皆为此姓的天竺人。旧时称佛教创始人释迦牟尼,姓瞿昙,字悉达多。后常以瞿昙为释迦牟尼或佛的代称。见《大般涅槃经》十九《梵行品五》。

⑨三十六陂：地名。在今江苏扬州市。南宋祝穆《方舆胜览》："江都县有三十六陂。"宋王安石《题西太一宫壁》："三十六陂流水，白头想见江南。"

⑩二十四桥：古代名胜。在今江苏扬州市江都区西门外。唐杜牧《寄扬州韩绰判官》："二十四桥明月夜，玉人何处教吹箫。"一说为二十四座桥，一说为桥名，即吴家砖桥，又名红药桥。

⑪清谈：清雅的言谈、议论。唐李白《与韩荆州书》："必若接之以高宴，纵之以清谈，请日试万言，倚马可待。"

水调歌头

丙戌夏四月八日,夜梦有人以"三元秘秋水"五言谓予,请三元之义,曰上中下也。恍惚玩味,可作《水调歌头》首句,恨秘字之义未详。后从相国史公欢游①,如平生俾赋乐章,因道此句,但不知秘字何意。公曰,秘即封也。甫一韵而寤,后三日成之,以识其义[一]。

解 题

这首词大量化用《庄子》文句,多为道家言,表现了作者的出世思想。据词小序"丙戌夏四月八日"句,此词当作于元世祖至元二十三年(1286)。

三元秘秋水,秋水渺无涯[二]。天人点破消息,梦里悟南华②。河伯徒夸浩瀚[三]③,千里总归毫末[四]④,一笑井中蛙⑤。试问漆园吏[五]⑥,谁是大方家⑦。

按黄钟[六]⑧,推甲子⑨,定无差。悠悠天理人事⑩,风外万飞沙。且弄空山明月,自荐寒泉秋菊,睡起漱朝霞。更欲辨齐物⑪,银海眩生花⑫。

校记

[一] 以识其义："义"字，底本、曹本、四印斋本、《九金人集》作"异"。

[二] 秋水渺无涯：此五字，诸参校本均缺，今从四库本补。

[三] 河伯徒夸浩瀚："夸浩瀚"三字，底本、四印斋本、《九金人集》本亦缺，曹本、朱抄本、赵抄本、丁抄本、劳抄本、汪抄本作"夸秋水"。今从四库本作"夸浩瀚"。

[四] 千里总归毫末："千里总"三字，诸参校本均缺，今从四库本补。

[五] 试问漆园吏："吏"字，底本、曹本、四印斋本、《九金人集》本作"老"。

[六] 按黄钟："按"字，底本与诸参校本均缺。曹本作"自"。今从四库本补。

注释

①相国史公：指右丞相史天泽。张石川《白朴与元初词曲之嬗变》考证，指史天泽之子史格。可备一说。

②南华：《南华经》的简称。即《庄子》。据《新唐书·艺文志》载："天宝元年，诏号《庄子》为《南华真经》。"名始此。《庄子》外篇有《秋水》，作者这里以《南华》代指《秋水》。

③河伯：古代神话中的黄河水神，又叫冯夷。因渡河淹死，天帝封为水神，曾化为白龙游于水上，被后羿射伤了左眼。又曾授给夏禹治水的地图。古代记载河伯的故事很多。《庄子·秋水》："于是焉河伯欣然自喜，以天下之美为尽在己。"

④千里总归毫末：毫末，毫毛的梢儿。比喻极为细微。此句化用《庄子·秋水》河伯和海若的对话："此其比万物也，不似毫末之在于马体乎？"

⑤井中蛙：化用《庄子·秋水》北海若的话："井蛙不可以语于海者，拘于虚也。"虚，所居之处。比喻见识缺浅的人。

⑥漆园吏：指《庄子》的作者庄周。庄子（约前369~前286），战国时哲学家，名周，宋国蒙（今河南商丘东北）人，做过蒙地方的漆园吏。见《史记·老子传》。

⑦方家：原指深于道术的人。《庄子·秋水》："吾长见笑于大方之家。"成玄英疏："方犹通也。"后指精通某种学问或艺术的专家。

⑧按黄钟：黄钟，古乐十二律之一。声调最洪大响亮。《周礼·春官·大司乐》："乃奏黄钟，歌大吕，舞云门，以祀天神。"古人亦用十二律指十二月。《礼·月令》指黄钟为"仲冬之月"。汉刘安《淮南子》："指子，子者兹也，律受黄钟；黄钟者，钟已黄也。"作者这里似指时间或季节。

⑨甲子：甲居十干首位，子居十二支首位。干支依次相配，如甲子、乙丑，可推得六十类，统称甲子。古人主要用以纪日，后人主要用以纪年。又自甲子至癸亥，其数凡六十，六十次轮一遍，因称六十为花甲子。

⑩天理人事：天然法则，人间事理。语出《庄子·天运》："夫至乐者，先应之以人事，顺之以天理。"

⑪齐物：指《庄子》的篇名《齐物论》。内容以齐是非、齐彼此、齐物我、齐寿夭为主。全篇从"道未始有封"（即"道"是无界限差别的）命题出发，论证任何事物本无确定不变的是非标准，"彼亦一是非，此亦一是非"，一切争辩，只是对"道"的全面性歪曲、割裂。反对认识的片面性，但终于倒向相对主义。

⑫银海眩生花：语出宋苏轼《雪后书北台壁》："冻合玉楼寒起粟，光摇银海眩生花。"银海，道家称眼睛，后世泛指眼睛。

水调歌头

予既赋前篇,一日举似京口郭义山①。义山曰:"此词固佳,但详梦中所得之句,元者应谓水府②,今止咏甲子及《秋水篇》事,恐未尽也。"因请再赋。

解 题

这首词极写江水波澜壮阔的气势和沿江重镇的险要,结尾处抒发了词人关怀民生、息兵厌战的情怀。据词题,这首词是"既赋前篇",后给郭义山看后,接受了郭的意见又补写的,相距时间不会太远,且两词词牌、用韵皆相同,所以可以认定这首词与前词写于同一时期,即作于至元二十三年(1286)。

三元秘秋水,秋水一何多[一]。江流滚滚无尽,淮汉入包罗③。遥想灵官神府④,坐阅潮头风怒,万里瞰沧波。浩荡没鸥鹭,喷薄出蛟鼍⑤。

马当山⑥,牛渚渡⑦,几人过。金鳌下瞰⑧,京口舟楫避盘涡。始信林生祷雨[二]⑨,一濯黄泥尽许[三],无奈旱苗何。我欲洗兵马⑩,谁解挽天河。

校记

［一］秋水一何多："一"字，劳抄本作"亦"。

［二］始信林生祷雨：此句，四库本作"始信寒涛飞雨"。"祷"字，朱抄本、赵抄本、丁抄本作"涛"。

［三］一濯黄泥尽许："尽许"二字，四库本作"万里"。

注释

①一日举似京口郭义山：京口，古城名，故城在今江苏镇江市。公元208年，孙权把首府自吴（苏州）迁此，称为京城。公元211年迁治建业（今南京）后，改称京口镇。东晋、南朝时期，因此城凭山临江，通称为京口城，为长江下游军事重镇和都城建康东方门户，徐州、南徐州先后皆治于此。元代为镇江路治所。郭义山，白朴在镇江结交之友。名景星，字元德，号义山，丹徒（今江苏镇江）人。元《至顺镇江志》、明《正德丹徒县志》载：郭义山曾任淮海书院山长、长兴州学教授，皇庆元年（1312）迁镇江路学教授，以黄岩州判致仕。卒年七十九。

②水府：神话传说中的水神或龙王所住的地方。木华《海赋》："尔其水府之内，极深之庭，则有崇岛巨鳌。"

③淮汉：指淮河、汉江。

④灵官神府：灵官，即仙官。汉班固《汉武帝内传》："玄都阿母昔出配北烛仙人，近又召还，使领命禄，真灵官也。"神府，指仙府。唐骆宾王《游灵公观》："灵峰标胜境，神府枕通川。""灵官神府"，在这里用来指代水府之神。

⑤蛟鼍：蛟，古代传说中居于深渊、能发洪水的一种龙。又通"鲛"，鲨鱼。鼍，爬行动物，鳄鱼的一种，又名扬子鳄。

⑥马当山：在江西彭泽县东北，北临长江。山形似马，横枕长江之中，故名。旧为马当要塞，筑有炮台。唐陆龟蒙《马当山铭》："言天下之险者，在山曰太行，在水曰吕梁，合二险而为一，吾又闻乎马当。"

⑦牛渚渡：在安徽当涂西北长江边，北部突入江中，名采石矶。自古为大

江南北重要津渡，也是军事上必争之地。形势险要，有风时浊浪排空。

⑧金鳌：为金山主峰，背临京口，下瞰长江，其下波涛汹涌，漩涡颇多，是长江下游险要之地。

⑨始信林生祷雨：祷雨，祈神祷雨。据徐凌云《天籁集编年校注》云："疑指商汤祷雨事，汉刘安《淮南子》：'汤之时七年旱，以身祷雨桑林，而四海之云凑，千里之雨至。'"但徐注又云"但与此词意不完全吻合，待进一步考查"。

⑩我欲洗兵马，谁解挽天河：净洗兵器，收藏起来。指打仗得胜结束战争。唐杜甫《洗兵马》："安得壮士挽天河，净洗甲兵长不用。"宋朱槔《二诗寄德粲并简内观诸友》："银河谁与洗兵马，宝唾安能泣鬼神。"

水调歌头

予儿时在遗山家①,阿姊尝教诵先叔《放言》古②,今忽白首,感念之余,赋此词云。

解 题

这首词化用了元好问《放言》五古的诗句和诗意,感叹韩非、虞卿、屈原、孟郊、贾岛五位古人的悲剧人生,反思和同情他们的坎坷遭遇,进而感慨人生短暂,否定对事功的追求,表达了他超然物外、远避世事、归隐山林的愿望。这首词王文才《白朴戏曲集校注》附编《天籁集编年》,未能编年,"按旧本次第,杂录为类"。赵维江《金元词论稿》第十篇《白朴词分期系年考述》,将其放在"青年居真定之作",认为"据词意决非老年之作,可推断作于真定时,似在南游前夕,可以说是词人离家出游的一篇宣言"。此说"南游前夕",指中统元年(1260)之前。徐凌云《天籁集编年校注》:"按词中有'红颜不暇一惜,白发忽盈头'之句,应是老年回忆儿时生活所作,白朴另有一首《念奴娇·题镇江多景楼》中提到'酒杯才近,照见星星发'。按星星发是指花白的头发,语见晋左思《白发赋》:'星星白发,生于鬓垂。'这首词应比《念奴娇》写作时间更晚,但要确切判定具体年月，亦甚困难，故亦暂定于晚年寓居建康时。"此说当是，该词应作于晚年，即元世祖至元十七年（1280）卜居建康之后的某一年。

韩非死孤愤③，虞叟坐穷愁④。怀沙千古遗恨⑤，郊岛两诗囚⑥。堪笑井蛙裈虱[一]⑦，不道人生能几，肝肺自相仇。政有一朝乐，不抵百年忧。

叹悠悠，江上水，自东流。红颜不暇，一惜白发忽盈头。我欲拂衣远引，直上崧山绝顶⑧，把酒劝浮丘⑨。借此两黄鹄，浩荡看齐州⑩。

校记

[一] 裈虱："裈"字，曹本、四库本、朱抄本、赵抄本、丁抄本、劳抄本、汪抄本作"裙"。

注释

①予儿时在遗山家：遗山，即元好问，白朴的父执、业师。元王博文《天籁集序》："太素（白朴字）即寓斋（朴父白华号）仲子，于遗山为通家侄，甫七岁，遭壬辰（1232）之难，寓斋以事远适。明年春，京城变，遗山遂挈以北渡。……尝雁疫，遗山昼夜抱持，凡六日，竟于臂上得汗而愈，盖视亲子弟不啻过之。既读书，颖悟异常儿，日亲炙遗山，謦咳谈笑，悉能默记。数年，寓斋北归，以诗谢遗山云：'顾我真成丧家狗，赖君曾护落巢儿。'居无何，父子卜筑于滹阳。"

②阿姊尝教诵先叔《放言》古：阿姊，白朴的胞姐。据元好问《遗山先生文集》卷二十五《南阳县太君墓志铭》云："（白朴祖父宗完）夫人姓李氏……男孙二人，曰汴阳、铁山，女孙一人尚幼……"此女孙即白朴词中所说的阿姊。先叔，指当时已去世的元好问，朴父华长好问，元白为通家好，故朴称其为叔。《放言》五古一诗，为元好问所作，今尚存《遗山先生诗集》卷二中："韩非死

孤愤，虞卿著穷愁。长沙一湘累，郊岛两诗囚。人生定能几，肺肝日相仇。井蛙奚足论，裈虱良足羞。正有一朝乐，不偿百年忧。古来帝王师，或从赤松游。大笑人间世，起灭真浮沤。曾是万户封，不博一掉头。有来且当避，未至吾何求。悠悠复悠悠，大川日东流。红颜不暇惜，素发忽已稠。我欲升嵩高，挥杯劝浮丘。因之两黄鹄，浩荡观齐州。"

③韩非死孤愤：韩非，战国末期哲学家，法家的主要代表人物。出身韩国贵族。与李斯同师荀卿。曾建议韩王变法图强，不见用。著有《韩非子》。孤愤，此处指韩非著作的《孤愤》。韩非著《孤愤》《五蠹》等十万余言，受到秦王政的重视，被邀出使秦国。不久因李斯、姚贾陷害，自杀于狱中。《史记》有传。

④虞叟坐穷愁：虞叟，即虞卿。战国的游说之士。因进说赵孝成王，授为上卿，受相印，称为虞卿。主张以赵为主，合纵抗秦。后与魏齐去赵，困于梁，穷愁著书，上采《春秋》，下观近世，以讥刺国家得失，世传为《虞氏春秋》。书已佚。今有清马国翰辑本。穷愁，因穷而忧伤。《史记·虞卿传》太史公曰："然虞卿非穷愁，亦不能著书以自见于后世云。"

⑤怀沙千古遗恨：指屈原事。怀沙，《楚辞·九章》中的篇名。《史记·屈原贾生列传》说此篇为屈原自投汨罗江前的绝笔，诉其怀沙砾以自沉之由。屈原（前340~前278），名平，字原，又自名正则，字灵均，战国楚人，与楚王同族。明于治乱，娴于辞令文章。楚怀王时为三闾大夫，很受信任，辅助楚怀王治理内政外交。主张彰明法度，举贤授能，左联齐国，西抗强秦。上官大夫靳尚忌其能，进谗排之，怀王怒而远之，原忧思而作《离骚》。顷襄王立，复因谗被放逐于南方荒僻之地，因见楚国政治腐败，首都郢亦被秦兵攻破，自感理想难以实现，又无力回天，乃于农历五月初五怀抱沙石，自沉于汨罗江。

⑥郊岛两诗囚：郊岛，指孟郊与贾岛。孟郊，唐诗人，字东野，湖州武康（今浙江德清）人。少年时隐居嵩山。性狷介，与韩愈交谊颇深。近五十岁才中进士，任溧阳县尉。诗多苦寒之音，感伤自己的遭遇。用字造句力避平庸浅率，追求瘦硬。长于五言古诗。与贾岛齐名，有"郊寒岛瘦"之称。有《孟东野集》。贾岛，唐诗人，字阆仙，一作浪仙，范阳（今河北涿州）人。初落拓为僧，号无本，后还俗，屡举进士不第。曾任长江主簿，人称贾长江。其诗喜

写荒凉枯寂之境，颇多寒苦之辞。以五律见长，注意词句锤炼，刻意求工。有《长江集》。诗囚，指苦吟的诗人。谓耽于作诗，仿佛为诗所拘囚。元好问《放言》诗有"长沙一湘累，郊岛两诗囚"句。

⑦堪笑井蛙裈虱：井蛙，井中之蛙。喻见识浅陋的人。参见《水调歌头·予既赋前篇》注⑤。裈虱，裤裆中的虱子。《晋书·阮籍传》："独不见群虱之处裈中，逃乎深缝，匿乎坏絮，自以为吉宅也。行不敢离缝际，动不敢出裈裆，自以为得绳墨也。"喻人见识短浅，庸碌无为。

⑧直上崧山绝顶：崧山，即嵩山。"崧"同"嵩"。嵩山绝顶，为嵩山峻极峰。在今河南登封市北。

⑨浮丘：即浮丘公。古代传说中的道教神仙。汉刘向《列仙传》："王子乔者，周灵王太子晋也。好吹笙作凤凰鸣，游伊洛之间，道士浮丘公接以上嵩高山三十余年。"

⑩齐州：中州，指中国。《尔雅·释地》："岠齐州以南，戴日为丹穴。"疏："齐，中也。中州，犹言中国也。"

水调歌头

题阙。

解 题

这首词写词人客居金陵，日渐苍老，思念家乡。但词人心胸开阔，以四海有知己、异乡可为家宽慰自己，词人赞扬江南的美味佳肴，适宜他的口味，生活在这里，可以过着像陶渊明式的采菊东篱下的闲适生活。是词当作于白朴移家金陵之后。按：是词徐凌云《天籁集编年校注》云："从词的内容看是旅羁南方时，思乡抒怀述志之作；从地点看涉及湖南、江西，正是至元十三年到至元十五年白朴旅居之地，既然是旅居，绝不会是定居建康以后（词中完全没有涉及也可为证）所作。从词的思想情感来看，也不像定居建康以后那样平静豁达，因此，我们可以判定此词写于留滞江西的后期，即元世祖至元十五年戊寅（1278）的秋季，时白朴仍在九江，年五十三岁。"笔者认为这不足以认定是词为白朴此时所作，而是白朴晚年回忆他所游历的地方，赞美江南的美味佳肴、风味土产，心很惬意，晚年可以过着悠闲自适的生活。因而，是词当作于定居建康以后，至于何年，尚可待考。

北风下庭绿,容鬓入霜华。回首北望乡国,双泪落清笳。天地悠悠逆旅,岁月匆匆过客,吾也岂匏瓜①。四海有知己,何地不为家。

五溪鱼②,千里莱③,九江茶。从他造物,留住办作老生涯。不愿酒中有圣④,但愿心头无事,高枕卧烟霞。晚节忆吹帽⑤,篱菊渐开花⑥。

注释

①匏瓜:即葫芦。多不供食用,故以此比喻不受重用。《论语·阳货》:"吾岂匏瓜也哉?焉能系而不食。"

②五溪鱼:郦道元《水经注》:"武陵有五溪,谓雄溪、樠溪、无溪、酉溪、辰溪其一焉。"古五溪流域包括今湖南南部和贵州东部,五溪皆汇入洞庭湖。白朴借用那里的物产,表示自己曾到之地。

③千里莱:即千里莼羹。南朝宋刘义庆《世说新语·言语》:"陆机诣王武子(王济),武子前置数斛羊酪,指以示陆曰:'卿江东何以敌此?'陆云:'有千里莼羹,但未下盐豉耳!'"千里,湖名,在江苏溧阳市。用千里湖里产的莼菜煮的羹,是吴地的风味名菜。

④不愿酒中有圣:谓酒圣。《三国志·魏志·徐邈传》:"魏国初建,为尚书郎。时科禁酒,而邈私饮至于沉醉。校事赵达问以曹事,邈曰:'中圣人。'达白之太祖,太祖甚怒。度辽将军鲜于辅进曰:'平日醉客谓酒清者为圣人,浊者为贤人,邈性修慎,偶醉言耳。'竟坐得免刑。"后用来称善饮或豪饮之人。李白《月下独酌》:"所以知酒圣,酒酣心自开。"白朴用来指自己不愿因豪饮而得酒圣之名。

⑤晚节忆吹帽:晚节,这里指晚年。《史记·魏其武安侯列传》:"孝景晚节,蚡益贵幸,为太中大夫。"杜甫《送李校书二十六韵》:"小来习性懒,晚节慵转剧。"吹帽,指孟嘉落帽。陶渊明《晋故征西大将军长史孟府君传》:"君讳嘉,字万年,江夏鄂(今湖北武昌)人也……征西大将军谯国桓温参军。君色和而正,温甚重之。九月九日,温游龙山,参佐毕集,四弟二甥咸在坐。时佐吏并著戎服,有风吹君帽堕落,温目左右及宾客勿言,以观其举止。君初

不自觉,良久如厕,温命取以还之。廷尉太原孙盛为谘议参军,时在坐。温命纸笔令嘲之。文成示温,温以著座处。君归,见嘲,笑而请笔作答,了不容思,文辞超卓,四座叹之。"后用来形容文人雅士气度宽宏,旷达不羁,风流潇洒,应对自如的风度。白朴这里有称颂羡慕之意。

⑥篱菊渐开花:篱菊,即东篱菊,典出晋陶潜《饮酒》:"采菊东篱下,悠然见南山。"喻悠闲自适的隐居生活。

水调歌头

至元戊寅为江西吕道山参政寿[一]①。

解 题

这首词是为降元的新贵吕道山写的祝寿词,通篇为吕降元后平宋的业绩歌功颂德,并有感戴知遇之意。是词词序言明作于元世祖至元戊寅,即至元十五年(1278)。时白朴在九江。

香风万家晓,和气九江春。朝回冠盖得意②,玉季和金昆③。屈指登高旧节④,侧耳称觞新语,采菊旧芳樽。南土爱王粲⑤,东阁寿平津⑥。

节龙香⑦,符虎重⑧,印龟新⑨。弓刀千骑如水,曾为下南闽⑩。墙外阴阴桃李[二],庭下辉辉兰玉,一笑指庄椿⑪。更看济时了⑫,高卧道山云⑬。

校记

[一] 吕道山参政寿:"山"字,赵抄本作"人"。

[二] 墙外阴阴桃李:"外"字,四库本、朱抄本、赵抄本、丁抄本、劳抄

本、汪抄本作"下"。

注释

①吕道山参政：吕道山，即吕师夔，白朴在江西九江结交的朋友。据《元人传记资料索引》载："吕师夔（1230~1301），字虞卿，号道山，安丰（今安徽寿县境）人，文焕侄。宋咸淳十年（1274）以兵部尚书提举江州兴国宫，明年降元，从平宋有功，以中书左丞相行省事于赣州。大德五年（1301）卒，年七十二。"参政，即参知政事。《元史·世祖纪》载："（至元十三年秋七月）淮东左副都元帅塔出、两浙大都督范文虎、江东江西大都督知江州吕师夔、淮东淮西左副都元帅陈岩并参知政事。……（十五年秋七月）丙申，以右丞相塔出，（左丞）吕师夔、参知政事贾居贞行中书省事于赣州，福建、江西、广州皆隶焉。"《新元史》有传。

②冠盖得意：冠，礼帽；盖，车盖。官吏的服饰和车乘，借指官吏。此指吕道山。

③玉季和金昆：对人兄弟的美称。长者为昆，幼者为季。这里指吕道山和他的弟弟吕师说（字肖卿）。吕师说时为江淮行省财赋副总管。《永乐大典·江州志》有传。

④登高旧节：指九月九日重阳节登高。南朝梁吴均《续齐谐记》："汝南桓景，随费长房游学累年。长房谓曰：'九月九日，汝家中当有灾，宜急去，令家人各作绛囊，盛茱萸以系臂，登高饮菊花酒，此祸可除。'景如言，齐家登山。夕还，见鸡犬牛羊一时暴死。长房闻之，曰：'此可代也。'今世人九日登高饮酒，妇人带茱萸囊，盖始于此。"后人因有夏历九月九日登高的风俗。

⑤南土爱王粲：南土，泛指我国南方。王粲，汉末文学家，字仲宣，山阳高平（今山东邹城）人。为"建安七子"之一，善诗赋，以博洽著称。先依刘表，未被重用。后为曹操幕僚，官侍中。建安末，从征吴，卒于道中。这里白朴称颂王粲之才，又以王粲自比，亦有颂道山爱才之意。

⑥东阁寿平津：据《汉书·公孙弘传》载：汉公孙弘为丞相，封平津侯，"于是起客馆，开东阁以延贤人，与参谋议"。元代行省参知政事以上官员以带相衔，职同宰相。故白朴用此典以礼贤下士的公孙弘称颂吕道山。后用东阁以

称丞相招待宾客之所。平津，地名，故地在今河北盐山县南。

⑦节龙：即龙节。古代用于泽国的龙形符节。《周礼·秋官·小行人》："达天下之六节，山国用虎节，土国用人节，泽国用龙节，皆以金为之。"

⑧符虎：即虎符。兵符，古代调兵遣将的信物。铜铸，虎形，背有铭文，分两半，右半留中，左半授予统兵将帅或地方长官。调兵时，由使臣持符验合，方能生效。元用金虎符。

⑨印龟：即龟印。龟形印纽的印。《汉旧仪》卷上："丞相、列侯、将军，金印紫绢绶；中二千石，二千石，银印青绢绶，皆龟纽。"

⑩下南闽：南闽，指今福建。《元书·吕师夔传》载："宋益王立于闽，诏师夔与淮东左副都元帅塔出同参知政事，帅师出江西，略闽广。师夔度梅岭，会克广州，就拜左丞，命与塔出行中书省事于赣州。"下南闽，当指此事。此事即上引《元史·世祖纪》中说的"（至元十五年秋七月）丙申"事。

⑪庄椿：祝人长寿之词。典出《庄子·逍遥游》："上古有大椿者，以八千岁为春，八千岁为秋。"唐罗隐《甲乙集》卷三《钱尚父生日诗》："锦衣玉食将何报，更俟庄椿一举头。"

⑫济时：匡时救世。此指灭宋。

⑬道山：犹言儒林、文苑。旧指文人聚集的地方。语出《后汉书·窦章传》："是时学者称东观为老氏藏室，道家蓬莱山。"宋陈师道《送赵承义》："颍水向来须好句，道山今日有宗英。"

水调歌头

十月海棠①。

解 题

这首词系咏海棠高贵艳丽,并以海棠比杨贵妃,联想到沉香亭杨贵妃春睡未醒的醉态之美,马嵬兵变杨贵妃缢死之惨,表达了词人对杨贵妃的深切同情。同时也反映了词人的生活安逸,有闲情雅致。词中写海棠、山茶、江梅多产于江南,可知是词当作于白朴移居建康之后,即至元十七年(1280)之后,具体为何年,待考。

　　金盘荐华屋,银烛照红妆②。欢游曾得多少,风雨送春忙。只道神仙渐远,争信情缘未断,自有返魂香③。万木尽摇落,秾艳又芬芳。
　　忆真妃,春睡足④,按《霓裳》⑤。马嵬西下⑥,回首野日淡无光。不避山茶小雪⑦,似爱江梅新月,疏影伴昏黄⑧。谁唤阿娇起[一],呵手染柽霜[二]⑨。

校记

[一] 谁唤阿娇起:"阿娇",底本、四印斋本、《九金人集》本空缺。曹本

作"阿娇",下注"一云疑是阿娇",原作"何吕"误。朱抄本、赵抄本、丁抄本、四库本、劳抄本、汪抄本作"河吕",下注"一云疑是阿娇"。按"阿娇",疑指白朴的姬妾侍女。

[二]呵手染䤵霜:"䤵霜"下,曹本、四库本、朱抄本、赵抄本、丁抄本、《九金人集》本注"䤵与胭同,是《中州集》王予可词自注,谓脂粉也","是"字,曹本作"见";四库本无。按:《中州集》,系金元好问编撰。

注释

①十月海棠:指秋海棠,多年生草木,秋季开花,花淡红色,雌雄同株,结果,较珍贵,既可观赏,又可入药,盛产于长江以南。

②金盘荐华屋,银烛照红妆:此二句化用宋苏轼《定惠院海棠》"自然富贵出天姿,不待金盘荐华屋"和《海棠》"只恐夜深花睡去,故烧高烛照红妆"。形容海棠高贵艳丽。

③返魂香:传说中一种可以使死者回生的香。据旧题汉东方朔《海内十洲记》载,汉武帝时,西域月氏国贡反生香四两。大如雀卵,黑如桑椹。燃此香,病者闻之即起,死未三月者,熏之即活。

④忆真妃,春睡足:真妃,指太真妃,即贵妃杨玉环。据《太真外传》云:"上皇登沉香亭,诏太真妃子。妃子时卯醉未醒,命力士从侍儿扶掖而至。妃子醉颜残妆,鬓乱钗横,不能再拜。上皇笑曰:'岂是妃子醉,真海棠睡未足耳。'"唐玄宗以"海棠睡未足",比喻杨贵妃醉态。后来人们或用海棠比喻杨妃,或以杨妃比海棠。

⑤《霓裳》:即《霓裳羽衣曲》。

⑥马嵬:即马嵬坡。在陕西兴平西。唐代安史之乱时,唐玄宗从长安西奔成都,途经马嵬坡,六军兵变,唐玄宗无奈,赐死杨贵妃于此。事见《新唐书·后妃传上》。

⑦不避山茶小雪:山茶,常绿灌木或乔木,多产于我国江南,为著名的观赏植物。叶子卵形或椭圆形,有光亮。冬春花开,花形大,有红白等色。品种繁多,花可入药,子可榨油。俗名茶花,也叫耐冬花、曼陀罗树。宋张耒《病起》:"多少山茶梅子树,未开齐待主人来。"

⑧疏影伴昏黄：语出宋林逋《山园小梅》："疏影横斜水清浅，暗香浮动月黄昏。"

⑨䣛霜：妇女妆饰用的脂粉。金王予可《小重山》词："螺髻夏浮觞，凤盇尘莹恨，浥䣛霜。"自注："䣛霜，脂粉也。"

水调歌头

夜醉西楼为楚英作①。

解 题

这首词是为青楼歌舞伎楚英而作,作者用美好的语言赞扬楚英容貌佳、歌舞妙、情意深,表现了作者冶游时出入青楼,以诗酒为友,放浪形骸的生活情趣。是词未见有人系年。从词的内容看,此词与《满江红·庚戌春别燕城》相似,当作于白朴青壮年时期。

双眸剪秋水②,十指露春葱。仙姿不受尘污,缥缈玉芙蓉③。舞遍柘枝遗谱④,歌尽桃花团扇⑤,无语到东风。此意复谁解,我辈正情钟。

喜相从,诗卷里,酒杯中。缠头安用百万⑥,自有海犀通⑦。日日东山高兴⑧,夜夜西楼好梦,斜月小帘栊。何物写幽思,醉墨锦笺红。

注释

①夜醉西楼为楚英作:西楼,当为妓院的楼名。楚英,当为妓院歌舞伎。

②双眸剪秋水，十指露春葱：形容眼珠清澈，手指细嫩。词语化用唐白居易《筝》："双眸剪秋水，十指剥春葱。"

③缥缈玉芙蓉：缥缈，形容隐隐约约，若有若无。玉芙蓉，白荷花，荷花的别名。此句用来比喻女子的美貌。《古诗十九首》："涉江采芙蓉，兰泽多芳草。"

④柘枝：即柘枝舞。唐代西北少数民族的舞蹈。出自怛罗斯（在今哈萨克斯坦塔拉兹附近，唐代属安西大都护府管辖）。怛罗斯汉时名郅支。唐卢肇《湖南观〈双柘枝〉赋》："古也郅支之伎，今也柘枝之名。"最初为女子独舞、舞姿矫健，节奏多变，大多以鼓伴奏。后来有双人舞、人数众多的队舞。

⑤歌尽桃花团扇：桃花，指桃花扇，即绘有桃花的扇子。旧时多为女子所持，相映成美。宋晏几道《鹧鸪天》："舞低杨柳楼心月，歌尽桃花扇底风。"团扇，指团扇歌，亦作团扇郎歌。乐府吴声歌曲。宋贺铸《诉衷情》："临风再歌团扇，深意属何人？"

⑥缠头：古代歌舞艺人表演时以锦缠头，演毕看客以罗锦为赠，称缠头。《太平御览》卷八百一十五引《唐书》："旧俗，赏歌舞人，以锦彩置之头上，谓之'缠头'。"后来作为赠送女妓财物的通称。宋陆游《梅花绝句》："濯锦江边忆旧游，缠头百万醉青楼。"

⑦海犀通：即通天犀，又名灵犀，即犀牛角。旧说犀角中有白纹如线直通两头，感应灵敏。据说犀牛就是以角来互表心灵的。因以灵犀喻心意相通，心心相印。唐李商隐《无题》："身无彩凤双飞翼，心有灵犀一点通。"

⑧日日东山高兴：东山，在浙江省绍兴市上虞区西南。晋谢安隐居东山，常携妓游宴，乐而忘返。见《晋书·谢安传》。

水龙吟

丙午秋,别维扬[一],途中值雨,甚快然[二]。

解 题

这首词系年素有两说,苏明仁《白仁甫年谱》系于元成宗大德十年丙午,即 1306 年;叶德均《白朴年谱》系于元定宗元年,即 1246 年。据笔者《白朴六词系年》(《文学论丛第三辑》,河南人民出版社 1985 年版)考证,苏说是,叶说非,是词作于元大德十年,即 1306 年。因为 1246 年的维扬(即扬州),是南宋的淮南东路治所,既是两淮的政治中心,运河交通的要道,又是南宋京师临安(今杭州)的门户。这时金已亡,蒙古与南宋以黄淮为界对峙,边界在扬州以北的寿春一线。据《宋史》《元史》《宋史纪事本末·蒙古连兵》《续资治通鉴》载,1246 年前后数年中蒙古军队多次进犯两淮,连年战争,使江淮地区处于兵荒马乱之中,年仅二十一岁的白朴,身为北国臣民,不可能冒着生命危险游览维扬。1306 年,元朝已统一南北,维扬一带,战云早已消散,社会趋于安定,白朴寓居建康,三儿居官,子孙满堂,所以白朴才有可能怀着浪迹山水的闲情逸致游扬州。老人远游返里,与相爱之人分别,恰巧途中遇雨,心中不快,回忆与相爱之人在一起游乐的欢娱，产生离别孤单思恋之情。

短亭休唱《阳关》①，柳丝惹尽行人怨。鸳鸯只影，荷枯苇淡，沙寒水浅。红绶双衔②，玉簪中断③，苦难留恋。更黄花细雨④，征鞍催上⑤，青衫泪⑥、一时溅。

回首孤城不见。黯秋空、去鸿一线。情缘未了，谁教重赋，春风人面⑦。斗草闲庭⑧，采香幽径，旧曾行遍。谩今宵酒醒⑨，无言有恨，恨天涯远。

校记

[一]别维扬："别"字，底本与诸参校本均作"到"。据郑骞《白仁甫年谱》云："通首全是'别'情，更无'到'意，可断定为形近之误，故径行改'到'为'别'。"此说当是。今从改。

[二]甚怏然："怏"，赵抄本、丁抄本、汪抄本、四印斋本作"快"。四库本无"甚怏然"三字。

注释

①短亭休唱《阳关》：短亭，旧时于城外大道旁，五里设短亭，十里设长亭，为行人休息或送行饯别之所。北周庾信《哀江南赋》："十里五里，长亭短亭。"《阳关》，曲调名，即《阳关曲》，又名《渭城曲》。以为送别曲。唐王维《送元二使安西》："渭城朝雨浥轻尘，客舍青青柳色新。劝君更尽一杯酒，西出阳关无故人。"

②红绶双衔：红绶，花名，以花色红如绶带而得名。此指绶带。唐李商隐《饮席代官妓赠两从事》："新人桥上著春衫，旧主江边侧帽檐。愿得化为红绶带，许教双凤一时衔。"这里语意双关，既指绶带又指人。

③玉簪中断：玉簪，本为花名。此指女人头饰。唐白居易《井底引银瓶》："石上磨玉簪，玉簪欲成中央折。瓶沉簪折知奈何？似妾今朝与君别。"语意双关，既指头饰，又指人。

④更黄花细雨：黄花，此指菊花。宋李清照《醉花阴·重阳》："莫道不销魂，帘卷西风，人比黄花瘦。"

⑤征鞍催上：征鞍，犹征马。指旅行者所乘的马。

⑥青衫泪：白朴以唐代贬为江州司马的白居易自比。白居易《琵琶行》："座中泣下谁最多？江州司马青衫湿。"

⑦春风人面：形容女子美丽如春的面容。唐杜甫《咏怀古迹》："画图省识春风面，环佩空归月夜魂。"

⑧斗草闲庭：斗草，一种古代游戏。竞采花草，比赛多寡优劣，常于端午行之。唐白居易《观儿戏》："弄尘复斗草，尽日乐嬉嬉。"亦作"斗百草"，见南朝梁宗懔《荆楚岁时记》："五月五日，谓之浴兰节，四民并踏百草之戏……今人有斗百草之戏也。"

⑨谩今宵酒醒：语出宋柳永《雨霖铃》："今宵酒醒何处？杨柳岸，晓风残月。"

水龙吟

幺前三字用仄者,见田不伐《洋呕集》[一]①,《水龙吟》二首皆如此。田妙于音[二],盖仄无疑[三],或用平字,恐不堪协。云和署乐工宋奴伯妇王氏②,以洞箫合曲,宛然有承平之意。乞词于予,故作以赠。会好事者为王氏写真,末章及之。

解　题

这首词是应京城大都云和署乐工宋奴伯之妇王氏之请,创作赠王氏的。作者借萧史弄玉、唐玄宗与杨贵妃游幸连昌别馆之典,既赞扬王氏歌声之妙、写真之美、命运之悲;又感叹游宴之欢,时光短暂,已成过去,表现了作者在大都冶游欢会的生活及其与歌伎的友好情谊。此词当作于白朴青壮年时期的至元十二年(1275),时年五十岁。云和署,元世祖至元十二年始置,至元十三年(1276)之后,白朴南下游历三年,未有进京的记载,故吾将此词系于是年。

彩云萧史台空,洞天谁是骖鸾伴③。伤心记得,开元游幸,连昌别馆④。力士传呼,念奴供唱,阿郎吹管⑤。怅无情一枕,繁华梦觉⑥,流年又、暗中换。

邂逅京都儿女，欢游遍、画楼东畔。樽前一曲，余音袅袅，骊珠相贯。日落邯郸，月明燕市，尽堪肠断。倩丹青细染，风流图画，写崔徽半⑦。

校记

［一］《洋呕集》：曹本、朱抄本、赵抄本、丁抄本、劳抄本、汪抄本作"《洋呕集》"，四库本作"《洋鸥集》"。

［二］田妙于音："田"字，底本、曹本、朱抄本、赵抄本、丁抄本、四库本同作"曲"。四印斋本、《九金人集》本作"田"。今依文意从。

［三］盖仄无疑："仄"字，底本墨丁，曹本、朱抄本、赵抄本、丁抄本、劳抄本、汪抄本空缺，四库本作"可以"。四印斋本、《九金人集》本作"仄"。今依文意从。

注释

①田不伐《洋呕集》：田不伐，北宋词人，名为，字不伐。善琵琶，无行。政和末，充大晟府典乐。宣和元年（1119），罢典乐，为乐令。《洋呕集》，为田不伐词集，有词一卷。今存词六首，收入赵万里《校辑宋金元人词》与唐圭璋编《全宋词》。白朴所见田不伐《水龙吟》二首，今均不存。

②云和署乐工宋奴伯妇王氏：云和署，元代音乐机关。《元史·百官志》："云和署，秩正七品。掌乐工调音律及部籍更番之事。至元十二年始置。至大二年，拨隶玉宸乐院。"乐工宋奴伯妇王氏，宋奴伯及其妻王氏，生平不详。

③彩云萧史台空，洞天谁是骖鸾伴：用萧史弄玉的故事。萧史弄玉，古代传说中的一对神仙夫妇，萧史善吹箫，能以箫作鸾凤之音。秦穆公的女儿弄玉，也好吹箫，穆公就将她嫁给萧史，并筑凤台给他们居住。数年后，夫妇二人乘凤凰升天而去。事见《列仙传》。此句意为：萧史乘凤升天而凤台空，神仙洞府中谁是骖鸾仙子弄玉的伴侣？后来曾以萧史作夫婿的代称。此句似谓王氏的丈夫宋奴伯已逝世。

④开元游幸，连昌别馆：指唐玄宗于开元年间同杨贵妃游幸连昌宫的故事。

事见元稹《连昌宫词》。此句意谓王氏曾为元皇朝赏识。"连昌别馆",即连昌宫,唐宫殿名,唐高宗显庆三年(658)置,故址在今河南宜阳县西。

⑤力士传呼,念奴供唱,阿郎吹管:用唐玄宗在长安宫中宴乐之典。唐元稹《连昌宫词》:"力士传呼觅念奴,念奴潜伴诸郎宿。"自注:"念奴,天宝中名娼,善歌。每岁楼下酺宴,累日之后,万众喧隘。严安之、韦黄裳辈辟易而不能禁。众乐为之罢奏。玄宗遣高力士大呼于楼上曰:'欲遣念奴唱歌,邠二十五郎吹小管逐,看人能听否?'未尝不悄然奉诏。其为当时所重也如此!然而玄宗不欲夺狭游之盛,未尝置在宫禁。"力士,即高力士,本姓冯,宦官,玄宗时知内侍省事,宠任极专,累官骠骑大将军,封渤海郡公。念奴,唐长安著名歌伎。阿郎,即邠二十五郎,邠王,李承宁,排行二十五,善吹笛。元稹《连昌宫词》有:"飞上九天歌一声,二十五郎吹管逐。"

⑥怅无情一枕,繁华梦觉:用传奇"黄梁梦"故事。唐沈既济传奇小说《枕中记》记载:卢生于邯郸客店中遇道士吕翁。生自叹穷困,翁乃授之枕,使入梦。生梦中历尽荣华富贵,及醒,主人炊黄梁尚未熟。

⑦崔徽半:崔徽,唐蒲州妓。唐元稹《崔徽歌序》:"崔徽,河中府娼也。裴敬中以兴元幕使蒲州,与徽相从累月。敬中使还,崔以不得从为恨,因而成疾。有丘夏善写人形,徽托写真寄敬中曰:'崔徽一旦不及画中人,且为郎死。'发狂卒。"后多以指美丽多情的少女。此处以崔徽比喻王氏。半,一半,或半面、半身。此指半身画像或侧面画像。

水龙吟

送史总帅镇西川①,时未混一[一]。

解 题

这首词是白朴为出镇西川的史枢总帅作的送行词。作者与史枢在真定交游甚厚。史枢奉命统兵征伐西川,白朴作词送行,称颂他的才干、谋略、军威,预祝他定西川、平江南取得胜利,画像荣登麒麟阁,名垂青史。这首词,笔者未见前人系年,亦不知史总帅为何人。曾于《白朴六词系年》一文中考定:史总帅,为史枢;镇西川,时在南宋覆灭之前的蒙古世祖至元四年(1267);此词即为"送史总帅镇西川"所作,故当系于此年。

壮怀千载风云,玉龙无计三冬卧。天教唤起,峥嵘才器,人称王佐。豹略深藏,虎符荣佩,君恩重荷。看旌旗动色,军容一变,鹏翼展、先声播。

我望金陵王气,尽消磨、区区江左。楼船万橹,瞿塘东瞰,徒横铁锁②。八阵名成③,七擒功就④,南夷胆破。待他年画像,麒麟阁上⑤,为将军贺。

校记

[一] 时未混一："未"字，底本为墨丁，曹本、朱抄本、赵抄本、丁抄本、劳抄本、汪抄本作"来"，四印斋本、《九金人集》本作"方"。四库本作"未"，今依文意和史实从。按：混一，即统一。忽必烈于庚申年（1260）称帝，甲子年（1264）定都燕京，改元至元。但至元四年（1267）南宋尚在，南北对峙征战，国家并未统一。

注释

①史总帅：即史枢，字子明，史秉直仲子，史天泽之侄，曾任左壁总帅，白朴在真定结识之友。《元史·史枢传》："至元四年，宋兵围开、达诸州，以枢为左壁总帅，佩虎符，凡河南、山东、怀孟、平阳、太原、京兆、延安等军悉统之，宋兵闻之，解去。"

②铁锁：即拦江铁锁。参见《水调歌头·诸公见赓前韵》注释②。

③八阵：指八阵图。三国时，诸葛亮的一种阵法。《三国志·蜀书·诸葛亮传》："亮性长于巧思，损益连弩，木牛流马，皆出其意；推演兵法，作《八阵图》，咸得其要云。"唐杜甫《八阵图》："功盖三分国，名成八阵图。"这里借诸葛亮精通兵法，喻赞史枢。

④七擒：即七擒七纵。三国时，诸葛亮为了巩固蜀汉后方，以便专心北伐，南征孟获，曾七次擒获，七次释放，终于使孟获心悦诚服，平定了南方。这里借指史枢也会像诸葛亮一样平定西川。

⑤麒麟阁：汉代未央宫中阁名，是帝王图画功臣表彰他们功绩的地方。汉宣帝甘露三年（前51）图画功臣霍光、苏武等十一人像于阁上。见《汉书·李广苏建传》附《苏武传》。这里借喻史枢大功告成，画像留形，名标青史。

水龙吟

九月四日,为江州总管杨文卿寿①。

解 题

这首词是白朴在江州为友人江州路总管杨文卿作的祝寿词,颂扬他在征服南宋战争中的功绩,祝愿他继续立功,寿比庐山五老峰。此词徐凌云《天籁集编年校注》系于元世祖至元十五年(1278)的秋天,当是。因为江州在至元十四年(1277)才升江州路,称路才会设总管府,见《元史·地理志》;白朴至元十四年(1277)冬才从湖南岳阳返回江西,见《满江红·用前韵留别巴陵诸公,时至元十四年冬》。故白朴只有在至元十五年(1278)的九月,才能在江州为杨文卿做寿、作寿词。

雁门天下英雄②,策勋宜在平吴后③。金符佩虎,青云飘盖,名藩坐守。千里江皋,一时淮甸,扫清残寇。看人归厚德,天垂余庆,阶庭畔、芝兰秀。

我望戟门如画[一],气佳哉、危亭新构。年年此夕[二],风流长占,中秋重九。丹桂留香,绿橙供味,碧萸催酒④。有庐山绝顶,苍苍五老⑤，赞君侯寿。

校记

［一］戟门如画："如画"二字，曹本、朱抄本、赵抄本、丁抄本、劳抄本、汪抄本作"名画"，四库本作"晴昼"。

［二］年年此夕："此夕"二字，底本与曹本、四印斋本、《九金人集》本均作"此席"。

注释

①江州总管杨文卿：江州，州路名，治所在浔阳，宋以后皆以浔阳为江州（今江西九江）。据《元史·地理志》载，元至元十四年（1277），罢都督府，升江州路。总管，据《元史·百官志》载，元世祖至元初在各路置总管府。至元二十年（1283）定十万户之上者为上路，十万户之下者为下路。但地势重要者，户虽不及十万，亦为上路。路的长官为达鲁花赤一员（蒙古人为之），总管一员（汉人为之），上路秩正三品，下路秩从三品，管理一路行政、财税、刑法、农业等，长江以北则兼管军事。杨文卿，名仁风，字文卿，潞州襄垣（今山西）人，幼聪敏，能文，蒙古蒙哥汗九年（1259）举进士，曾任燕京行中书省奏事官，刑部郎中，怀、邢、洛三治中，中书省断事官，江州路总管，同金枢密院事，东京等处行中书省参知政事等职，以中书左丞致仕。参见拙作《白朴交游考》（《白朴论考》，中州古籍出版社1991年版）。

②雁门：郡名。战国赵地，赵武灵王置雁门郡。今山西北部皆其地。潞州在山西。白朴以其籍雁门代指杨文卿。

③策勋宜在平吴后：吴，代指南宋。南宋都临安，为吴地。元至元十三年（1276）正月，南宋王朝在临安降元，但张世杰、陆秀夫等在福州拥立宋端宗赵㬎及广王赵昺，文天祥在江西起兵抗元，直至至元十五年（1278）闰十一月文天祥兵败被执，至元十六年（1279）张世杰兵败崖山，陆秀夫抱赵昺跳海而死，赵宋王朝才完全失败、灭亡。所以，白朴在这里预祝杨文卿在灭宋的征战中，取得更大战功，并记功勋于史册。

④碧荑：即茱萸，一种生于山谷的有浓烈香味的植物，可入药。古有风俗，阴历九月九日重阳节佩茱萸囊，以祛邪避恶。《西京杂记》卷上："九月九日佩茱萸，食蓬饵，饮菊华酒，令人长寿。"

⑤五老：即五老峰。江西庐山东南部名峰。五峰并立，突兀雄伟，云烟缥缈，变化万千，为庐山胜景之一。唐李白有诗《登庐山五老峰》。白朴在这里以长存的五老峰喻杨文卿长寿。

水龙吟

登岳阳楼①,感郑生龙女事②,谱大曲《薄媚》③。

解　题

这首词是白朴游岳州,登岳阳楼,见景生情,联想起郑生龙女故事,赋词叙写这段美丽动人、哀怨凄婉的爱情传说,表达了作者对这对情侣的同情无奈和赞赏。此词写于元世祖至元十四年(1277)春天。

洞庭春水如天,岳阳楼上谁开宴。飘零郑子,危栏倚遍,山长恨远。何处兰舟,彩霞浮漾,笙箫一片。有蛾眉起舞,含嚬凝睇,分明是、旧仙媛。

风起鱼龙浪卷。望行云、飘然不见。人生几许,悲欢离聚,情钟难遣。闻道当时,汜人能诵,《招魂》《九辩》。又何如乞我,轻绡数尺,写《湘中怨》④。

注释

①岳阳楼:在今湖南省岳阳市,为西门古城楼,面临洞庭湖,气势雄伟,

②郑生龙女事：即郑生洛桥遇龙女的故事。《太平广记》引唐陈翰《异闻集》：唐垂拱（武则天年号，685~688）中，太学生郑生乘晓月渡洛桥，遇一美女，哭泣甚哀，问之，自言无父母依兄嫂居，嫂恶，故欲投水自尽，生悯之，载与同归。女号汜人，能诵楚辞《九歌》《招魂》《九辩》之书，亦常拟词赋为怨歌。……居岁余，生将游长安，是夕，谓生曰："我湖中蛟室之妹也，谪而从君，今岁满，无以久留君所。"乃与别。后十余年，生之兄岳州刺史所。会上巳日，与家徒登岳阳楼，见湖中画舫，中有神女且歌且舞，其貌酷似汜人，其词哀怨。歌舞毕，风涛大起，失其所在。唐沈亚之《沈下贤集》卷二《湘中怨解》，亦叙此故事，云：垂拱中，驾在上阳宫。太学进士郑生晨发铜驼里，乘晓月渡洛桥，遇艳女，自言养于兄，因嫂恶，欲投水。生载归，与之同居，号曰汜人。汜人能诵善吟，其词艳丽不凡。数年后，汜人自述本系蛟宫之娣，贬谪而从生，今已期满。遂啼泣离去。

③大曲《薄媚》：大曲，古代一种大型的歌舞曲。汉魏有大曲，《宋书·乐志三》著录大曲及歌词，多用流传的诗篇配乐，增减字句，以合音节。唐宋大曲是由同一宫调的若干"遍"组成的成套乐舞。唐大曲仍以流传的诗篇配乐叠唱，《乐府诗集》收有残篇。宋大曲录词体，为长篇叙事歌曲，歌舞结合，如董颖咏西施故事的《道古薄媚》，有十遍；曾布咏冯野故事的《水调歌头》有七遍，都是长篇叙事歌曲。《薄媚》，唐宋大曲名。清《钦定词谱》四有董颖所作《薄媚》词十首，为宋时大曲。宋杂剧名目有《郑生遇龙女薄媚》。

④《湘中怨》：即注②《异闻集》郑生龙女故事中汜人所唱的诗歌，唐沈亚之《沈下贤集》有《湘中怨解》。

水龙吟

九日同诸公会饮钟山，望草堂有感①。

解　题

这首词是作者移家金陵之初的重九，与诸友会饮钟山，触景生情而作，借周颙隐居钟山之事，抒发向往隐士的闲逸生活之情。此词徐凌云《天籁集编年校注》系于白朴初至金陵的至元十七年（1280）至至元十八年（1281）之间的任何一个秋天，当是。

倚天钟阜龙蟠②，四时青壁云烟润。陂陀十里，苍髯夹路，清风缓引。兰若西边③，草堂别崦，遗基犹认。自猿惊鹤怨④，山人去后⑤，谁更向、此中隐。

独爱丹崖碧岭⑥，枕平川、人家相近。登临对酒，茱萸香细，莓苔坐稳。老计菟裘⑦，故应来就[一]，林泉佳遁。怕烟霞笑我，尘容俗状，把山英问[二]⑧。

校记

[一] 故应来就："就"字，四库本、朱抄本、赵抄本、丁抄本作"领"。

[二] 山英问：此三字，朱抄本、赵抄本、丁抄本、劳抄本作"山灵问"。

注释

①草堂：旧时文人避世隐居，多名其所居为草堂。这里指南朝齐周颙隐居钟山时，仿蜀草堂寺筑建的房舍。《南齐书·周颙传》："颙于钟山西立隐舍，休沐则归之……清贫寡欲，终日长蔬食，虽有妻子，独处山舍。"亦见《文选》南朝齐孔稚珪《北山移文》。

②钟阜龙蟠：形容金陵地势雄壮险要。宋张敦颐《六朝事迹编类·形势·石城》："诸葛亮论金陵地势云：'钟阜龙盘，石城虎踞，真帝王之宅。'"盘或作蟠。钟阜，即钟山。

③兰若：寺院。若，音rě。梵文"阿兰若"的略语，意为寂静、无苦恼烦乱之处。

④猿惊鹤怨：亦作"鹤怨猿惊"。形容对官场厌倦，有意归隐的心情。此语出自南朝齐孔稚珪《北山移文》："蕙帐空兮夜鹤怨，山人去兮晓猿惊。"宋辛弃疾《沁园春·带湖新居将成》："三径初成，鹤怨猿惊，稼轩未来。"

⑤山人：指隐居在山中的士人，即隐士，这里指周颙。

⑥丹崖碧岭：词出孔稚珪《北山移文》："碧岭再辱，丹崖重滓。"

⑦菟裘：地名，在今山东省泗水县。此代指告老退隐的居处。典出《左传·隐公十一年》："羽父请杀桓公，将以求大宰。公曰：'为其少故也，吾将授之矣。使营菟裘，吾将老焉。'"宋陆游《暮秋遣兴》："买屋数间聊作戏，岂知真用作菟裘。"

⑧山英：山花。元王恽《游妫川水谷太玄道宫》："山英喜客来，夜雨濯翠鬟。"徐凌云《天籁集编年校注》谓指山的神灵，这里化用孔稚珪《北山移文》"钟山之英，草堂之灵，驰烟驿路，勒移山庭"。可供参考。

水龙吟

送张大经御史①,就用公九日韵,兼简卢处道副使使宁国②,置按察司时[一]③。卢号疏斋[二]。

解　题

这首词是白朴在建康为友人张大经送行兼致友人卢挚通问契阔而作,表现了朋友之间的深情厚谊。是词徐凌云《天籁集编年校注》,将其定在元世祖至元二十六年(1289)九月,或成宗大德八年(1304)九月。当以前者的可能性较大。是词我曾在《白朴年谱》(《白朴论考》,中州古籍出版社 1991 年版)中将其系于至元二十三年,即 1286年。李修生亦将这首词系于元世祖至元二十三年(见《卢疏斋集辑存》)。

绣衣揽辔西行,慨然有志人知否?江山好处,留连光景,一杯别酒。世事无端,恼人方寸,十常八九。对霜松露菊,荒凉三径,等闲又、登高后。

问讯宣城太守④。几裁诗,画堂清昼。山长水阔,思君不见,踟蹰搔首。却羡行云,暂留还去,无心出岫⑤。笑穷途岁晚,江头送客,唱青青柳⑥。

校记

[一] 置按察司时:"置"字,底本、曹本、赵抄本、劳抄本、汪抄本、四印斋本同作"买"。朱抄本、丁抄本作"贾",《九金人集》本、四库本作"署"。均误。今依《元史·百官志》中"江东建康道,宁国路置司"改。

[二] 卢号疏斋:底本、四印斋本无。今从曹本、朱抄本、丁抄本、劳抄本、四库本、《九金人集》本小注补。赵抄本"卢号"二字空缺。

注释

①张大经:白朴在江南结交之友。我在《白朴交游考》一文中考知:张大经,燕人,曾任江南行御史台监察御史。与张之翰、赵孟頫交往甚密,有诗文往来。张之翰《西岩集》有《水龙吟·张大经寓第牡丹》、赵孟頫《松雪斋集》有《水调歌头·和张大经赋盆荷》。

②卢处道:名挚,字处道,号疏斋。家居河南,族望涿郡。生于淳祐二年(1242),二十岁由诸生充元世祖侍从。先后出任河南路总管、集贤学士,又持宪湖南,迁江东道廉访使,复入为翰林学士,迁承旨,晚年客居宣城。白朴好友,并且有姻亲关系,卢挚为白朴异母弟恪之内兄。至元二十三年(1286)五月,徙江东按察司于宣州。是年,卢挚为江东按察司副使。宣州,唐置,又为宣城郡,元置宁国路。

③置按察司时:按《元史·百官志》载:"国初,立提刑按察司四道……(至元)十四年(1277)复置,增立八道……江东建康道,宁国路置司。"《元史·世祖纪》:"(至元)二十三年(1286)……夏四月……甲辰,行御史台自杭州徙建康。……五月……甲戌,汴梁旱。徙江东路按察司于宣州。"姚燧《圣元宁国路总管府兴造记》:"至元丙子(1276),宋亡(元军陷南宋京师临安,宋奉表投降),诏列诸道宪司于江之南,建行台扬州以统之。后徙台建康,复徙江东道之治建康者于宁国。"嘉庆修《宁国府志》卷一《沿革表十大事附》:"元至元二十三年五月,徙江东按察司于宣州。"由此可知:徙江东建

道按察司于宁国路,时为元世祖至元二十三年(1286)。时卢挚在宁国路任江东建康道按察司副使。

④宣城太守:指南朝齐诗人谢朓。朓字玄晖,陈郡阳夏(今河南太康)人,曾任宣城太守。诗多描写自然景色,善于熔裁,时出警句,风格清俊。白朴在这里喻指在宁国路的卢挚。

⑤无心出岫:由陶潜《归去来兮辞》"云无心以出岫,鸟倦飞而知还"而来。岫,峰峦。此句意为无心出仕。

⑥唱青青柳:古人惜别多折杨柳相赠。此句意为唱送别之曲。语出唐王维《渭城曲》:"渭城朝雨浥轻尘,客舍青青柳色新。"

水龙吟

遗山先生有《醉乡》一词①，仆饮量素悭，不知其趣，独闲居嗜睡有味，因为赋此。

解 题

作者有感于元遗山嗜酒而作的《醉乡》词，仿其词而作此嗜睡词。作者借黄帝梦游、孔子梦周、庄周梦蝶、南柯梦、陈抟高卧等故事，抒发了对幽静舒适生活的向往和对高睡归隐的羡慕之情，亦是作者晚年闲适生活的写照。此词当作于白朴移居金陵之后，曹光辅任扬州教授、镇江教授之时。徐凌云在《天籁集编年校注》中将此词暂系在元世祖至元三十年至元成宗元贞元年（1293～1295）之间，因无别证，当暂系于此年间。

醉乡千古人行，看来直到亡何地[一]。如何物外，华胥境界②，升平梦寐。鸾驭翩翩③，蝶魂栩栩④，俯观群蚁⑤。恨周公不见⑥，庄生一去⑦，谁真解、黑甜⑧味。

闻道希夷高卧⑨，占三峰[二]、华山垂翠。寻常羡杀，清风岭上，白云堆里。不负平生[三]，算来惟有，日高春睡。有林间剥啄⑩，忘机幽鸟⑪,唤先生起。

附:和词曹光辅教授⑫《水龙吟》

凡和三十首,不能尽录,姑记其一云。

世间清苦禅和,了心才到安闲地。藜床兀兀,经年打坐,颓然假寐。却甚床边,偶闻牛斗,不知喧蚁。怪藤条临济,饥餐困卧,方会得、个中味。

争似横江楼上,入帘栊、好山供翠。悠悠万事,从今都付,黄粱炊里。朝暮阴晴,定应不废,平生甘睡。笑傍人问我,何当梦觉,为苍生起。

校记

[一] 看来直到亡何地:"看"字,曹本作"着"。"亡"字,四库本、朱抄本、赵抄本、丁抄本、劳抄本、汪抄本作"无"。

[二] 占三峰:"三"字,四库本作"群",曹本、朱抄本、赵抄本、丁抄本作"二"。

[三] 不负平生:"不"字,丁抄本作"兀"。

注释

①遗山先生有《醉乡》一词:遗山,为元好问之号,其字裕之,金末著名文学家,是朴父挚友、朴之业师。《醉乡》一词,指《水龙吟·陈希夷睡歌,有契予心,因衍之》。其词云:"百年同是行人,酒乡独有归休地。此心安处,良辰美景,般般称遂。力士铠头,舒州杓畔,不妨游戏。算为狂为隐,非狂非隐,人谁解、先生意。 莫笑糊涂老眼,几回看、红轮西坠。一杯到手,人间万事,俱然少味。范蠡张良,尽他惊怪,陈抟贪睡。且陶陶兀兀,今朝醉了,

更明朝醉。"

②华胥境界：华胥，本是传说中的国名，后用为梦境的代称。典出《列子·黄帝》："（黄帝）昼寝，而梦游于华胥氏之国。华胥氏之国，在弇州之西，台州之北，不知斯齐国几千万里。盖非舟车足力之所及，神游而已。其国无师长，自然而已；其民无嗜欲，自然而已……黄帝既寤，怡然自乐。"斯，距离；齐，中也。

③鸾驭翩翩：鸾驭，驾御鸾鸟飞升。形容进入仙境。宋周邦彦《长相思慢》："桃溪换世，鸾驭凌空，有愿须成。"翩翩，鸟飞轻快的样子。《周易·泰卦》："六四：翩翩，不富，以其邻。不戒以孚。"程颐传："翩翩，疾飞之貌。"

④蝶魂栩栩：指庄周梦蝶事，典见《庄子·齐物论》："昔者庄周梦为蝴蝶，栩栩然蝴蝶也，自喻适志与，不知周也。俄然觉，则蘧蘧然周也。不知周之梦为蝴蝶与？蝴蝶之梦为周与？周与蝶与则必有分矣，此之谓物化。"本为寓言，以庄周梦蝶喻生命变化无常。这里指梦游之舒适惬意。

⑤俯观群蚁：指南柯梦事，典见唐李公佐传奇《南柯太守传》。传叙淳于棼梦中到槐安国做了蚁王的驸马，封南柯太守，显赫一时。令率师出征，战败，公主已死，被遣归。醒来原来是一场梦。在宅前大槐树下掘得蚁穴，即梦中的槐安国。南柯郡为槐树南枝下另一蚁穴。后因以南柯梦指虚幻的梦境。比喻人生如梦，富贵得失幻化无常。此指梦乡的舒适。

⑥周公不见：周公，西周初年政治家。姬姓，周武王之弟，名旦。因采邑在周（今陕西岐山北），称为周公。曾助武王灭商。武王死后，成王年幼，由他摄政。周公是孔子心目中仰慕的理想人物，希望在梦中相见。《论语·述而》："甚矣吾衰也，久矣吾不复梦见周公。"后世常用梦周公作为缅怀先贤或做美梦。

⑦庄生：即庄周。战国时哲学家。宋国蒙（今河南商丘东北）人。著有《庄子》。主张顺应自然，反对人为，还提出人生是一场大梦的虚无主义思想。

⑧黑甜：酣睡。苏轼《发广州》："三杯软饱后，一枕黑甜余。"自注："俗谓睡谓黑甜。"

⑨希夷高卧：即陈抟高卧。陈抟，五代宋初道士。字图南，自号扶摇子，亳州真源（今河南鹿邑）人。生于唐末。后唐长兴（930~933）中曾举进士不

第，隐居华山。宋太宗赐号希夷先生。《宋史·陈抟传》："自言尝遇孙君仿、獐皮处士二人者，高尚之人也，语抟曰：'武当山九室岩可以隐居。'抟往栖焉。因服气辟谷历二十余年，但日饮酒数杯。移居华山云台观，又止少华石室。每寝处，多百余日不起。"是为陈抟高卧之典。

⑩剥啄：敲门声。宋苏轼《次韵赵令铄惠酒》："门前听剥啄，烹鱼得尺素。"

⑪忘机幽鸟：忘却机心。指一种自甘淡泊、宁静无为的心境。《列子·黄帝》："海上之人有好沤鸟者，每旦之海上，从沤鸟游。沤鸟之至者百数而不止。其父曰：'吾闻沤鸟皆从汝游，汝取来吾玩之。'明日之海上，沤鸟舞而不下也。"沤鸟，鸥鸟。这一故事是说人无机心，海鸟从之游，一旦有了欲念，海鸟也就不来亲近。后人用"海鸟忘机"比喻没有俗念的隐士亲近大自然的思想境界。

⑫曹光辅教授：白朴在江南结交之友。据元张之翰《西岩集》卷三《喜光辅府教授至》云："我生不才好友朋，往时云集江都城。年来一到一回少，廖然回顾如晨星。喜君分教在京口，渡江而来叩余扃。须眉秀隐浮玉色，牙颊清带中冷声。炎凉不作世俗态，款曲要写平生情。"江都为扬州，在长江北；京口为镇江，在长江南，所以曹光辅由京口到江都访张之翰，要渡江，因而有"渡江而来叩余扃"句。曹光辅为扬州府教授，"分教在京口"。张之翰还有《寄曹光辅扬州教授》《和光辅吾友见示韵》。参见拙著《白朴论考》中《白朴交游考·曹光辅》。

水龙吟

用前韵赠答光辅。

解 题

曹光辅和白朴《水龙吟·遗山先生有〈醉乡〉一词》凡三十首之后,白朴又用前韵,赋《水龙吟》,赠答曹光辅。这首词既称颂曹光辅嗜睡、善诗、能酒,又回答曹问,尽管有刘琨、祖逖那样发愤的前人事迹,作者也鼓不起劲头,仍然安于远离红尘、淡泊清静、以诗酒为友的闲适生活。据词题及前首《水龙吟·遗山先生有〈醉乡〉一词》的后面附录"曹光辅教授凡和三十首,不能尽录,姑记其一云",此词当在曹光辅和词不久,再一次作此词赠答。故此词亦应和前一首《水龙吟》一样,作于元世祖至元三十年至元成宗元贞元年(1293~1295)之间。

倚阑千里风烟,下临吴楚知无地。有人高枕,楼居长夏,昼眠夕寐。惊觉游仙,紫毫吐凤①,玉觥吞蚁[一]②。更谁人似得,渊明太白③,诗中趣、酒中味。

惭愧东溪处士,待他年、好山分翠④。人生何苦,红尘陌上,白头浪里。四壁窗明，两盂粥罢，暂时打睡。尽闻鸡祖逖，中宵狂舞，蹴刘琨起⑤。

校记

[一] 玉觞吞蚁："吞"字，丁抄本作"春"。

注释

①吐凤：称颂文才或文学之美。见晋葛洪《西京杂记》卷二："雄（扬雄）著《太玄经》，梦吐凤凰集《玄》之上，顷之而灭。"白朴用此称赞曹光辅。

②吞蚁：蚁，指绿蚁，浮在酒面上形似蚂蚁的绿色泡沫，也作酒的代称。《文选·谢朓〈在郡卧病呈沈尚书〉》："嘉鲂聊可荐，绿蚁方独持。"张铣注："绿蚁，酒也。"吞蚁，指饮酒。

③渊明太白：指大诗人陶潜和李白，他们二人均嗜酒，写有许多描写酒和嗜酒的诗歌。这里白朴借陶李赞誉曹光辅能饮酒、善诗词。

④惭愧东溪处士，待他年、好山分翠：此句似指谢安东山再起事。《晋书·谢安传》载："谢安字安石……初辟司徒府，除佐著作郎，并以疾辞。寓居会稽，与王羲之及高阳许询、桑门支遁游处，出则渔弋山水，入则言咏属文，无处世意……征西大将军桓温请为司马，将发新亭，朝士咸送，中丞高崧戏之曰：'卿累违朝旨，高卧东山，诸人每相与言，安石不肯出，将如苍生何！苍生今亦将如卿何！'安甚有愧色。既到，温甚喜，言生平，欢笑竟日。"后谢安官至中书监、司徒等要职。晋室赖以转危为安。后以"东山再起"指退隐复仕或失势后重新得势。作者对再起的谢安并无称赞之意。处士，古时称有才德而隐居不仕的人。《荀子·非十二子》："古之所谓处士者，德盛者也。"

⑤闻鸡祖逖，中宵狂舞，蹴刘琨起：《晋书·祖逖传》："（祖逖）与司空刘琨俱为司州主簿，情好绸缪，共被同寝。中夜闻荒鸡鸣，蹴琨觉曰：'此非恶声也。'因起舞。"荒鸡鸣，半夜啼的鸡，古人以为不祥。刘琨和祖逖常常互相勉励振作，所以听到鸡鸣而起舞。后以"闻鸡起舞"比喻志士及时奋发。

水龙吟

予始赋睡词,诸公赓和三十余首。一日,友人王文卿携肴来访①,话及梁园旧游②,因感其事,复用前韵。

解 题

这首词是在老友携带佳肴造访,话及当年梁园旧游情景,感慨万千而作的,词中回忆青年时游梁园的潇洒风流、兴味情趣,感慨今日人老漂泊异乡,过着平淡闲适生活,有潦倒思乡之情。此词应作于赋睡词之后不远,仍暂系于元世祖至元三十年到元成宗元贞元年(1293～1295)之间。

万金不买青春,老来可惜欢娱地。有时记得,江楼深夜,解鞍留寐。兰焰喷虹,宝香薰麝,玉醅篘(chōu)蚁。更谁能细说,当年风韵,江瑶柱③、荔枝味。

漂泊江湖万里,渺难寻、采菱拾翠④。何心更到,折枝图上⑤,卖花声里⑥。蓬鬓刁骚,角巾欹堕,枕书聊睡。恨匆匆未办,莼鲈归棹,又秋风起⑦。

注释

①王文卿：白朴的老朋友，生平事迹不详。

②梁园旧游：梁园，园囿名。又称梁苑、菟园。在今河南商丘东南。汉梁孝王刘武筑，为游赏和筵宾之所。旧游，指青年时期曾经游过梁园。

③江瑶柱：亦作"江珧柱"，江瑶，一种海蚌。江瑶柱，即江瑶的肉柱，味鲜美，是一种名贵的海味。宋苏轼《四月十一日初食荔支》："似开江鳐斫玉柱，更洗河豚烹腹腴。"

④采菱拾翠：采菱。即《采菱曲》，乐府曲名。南齐王融《采菱曲》："荆姬采菱曲，越女江南讴。"这里指西湖游女所唱之歌。拾翠，本指拾取翠鸟羽毛以为首饰，后多指妇女游春。典见三国魏曹植《洛神赋》："或拾明珠，或采翠羽。"

⑤折枝：花卉画法之一，画花卉不画全枝，只画连枝折下的部分，故名。唐韩偓《已凉》："碧阑干外绣帘垂，猩色屏风画折枝。"

⑥卖花声：词牌名。宋李清照词名。宋欧阳修《六一诗话》："士大夫牵于事役，良辰美景，罕获宴游之乐，其诗至有'卖花担上看桃李，拍酒楼头听管弦'之句。"

⑦莼鲈归棹，又秋风起：典出《晋书·张翰传》："翰因见秋风起，乃思吴中菰菜、莼羹、鲈鱼脍，曰：'人生贵得适志，何能羁宦数千里以要名爵乎？'遂命驾而归。"后因以莼羹鲈脍为思乡辞官归隐的典故。这里表现作者的思乡之情。

念奴娇

题镇江多景楼①,用坡仙韵②。

解　题

　　作者晚年,过镇江,登多景楼,遥望南州风光景物,触景生情,感叹人世沧桑,人生变幻无常。白朴在江南曾多次去过或经过镇江,那么这首词作于何时?徐凌云《天籁集编年校注》将此词的编年定在元世祖至元十五年(1278)的冬天到元成宗大德十年(1306)之间,即白朴五十三岁到八十一岁之间。跨度28年,太长了。据词中"照见星星发"句,知白朴当时头发花白,年六十左右。故将此词系于至元二十三年(1286),白朴年六十一。是年,白朴曾去过镇江,写有《水调歌头》"予既赋前篇,一日举似京口郭义山,义山曰:'此词固佳,但详梦中所得之句,元者应谓水府,今止咏甲子及《秋水篇》事,恐未尽也。'因请再赋"。

　　江山信美,快平生,一览南州风物。落日金焦③浮绀宇[一]④,铁瓮犹残城壁[二]⑤。云拥潮来,水随天去,几点沙鸥雪。消磨不尽,古今天宝人杰。

遥望石冢巉然，参军此葬⑥，万劫谁能发。桑梓龙荒惊叹后⑦，几度生灵埋灭。往事休论，酒杯才近，照见星星发⑧。一声长啸，海门飞上明月⑨。

校记

［一］浮：此字，朱抄本、赵抄本、丁抄本、劳抄本、汪抄本作"溪"。

［二］犹：此字，四印斋本作"独"。

注释

①多景楼：古迹名。在今江苏镇江市北固山甘露寺内。宋镇江知州陈天麟在唐人临江亭故址修建。宋张邦基《墨庄漫录》卷四说楼名取唐李德裕《题临江亭》诗："多景悬窗牖"的句意。

②用坡仙韵：坡仙，指苏东坡。宋苏轼字东坡，才华横溢，诗文词赋俱工，声誉很高，后人敬仰他，称他为坡仙。金元好问《奚官牧马图·息轩画》："奚官有知应解笑，世无坡仙谁赏音？"用坡仙韵，指用苏东坡词《念奴娇·赤壁怀古》的韵。

③金焦浮绀宇：金焦，二山名。金山，在今江苏镇江市西北。旧在江中，后江沙涨积成陆，与南岸相连。古有氐父、获符、伏牛、浮玉等山名。唐时裴头陀于江边获金，表奏皇上，赐名金山。焦山，在今江苏镇江市东北，屹立江中，与金山对峙，并称金焦，向为江防要塞。古名樵山，相传汉末处士焦光隐此，因名焦山。绀宇：即绀园。佛寺的别称。唐王勃《益州德阳县善寂寺碑》："朱轩夕朗，似游明月之宫；绀宇晨融，若对流霞之阙。"

④铁瓮犹残城壁：铁瓮，指三国吴所筑之铁瓮城，宋以后已渐成残垣断壁，旧址在北固山前峰下。清乾隆重修《江南通志》卷三十二《舆地志·古迹》引徐凌《城邑考》云："郡有子城，周六百三十步，即吴（孙权）所筑，内外皆甃以甓，号铁瓮城。晋郗鉴、王恭镇此，皆更为营缮，南唐林仁肇复修之。"

⑤参军：指鲍照。鲍照，字明远，东海（郡治在今山东郯城）人。南朝宋文学家。出身寒微。曾任中书舍人、秣陵令等职。后为临海王刘子顼前军参军

(世称鲍参军),子项起兵失败,照为乱军所杀。葬于镇江。墓今犹存。上句"石冢",即指鲍照墓。

⑥桑梓龙荒:北方的故乡。桑梓,《诗经·小雅·小弁》:"维桑与梓,必恭敬止。"桑和梓是古代家宅旁边常栽的树木,这就是说,见桑与梓,容易引起对父母的怀念。东汉张衡《南都赋》:"永世克孝,怀桑梓焉;真人南巡,睹旧里焉。"东汉以来遂用以喻故乡或父老乡亲。龙荒,泛指我国北部荒漠地区或处于荒漠之地的少数民族聚落。《汉书·叙传下》:"龙荒幕朔,莫不来庭。"龙,谓匈奴祭天处龙城。荒,谓荒服。

⑦星星发:形容鬓发花白。西晋左思《白发赋》:"星星白发,生于鬓垂。"

⑧海门:县名,今为江苏南通市辖区。在江苏东南部,长江口北岸。焦山之东北,有二小山雄峙,名松寥山,古人亦称为海门。

念奴娇

中秋效李敬斋体①,每句用月字。

解　题

适逢中秋佳节,白朴把酒赏月,雅兴勃发,仿效父执李敬斋体,句句用月字填词,赞美天上圆月光照万古河山,月桂飘香;感叹月娥孤独冷清,自渐消瘦;歌颂人间升平,年年中秋共赏明月;祝愿人如明月一样长久团圆。是词徐凌云《天籁集编年校注》云:"前人作诗词效某人体,大都在作者身后,故疑此词应作于李敬斋卒后(李敬斋卒于至元十六年)。姑将这首词的编年暂附于元世祖至元十六年(1279),时白朴五十四岁。"似可。

　　一轮月好,正人间、八月凉生襟袖。万古山河归月影,表里月明光透。月桂婆娑,月香飘荡,修月香人手②。深沉月殿,月娥谁念消瘦[一]③。

　　今夕乘月登楼,天低月近,对月能无酒。把酒长歌邀月饮④,明月正堪为友。月向人圆[二],月和人醉,月是承平旧。年年赏月,愿人如月长久⑤。

校记

[一] 月娥谁念消瘦:"娥"字,底本及诸刊印本作"蛾",清曹寅藏传抄本及诸抄本作"娥",今从曹寅抄本。

[二] 月向人圆:"向"字,四库本、朱抄本、赵抄本、丁抄本作"白"。

注释

①李敬斋:敬斋为李冶的号,朴父白华的朋友。《元史·李冶传》:李冶字仁卿,真定栾城人。登金进士第,调高陵簿,未上,辟知钧州事。岁壬辰,城溃,冶微服北渡,流落忻、崞间,聚书环堵,人所不堪,冶处之裕如也。世祖在潜邸,闻其贤,遣使召之,问治天下之策,冶对之。世祖嘉纳之。冶晚家元氏,买田封龙山下,学徒益众。及世祖即位,复聘之,欲处以清要,冶以老病,恳求还山。至元二年,再以学士召,就职期月,复以老病辞去,卒于家,年八十八。所著有《敬斋文集》四十卷等。作词仅见五首,收录于《全宋词》,白朴仿作的《念奴娇》中秋词,今已不存。

②修月香人手:修月,古代传说月由七宝合成,人间常有八万二千户给它修治,见唐段成式《酉阳杂俎·天咫》。宋苏轼《正月一日雪中过淮谒客回作》诗之一:"从来修月手,合在广寒宫。"金元好问《蟾池》:"下界新增养蟾户,玉斧谁怜修月苦。"

③月娥谁念消瘦:月娥,即嫦娥,后羿妻。《淮南子·览冥训》载:"羿请不死之药于西王母,姮娥窃以奔月。"高诱注:"姮娥,羿妻。羿请不死之药于西王母,未及服之,姮娥盗食之,得仙,奔入月中,为月精也。"姮娥,因避汉文帝刘恒讳,改为嫦娥。唐孟郊《看花》:"月娥双双下,楚艳枝枝浮。"消瘦,传说月宫寒冷寂寞,嫦娥常年居此,颇感凄凉孤独,有后悔之意,因而消瘦。

④把酒长歌邀月饮:语出唐李白《月下独酌》:"花间一壶酒,独酌无相亲。举杯邀明月,对影成三人。月既不解饮,影徒随我身。"

⑤愿人如月长久:语出宋苏东坡《水调歌头》:"但愿人长久,千里共婵娟。"

附：僧仲璋《念奴娇》

中秋重九，人间佳节也，古今赋咏固多，予早年尝记僧仲璋九日述怀一篇，与此篇格相同，恐岁久无传，就附于此。仲璋俗姓阎，法讳志琏，号山泉道人，落魄嗜酒，滑稽玩世，颇为时人所爱。

消磨九日，算年年、惟有黄花白酒。把酒簪花能有几，七十光阴回首。人寿难期，酒杯有限，花色应如旧。花秾酒酽，问君著甚消受。

彭泽千古英魂，有花能折，有酒能倾否？万事悠悠输一醉，花酒休教离手。明月西风，阑珊酒尽，憔悴花枝瘦。酒肠花眼，正宜年少时候。

念奴娇

题阙。

解　题

　　白朴晚年由建康乘船顺长江东下，途经扬州，触景生情，回想起早年游扬州所见之风光景物以及人世沧桑的变化，有感而作。此词徐凌云《天籁集编年校注》云："据词中'遥忆扬州风物'来推断，当是去过扬州之后的回忆，按《天籁集》中明确提到白朴到扬州的有：《木兰花慢·灯夕到维扬》，时为元世祖至元十六年（1279）的春天；另一首《木兰花慢·己丑送胡绍开王仲谋两按察赴浙右闽中任》，时为元世祖至元二十六年（1289）的冬天；另一首为《水龙吟·丙午秋，别维扬，途中值雨，甚怏然》，时为元成宗大德十年1306）的秋天。这首词中既曰'遥忆'，当不会是比较近的一次，但白朴三次去扬州中间相隔十年、十七年之久，很难确定是哪一次，结合词中的'江湖落魄，鬓成丝'来看，亦当为晚年寓居江南时所作，其上限不得超过元世祖至元二十六年（1289），下限不得超过元成宗大德十年（1306）。"时间跨度太长。我以为此词应系在元世祖至元二十八年（1291）的春天。因这年白朴曾由建康乘船顺流东下，经长江转运河至杭州，途经扬州。白朴有词《永遇乐·至元辛卯春二月三日同李景安提举游杭州西湖》。

江湖落魄，鬓成丝，遥忆扬州风物[一]。十里楼台帘半卷①，玉女香车油壁[二]。后土祠寒②，唐昌花尽③，谁弄琼枝雪。山川良是，古来销尽雄杰[三]。

落日烟水茫茫，孤城残角，怨入清笳发。岸舣扁舟人不寐[四]，柳外渔灯明灭。半夜潮来，一帆风送，凛凛森毛发。乘流东下[五]，玉箫吹落残月。

校记

[一] 扬州：曹本作"杨州"。

[二] 香车油壁："油壁"，底本、曹本、赵抄本作"钿璧"。丁抄本、劳抄本、四印斋本、《九金人集》本作"钿璧"。四库本作"油壁"，今从。按：古代妇女所乘油壁车，宋晏殊《寓意》："油壁香车不再逢，峡云无迹任西东。"

[三] 销尽雄杰："销"字，曹本、赵抄本、丁抄本、劳抄本、汪抄本、四库本作"消"。按："消"，一义通"销"。

[四] 岸舣扁舟："舣"字，丁抄本作"樣"（样），赵抄本、劳抄本、汪抄本、四库本、四印斋本、《九金人集》本作"檥"。

[五] 乘流东下："乘"字，丁抄本、劳抄本、汪抄本作"来"，四库本、赵抄本作"水"。

注释

①十里楼台帘半卷：唐杜牧《赠别》有"春风十里扬州路，卷上珠帘总不如"诗句，作者化用其意。

②后土祠：《嘉庆重修一统志·扬州府二古迹·无双亭》中有述，旧时传说扬州有后土祠，中有琼花一株，传为唐人所植，宋淳熙以后多聚八仙花接

木移植。琼花花色微黄而有香气,为稀有珍贵植物,古以洛阳、扬州所产最佳。

③唐昌:观名,原名琼花观。据《嘉庆重修一统志·扬州府二·寺观》,琼花观为汉成帝建,因产琼花而得名。唐改唐昌观,宋改蕃釐观。

念奴娇

壬戌秋泊汉江鸳鸯滩①，寄赠。

解　题

白朴离家南游，中秋夜，船泊汉江鸳鸯滩，因滩名引起对家乡妻子的思念，因而赋词寄赠，表达离人身在异乡，深切怀念妻子的痛苦心情。此词题记标明作于"壬戌秋"，即作者离家的第二年，蒙古世祖中统三年（1262）的春天。白朴时年三十七岁。

露团渐冷，又今年、孤负中秋明月。谁念江干憔悴我，梦断芙蓉城阙②。燕子东归，鸿宾南下，满眼芦花雪。行人何处，也应珠泪凝睫。

常记楼上歌声，一尊酒尽，默默无言别。恨杀鸳鸯滩下水，不寄题诗红叶③。聚泪鲛绡④，画眉螺黛⑤，总在归时节。百年心事，等闲休向人说。

注释

①汉江鸳鸯滩：在襄阳府光化县（今湖北老河口）南二十里汉江中。元宪

中五年（1255）史枢曾败宋舟师于此，从此成为元军围攻襄阳的重要据点。蒙古世祖中统二年（1261），襄阳仍被元军包围，战事不断。史天泽侄史权于蒙古世祖中统三年（1262）任河南屯田万户兼汉江大都督，其所率之兵当负围困襄阳之任。白朴很有可能随史权南下，随蒙元军队住在汉江。

②芙蓉城：古时候传说仙人所居的地方，此指妻子所居地。宋欧阳修《六一诗话》："（石）曼卿卒后，其故人有见之者云：'恍惚如梦中，言我今为鬼仙也，所主芙蓉城。'"宋苏轼《芙蓉城》诗序："世传王迥字子高，与仙人周瑶英游芙蓉城。元丰元年三月，余始识子高，问之信然，乃作此诗。"

③题诗红叶：这一典故出处颇多，但故事大体相同，叙唐代宫女在红叶上题诗，经御沟流出宫禁，为一士子所得，后来宫中遣放宫女，题诗的宫女得嫁此人。白朴杂剧《韩翠颦御水流红叶》即敷演此故事。

④鲛绡：传说中鲛人织的绢。《述异记》："南海出鲛绡纱，泉先（指鲛人）潜织，一名龙纱。其价百余金。以为服，入水不濡。"后泛指薄纱。宋陆游《钗头凤》："春如旧，人空瘦，泪痕红浥鲛绡透。"

⑤画眉螺黛：形容夫妻恩爱。画眉，典见《汉书·张敞传》："又为妇画眉，长安中传张京兆眉妩。有司以奏敞。上问之，对曰：'臣闻闺房之内，夫妇之私，有过于画眉者。'上爱其能，弗备责也。"南朝梁刘孝威《鄀县遇见人织率尔寄妇》："新妆莫点黛，余还自画眉。"螺黛，螺形画眉墨。陈旅《白画眉图》："隋家宫妓扫长蛾，销尽波斯百斛螺。"宋欧阳修《阮郎归》："浅螺黛，淡燕脂。闲妆取次宜。"

满江红

题吕仙祠飞吟亭壁①，用冯经历韵②。

解 题

白朴在岳阳，游岳阳楼，看到吕仙祠飞吟亭壁上吕洞宾诗的刻石，联想到吕洞宾三醉岳阳的故事，用友人冯经历《满江红》韵填词《满江红》。作者触景生情，叙吕洞宾三下岳阳的故事，表现人世沧桑、古今变迁，向往归隐山林、闲适优游的生活。据白朴《满江红·用前韵留别巴陵诸公，时至元十四年冬》中有"秋空一剑横霜雪"，知是词当作于元世祖至元十四年（1277）的秋天，白朴时年五十二岁。

云外孤亭，空怅望、烟霞仙客。还试问、飞吟诗句，为谁留别。三入岳阳人不识③，浮生扰扰苍蝇血④。道老精、知向树阴中，曾来歇。

松稚在，虬枝结。皮溜雨，根盘月。恨还丹不到，后来豪杰。尘世千年翻甲子⑤，秋空一剑横霜雪。待他时、携酒赤城游⑥，相逢说。

注释

①吕仙祠飞吟亭壁：指吕仙祠飞吟亭壁上刻的吕仙诗。吕仙，吕洞宾，俗传八仙之一。名岩，道号纯阳子，相传为唐京兆（今陕西西安）人，一作河中府（今山西永济）人。唐会昌（841~846）中，两举进士不第，浪游江湖，遇锺离权授以月诀。曾隐居终南山等地修道。后游历各地，自称回道人。传说他曾在江淮斩蛟、岳阳弄鹤、客店醉酒等。他的传说，大概最早起于北宋岳州一带。元代封他为"纯阳演政警化孚佑帝君"。道教全真道尊其为北五祖之一，为纯阳祖师，通称"吕祖"，俗称"吕仙"。宋范致明《岳阳风土记》："白鹤老松，古木精也。李观守贺州，有道人陈某，自云一百三十六岁，因言及吕洞宾，曰：'近在南岳见之。'吕云过岳阳，日憩城南古松阴，有人自杪而下，来相揖曰：'某非山精木魅，故能识先生，幸先生哀怜。'吕因与丹一粒，赠之以诗。吕举以示陈，陈记其末云：'惟有城南老树精，分明知道神仙过。'明日陈行，留之不可。后年余，李守岳阳，因访前事，果城南有老松，以问近寺僧曰：'先生旧题诗寺壁，久已摧毁，但能记其诗曰：'独自行来独自坐，无限世人不识我。惟有城南老树精，分明知道神仙过。'后为亭松前，曰'过仙亭'。旧松枯槁，今复郁茂，得非丹饵之力邪！"

②冯经历：生平事迹待考。经历，元代路以上各级政府机构，均设经历，为省、部、司、路的属官，官品自从七品至正五品不等。

③三入岳阳人不识：吕洞宾岳阳楼所题诗句。传说吕洞宾为了引渡老柳树精入道成仙，曾三次乔装打扮亲入岳阳，大醉三次，无人认识他是八仙中的吕洞宾，最终度化柳树精成仙而去。宋范致明《岳阳风土记》："岳阳楼上有吕先生留题云：'朝游北越暮苍梧，袖里青蛇胆气粗。三入岳阳人不识，朗吟飞过洞庭湖。'今不见当时墨迹，但有刻石耳。"元马致远杂剧《吕洞宾三醉岳阳楼》，即敷演这个故事。

④浮生扰扰苍蝇血：浮生，谓世事无定、生命短促。是对人生消极的看法。典出《庄子·刻意》："其生若浮，其死若休。不思虑，不豫谋，光矣而不耀，信矣而不期。"后称人生在漂泊不定为浮生。唐李白《春夜宴从弟桃花园序》："光阴者，百代之过客也。而浮生若梦，为欢几何？"扰扰，纷乱貌。"苍蝇

血",像苍蝇逐血那样。

⑤尘世千年翻甲子：形容时光过得快。

⑥赤城：山名。道教传说中的仙山。一说在浙江天台北，为天台山南门。因山石多赤，状似云霞，望之似雉堞，得名。《文选·孙绰〈游天台山赋〉》中"赤城霞起而建标"，即此。二说指四川都江堰市西南之青城山，一名赤城山。宋陆游诗"看遍人间两赤城"，自注："青城山一名赤城；而天台之赤城乃余旧游。"

满江红

用前韵留别巴陵诸公①,时至元十四年冬。

解 题

元军于至元十二年(1275)占领岳阳,不久白朴就去了岳阳,此时,他无心赏景,看到的是战争留下的凄惨情景,断壁残垣,血流成河,歌舞升平的繁华景象已成过去,感叹时光易逝、人世沧桑、江山易代,变化巨大。白朴滞留岳州近两年,如今要辞别岳州友人顺江东下。时间很明确,词题下有自注"时至元十四年冬",毫无疑问,这首词作于元世祖至元十四年(1277)的冬天。白朴时年五十二岁。

行遍江南,算只有、青山留客。亲友间、中年哀乐,几回离别。棋罢不知人换世②,兵余犹见川留血③。叹昔时、歌舞岳阳楼④,繁华歇。

寒日短,愁云结,幽故垒[一],空残月。听闾阎谈笑⑤,果谁雄杰。破枕才移孤馆雨[二],扁舟又泛长江雪。要烟花、三月到扬州⑥,逢人说。

校记

[一] 幽故垒：" 幽 "字，四库本作" 寻 "。

[二] 破枕：" 破 "字，四库本、朱抄本、赵抄本、丁抄本作" 欹 "。

注释

①巴陵：古郡名，治所在湖南岳阳市。《元史·地理志》："岳州路，唐巴州，又改岳州，宋为岳阳军，元至元十二年（1275）归附。十三年，立岳州路总管府。"领县有巴陵。

②棋罢不知人换世：意为光阴迅速，尘世巨变。典出南朝梁任昉《述异记》卷上："信安郡有石室山。晋时王质伐木至，见童子数人棋而歌。质因听之。童子以一物与质，如枣核。质含之不觉饥。俄顷，童子谓曰：'何不去？'质起视，斧柯烂尽。既归，无复时人。"

③兵余犹见川留血：岳阳经历战乱，刚为蒙元军队占领，所以有此语。

④岳阳楼：在湘北洞庭湖畔，矗立在岳阳市西门城楼上。是我国有名的江南三大楼阁之一，历有"洞庭天下水，岳阳天下楼"的美誉。相传楼始为三国吴将鲁肃训练水师的阅兵台。宋庆历五年（1045）滕子京守巴陵郡时重修，并请范仲淹撰《岳阳楼记》，名声益大。后几经兴废，清同治六年（1867）再建。楼侧有"三醉亭"，因吕洞宾三醉岳阳楼而得名。

⑤闾阎：里巷的门。借指里巷。亦借指平民。《汉书·异姓诸侯王表》："适戍强于五伯，闾阎逼于戎狄。"颜师古注："闾，里门也。阎，里中门也。陈胜、吴广本起闾左之戍，故总言闾阎。"

⑥要烟花、三月到扬州：唐李白《黄鹤楼送孟浩然之广陵》："故人西辞黄鹤楼，烟花三月下扬州。"此时，白朴要去扬州，因为当年七月"置行御史台于扬州，以都元帅相威为御史大夫，置八道提刑按察司"。其弟白恪任江南行御史台掾史在扬州。袁桷《朝列大夫同佥太常礼仪院事白公神道碑铭》载："至元十四年，江南建行台，御史大夫相威公慎简所属，署君为掾史。"

满江红

庚戌春别燕城[一]①。

解 题

这首词写白朴与燕城青楼相爱女子的离别之情。年轻的白朴，游燕城，混迹青楼、勾栏，交游歌伎，临分别时，既深切眷恋青楼女子，又不得不回家。钟情青楼，风流倜傥，放浪不羁，薄幸儿的形象跃然纸上。词题标明作于庚戌，即蒙古海迷失后称制二年（1249），白朴时年二十五岁。这首词是《天籁集》收录最早的一首词，也是明确在燕城写的第一首作品。

云鬟犀梳②，谁似得、钱塘人物③。还又喜、小窗虚幌，伴人幽独。荐枕恰疑巫峡梦④，举杯忽听阳关曲⑤。问泪痕、几度浥罗巾，长相续。

南浦远，归心促。春草碧，春波绿⑥。黯销魂无际，后欢难卜。试手窗前机织锦⑦，断肠石上簪磨玉⑧。恨马头、斜月减清光，何时复。

校记

［一］燕城：四库本作"杭城"。

注释

①燕城：即燕京，后改大都，即今北京市。据《元史·地理志》：大都路，唐幽州范阳郡。辽改燕京。金迁都，为大兴府。元太祖十年，克燕，初为燕京路，总管大兴府。太宗七年，置版籍。世祖至元元年……遂改中都，其大兴府仍旧。四年，始于中都之东北置今城而迁都焉。九年，改大都。

②犀梳：犀牛骨制的梳子。

③钱塘人物：当指南齐钱塘（今浙江杭州）名妓苏小小。《乐府诗集》卷八十五《杂歌谣辞·苏小小歌》："一曰《钱塘苏小小歌》。《乐府广题》曰：'苏小小，钱塘名倡也。盖南齐时人。'"后指色艺双全的妓女。

④荐枕恰疑巫峡梦：荐枕，侍寝。巫峡梦，指传说楚襄王游高唐梦见巫山神女之事。后喻男女欢爱之事。《文选·宋玉〈高唐赋〉》："昔者先王尝游高唐，怠而昼寝，梦见一妇人，曰：'妾巫山之女也，为高唐之客。闻君游高唐，愿荐枕席。'王因幸之。"唐李善注："荐，进也。欲亲近于枕席，求亲昵之意也。"

⑤阳关曲：即《阳关三叠》，古曲名，一作《渭城曲》。因唐王维《送元二使安西》诗"渭城朝雨浥轻尘，客舍青青柳色新。劝君更尽一杯酒，西出阳关无故人"而得名。其诗谱入乐府，作为送别歌曲。后亦用来作离别之词。

⑥南浦远，归心促。春草碧，春波绿：此四句，语出南朝江淹《别赋》："春草碧色，春水渌波。送君南浦，伤如之何？""南浦"，本指南面的水边，后喻指送别的地方。

⑦机织锦：即窦滔妻苏蕙因思念丈夫所织的回文诗锦。《晋书·列女传·窦滔妻苏氏》："窦滔妻苏氏，始平人也，名蕙，字若兰。善属文。滔，苻坚时为秦州刺史，被徙流沙，苏氏思之，织锦为回文旋图诗以赠滔。宛转循环以读之，词甚凄婉，凡八百四十字，文多不录。"后以此比喻表达爱情的诗篇。

⑧断肠石上簪磨玉：原指女子被人离弃，后喻夫妻或情侣分别或离弃。唐白居易《井底引银瓶》："井底引银瓶，银瓶欲上丝绳绝。石上磨玉簪，玉簪欲成中央折。瓶沉簪折知奈何？似妾今朝与君别。"白朴杂剧《墙头马上》有石上磨玉簪情节。

满江红

重阳后二日,王彦文并利用、秦山甫相过小饮①。利用亦姓王,字国宾,赠柱国中书平章政事[一]。

解 题

这首词写于白朴移家建康不久,一个下雨的秋天,三位老朋友造府小饮,以诗酒相娱。白朴作此词,表现了其晚年的心态和享受天伦之乐的闲适生活。这首词我曾在《白朴六词系年》考证,将其系在元世祖至元十七年(1280)。主要根据是秦山甫于这一年任建康府判官,秦山甫为秦长卿从子。《元史·秦长卿传》:"是时尚书省立,阿合马专政,长卿上书曰:'……其情似秦赵高;私蓄逾公家赀,觊觎非望,其事似汉董卓。春秋人臣无将,请及其未发诛之为便。'……然由是大恨长卿。除兴和宣德同知铁冶事,竟诬以折阅课额数万缗,逮长卿下吏,籍其家产偿官,又使狱吏杀之。……长卿从子山甫为建康府判官,闻长卿冤状,即日弃官去,累荐不起以卒。"《元史·阿合马传》载:"阿合马尝奏宜立大宗正府。……时阿合马在位日久,益肆贪横……有宿卫士秦长卿者,慨然上书发其奸,竟为阿合马所害,毙于狱。"《元史·世祖本纪》载至元十九年(1282)三月,"益都千户王著，以阿合马蠹国害民，与高和尚合谋杀之"。由此可知，秦长卿上书揭发阿合马罪行的时间在至元十七年（1280）七月以后，秦长卿被阿合马诬陷下狱致死的时间在至元十九年（1282）三月阿合马被杀之前，是时秦山甫正在建康府判任所，白朴亦由真定移居建康。故笔者将秦山甫去白朴家小饮的时间定在秦山甫闻父冤死弃官之前和白朴徙家金陵之后的元至元十七年（1280）的九月。另外，词中有"罄一尊聊慰，老怀岑寂……破残年、催酿酒如川，长鲸吸"句，亦知白朴等已近晚年。故此词，当系于是年，时白朴五十五岁。徐凌云《天籁集编年校注》将是词系于元世祖至元十七年（1280）九月和十八年（1281）。可参考。

过了重阳，寒惨惨、秋阴连日。尚何事、满城风雨，漏天如泣。点染一林红叶暗，飘萧三径黄花湿。听敲门、忽有客三人，来相觅。

时节好，夸橙橘。儿女喜，分梨栗。罄一尊聊慰，老怀岑寂。想像曾来神女赋②，伤心似失文通笔③。破残年、催酿酒如川，长鲸吸④。

校记

[一] 利用亦姓王，字国宾，赠柱国中书平章政事：此 17 字，底本、四印斋本、《白氏宗谱》本无。系曹本、朱抄本、赵抄本、丁抄本、劳抄本、汪抄本、四库本、《九金人集》本词题下小注。"王"字，曹本误作"三"；"宾"字，曹本误作"家"；"书"字，曹本误作"着"。"章"字，赵抄本漏。按：赠官为身后之荣，王利用卒于武宗朝（《新元史》说），则武宗（1308～1311）时白朴已逝，此小注当为后人所加。

注释

①王彦文并利用、秦山甫相过小饮：王彦文，生平不详，待考。利用，即

王利用。白朴之友。据《元史·王利用传》载："王利用字国宾，通州潞县人。……初事世祖于潜邸，中书辟为掾，辞不就。中统初，命监铸百司印章，历太府内藏官，出为山东经略司详议官，迁北京奥鲁同知，历安肃、汝、蠡、赵四州知州，入拜监察御史……擢翰林待制，兼兴文署，奉旨程试上都、隆兴等路儒士。升直学士，与耶律铸同修实录。出为河东、陕西、燕南三道提刑按察副使，四川提刑按察使。……大德二年，改安西、兴元两路总管。……未几，致仕，居汉中。成宗朝，起为太子宾客。……武宗即位，以官僚旧臣，制赠荣禄大夫、柱国、中书平章政事，封潞国公，谥文贞。"《宋元学案补遗》有"魏氏学侣，王先生利用"，知魏初与利用为同窗。《宋元学案补遗》"遗山门人"栏，有"魏先生初""白先生恪"。白恪，为白朴异母弟。白朴也曾师事遗山，因而白、魏、王三人当在青年时期为学友。故王利用去建康看白朴，乃为故旧重逢。"秦山甫"，秦长卿从子，官至建康府判官。白朴之友。参见《白朴交游考》。

②神女赋：当指战国楚人宋玉的《神女赋》，其《序》云："楚襄王与宋玉游于云梦之浦，使玉赋高唐之事，其夜玉寝，果梦与神女遇。"

③文通笔：喻出众的文才或文才出众者。文通，南朝梁文学家江淹的字，早年以文章闻名于世。晚年文思大减，诗文大不如前，有"江郎才尽"之说。《南史·江淹传》载：江淹"又尝宿于冶亭，梦一丈夫自称郭璞，谓淹曰：'吾有笔在卿处多年，可以见还。'淹乃探怀中，得五色笔一以授之。尔后为诗绝无美句，时人谓之才尽。"

④长鲸吸：喻人豪饮。语出唐杜甫《饮中八仙歌》："饮如长鲸吸百川，衔杯乐圣称世贤。"

满江红

同郑都事复用前韵^[一]，退讫所租学田^①。

解 题

白朴至元十七年（1280）由真定徙居金陵桐树湾，依靠弟弟、儿子俸禄和租种学田维持生计。学田初隶官府，后收归学。这首词是作者抒发退罢学田之后的感慨，希望晚年有一廛之地，作为养老栖身的场所。这首词笔者曾在《白朴年谱》《白朴交游考》（二文均收入拙著《白朴论考》中，将其系于元世祖至元二十三年（1286）。

费尽长绳，系不住、西飞白日。客窗外^[二]、满庭秋草，露蛩寒泣。酒后看花空眼乱，花前把酒从衣湿。要一廛^②、归老作菟裘^③，何难觅。

仙客老，巴园橘^④。封万户，燕山栗^⑤。且栽培松竹^[三]，伴人孤寂。岂有梁鸿高士志^{[四]⑥}，也无司马题桥笔^⑦。便与君、同访洞庭春，和云吸。

校记

［一］同郑都事："同"字，底本墨丁。四印斋本无。曹本作"用"。今从诸参校本补。

［二］客窗外："客"字，四库本作"诗"。

［三］且载培松竹："松"字，四库本、曹本、朱抄本、赵抄本、丁抄本作"孤"。

［四］高士志："士"字，底本及诸参校本均作"世"。今依文意改。

注释

①同郑都事复用前韵，退讫所租学田：郑都事，白朴在建康结交之友。据笔者考证：郑都事，名元，字长卿，吴人，元世祖至元二十一年至二十四年（1284～1287）之间，曾担任过浙江行省都事，后弃官从儒。见《白朴论考》中的《白朴交游考》。退讫所租学田，据《元史·世祖本纪》载：至元二十三年（1286）二月，"江南诸路学田昔皆隶官，诏复给本学，以便教养"。白朴于至元十七年（1280）卜居建康，租隶学田，二十三年遵诏"退讫所租学田"。

②一廛：为一夫所居之地。《周礼·地官·遂人》："上地，夫一廛，田百亩，莱五十亩。"孙诒让正义："古制田百亩而中有廛，因谓百亩之地为一廛。"《孟子·滕文公上》："远方之人，闻君行仁政，愿受一廛而为氓。"

③菟裘：古邑名。春秋鲁地。在今山东泰安东南楼德镇。《左传·隐公十一年》：公云"使营菟裘，吾将老焉"。后世因称士大夫告老隐退的住所为"菟裘"。

④仙客老，巴园橘：仙客老，此指仙人。汉刘向《列仙传》："女丸蕴妙，仙客来臻。倾书开引，双飞绝尘。"巴园橘，指四川邛崃橘。唐牛僧孺《幽怪录》："巴邛橘园中，霜后见橘如缶，剖开，中有三老叟（一本说四老叟或二老叟）象戏，一叟曰：'橘中之乐，不减商山，但不得深根固蒂耳。'一叟取龙脯食之，食讫，余脯化为龙，众乘之而去（一本说'由是有橘隐之名'）。"此取橘隐之意。

⑤封万户，燕山栗：语出《史记·货殖列传》"燕秦千树栗……此其人皆

与千户侯等"。燕山，这里指固安（今河北），本府名。固安之栗，自古有名。唐李泰等《括地志》："固安之栗，天下称之，为御栗，因有栗园。"

⑥梁鸿高士志：梁鸿，东汉初扶风平陵（今陕西咸阳西北）人，字伯鸾。家贫博学，不求仕进，与妻孟光隐居霸陵山中，以耕织为业，咏诗书、弹琴以自娱。曾因事出关，过洛阳，见宫室侈丽，作《五噫之歌》，对统治者有所讽刺，因而为朝廷所忌，他遂改变姓名，东逃齐鲁。后往吴（治今苏州）依皋伯通，居廊下小屋内，为人佣工舂米。每归，孟光为具食，举案齐眉，以示敬爱。不久病死。著书十余篇，今不传。被称为汉时的高风亮节之士。见《后汉书·梁鸿传》。高士志，指贤士在民间下房隐居。

⑦司马题桥笔：《华阳国志·蜀志》：汉司马相如初离蜀赴长安，曾于成都城北升仙桥题句于市门，自述致身显通之志，曰："不乘赤车驷马，不过汝下！"比喻对功名有所抱负。

瑞鹤仙

登金陵乌衣园来燕台①。

解 题

这首词通过对金陵兴废、王谢宅第荒芜的描述，表现作者对时光飞逝、斗转星移、尘世沧桑的感慨。白朴初至金陵，居桐树湾，有兴致游览金陵名胜古迹，而乌衣巷距桐树湾仅一里许，游览甚易，故将此词系于白朴卜居建康的元世祖至元十七年（1280）。

夕阳王谢宅②。对草树，荒寒亭台欹侧。乌衣旧时客③。渺双飞、万里水云宽窄。东风羽翅[一]④，也迷却[二]、当时巷陌。向寻常百姓，人家孤负[三]，几回春色。

凄恻人空不见，画栋栖香，绣帘窥额。云兜雾隔。锦书至，付谁拆。怕刘郎、只见金陵兴废[四]⑤，赠得行人鬓白。又争如复到，玄都兔葵燕麦⑥。

校记

[一] 东风羽翅："羽翅"，曹本作"雨翅"。四库本作"翠羽"。

[二] 也迷却:"却"字,朱抄本、赵抄本、丁抄本、劳抄本、汪抄本无。

[三] 人家孤负:"孤"字,曹本、朱抄本、赵抄本、丁抄本、劳抄本、汪抄本、四库本作"辜"。按:"孤",有辜负义。

[四] 怕刘郎只见:此五字,底本、四印斋本、《九金人集》本作"刘郎只见惯",曹本、朱抄本、赵抄本、丁抄本、劳抄本、汪抄本作"刘郎只见"。四库本作"怕刘郎只见"。今依文意、词谱从四库本改。

注释

①乌衣园来燕台:即乌衣巷中来燕堂。乌衣巷,在今南京市秦淮河南,以三国吴在此置乌衣巷,士兵着乌衣而得名,以东晋王导、谢安居此建豪宅华堂而著名。日久已废。南宋建康知府马光祖于咸淳元年(1265)重建乌衣巷、来燕堂,来燕堂后植桂花,旁种梅花,园中亭馆森列,精巧典雅,复苏六朝故地之盛,甚得时人赞赏。白朴于1280年到建康,看到的是重修之后的乌衣巷和来燕堂。

②王谢宅:指六朝时的望族王氏、谢氏的宅第。王指王导(276~339),字茂弘,琅琊临沂(今山东)人。东晋元帝时任丞相,历仕元、明、成三帝。谢指谢安(320~385),字安石,陈郡阳夏(今河南太康)人。孝武帝时位至宰相。王、谢皆为东晋著名的豪门望族,当时都住在金陵秦淮河畔的乌衣巷。王、谢《晋书》皆有传。《南史·侯景传》:"(侯景)请娶于王、谢,帝曰:'王、谢门高非偶;可于朱、张以下访之。'"旧因以王谢为高门世族的代称。唐刘禹锡《乌衣巷》:"朱雀桥边野草花,乌衣巷口夕阳斜。旧时王谢堂前燕,飞入寻常百姓家。"

③旧时客:指燕子。

④羽翅:原为燕子的翅膀,此代指燕子。南朝宋鲍照《咏双燕》:"自知羽翅弱,不与鹄争飞。"

⑤怕刘郎、只见金陵兴废:刘郎,指唐诗人刘禹锡,他曾写过许多金陵历史的诗,如《金陵五题》(包括《石头城》《乌衣巷》《台城》《生公讲堂》《江令宅》)《金陵怀古》《西塞山怀古》,均是写金陵兴废的作品。

⑥又争如复到,玄都兔葵燕麦:唐刘禹锡《再游玄都观并引》:"余贞元二

十一年为屯田员外郎,时此观未有花。是岁,出牧连州,寻贬朗州司马。居十年,召至京师。人人皆言有道士手植仙桃,满观如红霞,遂有前篇,以志一时之事。旋又出牧。今十有四年,复为主客郎中,重游玄都,荡然无复一树,唯兔葵、燕麦动摇于春风耳。因再题二十八字,以俟后游。时大和二年三月。百亩庭中半是苔,桃花净尽菜花开。种桃道士归何处?前度刘郎今又来。"

沁园春

金陵凤凰台眺望①。

保宁佛殿即凤凰台,太白留题在焉②。宋高宗南渡,尝驻跸寺中[二]③,有石刻御书王荆公《赠僧》诗云④:"纷纷扰扰十年间,世事何常不强颜。亦欲心如秋水静,应须身似岭云间。"意者,当时南北扰攘,国家荡析⑤,磨盾鞍马间,有经营之志,百未一遂,此诗若有深契于心者以自况。予暇日来游,因演太白、荆公诗意,亦犹稼轩《水龙吟》用李延年、淳于髡语也[一]⑥。

解 题

作者在这首词"序"中说"暇日来游,因演太白、荆公诗意"而作,抒发对人世沧桑的感慨。唐李白诗为《登金陵凤凰台》:"凤凰台上凤凰游,凤去台空江自流。吴宫花草埋幽径,晋代衣冠成古丘。三山半落青天外,二水中分白鹭洲。总为浮云能蔽日,长安不见使人愁。"宋王安石《赠僧》,序中已引。白朴在词中不仅敷演李、王诗意,而且还化用诗句。此词当作于移家金陵之初,地新景胜,兴致正浓,故系于元世祖至元十七年(1280)的秋天。

独上遗台，目断清秋，凤兮不还。怅吴宫幽径⑦，埋深花草，晋时高冢⑧，销尽衣冠⑨。横吹声沉⑩，骑鲸人去⑪，月满空江雁影寒。登临处，且摩挲石刻⑫，徒倚阑干。

青天半落三山⑬。更白鹭洲横二水间⑭。问谁能心比，秋来水静，渐教身似，岭上云间。扰扰人生，纷纷世事，就里何常不强颜[三]。重回首，怕浮云蔽日，不见长安⑮。

校记

[一] 保宁佛殿即凤凰台……亦犹稼轩《水龙吟》用李延年、淳于髡语也：这个序，底本和四印斋本、《九金人集》本、四库本、曹本均作此词的跋，劳抄、汪抄本作序，置词题之后。而朱抄本、赵抄本、丁抄本、《全金元词》本、徐凌云《天籁集编年校注》本作下一首《沁园春》"我望山形"的序，而序所云与词的内容不同，词中并无化用李白、王安石的诗句。而《沁园春·金陵凤凰台眺望》一词，却化用李白、王安石诗句，与词合。可知底本作跋置于词后。今从劳抄本、汪抄本将此跋移前作此词的序。

[二] 尝驻跸寺中："驻跸"二字，赵抄本作"驻驲"。丁抄本、四库本、朱抄本作"驿驻"。

[三] 就里何常不强颜："就里"二字，底本、四印斋本缺。今依曹本、朱抄本、赵抄本、丁抄本、劳抄本、汪抄本、四库本、《九金人集》本补。

注释

①凤凰台：古代金陵的名胜古迹，在今江苏南京市。宋张敦颐《六朝事迹编类下·凤台山》："（南朝）宋元嘉中，凤凰集于是山，乃筑台于山椒，以旌嘉瑞，在府城西南二里，今保宁寺是也。"

②太白留题在焉：指唐李白《登金陵凤凰台》。见"解题"。

③驻跸：帝王出行，中途暂住。跸，指帝王车驾。晋左思《吴都赋》："于是弭节顿辔，齐镳驻跸。"

④王荆公：即王安石。宋抚州临川人，神宗熙宁二年任参知政事，元丰中

封荆国公。晚年罢相退居江宁。

⑤荡析：分崩离析。《文选·南齐王元长（融）〈永明十一年策秀才文之五〉》："自晋氏不纲，关河荡析，宋人失驭，淮汴崩离，朕思念旧民，永言攸济，故选将开边，劳来安集。"

⑥亦犹稼轩《水龙吟》用李延年、淳于髡语也：稼轩，宋词人辛弃疾的号。辛弃疾《水龙吟·爱李延年、淳于髡语，合为词，庶几〈高唐〉〈神女〉〈洛神〉赋之意云》"昔时曾有佳人，翩然绝世而独立。未论一顾倾城，再顾又倾人国。宁不知其倾国倾城，佳人难得。看行云行雨，朝朝暮暮，阳台下、襄王侧。堂上更阑烛灭。记主人、留髡送客。合尊促坐，罗襦襟解，微闻芗泽。当此之时，止乎礼义，不淫其色。但□□□□，啜其泣矣，又何嗟及。"李延年，汉代音乐家。中山（郡治在今河北定县）人。乐工出身，父母兄弟亦均为乐工。善歌，又善创造新声。武帝时在乐府中任协律都尉。淳于髡，战国时齐国学者，赘婿出身，以博学著称。齐威王在稷下招揽学者，被任为大夫。多次讽刺齐威王和邹忌改革内政。楚国攻齐，他赴赵国求援，赵王给以精兵十万，革车千乘，楚军因而主动撤退。后到魏国，魏惠王拟任为卿相，辞去。

⑦吴宫：三国吴宫，在今江苏南京市。宋张敦颐《六朝事迹编类上·六朝宫殿》："吴孙权迁都建邺，徙武昌宫室材瓦缮，治太初宫。"

⑧晋时高冢：指东晋皇陵。据《建康实录》记载，东晋的十一个皇帝陵主要葬在南京鸡笼山之阳和钟山之阳。

⑨衣冠：古代士以上戴冠，衣冠连称，是古代士以上的服饰。后引申指世族、士绅。此处当指东晋的皇室贵族。

⑩横吹：乐器名，即横笛，又名短箫。《册府元龟·外臣部·土风》："党项羌，三苗之后……有琵琶、横吹。"亦指乐府歌曲名，南北朝有《鼓角横吹曲》。

⑪骑鲸：汉扬雄《羽猎赋》："乘巨鳞，骑京（鲸）鱼。"后用以指文人隐遁或游仙。宋苏轼《次韵张安道读杜诗》："骑鲸遁沧海，捋虎得绨袍。"李白自署"海上骑鲸"，后诗文中以此特指李白，并非自称。唐杜甫《送孔巢父谢病归游江东兼呈李白》："南寻禹穴见李白，道甫问讯今何如？"

⑫摩挲石刻：摩挲，抚摸。《后汉书·方术列传·蓟子训》："后人复于长

安东霸城见之，与一老公共摩挲铜人。"石刻，当指序中所说保宁寺王荆公题名石刻。

⑬三山：山名。在今南京市西南，长江东岸，突出江中，因有三峰得名，六朝建都建康以来，为江防要地，又名护国山。南朝齐谢朓有《晚登三山还望京邑》。

⑭白鹭洲：在今南京莫愁湖的西岸至上新河一带。《丹阳记》载："白鹭洲，在县西三里，隔江中心，南边新林浦，西对白鹭洲，洲在大江中，多聚白鹭，因名之。又曰烈洲，在县西南。"郦道元《水经注》载："江宁之新林浦，西对白鹭洲。"由于江水北移，洲陆逐渐连成一片，白鹭洲因而湮没。

⑮不见长安：语出《晋书·明帝记》："明皇帝讳绍，字道畿，元皇帝长子也。幼而聪哲，为元帝所宠异。年数岁，尝坐置膝前，属长安使来，因问帝曰：'汝谓日与长安孰远？'对曰：'长安近。不闻人从日边来，居然可知也。'元帝异之。明日，宴群僚，又问之。对曰：'日近。'元帝失色，曰：'何乃异间者之言乎？'对曰：'举目则见日，不见长安。'由是益奇之。"白朴化用李白诗句"总为浮云能蔽日，长安不见使人愁"。有向往帝都、仕途失意之意，白朴用此典有乡国之思。

沁园春

题阙[一]。

解 题

作者借东吴、东晋、宋、齐、梁、陈六朝及五代南唐故都建康的兴衰,感叹人世沧桑,变化无常。这首词承前词意,当作于元世祖至元十七年(1280)。徐凌云《天籁集编年校注》定于元世祖至元十七年(1280)至十八年(1281)的秋天。

我望山形,虎踞龙盘①,壮哉建康。忆黄旗紫盖,中兴东晋②,雕阑玉砌,下逮南唐③。步步金莲④,朝朝琼树⑤,宫殿吴时花草香。今何日,尚寺留萧姓⑥,人做梅妆⑦。

长江不管兴亡。谩流尽英雄泪万行。问乌衣旧宅⑧,谁家作主,白头老子,今日还乡。吊古愁浓,题诗人去⑨,寂寞高楼无凤凰。斜阳外,正渔舟唱晚⑩,一片鸣榔⑪。

校记

［一］题阙：底本与诸参校本均题阙。

注释

①虎踞龙盘：形容金陵的形势雄伟。宋张敦颐《六朝事迹编类·形势·石城》："诸葛亮论金陵地形云：'钟阜龙盘，石城虎踞，真帝王之宅。'"

②中兴东晋：西晋灭亡后，公元317年，司马睿在建康（今江苏南京）重建政权，是为晋元帝，史称东晋。公元420年为刘裕所灭，历十一帝，共103年。旧史称东晋中兴。

③南唐：五代十国之一。公元937年李昪代吴称帝，建都金陵（今江苏南京），国号唐，史称南唐。公元975年为北宋所灭。历三主，共39年。

④步步金莲：形容女子步态娇美。《南史·齐东昏侯记》："又凿金为莲华以帖地，令潘妃行其上，曰：'此步步生莲华也。'"

⑤琼树：指陈后主等作《玉树后庭花》等艳曲的典故。参见《水调歌头·诸公见赓前韵》注⑨。

⑥尚寺留萧姓：齐、梁皇帝皆姓萧，都建都在建康，修缮过寺庙，故说寺庙留有萧姓的记载。唐李肇《国史补》："梁武帝（萧衍）造寺，令萧子云飞白大书'萧'字，至今一'萧'字存焉。"故后世称佛寺为萧寺。

⑦梅妆：即梅花妆。古时女子妆式，插梅花状于额上为饰。相传始于南朝宋寿阳公主。《太平御览》引《宋书》："宋武帝女寿阳公主人日卧于含章殿檐下，梅花落公主额上，成五出花，拂之不去，皇后留之，看得几时，经三日，洗之乃落。宫女奇其异，竞效之，今梅花妆是也。"

⑧乌衣旧宅：指东晋王谢旧宅。见《瑞鹤仙·登金陵乌衣园来燕台》注①。

⑨题诗人：指题《登金陵凤凰台》的李白。

⑩渔舟唱晚：语见唐王勃《滕王阁序》中"渔舟唱晚，响穷彭蠡之滨"句，而作者加以引申，描写古代江南水乡，傍晚时渔舟归航，歌声四起的景

象。

⑪鸣榔：在船上唱歌时，敲船舷作节拍。唐李白《送殷淑》："惜别耐取醉，鸣榔且长谣。"

沁园春

夜梦就树摘桃啖之,于中一枚甘苦[一],觉而异之,因为之赋。

解 题

  作者梦吃苦桃,醒后有感,借庄子的寓言和东方朔的故事,表明自己蔑视功名利禄,羡慕滑稽自许的东方朔,表现了作者淡泊名利、追求狂放不羁的闲适生活的志向,以及玩世不恭的态度,所以好友王博文《天籁集序》中有"玩世滑稽"之评语。此词"望佳人兮,在天一方",说明白朴身在外乡,思念家乡妻子。从词意看,亦非晚年,当作于北游燕城或南游江汉时期,具体时间,待考。可暂系在南游江汉的青壮年时期。

  渺渺吟怀,望佳人兮,在天一方。问鲲鹏九万,扶摇何力①?蜗牛两角,蛮触谁强②?华表鹤来③,铜盘人去④,白日青天梦一场。俄然觉,正醯鸡舞瓮,野马飞窗⑤。
  徜徉玩世何妨。更谁道、狂时不得狂。羡东方臣朔⑥,从容帝所,西真阿母,唤作儿郎⑦。一笑人间,三游海上⑧,毕竟仙家日月长。相随去,想蟠桃熟后,也许偷尝。

校记

［一］一枚甘苦："苦"字，四库本作"甚"。

注释

①鲲鹏九万，扶摇何力：鲲鹏，古代传说中的神兽。《庄子·逍遥游》："北冥有鱼，其名为鲲；鲲之大，不知其几千里也。化而为鸟，其名为鹏；鹏之背，不知其几千里也。怒而飞，其翼若垂天之云。……抟扶摇而上者九万里。"成玄英疏："扶摇，旋风也。"唐李白《上李邕》："大鹏一日同风起，扶摇直上九万里。"

②蜗牛两角，蛮触谁强：《庄子·则阳》："有国于蜗之左角者，曰触氏，有国于蜗之右角者，曰蛮氏。时相与争地而战，伏尸数万，逐北，旬有五日而返。"蜗角是极小的地方，蛮触竟然相争。后人以此比喻争夺极细小的虚名和薄利。此处表示对名利的鄙视。

③华表鹤来：晋陶潜《搜神后记》："丁令威本辽东人，学道于灵虚山，后化鹤归辽，集城门华表柱。时有少年，举弓欲射之，鹤乃飞，徘徊空中而言曰：'有鸟有鸟丁令威，去家千年今始归。城郭如故人民非，何不学仙冢累累。'遂高上冲天。"此以丁令威学道化鹤归来之典比喻时光过疾，人世沧桑变化。

④铜盘人去：汉佚名《三辅黄图》卷五《台榭》引《汉武故事》记载：汉武帝曾在长安建安宫前造通天台，祭太乙，台上铸铜仙人，手托承露盘以储露水，和以玉屑，服之以求长生。晋鱼豢撰《魏略》言：魏明帝曹叡在景初元年（237）曾命宫官从长安拆移铜仙人，欲迁至洛阳。后因铜仙人过重滞于灞垒。相传铜仙人被拆移时，曾流泪。唐李贺为此作《金铜仙人辞汉歌》并序。此处借指人世沧桑之变。

⑤醯鸡舞瓮，野马飞窗：醯鸡，小虫名，即蠛蠓。古人误以为是由酒醋上的白霉变成，故名。《列子·天瑞》："醯鸡生乎酒。"《庄子·田子方》："丘之于道也，其犹醯鸡与。"晋郭象注："醯鸡者，瓮中之蠛蠓是也。"《尔雅·释虫》："蠓，蠛蠓。"晋郭璞注："小虫似蚋，喜乱飞。"野马，尘埃。《庄子·逍

遥游》：“野马也，尘埃也。”唐成玄英疏：“青春之时，阳气发动，遥望薮泽之中，犹如奔马，故谓之野马也。”唐吴融《梅雨》："扑地暗来飞野马，舞风斜去散醯鸡。"以上两句系化用吴诗而来。

⑥东方臣朔：即东方朔，西汉文学家，平原厌次（今山东惠民）人，字曼倩。武帝时，待诏金马门，官至太中大夫，以奇计俳辞得亲近，为武帝弄臣。因其以诙谐滑稽著名，后人传其异闻甚多，方士又附会之为神仙。《汉书·艺文志》杂家有《东方朔》二十篇，今散佚。南北朝人所撰《神异经》《海内十州记》，皆托名东方朔作。《史记》有传。

⑦西真阿母，唤作儿郎：西真，王母居瑶池西真阁。阿母，即西王母，神话中的女神。《穆天子传》卷三："乙丑，天子觞西王母于瑶池之上，西王母为天子谣。"宋陆游《玉笈斋书事》："莫笑新霜点鬓须，老来却得少工夫。晨占上古连山易，夜对西真五岳图。"唤作儿郎，旧题汉班固《汉武故事》："东郡送一短人，长五寸，衣冠具足。上疑其精，召东方朔至，朔呼短人曰：'巨灵阿母还来否？'短人不对，因指谓上：'王母种桃三千年一结子，此儿不良，已三过偷之，失王母意，故被谪来此。'上大惊，始知朔非世中人。短人谓上曰：'生母使人来告陛下，求道之法惟有清静，不宜躁扰。'言终弗见。"晋张华《博物志·史补》："帝与母对坐，其从者皆不得进。时东方朔窃从殿南厢朱鸟牖中窥母，母顾之谓帝曰：'此窥牖小儿尝三来盗吾桃。'帝乃大怪之，由此世人谓东方朔，神仙也。"

⑧三游海上：海上，指海上山，即三神山。《史记·秦始皇本纪》："齐人徐市等上书，言海中有三神山，名曰蓬莱、方丈、瀛洲，仙人居之。请得斋戒，与童男女求之。于是遣徐市发童男数千人，入海求仙人。"此指仙人居处。

沁园春

监察师巨源将辟予为政①，因[一]读嵇康与山涛书②，有契于予心者，就谱此词以谢[二]。

解　题

白朴移居建康之后，友人董瀛时任江北淮东道提刑按察使，欲荐其出仕为官，他以嵇康给友人的《与山巨源绝交书》中所说的为官九患之由以及他现在生活安逸、适意，可以享受天伦之乐，自由的游山玩水、饮酒赋诗，拒绝出仕。是词徐凌云《天籁集编年校注》系于至元十七年到至元十八年（1280~1281）卜居建康而巨源仍在任按察使时。笔者在《白朴年谱》中将是词系于至元二十三年（1286）。是年江南行御史台迁建康，元世祖遣集贤直学士、南人程文海赴江南访求人才，江南行御史台王子勉等诸公借机辟朴出仕，为朴婉言谢绝。此说有误。此说当是。笔者今知，巨源为董瀛，是白朴老友。经考证董瀛荐举白朴出任的时间应在至元十八年（1281）。

自古贤能，壮哉飞腾，老来退闲。念一身九患③，天教寂寞，百年孤愤④，日就衰残。麋鹿难驯，金镳纵好，志在长林丰草间⑤。唐虞世，也曾闻巢许⑥，遁迹箕山。

越人无用殷冠⑦。怕机事缠头不耐烦⑧。对诗书满架，子孙可教，琴樽一室，亲旧相欢。况属清时，得延残喘，鱼鸟溪山任往还。还知否？有绝交书在，细与君看。

校记

[一] 因：朱抄本、丁抄本作"司"。

[二] 就谱此词以谢："此词以"三字，底本为墨丁。曹本、朱抄本、赵抄本、丁抄本作"就谱中辞书谢之"，四库本、劳抄本、汪抄本此句作"就谱中辞书谢"。今依文意从四印斋本、《九金人集》本作"就谱此词以谢"补。

注释

①监察师巨源：即曾任江北淮东道提刑按察使的董瀛。元苏天爵《滋溪文稿》载《元故少中大夫江北淮东道提刑按察使董公神道碑》云：董瀛（1208~1294），字巨源，藁城（今河北）人。曾师事王若虚。至元四年（1267）累迁西京路判官。九年（1272）迁知林州，擢辽东道提刑按察副使，十六年（1279）升江北淮东道提刑按察使。后致仕归，至元三十一年（1294）卒，年八十七。元王恽《秋涧大全集》卷五十九《碑阴先友记》亦有记载。《元史·百官志》："至元十四年，始置江南行御史台于扬州，寻徙杭州，又徙江州。二十三年，迁于建康，以监临东南诸省，统制各道宪司，而总诸内台。……统淮东、淮西、湖北、浙东、浙西、江东、江西、湖南八道提刑按察司。""江北淮东道，扬州路置司。"王恽与董瀛为友，而王恽与白朴亦是好友，故有荐朴出仕之举。白朴异母弟白恪是时亦在江南行御史台任职，当与董瀛同僚为友。

②嵇康与山涛书：指嵇康的《与山巨源绝交书》。嵇康（224~263），三国魏文学家、思想家、音乐家。字叔夜，谯郡铚县（今安徽宿州西南）人。与魏宗室通婚，官中散大夫，世称嵇中散。崇尚老庄，讲求养生服食之道。为"竹林七贤"之一，与阮籍齐名。因声言"非汤武而薄周孔"，且不满当时掌握政权的司马氏集团，遭锺会构陷，为司马昭所杀。友人山涛曾荐其做官，他写了

封信，即《与山巨源绝交书》，表明自己不愿入仕同流的态度。山涛（205~283），西晋河内怀县（今河南武陟）人，字巨源。好老庄学，与嵇康、阮籍交游，为"竹林七贤"之一。与司马懿有亲戚关系，见懿与曹爽争权，隐身不问世事。及司马师执魏政才出仕。晋初，任吏部尚书、尚书右仆射等职，选用官吏都亲作评论，当时号为"山公启事"。本与嵇康交游，既为官，欲引康出任尚书吏部郎，康遂致书绝交。白朴借此事表明自己不愿出仕的坚决态度。

③九患：九种忧虑难为的事。语出嵇康《与山巨源绝交书》："有必不堪者七，甚不可者二：卧喜晚起，而当关呼之不置，一不堪也；抱琴行吟，弋钓草野，而吏卒守之，不得妄动，二不堪也；危坐一时，痹不得摇，性复多虱，把搔无已，而当裹以章服，揖拜上官，三不堪也；素不便书，又不喜作书，而人间多事，堆案盈机，不相酬答，则犯教伤义，欲自勉强，则不能久，四不堪也；不喜吊丧，而人道以此为重，已为未见恕者所怨，至欲见中伤者，虽瞿然自责，然性不可化，欲降心顺欲，则诡故不情，亦终不能获无咎无誉如此，五不堪也；不喜俗人，而当与之共事，或宾客盈坐，鸣声聒耳，嚣尘臭处，千变百伎，在人目前，六不堪也；心不耐烦，而官事鞅掌，机务缠其心，世故烦其虑，七不堪也。又每非汤武而薄周孔，在人间不止，此事会显，世教所不容，此甚不可一也；刚肠疾恶，轻肆直言，遇事便发，此甚不可二也。以促中小心之性，统此九患，不有外难，当有内病，宁可久处人间邪？"

④孤愤：耿直孤行，愤世嫉俗。《韩非子》有《孤愤》篇。《史记·韩非传》："孤愤，愤孤直不容于时也。"

⑤麋鹿难驯，金镳纵好，志在长林丰草间：麋鹿，又名"四不像"，鹿科。过去一般认为它的角似鹿非鹿，头似马非马，身似驴非驴，蹄似牛非牛，故名"四不像"。性温顺，以植物为食。金镳，金制的马具，与衔合用，衔在口内，镳在口旁。长林丰草，深林草野之所。多指隐者所居之处。全句化用嵇康《与山臣源绝交书》中语句："又读庄老，重增其放，故使荣进之心日颓，任实之情转笃。此犹禽鹿，少见驯育，则服从教制，长而见羁，则狂顾顿缨，赴蹈汤火，虽饰以金镳，飨以嘉肴，愈思长林而志在丰草也。"

⑥巢许：即巢父和许由，相传为唐尧虞舜时人，隐居箕山不仕。巢父，古代隐士。相传因巢居树上得名。尧要把君位让给他，他不受；尧又要把君位让

给许由，他又叫许由隐居。相传尧要把君位让给许由，他逃到箕山（今河南登封南）下，农耕而食。尧请他做九州长官，他到颍水边洗耳，表示不愿听到。后人用巢许比喻清高的隐士。事见《高士传》。

⑦越人无用殷冠：此句语出《与山巨源绝交书》："不可自见好章甫，强越人以文冕也。"章甫，古代一种须绾在发髻上的帽子。文冕，饰有花纹的帽子。此句意为不能因为自己喜爱华丽的帽子，而勉强越地的人也要去戴它。比喻自己愿做官，但不可勉强他人做官。

⑧机事：机密要事。《晋书·荀勖传》："勖久在中书，专管机事。"

沁园春

送按察司合道公赴浙东任①。

解　题

　　白朴在建康赋词，送早年结交的友人浙东海右道提刑按察使合道公，赴治所婺州（今浙江金华）上任，既称颂他的才干、政绩和威望，又表达他们往日欢聚诗酒为乐、如今依依惜别的深厚感情。这首词的系年，徐凌云《天籁集编年校注》认为："按另一首有关合道的《木兰花慢》言明'戊子秋送合道监司赴秦中任'。戊子为元至元二十五年（1288），词中有'倦区区游宦，便回棹谢山阴'，盖由浙东调任秦中故也。按《元史·选举·铨法》论及官吏升迁条例：'内任以三十月为满，外任以三岁为满，钱谷典守以二岁为满。外任官或一考进一阶，或两考升一等，或三考升二等。四品则内外考通理。此秋毫不可越。'各道按察使二员，正三品，副使二员，正四品。合道生平事迹失考，但从这首词的上阕来看，当为浙东海右道按察使或副使，据《木兰花慢》词说他至元二十五年戊子调任秦中，按《元史·选举·铨法》，外任官三年考满，则合道公初赴浙东海右道时间当在至元二十二年，故此词应定在元世祖至元二十二年乙酉（1285），地点在金陵，时白朴年六十岁。"此说当是。然而这里有个问题不好解，即白朴词中所说的"十道监司"。据《元史·百官志》载，至元三十年增海北海南道之后，方有"江南十道"监司之称。那么至元二十二年哪来"十道监司"？如以此为据，此词当系于至元三十年（1293）以后。另外，还有一个问题，这首词称合道公为按察司，而提刑按察司于至元二十八年已改为"肃政廉访司"，应称合道公为廉访使，这可能是习惯旧称。

　　玉节星轺②，十道监司③，治称最优。甚惠风才到，豚鱼亦信④，清霜未降⑤，狐兔先愁⑥。镇静洪都⑦，澄清白下⑧，又过东南第一州⑨。云烟低，看千岩竞秀，万壑争流。

　　离筵无计相留。谩慷慨，中年白发稠。记琼花照眼⑩，忙催诗笔，松灯促座⑪，笑递觥筹⑫。放浪形骸，欣于所遇，负我兰亭共一游⑬。心期在，想山阴兴尽，和月回舟⑭。

注释

①按察司合道公：按察司，元代设置的监管机关提刑按察司。《元史·百官志》："国初，立提刑按察司四道，曰山东东西道，曰河东陕西道，曰山北东西道，曰河北河南道。"合道公，籍贯生平不详。据《天籁集》有关题目和内容仅知他曾任江西湖东道按察使、江东建康道按察使、浙东海右道按察使、陕西汉中道按察使。与白朴交情甚厚。

②玉节星轺：玉节，玉做的符节。古代用作重要信物。《周礼·地官》："守邦国者用玉节，守都鄙者用角节。"星轺，古代称皇帝的使者为星使，因称使者所乘的车子为星轺。这里是说合道公持玉节乘星轺赴任。

③十道监司：当指江南十道提刑按察。据《元史·百官志》载："国初，立提刑按察司四道……十四年复置，增立八道：曰江北淮东道，曰淮西江北道，曰山南江北道，曰浙东海右道，曰江南浙西道，曰江东建康道，曰江西湖东道，

曰岭北湖南道。……二十年,增海北广东道……二十八年,改按察司曰肃政廉访司。……三十年增海北海南道,其后逐定为二十二道。……内道八,隶御史台……江南十道,隶江南行台……陕西四道,隶陕西行台。"

④豚鱼:豚和鱼。多比喻微贱之物。《周易·下经》:"豚鱼,吉,信及豚鱼也。"三国魏王弼注:"鱼者,虫之隐微者也;豚者,兽之微贱者也。争竞之道不兴,中信之德淳著,则虽隐微之物,信皆及之。"

⑤清霜:寒霜,白霜。《艺文类聚》引晋湛方生《吊鹤文》:"独中宵而增思,负清霜而夜鸣。"以清霜喻指按察使合道公。亦可指剑,剑光青凛若霜色,故称。唐王勃《滕王阁序》:"腾蛟起凤,孟学士之词宗;紫电青霜,王将军之武库。"以剑喻指合道公。按:"青"通"清"。

⑥狐兔:狐和兔。比喻坏人、小人。汉扬雄《长杨赋》:"虎豹狖獾,狐兔麋鹿。"宋张元幹《贺新郎·送胡邦衡待制》:"底事昆仑倾砥柱,九地黄流乱注?聚万落千村狐兔。"

⑦洪都:江西省南昌市的别称。隋、唐、宋时南昌为洪州治所,唐初曾在此设都督府,因此得名。唐王勃《滕王阁序》:"南昌故郡,洪都新府。"元代属江西中书省隆兴路,是其省治所在。江西湖东道按察司亦在隆兴。

⑧白下:地名。东晋南朝时建康附近滨江要地。本名白石坡,相传东晋陶侃平定苏峻之乱,筑白石垒,后人在此筑白下城。故址在今南京市金川门外。南朝齐、梁时曾为南琅琊郡治所。唐初曾移金陵县治于此,故名白下县。旧时因此又以白下为南京市的别称。元代江南行御史台曾在建康,其下有江东建康道,置司宁国。

⑨东南第一州:指杭州。宋《淳祐临安志》卷五《旧治古迹·有美堂》载:北宋嘉祐二年(1057),龙图阁直学士梅公挚出守杭州,仁宗皇帝赐诗赴行,诗曰:"地有湖山美,东南第一州。"元代为杭州路治所。至元二十二年(1285)江南诸道行御史台治所曾在此。合道公赴任婺州,必经杭州,所以有"又过东南第一州"句。

⑩琼花:一种珍贵的花。叶柔而莹泽,花色微黄而有香。宋淳熙以后,多为聚八仙(八仙花)接本移植。唐李白《秦女休行》:"西门秦氏女,秀色如琼花。"

⑪松灯：以松脂作膏油的灯。元曹文晦《夜织麻行》："松灯明，茅屋小，山妻稚子坐团团，长夜缉麻几至晓。"

⑫觥筹：酒杯和酒令筹。宋欧阳修《醉翁亭记》："射者中，弈者胜，觥筹交错，起坐而喧哗者，众宾欢也。"

⑬兰亭：在浙江绍兴西南，地名兰渚，渚有亭。《水经注·浙江水》："湖口有亭，号曰兰亭，亦曰兰上里。太守王羲之、谢安兄弟数往造焉。吴郡太守谢勖封兰亭侯，盖取此亭以为封号也。"晋王羲之《兰亭集序》："永和九年，岁在癸丑，暮春之初，会于会稽山阴之兰亭，修禊事也。群贤毕至，少长咸集。此地有崇山峻岭，茂林修竹，又有清流激湍，映带左右。引以为流觞曲水，列坐其次，虽无丝竹管弦之盛，一觞一咏，亦足以畅叙幽情。"指高朋欢宴，畅叙友情。

⑭心期在，想山阴兴尽，和月回舟：晋王献之乘舟访友，至门而不入，兴尽而回。南朝宋刘义庆《世说新语·任诞》："王子猷居山阴，夜大雪，眠觉，开室命酌酒，四望皎然。因起彷徨，咏左思《招隐》诗，忽忆戴安道。时戴在剡，即便夜乘小船就之。经宿方至，造门不前而返。人问其故，王曰：'吾本乘兴而行，兴尽而返，何必见戴！'"此处指旷达之士高雅情操。

沁园春

十二月十四日，为平章吕公寿。

解 题

作者为致仕的友人右丞吕文焕祝寿作的词，竭力称颂他仕宋抗御蒙元南侵，降元深得重用、献策灭宋的功绩，赞扬他像范蠡、谢安那样，急流勇退，归隐山林，泛舟五湖。从这首词的内容看，当作于吕文焕致仕以后不久。据《新元史·吕文焕传》《元史·世祖本纪》载，吕文焕于至元二十三年（1286）正月己卯（十二日）以江淮行省右丞请老，许之，乃致仕，仍任其子为宣慰使。时江淮行省仍治扬州。白词题为"十二月十四日，为平章吕公寿"，故这首词当作于至元二十三年十二月十四日（1287年1月）。白朴时年六十一岁。

盖世名豪，壮岁鹰扬，拥兵上流①。把金汤固守，精诚贯日，衣冠不改，意气横秋②。北阙丝纶③，南朝家世④，好在云间建节楼⑤。平章事，便急流勇退，黄阁难留⑥。

菟裘喜遂归休[一]，著宫锦何妨万里游。似谢安笑傲，东山别墅⑦，鸱夷放浪，西子扁舟⑧。醉眼乾坤⑨，歌鬟风雾⑩，笑折梅花插满头⑪。千秋岁⑫,望寿星光彩,长照南州。

校记

［一］喜遂归休:"遂"字,底本、曹本、朱抄本、赵抄本、丁抄本、四库本作"逐"。今依文意从四印斋本、《九金人集》本改。

注释

①拥兵上流:指吕文焕于宋咸淳六年(1270)以知襄阳府事兼京西安抚使,率几十万大军镇守襄樊抗蒙元兵事。上流,犹上游。《南史·谢晦传》:"晦据上流,檀(檀道济)镇广陵,各有强兵,足制朝廷。"晦时为荆州刺史。荆州在长江上流,襄樊在汉江上流。

②把金汤固守,精诚贯日,衣冠不改,意气横秋:指吕文焕以孤军坚守襄阳三年,即宋咸淳六年(1270)至咸淳九年(1273),抗击元军数十万,直至粮尽援绝,乃于元世祖至元十年、宋咸淳九年三月降元,为元帝谋划攻鄂策,授昭勇大将军、侍卫亲军都指挥使、襄阳大都督。衣冠,古代士以上的服装,后引申指世族、士绅。此处指吕文焕投降蒙元仍居高官。

③北阙丝纶:北阙,北方的宫殿,这里指元帝都,代指元世祖。丝纶,《礼记·缁衣》:"王言如丝,其出如纶。"丝,细缕;纶,粗条。比喻帝王的一句极细微的话也会产生很大的影响。后称帝王的诏书为"丝纶"。这里指吕文焕降元得到元世祖下诏封官。

④南朝家世:指吕文焕在南宋亦为世家望族,其弟文德、文福及文德子师夔皆为南宋降元的高级将领。

⑤好在云间建节楼:云间,旧松江县的别称,西晋文学家陆云,字士龙,家在华亭(今上海松江),常对客自称"云间陆士龙",因而得名。见《世说新语·排调》。这里用来泛指吴地。节楼,本指唐节度使所居之楼,这里借指吕文焕所居官署。《新唐书·百官志》:"节度使……赐双旌双节。行则建节,树六纛,中官祖送,次一驿辄上闻。入境,州县筑节楼,迎以鼓角。"

⑥平章事,便急流勇退,黄阁难留:平章,元代行中书省设平章政事二员,

从一品。吕文焕自荆湖行省参政升江淮行省左丞、右丞,未任过平章,但参政、左丞、右丞均有宰相的职和权,故白朴尊称吕为平章。急流勇退,旧时比喻做官的在顺利和得意时为了避祸而及早引退。宋苏轼《赠善相程杰》:"火色上腾虽有数,急流勇退岂无人。"黄阁,汉代丞相、太尉和汉以后的三公官署避用红色,厅门涂黄色,以区别于天子,称为"黄阁"。汉卫宏《汉旧仪》卷上:"(丞相)听事阁曰黄阁。"后以宰相官署称黄阁。

⑦似谢安笑傲,东山别墅:据《晋书·谢安传》载:谢安(320~385),字安石,晋陈郡阳夏(今河南太康)人。少有重名,累征辟皆不仕,寓居会稽之东山,放情丘壑,每游赏,必携妓以从。年四十,始出仕,桓温荐为司马。阻温篡晋,后为尚书仆射,领吏部,一心辅晋。太元八年(383)遣侄谢玄等大破秦苻坚,取得了著名的淝水之战的胜利。安虽官高爵显,然归隐东山之志始终不渝。及镇新城,尽室而行,造泛海之装,欲经略粗定,即自江道还东山,雅志未就,遇疾而卒。白朴在这里赞扬吕文焕能效仿谢安笑傲王侯,归隐山林。

⑧鸱夷放浪,西子扁舟:据《史记·越王勾践世家》载:范蠡助越王勾践灭吴后,知"越王为人长颈鸟喙,可与共患难,不可与共乐",范蠡"乃浮海出齐,变姓名,自谓鸱夷子皮"。范蠡改名换姓为鸱夷子皮,携西施泛舟五湖而去事,系传说。唐杜牧《杜秋娘诗》:"西子下姑苏,一舸逐鸱夷。"

⑨醉眼乾坤:用喝醉酒的眼睛恍恍惚惚地看世界。唐杜甫《九日登梓州城》:"弟妹悲歌里,乾坤醉眼中。"

⑩歌鬟风雾:形容妇女头发的美丽,亦用于形容妇女头发散乱蓬松。宋周邦彦《减字木兰花》:"风鬟雾鬓,便觉蓬莱三岛近。"

⑪笑折梅花插满头:唐杜牧《九日齐山登高》:"江涵秋影雁初飞,与客携壶上翠微。尘世难逢开口笑,菊花须插满头归。"此句化用杜牧诗意,因时在十二月,所以改九月菊花为十二月蜡梅。

⑫千秋岁:旧时对生日或寿辰的敬称。祝长寿之词。唐李峤《汾阴行》:"声明动天乐无有,千秋万岁南山寿。"

沁园春

吕道山左丞觐回①,过金陵别业。至元丙子予识道山于九江②,今十年矣。

解　题

　　吕道山京师朝觐回任所,途经金陵,与白朴再次相会。白朴以美好的典故、美妙谦恭的言语,赞美吕道山和他深厚的友情。对吕道山来说,于宋,他是无耻叛贼,卖国求荣为人所不齿;于元,他是灭宋功臣,受元帝重用。立场不同,评价迥然有别。这首词,由于词题写明"至元丙子予识道山于九江,今十年矣",而丙子为元世祖至元十三年(1276),下推十年为元世祖至元二十二年(1285);词中有"寒食近"句,知为清明的前几天,故将这首词系于元世祖至元二十二年(1285)清明节前几天,应是准确的。

　　流水高山,独许钟期,最知伯牙③。愧我投木李,得酬琼玖④,人惊玉树,肯倚[一]蒹葭⑤。风雨十年,江湖千里,望美人兮天一涯⑥。重携手,似仲宣去国⑦,江令还家⑧。

　　门前柳拂堤沙。便好系天津泛斗槎。看金鞍闹簇,花边置酒,玉盂旋洗,竹里供茶。朱雀桥荒,乌衣巷古,莫笑斜阳野草花⑨。寒食近,算人生行乐,少住为佳。

校记

[一] 肯倚:"肯"字,朱抄本、赵抄本、丁抄本、四库本作"有"。

注释

① 吕道山左丞觐回:吕道山即吕师夔。《新元史》《元书》皆有传。参见《水调歌头·至元戊寅为江西吕道山参政寿》注①。至元二十二年(1285)吕道山仍任江西行省左丞,年初赴大都(今北京)朝觐,返回任所时途经金陵。

② 至元丙子予识道山于九江:至元丙子,为元世祖至元十三年(1276)。秋七月,吕道山以江东江西大督都知江州升淮东行省参知政事。《元史·世祖本纪六》载,至元十二年(1275)秋七月,敕兵部尚书吕师夔行都元帅府,取江西。十三年秋七月,以江东江西大督都知江州,吕师夔升淮东行省参知政事。白朴这年在九江结识吕道山。

③ 流水高山,独许锺期,最知伯牙:《列子·汤问》:"伯牙善鼓琴,锺子期善听。伯牙鼓琴,志在登高山,锺子期曰:'善哉!峨峨兮若泰山。'志在流水,锺子期曰:'善哉!洋洋兮若江河。'伯牙所念,锺子期必得之。伯牙游于泰山之阴,卒逢暴雨,止于岩下,心悲,乃援琴而鼓之,初为霖雨之操,更造崩山之音。曲每奏,锺子期则穷其趣。"伯牙善鼓琴,锺子期能完全理解伯牙琴音之意,后人把锺子期比作知音。这里白朴以伯牙自况,以锺子期比吕道山,以此典故比喻两人为知音好友,情谊深厚。

④ 愧我投木李,得酬琼玖:《诗经·卫风·木瓜》:"投我以木瓜,报之以琼琚。匪报也。永以为好也。投我以木桃,报之以琼瑶。匪报也,永以为好也。投我以木李,报之以琼玖。匪报也,永以为好也。"本写情人互送信物,两情相好。这里比喻两人情意相投。琼玖,美玉。

⑤ 人惊玉树:玉树,比喻才貌之美。《世说新语·言语》:"谢太傅问诸子侄:'子弟亦何预人事,而正欲使其佳。'诸人莫有言者。车骑答曰:'譬如芝

兰玉树，欲使其生于阶庭耳。'"后以玉树称"美佳"子弟。肯倚蒹葭：蒹葭，蒹和葭都是价值低贱的水草，因喻微贱。亦常用作谦词。《韩诗外传》卷二："吾出蒹葭之中，入夫子之门。"南朝宋刘义庆《世说新语·容止》："魏明帝使后弟毛曾与夏侯玄共坐，时人谓蒹葭倚玉树。"玉树，喻指夏侯玄。蒹葭，喻指毛曾。谓两个品貌极不相称的人在一起。后以"蒹葭玉树"比喻地位低的人仰攀、依附地位高贵的人。亦常用作谦词。这里白朴将吕道山比作玉树，自比蒹葭。

⑥美人：美好的人。《诗经·邶风·简兮》："云谁之思，西方美人。"宋苏轼《赤壁赋》："望美人兮天一方。"这里美人指吕道山。

⑦似仲宣去国：王仲宣（名粲）在荆州依刘表时登当阳城楼作《登楼赋》，抒写久留客地，怀念故乡的情感。参见《水调歌头·至元戊寅为江西吕道山参政寿》注⑤。这里白朴以王粲自比。

⑧江令：古时有二。一为隋江总，他先后仕南朝梁、陈及隋三朝，仕陈时官至尚书令，世称"江令"。唐欧阳询《道失》："不下结绮阁，空迷江令语。"二为南朝梁江淹，曾为建安吴兴令和建元东武令，后世亦称"江令"。元王恽《梦升天》："彤管梦传江令笔，紫袍归抱上岩端。"这里借江总指吕道山，江总曾任尚书令，职同宰相；而吕道山任行省左丞，亦职同宰相。

⑨朱雀桥荒，乌衣巷古，莫笑斜阳野草花：化用唐刘禹锡《乌衣巷》："朱雀桥边野草花，乌衣巷口夕阳斜。旧时王谢堂前燕，飞入寻常百姓家。"朱雀桥，《六朝事迹编类》："朱雀航：晋咸康二年（336）作朱雀门，新立朱雀浮航，在县城东南四里对朱雀门，南渡淮水，亦名朱雀桥。……对吴都城宣阳门，相去六里为御道，夹御沟植柳。"时已荒芜。乌衣巷，《六朝事迹编类》："在县东南四里。《晋书》云：'王导、纪瞻宅皆在此巷。'"

沁园春

夜枕无梦，感子陵、太白事①，明日赋此。

解　题

　　白朴借严光辞职归隐、李白赐金还山的事迹，颂扬严、李归隐还山的行动及其以后的闲适自在的生活，实以严光、李白自况。笔者曾在《白朴交游考补》（载《山西大学学报》，2002 年第 6 期）中考证白朴晚年在平江（今苏州）结交的朋友陈深，曾有一词《沁园春·次白兰谷韵》："浪迹烟霞，有酒千钟，有书五车。任从来萧散，闲心似水；何堪妩媚，笑面如花。濯发沧浪，放歌江海，肯被红尘半点遮。谁知道，抱无名巨璞，重价难赊。嘻嗟，大泽龙蛇。且蟠屈、深潜得计些。看淋漓醉墨，神情自足，摩挲雄剑，肝胆无邪。渭水烟蓑，营丘绣衮，出处何尝有异邪！今何在，但素蟾东出，红日西斜。"这首词就是和白朴之词的。陈深还有一词《水龙吟·寿白兰谷》："此翁疑是香山，老来愈觉才情富。天孙借与，金刀玉尺，裁云缝雾。一曲阳春，樽前惟欠，柳蛮缨素。对苍松翠竹，江空岁晚，伴明月、倾芳醑。深谷修兰楚楚，续离骚、载歌初度。麻姑素约，天寒相访，遗余琼露。拟借青鸾，吹笙碧落，采芝玄圃。奈玉堂催召，文园醉叟，草凌云赋。"这一首唱和、一首祝寿，说明二人友情弥深。据《新元史·陈深传》、《元诗选》初集《陈处士深》、《元史编类·文翰》等史料考知：陈深，字子微，号清全，吴县人，生于宋理宗景定元年、蒙古世祖中统元年（1260），幼习举子业。元世祖至元十六年（1279）宋亡，弃举子业。笃志古学，闭门著书，有《读易编》《读诗编》《读春秋编》十二卷和诗文集《宁极斋稿》。开馆授徒，弟子甚众。能诗善书，颇有高名。天历间（1328~1329），陈深年近七十，奎章阁臣以其能书荐其仕元，潜匿不出。元至正四年（1344）卒，享年八十五岁。葬吴县灵岩乡朱墩。据元袁桷《朝列大夫同金太常礼仪院事白公神道碑铭》载，白朴同父异母弟白恪"（至元）二十四年（1287）改浙西提刑按察司经历，迁平江，丁母罗夫人忧，以夫人丧葬于吴，将终老焉"。白朴也当于此时去平江，为继母送丧守制。白朴可能就是在这个时候与平江的陈深相识。白朴文名誉满大江南北，其弟恪又在平江居官，亦有文名。陈深，以诗书名闻平江。青年的陈深，慕白朴之名，以诗会友结为朋友，所以有诗唱和、有寿词相赠。至元二十四年，陈深二十八岁，白朴六十二岁，朴长深三十四岁，乃为忘年交。故白朴这首词当作于元世祖至元二十四年（1287），地在平江。

千载寻盟②，李白扁舟③，严陵钓车④。与故人偃蹇[一]，足加帝腹⑤，将军权幸，手脱公靴⑥。星斗名高⑦，江湖迹在⑧，烂熳云山几处遮⑨。山光里，有红鳞旋斫，白酒须赊[二]。

龙蛇起陆曾嗟⑩。且放我，浪歌醉饮些。甚人生贫贱，刚求富贵，天教富贵，却骋骄奢[三]。乘兴而来，造门即返，何必亲逢安道耶⑪。儿童笑，道先生醉矣，风帽欹斜。

校记

[一] 与故人偃蹇："与"，底本空缺。诸本均缺。今据词谱、文意、及

《后汉书·逸民列传·严光传》"朕故人严子陵共卧耳"补。

[二] 白酒须赊:"须"字,丁抄本、四库本作"从"。

[三] 却骋骄奢:"骋"字,丁抄本、四库本作"逞"。

注释

①感子陵、太白事:子陵,即严光。《后汉书·逸民列传》:"严光,字子陵,一名遵,会稽余姚(今浙江)人也。少有高名,与光武同游学。……除为谏议大夫,不屈,乃耕于富春山,后人名其钓处为严陵濑焉。建武十七年,复特征,不至。年八十,终于家。"太白,即李白。《新唐书·李白传》:"白尝侍帝,醉,使高力士脱靴。力士素贵,耻之,擿其诗以激杨贵妃,帝欲官白,妃辄沮止。白自知不为亲近所容,益骜放不自修……恳求还山,帝赐金放还。白浮游四方,尝乘舟与崔宗之自采石至金陵,著宫锦袍坐舟中,旁若无人。"

②寻盟:重温旧盟。《左传·哀公十二年》"今吾子曰:必寻盟。若可寻也,亦可寒也"杜预注:"寻,重也。寒,歇也。"孔颖达疏引郑玄《仪礼》注云:"寻,温也……则诸言寻盟者,皆以前盟已寒,更温之使热。温旧即重义,故以寻为重。"此指重温千百年以前的严光、李白事。

③李白扁舟:李白被赐金放还后,浮游四方,尝乘舟与崔宗之自采石至金陵。参见前注①。李白游宣州(今安徽)写有《宣州谢朓楼饯别校书叔云》:"抽刀断水水更流,举杯消愁愁更愁。人生在世不称意,明朝散发弄扁舟。"

④严陵钓车:即严光的钓鱼车。钓车,一种钓具。上有轮子缠络钓丝,即可放远,也可迅速收回,称钓鱼车。五代谭用之《贻费道人》:"碧玉蜉蝣迎客酒,黄金毂辘钓鱼车。"亦省作"钓车"。唐韩愈《独钓》:"坐厌亲刑柄,偷来傍钓车。"

⑤与故人偃蹇,足加帝腹:语出《后汉书·逸民列传》:"(光武帝)车驾即日幸其馆,光卧不起。帝即其卧所,抚光腹曰:'咄咄子陵,不可相助为理邪。'……复引光入,论道故旧,相对累日。帝从容问光曰:'朕何如昔时?'对曰:'陛下差增于往。'因共偃卧。光以足加帝腹上。明日,太史奏客星犯御座甚急。帝笑曰:'朕故人严子陵共卧耳。'"偃蹇,这里作安卧解。宋司马光《辞知制诰第六状》:"岂偃蹇山林,不求闻达之人邪!"

⑥将军权幸，手脱公靴：将军，指唐玄宗时宦官高力士，受帝宠幸，累官骠骑大将军，进开府仪同三司。新旧《唐书》有传。脱靴事见《新唐书·李白传》，参见前注①。

⑦星斗：泛指天上的星星，特指北斗星，比喻超群的才华。宋苏轼《上虢州太守启》："久仰圭璋之望，素钦星斗之名。"此指李白。

⑧江湖：旧时指隐士的居处。晋陶潜《与殷晋安别》："良才不隐士，江湖多贫贱。"后引申为退隐。唐贾岛《过唐校书书斋》："江湖心自切，未可挂头巾。"此指严光。

⑨烂熳云山几处遮：烂漫，此处形容光彩四射。汉王延寿《鲁灵光殿赋》："丹彩之饰，徒何为乎，浩浩洲洲（hàn），流离烂漫。"云山，云和山。南朝梁吴均《同柳吴兴乌亭集送柳舍人》："云山离晻暧，花雾共依霏。"高耸入云的山，远离尘世的地方，是隐者或出家人的居处。南朝梁江淹《萧被侍中敦劝表》："臣不能遵烟洲而谢歧伯，迎云山而揖许由。"

⑩龙蛇起陆曾嗟：龙蛇，龙和蛇。《周易·系辞》："龙蛇之蛰，以存身也。"后因以"龙蛇"喻隐退。《汉书·扬雄传》："以为君子得时则大行，不得时则龙蛇。"起陆，腾跃而上，形容平步青云，大展鸿才。宋辛弃疾《沁园春·弄溪赋》词："看纵横斗转，龙蛇起陆；崩腾决去，雪练倾河。"

⑪安道：即戴安道。南朝宋刘义庆《世说新语·放诞》："王子猷居山阴，夜大雪，眠觉，开室命酌酒，四望皎然。因起彷徨，咏左思《招隐》诗，忽忆戴安道。时戴在剡，即便夜乘小船就之，经宿方至，造门不前而返。人问其故，王曰：'吾本乘兴而行，兴尽而返，何必见戴？'"这一典故后人常用以比喻放达之士高雅超群的情操。

《天籁集》卷下

风入松

咏红梅,将橙子皮作酒杯。①

解 题

王博文设宴待友,命家伎红梅歌舞侍酒,白朴赋词记盛,颂扬红梅人美歌舞美,特别强调用柑橘皮制作的软金杯,使酒味更加香甜;赞美王博文好客,频频劝酒,醉倒客人,表现了他们友情深厚和放达不羁、乐观闲适的生活。这首词作于王博文在金陵任江南行御史台中丞期间,即元世祖至元二十三年(1286)至二十四年(1287)之间。

使君高宴出红梅②。腰鼓揭春雷③。更将红酒浇浓艳,风流梦、不负花魁④。千里江山吴楚⑤,一时人物邹枚⑥。

软金杯衬硬金杯⑦。香挽洞庭回⑧。西溪不减东山兴⑨,欢摇动、北海樽罍⑩。老我天涯倦客,一杯醉玉先颓⑪。

注释

①红梅：王博文的侍妾或歌伎。据四库本《天籁集》"咏红梅，将橙子皮作酒杯"题下小注云："红梅恐是姬妾名"。词中明言使君、西溪，自是王博文家伎。

②使君：尊称时任江南行御史台御史中丞的王博文。王博文，字子勉，号西溪，祖籍东鲁，流寓相州。至元二十三年（1286）任江南行御史台御史中丞于建康。《元史·百官志》载："至元十四年，始置江南行御史台于扬州，寻徙杭州，又徙江州。二十三年，迁于建康，以监临东南诸省，统制各道宪司，而总诸内台。"

③腰鼓：古时打击乐器。框用瓦或木制。两头大，中腰细，用手掌拍击。见宋陈旸《乐书》。宋苏轼《惜花》："道人劝我清明来，腰鼓百面如春雷。"

④花魁：百花的魁首。梅花开在百花之先，故有"花魁"之称。此处指红梅。

⑤吴楚：泛指春秋吴楚的故地。即今长江中下游一带。唐杜甫《登岳阳楼》："吴楚东南坼，乾坤日夜浮。"这里当指江南诸道行使台治所建康，因其春秋时属吴，战国时属楚。

⑥邹枚：指西汉文学家邹阳和枚乘。

⑦软金杯：橙子皮做的酒杯。金完颜璟《生查子·软金杯》："借得洞庭春，飞上桃花面。"

⑧香挽洞庭回：洞庭柑橘闻名天下，以黄柑酿酒，称洞庭春色。宋苏轼《洞庭春色》诗序："安定郡王（赵世准）以黄柑酿酒，谓之洞庭春色，色香味三绝。"这里指红梅用橙皮作酒杯，使酒具有柑橘的香味。

⑨西溪不减东山兴：西溪，王博文的号。东山，对东晋谢安的尊称。据《晋书·谢安传》载，谢安早年曾辞官隐居会稽的东山，经朝廷的几次征聘，方从东山复出，官至司徒要职，成为东晋重臣。又，临安、金陵亦有东山，也曾是谢安的游憩之地。后因以"东山"为典，代指谢安。谢安常在东山宴请友人，白朴这里把王博文比作谢安。

⑩北海樽罍：汉末孔融为北海相，时称孔北海。融性宽容少忌，好士，喜

诱益后进。及退闲职，宾客日盈其门。常叹曰："座上客恒满，樽中饮不空，吾无忧矣。"见《后汉书·孔融传》。后常用作典实，比喻主人之好客。唐萧颖士《山庄月夜作》："未奏东山妓，先倾北海尊。"樽罍，樽与罍皆盛酒器，罍似坛。亦指饮酒。唐杜甫《赠特进汝阳王二十韵》："尊罍临极浦，凫雁宿张灯。"这里借指王博文，因其祖籍东鲁，以文名闻天下。元王恽《秋涧先生大全集·西溪见梦》（十月初八日夜五鼓初）："挂面相看几格间，笑谈似与浣离颜。越装已辨宜趋往，江路虽遥不久还。鲁国自来尊北海，谢家谁更作东山。潇潇夜雨蓬窗晚，细酹清樽与涕潜。"

⑪醉玉先颓：南朝宋刘义庆《世说新语·客止》："嵇叔夜之为人也，岩岩若孤松之独立；其醉也，傀俄若玉山之将崩。"后以"醉玉颓山"形容男子风姿挺秀，酒后醉倒的风采。宋秦观《满庭芳》："相如，方病酒，一觞一咏，宾有群贤。便扶起灯前，醉玉颓山。"亦省作"醉玉"。宋黄庭坚《采桑子》："楼台灯火明珠翠，酒恋歌迷，醉玉东西，少个人人暖被携。"

风流子

丁亥秋，复得仲常书①，有"楚星燕月，千里相望，何时会合，以副旧游"之语，就谱此曲以寄之。

解　题

丁亥秋，即元世祖至元二十四年（1287）的秋天，白朴再次接到好友王仲常的书信，时王仲常在大都任同知大都留守，兼少府监事。信中提及"楚星燕月，千里相望，何时会合，以副旧游"。白朴感慨万端，赋词相寄，词中回忆了他们少年时代结伴优游、以诗酒为友、放浪形骸的惬意生活，发出如今时过境迁、人老友分，楚燕相隔千里，遥遥相望，不知何时能重会的感叹，表达了作者怀旧思乡之情。这首词的写作时间，词题已写明"丁亥秋"，即元世祖至元二十四年（1287）的秋天。白朴时年六十二岁。

花月少年场②，嬉游伴，底事不能忘。杨柳送歌③，暗分春色[一]，夭桃凝笑④，烂赏天香[二]⑤。绮筵上，酒杯金潋滟，诗卷墨淋浪⑥。闲袅玉鞭[三]⑦，管弦珂里[四]⑧，醉携红袖⑨，灯火夜行[五]。

回首事堪伤。温柔处，竟然流落江乡[六]⑩。惆怅鬓丝禅榻⑪，眉黛吟窗⑫。甚社燕秋鸿⑬，十年无定，楚星燕月，千里相望。何日故园行乐，重会风光。

校记

[一] 暗分春色："暗"字，朱抄本、赵抄本、丁抄本作"晴"。

[二] 烂赏天香："烂"字，曹本作"斗"，赵抄本作"阑"。丁抄本、朱抄本作"闲"，四库本作"同"。

[三] 闲袅玉鞭："玉"字，四库本作"金"。

[四] 管弦珂里："弦"字，底本是墨丁，曹本、朱抄本、赵抄本、丁抄本无。今从四库本、四印斋本、《九金人集》本补。

[五] 灯火夜行："夜"字，底本、四印斋本缺。曹本作"交"。今从朱抄本、赵抄本、丁抄本、劳抄本、《九金人集》本补。四库本补作"微"。

[六] 温柔处，竟然流落江乡："处竟"二字，底本、曹本、赵抄本、四库本、四印斋本倒置作"竟处"。今从朱抄本、丁抄本、《九金人集》本乙正。按：此句词谱作上五下四九字句，"竟"下缺一字，试可补一"然"字。

注释

①仲常：即王思廉。《元史》有王思廉传。详见前《夺锦标·得友人王仲常、李文蔚书》注①。

②花月：花和月。泛指美好的景色。亦指美好的时光。唐王勃《山扉夜坐》："林塘花月下，别是一家春。"

③杨柳送歌：借指侍妾、歌姬。唐孟郊《折杨柳》其二："楼上春风过，风前杨柳歌。"

④夭桃凝笑：夭桃，《诗经·周南·桃夭》："桃之夭夭，灼灼其华。"后以"夭桃"称艳丽的桃花。宋曾巩《南湖行》其二："蒲芽荇蔓自相依，踯躅夭桃开满枝。"又喻少女容颜美丽。《敦煌变文集·维摩诘经菩萨品》："夭桃而乃越姮娥，艳质而休夸妲妃。"凝笑，长时间含笑。宋张抡《临江仙》："雕玉阑干深院静，嫣然凝笑西风。"

⑤烂赏天香：烂赏，随意欣赏，纵情玩赏。宋欧阳修《定风波》："春到几人能烂赏，何况，无情风雨等闲多。"天香，芳香的美称。北周庾信《奉和同泰寺浮图》："天香下桂殿，仙梵入伊笙。"

⑥诗卷墨淋浪：形容书写流畅。宋苏轼《和张子野见寄三绝句·见题壁》："狂吟跌宕无风雅，醉墨淋浪不整齐。"

⑦闲袅：形容细长柔软的东西随风轻轻摆动。唐温庭筠《杨柳枝》："宜春苑外最长条，闲袅春风伴舞腰。"

⑧珂里：《新唐书·张嘉祐传》："（嘉祐、嘉贞）昆弟每上朝，轩盖驺导盈间巷，时号所居坊曰'鸣珂里'。"后来用作故里、故居的美称。

⑨红袖：女子红色的衣袖，此指美女。元关汉卿《金线池·楔子》："华省芳筵不待终，忙携红袖去匆匆。"

⑩温柔处，竟然流落江乡：温柔，温和柔顺，此指温柔乡。唐孟郊《看花》："家家有芍药，不妨至温柔。"温柔乡，喻指美色迷人之境。江乡，多江河的地方。多指江南水乡。唐孟浩然《晚春卧病寄张八》："念我生平好，江乡远从政。"

⑪鬓丝禅榻：化用唐杜牧《题禅院》："今日鬓丝禅榻畔，茶烟轻飏落花风。"

⑫眉黛吟窗：眉黛，古代女子用黛画眉，因称眉为眉黛。此借指妇女。唐温庭筠《杨柳枝》："金缕毵毵碧瓦沟，六宫眉黛惹香愁。"吟窗，诗人居屋的窗户。唐岑参《送杨录事充使》："平明犹未醉，斜月隐书窗。"

⑬社燕秋鸿：燕子春社时来，秋社时去，故有"社燕"之称。化用宋苏轼《送陈睦知潭州》："有如社燕与秋鸿，相逢未稳还相送。"秋鸿，秋日的鸿雁。古诗文中常以其象征离别。唐李益《赋得早燕送别》："一别与秋鸿，差池讵相见。"

烛影摇红

前事用吕东窗韵①。

解 题

这首词主要写白朴感叹一生不仕,空负岁月,沧海茫茫、尘世纷扬,向往山林隐逸生活。词中有"眄长江,离魂浩渺"句,知其当是白朴晚年卜居建康时期所作,具体是哪一年,待考。

三尺枯桐②,古来长恨知音少。玉箫吹断凤楼云③,此恨何时了。落日飞鸿声悄。眄长江[一]、离魂浩渺④。赠环留佩[二],宿粉栖香[三],此情谁表[四]。

风雨红稀⑤,梦回别院莺啼晓⑥。一生孤负看花心⑦,惆怅人空老。待访还丹瑞草⑧。驾飙轮、蓬莱去好⑨。又愁沧海,恍惚尘扬⑩,难寻仙岛。

校记

[一]眄长江:"眄",底本与曹本、朱抄本、赵抄本、丁抄本、劳抄本、汪抄本、四印斋本、《九金人集》本均缺。四库本作"眄",今从。

［二］赠环留佩：此四字，底本为墨丁、四印斋本缺。曹本作"赠环留罢"。朱抄本、赵抄本、丁抄本、劳抄本作"赠环留能"。《九金人集》本作"环能解结"。今从四库本补。

［三］宿粉栖香：此四字，底本为墨丁。四印斋本缺。曹本、朱抄本、赵抄本、丁抄本、劳抄本、汪抄本作"结运合心"。《九金人集》本作"合运同心"。今从四库本补。

［四］此情谁表："此情"二字，底本、四印斋本、《九金人集》本空缺。曹本作"知"，"知"前空缺一字。朱抄本、赵抄本、丁抄本、劳抄本、汪抄本作"同知"。今从四库本补。

注释

①前事用吕东窗韵：前事，不知指何事。吕东窗，生平里居不详。待考。

②枯桐：《后汉书·蔡邕传》："吴人有烧桐以爨者，邕闻火烈之声，知其良木，因请而裁为琴，果有美音，而其尾犹焦，故时人名曰'焦尾琴'焉。"后遂以"枯桐"为琴的别称。唐柳宗元《初秋夜坐赠吴武陵》："若人抱奇音，朱弦绁枯桐。"

③玉箫吹断凤楼云：意为人去楼空。典见汉刘向《列仙传》："萧史者，秦穆公时人也。善吹箫，能致孔雀、白鹤于庭。穆公有女字弄玉，好之，公遂以女妻焉。日教弄玉作凤鸣。居数年，吹似凤声，凤凰来止其屋，公为作凤台。夫妇止其上，不下数年，一旦皆随凤凰飞去。"

④离魂：指远游他乡的旅人。前蜀韦庄《家叔南游却归因献贺》："旅梦远依湘水阔，离魂空伴越禽飞。"此处为作者自指。

⑤红稀：红，借指红色的花。宋欧阳修《蝶恋花》："泪眼向花花不语，乱红飞过秋千去。"稀，疏，不密。

⑥别院：正宅之外的宅院。明高启《咏苑中秦吉了》："驾来别院未知迎，先听遥呼万岁声。"

⑦看花：唐时举进士及第者有在长安城中看花的风俗。唐刘禹锡《元和十年自郎州召至京戏赠看花诸君子》："紫陌红尘拂面来，无人不道看花回。"

⑧待访还丹瑞草：还丹，道家合九转丹与朱砂再次提炼而成的仙丹，传说

服后可以即刻成仙。见晋葛洪《抱朴子·还丹》。一说炼就这种仙丹，炼丹者就能得道成仙。唐陈子昂《题李三书斋》："还丹应有术，烟驾共君乘。"瑞草，古代以为吉祥的草，如灵芝、蒬荚之类，或称仙草。宋朱敦儒《木兰花慢》词："念瑞草成畦，琼蔬未采，尘染衰容。"

⑨飙轮：指御风而行的神车。唐陆龟蒙《和袭美江南道中怀茅山广文南阳博士三首次韵》："莫言洞府能招隐，会辗飙轮见玉皇。"

⑩又愁沧海，恍惚尘扬：沧海，本指大海，又是神话中的海岛名。《海内十州记·沧海岛》："沧海岛在北海中。地方三千里，去岸二十一万里，海四面绕岛，各广五千里，水皆苍色，仙人谓之沧海也。"又称之为东海。宋陆游《新晴午枕初起信笔》："浩浩尘扬海，茫茫杵倚天。"金吴激《春从天上来·感旧》："舞彻中原，尘飞沧海，风雪万里龙庭。"

摸鱼子

七夕用严柔济韵①。

解 题

　　这首词写牛郎织女的离别虽然很痛苦,但每年七月七日可以借乌鹊搭桥帮助相会一次;苏蕙织锦回文诗寄给远方的丈夫窦滔,以表深情;杨玉环远在蓬莱山却只能擘钗分钿给唐明皇表达思念之情;更胜过嫦娥奔月,一去不返。隐约表现出作者对杨玉环、嫦娥以及离人的同情。这首词作于何时,待考。

　　问双星②、有情几许?消磨不尽今古。年年此夕风流会,香暖月窗云户③。听笑语。知几处?彩楼瓜果祈牛女④。蛛丝暗度⑤。似抛掷金梭,萦回锦字,织就旧时句[一]⑥。

　　愁云暮,漠漠苍烟挂树。人间心更谁诉?擘钗分钿蓬山远⑦,一样绛河银浦⑧。乌鹊渡⑨,离别苦,啼妆洒尽新秋雨⑩。云軿且驻[二]。算犹胜姮娥[三],仓皇奔月,只有去时路。

校记

　　[一] 织就旧时句:"时",底本为墨丁。今从曹本、四库本及诸参校本补。

［二］云軿且驻："云軿"二字，底本、曹本、朱抄本、赵抄本、丁抄本、四印斋本、《九金人集》本均作"云屏"。今依文意从四库本改。軿，四面有帷幔的车子。多供妇人乘用。

［三］姮娥：此二字，底本与曹本同。朱抄本及其他诸参校本均作"嫦娥"。

注释

①用严柔济韵：严柔济，生平里居不详。

②双星：指牵牛、织女二星，神话中的一对恩爱的夫妻。传说每年七月七日喜鹊架桥，让他们渡过银河相会。唐杜甫《奉酬薛十二丈判官见赠》："相如才调逸，银汉会双星。"

③月窗云户：有云状纹饰的户牖，借指华美的居处。元无名氏《碧桃花》第一折："柳亭花馆，月窗云户。"

④彩楼瓜果祈牛女：魏晋以来每年逢七月七日之夕，民间于庭院陈设瓜果，祭牵牛与织女相会。南朝梁宗懔《荆楚岁时记》："七月七日为牵牛织女聚会之夜。是夕，人家妇女结彩缕，穿七孔针，或以金银鍮石为针，陈瓜果于庭中以乞巧，有喜子网于瓜上则以为符应。"

⑤蛛丝暗度：古时妇女于七夕将蜘蛛放置盒内，以结网密疏卜得巧多少的游戏。五代王仁裕《开元天宝遗事·蜘蛛卜巧》："帝与贵妃每至七月七日夜，在华清宫游宴。时宫女辈陈瓜花酒馔列于庭中，求恩于牵牛、织女星也。又各捉蜘蛛于小合中，至晓开视蛛网稀密，以为得巧之候。密者言巧多，稀者言巧少，民间亦效之。"

⑥似抛掷金梭，萦回锦字，织就旧时句：锦字，指锦字书，即前秦苏蕙寄给丈夫的织锦回文书。此句化用唐曹唐《织女怀牵牛》："封题锦字凝新恨，抛掷金梭织旧愁。"

⑦擘钗分钿蓬山远：化用唐白居易《长恨歌》："惟将旧物表深情，钿合金钗寄将去。钗留一股合一扇，钗擘黄金合分钿。但令心似金钿坚，天上人间会相见。"

⑧绛河银浦：绛河，即银河，又称天河、天汉。古代观天象者以北极为基

准，天河在北极之南，南方属火，尚赤，因借南方之色称之。唐元稹《月三十韵》："绛河冰鉴朗，黄道玉轮巍。"银浦，即银河。唐李贺《天上谣》："天河夜转漂回星，银浦流云学水声。"亦可释为银河岸边。

⑨乌鹊渡：汉应邵《风俗通义》："织女七夕当渡河，使鹊为桥。"宋罗愿《尔雅翼》卷十三："涉秋七日，鹊首无辜皆秃，相传以为是日河鼓（即牵牛）与织女会于汉（天河）东，役乌鹊以梁为渡，故毛皆脱去。"又《白氏六帖》卷二十九引《淮南子》："乌鹊填河成桥渡织女。"

⑩啼妆：东汉时，妇女以粉薄拭目下，有似啼痕，故名。宋欧阳修《长相思》："爱著鹅黄金缕衣，啼妆更为谁？"亦借指女人们泪痕。前蜀韦庄《闺怨》："啼妆晓不干，素面凝香雪。"

摸鱼子

真定城南异尘堂同诸公晚眺①。

解 题

这首词是白朴与友人在真定异尘堂雅集时所作。写景物美而动人，写人物好而传神，情景交融，表现了作者心情欢快、风流倜傥的文人雅趣。徐凌云《天籁集编年校注》将这首词写作时间定于蒙古世祖至元三年至四年之间（1266~1267），时白朴四十一至四十二岁，似可作为一说。而词中有"横塘路，好在吴儿越女。扁舟几度来去。采菱歌断三湘远，寂寞岸花汀树"。似又联想其在江南的儿女。若果这样，这首词是白朴移家金陵之后，北返真定时作，具体何年，待考。

敞青红，水边窗外，登临元有佳趣。薰风荡漾昆明锦②，一片藕花无数。才欲语，香暗度③，红尘不到苍烟渚。多情鸥鹭。尽翠盖摇残，红衣落尽，相与伴风雨④。

横塘路⑤，好在吴儿越女⑥。扁舟几度来去。采菱歌断三湘远⑦，寂寞岸花汀树。天已暮，更留看，飘然月下凌波步⑧。风流自许。待载酒重来，淋漓醉墨，为写洛神赋⑨。

注释

①异尘堂：查真定史志，未见文献记载，待考。

②昆明锦：昆明，原指汉武帝所筑昆明池，池周四十里，广三百三十二顷，故址在今陕西西安市西南斗门镇东南一片洼地。《汉书·武帝纪》："（元狩三年春）发谪吏穿昆明池。"这里借指异尘堂附近的池塘。锦，鲜艳华美，此处形容湖水清澈秀美。

③暗度：不知不觉地过去。唐杜甫诗《舟中夜雪，有怀卢十四侍御弟》："暗度南楼月，寒深北渚云。"

④相与：共同，一道。晋陶潜《移居》其一："奇文共欣赏，疑义相与析。"指交好的人。唐吴筠《元日言怀因以自励诒诸同志》："孰能无相与，灭迹俱忘筌。"

⑤横塘：古堤塘名。三国吴筑于建业（今南京）南淮水（今秦淮河）南岸，一称南塘，为百姓聚居之地。晋左思《吴都赋》："横塘查下，邑屋隆夸。"唐崔颢《长干行》："君家何处住，妾住在横塘。"当指白朴卜居建康秦淮河南岸的桐树湾。

⑥吴儿越女：指在江浙的儿女。即生活在建康桐树湾的儿女。

⑦三湘：有多种解释，有指湘潭、湘乡、湘阴的；有指沅湘、潇湘、资湘的；也有指湖南的。但在古人诗文中多指湘江流域和洞庭湖地区。此处泛指江南。

⑧凌波步：形容女子步履轻盈。三国魏曹植《洛神赋》："凌波微步，罗袜生尘。"

⑨洛神赋：三国魏曹植所作赋名。洛神，洛水之神，相传为古帝宓羲之女。曹植《洛神赋序》云："黄初三年（222），余朝京师，还济洛川。古人有言，斯水之神，名曰宓妃。感宋玉对楚王神女之事，遂作斯赋。"唐李善注《文选》称植曾求婚甄逸女，事未成，后为曹丕所得，是为甄后。后甄后为郭后谮死，曹植有感于斯人，行之济水而作《感甄赋》。后魏明帝改名为《洛神赋》。

摸鱼子

秋仲一日，李具瞻侍御偕予过天庆观①，访蒲敬之都事②。既而登冶城，藉草于苍苍万玉中③，觞咏乐甚。道官王默堕者在焉④，且盟其两柏森立间构亭，为游目骋怀之所⑤。翌日赋此，记一时之概耳。

解　题

至元二十三年（1286）或其后不久的仲秋某日，白朴同友人江南行御史台侍御史李具瞻一同去拜访江南行御史台都事蒲敬之。而后同登冶城，借草地而坐，饮酒谈诗论文，非常高兴。是时，在座的道官王默堕，乘兴向大家表示要在两柏树之间建一亭子，供大家纵目观览、舒展胸怀。白朴听了很高兴，第二天就写了这首词记述这天游赏之事。这首词表现了白朴移居建康之后的悠游岁月，以诗酒为友的闲适生活及其惬意的心情。这首词应在蒲敬之由蕲黄道宣慰司幕官升任江南诸道行御史台都事之后，而行御史台于至元二十三年（1286）方由杭州迁金陵，故此词当作于这一年的八月之后不远。白朴时年六十一岁。

望参差，冶城烟树，故人知在琳宇⑥。绣衣来就论文饮⑦，随意割鸡炊黍。欢乐处。忘尔汝，清谈况有神仙侣。一杯缓举。放远目增明，遥岑出翠⑧，俯仰几今古⑨。

红尘梦，不到丹台紫府⑩。寻真偶得佳趣。两株翠柏参天起，千亩渭川烟雨⑪。君已许。向此地，结亭为我开窗户。朝来暮去。待细揽烟霞，平分风月，挥洒锦囊句⑫。

注释

①李具瞻侍御偕予过天庆观：李具瞻，笔者曾在《白朴交游考》一文中，据白朴词《摸鱼子》序和元张之翰《沁园春》词题记及《李都司具瞻》《留别具瞻李侍御》诗考知：李具瞻，号颐轩，曾任御史台都事、江南行御史台治书侍御史、侍御史，与历任监察御史、户部郎中、翰林侍讲、松江府尹的张之翰为友，情谊深厚。是白朴卜居建康之后结交的朋友。天庆观，即今之朝天宫，在南京市水西门内。旧址原为春秋吴国冶铸之所，故又名冶城、冶山，东晋时在城（山）下建冶城寺，五代十国时杨吴改为紫极宫，宋时改天庆观，元因之，明洪武年间护修为朝天宫。见宋张敦颐《六朝事迹编类》、清金鳌《金陵志地录》。

②蒲敬之都事：生平里籍不详，据白朴两首《摸鱼子》词，可略知蒲曾任职翰林史院、蕲黄道宣慰司幕官、江南诸道行御史台都事。是白朴在建康结识的朋友。

③万玉：比喻众多色泽如玉之物。宋真德秀《陈慧父竹坡诗稿》："万玉兮森森，清风兮满林。"

④道官王默堕：王默堕，天庆观掌道教的官员，生平里籍不详。《宣和遗事》元集载：政和四年春正月，置道官，凡十六等。

⑤游目骋怀：纵目观览，舒展胸怀。语出晋王羲之《兰亭集序》："仰观宇宙之大，俯察品类之盛，所以游目骋怀，足以极视听之娱，信可乐也。"

⑥琳宇：殿宇宫观的美称。宋梅尧臣《裕享观礼二十韵》："琳宇躬将款，珠尘密未收。"

⑦绣衣：绣衣直指的省称，官名。汉武帝天汉年间，民间起事者众，地方

官员督捕不力，因派直指使者着绣衣（彩绣的丝绸衣服）持斧仗节，兴兵镇压，刺史郡守以下督捕不力者亦皆伏诛。后因称此特派官员为"绣衣直指"。绣衣，表示地位尊贵；直指，谓处事无私。后亦称"绣衣使者"。绣衣直指本由侍御史充任，故亦称"绣衣御史"，亦省称"绣衣"。宋姜夔《阮郎归·为张平甫寿是日同宿湖西定香寺》："年年风絮时，绣衣夜丰草符移，月中双桨归。"李具瞻任侍御史，所以此处称其为"绣衣"。

⑧远目增明，遥岑出翠：语出唐韩愈、孟郊《城南联句》："遥岑出寸碧，远目增双明。"

⑨俯仰：比喻时间短暂。三国魏阮籍《咏怀》："去此若俯仰，如何似九秋？"

⑩丹台紫府：道教指神仙的居处。丹台，见李白《题随州紫阳先生壁》："复闻紫阳客，早署丹台名。"紫府，见晋葛洪《抱朴子·祛惑》："及到天上，先过紫府，金床玉几，晃晃昱昱，真贵处也。"

⑪千亩渭川烟雨：渭川，即渭水。亦泛指渭水流域。《史记·货殖列传》："陈夏千亩漆，齐鲁千亩桑麻，渭川千亩竹……此其人皆与千户侯等。"后以"渭川千亩"言竹之繁茂。

⑫锦囊句：指优美的文句。语本唐李商隐《李长吉小传》："恒从小奚奴，骑距驴，背一古破锦囊，遇有所得，即书投囊中。及暮归，太夫人使婢受囊出之，见所书多，辄曰：'是儿要当呕出心乃已尔！'上灯与食，长吉从婢取书，研墨叠纸足成之，投他囊中。"亦作锦囊佳句。宋陈瓘《蓦山溪·扁舟东去》词："锦囊佳句，韵压池塘草。"

摸鱼子

用前韵,送敬之蒲君卜居淮上①,敬之自翰苑擢蕲黄道宣慰幕官[一]②。

解 题

白朴送友人赴任,写与友人蒲敬之,虽是初交,但情意相投,一见如故,相聚时,饮酒赋词,谈古论今,十分惬意;离别时,既赞美他有才华,为朝廷看重授官,又希望他将来隐退山林,和自己一起过逍遥自在的隐逸生活。这首词的系年,徐凌云《天籁集编年校注》云:"从词的内容看应是蒲敬之自翰林国史院调任蕲黄道宣慰司幕官。据《元史》卷九十一《百官志》,宣慰司幕官共有经历(从六品)一员,都事(从七品)一员,照磨兼架阁管勾(正九品)一员。蒲只能是都事或经历,而蕲黄道宣慰司又在至元二十三年(1286)八月撤销,故此词不得早于至元二十三年八月;而前一首《摸鱼子》(望参差,冶城烟树)中蒲敬之已任江南诸道行御史台都事,亦为至元二十三年事(因行台二十三年四月刚从杭州迁来建康)。据这首词的内容,似是蒲去蕲黄道宣慰司前,更在任江南诸道行御史台都事之前,则这首《摸鱼子》时间应在前一首《摸鱼子》之前,但这首《摸鱼子》

问题又用了'用前韵'三字,似乎又应该排在前一首《摸鱼子·秋仲一日》之后,从《垂杨·壬子冬薄游顺天》一词来看,既提到了壬子冬(蒙古宪宗二年,公元1252),又提到蒙古世祖中统建元(1260),前面已说过《垂杨》是先写词,后补写小序,因此怀疑这里的《摸鱼子·用前韵》写于前一首《摸鱼子·秋仲一日》之前,而误排在后面了,因此这首《摸鱼子》的写作时间不得晚于元世祖至元二十三年(1286)八月,时白朴六十一岁。"徐说有道理。众所周知白朴词原有二百首,散失近半,有没有可能散失的还有同韵的《摸鱼子》?据《元史·地理志》载:黄蕲州宣慰司,至元十八年(1281)置,至元二十三年(1286)罢,仅六年,因此,这首词的写作时间定在至元十八年到至元二十三年之间。

听西风、细吟亭树。秋声先到衡宇。季鹰千里莼鲈兴③,更喜范张鸡黍④。倾盖处⑤。惭愧汝,高楼不减烟霞侣⑥。鲍樽笑举⑦。对得意江山,忘怀风月⑧,醉眼玩今古。

鸾坡客[二]⑨,又向红莲幕府⑩。田园何日成趣⑪。九重闻道思贤佐⑫,恐要济时霖雨。天若许。从所好,结庐相就开蓬户[三]。山人休去。怕蕙帐空悬,猿惊鹤怨,贻笑草堂句⑬。

校记

[一]敬之自翰苑擢蕲黄道宣慰幕官:"擢"字,底本及诸参校本均空缺,或以"□"代。今依文意试补为"擢"。

[二]鸾坡客:"鸾"字,曹本、朱抄本、赵抄本、丁抄本、劳抄本、汪抄本、四库本均作"銮"。

[三]从所好,结庐相就开蓬户:此十字底本及诸参校本未断句。《全金元词》本、徐凌云《天籁集编年校注》本均作五、五字断句,作"从所好结庐,相就开蓬户"。今从《白香词谱》中的《摸鱼儿》与《中华诗韵》中的《摸鱼

子》正格断句作三、七字句,作"从所好,结庐相就开蓬户"。

注释

①淮上:即淮南,唐代道名和方镇名;宋代路名,治所均在扬州(今江苏)。唐王维《送从弟蕃游淮南》:"江城下枫叶,淮上闻秋砧。"这里指扬州。

②自翰苑擢蕲黄道宣慰幕官:翰苑,翰林院的别称。《宋史·萧服传》:"文辞劲丽,宜居翰苑。"元代名翰林国史院,在翰苑属官中与蒲敬之后来所任官职品级相当的,有应奉翰林文字(从七品)五员、都事(从七品)一员,蒲可能在翰苑任应奉翰林文字。据《元史·地理志》载:(至元)十八年,(黄州)又为黄蕲州宣慰司治所。蕲黄道宣慰司属河南江北等处行中书省,下辖蕲州、黄州两路,至元二十三年(1286)罢宣慰司,直隶行省。宣慰司属官有经历(从六品)一员,都事(从七品)一员,蒲敬之到蕲黄道宣慰司可能任都事或经历。

③季鹰千里莼鲈兴:指张季鹰思故乡弃官归里事。南朝宋刘义庆《世说新语·识鉴》:"张季鹰(张翰),辟齐王东曹掾,在洛。见秋风起,因思吴中菰菜羹、鲈鱼脍,曰:'人生贵得适意尔,何能羁宦数千里以要名爵!'遂命驾便归。"后世以此比喻鄙视名爵,有归林之志。这里暗指蒲敬之有归隐之心。

④范张鸡黍:据《后汉书·独行传·范式》载:东汉范式在他乡与其至友张劭约定,两年后当赴劭家相会。劭归告其母,请届时设酒食候之。母曰:"二年之别,千里结言,尔何相信之审邪?"劭谓式信士,必不乖违。至其日,式果至。二人对饮,尽欢而别。后以鸡黍喻为友谊深长、聚会守信之典。

⑤倾盖:指朋友虽初交,但一见如故。典见《史记·鲁仲连邹阳列传》:"谚曰:'有白头如新,倾盖如故。'何则?知与不知也。"司马贞索隐引《志林》曰:"倾盖者,道行相遇,軿车对语,两盖相切,小欹之,故曰倾也。"唐储光羲《贻袁三拾遗谪作》:"倾盖洛之滨,依然心事亲。"

⑥烟霞侣:指与山水结成伴侣。喻性好山水。唐白居易《祗役骆口,因与王质夫同游秋山,偶题三韵》:"石拥百泉合,云破千峰开。平生烟霞侣,此地重裴回。"此指游山玩水的伴侣。

⑦匏樽:匏制的酒尊。亦泛指酒具。宋苏轼《前赤壁赋》:"驾一叶之扁

舟,举匏尊以相属。"

⑧忘怀风月:风月,义很多。可指清风明月,泛指美好的景色。唐吕岩《醉江月》:"倚天长啸,洞中无限风月。"可指闲适之事。《梁书·徐勉传》:"常与门人夜集,客有虞暠求詹事五官,勉正色答云:'今夕止可谈风月,不宜及公事。'故时人咸服其无私。"可指男女间情爱之事。前蜀韦庄《多情》:"一生风月供惆怅,到处烟花恨别离。"可指诗文。宋欧阳修《赠王介甫》:"翰林风月三千首,吏部文章二百年。"宋罗烨《醉翁谈录·小说引子》:"编成风月三千卷,散与知音论古今。"此处似指诗文。

⑨鸾坡:翰林院的别称。元张昱《奉天门早朝次韵》:"握兰凤阁舍人贵,视草鸾坡学士闲。"

⑩又向红莲幕府:红莲幕,《南史·庾杲之传》:"(王俭)乃用杲之为卫将军长史。安陆侯萧缅与俭书曰:'盛府元僚,实难其选。庾景行(杲之字)泛绿水,依芙蓉,何其丽也。'时人以入俭府为莲花池,故缅书美之。"后因以"红莲幕"为幕府之美称。唐李商隐《寄成都高苗二从事》:"红莲幕下紫梨新,命断湘南病渴人。"此指蒲敬之到蕲黄道宣慰司任职。

⑪田园何日成趣:田园,田地和园圃。晋陶潜《归去来兮辞》:"归去来兮,田园将芜胡不归!"成趣,成为散步的场所,"趣"同"趋"。晋陶潜《归去来兮辞》:"园日涉以成趣,门虽设而常关。"此句谓何时归隐过田园生活。

⑫九重:本指帝王住的宫禁,此借指帝王。唐李邕《贺章仇兼琼克捷表》:"遵奉九重,决胜千里。"

⑬怕蕙帐空悬,猿惊鹤怨,贻笑草堂句:化用南朝齐孔稚珪《北山移文》。参见《水龙吟·九日同诸公会饮钟山》注④。

摸鱼子

复用前韵,题阕。

解 题

这首词借六朝兴亡,抒发黍离之感,为自己晚年过着平民的隐逸生活而欣慰。徐凌云在《天籁集编年校注》中认为:"据词的内容可以看出:地点在建康,时间在卜居建康之后;另外这首词完全同前两首《摸鱼子》一样,同用词韵第四部仄声中上声语、麌和去声御、遇的韵脚。根据这三点我们完全可以断定这首《摸鱼子·复用前韵》和前两首《摸鱼子·仲秋一日和用前韵》必写于同一地点、同一时间。"这是对的,但又"断定这首词的上限不会早于元世祖至元二十三年和二十四年(1286~1287)的秋天",这就值得商榷。既然认定三首词写于同一地点、同一时间,应该将此词系于至元二十三年(1286)。白朴时年六十一岁。

问谁歌、六朝琼树[一]①。当年春满庭宇。歌残夜月西风起,吹动一川禾黍②。愁绝处,谁念汝[二],姑苏麋鹿成群侣③。清樽谩举。对淡淡长空,萧萧乔木,慷慨吊今古。

生平苦，走遍南州北府。年来颇得幽趣。绿蓑青笠浑无事，醉卧一天风雨。秋几许。沙渚上、渔樵小隐随编户④。扁舟晚去[三]。望绮散余霞，江澄净练，还爱谢公句⑤。

校记

[一] 六朝琼树："琼"字，朱抄本、赵抄本、丁抄本作"玉"。

[二] 谁念汝："谁念"二字，底本为墨丁，诸参校本均缺。四库本补作"谁念"。当是。今从。

[三] 扁舟晚去："扁"字，底本为墨丁。曹本作"遍"。四库本、朱抄本、赵抄本、丁抄本、劳抄本、汪抄本、四印斋本、《九金人集》本补。"晚"字，底本作"脱"，四库本改作"晚"，今从。

注释

①六朝琼树：指南朝陈后主与其狎客所创作的《玉树后庭花》等艳曲，参见《水调歌头·诸公见赓前韵》注⑨。琼，美玉。为谐韵，改仄声"玉"为平声"琼"。

②一川禾黍：一片平川，满地禾与黍。元赵显宏《满庭芳·耕》："耕田看书，一川禾黍，四壁桑榆，庄家也有欢娱处，莫说其余。"

③姑苏麋鹿成群侣：典见《史记·淮南衡山列传》："臣闻子胥谏吴王，吴王不用，乃曰：'臣今见麋鹿游姑苏之台也。'今臣亦见宫中生荆棘，露沾衣也。"后以比喻繁华之地变为荒凉之所，暗示国家沦亡。而这里意为归隐山林，与麋鹿做朋友。宋苏轼《前赤壁赋》："况吾与子渔樵于江渚之上，侣鱼虾而友麋鹿。"

④沙渚上、渔樵小隐随编户：渔樵，打渔砍柴，亦指隐居。唐杜甫《村夜》诗："胡羯何多难，渔樵寄此生。"小隐，谓隐居山林。晋王康琚《反招隐诗》："小隐隐陵薮，大隐隐朝市"。编户，编入户籍的普通人家。《史记·货殖列传》："夫千乘之王，万家之侯，百室之君，尚犹患贫，而况匹夫编户之民乎？"这里指与普通百姓一样过着隐居生活。

⑤望绮散余霞，江澄净练，还爱谢公句：谢公指南朝齐谢朓，字玄晖，陈郡阳夏（今河南太康）人，曾任宣城太守，为南朝齐著名诗人，与南朝宋世称大谢的谢灵运齐名，有"小谢"之称。作者喜爱的谢公句指谢朓《晚登三山还望京邑》诗中的名句："余霞散成绮，澄江静如练。"

木兰花慢

灯夕到维扬。①

解　题

这首词既写扬州壮观、昔日的繁华、杨广帝业的兴废，皆已成为过去，作为普通老百姓的谈资，又写如今上元节的扬州，街肆兴隆、灯火辉煌、热闹异常，人们在竹西亭上饮酒观灯赏月。表现出世道太平、人心欢畅的景象。这首词的系年，徐凌云《天籁集编年校注》云：至元十七年（1280）白朴即定居建康，据此我们认为至元十六年白朴由江西北返真定，准备举家南迁，途经扬州，沿京杭大运河北上的可能性最大；另外白朴弟白恪时在扬州江南行御史台任掾史（见袁桷《清客居士集》卷二十七《朝列大夫同佥太常礼仪院事白公神道碑铭》），白朴往扬州探视其弟，亦应考虑在内。因此我们暂时把这首词的编年定在元世祖至元十六年（1279）的春天，当白朴北返真定途经维扬时作，时白朴年五十四岁。此说当是。

壮东南形胜，淮吐浪、海吞潮。记此日江都，锦帆巡幸，汴水迢遥②。迷楼故应不见③，见琼花[一]④、底事也香消。兴废几更王霸，是非总付渔樵。

谁能十万更缠腰，鹤驭尽飘飘⑤。正绣陌珠帘，红灯闹影，三五良宵。春风竹西亭上⑥，拌淋漓[二]、一醉解金貂⑦。二十四桥明月，玉人何处吹箫⑧。

校记

[一] 见琼花："见"字，底本墨丁，四印斋本、《九金人集》本缺。曹本作重文符号。今据朱抄本、赵抄本、丁抄本、劳抄本、汪抄本、四库本补。

[二] 拌淋漓："拌"字，四印斋本、《九金人集》本同底本。曹本作"挤"。朱抄本、赵抄本、丁抄本、劳抄本、汪抄本、四库本作"拼"。

注释

①灯夕到维扬：灯夕，古俗农历正月十五为上元节，或称元宵节，各地于傍晚均放灯，故名灯夕。维扬，扬州的别称。初见《尚书·禹贡》："淮海惟扬州。"（"惟"通"维"）南北朝庾信《哀江南赋》："淮海维扬，三千余里。"后遂截取"维扬"以代指扬州。

②记此日江都，锦帆巡幸，汴水迢遥：指隋炀帝杨广于大业十二年（616）自洛阳乘龙舟沿着新开凿的运河通济渠，南巡江都事。江都，隋炀帝大业初年改扬州为江都郡，大筑宫苑，定为行都，大业十四年（618）在江都行宫被大臣宇文化及所杀。汴水，隋朝开凿通济渠，因自今河南荥阳至开封一段为原来的汴水，故唐宋时就将自出黄河入淮河通济渠东段全流称为汴水、汴河或汴渠。

③迷楼：隋炀帝所建楼名。故址在今江苏扬州市西北郊。唐冯贽《南部烟花记·迷楼》："迷楼凡役夫数万，经岁而成。楼阁高下，轩窗掩映，幽房曲室，玉栏朱楯，互相连属。帝（隋炀帝）大喜，顾左右曰：'使真仙游其中，亦当自迷也。'故云。"后毁于战火。

④琼花：一种珍贵的花。叶柔而莹泽，花色微黄而有香。宋淳熙以后，多为聚八仙（八仙花）移木而载。宋宋敏求《春明退朝录》："扬州后土庙有琼花一株，或云自唐所植，即李卫公所谓玉蕊花也。"

⑤谁能十万更缠腰,鹤驭尽飘飘:语出南朝梁殷芸《殷芸小说·吴蜀人》:"有客相从,各言所志,或愿为扬州刺史,或愿多赀财,或愿骑鹤上升。其一人曰:'腰缠十万贯,骑鹤上扬州。'欲兼三者。"

⑥竹西亭:又名歌吹亭,在扬州府甘泉县(今江苏扬州)北。唐杜牧《题扬州禅智寺》:"谁知竹西路,歌吹是扬州。"

⑦一醉解金貂:用晋阮孚金貂换酒事。见《晋书·阮孚传》。后来以此喻人纵情饮酒、狂放不羁。宋刘过《沁园春》柳思花情词:"翠袖传觞,金貂换酒,痛饮何妨三百杯。"

⑧二十四桥明月,玉人何处吹箫:此二句语出唐杜牧《寄扬州韩绰判官》:"二十四桥明月夜,玉人何处教吹箫。"二十四桥,故址在今江苏扬州市江都区西郊。

木兰花慢

题阙。

解　题

　　作者羡慕陶渊明隐居山林、忘怀尘世的田园生活，并以此自况。其实，他并没有"忘天下"，仍然关心国事，既赞扬维护国家尊严、民族利益的征讨日本之举，又有为死难将士鸣不平、对非议者的不满之意。这首词的系年，徐凌云《天籁集编年校注》云："此词从未有人编年，亦不知所云何事？"这不符合事实。笔者在1984年3月写的《白朴六词系年》，就对此词系年进行考证。笔者据《元史·日本传》《元史纪事本末·日本用兵》载，因至元十七年（1280）二月，日本杀元朝国信使杜世忠等事，元世祖于至元十八年（1281）八月派十万大军征讨，遇大风船沉，全军覆没，仅有少数生还。白朴根据这一事件，始有"笑蕞尔倭奴，抗衡上国，挑祸中原"句，故将此词系于至元十八年（1281）八月征日本大败之后的秋冬之际。徐凌云《天籁集编年校注》云："按此词中有'笑蕞尔倭奴，抗衡上国，挑祸中原'句，必与征日本事有关，《元史·外夷传》说：'日本国在东海之东，古称倭奴国。或云恶其旧名，故改名日本。'可证。元世祖自至元三年到九年（1266~1269）屡欲与日本通好，不断派遣国信使经高丽（今朝鲜）至日本，但不是阻风不得至，就是不得要领而归，甚至被拒而不纳。于是在至元十一年（1274）三月命凤州经略使忻都等率舟师一万五千人前往征讨，因舟小粮矢俱尽而归。十八年（1281）正月命日本行省右丞相阿剌罕、右丞范文虎及忻都等率十万人征日本，八月遇风，全军覆没，仅文虎等将领及少数士兵得生还。二十年（1283）命阿塔海为日本行省丞相，募兵造舟欲征日本，因谏，未果行。二十三年（1286）始因征安南，诏罢征日本（以上均见《元史·外夷传》）。白朴词中所说之事即此。因词中又提到'北山猿'，当在卜居金陵之后，故此词应定于元世祖至元十七年至至元二十三年（1280~1286）之间，时白朴五十五至六十一岁之间。"此说跨度太长，可为一说。

听鸣驺入谷，怕惊动、北山猿①。且放浪形骸，支持岁月，点检田园。先生结庐人境，竟不知、门外市尘喧②。醉后清风到枕，醒来明月当轩。

伏波勋业照青编③，薏苡又何冤④。笑蕞尔倭奴[一]，抗衡上国，挑祸中原⑤。分明一盘棋势，漫教人、着眼看师言。为问鲲鹏瀚海[二]⑥，何如鸡犬桃源⑦。

校记

[一]笑蕞尔倭奴："笑"字，朱抄本、赵抄本、丁抄本、四库本缺。

[二]瀚海：朱抄本、赵抄本、丁抄本作"轮海"，曹本、四库本作"碧海"。

注释

①听鸣驺入谷，怕惊动、北山猿：鸣驺，指随从达官显贵出行并传呼喝道

的骑卒。语出南齐孔稚珪《北山移文》："及其鸣驺入谷，鹤书赴陇，形驰魄散，志变神动。"此句指归隐不仕。

②先生结庐人境，竟不知、门外市尘喧：语出晋陶渊明《饮酒》："结庐在人境，而无车马喧。问君何能尔？心远地自偏。"

③伏波勋业照青编：伏波，指汉马援。据《后汉书·马援传》载：马援（14~49），字文渊，扶风茂陵（今陕西兴平东北）人。新莽末，为新城大尹（汉中太守），后归刘秀。建武十一年（35）任陇西太守，率军击破先零羌。建武十七年（41）授伏波将军，征交趾（今越南）封新息侯。后在进击武陵"五溪蛮"时，病死军中。这里喻指元朝征日本的将领。

④薏苡又何冤：薏苡，植物名，俗称药玉米。果仁叫薏米或薏仁米，白色，可磨面或掺米中煮饭和煮粥，亦可入药。薏苡何怨，典见《后汉书·马援传》："初，援在交址，常饵薏苡实，用能轻身省欲，以胜瘴气。南方薏苡实大，援欲以为种，军还，载之一车……及卒后，有上书谮之者，以为前所载还，皆明珠文犀。"后指因蒙冤被诬谤者。这里借指至元十八年（1281）八月阿剌罕、范文虎、忻都等将领率十万大军征日本遇大风，全军覆没，受人指责之事。

⑤笑蕞尔倭奴，抗衡上国，挑祸中原：指日本屡次不纳元使，时而出兵骚扰、杀国信使事。据《元史·外夷传》载："日本国在东海之东，古称倭奴国。或云恶其旧名，故改名日本。以其国近日所出也。……（至元）十七年（1280）二月，日本杀国使杜世忠等。征东元帅忻都、洪茶丘请自率兵征讨，廷议姑少缓之。五月，召范文虎，议征日本。八月，诏募征日本士卒。十八年正月，命日本行省右丞相阿剌罕、右丞范文虎及忻都、洪茶丘等率十万人征日本。二月，诸将陛辞。……八月，诸将未见敌，丧全师以还。……久之，莫青与吴万五者亦逃还，十万之众得还者三人耳。"白朴据此事件，始有"笑蕞尔倭奴，抗衡上国，挑祸中原"之词句。

⑥为问鲲鹏瀚海：鲲鹏，传说中的大鸟名。《庄子·逍遥游》："北冥有鱼，其名为鲲。鲲之大不知其几千里也。化而为鸟，其名为鹏。鹏之背不知其几千里也。怒而飞，其翼若垂天之云。是鸟也，海运则将徙于南冥。"后以"鲲鹏"比喻才能卓异、志向远大的人。瀚海，含义随时代而变。两汉六朝时是北方的海名。《史记·卫将军骠骑列传》："（霍去病逐匈奴）封狼居胥山，禅于姑衍，

登临瀚海。"亦多用为征战、武功等典故。这里借指元军跨海征讨日本,建功立业事。

⑦何如鸡犬桃源:典出晋陶潜《桃花源记》载:晋太元年间,武陵渔人沿溪捕鱼,入一山洞,见秦时避乱者的后裔居其间。"土地平旷,屋舍俨然,有良田、美池、桑竹之属。阡陌交通,鸡犬相闻。其中往来种作,男女衣着悉如外人。黄发垂髫,并怡然自乐。"渔人停数日辞去。后欲复寻其处,遂不得路。后因以"桃花源"指避世隐居之地或理想的生活环境。白朴在这里有不问世事与归隐之意。

木兰花慢

覃怀北赏梅①，同参政西庵杨丈②，和奥敦周卿府判韵③。

解 题

白朴游怀州，拜望父亲仕金时的同僚、时任蒙元怀孟路总管的杨西庵，他们一同赏梅，并同与总管府判官奥敦周卿以词唱和。这首词借用罗浮仙子的典故咏赞梅花，表现了作者赏梅时的欢快心情。这首词笔者曾在《白朴年谱》中，将其系在蒙古世祖至元六年（1269），根据《元史·杨果传》云，杨果（西庵）至元六年出为怀孟路总管。元《析律志》、元苏天爵《国朝名臣事略》皆云杨果至元六年出为怀孟路总管，是年卒。因此，这首词只能作于蒙古世祖至元六年（1269）的冬天。朴时年四十四岁。

记罗浮仙子④，俨微步、过山村。正日暮天寒，明装淡抹[一]，来伴清樽[二]。行云黯然飞去，怅参横、月落梦无痕。翠羽嘈嘈树梢⑤，玉钿隐隐墙根⑥。

山阳一气变冬温⑦，真实不须论。满竹外幽香[三]，水边疏影，直彻苏门[四]⑧。仿佛对花终日，拌淋漓、襟袖醉昏昏。折得一枝在手，天涯几度销魂⑨。

校记

［一］明装淡抹：此句，曹本作"明妆淡抹"。赵抄本作"明妆淡服"。朱抄本作"明妆淡眼"。丁抄本作"明妆澹眼"，四库本作"明妆淡粉"。

［二］来伴清樽："清"字，底本为墨丁。四印斋本空缺。曹本作"青"。朱抄本、赵抄本、丁抄本、劳抄本、汪抄本、四库本、《九金人集》本均补作"清"，今从。"樽"字，朱抄本、赵抄本、丁抄本作"尊"。

［三］满竹外幽香："满"字，《九金人集》本作"漫"。

［四］直彻苏门："苏门"，四库本作"篱门"。

注释

①覃怀：即怀州（今河南沁阳），蒙元怀孟路治所。《元史·地理志》："怀庆路，唐怀州……金改南怀州，又改沁南军。元初复为怀州……宪宗七年（1257），改怀孟路总管府。至元元年（1264）以怀孟路隶彰德路。二年（1265），复以怀孟自为一路。延祐六年（1319），以仁宗潜邸改怀庆路。……领司一、县三、州一。州领三县。"辖境相当今河南济源市、孟州市、温县、武陟县、修武县一带。

②参政西庵杨丈：《元史·杨果传》载：杨果字正卿，号西庵，祁州蒲阴（今河北安国）人。金正大元年（1224），登进士第。用为偃师令，"改蒲城，改陕，皆剧县也。"金亡，岁己丑（应为辛丑。元史有误。己丑为1229年，金未亡，辛丑为1241年，金亡于1234年），起果为经历。未几，史天泽经略河南，果为参议。世祖中统元年（1260），命果为北京宣抚使。明年，拜参知政事。至元六年（1269），出为怀孟路总管。以老致仕，卒于家，年七十三。元苏天爵《国朝名臣事略》云：杨果至元六年，出为怀孟路总管，是年卒。《元人传记资料索引》中的"杨果"条，说他至元六年出怀孟路总管，八年（1271）卒，年七十五。

③和奥敦周卿府判韵：奥敦周卿，名希鲁，号竹庵，女真族，淄州（今山

东淄博）人。至元初为怀孟路总管府判官，历河南、河北道提刑按察司佥事、江西宪副、江东宪使、澧州路总管、侍御史。工乐府，今存散曲小令二、套数一，载《阳春白雪》。词题云和奥敦周卿府判韵，今未见此词。

④罗浮仙子：相传隋朝赵师雄在罗浮山梅花树下梦见梅花仙子，故后人常用罗浮仙、罗浮山、罗浮梦来形容梅花。唐柳宗元《龙城录》："隋开皇中，赵师雄迁罗浮。一日，天寒日暮，在醉醒间，因憩仆车于松林间酒肆傍舍，见一女子淡妆素服，出迓师雄。时已昏黑，残雪对月色微明，师雄喜之，与之语，但觉芳香袭人，语言极清丽。因与之扣酒家门，得数杯相与饮。少顷，有一绿衣童子来，笑歌戏舞，亦自可观，顷醉寝。师雄亦懵然，但觉风寒相袭。久之，时东方已白，师雄起视，乃在大梅花树下，上有翠羽，啾嘈相顾，月落参横，但惆怅而已。"白朴词上阕多化用此典语句。

⑤翠羽嘈嘈树梢：翠羽，指翠鸟。宋杨万里《憩怀古堂》："便有白鸥下，惊起翠羽飞。"

⑥玉钿隐隐墙根：玉钿，喻洁白如玉的花朵。宋吴文英《清平乐·书栀子扇》词："柔柯翦翠，蝴蝶双飞起，谁堕玉钿花径里，香带薰风临水。"隐隐，盛多貌。"隐"通"殷"。汉司马相如《上林赋》："沉沉隐隐，砰磅訇礚。"李善注："隐隐，盛貌也。"亦释为隐约不分明，不很清楚。南朝宋鲍照《还都道中》："隐隐日没岫，瑟瑟风发谷。"

⑦山阳：古县名，战国魏地，汉始为县，因在太行山南，故称山阳。北齐废，并入修武县。元属怀孟路怀州管辖，山阳为镇。故城在今河南修武县西北。

⑧苏门：县名。因境内有苏门山而得名，元时属于卫辉路辉州（今河南辉县北）。《元史·地理志》："金改为河平县，又改苏门县，又升苏门县为辉州，置山阳县焉。至元三年（1266），省苏门县，废山阳为镇，入本州。"

⑨折得一枝在手，天涯几度销魂：一枝，即"一枝春"，即梅花。《太平御览》卷九百七十引南朝宋盛弘之《荆州记》："陆凯与范晔相善，自江南寄梅花一枝，诣长安与晔，并赠花诗曰：'折花逢驿使，寄与陇头人。江南无所有，聊赠一枝春。'"后多以"一枝春"为梅花的别称。白朴此处化用盛诗诗意。

木兰花慢

复用前韵,代友人宋子冶赋①。

解 题

这首词是白朴借宿寒村书斋,夜深难寐,引发诗情,代友人宋子冶而作。词写白朴与友人在孤村赏梅、听曲、饮酒,十分惬意,作者触景生情,将友人比作岁寒三友的素梅、翠竹、苍松,赞美友人有抗严寒霜雪及洁身自好的高尚品德,向往友人隐居乡村、冷眼看世界、适意的田园生活。这首词,与前一首咏梅词一样,写于至元六年(1269)冬天的覃怀。徐凌云《天籁集编年校注》认为理由有三:第一用韵同,同属上平声十三元韵;第二内容相同,同样咏梅抒怀;第三地点相同,丹东沁北(理由见注释②),明确说明写这首词的地点是在怀孟路治所所在的覃怀(即怀州),因此我们可以断定这首词也是蒙古世祖至元六年(1269)白朴在覃怀所写,时白朴四十四岁。此说是对的。

望丹东沁北②,淡流水、绕孤村[一]。对几树疏梅,十分素艳,一曲芳樽。谁堪岁寒为友③,伴仙姿[二]、孤瘦雪霜痕④。翠竹森森抱节^[三]，苍松落落盘根。

铜瓶水满玉肌温，此意与谁论。渐月冷芸窗⑤，灯残纸帐⑥，夜悄衡门⑦。伤心杜陵老眼，细看来、只似雾中昏⑧。赖有清风破鼻⑨，少眠浮动吟魂^[四]⑩。

校记

[一] 淡流水、绕孤村："淡"字，丁抄本作"澹"。"水"字，曹本作"不"。"绕"字，曹本、朱抄本、赵抄本、丁抄本作"远"。

[二] 伴仙姿："仙"字，四库本作"山"。

[三] 翠竹森森抱节："竹"字，赵抄本、四库本作"羽"。"抱节"，曹本、朱抄本、赵抄本、丁抄本、四库本作"挹节"。

[四] 少眠浮动吟魂："少眠"二字，《九金人集》本、朱抄本、赵抄本、丁抄本、劳抄本、四库本作"暗香"。

注释

① 宋子冶：白朴的朋友，生平里籍不详。

② 丹东沁北：丹东，丹水之东。丹水，沁河支流，源出山西高平市，南流到河南沁阳市入沁河。沁北，沁河之北。沁河，黄河下游支流，源出山西沁源县北太岳山东麓，南流到河南武陟县入黄河，长约450公里。《元史·河渠》载：引沁水入黄河之广济渠，"计677里，经济源、河内（即覃怀治所所在县，今河南沁阳）、河阳（孟州治所所在市）、温、武陟五县，村坊计463处。"上述五县元代均隶属怀孟路。故此词当写于此地。

③ 岁寒为友：指松、竹、梅。松、竹经冬不凋，梅则迎寒开花，故称。宋葛立方《满庭芳·和催梅》："梅花，君自看，丁香已白，桃脸将红。结岁寒三友，久迟筠松。"岁寒，一年的严寒时节。

④ 孤瘦雪霜痕：形容梅花。语出宋苏轼《红梅》："故作小红桃杏色，尚余孤瘦雪霜姿。"

⑤ 芸窗：指书斋。唐萧项《赠翁承赞漆林书堂》："却对芸窗勤苦处，举头

全是锦为衣。"

⑥纸帐：以藤皮茧纸缝制的帐子。宋苏轼《自金山放船至焦山》："困眠得就纸帐暖，饱食未厌山蔬甘。"

⑦衡门：横木为门，喻指简陋的房屋。《诗经·陈风·衡门》："衡门之下，可以栖迟。"

⑧伤心杜陵老眼，细看来、只似雾中昏：杜陵，指唐杜甫。杜甫祖籍杜陵，他也曾在杜陵附近居住，故自称杜陵野老、杜陵野客、杜陵布衣。唐杜甫《投简成华两县诸子》："长安苦寒谁独悲，杜陵野老骨欲折。"此句化用唐杜甫《小寒食舟中作》："春水船如天上坐，老年花似雾中看。"白朴以杜甫比宋子冶。

⑨赖有清风破鼻：化用唐罗隐《芳树歌》："细蕊慢逐风，暖香闲破鼻。"破鼻，犹扑鼻。

⑩少眠浮动吟魂：吟魂，指诗情、诗思。宋苏舜钦《师黯以彭甘五子为寄因怀四明园中此果甚多偶成长句以为谢》："枕畔冷香通醉梦，齿边余味涤吟魂。"

木兰花慢

王彦立所居南斋①,榜真隐②,庭中新作盘池,同诸公赋。

解　题

　　这首词是白朴与友人诸公雅集宴饮赋诗而写,赞美友人庭院新凿的荷花池如仙境,池水清澈荡漾,荷花净洁,一尘不染;称羡友人退隐后以诗酒为友的闲适生活。这首词提到鉴湖,似乎凿池的主人王彦立家居浙江绍兴,故白朴用鉴湖作比,如家居建康,玄武湖、莫愁湖都可用来作比。而词中提到"高情公子""红莲故家幕府",知王彦立可能做过台郡幕僚,如今退隐以真隐自许,也许是南宋的遗老遗少。所以,这首词写作的时间,肯定在白朴移居建康之后,即至元十七年(1280)之后的某年夏天,具体时间,可能是白朴从建康出游浙江绍兴之时。那么应当是哪一年?从白词看,只有一首《永遇乐》至元辛卯春二月三日,同李景安提举游杭州西湖,白朴可能还去了离杭州不远的绍兴。故将此词暂系于至元二十六年(1285)的夏天。徐凌云《天籁集编年校注》云:"据词中提到的鉴湖地处浙江,白词在《沁园春·送按察司合道公赴任浙东》和《木兰花慢·戊子秋,送合道监司赴任秦中,兼简程介甫按察》中始提及浙江风物,这已是移居建康五年和八年以后的事；另外词中提到'老夫从此须来'。结合二者来看，此词亦应是晚年寓居建康后，某一年秋天所写，其上限不得超过元世祖至元十七年（1280）。"此说可供参考。

渺高情公子③，得真隐、信悠哉。占上下壶天④，中间隙地，凿破莓苔。移将鉴湖寒影⑤，放微风、滟滟翠奁开。便有一番荷芰，都无半点尘埃。

夜深明月晃闲阶。不负小亭台。尽罗袖盛香，碧筒吸露⑥，一洗胸怀。红莲故家幕府⑦，看新诗、题咏满南斋。好听潇潇风雨，老夫从此须来。

注释

①王彦立：白朴友人，生平里籍不详，据词中"红莲故家幕府"句，可知其从前曾是台郡幕僚。

②榜真隐：榜，本指木板，引申指木牌、匾额。唐杜甫《宣政殿退朝晚出左掖》："天门日射黄金榜，春殿晴曛赤羽旗。"真隐，真正的隐士。唐杜甫《独酌》："薄劣惭真隐，幽偏得自怡。"这里指南斋的匾额上书"真隐"二字。

③渺高情公子：渺，辽远。唐皎然《奉送袁高使君诏征赴行在效曹刘体》："遐路渺天末，繁笳思河边。"高情，高尚的情怀，高雅的情趣。宋曾巩《东轩小饮呈坐中》："高情坐使鄙吝去，病体顿觉神明还。"公子，本指诸侯之子，这里泛指贵族子弟。《战国策·楚策四》："不知夫公子王孙，左挟弹，右摄丸，将加己乎十仞之上。"此句指王彦立。

④占上下壶天：上下，此指天地。《尚书·尧典》："光被四表，格于上下。"壶天，本为道家仙境，据《后汉书·方术传下·费长房》载：传说东汉费长房为市掾时，市中有老翁卖药，悬一壶于肆头，市罢，跳入壶中。长房于楼上见之，知为非常人。次日复诣翁，翁与俱入壶中，唯见玉堂严丽，旨酒甘者盈衍其中，共饮毕而出。后即以壶天谓仙境、胜境。唐张乔《题古观》："洞水流花早，壶天闭雪春。"白朴这里借以形容胜境小巧美妙。

⑤鉴湖：又称镜湖、长湖、庆湖，在今浙江绍兴市西南2公里。湖长约8公里，宽1公里许。古时湖面宽阔，东接曹娥江，并通潮汐。

⑥碧筒：一种用荷叶制成的盛酒器。唐段成式《酉阳杂俎·酒食》："历城北有使君林，魏正始中，郑公悫三伏之际，每率宾僚避暑于此。取大莲叶置砚格上，盛酒三升，以簪刺叶，令与柄通，屈经上轮菌如象鼻，传吸之，名为碧筒杯。"简称"碧筒"。宋苏轼《泛舟城南会者五人分韵赋诗得人皆若炎字四首》："碧筒时作象鼻弯，白酒微带荷心苦。"

⑦红莲故家幕府：红莲幕府，对幕府的美称。唐李商隐《寄成都高苗二从事》："红莲幕下紫梨新，命断湘南病渴人。"故家，犹从前。亦指世家大家、世代仕宦之家。这句意为，从前曾是幕府官宦或仕宦大家。

木兰花慢

丙子冬，寄隆兴吕道山左丞[一]①。

解　题

至元十三年丙子（1276）的冬天，白朴在九江赋词，寄给刚在九江结识的朋友南宋降元将领、时在隆兴（今江西南昌）任江西行中书省参知政事的吕道山，既回忆了在九江结识、欢快宴饮以及为其升迁送行的盛况，表现出作者对吕道山的敬佩之情，又表达了分别之后的思念。对待这样的南宋降元的高官，白朴如此颂扬、友情又如此深厚，难免有巴结阿谀之嫌。词题写明，"丙子冬，寄隆兴吕道山左丞"，丙子，即元世祖至元十三年，因而此词肯定写于至元十三年丙子（1276）的冬天。白朴时在九江，年五十一岁。

忆元龙湖海②，樽俎地③、笑谈间。尽画烛寒烧，红螺细卷，沉醉更阑。西风数声筚鼓，怅匡庐④、山下送征鞍。秋水蘋花渐老，晓霜枫叶初丹。

滕王高阁倚江干，极目楚天间[二]。想画栋珠帘[三]，朝云南浦，暮雨西山⑤。天涯倦游司马⑥，更几时、携手一凭栏。别后相思何处^[四]，月明千里乡关⑦。

校记

[一] 隆兴：曹本作"隐兴"。

[二] 极目楚天间："间"字，曹本作"闲"，赵抄本作"关"，四库本作"宽"。

[三] 想画栋珠帘："珠帘"，底本、曹本、四印斋本作"朱帘"。今从朱抄本、赵抄本、丁抄本、劳抄本、四库本、《九金人集》本改。

[四] 别后相思何处："相思"，底本与诸参校本均作相思。依文意当改作想思。按：想思，意为想念。唐李山甫《寄太常王少卿》诗："想思重回首，梧叶下纷纷。"相思，意为彼此想念。南宋鲍照《代春日行》："两相思，两不知。"笔者认为"想思"更贴切，符合白朴此时的身份、心情，是白朴想念吕道山，而非两人彼此相互想念。

注释

①隆兴吕道山左丞：隆兴，元路名。治所在今南昌。《元史·地理志》："龙兴路，唐初为洪州，又为豫章郡，又仍为洪州。宋升隆兴府。元至元十二年（1275），设行都元帅府及安抚司，仍领南昌、新建、丰城、进贤、奉新、靖安、分宁、武宁八县，置录事司。十四年（1277），改元帅府为江西道宣慰司、本路总管府，立行中书省。十五年（1278），立江西湖东道提刑按察司，移省于赣州。十六年（1279），复还隆兴。十七年（1280），并入福建行省，止立宣慰司。十九年（1282）复立，罢宣慰司，隶皇太子位。二十一年（1284），改隆兴府为龙兴。"吕道山，《新元史·吕文焕传附师夔传》："吕师夔（1230~1301），字虞卿，号道山，安丰（今安徽寿县）人。宋将吕文德子、宋降元将吕文焕侄。宋度宗咸淳十年（1274）以兵部尚书提举江州（今江西九江）兴国军沿江制置使。恭帝德祐元年（1275）正月降元。元世祖至元十三年（1276）七月知江州并参知政事，十五年（1278）秋七月为江西行省左丞。元成宗大德五年（1301）卒，年七十三"。左丞，丙子为元世祖至元十三年，吕道山时任

参知政事，十五年方迁行省左丞。词序称左丞，可能是后来编集时改的。

②元龙湖海：东汉陈登字元龙，在广陵有威名，曾慢待许汜。《三国·魏书·陈登传》：许汜对刘备说："陈元龙湖海之士，豪气不除。"后世多用元龙豪气喻指有豪放之气的人。这里借指吕道山。

③樽俎地：樽俎，古代盛酒和盛肉的器皿，常用为宴席的代称。《史记·乐书》："布筵席，陈樽俎。"宋王安石《寄郎侍郎》："久愿作公樽俎客，恨无三亩斫蓬蒿。"

④匡庐：即江西庐山。南朝宋僧慧远《庐山记略》："有匡裕先生者，出自殷周之际……受道于仙人，共游此山，遂托室崖岫，即岩成馆，故时人谓其所止为神仙之庐，因以名山焉。"亦称匡山。

⑤滕王高阁倚江干，极目楚天间。想画栋珠帘，朝云南浦，暮雨西山：滕王高阁，唐高宗子元婴为洪州刺史时所建，后元婴封滕王，故名。故址在今江西南昌市赣江滨。其后阎伯屿为洪州牧，宴群僚于阁上。王勃省父过此，即席作《滕王阁序》，使阁闻名于世。楚，春秋战国时国名，统辖地区包括今湖北、湖南、安徽、江西、江苏等省，后世诗文常泛指上述地区为楚、楚地、楚天。南浦，在江西南昌市西南。西山，在江西南昌市新建区西，一名南昌山。这五句皆化用《滕王阁序》："滕王高阁临江渚，佩玉鸣鸾罢歌舞。画栋朝飞南浦云，珠帘暮卷西山雨。"

⑥天涯倦游司马：司马，指唐宪宗元和年间因得罪权贵，由左善赞大夫贬为江州司马的白居易。白朴一生虽未做官，但曾在史天泽帐下做过文学侍从，与白居易同姓同为诗人，同在江州，故以白居易自比。

⑦月明千里乡关：意为情谊深厚。此语化用宋苏轼《水调歌头》"明月几时有，把酒问青天。但愿人长久，千里共婵娟"词意。

木兰花慢

戊子秋,送合道监司赴任秦中①,兼简程介甫按察[一]②。

解 题

至元二十五年戊子(1288)秋,合道监司由浙东海右道提刑按察司任所赴秦中陕西汉中道提刑按察司任所上任,途经建康,白朴设宴为其饯行,作词相赠,并兼赠友人、时任陕西汉中道提刑按察使的程介甫。这首词既赞扬合道品节豪气,又抒发了二人分别时的悲痛,表现了他们之间的深厚友情。这首词的词题,明写"戊子秋,送合道监司赴任秦中,兼简程介甫按察",写于至元二十五年(1288)的秋天,白朴时年六十三岁。

倦区区游宦,便回棹、谢山阴③。算谁似君侯[二],莼鲈有味,富贵无心④。匆匆又移玉节⑤,恨相思、何处更相寻。渭北春天树远,江东日暮云深⑥。

岸花樯燕动悲吟。把酒惜分襟。问玉井莲开⑦,三峰绝顶⑧,谁共登临。长安故人好在⑨,忆元龙、名重古犹今。说与英雄湖海⑩,应怜枯槁山林。

校记

[一] 兼简程介甫按察：此题后，曹本有小字注："程名思廉，时为河南河北道按察副使"。当为后人所加，不录。按：《元史》本传，戊子年，程介甫未任过此职。

[二] 算谁似君侯："谁"字，朱抄本、赵抄本、丁抄本、劳抄本、汪抄本、四库本作"难"。

注释

①送合道监司赴任秦中：合道，生平里籍不详，参见《沁园春·送按察司合道公赴浙东任》注①。秦中，古地区名。指今陕西中部平原地区，因春秋战国时地属秦国而得名。也称关中。这里泛指陕西，代指陕西汉中道提刑按察司及其所在地凤翔府。

②程介甫按察：程介甫（1235~1296），名思廉，祖籍洛阳，后迁东胜（今内蒙古自治区托克托），幼从朴父白华学，而朴亦从父学，二人有同窗之谊。中统元年（1260）官枢密院监印。至元七年（1270）署河南行省都事。至元十六年（1279）任河东山西道按察司佥事。至元二十四年（1287）迁河西陇右道提刑按察副使，又徙江北河南道和山东东西道副使、兴元路总管。至元二十五年（1288）迁陕西汉中道提刑按察使（与合道调任秦中同署同年）。至元二十六年（1289）擢云南行御史台中丞。至元三十一年（1294）改河东山西道肃政廉访使。元贞二年（1296）卒，年六十二。《元史》《新元史》均有传，元苏天爵《国朝文类》有《河东廉访使程公神道碑》。

③便回棹、谢山阴：借用王子猷访戴安道之典，喻指合道辞别山阴浙东道，乘船经建康转赴任秦中。

④莼鲈有味，富贵无心：化用晋张翰弃官归隐之典，参见《水调歌头·朝花几时谢》注②。这里仅借用张翰的不贪图富贵以赞誉合道。

⑤玉节：玉制的节符。古代天子、王侯的使者持之以为凭。《周礼·地官·掌节》："守邦国者用玉节，守都鄙者用角节。"亦指持节赴任的官员。宋杨万

里《送吉州赵山父移广东提刑》:"岭上梅花莫迟发,先遣北枝迎玉节。"

⑥渭北春天树远,江东日暮云深:借用唐杜甫《春日忆李白》:"渭北春天树,江东日暮云。何时一樽酒,重与细论文。"形容好友分别,天南地北,常怀思念之情。

⑦玉井莲开:古代传说华山峰顶玉井所产之莲。唐韩愈《古意》:"太华峰头玉井莲,开花十丈藕如船。"

⑧三峰:指华山之莲华、毛女、松桧三山峰。唐陶翰《望太华赠卢司仓》:"行吏到西华,乃观三峰壮。"

⑨长安故人好在:长安,代指陕西。故人,指旧友程介甫。

⑩忆元龙、名重古犹今。说与英雄湖海:用陈登(元龙)湖海豪气之典故,赞誉程思廉。金元好问《范宽秦川图》:"元龙未除湖海气,李白岂是蓬蒿人。"见《三国志·魏书·陈登传》。参阅《木兰花慢·丙子冬,寄隆兴吕道山左丞》注②。

木兰花慢

己丑送胡绍开[一]、王仲谋两按察赴浙右、闽中任①。时浙宪置司于平江，故有向吴亭句[二]②。

解　题

至元二十六年（1289），白朴在扬州邂逅将要去浙右、闽中宪司赴任的老朋友胡绍开、王仲谋，非常高兴，设宴为之接风送行。这首词记述了他们在扬州相遇又分别的情形与欣喜心情。白朴倾心赞美胡、王的鹏程远志、诗文名高、治国才干，并寄予厚望，字里行间蕴含着他们之间的深厚情谊。这年，江南诸道行御史台由建康迁往扬州，胡绍开由山东东西道提刑按察使改任江南浙西道按察使，王仲谋由河南北道提刑按察副使升任福建闽海道提刑按察使，一同到扬州江南行御史台办理手续，然后分别赴任。王恽有诗《寄紫山宪使》可证，其诗云："去冬相从入台参，君任平江我更南。不惜残年趋海峤，拟将风义压烟岚。"因此，白朴这首词写于至元二十六年（1289）的冬天是肯定无疑的。白朴时年六十四岁。

拥煌煌双节，九万里、入鹏程③。爱人物邹枚④，文章李杜⑤，海内声名。相逢广陵陌上⑥，恨一樽、不尽故人情。岁月奔驰飞鸟，交游聚散浮萍。

出门一笑大江横。马首向吴亭。看分路扬镳[三]、七闽两浙[四]⑦，得意澄清。江山剩供诗否[五]，想徘徊、南斗避文星⑧。留着调元老手⑨，却来同佐升平。

校记

[一] 胡绍开："胡"字，曹本、朱抄本、赵抄本、丁抄本空缺，四库本作"刘绍闻"。

[二] 故有向吴亭句：此句后，曹本有小字注：绍开，姓胡，名祗遹，由翰林历山东、山西、江南、浙西提刑按察使，号紫山。此注当为后人所加。

[三] 看分路扬镳："看"字，底本为墨丁，曹本、四印斋本空缺。朱抄本、赵抄本、丁抄本、劳抄本、汪抄本、《九金人集》本作"且"。四库本作"看"，今从。

[四] 七闽两浙："两"字，丁抄本作"雨"。

[五] 江山剩供诗否："否"字，底本为墨丁，四印斋本空缺。今从曹本、朱抄本、赵抄本、丁抄本、劳抄本、汪抄本、四库本、《九金人集》本补。

注释

①送胡绍开、王仲谋两按察：胡绍开（1227~1295），名祗遹，号紫山，磁州武安（今河北）人。中统元年（1260）张文谦辟为员外郎。中统二年（1261）入为中书详定官。至元元年（1264）授应奉翰林文字，寻兼太常博士，调户部员外郎，转右司员外郎，寻兼左司员外郎。因忤权奸阿合马，出为太原路治中，兼提举本路冶铁，改河东山西道提刑按察副使。至元十五年（1278）改荆湖北道宣慰副使。至元十九年（1282）迁济宁路总管，升山东东西道提刑按察使。至元二十六年（1289）改江南浙西道提刑按察使。至元二十九年（1292）征耆德十人，以祗遹为首，以病辞归。元贞元年（1295）卒，年六十

九,葬彰德(今河南安阳)府城西北洪河村。今存《紫山大全集》二十六卷,散曲小令11首。《元史》《新元史》均有传,元刘唐《紫山大全集序》叙其生平甚详。王仲谋(1227~1304),名恽,号秋涧,卫州汲县(今河南卫辉)人。曾师事元好问,博学能文,与东鲁王博文、渤海王旭齐名。史天泽将兵攻宋,过卫,一见接以宾礼。中统元年(1260)左丞姚枢宣抚东平,辟为详议官。中统二年(1261)转翰林撰修、同知制诰,兼国史院编修官,寻兼中书省左右司都事。至元五年(1268)建御史台,首拜监察御史。至元九年(1272)授承直郎、平阳路总管府判官。至元十四年(1277)除为翰林待制,拜朝列大夫、河南北道提刑按察副使。至元二十六年(1289)升福建闽海道提刑按察使。至元二十九年(1292)起为翰林学士。大德六年(1302)致仕。大德八年(1304)卒,年七十八,葬卫辉府城西北河西乡。存有《秋涧先生大全集》一百卷。《元史》《新元史》均有传。赴浙右、闽中任:胡祗遹至元二十六年(1289)冬任江南浙西道提刑按察使,王恽亦于是年冬任福建闽海道提刑按察使,故以浙右、闽中代称。

②时浙宪置司于平江,故有向吴亭句:这两句,底本为小字注,当为后人所加。丁抄本、四库本均作为词题小序。平江,即平江路,治所在吴县(今江苏苏州),元世祖至元二十六年(1289)五月,徙江南浙西道提刑按察司于苏州(即平江路治所)。见《元史·世祖本纪十二》。吴亭,地名,即废亭。在今江苏丹阳市东、常州市武进区西,三国吴孙权曾射虎于此。北周庾信《三月三日华林园马射赋》:"横弧于楚水之蛟,飞镞于吴亭之虎。"倪璠注:"吴亭即废亭。"亦泛指吴地之亭。

③九万里、入鹏程:《庄子·逍遥游》:"鹏之徙于南冥也,水击三千里,抟扶摇而上者九万里。"后世以鹏程万里比喻前途远大。这里喻胡、王仕途远大。

④爱人物邹枚:人物,指才能出众或声望卓著、有地位的人。宋苏轼《念奴娇·赤壁怀古》:"大江东去,浪淘尽千古风流人物。"邹枚,指西汉文学家邹阳和枚乘,二人皆以才辩闻名当世,后世遂用为才辩之士的通称。邹阳,《史记》《汉书》有传;枚乘,《汉书》有传。白朴借邹枚喻赞胡王。

⑤文章李杜:李杜,指唐代大诗人李白、杜甫,语出唐韩愈《调张籍》

诗："李杜文章在，光焰万丈长。"白朴以李杜喻赞胡王。

⑥广陵：即扬州，西汉元狩三年（前120），改江都国置广陵国，治所在广陵（今江苏扬州）。唐初改南兖州，又改邗州，又改广陵郡，又复为扬州。宋为淮南东路。元为扬州路治所。

⑦七闽两浙：七闽，古指今福建和浙江南部一带少数民族地区。《周礼·夏官·职方氏》："辨其邦国、都鄙、四夷、八蛮、七闽、九貉、五戎、六狄之人民。"贾公彦疏："叔熊居濮如蛮，后子从分为七种，故谓之七闽。"后亦泛指福建省。元时属江浙行中书省。宋苏轼《送张职方吉甫赴闽漕六和寺中作》："空使吴儿怨不留，青山漫漫七闽路。"两浙，浙东与浙西的合称。唐肃宗时析江南东道为浙江东路、浙江西路。宋代有两浙路。《新五代史·吴越世家》："钱氏兼有两浙。"元有江南浙西道肃政廉访司、浙东海右道肃政廉访司。

⑧南斗避文星：唐杜甫《衡州送李大夫七丈勉赴广州》："北风随爽气，南斗避文星。"南斗，星名，共六星，又名斗宿；文星，即文昌星，世称文曲星，传说为主文运的星宿，后世用来比喻著名的文人作家。避，离开，如"避席"。古人布席于地，各人独占一席而坐，当对人表示尊敬时，则起立离开原位。《战国策·魏策二》："（梁王）请鲁君举觞，鲁君兴，避席择言。"这里白朴借此称誉胡绍开、王仲谋将得到南方文人的敬佩。

⑨留着调元老手：指调和阴阳，执掌大权。多用以指宰相。唐李益《述怀寄衡州令狐相公》："调元方翼圣，轩盖忽言东。"宋唐庚《内前行》："明日化为甘雨来，宅家唤作调元手。"这里白朴借喻胡、王有执掌大权治理政事的才能。

木兰花慢

歌者樊娃索赋①。

解 题

白朴移居建康之后,结识了名闻建康的歌伎樊香歌,应她之请,赋词相赠。词既赞美樊香歌人美歌好,名震金陵,又抒发自己放浪形骸,与诗酒为伍、思念故乡之情,并以同是沦落人不写怨恨之词予以安慰,给以深切同情。这首词写于建康,无疑义;写于何年,有待商榷。徐凌云《天籁集编年校注》云:据词的内容及提到东山与北海来看,应与前一首《风入松·咏红梅,将橙子皮作酒杯》作于同一时间、同一地点的酒席上,即在至元二十三年至二十四年(1286~1287)之间,江南诸道行御史台王博文所设宴席之上。故这首词的编年应定在元世祖至元二十三年(1286)至至元二十四年(1287)之间。笔者认为这只是推论,可备一说。我认为这首词的写作时间要比前词早几年,词中有"青山几年无恙",这个"几年"当为白朴移居建康之后的"几年"。当然,这个"几年"是个不确数,也许是三四年、四五年,但不能是七八年之久,暂将其系于元至元十七年(1280)至至元二十年(1283)之间。具体时间,有待作进一步考爱人间尤物②，信花月、与精神。听歌串骊珠③，声匀象板④，烟水萦云。风流旧家樊素，记樱桃名动洛阳春[一]⑤。千古东山高兴，一时北海清樽⑥。

　　天公不禁自由身。放我醉红裙⑦。想故国邯郸⑧，荒台老树[二]⑨，尽赋《招魂》⑩。青山几年无恙⑪，但泪痕、差比向来新。莫要琵琶写恨，与君同是行人⑫。

校记

[一]记樱桃："樱"字，曹本作"英"，小字注云："英一作樱，一作小。"

[二]荒台：朱抄本、赵抄本、丁抄本、《九金人集》本作"丛台"。

注释

①歌者樊娃索赋：樊娃，笔者在《白朴交游考》（载《白朴论考》）中考知其是白朴徙居金陵之初结识的歌伎，即樊香歌。元夏庭芝《青楼集》载："樊香歌，金陵名姝也。妙歌舞，善谈谑，亦颇涉猎书史。台端虽荐角峨峨，悉皆爱赏；士夫造其庐，尽日笑谈。惜寿不永，二十三岁而卒，葬南关外。好事者春游，必携酒奠其墓，至今率以为常。"白朴是闻名于世的戏曲家，青楼常客，徙家金陵，"放情山水间，日以诗酒优游"。其间与金陵著名歌伎相识交往，樊娃索赋，白朴作词相赠，这是很自然平常的事。白朴称樊香歌为娃，是长者对青年女子的爱称。是时白朴已五十多岁，而香歌仅二十许。

②尤物：指绝色美女。《左传·昭公二十八年》："夫有尤物，足以移人；苟非德义，则必有祸。"杨伯峻注："尤物，指特美之女。"

③听歌串骊珠：形容歌声圆润，唱时如一串明珠。元周德清《中原音韵·正语作词起例》："有子母调，有姑舅兄弟，有字多声少，有声少字多，所谓一串骊珠也。"

④声匀象板：象板，象牙拍板。打击乐器。宋柳永《瑞鹧鸪》："凝态掩霞襟。动象板声声，怨思难任。"

⑤风流旧家樊素，记樱桃名动洛阳春：白居易《不能忘情吟》："妓有樊素者，年二十余，绰绰有歌舞态，善唱《杨枝》。人多以曲名名之，由是名闻洛下。"唐孟棨《本事诗·事感》："白尚书（居易）姬人樊素善歌，妓人小蛮善舞，尝为诗曰：'樱桃樊素口，杨柳小蛮腰。'"这里借白居易善歌的姬妾樊素比喻歌者樊娃。巧的是，二人同姓，皆善歌。

⑥千古东山高兴，一时北海清樽：东山，指谢安；北海，指孔融。参见《风入松·咏红梅，将橙子皮作酒杯》注⑨。这里借用有兴营妓的谢安和好以酒待客的孔融自比。唐萧颖士《山庄月夜作》："未奏东山妓，先倾北海尊。"

⑦放我醉红裙：语出唐韩愈《醉赠张秘书》："不解文字饮，惟能醉红裙。"红裙，指美貌女子。

⑧想故国邯郸：邯郸，古地名。今河北邯郸市。春秋时，卫地，后属晋。战国时赵国都邯郸，因以为赵的代称。真定，战国时名东垣，属赵国。而白朴早年寓居真定，视真定为故乡。所以白朴在这里借邯郸代指故乡真定。

⑨荒台：指丛台，战国赵筑，在今河北邯郸市城内，因数台相连，故名。

⑩尽赋《招魂》：《招魂》，为楚辞名篇。作者有两说：一说是宋玉，见汉王逸《楚辞章句》；一说是屈原，见汉司马迁《史记·屈原贾生列传》。后人用此典缅怀前贤、凭吊江山。

⑪青山：山名。一名青林山。南朝诗人谢朓曾卜居于此，故又称谢公山。在今安徽当涂县东南。在这里白朴以曾居青山的谢朓自比。

⑫莫要琵琶写恨，与君同是行人：化用唐白居易诗《琵琶行》诗意，白居易在唐元和十一年（816），得罪权贵，被贬为江州（今江西九江）司马，创作长篇叙事诗《琵琶行》，写他听一著名歌伎弹奏琵琶，诉说身世，哀叹沦落，借此抒发自己在政治上的失意之感。诗中有"我闻琵琶已叹息，又闻此语重唧唧。同是天涯沦落人，相逢何必曾相识"。

木兰花慢

为乐府宋生写赋①。宋字寿香[一]，燕城好事者为渠写真[二]，手捻荼蘼一枝[三]②。

解　题

　　白朴游历燕京，为玉宸院歌女宋生画像题词，赞美宋生貌美如天仙，风姿绰约，回味当年与其宴饮听歌看舞吟诗泼墨的优游生活，发出如今多病丧偶的感慨。这首词徐凌云《天籁集编年校注》认为，叶德均《白朴年谱》因词中有"燕城好事者为渠写真"之句，肯定其为游大都时作，亦附于海迷失后二年（1249）。么书仪《白朴年谱补证》因词中有"舞衫歌扇绮罗筵，还我旧姻缘"之句，肯定其为重游大都时所作，即至元十五年到十七年（1278～1280）之间；么文又据《天籁集》中《风流子·丁亥秋复得仲常书》中"甚社燕秋鸿，十年无定。楚星燕月，千里相望"之句，肯定白朴与王思廉（仲常）相别已十载，"从丁亥上述十年，恰是至元十五年"，因此断定"白朴曾在至元十五年（1278）前后与王仲常在大都相聚。这个时间很可能就是白朴第二次游大都的时间"。么氏判断此词为第二次游大都时所作，但时间则稍有差错，据《元史·王思廉传》：王思廉从"至元十年（1273）授符宝局掌书起"，直至成宗大德元年（1297）"迁中奉大夫、翰林学士，仍枢密判官，以病归"为止，二十五年来一直在大都做官，故并非只有至元十五年才能在大都相聚。根据前一首《水龙吟》词所述理由，我们仍把这首词的编年定在元世祖至元十六年到十七年（1279~1280）之间，白朴重游大都时所写，时白朴五十四岁至五十五岁。叶说、么说、徐说都值得商酌。笔者认为：白朴在蒙古贵由汗二年（1247）年二十二岁时成婚，妻戴氏，生三子一女，续弦英秀，生二男一女。白朴在这首词中自注"时方丧偶"，这个"偶"，当指戴氏，非秀英，所以这个丧偶时间可能在白朴结婚后十年三十二岁前后，即蒙古宪宗蒙哥可汗七年（1257）前后，绝对不会在白朴五十四至五十五岁之间，即至元十六至十七年（1279~1280）之间，也不会在白朴刚结婚三年的庚戌，即1250年。白朴赠宋生词有"杏脸红生晓晕，柳眉翠点春妍"，"东邻几番亲见"，正当青春年华、风月美貌时期，年龄至多不超过二十八岁，而初识在庚戌，年当十八岁，如果在二十七年至三十年之后重聚，宋生年近半百，还会有如此"春妍"丰姿吗？白朴居真定，离燕城不远，燕城又是杂剧兴盛之地，白朴绝对不会只去燕城两次，而是许多次，只是没有文字记载被发现而已。据此，笔者认为这首词当作于蒙古宪宗蒙哥可汗七年（1257）前后。白朴时年在三十二岁左右。

展春风图画，恍人世、有神仙。爱手捻荼蘼，香闲韵远，弹袖垂肩。东邻几番亲见[四]③，意丹青、无地着婵娟④。杏脸红生晓晕⑤，柳眉翠点春妍⑥。

舞衫歌扇绮罗筵。还我旧因缘。尽金缕新声⑦，乌丝醉墨⑧，共惜流年。年来茂陵多病⑨，更玉琴、凄断凤鸾弦[五]⑩（时方丧偶）⑪。留得一枝春在⑫，不妨绝倒尊前[六]。

校记

[一] 为乐府宋生写赋。宋字寿香：“写”字，底本、四印斋本、《九金人集》本无。今从曹本及诸参校本补。"字"，底本及曹本、朱抄本、赵抄本、丁抄本、四库本、《九金人集》本均作"子"。四印斋本作"字"，今从。

[二] 为渠写真："真"字，劳抄本、汪抄本作"赋"。

[三] 手捻荼䕷一枝："一"字，朱抄本、赵抄本、丁抄本、劳抄本、汪抄本、《九金人集》本作"二"。

[四] 东邻几番亲见："邻"字，朱抄本、赵抄本、丁抄本、劳抄本、汪抄本、四库本作"邮"。"番"字，朱抄本、赵抄本、丁抄本、劳抄本、汪抄本作"日"，四库本作"回"。

[五] 凤鸾弦：四库本作"凤凰弦"。

[六] 绝倒尊前："绝"字，朱抄本、丁抄本作"总"。

注释

①宋生：字寿香，玉宸院歌女。生平里籍不详。

②手捻荼䕷一枝："荼䕷"亦作"酴醾"。落叶小灌木，攀缘茎，有刺，夏季开白花，洁美清香。供观赏。

③东邻几番亲见：借用宋玉《登徒子好色赋》中东邻之女登墙窥宋玉三年之典，形容宋寿香的美貌。《登徒子好色赋》云：大夫登徒子在楚王面前说宋玉好色，宋玉答辩，"王曰：'子不好色，亦有说乎？有说则止，无说则退。'玉曰：'天下之佳人，莫若楚国，楚国之丽者，莫若臣里；臣里之美者，莫若臣东家之子。东家之子增之一分则太长，减之一分则太短，著粉则太白，施朱则太赤。眉如翠羽，肌如白雪，腰如束素，齿如含贝。嫣然一笑，惑阳城，迷下蔡。然此女登墙窥臣三年，至今未许也。'"

④婵娟：指美人。唐方干《赠赵崇侍御》："却教鹦鹉呼桃叶，便遣婵娟唱竹枝。"

⑤晓晕：指月光。唐李商隐《令狐舍人说昨夜西掖玩月因戏赠》："凉波冲

碧瓦,晓晕落金茎。"

⑥春妍:像春日一样妍丽的姿容。宋陈师道《妾薄命·为曾南丰作》:"忍著主衣裳,为人作春妍。"

⑦尽金缕新声:金缕,曲调《金缕曲》《金缕衣》的省称。唐罗隐《金陵思古》:"绮筵金缕无消息,一阵征帆过海门。"

⑧乌丝醉墨:乌丝,即乌丝栏(亦作阑)。指上下以乌丝结成栏,其间用朱墨界行的绢素。后亦指有墨线格子的笺纸。宋陆游《雪中怀成都》:"乌丝阑展新诗就,油壁车迎小猎归。"醉墨,谓醉中所作的诗画。唐陆龟蒙《奉和袭美醉中偶作见寄次韵》:"怜君醉墨风流甚,几度题诗小谢斋。"

⑨年来茂陵多病:茂陵,汉武帝之陵,在今陕西兴平县东北。《汉书·武帝纪》:"(后元二年二月)丁卯,帝崩于五柞宫,入殡于未央宫前殿。三月有甲申葬茂陵。"西汉词赋家司马相如因病免职曾家居茂陵,后因用以指代司马相如。唐李贺《昌谷北园新笋》:"古竹老梢惹碧云,茂陵归卧叹清贫。"白朴在这里以司马相如自比。

⑩更玉琴、凄断凤鸾弦:玉琴,玉制的琴。亦为琴的美称。唐常建《江上琴兴》:"江上调玉琴,一弦清一心。"凤鸾,比喻佳偶。清李渔《风筝误·惊丑》:"主婚作伐两凭谁,如何擅把凤鸾缔。"亦指笙箫等乐器。《云笈七籤》卷二十:"建紫毛之节,驾飞云丹舆,前吹凤鸾,后奏天钧。"此句以琴断弦喻指白朴丧妻。

⑪时方丧偶:此四字为作者自注。据《白氏宗谱》载:白朴原配戴氏,生子三:长镂、次钺、三鉴;女一,小字白姑姑。生卒年失传。再配氏小字秀英,生子二:长钧,次镛;女一,小字桂娥。生卒年亦失传。此句当指戴氏离世。

⑫一枝春:指梅花。《太平御览》九百七十引南朝宋盛弘之《荆州记》:"陆凯与范晔相善,自江南寄梅花一枝,诣长安与晔。并赠花诗曰:'折花逢驿使,寄与陇头人。江南无所有,聊赠一枝春。'"后多以"一枝春"为梅花别名。

木兰花慢

题阙。

解　题

  这首词，写白朴青年时期，天天到处游赏美景，寻找官宦、富贵人家的美女佳丽，然而不可得，便生烦恼愁闷，因而发之为词，反映了风华正茂的白朴放浪形骸、及时行乐、玩世不恭的生活态度。这首词的写作时间，当是白朴的青年时期，白朴二十二岁结婚，婚后仍然常去青楼寻欢，到处猎艳。据此拟将此词系于蒙古宪宗蒙哥可汗五年（1255），时白朴三十岁。

  快人生行乐，卷江海、入瑶觞。对满眼韶华，东城南陌，日日寻芳。吟鞭缓随骄马[一]，殢春风、指点杏花墙。时听莺啼宛转，几回蝶梦悠扬①。

  行云早晚上巫阳②。蓦地恼愁肠[二]。待玉镜台边，银灯影里，细看浓妆③。风情自怜韩寿，恨无缘、得佩贾充香④。说与殷勤青鸟⑤，暂时相见何妨。

校记

[一] 吟鞭缓随骄马："缓"字，朱抄本、赵抄本、丁抄本作"自"，四库本作"只"。

[二] 蓦地恼愁肠："蓦地"，朱抄本、赵抄本、丁抄本、四库本作"白地"。

注释

①蝶梦：指庄周梦蝶事。《庄子·齐物论》："昔者，庄周梦为蝴蝶，栩栩然蝴蝶也。自喻适志与，不知周也；俄然觉，然蘧蘧然周也。"后因称梦为蝶梦，喻指迷离恍惚的梦境。

②行云早晚上巫阳：战国楚宋玉《高唐赋》："昔者先王尝游高唐，怠而昼寝。梦见一妇人曰：'妾巫山之女也，为高唐之客，闻君游高唐，愿荐枕席。'王因幸之。去而辞曰：'妾在巫山之阳，高丘之阻，旦为朝云，暮为行雨。朝朝暮暮，阳台之下。'旦朝视之，如言，故为之立庙，号曰'朝云'。"后以"巫山云雨"指男女幽会、合欢。白朴化用此典意。

③待玉镜台边，银灯影里，细看浓妆：玉镜台，玉制镜台，古代妇女的化妆具。事见南朝宋刘义庆《世说新语·假谲》，晋温峤随刘琨北征刘聪，获玉镜台一枚。后丧妇，从姑有女，遂以玉镜台为定。后作婚娶聘礼的代称。这几句化用宋葛立方《满庭芳·簪梅》："玉镜台边试看，相宜是浅笑轻颦。"

④风情自怜韩寿，恨无缘、得佩贾充香：借用晋贾充女与韩寿恋爱故事。典见南朝宋刘义庆《世说新语·惑溺》："韩寿美姿容，贾充辟以为掾。充每聚会，贾女于青琐中看，见寿悦之，恒怀存想，发于吟咏。后婢往寿家，具述如此，并言女光丽。寿闻之心动，遂请婢潜修音问，及期往宿。寿蹻捷绝人，逾墙而入，家中莫知。自是充觉女盛自拂拭，说畅异于常。后会诸吏，闻寿有奇香之气，是外国所贡，一著人则历月不歇，充计武帝惟赐己及陈骞，余家无此香，疑寿与女通，而垣墙重密，门阁急峻，何由得尔？乃托言有盗，令人修墙。使反曰：'其余无异，唯东北角如有人迹。'而墙高非人所逾，充乃取女左右婢

考问，即以状对。充秘之，以女妻寿。"

⑤青鸟：神话传说中为西王母传信的神鸟。《艺文类聚》卷九十一引《汉武故事》："七月七日，上（汉武帝）于承华殿斋，正中，忽有一青鸟从西方来，集殿前。上问东方朔，朔曰：'此西王母欲来也。'有顷，王母至。有二青鸟如乌，挟持王母旁。"后代指传递书信的使者为青鸟。唐李商隐《无题》："蓬山此去无多路，青鸟殷勤为探看。"

木兰花慢

感香囊悼双文①。

解　题

白朴睹物生情，赋词哀悼亡妻，既深情怀念爱妻，又感叹自己影单身孤、凄苦悲伤，情真意切，感人之至。这首词应写于发妻戴氏亡故不久，时在真定，时在蒙古宪宗蒙哥可汗七年，即1257年。参见《木兰花慢·为乐府宋生写赋》解题。

览香囊无语，谩流泪、湿红纱。记恋恋成欢，匆匆解佩，不忍忘他[一]。消残半襟兰麝[二]，向绣茸、诗句映梅花。疏影横斜何处，暗香浮动谁家②。

春霜底事扫浓华。埋玉向泥沙③。叹物是人非[三]，虚迎桃叶④，谁偶匏瓜⑤。西风楚辞歌罢，料芳魂、飞作碧天霞。镜里舞鸾空在⑥，人间后会无涯。

校记

[一] 不忍忘他:"不"字,四库本作"怎"。

[二] 消残半襟兰麝:"麝"字,朱抄本、赵抄本、丁抄本作"射"。

[三] 叹物是人非:"叹"字,朱抄本、赵抄本、丁抄本、四库本作"嗟"。

注释

①双文:白朴妻,戴氏名。根据有三:一、《白氏宗谱》载:"配戴氏,生卒年失传,生三子、一女。再配氏小字秀英,生二子、一女,生卒年葬地亦失传。戴氏,名失载;秀英,姓失载。"说明白朴丧妻后又续弦。二、《木兰花慢·为乐府宋生写赋》词中"更玉琴凄断凤鸾弦"句后作者自注"时方丧偶",说明白朴当年丧妻。三、此词内容特别是有"谁偶瓠瓜"句,更知白朴丧发妻,心情非常悲伤。对青楼歌伎舞女,年轻时的恋人不会有这样的感情。

②疏影横斜何处,暗香浮动谁家:语出宋林逋《山园小梅》:"疏影横斜水清浅,暗香浮动月黄昏。"

③埋玉:喻指有才貌的人死亡,表示悼惜之辞。亦用为比喻埋葬女子,表示惋惜。《文苑英华》卷九百七十八宋之问《祭杜学士审言文》:"名全每困于烁金,身没谁恨其埋玉。"

④虚迎桃叶:桃叶,晋王献之的爱妾名。《乐府诗集·清商曲辞二·桃叶歌》宋郭茂倩解题引《古今乐录》:"《桃叶歌》者,晋王子敬(献之字)所作也。桃叶,子敬妾名。缘于笃爱,所以歌之。《隋书·五行志》曰:陈时江南盛歌王献之《桃叶》:'桃叶复桃叶,渡江不用楫。但渡无所苦,我自迎接汝。'"

⑤谁偶瓟瓜:瓟瓜,星名。见《史记·天官书》。喻男子独处无偶。《文选·曹植〈洛神赋〉》:"叹瓟瓜之无匹兮,咏牵牛之独处。"李善注:"阮禹《止欲赋》曰:'伤瓟瓜之无偶,悲织女之独勤。'俱有此言。然无匹之义,未详其始。"张铣注:"瓟瓜,星名,独在河鼓东,故云无匹。"

⑥镜里舞鸾空在:典见南朝宋范泰《鸾鸟》:"昔罽宾王结罝峻卯之山,获一鸾鸟,王甚爱之。欲其鸣而不致也,乃饰以金樊,飨以珍羞。对之愈戚,三

年不鸣。其夫人曰:'尝闻鸟见其类而后鸣,何不悬镜以映之。'王从其意,鸾睹形悲鸣,哀响中霄,一奋而绝。"金元好问《鹧鸪天》:"憔悴鸳鸯不自由,镜中鸾舞只堪愁。"后世用来比喻失去妻子的孤独和痛苦。

第四编　白朴的词集《天籁集》　　457

玉漏迟

题阙。

解　题

　　这首词白朴叙写身在异乡江南，怀念故乡的美好风光和以往的安逸生活，借高唐云雨、玉杵玄霜、张敞画眉等爱情故事，表达自己与爱人相聚时恩爱之情和离别时凄婉愁苦的心情。关于这首词的写作时间，徐凌云《天籁集编年校注》云："据词中所写事物'故园风物好'及'应念画眉人老''残梦觉'等情词来看，应是身在外乡为怀念故园、怀念过去的恋人而作，虽是中青年时代的写照，但却反映暮年怀人、怀乡的凄婉情绪，故这首词也应是晚年寓居江南时，某一年春天所写，其上限不得超过元世祖至元十七年（1280）。"笔者认为徐的分析是对的，但结论怀念的对象——恋人；写作的时间——上限不得超过元世祖至元十七年（1280），值得商榷。笔者认为白朴词中怀念的人，不是一般恋人，而是深爱的妻子。白朴词中借用的高唐行云、玉杵玄霜、张敞画眉的三个故事，都是表现美满姻缘、美好情侣、夫妻恩爱的，他不会把这些美好夫妇用在对青楼女子、一般恋人的怀念上。白朴移居建康之前，曾在至元十三年至至元十五年（1276

~1278）在江南的九江、岳阳、扬州居住生活，有他自己的词确切可证。而那时元军仍在江南战斗，战争未结束、宋未亡，白朴只身在外，生活不安定，因而词中方有"无人解我，厌厌怀抱"之句，表达没有人了解他祈望安逸生活的心情。如果是移居建康之后，那时白朴家居金陵桐树湾，其子、弟都仕元为官，生活安定、闲适、优裕，享受的是子孙绕膝天伦之乐。这时不会有"无人解我，厌厌怀抱"之感，更不会有怀念思妇之情。就词中有"画眉人老"句来说，白朴那时年过半百，已进老年，用老字也可以。因此，我将这首词定于元世祖至元十三年至十五年（1276~1278）之间的某年春天。朴年在五十一与五十三岁之间。

故园风物好。芳樽日日，花前倾倒。南浦伤心，望断绿波春草①。多少相思泪点，算只有、青衫知道②。残梦觉。无人解我，厌厌怀抱[一]。

懊恼楚峡行云，便赋尽高唐③，后期谁报。玉杵玄霜，着意且须重捣④。转眼梅花过也，又屈指春残灯闹。妆镜晓。应念画眉人老[二]⑤。

校记

[一] 厌厌：曹本作"猒猒"，义同。

[二] 应念画眉人老："画"字，徐凌云《天籁集编年校注》云：底本"画"作"尽"。今核徐所用底本为唐圭璋编《全金元词》本（中华书局1979年版）"画"，不误。且各种版本"画"，均不误。

注释

①南浦伤心，望断绿波春草：语出南朝梁江淹《别赋》："惟世间兮重别，谢主人兮依然……春草碧色，春水绿波，送君南浦，伤如之何！"南浦，原指南

面的水边，后喻指送别的地方。亦可作古地名解。南浦，在今江西南昌市西南。唐王勃《滕王阁序》中有："画栋朝飞南浦云。"即指此。

②青衫：古代学子、书生所穿的服装，后来代指失意的官员。唐白居易《琵琶行》："座中泣下谁最多？江州司马青衫湿。"这里作者以青衫自比。

③楚峡行云，便赋尽高唐：化用战国楚宋玉《高唐赋》中楚襄王与神女梦中相会故事，此处隐喻在家乡的妻子。

④玉杵玄霜，着意且须重捣：化用唐裴铏所作小说《裴航》中敷演的裴航与云英的爱情故事。其故事云：（唐代）长庆中，有裴航秀才因下第游于鄂渚……因佣巨舟载于湘汉，遇同船樊夫人，言词问接，甚为亲切。夫人赠裴航诗一章："一饮琼浆百感生，玄霜捣尽见云英。蓝桥便是神仙窟，何必崎岖上玉清。"后来裴航途经蓝桥驿，因渴求浆，见茅屋三四间，有一少女名云英，貌甚美，裴航忆樊夫人诗句，因向其母求婚事。老夫人说："若得玉杵臼便能娶云英，约以百日为期。"裴航至京城，买得玉杵臼，还蓝桥，为夫人捣药百日，终于与云英结为夫妻。成婚之日，见云英之姊，乃舟中樊夫人。裴航后与妻入玉峰洞修炼，成为上仙。作者借此暗喻已往的一段爱情故事。

⑤妆镜晓。应念画眉人老：画眉，典出《汉书·张敞传》："为妇画眉，长安中传张京兆眉妩。有司以奏敞，上问之，对曰：'臣闻闺房之内，夫妇之私，有过于画眉者。'上爱其能，弗备责也。"后世用来形容夫妻恩爱情深。画眉人，指张敞，后用以喻指多情的夫婿。这里白朴自比。唐王昌龄《朝来曲》："盘龙玉台镜，唯待画眉人。"

玉漏迟

段伯坚同予留滞九江[一]①,其归也,别侍儿睡香,予亦有感。

解 题

这首词写白朴与友人段伯坚滞留九江,游山赏花、诗书解愁的闲适生活以及他们依依惜别、期望他日再会的场景,表现了他们友情的真挚深厚。关于这首词的系年徐凌云《天籁集编年校注》:"叶德均《白朴年谱》只拟它'当撰于留滞九江之数年中也'。又说'则留居三年之久,惟不能确知其年,然至元十四年冬必离九江矣。'此说不惟不具体,而且很不准确。从白朴《天籁集》中在江西写的几首词来看,至元十三年、十四年冬天,白朴均在九江,为什么说至元十四年(1277)冬'必离九江矣'?既曰滞留,当不会是刚到'九江',另据《植物志》睡香花在春季开花,故定此词应写于元世祖至元十五年(1278)春天,时白朴在九江,年五十三岁。"徐说当是。至于他们为什么滞留九江,有待进一步考证。

睡香花正吐[二]②。谁交付与,东君为主。梦觉庐山,一片彩云何所。惆怅留题在壁,麝墨染③、无穷愁绪。常记取。徘徊顾影,灯前低语[三]。

几许欺密留情[四]，系绊煞世间④，□□儿女[五]。沦落天涯，夜夜月明滋浦⑤。连我青衫泪满[六]，料不忍、孤帆东去。离思苦。休唱渭城朝雨⑥。

校记

[一] 段伯坚："坚"字，曹本、朱抄本、赵抄本、丁抄本、四库本作"聖"（圣）。

[二] 睡香花正吐："睡"字，朱抄本、丁抄本、四库本、《九金人集》本作"瑞"。"睡"字下，曹本小字注云："睡"，当作"瑞"。按《本草》瑞香原名睡香。

[三] 灯前低语："灯"字，低本作"镫"，四印斋本亦作"镫"。四库本、曹本作"灯"，今从。

[四] 几许款密留情："款"字，四印斋本作"欺"。

[五] 系绊煞世间，□□儿女："儿女"之前，底本、四印斋本空缺二字。今以"□□"代。曹本无此二字。此九字朱抄本、赵抄本、丁抄本、《九金人集》本空缺二字，语序作"系绊煞□□世间儿女"；四库本作"系绊煞年时世间儿女"。

[六] 连我青衫泪满："连"字，赵抄本、丁抄本作"速"。

注释

①段伯坚：白朴友人，生平里籍不详。

②睡香：花名，又名瑞香。宋陶毂《清异录·睡香》："庐山瑞香花，始缘一比丘昼寝盘石上，梦中闻花香酷烈不可名，既觉，寻香求之，因名睡香。四方奇之，谓乃花中祥瑞，遂以'瑞'易'睡'。"此处语义双关既指睡香花，又指侍儿睡香。

③麝墨染：含有麝香的墨。后泛指名贵的香墨。唐王勃《秋日饯别序》："研精麝墨，运思龙章。"

④系绊煞世间：系绊，约束羁绊。唐白居易《题报恩寺》："好是清凉地，都无系绊身。"

⑤湓浦：一称湓水或湓江，今名龙开河。源出江西瑞昌西南青山，东流经县南至九江市西，北流入长江。唐白居易《琵琶行》："住近湓江地低湿。"《东南行》："湓浦带萦纡。"皆指此。

⑥渭城朝雨：唐王维《送元二使安西》："渭城朝雨浥轻尘，客舍青青柳色新。劝君更尽一杯酒，西出阳关无故人。"此诗，又称阳关曲、渭城曲，后世诗人常用"阳关曲""唱渭城"等语代指离别。

玉漏迟

题阙。

解 题

从词中"清明过也,秋千闲了""人去瑶台路远"等内容看,这首词是白朴怀念亡妻之作。白朴在阳光明媚、鸟语花香的清明时节,独自在庭院幽静的家中,面对人去园空的情景,昼思夜想逝去的爱妻,表现了他对爱妻的一片真情。这首词当作于青年时期,即在《木兰花慢·为乐府宋生写赋》解题中所说的蒙古宪宗蒙哥可汗七年(1257)前后,故此词当系于该年年(1257)前后的春天。

碧梧深院悄。清明过也,秋千闲了。杨柳阴中,又是一番啼鸟。人去瑶台路远①,孤负却、花前欢笑。音信杳。西楼尽日,凭栏凝眺。
缥缈雾阁云窗②,恨梦断青鸾③,夜深寒悄。檐玉敲残④,挨得五更风小[一]。麝炷金猊烬冷[二]⑤,画烛短、银屏空照⑥。芳径晓。惆怅落红多少。

校记

〔一〕挨得五更风小："挨"字，底本作"睚"。四印斋本、曹本作"捱"。四库本作"挨"，今从。

〔二〕麝炷金猊烬冷："炷"字，底本、四印斋本作"注"。今从曹本、朱抄本、赵抄本、丁抄本、四库本、《九金人集》本改。

注释

①人去瑶台路远：瑶台，指传说中的神仙居处。唐李商隐《无题》："如何雪月交光夜，更在瑶台十二层。"

②雾阁云窗：云雾笼罩的楼阁门窗。指高楼。金元好问《鹧鸪天·百啭娇莺出画笼》："长安西望肠堪断，雾阁云窗又几重。"

③恨梦断青鸾：青鸾，即青鸟，此指女子。唐王昌龄《萧驸马宅花烛》："青鸾飞入合欢宫，紫凤衔花出禁中。"宋柳永《木兰花》："坐中年少暗消魂，争问青鸾家远近。"

④檐玉敲残：檐玉，当指屋檐下的风铃。又称檐铎、檐马、玉马、铁马。宋朱熹《秀野刘丈寄示南昌诸诗和此两篇》："山榴雨罢珠帘卷，檐铎风惊玉佩鸣。"

⑤麝炷金猊烬冷：麝炷，麝香的炷头。唐赵光远《咏手二首》："炉面试香添麝炷，舌头轻点贴金钿。"金猊，香炉的一种。炉盖作狻猊形，空腹。焚香时烟从口出。宋王珪《宫词》："夜色楼台月数层，金猊烟穗绕觚棱。"

⑥银屏空照：银屏，镶银的屏风。唐白居易《长恨歌》："揽衣推枕起徘徊，珠箔银屏迤逦开。"

江梅引

题阙。

解 题

这首词是白朴中年离家南下江南,为思念在家乡真定的续弦妻子秀英而作的,表达了他身在异乡,远隔千里,思念妻子的忧愁情怀。作词时间应在至元十三年至十五年(1276～1278)之间,地点在江南的九江、岳阳等地。关于这首词的作词时间,徐凌云《天籁集编年校注》云:"此词景色,虽托之仙境,但仍带南方色彩,而词的内容及所用典均涉及婚姻爱情,故疑为晚年寓居江南时,怀念千里之外(故都或家乡)的青少年时期的情人而作。故其上限仍不宜超过元世祖至元十七年(1280)。"可备一说。

一溪流水隔天台①。小桃栽。为谁开。应念刘郎,早晚得重来②。翠袖天寒憔悴损,倚修竹,舞残红[一]、堕绿苔。

怨极。恨极。愁更哀。甚连环③,无计解。伯劳分背[二],燕飞去④、云树苍崖。千里相思[三],何处托幽怀。温峤风流还自许⑤,后期杳,暗尘生[四]、玉镜台⑥。

校记

[一] 舞残红:"舞"字,底本为墨丁,曹本、《九金人集》本、四印斋本空缺。朱抄本、赵抄本、丁抄本、劳抄本、汪抄本无。今从四库本补。

[二] 伯劳分背:"伯"字,底本、曹本、四印斋本作"百"。朱抄本、赵抄本、丁抄本、四库本、《九金人集》本作"伯",今从。

[三] 千里相思:"千里"之前,底本、墨丁,曹本、朱抄本、赵抄本、丁抄本、劳抄本、汪抄本无。《九金人集》本、四印斋本空缺。今从四库本补改为"千里相思"。

[四] 暗尘生:"暗"字,底本为墨丁,丁抄本、劳抄本、汪抄本无。《九金人集》本、四印斋本空缺。今从曹本、四库本补。

注释

①一溪流水隔天台:典见《太平广记·天台二女》:"刘晨、阮肇入天台采药,远不得返。经十三日饥,遥望山上有桃树子熟,遂跻险援葛至其下。啖数枚,饥止体充。欲下山,以杯取水,见芜菁叶流下,甚鲜妍,复有一杯流下,有胡麻饭焉。乃相谓曰:'此近人矣。'遂渡山,出一大溪。溪边有二女子,色甚美,见二人持杯,便笑曰:'刘、阮二郎捉向杯来。'刘、阮惊,二女遂欣然如旧相识,曰:'来何晚耶?'因邀还家。西壁东壁,各有绛罗帐,帐角悬铃,上有金银交错。各有数侍婢使令。其馔有胡麻饭、山羊脯、牛肉,甚美。食毕行酒,俄有群女子持挑子,笑曰:'贺汝婿来。'酒酣作乐。夜后各就一帐宿,婉态殊绝。至十日求还,苦留半年。气候草木,常是春时,百鸟啼鸣。更怀乡。归思甚苦。女遂相送,指示还路。乡邑零落,已十世矣。"后用天台喻仙境,刘、阮喻情郎,刘、阮天台遇仙故事喻恋情。

②应念刘郎,早晚得重来:刘郎,指刘晨。此处白朴自比。南朝宋刘义庆《幽明录》载:东汉刘晨、阮肇在天台山遇仙,归来已是晋代。后刘晨等重返天台山,旧踪渺然。

③连环:联结成串的玉环。《庄子·天下》:"今日适越而昔来,连环可解

也。"比喻连绵交织的情思。《马头调·连环扣》："解不开的连环扣，蜜里调油。"这里喻指愁思难解。

④伯劳分背，燕飞去：伯劳，鸟名，善鸣。南北朝萧衍《东飞伯劳歌》："东飞伯劳西飞燕，黄姑织女时相见。"后以"伯劳飞燕"借指离别的夫妻、情侣和朋友。

⑤温峤风流还自许：温峤（288~329），字太真，东晋太原祁县（今山西晋中）人。初在并州，为刘琨谋主，抵抗刘聪、石勒。建武元年（317）南下，受到朝士推重。明帝继位后，任中书令。王敦专制朝政，他和庾亮筹划攻王敦。后任江州刺史镇武昌，苏峻、祖约作乱，他又与庾亮、陶侃等出兵讨伐。事平还镇，不久病死。事见《晋书·温峤传》。"风流还自许"，当指娶姑母女表妹事。南朝宋刘义庆《世说新语·假谲》："温公丧妇。从姑刘氏家值乱离散，唯有一女甚有姿慧，姑以属公觅婚。公密有自婚意，答云：'佳婿难得，但如峤比云何？'姑云：'丧败之余，乞粗存活，便足慰吾余年，何敢希汝比。'却后少日，公报姑云：'已觅得婚处，门第粗可，婿身名宦，尽不减峤。'因下玉镜台一枚，姑大喜。既婚交礼，女以手披纱扇，抚掌大笑曰：'我固疑是老奴，果如所卜。'"

⑥玉镜台：玉制的镜台。晋温峤随刘琨北征，得玉镜台；后峤丧妇，其姑母有女，遂以玉镜台下定。事见南朝宋刘义庆《世说新语·假谲》。后引申作婚娶聘礼的代称。

秋色横空

本名《玉耳坠金环》。"秋色横空"盖前人词首句,遗山用以为名[一]①。赋虞美人草[二]②。

解 题

这首词白朴描写楚汉相争时,项羽与虞姬在垓下被困时生死离别的情景,借虞美人草,歌颂虞姬对项王如娥皇女英对舜帝那样的忠贞的感情。这首词作于何时,难以系年。待考。

儿女情多。甚千秋万古,不易消磨。拔山力尽垓下困,英雄尚拥兵戈[三]③。含红泪,颦翠峨。拼血污[四]、游魂逐太阿④。草也风流犹弄,舞态婆娑⑤。

当时夜闻楚歌。叹乌骓不逝,恨满山河。匆匆玉帐人东去,耿耿素志无他。黄陵庙⑥,湘水波。记染竹、成斑泣舜娥[五]⑦。又岂止虞兮,无可奈何。

校记

[一] 本名《玉耳坠金环》。《秋色横空》盖前人词首句,遗山用以为名:

此三句底本为词牌《秋色横空》小注。《九金人集》本作"本名《玉耳坠金环》,盖遗山用前人词首句为名"。

[二]赋虞美人草:"赋"字,底本作"赠"。四印斋本从而作"赠"。今从朱抄本、赵抄本、丁抄本、四库本、《九金人集》本、曹本小注改。此句,曹本作"赠虞美人草",在前三句所说小注之后,用小字注:"赠"当作"赋"字。朱抄本、赵抄本、丁抄本、四库本从曹本,将词题"赋虞美人草"移至小注前。

[三]拔山力尽垓下困,英雄尚拥兵戈:此二句,底本作"拔山力尽英雄困,垓下尚拥兵戈。"朱抄本、赵抄本、《九金人集》本改作"拔山力尽垓下困,英雄尚拥兵戈",今从。

[四]拼四污:"拼"字,底本作"拌"。四库本、曹本作"拼",今从。

[五]记染竹、成斑泣舜娥:"成"字,曹本作"来"。"泣"字,底本为墨丁,曹本无,四印斋本空缺。今从朱抄本、赵抄本、丁抄本、四库本、《九金人集》本补。

注释

①"秋色横空"盖前人词首句,遗山用以为名:遗山,即元好问,参阅《水龙吟·遗山先生有〈醉乡〉一词》注①。

②赋虞美人草:虞美人,指楚霸王项羽的美人虞姬。见《史记·项羽本纪》:"项王则夜起,饮帐中。有美人名虞,常幸从。"这里指草名,一年或二年生,初夏开花,供观赏。

③拔山力尽垓下困,英雄尚拥兵戈:《史记·项羽本纪》:"(前202)项王军壁垓下,兵少食尽,汉军及诸侯兵围之数重。夜闻汉军四面皆楚歌,项王乃大惊,曰:'汉皆已得楚乎?是何楚人之多也?'项王则夜起,饮帐中。有美人名虞,常幸从;骏马名骓,常骑之。于是项王乃悲歌慷慨,自为诗曰:'力拔山兮气盖世,时不利兮骓不逝。骓不逝兮可奈何,虞兮虞兮奈若何!'歌数阕,美人和之。项王泣数行下,左右皆泣,莫能仰视。"《楚汉春秋》则载虞姬和歌云:"汉兵已略地,四方楚歌声。大王意气尽,贱妾何聊生。"(按:此歌乃后世伪作。)白朴这首词,主要就是依据上述资料来写的。垓下,古地名。在今安

徽灵璧县南沱河北岸。

④拼血污、游魂逐太阿：指虞姬用宝剑自刎事。见《史记·项羽本纪》。太阿，指宝剑。《越绝书·外传·记宝剑》载：相传春秋时，楚王命欧冶子、干将铸龙渊、泰阿、工布三剑。楚王持泰阿率众击破敌军。泰阿，又作太阿。

⑤草也风流犹弄，舞态婆娑：典本宋沈括《梦溪笔谈·乐律》：括自言作《虞美人曲》，此草枝叶皆动，又宋贾黄中《贾氏谈录》："褒斜山谷中有虞美人草，状如鸡冠，大而无花，叶皆相对。行路人见者，或唱《虞美人》，则两叶渐摇动，如人抚掌之状，颇应节拍。或唱他词，即寂然不动也。"

⑥黄陵庙：传说为舜二妃娥皇、女英之庙，亦称二妃庙，在今湖南省湘阴县北。北魏郦道元《水经注·湘水》："湖水西流，径二妃庙南，世谓之黄陵庙也。言大舜之陟方也，二妃从征，溺于湘江……故民为立祠于水侧焉。"

⑦记染竹、成斑泣舜娥：典见晋张华《博物志·史补》："尧之二女，舜之二妃曰'湘夫人'。舜崩，二妃啼，以涕挥竹，竹尽斑。"

秋色横空

咏梅[一]，顺天张侯毛氏以太母命题索赋[二]①，时壬子冬[三]。

解 题

这首词白朴是应张柔夫人、朴称太母的毛氏之命而作的，白朴聪慧，能体会老人之心，因此在词中既咏赞梅花之美，又借折梅送给远方友人的典故，表达毛氏对远在河南带兵镇守杞县的丈夫张侯的思念之情，因而讨得毛氏欢心，得到赞赏。这首词写于壬子冬，《天籁集·垂杨》词序云："壬子冬，薄游顺天，张侯毛氏之兄正卿，邀予往拜夫人。既而留饮撰词，一咏梅，以《玉耳坠金环》歌之。一送春，以《垂杨》歌之，词成，惠以罗绮四端。"由此可以断定此词作于蒙古蒙哥汗二年（壬子，1252年）的冬天。地点在保定路治所清苑县（今河北保定）。白朴时年二十七岁。

摇落秋冬。爱南枝迥绝②，暖气潜通。含章睡起宫妆褪，新妆淡淡丰容③。冰蕤瘦④，蜡蒂融⑤。便自有、翛然林下风⑥，肯羡蜂喧蝶闹，艳紫妖红。

何处对花兴浓。向藏春池馆⑦，透月帘栊。一枝郑重天涯信，肠断驿使相逢⑧。关山路，几万重。记昨夜、筠筒和泪封⑨。料马首幽香⑩，先到梦中。

校记

［一］咏梅：曹本、朱抄本、赵抄本、丁抄本、四库本、《九金人集》本无此题名。

［二］以太母命题索赋：此句，朱抄本、赵抄本、丁抄本、四库本、《九金人集》本作"以早梅命题索赋"。

［三］时壬子冬：此四字，底本、四印斋本无。今从曹本、朱抄本、赵抄本、丁抄本、四库本、《九金人集》本补。此四字后，曹本小字注"张名德辉"。按：此注误。

注释

①顺天张侯毛氏以太母命题索赋：顺天张侯，指张柔。《元史·张柔传》载：张柔字德刚，易州定兴（今河北定兴）人，少慷慨，尚气节，善骑射，以豪侠称。金中都经略使苗道润承制授柔定兴令，累迁青州防御史、中都留守兼大兴府尹、本路经略使，行元帅事。戊寅年（1218），以众降，太祖还其旧职，得以便宜行事。加荣禄大夫、河北东西等路都元帅。乙酉年（1225）授行军千户、保州等处都元帅。丁亥年（1227）移镇保州。壬辰年（1232），从睿宗伐金，围汴京。崔立以汴京降，柔于金帛一无所取，独入史馆，取《金实录》并秘府图书；访求者德及燕赵故族十余家，卫送北还。入朝，升军民万户。庚子年（1240），诏柔等八万户伐宋。柔总诸军镇杞。辛亥年（1251），宪宗即位，换授金虎符，仍军民万户。甲寅年（1254），移镇亳州。中统二年（1261）以《金实录》献诸朝，且请致仕，封安肃公。至元三年（1266），加荣禄大夫，判行工部事，城大都。四年（1267），进封蔡国公。五年（1268）六月卒，年七十九。毛氏：张柔妻。元郝经《陵川集·公夫人毛氏墓铭》载：毛氏，大名临清人，广威将军潞州录事伯朋之女，公夫人资婉淑明彻，沉郁有策略……已出教之书，而勉以义，故皆有成。资喜好学，阴阳图传乐石之术，老佛之书，诗

文之艺，皆能究竟。日读佛书，为课焚香，静坐澹然，若与世遗者。乙未年（1259）八日卒，享年六十有二。以太母命题索赋：太母，元好问的继室夫人毛氏，乃大名毛氏之宗族，按辈数，好问为张侯毛氏之侄婿。白朴父白华与元好问为同僚挚友，白朴幼年生长在元家，为元好问的通家侄，故称毛氏为太母。太母，即祖母。参见元好问《毛氏家训后跋语》："某向在汴梁，妇翁提举以宗盟之故与君通谱牒，相好善已数十年矣……己酉（1249）冬，某自燕还幕府，馆客勤甚。公夫人，予姨也。获观世德名氏敢以芜辞继于王内翰之后，十一月二十六日侄婿河东元某敛衽书。"

②爱南枝迥绝：南枝，借指梅花。宋苏轼《次韵苏伯固游蜀冈送李孝博奉使岭表》："愿及南枝谢，早随北雁翩。"王文诰辑注引赵次公曰："南枝，梅也。"

③含章睡起宫妆褪，新妆淡淡丰容：形容新妆即梅妆之美。《太平御览》引《宋书》云："宋武帝女寿阳公主，人日卧于含章殿檐下，梅花落公主额上，成五出花，拂之不去，皇后留之，看得几时，经三日，洗之乃落。宫女奇其异，竞效之。今梅花妆是也。"这里借以形容梅花之美。含章，南朝宋宫殿名。

④冰蕤瘦：冰蕤，白花。宋朱熹《末利》："密叶低层幄，冰蕤乱玉英。"

⑤蜡蒂融：蜡蒂，蜡黄色的花蒂。《后汉书·蔡邕传》："夫华（花）离蒂而萎，条去干而枯。"

⑥林下风：称颂妇女娴雅飘逸的风采。南朝宋刘义庆《世说新语·贤媛》："谢遏绝重其姊（谢道蕴），张玄常称其妹，欲以敌之。有济尼者并游张、谢二家，人问其优劣，答曰：'王夫人（道蕴为王凝之妻）神情散朗，故有林下风气，顾家妇清心玉映，自是闺房之秀。'"这里借以赞美梅花。

⑦藏春池馆：宋代园林名，宋刁约筑园润州（今江苏镇江）名藏春坞，日游息其中。宋苏轼《赠张刁二老》："藏春坞里莺花闹，仁寿桥边日月长。"这里指一般园林。

⑧一枝郑重天涯信，肠断驿使相逢：南朝宋盛弘之《荆州记》："陆凯与范晔相善，自江南寄梅花一枝，诣长安与晔，并赠诗曰：'折花逢驿使，寄与陇头人。江南无所有，聊寄一枝春。'"这里借用陆凯千里赠梅花与范晔表达深厚友情的典故，表示毛氏思念在河南镇守杞县的丈夫张柔。一枝，"一枝春"的

简称。指梅花。郑重,反复切至之意。《汉书·王莽传》:"然非皇天所以郑重降符命之意。"颜师古注:"郑重,犹言频繁也。"今用为认真严肃的意思。

⑨筠筒:竹筒。这里指取鱼器。代指书信。古乐府《饮马长城窟行》:"客从远方来,遗我双鲤鱼。呼儿烹鲤鱼,中有尺素书。长跪读素书,书中竟何如。上言加餐食,下言长相忆。"

⑩料马首幽香:马首,所骑的马,借以敬他人。此指张侯。宋苏轼《与韩昭文》:"边徼往还,从者殊劳,日望马首,但迂拙动成罪戾,恐不能及见公之还而去尔。"

石州慢

丙寅九日,期杨翔卿不至①,书怀用少陵诗语。

解 题

这首词多借用杜甫诗句,抒发对故国沦亡、世态炎凉的感叹,表达对近似隐居的安定清贫生活的满意。词题有"丙寅九日",词中有"重阳",可以断定这首词作于蒙古世祖至元三年(1266)的重阳节。白朴时年四十一岁。

千古神州,一旦陆沉②,高岸深谷③。梦中鸡犬新丰,眼底姑苏麋鹿④。少陵野老,杖藜潜步江头,几回饮恨吞声哭⑤。岁暮意何如?怯秋风茅屋⑥。

幽独。疗饥赖有商芝[一]⑦,暖老尚须燕玉⑧。白璧微瑕,谁把闲情拘束[二]。草深门巷,故人车马萧条,等闲瓢弃樽无绿⑨。风雨近重阳,满东篱黄菊⑩。

校记

[一]疗饥赖有商芝:"商芝"二字,朱抄本、赵抄本、丁抄本、劳抄本、

汪抄本、《九金人集》本作"楚萍"。四库本作"蹲鸱"。按：蹲鸱，大芋。《史记·货殖列传》："吾闻汶山之下，沃野，下有蹲鸱，至死不饥。"楚萍，即楚江萍，《孔子家语·致思》载："楚王渡江，见物大如斗，圆而赤，取之，使人往鲁问孔子，孔子曰：'此所谓萍实者也，可剖而食之，吉祥也。唯霸者能获焉。'"后因以"楚江萍"喻吉祥而罕见难得之物。唐杜甫《奉酬薛十二丈判官见赠》："荣华贵少壮，岂食楚江萍。"

［二］谁把闲情拘束："谁"字，朱抄本、赵抄本、丁抄本、四库本作"难"。

注释

①杨翔卿：白朴友人，生平里籍不详。

②千古神州，一旦陆沉：比喻国家沦亡。语出《晋书·桓温传》："（桓温）与诸僚属登平乘楼，眺瞩中原，慨然曰：'遂使神州陆沉，百年丘墟，王夷甫诸人不得不任其责！'"

③高岸深谷：《诗经·小雅·十月之交》："高岸为谷，深谷为陵。"后用以比喻事物的巨大变化。

④梦中鸡犬新丰，眼底姑苏麋鹿：新丰，县名。治所在今陕西西安市临潼区西北。本秦骊邑。汉高祖定都关中，其父太上皇居长安宫中，思乡心切，郁郁不乐。汉高祖乃依故乡丰邑街里房舍格局改筑骊，并迁丰民，改称新丰。据说男女老幼各知其室，以迁的犬羊鸡鸭亦竟识其家。太上皇居新丰，日与故人饮酒高会，心情愉快。后乃用作新兴贵族游宴作乐及富贵后与故人聚饮叙旧之典。眼底姑苏麋鹿，典见《史记·淮南衡山列传》："臣闻子胥谏吴王，吴王不用，乃曰：'臣今见麋鹿游姑苏之台也。'今臣亦见宫中生荆棘，露沾衣也。"后以此比喻繁华之地变为荒凉之所，暗指国家沦亡。

⑤少陵野老，杖藜潜步江头，几回饮恨吞声哭：化用唐杜甫《哀江头》："少陵野老吞声哭，春日潜行曲江曲。"唐杜甫《暮归》："年过半百不称意，明日看云还杖藜。"

⑥岁暮意何如？怯秋风茅屋：化用唐杜甫《茅屋为秋风所破歌》。

⑦疗饥赖有商芝：典出《史记·留侯世家》：秦末，东园公、绮里季、夏

黄公、甪里先生避秦乱，隐商山，年皆八十有余，须眉皓齿，时称商山四皓。四皓隐居作歌曰："莫莫高山，深谷逶迤。晔晔紫芝，可以疗饥。唐虞世远，吾将何归？"汉高祖召，不应。商芝，又称"商山芝"，即隐者疗饥的紫芝。唐李德裕《忆药苗》："味掩商山芝，英逾首阳蕨。"

⑧暖老尚须燕玉：语出唐杜甫《独坐》之一："暖老须燕玉，疗饥赖楚萍。"仇兆鳌注："旧注：古诗。燕赵多佳人，美者颜如玉。须燕玉，所谓八十非人不暖也。"燕玉，指燕赵美女。

⑨等闲瓢弃樽无绿：瓢、樽，指酒器。绿，指绿蚁，酒面漂浮的绿色泡沫，因借以指酒。唐杜甫《对雪》："瓢弃尊无绿，炉存火似红。"

⑩满东篱黄菊：晋陶潜《饮酒》："采菊东篱下，悠然见南山。"后因以写隐士的田园生活。唐钱起《九日田舍》："今日陶家野兴偏，东篱黄菊映秋田。"

凤凰台上忆吹箫

题阙。

解　题

蒙古宪宗四年（1254）年秋，白朴在亳州，出席张柔在军中的中秋节筵席，赋词祝贺。这首词，极力赞扬张柔的威武，歌颂他的功业，祝愿他在平南宋完成蒙古一统事业中建功立业，图像悬挂在凌烟阁。这首词，笔者曾在《白朴六词系年》将其系于蒙古宪宗四年（1254），根据是词中有"仗玉节、亳邑新迁"。《元史·张柔传》："辛亥（1251）宪宗即位，换授金虎符，仍军民万户。甲寅（1254），移镇亳州。"这足以说明张柔于宪宗四年（1254）由杞县移镇亳州（今安徽亳州），而此词写于是年秋天，是准确的。

笳鼓秋风，旌旗落日，使君威震雄边①。羡指麾貔虎，斗印腰悬。尽道多多益办，仗玉节亳邑新迁②。江淮地，三军耀武，万灶屯田③。

戎轩[一]。几回开宴[二]，有画戟门庭[三]，珠履宾筵[四]。惯雅歌堂上，起舞樽前。况是称觞令节④，望醉乡有酒如川。明年看，平吴事了，图像凌烟⑤。

校记

[一] 戎轩：朱抄本、赵抄本、丁抄本、劳抄本、汪抄本空缺。四库本改作"欢然"。

[二] 几回开宴："开宴"二字，底本、曹本、朱抄本、赵抄本、丁抄本、四印斋本、《九金人集》本空缺二字。今从四库本补作"开宴"。

[三] 有画戟门庭："画戟"二字之前，底本、朱抄本、赵抄本、丁抄本、四印斋本、《九金人集》本空缺一字。曹本有一"阐"字。今从四库本补为"有"。

[四] 珠履宾筵："宾"字，《全金元词》本、徐凌云《天籁集编年校注》本改作"宝"。按："宾筵"，宴请宾客的筵席。唐韩愈、李正封《晚秋郾城夜会联句》："宾筵尽狐赵，导骑多卫霍。"

注释

①使君威振雄边：据《元史·张柔传》：庚子年（1240）诏柔等八万户伐宋。柔率师自五河口济淮，略和州诸城，分遣部下将士千人屯田于襄城。察罕奏柔总诸军镇杞。辛亥年（1251），宪宗继位，换授金虎符，仍军民万户。甲寅年（1254），移镇亳州。从庚子至甲寅，这十五年张柔率师镇守在宋、蒙古交战的前防边城：襄城、杞县、亳州，故称张柔为"使君威镇雄边"。

②亳邑新迁：指张柔甲寅年（1254）由杞县移镇亳州（今安徽）。《元史·宪宗本纪》："（蒙古宪宗）四年甲寅……张柔移镇亳州。"

③江淮地，三军耀武，万灶屯田：据《元史·张柔传》：张柔在太宗朝，从察罕攻滁州，并转战庐、泗、盱眙、安丰（今安徽寿县南）；又曾率师略和州诸城，师还，分遣部下将千人屯田于襄城。后"攻破寿州"，又败宋师于泗州（今江苏盱眙）。宪宗四年（1254）移镇亳州，"筑连城，结浮梁"，为"进战退耕之计"。

④称觞令节：称觞，举杯祝酒。唐马怀素《饯唐永昌》："闻君出宰洛阳隅，宾友称觞饯路衢。"令节，佳节。词中有"笳鼓秋风"，知节日在秋天，不

是八月中秋,就是九九重阳。

⑤平吴事了,图像凌烟:指平定南宋之后,将功臣图像挂在凌烟阁。南宋此时都临安,占据吴地,故称灭南宋为平吴。图像凌烟,封建王朝为表彰功勋卓著的臣子,特建凌烟阁于京师,将受表彰的功臣画像悬于阁上。唐太宗贞观十七年(643)图画开国功臣长孙无忌、杜如晦、魏征、尉迟敬德等二十四人于凌烟阁,阁在当时长安。太宗自己作赞,褚遂良题阁,阎立本画。见刘肃《大唐新语·褒锡》。图画凌烟阁并不始于唐代。这里是白朴祝贺张柔之词,希望他为平南宋建功立业,成为开国功臣,图像悬于凌烟阁。

满庭芳

屡欲作茶词,未暇也。近选宋名公乐府,黄贺陈三集中①,凡载《满庭芳》四首②,大概相类,互有得失[一]。复杂用元、寒、删、先韵[二],而语意若不伦。仆不揆狂斐[三],合三家奇句③,试为一首,必有能辨之者。

解 题

这是作者巧妙地借用黄庭坚、贺铸、陈师道的《满庭芳》咏茶词中的语句而创作的一首咏茶词,表现了白朴日常与友人宴饮品茶的闲适生活和以诗酒为乐的风雅情趣。关于这首词的作词时间,徐凌云《天籁集编年校注》以江南诸省产茶为据,推断这首词也是白朴晚年寓居江南时所作,其上限不得超过元世祖至元十七年(1280),未免过于笼统,有待商榷。茶,故多产于南方,但北方亦有饮茶习惯,以产地为据画线,不足为凭。从词的内容来看有年轻女子伴酒和骑马夜深归家,有淡妆女子侍寝,作者时当中年,约四十至五十岁之间。庚辰年,白朴已五十五岁,似老了一些。所以,这首词似可系于元世祖至元二年至至元十二年(1265~1275)之间,地点在真定。白朴时年在四十至五十岁之间。

雅燕飞觞,清谈挥麈④,主人终夜留欢。密云双凤,碾破缕金团⑤。斗品香泉味好[四]⑥,须臾看、蟹眼汤翻。银瓶注⑦,花浮兔碗,雪点鹧鸪斑⑧。

双鬟。微步稳,春纤擎露,翠袖生寒⑨。觉清风扶我,醉玉颓山[五]⑩。照眼红纱画烛[六],吟鞭送[七]、月满银鞍[八]⑪。归来晚,芸窗未寝,相伴小妆残[九]⑫。

校记

[一] 互有得失:"互"字,曹本作"亦"。朱抄本、赵抄本、丁抄本、四库本、《九金人集》本均作"各"。

[二] 复杂用元、寒、删、先、韵:"杂用"二字,赵抄本作"用杂"。"元"字,底本、曹本、朱抄本、赵抄本、丁抄本、劳抄本、汪抄本、四印斋本作"无"。《九金人集》本缺。今从四库本改作"元"。

[三] 仆不揆狂斐:"狂"字,四印斋本无。"斐"字,朱抄本、赵抄本、丁抄本、四库本作"妄"。

[四] 斗品香泉味好:"斗"字,底本、丁抄本、劳抄本、汪抄本、四印斋本、《九金人集》本空缺。曹本、朱抄本、赵抄本、四库本无。今从《渚山堂词话》本补作"斗"。

[五] 醉玉颓山:"颓"字,朱抄本、赵抄本无。丁抄本、劳抄本空缺,四库本作"颜"。

[六] 画烛:此二字,朱抄本、赵抄本、丁抄本、劳抄本空缺,四库本作"绛蜡"。

[七] 吟鞭送:"吟"字,四库本作"金"。

[八] 月满银鞍:"银"字,朱抄本、赵抄本、丁抄本、四库本、《九金人集》本作"吟"。

[九] 相伴小妆残:"小"字,朱抄本、赵抄本、丁抄本、劳抄本、《九金人集》本、四库本作"卸"。

注释

①黄贺陈三集中:黄,指北宋词人黄庭坚(1045~1105),字鲁直,号山谷道人、涪翁,洪州分宁(今江西修水)人。英宗治平进士,历任秘书丞、知鄂州、涪州别驾、知太平州,有《豫章集》《山谷词》。贺,指北宋词人贺铸(1052~1125),字方回,号庆湖遗老,卫州(今河南卫辉)人。历右班殿直、泗州及太平州通判。有《庆湖遗老集》《东山寓声乐府》三卷,今不传,存词见《全宋词》。陈,指北宋词人陈师道(1053~1101),字无己,一字履常,号后山居士,彭城(今江苏徐州)人。历任徐州教授、秘书省正字。有《后山集》。

②凡载《满庭芳》四首:据现存宋人词,这四首《满庭芳》,两首为黄庭坚作,一首为贺铸作,今已失传,一首为陈师道作。秦观集中却有《满庭芳》茶词二首,其中一首除个别字句外,和黄庭坚的《满庭芳》茶词基本一样。

③仆不揆狂斐,合三家奇句:不揆,自谦之词。不自量。宋岳飞《御书屯田三事跋》:"用屯田以足兵食,诚不为难。臣不揆愿迟之岁月,敢以奉诏。"狂斐,此指狂妄无知者率尔操觚(写文章)。金王若虚《滹南诗话》:"狂斐之徒,仅能动笔,类敢谤伤。"亦用为自谦之词。宋范仲淹《上执政书》:"狂斐之人,诛赦惟命。"合三家奇句,据徐凌云《天籁集编年校注》中的《满庭芳·屡欲作茶词》注五云:"《满庭芳》二十三句,白朴合黄庭坚、秦观及陈师道《满庭芳》茶词,以采秦观词为最多,一字不易者三句,稍有改动者九句;黄庭坚一词一字不动者一句,二词合起来稍有改动者十一句;而采用陈师道词最少,勉强算以意改动者亦不过三句而已。贺铸《满庭芳》茶词今日已不可见,因此怀疑此词小序中'黄贺陈三集中'有讹,似应是黄、秦、陈三家词集。"此说有理,当是。

④雅燕飞觞,清谈挥麈:语为秦观《满庭芳》茶词头两句"雅燕飞觞,清谈挥麈"。挥麈,挥动麈尾。麈,一种鹿类动物,尾可作拂尘。魏晋人清谈时,每执麈尾挥动,以为谈助,后人因称谈论为挥麈。

⑤密云双凤,碾破缕金团:秦观《满庭芳》茶词为"密云双凤,初破缕金团",只将"初"改为"碾"。碾,碾压、碾磨。唐司空图《暮春对柳》:"正

是阶前开远信,小娥旋拂碾新茶。"

⑥斗品香泉味好:秦观《满庭芳》茶词"一品香泉"。斗品,茶叶之精品。宋徽宗《大观茶论·采择》:"凡芽如雀舌谷粒者为斗品,一枪一旗为拣芽,一枪二旗为次之,余斯为下。"

⑦蟹眼汤翻。银瓶注:黄庭坚《满庭芳》茶词"银瓶蟹眼,波怒涛翻"。蟹眼,螃蟹的眼睛。比喻水初沸时泛起的小气泡。宋庞元瑛《谈薮》:"俗以汤之未滚者为盲汤,初滚者曰蟹眼,渐大者曰鱼眼,其未滚者无眼,所语盲也。"

⑧雪点鹧鸪斑:黄庭坚《满庭芳》茶词"雪点鹧鸪斑"。形似鹧鸪斑点的花纹。

⑨双鬟。微步稳,春纤擎露,翠袖生寒:秦观《满庭芳》茶词:"娇鬟。宜美盼,双擎翠袖,稳步红莲。"双鬟,指年轻女子的两个环形发髻。此借指少女。

⑩觉清风扶我,醉玉颓山:黄庭坚《满庭芳》茶词:"为扶起灯前,醉玉颓山。"黄词第二首:"为扶起,樽前醉玉颓山。"醉玉颓山,形容男子风姿挺秀,酒后醉倒的风采。南朝宋刘义庆《世说新语·容止》:"嵇叔夜之为人也,岩岩若孤松之独立;其醉也,傀俄若玉山之将崩。"

⑪照眼红纱画烛,吟鞭送、月满银鞍:米芾《满庭芳》茶词:"点上纱笼画烛,花骢弄、月影当轩。"

⑫归来晚,芸窗未寝,相伴小妆残:黄庭坚《满庭芳》茶词为:"归来晚,文君未寝,相对小窗前。"小妆,稍作妆饰,淡妆。宋周邦彦《浣溪沙》:"争挽桐花两鬓垂,小妆弄影照清池。"

绿头鸭[一]

洞庭怀古。

解　题

这首词作者借咏功成身退携西子泛舟五湖的范蠡，表达其淡泊功名、仰慕隐逸生活的志向。叶德均《白朴年谱》、徐凌云《天籁集编年校注》均将此词系于元世祖至元十四年（1277），当是。此词题为"洞庭怀古"，词中有"洞庭晚、荻花风细，秋月照茅亭"，知词写在洞庭湖滨的秋天。而白朴只有至元十四年到过岳阳，写词《满江红·用前韵留别巴陵诸公》"时至元十四年冬"，所以，可以断定这首词写于元世祖至元十四年（1277）秋天。

黯销凝[二]，楚天风物凄清。过黄陵①，山长水远②，古今迁客伤情③。渺澄波、聚鱼曲港，□□□、□□□□。□□□□，□□□□[三]，浣纱人去掩柴荆④。洞庭晚[四]、荻花风细，秋月照茅亭。一壶酒，浇平磊魄[五]⑤，问甚功名。

买扁舟、安排归去，五湖烟景谁争[六]⑥。等闲携弄瓢西子[七]⑦，恍惚遇、鼓瑟湘灵⑧。看尽娇鬟，听残雅奏，暮云江上数峰青[八]⑨。

舵楼底，香芹鲜鲫，还似越中行。闲身好[九]⑩，浮家泛宅⑪，聊寄平生。

校记

[一] 绿头鸭：此词牌下，曹本、朱抄本、赵抄本、丁抄本、劳抄本、汪抄本、四库本、《九金人集》本有小字注："一名《多丽》。"

[二] 黯销凝："凝"字，朱抄本、赵抄本、丁抄本作"魂"。

[三] □□□、□□□□。□□□□，□□□□：此十五字，诸本均缺。徐凌云《天籁集编年校注》据《听秋声馆词话》补此脱文标记。当是。按：《绿头鸭》，又名《多丽》《跨金銮》《陇头泉》等。此词有平仄韵两体。平韵者一百三十九字，上片七平韵（上片首也可不叶韵，则为六平韵），下片五平韵。据此白词上片脱十五字。

[四] 洞庭晚："洞"字，朱抄本、赵抄本、丁抄本、四库本作"湘"。

[五] 磊魂："魂"字，朱抄本、丁抄本作"砚"。

[六] 谁争：此二字，四库本作"难争"。

[七] 弄瓢西子："瓢"字，朱抄本、赵抄本、丁抄本空缺，四库本作"笛"。

[八] 暮云："暮"字，底本、曹本、赵抄本作"莫"。今从朱抄本等诸参校本改。

[九] 闲身好：此三字，丁抄本作"闲生好"。

注释

①黄陵：地名。在湖南湘阴县北，滨洞庭湖。传说舜二妃墓在其上。有黄陵亭、黄陵庙。

②山长水远：谓山水阻隔，路途遥远。唐许浑《寄宋祁》："山长水远无消息，瑶瑟一弹秋月高。"亦指山水壮阔。

③迁客：古代指被贬谪到外地的官员。唐李白《与史郎中钦听黄鹤楼上吹笛》："一为迁客去长沙，西望长安不见家。"这里指游子。

④浣纱人：指浣纱女西施。《太平御览》卷四十七引晋孔晔《会稽记》："勾践索美女以献吴王，得诸暨苎罗山卖薪女西施；郑旦，先教习于土成山。山边有石，云是西施浣纱石。"今浙江绍兴南若耶山下，若耶溪旁有浣纱石，相传西施浣纱于此。

⑤磊魂：堆集的高低不平的石块。比喻心中郁结不平之气。宋陆游《懒趣》："已矣驰驱息，悠然磊魂平。"

⑥买扁舟、安排归去，五湖烟景谁争：指范蠡扁舟泛湖事。《国语·越语下》："反至五湖，范蠡辞于王曰：'君王勉之，臣不复入越国矣。'……遂乘轻舟以浮于五湖，莫知其所终极。"后以此为功成身退、避祸远隐的典故。

⑦弄瓢西子：指浣纱女西施。

⑧鼓瑟湘灵：《楚辞·远游》："使湘灵鼓瑟兮，令海若舞冯夷。"补注："此湘灵乃湘水之神，非湘夫人也。"

⑨暮云江上数峰青：据《古今诗话》引宋曾慥《类说》卷五十六云："（唐）钱起寓宿驿舍，窗外有人咏曰：'曲终人不见，江山数峰青。'及殿试，《湘灵鼓瑟》诗落句意久不属，遂以此一联续之，因中魁选。"

⑩闲身：古代指没有官职的身躯。唐牟融《题道院壁》："若使凡缘终可脱，也应从此度闲身。"

⑪浮家泛宅：谓以船为家，浪迹江湖。宋胡舜陟《渔家傲》："我本绿蓑青箬笠，浮家泛宅烟波里。"

永遇乐

至元辛卯春二月三日,同李景安提举游杭州西湖①。

解 题

至元辛卯(1291)春,白朴同友人李景安提举游杭州西湖,赋词记胜抒怀。白朴描绘赞赏了西湖之美,隐含故国兴亡之感,有游兴未尽之情。由于小序有"至元辛卯春二月三日",因而这首词的写作时间定在元世祖至元二十八年辛卯(1291)的春天,白朴时年六十六岁。

一片西湖[一],四时烟景,谁暇游遍。红袖津楼,青旗柳市,几处帘争卷。六桥相望②,兰桡不断③,十里水晶宫殿[二]。夕阳下、笙歌人散,唱彻采菱新怨④。

金明老眼[三]⑤,华胥春梦⑥,肠断故都池苑。和靖祠前⑦,苏公堤上,谩把梅花捻。青衫尽耐,蒙蒙雨湿,更着小蛮针线⑧。觉平生、扁舟归兴,此中不浅。

校记

［一］一片西湖："一片"，朱抄本、赵抄本、丁抄本、《九金人集》本作"二月"。四库本作"一月"。

［二］水晶宫殿："宫"字，朱抄本、赵抄本、丁抄本、四库本作"云"。

［三］金明老眼："眼"字，朱抄本、赵抄本、丁抄本、四库本作"假"。

注释

①李景安提举：江东儒学提举，白朴的朋友。元俞希鲁《至顺镇江志》："李浩，字景安，金坛（今江苏）人。至元二十三年（1286）荐授江东儒学提举，后调湖广，升江东宣慰司令史。"

②六桥相望：六桥，名映波、锁澜、望山、压堤、东浦、跨虹。宋苏轼所建。在浙江杭州西湖外湖苏堤上，宋苏轼《轼在颍州与赵德麟同治西湖未成改扬州三月十六日湖成德麟有诗见怀次韵》："六桥横绝天汉上，北山始与南屏通。"

③兰桡不断：兰桡，小舟的美称。唐太宗李世民《帝京篇十首》："飞盖去芳园，兰桡游翠渚。"

④采菱新怨：指《采菱曲》，乐府曲名。南齐王融《采菱曲》："荆姬采菱曲，越女江南讴。"这里指西湖歌伎所唱之曲。

⑤金明老眼：金明，即金明池，在宋京汴梁西郑门西北。《宋史·太宗本纪》："（太平兴国五年）诏凿金明池。"这里借指西湖。老眼，老年人的眼睛或老年人的眼力。宋张元幹《菩萨蛮》："老眼见花时，惜花心未衰。"

⑥华胥春梦：即虚无的梦境。华胥，国名，是列子虚构的国家。《列子·黄帝》："（黄帝）昼寝而梦，游于华胥氏之国。华胥氏之国在弇州之西，台州之北，不知斯齐国几千万里。盖非舟车足力之所及，神游而已。"

⑦和靖祠前：和靖，即林和靖（967～1028），名逋，钱塘（今杭州）人，长期隐居西湖孤山，终身不娶、不仕，平时除作诗绘画外，喜欢种梅养鹤，人称"梅妻鹤子"。宋阮阅《诗话总龟》："林逋隐于武林之西湖，不娶无子，所

居多植梅畜鹤，泛舟湖中，客至则放鹤致之，因谓梅妻子鹤云。"

⑧青衫尽耐，蒙蒙雨湿，更着小蛮针线：化用南宋姚进道《青玉案》："春衫犹是，小蛮针线，曾湿西湖雨。"青衫，借指唐代任杭州刺史的白居易。小蛮，指白居易的姬妾。

贺新郎

题阙。

解　题

　　这首词是白朴送友人卢郎赴任而作的。卢郎是谁？叶德均《白朴年谱》作卢学士，我在《白朴年谱》中指卢挚，徐凌云《天籁集编年校注》疑指卢亘。从词的内容看，卢挚于至元十五年（1278）任江东道提刑按察副使，前往建康上任，途经九江，与白朴邂逅，故白朴作词相赠。李修生《卢疏斋集辑存》（北京师范大学出版社1984年版）中的《卢挚年谱》云："公元一二七八年（元世祖至元十五年，宋帝昺祥兴元年，戊寅），三十七岁。卢挚赴任江东道提刑按察副使。刘因有赠诗（刘因《卢学士按察江东》）。途经九江，白仁甫有赠词。按：白仁甫至元十三年至九江，又游岳阳等地，至元十五年，再次回到九江。白仁甫赠卢挚词《贺新郎》曰：'老我三年江湖客，几度登临吊古。'可知卢挚与白仁甫在九江相会当在是年，后至建康。按：江东道提刑按察司初置建康。"因而，是词当系于至元十五年。

喜气轩眉宇。看卢郎[一]、风流年少，玉堂平步①。车骑雍容光华远，不似黄粱逆旅[二]②。抖擞尽、貂裘尘土。便就莫愁双桨去③，待经过、苏小钱塘渡④，画图里，看烟雨。

一樽邂逅歌金缕⑤。望晴川、庐峰瀑布[三]，浪花溢浦⑥。老我三年江湖客，几度登临吊古。怅日暮、家山何处。别后江头虹贯日⑦，想君还、东观图书府⑧。天咫尺，听新语。

校记

[一] 看卢郎："看"字，底本、曹本、朱抄本、丁抄本、劳抄本、汪抄本、四印斋本、《九金人集》本空缺。赵抄本无。今从四库本补。

[二] 不似：丁抄本作"不是"。

[三] 庐峰瀑布："庐"字，底本、四库本、四印斋本、《九金人集》本作"铲"，诸抄本亦作"铲"。今以文意改。

注释

①玉堂：汉代宫殿名、官署名。汉侍中有玉堂署，宋以后翰林院亦称玉堂。《汉书·李寻传》："过随众贤待诏，食太官，衣御府，久污玉堂之署。"颜师古注："玉堂殿在未央宫。"王先谦补注引何焯曰："汉时待诏于玉堂殿，唐时待诏于翰林院，至宋以后，翰林遂并蒙玉堂之号。"此指官署。

②不似黄粱逆旅：黄粱逆旅，即黄粱梦。唐沈既济《枕中记》叙开元七年有卢生在邯郸道邸舍遇道士吕翁。吕翁授一青瓷枕命睡。卢生在梦中娶清河崔氏女，举进士，官至户部尚书兼御史大夫。因受人中伤削官，数年后，冤白，又为中书令，封燕国公。生五子，皆位显要，历五十年崇盛赫奕，年老病死，生醒来知是一梦，吕翁仍坐其旁，而主人蒸黍尚未熟。卢生在梦中领会了宠辱之道，穷达之运，得丧之理，死生之情，于是拜辞吕翁而去。后因以"黄粱梦"喻虚幻的事和不能实现的愿望。"不似"二字，说明白朴在这里是反其意而用之。

③便就莫愁双桨去：莫愁，古代女子名。一为洛阳人，一为石城（今湖北

钟祥）人。此处非指人，指莫愁湖，在建康（今江苏南京）。此句说明卢挚将要去建康。

④苏小钱塘渡：苏小，即苏小小，南朝梁著名歌伎，家住钱塘（今浙江杭州）。《乐府诗集·杂歌谣辞三〈苏小小歌〉序》："《乐府广题》曰：'苏小小，钱塘名倡也。盖南齐时人。西陵在钱塘江西，歌云：西陵松柏下是也。'"

⑤歌金缕：曲调《金缕曲》《金缕衣》的省称。唐罗隐《金陵思古》："绮筵《金缕》无消息，一阵征帆过海门。"

⑥庐峰瀑布，浪花溢浦：唐白居易《东南行一百韵》："庐峰莲刻削，溢浦带萦纡。"庐峰，指庐山香庐峰。溢浦，即溢水，又名溢江，源出江西省瑞昌西清溢山，东流经九江，名溢浦港，北流入长江。

⑦虹贯日：即长虹贯日。谓长虹穿日而过。旧时以为这是一种预示人间将遇灾害的天象。唐李白《拟恨赋》："长虹贯日，寒风飒起。"《列士传》曰："荆轲发后，太子自相气，见虹贯日不彻，曰：'吾事不成矣。'后闻轲死，事不立，曰：'吾知其然也。'"这里似指一般天象。

⑧东观图书府：东观，东汉洛阳南宫内观名，是宫中藏书的地方。《后汉书·安帝记》："诏谒者刘珍及五经博士，校定东观五经、诸子、传记、百家艺术，整齐脱误，是正文字。"李贤注："《洛阳宫殿名》曰：'南宫有东观。'"明帝诏班固等修撰《汉记》于此，书成名为《东观汉记》。章和二年为皇帝藏书之所，后因以称国史撰修之所，这里指元代翰林院。图书府，国家藏书的地方。《晋书·天文志上》："东壁二星，主文章。天下图书之秘府也。"

宴瑶池

《宴瑶池》本名《八声甘州》，乐府《八声甘州》名颇鄙俚[一]，予爱其法雅健，因采东坡《戚氏》一篇①，稍加[二]櫽括②，使就新翻[三]，仍改其名。

解　题

白朴采苏轼《戚氏》一词，进行剪裁、改写，叙传说中的周穆王西狩至玉龟山见西王母，瑶池赐筵后东还神州的故事，表现出白朴对优游闲逸生活的倾慕。词名《宴瑶池》即由此而来。从词的内容看，是词当作于晚年，具体年代待考。

玉龟山③，阿母统群仙④。幽闲志萧然。有金城千里，琼楼十二，紫翠霏烟。穆满当时西狩⑤，八骏戏芝田⑥。驻跸瑶池上，命赐华筵。
天乐云璈鼎沸，看飞琼舞态[四]⑦，醉饮留连。渐月斜河汉，霞绮布晴天。望神州、东回玉辇，杏花风⑧、数里响鸣鞭⑨。长安近、依稀柳色，翠点秦川。

校记

[一] 鄙俚：此二字，朱抄本、赵抄本、丁抄本、劳抄本、汪抄本、四库

本、《九金人集》本作"俚鄙"。

[二] 稍加："加"字，朱抄本、赵抄本、丁抄本作"架"，误。

[三] 使就新翻："使"字，朱抄本、赵抄本、丁抄本作"便"。

[四] 看飞琼：此三字，朱抄本、赵抄本、丁抄本作"眉飞瑶"。

注释

①东坡《戚氏》：唐圭璋《全宋词》引曾慥本《东坡词》云："玉龟山，东皇灵媲统群仙。绛阙岧峣，翠房深迥，倚霏烟。幽闲，志萧然。金城千里锁婵娟。当时穆满巡狩，翠华曾到海西边。风露明霁，鲸波极目，势浮舆盖方圆。正迢迢丽日，玄圃清寂，琼草芊绵。争解绣勒香鞯，鸾辂驻跸，八马戏芝田。瑶池近，画楼隐隐，翠鸟翩翩。肆华筵，间作脆管鸣弦。宛若帝所钧天。稚颜皓齿，绿发方瞳，圆极恬淡高妍。尽倒琼壶酒，献金鼎药，固大椿年。缥缈飞琼妙舞，命双成，奏曲醉留连。云璈韵响泻寒泉。浩歌畅饮，斜月低河汉。渐渐绮霞，天际红深浅。动归思，回首尘寰。烂漫游、玉辇东还。杏花风、数里响鸣鞭。望长安路，依稀柳色，翠点春妍。"词写周穆王宾筵于西王母的故事。

②檃括：就原有的文章、著作加以剪裁、改写。南朝梁刘勰《文心雕龙·熔裁》："蹊要所司，职在熔裁，檃括情理，矫揉文采也。"

③玉龟山：传说中的仙山名。南朝梁武帝《玉龟曲》："玉龟山，真长仙。九光耀，五云生。"

④阿母统群仙：阿母，即西王母，传说中一位地位崇高的女神。宋李昉《太平广记》卷第十《西王母》（出《集仙录》）："西王母者，九灵太妙龟山金母也。一号太虚九光龟台金母元君。乃西华之至妙，洞阴之极尊……又以西华至妙之气，化而生金母焉。金母生于神州伊川，厥姓缑氏，生而飞翔，以主元，毓神玄奥。于眇莽之中，分大道醇精之气，结气成形。与东王公共理二气，而养育天地，陶钧万物矣。柔顺之本，为极阴之元，位配西方，母养群品。天上天下，三界十方，女子之登仙者得道者，咸所隶焉。所居宫阙，在龟山春山西那之都，昆仑之圃，阆风之苑。有城千里，玉楼十二，琼华之阙，光碧之堂，九层玄台，紫翠丹房。左带瑶池，右环翠水。其山之下，弱水九重，洪涛万丈。非飙车羽轮，不可到也……又周穆王时，命八骏与七华之士，使造父为御，西

登昆仑，而宾于王母。穆王持白珪重锦，以为王母寿，事具《周穆王传》。"

⑤穆满当时西狩：穆满，即周穆王姬满。宋李昉《太平广记》卷第二神仙二："周穆王名满，房后所生，昭王子也。昭王南巡不还，穆王乃立，时年五十矣。立五十四年，一百四岁。王少好神仙之道，常欲使车辙马迹，遍于天下，以仿黄帝焉。乃乘八骏之马，奔戎，使造父为御。得白狐玄貉，以祭于河宗。导车涉弱水，鱼鳖鼋鼍以为梁。遂登于舂山，又觞西王母于瑶池之上。王母谣曰：'白云在天，道里悠远。山川间之，将子无死，尚能复来。'王答曰：'余归东土，和洽诸夏，万民平均，吾顾见汝。比及三年，将复而野。'"

⑥八骏戏芝田：八骏，相传为周穆王的八匹名马。《穆天子传》："天子之骏，赤骥、盗骊、白义、逾轮、山子、渠黄、华骝、绿耳。"郭璞注："八骏，皆因其毛色以为各号耳。"芝田，传说中仙人种灵芝的地方。三国魏曹植《洛神赋》："尔乃税驾乎蘅皋，秣驷乎芝田。"

⑦看飞琼舞态：飞琼，即许飞琼，传说中西王母的侍女。旧题汉班固《汉武帝内传》："王母乃命诸侍女……许飞琼鼓震灵之簧。"

⑧杏花风：清明前后杏花开放时的风；春风。唐羊士谔《野望二首》其一："萋萋麦陇杏花风，好是行春野望中。"

⑨数里响鸣鞭：鸣鞭，唐末皇帝仪仗有鸣鞭。振之发声，使人肃静。出行、祀典、视朝、宴会时用之。《唐诗纪事》卷六二郑嵎《津阳门》："鸣鞭后骑何躞蹀，宫妆襟袖皆仙姿。"

垂杨

壬子冬，薄游顺天，张侯毛氏之兄正卿①，邀予往拜夫人。既而留饮，撰词一咏梅，以《玉耳坠金环》歌之；一送春，以《垂杨》歌之。词成，惠以罗绮四端。夫人大名路人②，能道古今，雅好客[一]。自言幼时，有老尼，年几八十，尝教以旧曲《垂杨》，音调至今了然，事与东坡补《洞仙》歌词相类③。中统建元④，寿春榷场中⑤，得南方词编，有《垂杨》三首，其一乃向所传者，然后知夫人真承平家世之旧也⑥。

解 题

这首词是白朴奉毛氏夫人命而写的送春之词，词写一妇女在暮春时节，由于春色将去而引发思念丈夫的孤独、凄凉。实是写毛氏夫人对还在南方打仗的丈夫张柔的思念之情。这首词小序明确写"壬子冬，薄游顺天，张侯毛氏之兄正卿，邀予往拜夫人。既而留饮撰词，一咏梅，以《玉耳坠金环》歌之，一送春，以《垂杨》歌之。词成，惠以罗绮四端。"这就把写词的时间、地点、缘由、词题、内容都说清楚了。但由于以往对"壬子"的认识不同，而有不同系年。笔者曾在《白朴六词系年》中，经考证论辩，将此词系于蒙古宪宗二年

（1252），这应是准确无误的。词的小序虽有中统建元之说，此段乃是后来作者发现南方词编有《垂杨》三首之后而补写的。

关山杜宇⑦。甚年年唤得，韶光归去[二]。怕上高城望远，烟水迷南浦⑧。卖花声动天街晓⑨，总吹入[三]、东风庭户，正纱窗、浓睡觉来，惊翠蛾愁聚⑩。

一夜狂风横雨。恨西园⑪、媚景匆匆难驻。试把芳菲点检，莺燕浑无语。玉纤空折梨花捻，对寒食⑫、厌厌心绪。问东君⑬，落花谁是主。

校记

[一] 雅好客："客"字，四库本作"因"，误。

[二] 甚年年唤得，韶光归去："甚"字，底本为墨丁。曹本、朱抄本、赵抄本、丁抄本、劳抄本、汪抄本、四库本、四印斋本、《九金人集》本均补一"甚"字，今从。"光"字，《九金人集》本作"华"。

[三] 总吹入："入"字，底本为墨丁。曹本、朱抄本、赵抄本、丁抄本、劳抄本、汪抄本、四库本、四印斋本、《九金人集》本均补一"入"字，今从。

注释

① 张侯毛氏之兄正卿：毛正卿，叶德均《白朴年谱》认为是毛伯朋次子居政之字，惜无佐证。笔者在《白朴交游考》《白朴六词系年》《白朴卒年考辨》中，据元好问《顺天营建记》《潞州录事毛君墓表》《毛氏家训后跋语》考知：毛正卿，名居节，大名人，张柔妻毛氏之族兄。汴京破，由族弟居仁推荐，随张柔北渡到顺天，柔委正卿为幕府计议官，助其营建顺天，甚得其力。元好问为金实录事，常去顺天张柔家，而好问又与毛氏、正卿有姻亲，交往甚密。白朴经业师父执元好问之荐，与毛正卿相识于顺天。

② 大名路：元代属中书省，治所在元城、大名（今河北大名县西南）。《元史·地理志》："大名路：唐魏州。五代南汉改大名府。金改安武军。元因旧

名，为大名府路总管府。"

③东坡补《洞仙》歌：宋苏东坡《洞仙歌》词小序云："余七岁时，见眉山老尼，姓朱，忘其名，年九十岁。自言尝随其师入蜀至孟昶宫中。一日，大热。蜀主与花蕊夫人夜纳凉摩诃池上，作一词，朱具能记之。今四十年，朱已死久矣，人无知此词者。但记其首两句。暇日寻味，岂《洞仙歌》令乎？乃为足之云。"

④中统建元：元世祖忽必烈于庚申年（1260）三月二十四日即皇帝位，五月十九日建立年号曰中统，并特下诏书，昭示天下。《元史·世祖本纪一》载：中统元年春三月辛卯帝即皇帝位。五月丙戌，建元中统，诏曰："……建元表岁，示人君万世之传；纪时书王，见天下一家之义。法《春秋》之正始，体大《易》之乾元。炳焕皇猷，权舆治道。可自庚申年五月十九日，建元为中统元年。惟即位体元之始，必立经陈纪为先……"

⑤寿春榷场：寿春，古县名，秦置。治所在今安徽寿县。隋唐为寿州治所，宋元为安丰军、安丰路治所。濒淮河南岸，又当南北交通冲要，为南北分裂时代淮南重要军事重镇。是宋、元交界的边境城镇。榷场，宋元在各地边境所设的互市市场，进行贸易。寿春地当边境，设有榷场。

⑥然后知夫人真承平家世之旧也：据元郝经《公夫人毛氏墓铭》："毛氏，周毛伯之胤，临清人。宋熙丰间，成忠君瑜，以力学起家，一举而三子进士第，以迄于金，遂为鼎族。公夫人泗水令珣之曾孙，永平簿大壮之孙，广威将军潞州录事伯朋之女，大兴尹、明昌名臣、涿郡王脩之甥也。既出腴阀华胄，而其少艾郁有贵气……公夫人资婉淑明彻，沈郁有策略……"夫人又"能道古今"，喜爱词曲，故白朴称道她是"承平家世之旧也"。

⑦杜宇：即杜鹃鸟。据宋乐史《太平寰宇记·成都记》载：杜宇又曰杜主，自天而降，称望帝，好稼穑，治郫城。后望帝死，其魂化为鸟，名曰杜鹃，啼声如"不如归去"，悲切凄婉。

⑧南浦：指面南的水边。后多指送别的地方。《文选》南朝梁江淹《别赋》："送君南浦，伤如之何？"

⑨天街：星名。《史记·天官书》："昴毕间为天街。"张守节正义："天街二星，在毕昴间，主国界也。"亦称为京城的街道。

⑩翠蛾：美人之眉。也指美女。唐许浑《闻州中有宴寄崔大夫兼简邢郡评事》："箫管筵间列翠蛾，玉杯金液耀金波。"

⑪西园：园林名。汉上林苑别名称西园，汉末曹操在邺（今河北临漳）建园亦称西园。这里喻指美丽的园林。《文选》曹植《公宴诗》："公子敬爱客，终宴不知疲。清夜游西园，飞盖相追随。"

⑫寒食：节日名，在清明前一日或二日。相传春秋时晋文公负其功臣介子推，介愤而隐于绵山。文公悔悟，烧山逼令出仕，子推抱树焚死。民众同情介子推的遭遇，相约于其忌日禁火冷食，以为悼念。以后相沿成俗，谓之"寒食"。

⑬东君：春神。宋辛弃疾《满江红·暮春》："可恨东君，把春去春来无迹。"也指太阳神。屈原《九歌》有《东君》。

西江月

题阙。

解　题

　　这首词是白朴感慨尘世污浊,无贤人相佐、进行治理,而有才之人又被弃之不用,白白地生活在人世间。这首词作于何时,难以判定。徐凌云《天籁集编年校注》云:"此词从未有人编年,亦不知所云何事。按元世祖十八年(1281)八月阿刺罕、范文虎、忻都等率士兵十万,伐日本,遇风而全军覆没,《元史》卷十一《世祖本纪八》言'十存一二'。《元史》卷二〇八《外夷二·日本》,言除主要将领外,将士及兵卒生还者仅三人。事闻,全国震动。至元二十年(1283)复言征日本,以谏未果。二十三年(1286)因征安南,方下诏罢征日本。据词的上阕来看,疑即指征日本事,作者似已有劝谏之意。故将此词暂编在元世祖至元十八年到至元二十三年(1281~1286)之间,白朴仍在建康,时年五十五至六十一岁。"这似可备一说。笔者认为,此词上阕非专指征日本事,而是泛指。白朴对征日本是赞同的,对征日本全军几乎覆没是同情甚至是辩解的,不会有劝谏之意。但具体作于何时,有待继续考证。

白石空销战骨①,清泉不洗飞埃[一]。五云多处望蓬莱②。鞭石谁能过海③。

一夕神游八表④,众星光拱三台⑤。天公元不弃非才。坐我金银世界⑥。

校记

[一] 飞埃:此二字,丁抄本作"尘埃"。

注释

①白石:洁白的石头。《诗经·唐风·扬之水》:"白石凿凿。"

②五云多处望蓬莱:五云,青、白、赤、黑、黄五种颜色的云。古人视云色占卜吉凶丰歉。《周礼·春官·保章氏》:"以五云之物,辨吉凶、水旱降、丰荒之祲象。"郑玄注引郑司农云:"以二至二分观云色,青为虫,白为丧,赤为兵荒,黑为水,黄为丰。"《关尹子·二柱》:"五云之变,可以卜当年之丰歉。"蓬莱,古代传说中的仙岛。《史记·秦始皇本纪》:"齐人徐市等上书,言海中有三神山,名曰蓬莱、方丈、瀛洲,仙人居之。"

③鞭石谁能过海:传说秦始皇欲观日出,神人鞭石下海。《艺文类聚》卷七十九引晋伏琛《三齐略记》:"始皇作石桥,欲过海观日出处。于时有神人,能驱石下海,城阳一山石,尽起立。巍巍东倾,状似相随而去。云石去不速,神人辄鞭之,尽流血,石莫不悉赤,至今犹尔。"后以此为神助的典故。

④八表:指八方以外极远的地方。晋陶潜《归鸟》:"翼翼归鸟,晨去于林。远之八表,近憩云岑。"

⑤三台:星座名,象征人间朝廷中的三公之位。《晋书·天文志》:"三台六星,两两而居,起文昌,列抵太微。一曰天柱,三公之位也。在人曰三公,在天曰三台,主开德宣符也。"

⑥坐我金银世界:坐,有多义,这里可作不劳、不费力解。《汉书·霍卫将军骠骑列传》:"汉兵既度幕,人马罢,匈奴可坐收虏耳。"("幕"通"漠",

沙漠。）亦可作徒然、空解，南朝梁江淹《望荆山》："玉柱空掩露，金樽坐含霜。"金银世界，指拥有黄金白银的天下，亦可指传说中仙人所居住的用金银筑成楼台的地方。

西江月

郭祐之得雄①,渠即贾治中婿②

解 题

  这首词是白朴为友人郭祐之得子所作的贺喜词,通篇祝贺之语。据《至顺镇江志》载:郭祐之于至元二十三年任镇江路判官,二十九年得代,知郭这期间在镇江,白朴这首贺词当作于这期间。徐凌云《天籁集编年校注》持此说,将此词定在元世祖至元二十三年到至元二十九年(1286~1292)之间的某一个秋天,时白朴可能在镇江,年六十一至六十七岁之间。从白朴这几年的行踪看,白朴至元二十六年(1289)到过扬州,有词《木兰花慢·己丑送胡绍开、王仲谋两按察赴浙右、闽中任》,王仲谋与郭祐之是老朋友,他们有可能过江到镇江相聚,而这时巧逢郭祐之得子,所以白朴赋词相赠。因而,这首词当系于至元二十六年(1289)。

  天上灵椿未老③,月中丹桂初花。充闾佳庆尽堪夸④。圣善元来姓贾⑤。
  广座平分玉果⑥,绛颊剩拂丹砂[一]。从今人说细侯家。自有青衫竹马⑦。

校记

[一] 绛颅剩拂丹砂："颅"字，朱抄本、赵抄本、丁抄本作"罗"。

注释

①郭祐之得雄：郭祐之，据笔者《白朴交游考》考知：郭祐之是白朴的朋友，名天锡，字祐之，号北山，大同人。至元十六年（1279）曾在真定，至元二十三年（1286）任镇江路判官，至元二十九年（1292）继任。与王恽、张之翰、戴表元为友。得雄，生儿子。晋王献之《阮新妇帖》："阮新妇勉身，得雄，甚善！散骑殊常喜也。"

②渠即贾治中婿：渠，他。《三国志·吴志·赵达传》："滕如期往，至，乃阳求索书，惊言失之，云：'女婿昨来，心是渠所窃。'"贾治中，镇江路治中，生平里籍不详。治中，据《元史·百官志》载："各路总管府，至元初置。……上路秩正三品，达鲁花赤一员，总管一员，并正三品，兼管劝农事，江北则兼诸军奥鲁，同知、治中、判官各一员。"婿，指郭祐之。

③天上灵椿未老：灵椿，古代传说中的长寿之树。又比喻父亲。五代冯道诗《增窦十》："燕山窦十郎，教子有义方。灵椿一株老，丹桂五枝芳。"后因称父为"椿"。

④充闾：光大门庭。《晋书·贾充传》："贾充字公闾……逵晚始生充，言后当有充闾之庆，故以为名字焉。"后用为贺人生子词。金元好问《贺威卿徐弟得雄》："利市金钱四座俱，阿卿新喜到充闾。"

⑤圣善：聪明善良。《诗经·邶风·凯风》："母氏圣善，我无令人。"毛传："圣，睿也。"郑玄注："睿又作圣；令，善也。母乃有睿知之善德。"后专用以称颂母德。此处用来作母亲的美称。

⑥广座平分玉果：化用宋苏轼《减字花木兰·维熊佳梦》："犀钱玉果，利市平分沾四坐。"玉果，指柑橘。因其皮有泽润，故称。唐皮日休《早春以橘子寄鲁望》："不为韩嫣金丸重，直是周王玉果圆。"

⑦从今人说细侯家。自有青衫竹马：典出《后汉书·郭伋传》："郭伋字细侯……始至行部，到西河美稷，有童儿数百，各骑竹马，道次迎拜。伋问：'儿曹何自远来？'对曰：'闻使君到，喜，故来奉迎。'"后以"细侯"称颂受人欢迎的到任官吏。宋陈师道《寄侍读苏尚书》："一时宾客余枚叟，在处儿童说细侯。"作者借以表示祝贺。

西江月

题阙。

解 题

蒙古灭南宋之后，实现了国家的统一，结束了百余年来南北分治、战争连绵给人民带来的灾难。白朴怀着喜悦的心情，赋词赞美元朝统治者为英明之主，赞美国家统一和人民安居乐业。这首词作于何时，徐凌云《天籁集编年校注》："据词中'四海幸归英主'，应是指元世祖至元十三年（1276）二月南宋京城临安陷落，宋谢太后及帝显降元，三月被押赴大都，即元人称之为江南平或平宋一事。但南宋小朝廷真正的灭亡是在元世祖至元十六年（1279）正月，张世杰、陆秀夫败于崖山，陆秀夫抱帝昺投海死，元人才真正统一了中国。此词所指，即可能是前者，也可能是后者；但据全词基调来看，仍应是暮年回首之作，故此词上限似不得超过元世祖十六年（1279）正月。"笔者认为这样说过于笼统宽泛，其实南宋京师临安沦陷谢太后降元，南宋并未亡。南宋端宗赵昰，建年号景炎，另立朝廷，战争继续进行，国家尚未统一。直至宋帝昺祥兴二年、至元十六年（1279）南宋兵败崖山、陆秀夫抱帝昺投海，才算真正灭亡，国家才算真正实现了统一。因而，白朴此词所指当为这一年，白朴心情喜悦，写此词,故这首词应当作于元世祖至元十六年(1279)。

过隙光阴流转①,还丹岁月绵延②。几人青鬓对长年。且庆时间康健[一]。

四海幸归英主[二],三山免化飞仙③。大家有分占桑田。近日蓬莱水浅④。

校记

[一] 且庆时间康健:此句,底本与曹本、朱抄本、赵抄本、丁抄本、四印斋本、《九金人集》本作"且斗时间康健"。今从四库本改。

[二] 四海幸归英主:"幸"字,朱抄本、赵抄本、丁抄本、劳抄本、汪抄本、四库本作"率"。

注释

①过隙:喻时间短暂,光阴易逝。《礼记·三年问》:"三年之丧,二十五月而毕,若驷之过隙。"

②还丹:相传道家炼丹,使丹砂烧成水银,积久又还成丹砂,这种丹砂就叫还丹。传说食用丹砂,可以延年益寿。南朝梁王筠《东南射山》:"还丹改容质,握髓驻流年。"

③三山免化飞仙:三山,古代传说中神仙居住的海岛。此指难以到达的遥远地方。见《史记·秦始皇本纪》。参阅前《沁园春·夜梦就树摘桃啖之,于中一枚甘苦,觉而异之,因为之赋》注⑧。飞仙,会飞的仙人。《海内十洲记·方长洲》:"(蓬莱山)对东海之东北岸周回五千里外别有圆海绕山,圆海水正黑,而谓之冥海也,无风而洪波百丈,不可得往来……惟飞仙有能到其处耳。"

④大家有分占桑田。近日蓬莱水浅:晋葛洪《神仙传·王远》:"麻姑自说云:'接待以来,已见东海三为桑田,向到蓬莱,水又浅于往者会时略半也。岂将复还为陵陆乎?'"这里喻指世事变迁、江山易主。

西江月

九江送刘牧之同知之杭。①

解　题

　　这首词是白朴在九江送友人刘牧之同知赴杭州上任而写的，既赞美友人的人品文才，又表现老友之间的深厚情谊。笔者在《白朴交游考》一文中曾说："从词中可知白、刘交往非此一日，昔日同登襄阳岘首山，今日同登庐山，其情深厚。白朴有词《水调歌头》，词题云：'至元戊寅为江西吕道山寿'，知朴'至元戊寅'即至元十五年（1278）在九江，所以有九江送刘牧之同知之杭事。"因此，将这首词系于元世祖至元十五年（1278）作，白朴时年五十三岁。

　　我自纫兰为佩②，君方剖竹分符③。才情风调有谁如④。仿佛三生小杜⑤。
　　置酒昔登岘首⑥，题诗今对匡庐。青衫恨不到西湖。共湿黄梅细雨⑦。

注释

①刘牧之：白朴友人。笔者在《白朴交游考》一文中，据白朴《西江月·九江送刘牧之同知之杭》，侯克中《宿酒成疾寄刘签事》《寄刘签事牧之郭廷副邦彦二首》《寄刘牧之霍清肃二廉访》《他日刘牧之回持李鹏举书并所和诗见寄复用前韵答之》，魏初《出溢浦寄刘牧之》，张之翰《沁园春·送刘牧之同知归江南》等诗词考知：刘牧之曾任杭州路同知、佥事和肃政廉访使，与白朴及白朴之友侯克中、魏初、张之翰为友，情谊甚厚。据《元史·百官志》载：州、府、路以上军政机关均设同知，品秩从正六品到正三品不等。刘牧之此时所任似为路同知，正四品。签事，即佥事，为枢密院及其下属的属官，正四品。肃政廉访使，为元世祖至元二十八年（1291）改各道提刑按察司为肃政廉访司的主官，正三品。

②纫兰为佩：语出《楚辞·离骚》："扈江离与辟芷兮，纫秋兰以为佩。"王逸注："纫，索也。"谓采秋兰捻成索状佩戴在身上。喻人品高洁。

③剖竹分符：古代授官封爵，以竹符为信。剖分为二，一给本人，一留朝廷。《汉书·孝文帝纪》："初与郡守为铜虎符、竹使符。"颜师古注："与郡守为符者，谓各分其半，右留京师，左以与之。"

④风调：人的品格情调。《北齐书·崔㥄传》："偃弟儦，学识有才思，风调甚高。"

⑤仿佛三生小杜：小杜，指唐杜牧。杜牧（803~约852），字牧之，京兆万年（今陕西长安）人，太和进士。曾为江西观察使、宣徽观察使、沈传师和淮南节度使牛僧孺的幕僚。历任监察御史，黄、池、睦诸州刺史，后入为司勋员外郎，官终中书舍人。善诗文，其诗在晚唐成就颇高。后人称杜甫为"老杜"，称杜牧为"小杜"。有《樊川文集》，见《新唐书·杜牧传》。此句语出宋黄庭坚《广陵春草》："春风十里珠帘卷，仿佛三生杜牧之。"白朴将杜牧比作刘牧之。

⑥置酒昔登岘首：岘首，即岘首山，在今湖北襄阳城南。此句说明他们是老朋友了。

⑦黄梅细雨：黄梅季节下的小雨。隋薛道衡《梅夏应教诗》："长廊连紫殿，细雨应黄梅。"

西江月

李元让赴广东帅幕^①。

解　题

  这首词是白朴为即将去广东行都元帅府做幕僚的友人李元让的送行词，赞颂他才貌双全，文如陈琳、书法比王羲之，胸怀大志，祝愿他能平定南宋建功立业，表现出白朴对友人能够晋升、从戎、平南宋、一统国家的欣喜之情。关于这首词的系年，徐凌云在《天籁集编年校注》中说"此词从未有人编年"，并据《元史·李恒传》："（至元）十五年（1278），（宋）益王殂，其枢密张世杰、陆秀夫等复立卫王昺，守广东诸郡。诏以恒为蒙古汉军都元帅经略之。恒进兵取英德府、清远县，败其制置凌震、运使王道夫，遂入广州，世杰等移屯崖山。"论证"李元让此次赴广东帅幕，很可能是赴李恒幕府的，第一，李恒与李元让同为山东人，是否一族虽不可知，但同乡则是确实的；第二，至元十五年（1278）白朴仍在江西，才有可能送李元让去广东。因此我们把这首词定在元世祖十五年（1278）秋天在江西写的"。这一推论，可备一说。其实，笔者在《白朴交游考》中将这首词的编年放在至元十四年（1277），根据是《元史·世祖本纪》：至元"十四年春正月癸巳,行都元帅府军次广东,知循州刘兴以城降"。同时,笔者在《白朴年谱》中也将这首词系在此年。《白朴年谱》:"公元1277年,宋端宗景炎二年,元世祖至元十四年,丁丑,白朴五十二岁。游岳阳。作词多首……白朴作《西江月》,题'李元让赴广东帅幕'。"按:《元史·世祖本纪》:至元"十四年春正月癸巳,行都元帅府军次广东,知循州刘兴以城降"。知李元让赴广东帅府作幕宾为是年。

皎皎风前玉树②,煌煌腰下金符③。陈琳檄草右军书④,香满红莲幕府⑤。

政自雄心抚剑⑥,不妨雅唱投壶⑦。长缨系越在须臾⑧,看扫蛮烟瘴雨⑨。

注释

①李元让:白朴友人。笔者在《白朴交游考》一文中,据白朴《西江月·李元让赴广东帅幕》、赵孟頫《送李元让赴行台治书侍御史》、姚燧词《烛影摇红》、《元史·世祖本纪》及元人张铉《至大金陵新志·官守志》等考知:李元让,名处巽,东平(今山东)人,至元十四年(1277)赴广东帅幕,至元二十七年(1290)为朝列大夫,江南行御史台治书侍御史,迁肃政廉访史,工书法小篆。与赵孟頫、姚燧交往甚厚。

②皎皎风前玉树:语出唐杜甫《饮中八仙歌》:"宗之潇洒美少年,举觞白眼望青天,皎如玉树临风前。"玉树,比喻才貌之美。

③金符:古代帝王授予臣属的信物,包括铜虎符、金龟符、金符牌等。《元史·百官志》:"大都尚饮局,秩从六品。中统四年始置。设大使、副大使各一员,俱带金符。"

④陈琳檄草右军书:陈琳,汉末文学家,建安七子之一,字孔璋,广陵(今江苏扬州)人,初从袁绍,后归曹操,为司空军谋祭酒,管记室。所草檄文最多,以为袁绍草讨曹操檄文最有名。见《三国志·王粲传》附。右军,指

王羲之，东晋书法家，官至右军将军，会稽内史，人称"王右军"。《晋书》有传。这里喻指李元让既有陈琳的文才，又有王羲之的书艺。元陆友仁《砚北杂志》卷下："李处巽元让乃高舜举之甥，舜举得篆法于党世杰，以授杨武子。武子以授元让，其来盖有自也。"明陶宗仪《书史会要补遗》："李处巽，字元让，东平人，至元间能小篆。"

⑤红莲幕府：《南史·庾杲之传》："（王俭）乃用杲之为卫将军长史。安陆侯萧缅与俭书曰：'盛府元僚，实难其选。庾景行泛渌水，依芙蓉，何其丽也。'时人以入俭府为莲花池，故缅书美之。"后因以"红莲幕"为幕府的美称。唐李商隐《寄成都高苗二从事》："红莲幕下紫梨新，命断湘南病渴人。"

⑥抚剑：指从戎。南朝齐谢朓《和江丞北戍琅琊城》："岂不思抚剑，惜哉无轻舟。"

⑦投壶：我国古代宴会的礼制。也是一种游戏。《礼记·记壶》记载甚详。方法是以盛酒的壶口作目标，用矢投入。矢有三种长度，室内用二尺，堂上用二尺八寸，庭中用三尺六寸。以投中多少为胜负。负者须饮酒。《后汉书·祭遵传》："对酒设乐，必雅歌投壶。"

⑧长缨系越：《汉书·终军传》："（汉武帝）乃遣军使南越，说其王，欲令入朝，比内诸侯。军自请，愿受长缨，必羁南越王而致之阙下。"南越，亦称南粤，在今两广等地。缨，绳子，指捕缚敌人的长绳。后因用"请缨"指投军报国。唐柳宗元《唐铙歌鼓吹曲十二首》其十一："臣靖执长缨，智勇伏囚拘。"

⑨蛮烟瘴雨：指蛮荒地区的烟雨瘴气。亦指蛮荒地区。宋黄公度《眼儿眉·梅词和傅参议韵二首》其一："如今憔悴，蛮烟瘴雨，谁肯寻搜。"这里借指在闽粤地区的宋军。

西江月

渔父。

解 题

白朴借咏渔夫悠闲自在的隐逸生活，表达其不问世事，乐于现实悠闲适意生活的思想情感。关于这首词的系年，徐凌云在《天籁集编年校注》中，曾据"词中提到'竹叶''桃花'均为南方花木"，"五湖为南方五个大湖的总称"，"推断这首词亦作于晚年寓居江南时，其上限不得超过元世祖至元十七年（1280）"。这一推断，过于笼统、宽泛，但今又无据可考定其确切年代，可备一说。而其推断所据之一，"竹叶""桃花"，并非南方独有。且"竹叶"，指竹叶青，名酒；"桃花"，指桃花水，春汛。但从词的内容看，当是白朴卜居建康之后的晚年之作。系于何年，待考。

世故重重厄网，生涯小小渔船。白鸥波底五湖天①。别是秋光一片。
竹叶醉浮绿醑②，桃花浪渍红鲜[一]③。醉乡日月武陵边④。管甚陵迁谷变⑤。

校记

［一］溃：四印斋本作"渍"。

注释

①五湖：《国语·越语下》："反至五湖，范蠡辞于王曰：'君王勉之，臣不复入越国矣。'……遂乘轻舟以泛于五湖，莫知其所终极。"《吴越春秋·勾践伐吴外传》：越既灭吴，范蠡"乃乘扁舟出三江，入五湖，人莫知其所适"。对于这里所说的五湖，六朝以来有多种解释：一说是太湖的别名；一说是太湖东岸五个与太湖相连的湖；一说指太湖附近的五个湖。这里当是泛指太湖一带的湖泊。

②竹叶酷浮绿蚁：竹叶，即竹叶青。亦泛指美酒。《文选·张协〈七命〉》："乃有荆南乌程，豫北竹叶，浮蚁星沸，飞华萍接。"注曰："张华《轻薄篇》曰：'苍梧竹叶清，宜城九酝酒。'"

③桃花浪渍红鲜：语出唐张志和《渔歌子·西塞山前白鹭飞》："西塞山前白鹭飞，桃花流水鳜鱼肥。"桃花，指桃花水，即春汛。渍，腌制。《礼记·内则》："渍取牛肉，必新杀者。"南宋陆游《老学庵笔记》卷七："豆腐、面筋、牛乳之类，皆蜜渍食之。"红鲜，指鱼。唐张松龄《渔父》："钓得红鲜劈水开，锦鳞如画逐钩来。"

④醉乡日月武陵边：醉乡，指酒醉后意识不清的境界。唐王绩《醉乡记》："阮嗣宗、陶渊明等数十人，并游于醉乡。"日月，每天每月。《论语·雍也》："回也，其心三月不违仁，其余则日月至焉而已矣。"武陵，即武陵源、武陵溪。晋陶渊明《桃花源记》叙晋太元中，武陵渔人误入桃花源的故事，后以"武陵源"借指避世隐居的地方。

⑤陵迁谷变：毛传："言易位也。"郑玄笺："易位者，君子居下，小人处上之谓也。"后用以比喻君臣高下易位。亦用以比喻事物的巨大变化。《诗经·小雅·十月之交》："高岸为谷，深谷为陵。"宋陆游《丙午五月大雨，五日不止，镜湖渺然想见湖未废时》："陵迁谷变亦何常，会有妙手开湖光。"

浪淘沙

题阙。

解　题

这首词作者描述一个青年女子和恋人从密约、娇迎、欢合、私语到分手的故事，塑造了一位追求爱情、不拘礼法、娇柔却勇敢的女子形象，表现了作者对青年女子追求身心自由的赞美。这首词也可以说是白朴写自己爱恋青楼女子的情形和心情，是年轻时的白朴，风流倜傥、放浪形骸、钟情青楼、得薄幸之名的真实写照。这首词的系年，徐凌云《天籁集编年校注》认为"此词从未有人编年。从词的内容看，借游仙写冶游，亦当为'花月少年场'之作。当为青年时期居住北方时作，因年代失考，亦姑暂附于移居江南之前"。这样编年太笼统，时间跨度太长。其实，以词的内容看，写青年时的冶游生活，这与《满江红·庚戌春别燕城》所写内容几乎相同，两首词应该写于同一时间、同一地点，故应把这首词系于元定宗皇后海迷失二年（1250），白朴时年二十五岁。

今古海山情[1]。月牖云扃[2]。潜教小玉报双成[3]。整顿罗衣斜敛出，门外娇迎。

灯暗酒微醒[一]。鬓乱钗横。一春心事语叮咛。明夜闲衾容易冷，谁复卿卿④。

校记

[一] 灯暗酒微醒："灯"字，底本、四印斋本作"镫"。今从曹本、朱抄本、赵抄本、丁抄本、四库本、《九金人集》本改作"灯"。按："镫"，一义通"灯"，为照明器具。《九歌·招魂》："兰膏明烛，华灯错些。"

注释

①海山情：即海誓山盟。指以山海为盟誓，极言相爱之深，坚定不移。元乔吉《两世姻缘》第二折："想则想于咱不志诚，空说下碜磕磕海誓山盟。"

②月牖云扃：有云纹装饰的户牖。借指华美的居处。元无名氏《碧桃花》第一折："柳亭花馆，月窗云户。"

③潜教小玉报双成：语出唐白居易《长恨歌》："金阙西厢叩玉扃，转教小玉报双成。"小玉，白居易诗自注："小玉，吴王夫差女名。"双成，即董双成，神话中西王母侍女。这里借指风月场所的女子。

④卿卿：《世说新语·惑溺》："王安丰妇常卿安丰，安丰曰：'妇人卿婿，于礼为不敬，后勿复尔。'妇曰：'亲卿，爱卿，是以卿卿；我不卿卿，谁当卿卿？'遂恒听之。"后以"卿卿"作为对人们所爱的人一种亲昵的称呼。

浪淘沙

题阙。

解　题

这首词白朴写一位青年男子与心爱的女子难通情意的故事，表现了他与女子相见恨晚、无计相从的心理活动，表现出白朴年轻时的风流放纵。这首词的内容，与《满江红·庚戌春别燕城》内容相近，似当写于同一时间、同一地点，故把这首词的写作时间系于元定宗皇后海迷失二年（1250），白朴时年二十五岁。

青琐几窥容①。带结心同②。临鸾谁与画眉峰③。自恨寻芳来较晚，孤负春红。

无物比情浓。无计相从。殷勤心事若为通。留得青衫前日泪，弹满西风。

注释

①青琐几窥容：青琐亦作青锁、青璅。刻镂成格的窗子。见南朝宋刘义庆《世说新语·惑溺》："韩寿美姿容，贾充辟以为掾。充每聚会，贾女于青璅中

看,见寿,说之,内怀存想,发于吟咏。"

②带结心同:即同心结。旧时用锦带编成的连环回文样的结子,用以象征坚贞的爱情。南朝梁武帝萧衍《有所思》:"腰中双绮带,梦为同心结。"宋林逋《相思令·吴青山》:"君泪盈,妾泪盈,罗带同心结未成,江边潮已平。"

③临鸾谁与画眉峰:鸾,指鸾镜。宋无名氏《张协状元》戏文第十三出:"仗托云鬟粉面,使婢随侍,临鸾照时,那饰容都是它辈承直。"钱南扬校注:"鸾,鸾镜的省文。"元李致远《天沙净·离愁》:"一声长叹,临鸾不画眉山。"画眉,以黛描饰眉毛。即张敞为妻画眉事,典见《汉书·张敞传》。后以画眉喻夫妇感情融洽。

浪淘沙

题阙。

解 题

这首词写人生处世艰难,以归隐退闲为好,反映了白朴晚年身在建康羡慕逸隐生活。从词中有"何处老来闲,白下长干",可知此词为晚年寓居建康时所作,具体何年,难以断定,但写于至元十七年(1280)以后是肯定无疑的。

行路古来难①。似得还山②,山间终是胜人间。风月琴樽应不羡,尘土征鞍。
何处老来闲。白下长干③。一番春事又阑珊④。流水桃花天地外⑤,老我渔竿[一]。

校记

[一] 流水桃花天地外,老我渔竿:此两句十一字,底本为墨丁。四印斋本空缺十一字,以□代。曹本、朱抄本、赵抄本、丁抄本、劳抄本、汪抄本、《九金人集》本均注明"下少二句"或"缺二句"。今从四库本补。

注释

①行路古来难：比喻处世不易。唐白居易《太行路》："行路难，不在山，不在水，只在人情反复间。"

②还山：致仕，隐退。宋刘克庄《水调歌头·喜归》："再谢拜不敏，早晚乞还山。"

③白下长干：白下，东晋南朝时建康（今江苏南京）北滨江要地。南朝宋李安民于此治城隍，后名白下城。故址在今南京市金川门外。齐、梁时为南琅琊郡治所。唐初曾移金陵县治此，改名白下县。旧时因此又以白下为南京市的别称。长干，巷名。古建康里巷。六朝时建康南五里秦淮河两岸有山冈，其间平地，为吏民杂居之所，江东称山陇之间为"干"，故名。左思《吴都赋》："长干延属，飞甍舛互。"长干，有大小长干巷相连，大长干巷在今南京市中华门外，小长干巷在今南京市凤凰台南，巷西通长江。

④一番春事又阑珊：南唐李煜《浪淘沙令》："帘外雨潺潺，春意阑珊，罗衾不耐五更寒。"春事，春日娱乐之事。宋范成大《泊衡州》："空江十日无春事，船到衡阳柳色深。"阑珊，衰残，将尽。

⑤流水桃花天地外：意为世外桃源，宜于隐居或理想的生活环境。典见晋陶潜《桃花源记》，语出唐李白《古风五十九》其三十一："一往桃花源，千春隔流水。"宋苏轼《宿九仙山》："玉室金堂馀汉士，桃花流水失秦人。"

朝中措

题阙。

解 题

这首词是白朴在燕京结识青楼女子之后,将要返回真定时而作,赞美女子心地纯洁,不是水性杨花之人,因而给自己留下美好的回忆。从词的内容看,此词写于白朴青年时期。白朴有词《满江红·庚戌春别燕城》,时在元定宗皇后海迷失二年(1250),年二十五岁。白朴青年时期去燕京绝不会只此一次,但无留文字记载,故将此词系于元定宗皇后海迷失二年(1250)。

燕忙莺乱斗寻芳。谁得一枝香。自是玉心皎洁,不随花柳飘扬[①]。明朝去也,燕南赵北[②],水远山长。都把而今欢爱,留教后日思量。

注释

① 自是玉心皎洁,不随花柳飘扬:语出唐李白《怨情》:"花性飘扬不自持,玉心皎洁终不移。"

②燕南赵北：指燕京之南，赵都邯郸以北地区，亦泛指黄河以北地区。宋陆游《涉白马渡慨然有怀》："太行之下吹虏尘，燕南赵北空无人。"这里指真定，真定在燕之南赵之北，而白朴寓居此地。

朝中措

题阙。

解 题

这首词赞美青楼年轻女子美丽,受人怜爱,侍宴陪酒,表现了白朴青年时期放荡的冶游生活。这首词与前首《朝中措》(燕忙莺乱斗寻芳)内容相近,亦当作于元定宗皇后海迷失二年(1250),时年二十五岁。

娃儿十五得人怜①,金雀髻垂肩。已爱盈盈翠袖,更堪小小花钿。江山在眼,宾朋满座,有酒如川。未便芙蓉帐底,且教玳瑁筵前②。

注释

①娃:美女。唐李白《经乱离后天恩流放夜郎忆旧游书怀赠江夏韦太守良宰》:"吴娃与越艳,窈窕夸铅红。"

②未便芙蓉帐底,且教玳瑁筵前:化用唐李白《对酒》:"玳瑁筵中怀里醉,芙蓉帐底奈君何。"芙蓉帐,用芙蓉花染的丝织品制成的帐子。泛指华丽的帐子。玳瑁筵,谓豪华珍贵的筵席。

朝中措

题阙。

解 题

这是白朴唯一一首描写农村情景的词,词中真切地描写农民辛勤劳作耕耘,秋禾丰收在望,突然灾害天降,蝗虫遍地,丰收成了泡影,使得农民无粮可食,流离失所,扶老携幼背井离乡,逃荒乞食。面对饥饿农民的惨状,白朴深怀同情,无限感慨,希望国家采取措施,消灭蝗虫,使四海获得丰收,农民安居乐业。这首词写于何时,徐凌云《天籁集编年校注》说:"此词的编年过去无人考证,只有按照白朴可考的行踪及《元史》《本纪》《五行志》中有关蝗灾的记载和发生的时间、地点来加以考定。《元史》世祖中统以前灾异无记载,《世祖本纪》及卷五十《五行志》记载:中统三年(1262)五月,真定、顺天等地蝗灾,这年秋天白朴去河南行省汉水流域;四年(1263)六月,真定、燕京等五路蝗灾,白朴行踪不明;至元二年(1265),真定等十路州蝗灾,白朴可能在真定(因四年曾代真定总府作寿词);至元三年(1266),真定、顺天十路州蝗灾;八年(1271)六月,真定、大名、顺天等路州县蝗灾,白朴在六年

（1269）曾去怀孟路参政杨果处；十六年（1279）四月，大都等十六路蝗灾，时白朴正准备迁居建康（今江苏南京）。此后历元贞、大德，白朴居住地附近无蝗灾记录。这些都与这首词的编年有关，但据白朴的行踪，我们暂时把这首词的编年定在蒙古世祖中统三年（1262）五六月间，这年秋天他即去汉水，可能与真定大灾有关系。时白朴在真定，年三十七岁。"此说似可，北方这些年发生多次蝗灾，白朴家居真定，有可能多次看到。徐凌云先生说白朴壬戌年秋天去汉水，可能与真定大灾有关，只是推测，像白朴这样的人家，蝗灾不会影响到他的生活行踪。因而，将这首词的编年定在中统三年（1262）至至元八年（1271）之间，更稳妥些。这几年，真定遭受多次蝗灾，白朴虽有外行，但大多时间在真定，可以亲眼看见灾情。

田家秋熟办千仓，造物恨难量。可惜一川禾黍，不禁满地螟蝗。委填沟壑，流离道路，老幼堪伤。安得长安毒手①，变教四海金穰②。

注释

①安得长安毒手：希望朝廷采取狠毒措施，消灭蝗虫。长安，西汉、隋、唐皆建都于长安，故唐以后常称国都为长安。此处当指元都大都（今北京）。唐李白《金陵》："晋家南渡日，此地旧长安。"晋朝南渡后以建康（今南京）为国都，建康古称金陵，故李白称金陵为长安。毒手，狠毒的手段。《晋书·石勒载记》下："初，勒与李阳邻居，岁常争麻池，迭相殴击……乃使召阳，既至，勒与酣谑，引阳臂笑曰：'孤往日厌乡老拳，卿亦饱孤毒手。'"

②金穰：金黄色的稻麦秸，喻指丰收。古代根据太岁星运行的方位来预测年成的丰歉。太岁星运行至西宫（正西方）称"岁在金"，预示农业丰收。宋沈与求《舟过荻塘》："村北村南歌自答，悬知岁事到金穰。"

朝中措

题阙。

解 题

这首词借咏抗冬雪严寒的松、竹、梅以及山茶花，表现自己不畏时艰，过着自在闲适的生活。词中所咏花木，皆多产南方，故此词当作于移居建康之后的至元十七年（1280）之后的某年冬天。

苍松隐映竹交加。千树玉梨花①。好个岁寒三友②，更堪红白山茶③。

一时折得，铜瓶插看，相映乌纱④。明日扁舟东去，梦魂江上人家。

注释

①玉梨花：当喻指白雪覆盖梅花。南朝梁萧子显《燕歌行》："洛阳梨花落如雪，河边细草细如茵。"

②岁寒三友：指松、竹、梅。青松、翠竹经冬不凋，梅抗严寒开花，故有"岁寒三友"之称。宋葛立方《满庭芳·和催梅》："梅花，君自看，丁香已白，

桃脸将红。结岁寒三友,久迟筠松。"

③山茶:常绿灌木或小乔木。冬春开花,品种很多,有单瓣、重瓣,花色红、白不一。俗称茶花。宋张耒《病起登叠嶂楼》:"多少山茶梅子树,未开齐待主人来。"

④乌纱:即乌纱帽。南朝宋始有乌纱帽,直至隋代均为官服。唐初曾贵贱均用,以后各代仍多为官服。《宋书·五行志》:"明帝初,司徒建安王休仁统军赭圻,制乌纱帽,反抽帽裙,民间谓之'司徒状',京邑翕然相尚。"此处指平民百姓的帽子。

朝中措

题阙。

解　题

这首词写白朴希望结束三年浪迹江南、行踪无定的生活，远离喧嚣繁华都市、仕途官位，寻找一个安静的水乡，过上闲适幸福的家庭生活，享受天伦之乐。这首词的系年，徐凌云《天籁集编年校注》云："此词从未有人编年。据词的内容，亦为浪迹天涯，羁旅外地所作，词内提到'三年浪走'，据《天籁集》词在外浪迹三年，有年代和地点可考的，也只有至元十三年到至元十五年在江西和湖南（当时的湖广行中书省）所写的作品，因此，我们暂且也把这首词定在元世祖至元十五年（1278），时白朴在江西九江，年五十三岁。"此说当是。

东华门外软红尘[①]。不到水边村。任是和羹傅鼎[②]，争如漉酒陶巾[③]。

三年浪走，有心遁世，无地栖身。何日团圞儿女[一]，小窗灯火相亲。

校记

[一] 何日团圞儿女：曹本、朱抄本、赵抄本、四库本作"团栾"。

注释

①东华门外软红尘：东华门，本是元大都宫城的东门。后多指繁华都市的城门。此指九江之某一城门。软红尘，都市车马扬起的尘土。形容都市的繁华。语出宋苏轼《次韵蒋颖叔钱穆父从驾景灵宫二首》其一："半白不羞垂领发，软红犹恋属车尘。"苏轼自注："前辈戏语：'西湖风月，不如东华软红香土。'"

②和羹傅鼎：和羹，为羹汤调味。《尚书·说命下》："若作和羹，尔惟盐梅。"孔传："盐咸梅醋。羹须盐醋和之。"《诗经·商颂·烈祖》："亦有和羹。"郑玄笺："和羹者，五味调，腥熟得节，食之于人性安和，喻诸侯有和顺德也。"傅，辅佐。鼎，传国之重器，用以比喻王位、帝业。后用"和羹傅鼎"比喻大臣辅佐君王治理朝政。

③争如漉酒陶巾：争如，怎么比得上，不如。漉酒，过滤酒。陶巾，陶潜的软帽。此句语出《宋书·隐逸传·陶潜》："郡将候潜，值其酒熟，取头上葛巾漉酒，毕，还复著之。"本指陶潜旷达不羁，不求仕途。后因以为文人放诞闲适之典。宋陆游《开元暮归》："日暖登山思谢屐，病余漉酒负陶巾。"

清平乐

咏木樨花①。

解　题

  这首词赞美金桂飘香的江南水乡的秋天景色，表达自己将在这美丽的江南孤独寂寞、与诗书为伍、闲适自在地安度晚年。徐凌云《天籁集编年校注》亦据"余生牢落江南"之句将是词定为晚年寓居建康时某一年秋天所作，其上限不得超过元世祖至元十七年（1280）。此说过于宽泛。从"牢落"一词来看，白朴当时续弦之妻秀英可能又丧，几个儿子出外居官，带走自己妻子，女儿出嫁，不像刚来建康时，秀英在，儿孙满堂，心情欢然；从到建康那年到至元二十八年这十余年间，白朴在建康广交朋友，游历江浙名城都会，如扬州、镇江、苏州、杭州，所写词没有孤独、寂寞、无聊之感。据此推断，是词当作于元世祖至元二十八年（1291）即白朴六十六岁之后某一年的秋天。这时自称"余年"，更合情理。

  碧云叶底。万点黄金蕊。更看蔷薇清露洗。泽国秋光如水。
  余生牢落江南②。幽香鼻观曾参③。见说小山招隐④，梦魂夜夜云岚[一]⑤。

校记

[一] 云岚：曹本、朱抄本、赵抄本、丁抄本、四库本作"云岩"。按：云岩，高峻的山。唐高适《同群公题中山寺》："平原十里外，稍稍云岩深。"亦指云岩寺。宋范成大《再到虎丘》："有缘再踏云岩路，无处重寻石井泉。"

注释

①木樨花：即桂花，别称有丹桂、金桂、银桂、岩桂、九里香之称。多产于南方，秋天开花，香浓扑鼻。"樨"同"犀"。宋赵师秀《池上》："一树木犀供夜雨，清香移在菊花枝。"

②牢落：孤寂，无聊。晋陆机《文赋》："心牢落而无偶，意徘徊而不能掃。"

③幽香鼻观曾参：鼻观，以鼻闻之。宋朱熹《梅花开尽不及吟赏感叹成诗聊贻同好二首》其二："鼻观残香里，心期昨梦中。"曾参，春秋末鲁国人，孔子弟子，以孝著称。《大戴礼记》中记载有他的言行，相传《大学》是他著的。后世儒家尊其为宗圣。

④见说小山招隐：见说，听说。招隐，征召隐居者出仕。"小山招隐"，即刘安《招隐士》，乃《楚辞》篇名。《文选》题淮南刘安作。汉王逸《招隐士序》："《招隐士》者，淮南小山之所作也。昔淮南王安，博雅好古，招怀天下俊伟之士，自八公之徒，咸慕其德而归其仁，各竭才智，著作篇章，分造辞赋，此类相从，故或称小山，或称大山，其义犹《诗》有《小雅》《大雅》也。"

⑤云岚：山中云雾之气。唐白居易《春游二林寺》："熙熙风土暖，蔼蔼云岚积。"

清平乐

咏水仙花①。

解 题

这首词上阕赞美水仙,下阕感叹身世。白朴流落江南,深切怀念如水仙花冰清玉洁般的亡妻。从词的内容看,水仙盛产南方,而家中养有水仙,可知白朴已卜居建康,故此词当作于元世祖至元十七年(1280)以后某年的冬天。徐凌云《天籁集编年校注》亦以水仙产于江南"断定这首词是晚年寓居江南时,某一年冬天所写。其上限不得超过元世祖至元十七年(1280)"。这样系年,仍感宽泛。与《清平乐·咏木樨花》同理,似可将是词定于元世祖至元二十八年(1291)之后的某年冬天所作。

玉肌消瘦。彻骨熏香透。不是银台金盏酒。愁杀天寒翠袖②。
遗珠怅望江皋[一]③。饮浆梦到蓝桥④。露下风清月惨,相思魂断谁招。

校记

[一] 怅望：此二字，朱抄本、赵抄本、丁抄本作"恨望"。

注释

①水仙花：多年生草本植物，地下鳞茎作卵圆形，叶子条形，伞形花序，花白色，中心黄色，如金盏银台，养于水中，清香淡雅，故名。供观赏，鳞茎和花可入药。宋赵彦卫《云麓漫钞》卷四："杨诚斋云：世以水仙为金盏银台。盖单叶者，其中真有一酒盏，深黄而金色。"

②天寒翠袖：翠袖，青绿色衣袖，泛指女子的装束。语出唐杜甫《佳人》："天寒翠袖薄，日暮倚修竹。"亦指女子。宋辛弃疾《水龙吟·登建康赏心亭》词："倩何人唤取，红巾翠袖，揾英雄泪。"

③遗珠怅望江皋：遗珠，遗失的珍珠。《庄子·天地》："黄帝游乎赤水之北，登乎昆仑之丘而南望，还归，遗其玄珠。"后以"遗珠"比喻未被进用的才德之士或美好事物。唐张籍《罔象得玄珠》："赤水今何处，遗珠已渺然。"江皋，江边地，江岸。《楚辞·九歌·湘夫人》："朝驰余马兮江皋，夕济兮西滋。"

④饮浆梦到蓝桥：指唐裴航在蓝桥求浆遇仙的故事。见《太平广记》卷五十《裴航》载：秀才裴航应试下第，在鄂渚同舟遇樊夫人，航心美之。夫人遣婢送诗曰："一饮琼浆百感生，玄霜捣尽见云英。蓝桥便是神仙窟，何必崎岖上玉清。"后航经蓝桥驿，果遇云英。但云英的祖母要求裴航寻得玉杵臼捣仙药玄霜才允婚。航果找到，终成婚。蓝桥，在陕西蓝田县蓝溪之上，后常用为男女相约幽会之处。元陆文圭《念奴娇·洛阳耆英会二首》其一："欲捣玄霜，难寻玉杵，何日蓝桥遇。"

清平乐

李仁山槛中蟠桃梅[一]①。

解 题

这首词是白朴去朋友李仁山家赏梅而作的咏梅诗,表现了白朴晚年闲适高雅的生活情趣。这首词后附有李仁山和词及小序云:"李仁山次韵,自注:'蟠桃来自杭,和靖词句得于孤山也。'"从李仁山此和词中"夭矫飞来白下"句,可知白朴此词作于建康,时间当在元世祖至元十七年(1280)以后的某年冬天。至于具体作于何年,因李仁山生平不详,亦不知白李交游详情,故难以判定确切年份。

前村潇洒。雪径人回驾。一槛谁移春造化。郁郁香浮月下②。
青绫半护冰姿。宛然临水开时。说与绿毛幺凤,不妨倒挂虬枝③。

校记

[一] 蟠桃梅:《九金人集》本作"蟠梅"。

注释

①李仁山：白朴在建康的朋友，生平里籍不详，待考。按：唐圭璋编《全金元词》于李仁山名下云："元《草堂诗余》有王梦应寿李仁山诗。"

②郁郁香浮月下：语见宋林逋《山园小梅二首》其一："疏影横斜水清浅，暗香浮动月黄昏。"

③说与绿毛幺凤，不妨倒挂虬枝：绿毛，即绿毛龟，背甲附生绿色水藻的金龟或水龟，水藻分披如毛，因称为绿毛龟。古代以为祥物，以供观赏。幺凤，鸟名。体形较燕子为小，羽毛五色，每至暮春，来集桐花，故又称桐花凤。此二句，语出宋苏轼《西江月·梅花》："海仙时遣探芳丛，倒挂绿毛幺凤。"《事物异名录·禽鸟·桐花鸟》引明镏绩《霏雪录》："桐花鸟即东坡词所谓倒挂绿毛幺凤也。一名收香倒挂，又名探花使。"虬枝，盘曲如虬龙。

附：李仁山次韵

蟠桃来自杭，和靖诗句得于孤山也。

瑶英轻洒。姑射飘仙驾。巧夺孤山能变化。夭矫飞来白下。绝怜玉骨清姿。不随红紫芳时。要识天然标格，竹篱茅舍横枝。

清平乐

题阙。

解　题

白朴以箜篌朱字、杨公种玉、崔护题诗的悲欢离合故事，赞美青年男女缔结良缘喜得美满爱情，鼓舞青年男女去追求自己的理想婚姻和爱情。从词的内容看，这首词当作于青年时期，系于移居建康之前，即至元十七年（1280）以前的某一天。

箜篌朱字[一]①。梦觉参差是②。不种仙家白玉子③。着甚消魂好事[二]。

桃花门外重重。一言半语相通。萦损题诗崔护，几回南陌春风④。

校记

[一] 朱字：此二字，曹本、朱抄本、赵抄本、丁抄本、劳抄本、汪抄本、四库本作"小字"。

[二] 着甚消魂好事："魂"字，底本为墨丁。曹本作"狂"。朱抄本、赵抄本、丁抄本、劳抄本、汪抄本、四印斋本、《九金人集》本缺。今从四库本作

"魂"。

注释

①箜篌朱字：箜篌，古代一种弦乐器。《旧唐书·音乐志》谓依琴而制，似瑟而小，七弦，用拨弹之，如琵琶。朱字，用朱砂写的字。多用以书写道经、佛篆等。唐卢纶《题天华观》："朱字灵书千万轴，苍髯道士两三人。"

②参差：差不多，相似。唐白居易《长恨歌》："中有一人字太真，雪肤花貌参差是。"

③不种仙家白玉子：即种玉的典故。见东晋干宝《搜神记》卷十一："杨公伯雍，洛阳人也，本以侩卖为业。性笃孝，父母亡，葬无终山，遂家焉。山高八十里，上无水，公汲水作义浆于坂头，行者皆饮之。三年，有一人就饮，以一斗石子与之，使至高平好地有石处种之，云：'玉当生其中。'杨公未娶，又语云：'汝后当得好妇。'语毕不见。乃种其石。数岁，时时往视，见玉子生石上，人莫知也。有徐氏者，右北平著姓，女甚有行，时人求，多不许。公乃试求徐氏。徐氏笑以为狂，因戏曰：'得白璧一双，当听为婚。'公至所种玉田中，得白璧五双，以聘。徐氏大惊，遂以女妻公。天子闻而异之，拜为大夫。乃于种玉处，四角做大石柱，各一丈，中央一顷地，名曰玉田。"后因以"种玉"比喻得神仙帮助而富贵、缔结良缘。

④萦损题诗崔护，几回南陌春风：崔护，唐代诗人，蓝田（今陕西）人。贞元进士，官至岭南节度使。年少时曾作《题都城南庄》："去年今日此门中，人面桃花相映红。人面不知何处去，桃花依旧笑春风。"后传为崔护题诗故事。白朴这首词下阕的四句，就叙此事。见孟棨《本事诗》："博陵崔护，姿质甚美而孤洁寡合。举进士下第，清明日独游都城南得居人庄。一亩之宫，而花木丛萃，寂若无人。扣门久之，有女子自门隙窥之，问曰：'谁耶？'对以姓字，曰：'寻春独行，酒渴求饮。'女入以杯水至，开门设床命坐。独倚小桃斜柯伫立，而意属殊厚，妖姿媚态，绰有余妍。崔以言挑之，不对，目注者久之。崔辞去，送至门，如不胜情而入。崔亦眷盼而归，自后绝不复至。及来岁清明日忽思之，情不可抑，径往寻之，门墙如故，而已锁扃之。崔因题诗于左扉曰：'去年今日此门中，人面桃花相映红。人面只今何处去？桃花依旧笑春风。'后数日，偶至

都城南,复往寻之,闻其中有哭声,扣门问之。有老父出曰:'君非崔护耶?'曰:'是也。'又哭曰:'君杀吾女。'崔惊怛,莫知所答。老父曰:'吾女笄年知书,未适人,自去年以来,常恍惚若有所失。比日与之出,及归,见左扉有字,读之,入门而病,遂绝食数日而死。吾老矣,惟此一女,所以不嫁者,将求君子以托吾身,今不幸而殒,得非君杀之耶?'又特大哭。崔亦感恸,请入哭之。尚俨然在床。崔举其首,枕其股,哭而祝曰:'某在斯,某在斯。'须臾开目,半日复活矣。父大喜,遂以女归之。"后以此故事喻男女邂逅生情,分离愁杀,终结良缘。萦损,愁思郁结而憔悴。宋欧阳修《怨春郎·为伊家》:"恼愁肠,成寸寸,已恁莫把人萦损。"白朴还以此故事创作杂剧《崔护谒浆》,剧本已佚。

清平乐

题阙。

解 题

这首词写光阴易逝,不觉老之将至,感叹人生苦短,留恋平静安逸自由自在的生活。这首词白朴写于晚年寓居建康桐树湾之时,当定在元世祖至元十七年(1280)之后的某一年。这首词当与前词《西江月·咏木樨花》同理,似应定在元世祖至元二十八年(1291),白朴时年六十六岁。

朱颜渐老。白发添多少。桃李春风浑过了。留得桑榆残照①。江南地迥无尘②。老夫一片闲云[一]③。恋杀青山不去④,青山未必留人。

校记

[一] 老夫一片闲云:"夫"字,底本、曹本、朱抄本、赵抄本、丁抄本、四库本、《九金人集》本均作"天"。今依文意从四印斋本改作"夫"。

注释

①桑榆：日暮时，太阳的余光在桑榆树间，因以指日暮。比喻晚年。唐刘禹锡《酬乐天咏老见示》："莫道桑榆晚，为霞尚满天。"

②无尘：尘，本指飞扬的尘土。此处特指战争或敌人的骚扰。《魏书·卢水胡沮渠蒙逊列传》："四方渐泰，表里无尘。"此处"无尘"，指天下太平。

③闲云：悠然飘浮的云。唐王勃《滕王阁序》："闲云潭影日悠悠，物换星移几度秋。"这里喻指无拘无束来去自如的人，或指闲适无忧自由自在的人。

④青山：本指青葱的山岭，亦指归隐之处。唐贾岛《答王建秘书》："白发无心镊，青山去意多。"此处指山名，又名青龙山，在今南京市东南。唐李白《登金陵冶城西北谢安墩》："白鹭映春洲，青龙见朝暾。"此指前意。

清平乐

同施景悦赌双陆不胜①,戏作。

解 题

  这首词写白朴冬天闲暇日与友人施景悦博弈双陆,消磨时光,表现了白朴晚年过着以诗酒宴饮、博弈为戏、歌伎陪酒伴唱的富贵生活。施景悦是白朴庚辰卜居建康之后结交的朋友。白朴初至建康时曾与诸公会饮,作过几首《水调歌头》,其中有一首词题"诸公见赓前韵,复自和数章,戏呈施雪谷景悦",两首词中的施景悦,当同为一人。白朴在建康住了二十多年,这首词写于何年,难以判定,但写于元世祖至元十七年(1280)卜居建康之后的某一年,是肯定无疑的。

  闲寻博弈。饱饭消长日。自笑家储无甔石②。百万都教一掷。
  平生酒圣诗豪③。韦娘局上相嘲④。今日风流磨折,翠裘输与绝袍[一]⑤。

校记

[一] 绝袍:"绝"字,赵抄本作"红",朱抄本、丁抄本作"缊",四库本

作"青"。

注释

①同施景悦赌双陆不胜：施景悦，字雪谷，白朴在建康的友人。生平里籍不详。双陆，古代一种博戏。局如棋盘，左右各有六路。子称作"马"，黑白各十五子，两人相博，骰子掷采行马，白马从右到黑，黑马反之，先出完者为胜。唐薛用弱《集异记·集翠裘》："遂命披裘，供奉双陆。"

②甔石：指少量的粮食。宋苏轼《乞赙赠刘季孙状》："今年五月卒于官所，家无甔石，妻子寒饥，行路伤嗟。"

③酒圣诗豪：酒圣，指善饮酒的人。诗豪，指杰出的诗人。语见宋黄庭坚《和舍弟中秋月》："少年气与节物竞，诗豪酒圣难争锋。"

④韦娘局上相嘲：韦娘，即杜韦娘。唐代歌伎名。唐刘禹锡有《赠李司空歌伎》，见唐孟棨《本事诗》："刘尚书禹锡罢和州，为主客郎中、集贤学士。李司空罢镇在京，慕刘名，尝邀自第中，厚设饮馔。酒酣，命妙妓歌以送之。刘于席上赋诗曰：'鬖髿梳洗宫样妆，春风一曲杜韦娘。司空见惯浑闲事，断尽江南刺史肠。'李因以妓赠之。"这里用以指歌伎。嘲，此指吟咏。《北史·薛孝通传》："因使元翌等嘲，以酒为韵……便命酌酒赐孝通，仍命更嘲，不得中绝。"

⑤翠裘输与绌袍：翠裘，即翠云裘的简称，以翠羽制作、饰以云彩纹饰的皮衣。唐王维《和贾舍人早朝大明宫之作》："绛帻鸡人报晓筹，尚衣方进翠云裘。"绌袍，用粗绸制的棉袍。唐薛用弱《集异记·集翠裘》："梁公指所衣紫绌袍曰：'臣以此敌。'"

点绛唇

题阙。

解　题

这首词写白朴孤身漂泊异乡，回忆起往日冶游时美女作伴、笙箫齐鸣，如今像梦一样都成过去，思念故乡、亲人的愁绪，难以排解，深夜难寐。从这首词的内容看，像是家居真定，南游江汉时所作。卜居建康之后，社会安定，生活平静，虽有出游，往往时间不长，不会有如此深切的游子之愁思，故将此词系于蒙古世祖中统二年（1261）至元世祖至元十六年（1279）之间。即白朴三十六岁至五十四岁之间。

翠水瑶池①，旧游曾记飞琼伴②。玉笙吹断。总作空花观③。
梦里关山，泪浥罗襟满[一]。离魂乱。一镫幽幔[二]。展转秋宵半。

校记

[一] 泪浥罗襟满："浥"字，曹本、朱抄本、赵抄本、丁抄本、劳抄本、汪抄本、四库本作"挹"。

[二] 一镫幽幌："镫"字，曹本、朱抄本、赵抄本、丁抄本、劳抄本、汪抄本、四库本、《九金人集》本作"灯"。按："镫"，读平声，音灯；一义同灯，作照明器具，《九歌·招魂》："兰膏明烛，华灯错些。"

注释

①瑶池：传说中西王母所居住的昆仑山上的地名。《穆天子传》："吉日甲子，天子宾于西王母。……乙丑，天子觞西王母于瑶池之上。"

②飞琼：即许飞琼。传说中的仙女。旧题汉班固《汉武帝内传》："（王母）又命侍女董双成吹云和之笙，石公子击昆庭之金，许飞琼鼓震灵之簧。"后借指美女。

③空花：佛教语。隐现于病眼者视觉中的繁花状虚影，或曰虚幻之花。比喻妄想或假象。南朝梁萧统《讲解将毕赋三十韵》："意树登空花，心莲吐轻馥。"亦作"空华"。宋司马光《游三门开化寺》："狂象调难伏，空华灭复生。"

踏莎行

咏雪。

解　题

这首词描写了南方严冬雪天美景。寒风吹拂，雪花漫天飞舞，苍茫大地被白雪覆盖，抗寒的梅花散发出清香，青竹被大雪压弯了腰，远处的湖山银装素裹，失去翠绿之色，呈现出洁白宁静的银色世界。白朴触景心喜而赋，表现了白朴晚年的安逸闲适生活和欣喜的心情。词中的"南云""梅萼""竹"，明确地告诉我们此词写于南方，因而此词应作于白朴卜居建康过上安定舒适生活的至元十七年（1280）之后的某一年冬天。但词中有"销金帐里人何醉"，可知白朴续弦妻子秀英尚在，其寓居建康时间不会太久，是词当定在至元十七年（1280）到至元二十八年（1291）之间的某个冬天，白朴年在五十五岁至六十六岁之间。

冻结南云，寒风朔吹。纷纷六出飞花坠①。海仙剪水看施工②，仙人种玉来呈瑞③。

梅萼清香，竹梢点地。画栏倚失湖山翠[一]。先生方喜就烹茶④，销金帐里何人醉[二]⑤。

校记

[一] 画栏倚失湖山翠："失"字，底本、朱抄本、赵抄本、丁抄本、四库本、四印斋本、《九金人集》本均作"湿"。今从曹本改。按："湿"，作潮湿解；"失"，作丧失、失去解。因为漫天大雪，田野铺满瑞雪，湖山被白雪覆盖，失去翠绿之色。这比倚栏湿衣更贴切。

[二] 何人醉：此三字，朱抄本、赵抄本、丁抄本、四库本、《九金人集》本作"人何醉"。

注释

①六出飞花：雪花呈六角形，因用为雪花的别名。《宋书·符瑞志下》："草木花多五出，雪花独六出。"

②海仙剪水看施工：海仙，锦带花的别名。宋王禹偁《海仙花》："海仙花者，世谓之锦带。维扬人传云：初得于海洲山谷间，其枝长而花密若锦带……予谓此花不在海棠下，宜以仙为号，目为锦带，俚熟甚焉。又取始得之地，命曰：海仙。"剪水，即剪水花。雪的别称。唐陆畅《惊雪》："天人宁许巧，剪水作飞花。"

③种玉：形容雪景。唐刘庭琦《奉和圣制瑞雪篇》："何处田中非种玉，谁家院里不生梅。"

④先生：文人学者的通称。可自称，亦可称人。《史记·三代世表补》："张夫子问褚先生。"司马贞索隐："褚先生名少孙。"此为褚少孙自称先生。这里为白朴自称。

⑤销金帐：用金色丝绒织成的帐幔、柔帐。后指一般帐子。宋汪元量《湖州歌九十八首》其四十五："销金帐下忽天明，梦里无情亦有情。"

浣溪沙

酒间赠金禅师①,时近六旬,头白如雪[一]。

解 题

这首词是白朴晚年有幸遇金禅师,同席共饮,赋词相赠。此词赞扬金禅师识时务,看破喧闹的尘世,山寺出家,修行有成,表现出作者对金禅师羡慕敬佩之情。从词中"丛筠"一词,可知地在南方;从词中有"生前"二字看,知是有生之年,人入老年。据此,可以断定这首词作于白朴晚年卜居建康之后的至元十七年(1280)之后的某一年。

世事方艰便猛回,丛筠佳处得栽培[二]②,花光别有一枝梅③。
头似雪盔那复漆[三]④,心如风篆也无灰⑤,生前相遇且衔杯⑥。

校记

[一] 头白如雪:丁抄本作"头如雪白"。

[二] 丛筠:朱抄本、赵抄本、丁抄本作"丛竹",四库本作"竹丛"。

[三] 头似雪盔那复漆:"盔"字,朱抄本、丁抄本作"盈"。"那复漆",

赵抄本"漆"字空缺。朱抄本、丁抄本作"都复添",四库本作"都复漆"。

注释

①金禅师:名号、生平里籍不详。

②丛筠:丛生的竹子,竹林。

③花光:花的光彩。南朝陈后主陈叔宝《梅花落二首》其一:"映日花光动,迎风香气来。"

④漆:黑色。《周礼·春官·巾车》:"漆车藩蔽。"郑玄注:"漆车,黑车也。"

⑤风篆:篆,盘香的喻称。宋秦观《海棠春》:"宝篆沉香褭。"也指盘香的烟缕。风篆,语化萧贡《拟回文四首》其三:"风幌半萦香篆细,碧窗斜影月笼纱。"

⑥衔杯:饮酒。唐杜甫《饮中八仙歌》:"饮如长鲸吸百川,衔杯乐圣称世贤。"

跋

清朱彝尊跋

兰谷词源出苏、辛，而绝无叫嚣之气，自是名家。元人擅此者少，当与张蜕庵称双美，可与知音道也。

康熙庚辰（1700）八月既望，江湖载酒词客朱彝尊校过。

清王皓跋

兰谷先生集，环溪王皓重校并手书，始康熙戊子早春，至己丑冬，补成全卷。风晨月夕，时一披吟，如对先生绝尘迈俗之标格也。书隐不传，已数百载，吾友希洛氏，一旦命工镂版，与天下后世共之，洵快举哉！

庚寅岁（1710）花朝，识于拙宜园之东轩。

清杨友敬跋

兰谷先生《天籁集》，至元丁亥王西溪为作序，已云二百篇，集内有戊子至辛卯作者，可知尚有增益。今传一百八篇，散佚多矣。无已，姑掇拾他书所载套数小令，编附卷末。昔陶南村先生云：金季国初乐府，犹宋词之流也。海内不乏具眼人，其亦有取于斯乎。

戊子（1708）冬仲，雪萝真隐杨友敬识。

（按：据同治《六安州志》二十七：杨友敬字希洛，号晴麓。乾隆元年举孝廉，由恩贡授太和县教谕，旋乞归。）

清王皓跋

先生自定词编，久逸其半，希洛十载购求，终不可得。因采录集外诸篇，意犹未惬。顷共余商榷，读书故应论世，为之博稽史乘，傍参百家，编列年谱，兼撰音训，它日补刊，足称善本。

庚寅（1710）三月共学弟王皓记。

清姜颖新跋

兰谷先生绝妙词，几同萝草共离披。君今考订光枣梨，风雅传灯赖主持。

扬州学弟姜颖新。

清徐材仲跋

稗畦填词四十余种，自谓一生精力在《长生殿》。竹垞检讨序而传之，谓元人杂剧如白仁甫《幸月宫》《梧桐雨》等作，后人自当引避，譬登黄鹤楼，岂可复和崔颢诗。然善书者必草《兰亭》，善画者多仿《清明上河图》，就其同而不同乃见矣。雪萝与稗畦雅相善，尝共商订《天籁集》，其服膺仁甫甚至，亟怂恿版行。迨今工竣，而稗畦竟没于水，不及见。雪萝深慨于中，并乞环溪录其所为兰亭词，刊附卷终，其诸挂剑之意欤？余又考元人周挺斋编曲名《双调》内【得胜令】【雁儿落】，天台陶氏所记正同。今德作得，落作飞，为向来传写之误无疑矣。

庚寅（1710）夏五月，徐材仲堪题于东山墅之竹深处。

（按：跋中所说稗畦所作檃括《兰亭序》套曲"刊附卷终"，今未录。稗畦，是洪昇之号。）

清王鹏运跋

右白仁甫《天籁集》二卷。按仁甫工度曲，明涵虚子评论元曲，品居第三。其词则未见著录，诸家选本亦均不载。国朝康熙中，六安杨氏希洛以曝书亭订本授梓。《四库全书提要》《御选历代诗余》复盛推之，名始大显。此本从皕宋楼藏书移钞，即杨刻也。仁甫词洵如《提要》所云：清隽婉逸，调适韵谐，足与张玉田相匹。乃沉晦越数百年，始得竹垞、希洛为之表曝，而别集孤行，流传绝少，其由显而晦，又将二百年矣。杨刻卷首有仁甫小像，末附撫遗，为所制曲，兹刻皆未之及。卷中讹阙，以无可校正，悉仍其旧云。

光绪十八年（1892）七月壬辰，临桂王鹏运识于吟湘小室。

（据四印斋刻本补）

清江阴缪荃孙跋

白仁父《天籁词》，六安杨希洛刻于康熙庚寅，朱竹垞定为二卷，并为之序，前载元王博文序，明孙大雅作序，字画精妙，藏书家亦罕见。光绪壬辰，吾友王君佑遐重刻于四印轩，而小像撫遗均删去。今仲饴侍郎借钱塘丁氏旧钞本录副，并属荃孙，与杨本合校付梓。而丁本颇异：杨本朱序云：希洛得之仁父裔孙，析为二卷。似已前无刻本，而丁本亦分二卷，长号联属，王序在前，孙序在后（标明后序），一也。《摸鱼子》五首，杨本在上卷，钞本在下卷，二也。有杨本脱，钞本有者，如《夺锦标·得友人李文蔚书》；《水龙吟·兼简卢处道》；《水调歌头·十月海棠》，均存小注。《夺锦标》之"惨哀音，令人嗟惜"，"惨"字未脱。《满江红》"同郑都事，复用前韵"，"同"字未脱。《沁园春》"世事就里"，"就里"两字未脱。《烛影摇红》"环能解结，合运同心，□□谁表"，"十"字未脱，三也。有杨本误，而钞本不误者。《水龙吟》曹光辅和作"从今都付黄粱"，杨作"黄粮"；《念奴娇》"月娥"，杨作"嫦娥"；《满庭芳》序用寒删先韵，"用"下不增"无"字，四也。有两本不同，而两通者，如《秋色横空》杨本题"咏梅，顺天张侯毛氏以丈母命题索赋"，钞本题"顺天张侯毛氏以早梅命题索赋，时壬子冬"，《石州慢》"疗饥赖有楚萍"，不作"商芝"，五也。今刊杨本，而以钞本改正之字，均缀于此，慎弗再以杨本正之。至四印本，则重翻杨本又不完全,更无论矣。

光绪乙巳(1905),江阴缪荃孙跋。

(据石莲龛刻《九金人集》中《天籁集》本补)

附:

兰谷先生像赞

〔明〕孙大雅

尧舜在上,巢许在下。箕颍清风,千载可亚。如谷之虚,如兰之馨。不为利往,不求幸生。降志辱身,依隐玩世。孰识其全,以卒于义。

兰谷先生赞

〔明〕曹安

猗嗟先生,挺生前代。肥遯林泉,才华超迈。富有文辞,名曰天籁。深谷之兰,芬芳犹在。遗像俨然,载瞻载拜。

酹江月

〔明〕陈霆

　　滑稽玩世，知包藏多少，春花秋月。天籁有词人有像，还似遗山风节。松下巢由，竹间逸少，气韵真高洁。坐间抚掌，溪山等是诗诀。　　见说多景楼前，凤凰台上，醉帽风吹裂。千古英豪消歇尽，江水至今悲咽。万里投荒，三年坐困，一样家愁绝。寄声知否？一杯当酹江雪。

（以上三首见清曹寅藏传抄本）

为白兰谷天籁集中临其家藏遗像于卷首偶成断句

〔清〕王著

　　词传天籁是声音，笑貌更临遗照面。难写当年郑谢心，孤高转向衣冠见。

（此首见清杨友敬刊本）

《天籁集》编年目录

公元 1250 年，宋理宗淳祐十年，蒙古海迷失后称制二年庚戌，时年二十五岁。

满江红　庚戌春别燕城。（云鬟犀梳）
朝中措　题阙。（娃儿十五得人怜）
朝中措　题阙。（燕忙莺乱斗寻芳）
水调歌头　用前韵，题阙。（明月复明月）
浪淘沙　题阙。（青琐几窥容）
浪淘沙　题阙。（今古海山情）
清平乐　题阙。（箜篌朱字）
水调歌头　夜醉西楼为楚英作。（双眸剪秋水）

公元 1252 年，宋理宗淳祐十二年，蒙古宪宗蒙哥汗二年壬子，时年二十七岁，在顺天。

秋色横空　咏梅，顺天张侯毛氏以太母命题索赋，时壬子冬。（摇落初冬）

垂杨　壬子冬，薄游顺天，张侯毛氏之兄正卿，邀予往拜夫人。既而留饮，撰词一咏梅，以《玉耳坠金环》歌之；一送春，以《垂杨》歌之。词成，惠以罗绮四端。夫人大名路人，能道古今，雅好客。自言幼时，有老尼，年几八十，尝教以旧曲《垂杨》，音调至今了然,事与东坡补《洞仙》歌词相类。中统建元,寿春榷场中,得南方词编,有《垂杨》三首,其一乃向所传者,然后知夫人真承平家世之旧也。(关山杜宇)按:词为壬子作,叙中统事乃后补书。

公元 1254 年,宋理宗宝祐二年,蒙古宪宗蒙哥汗四年甲寅,时年二十九岁,在亳州。

凤凰台上忆吹箫　题阙。(笳鼓秋风)

公元 1255 年,宋理宗宝祐三年,蒙古宪宗蒙哥汗五年乙卯,时年三十岁,在真定。

木兰花慢　题阙。(快人生行乐)

公元 1257 年,宋理宗宝祐五年,蒙古宪宗蒙哥汗七年丁巳前后,时年三十二岁,在燕城。

木兰花慢　为乐府宋生赋。宋字寿香,燕城好事者为渠写真,手捻荼蘼一枝。(展春风图画)

木兰花慢　感香囊悼双文。(览香囊无语)

玉漏迟　题阙。(碧梧深院悄) 在真定。

公元 1262 年,宋理宗景定三年,蒙古世祖中统三年壬戌,时年三十七岁,在汉江。

念奴娇　壬戌秋泊汉江鸳鸯滩,寄赠。(露团渐冷)

沁园春　夜梦就树摘桃啖之,于中一枚甘苦,觉而异之,因为之赋。(渺渺吟怀)

公元 1266 年，宋度宗咸淳二年，蒙古世祖至元三年丙寅，时年四十一岁，在汴京。

石州慢　丙寅九日，期杨翔卿不至，书怀用少陵诗语。（千古神州）

公元 1267 年，宋度宗咸淳三年，蒙古世祖至元四年丁卯，时年四十二岁，在真定。

春从天上来　至元四年，恭遇圣节，真定总府请作寿词。（枢电光旋）

水龙吟　送史总帅镇西川，时未混一。（壮怀千载风云）

公元 1262~1267 年之间，宋理宗景定三年，蒙古世祖中统三年壬戌至宋度宗咸淳三年、蒙古世祖至元四年丁卯之间，时年三十七岁至四十二岁之间。

点绛唇　题阙。（翠水瑶池）

朝中措　题阙。（田家秋熟办千仓）

满庭芳　屡欲作茶词，未暇也。近选宋名公乐府，黄贺陈三集中，凡载《满庭芳》四首，大概相类，互有得失。复杂用元、寒、删、先韵，而语意若不伦。仆不揆狂斐，合三家奇句，试为一首，必有能辨之者。（雅燕飞觞）

公元 1269 年，宋咸淳五年、蒙古至元六年己巳，时年四十四岁，在怀州。

木兰花慢　覃怀北赏梅，同参政西庵杨丈，和奥敦周卿府判韵。（记罗浮仙子）

木兰花慢　复用前韵，代友人宋子冶赋。（望丹东沁北）

公元 1275 年，宋恭帝德祐元年，元世祖至元十二年乙亥，时年五十岁，在大都。

水龙吟　幺前三字用仄韵者，见田不伐《洋呕集》，《水龙吟》二首皆如此。田妙于音，盖仄无疑，或用平字，恐不堪协。云和署乐工宋奴伯妇王氏，以洞箫合曲，宛然有承平之意。乞词于予，故作以赠。会好事者为王氏写真，末章及之。（彩云萧史台空）

公元 1276 年，宋恭帝德祐二年、宋端宗景炎元年，元世祖至元十三年丙子，时年五十一岁，在九江。

木兰花慢　丙子冬，寄隆兴吕道山左丞。（忆元龙湖海）

公元 1277 年，宋端宗景炎二年、元世祖至元十四年丁丑，时年五十二岁，在岳阳。

绿头鸭　洞庭怀古。（黯销凝）

水龙吟　登岳阳楼，感郑生龙女事，谱大曲《薄媚》。（洞庭春水如天）

西江月　李元让赴广东帅幕。（皎皎风前玉树）

满江红　题吕仙祠飞吟亭壁，用冯经历韵。（云外孤亭）

满江红　用前韵留别巴陵诸公，时至元十四年冬。（行遍江南）

公元 1278 年，宋端宗景炎三年、元世祖至元十五年戊寅，时年五十三岁，在九江。

水龙吟　九月四日为江州总管杨文卿寿。（雁门天下英雄）

朝中措　题阙。（东华门外软红尘）

贺新郎　题阙。（喜气轩眉宇）

水调歌头　至元戊寅为江西吕道山参政寿。（香风万家晓）

西江月　九江送刘牧之同知之杭。（我自纫兰为佩）

玉漏迟　段伯坚同予留滞九江，其归也，别侍儿睡香，予亦有感。（睡香花正吐）

公元 1276~1278 年，宋端宗景炎元年、元世祖至元十三年丙子至宋端宗景炎三年、元世祖至元十五年丙寅之间，时年五十一至五十三岁，在九江。

江梅引　题阙。（一溪流水隔天台）
玉漏迟　题阙。（故园风物好）

公元 1279 年，宋祥兴二年、元世祖至元十六年己卯，时年五十四岁，在扬州、真定。

木兰花慢　灯夕到维扬。（壮东南形胜）
念奴娇　中秋效李敬斋体，每句用月字。（一轮月好）
西江月　题阙。（过隙光阴流转）

公元 1280 年，元世祖至元十七年庚辰，时年五十五岁，在建康。

夺锦标　《夺锦标》曲，不知始自何时，世所传者，惟僧仲殊一篇而已。予每浩歌，寻绎音节，因欲效颦，恨未得佳趣耳。庚辰卜居建康，暇日访古，采陈后主张贵妃事，以成素志。按后主既脱景阳之厄，隋元帅府长史高颎竟就戮丽华于青溪，后人哀之，其地立小祠，祠中塑二女郎，次则孔贵嫔也。今遗构荒凉，庙貌亦不存矣。感叹之余，作乐府《青溪怨》。（霜水明秋）
瑞鹤仙　登金陵乌衣园来燕台。（夕阳王谢宅）
水调歌头　初至金陵，诸公会饮，因用《北州集·咸阳怀古》韵。（苍烟拥乔木）
水调歌头　咸阳怀古，复用前韵。（鞭石下沧海）
水调歌头　诸公见赓前韵，复自和数章，戏呈施雪谷景悦。（楼

船万艘下）

  水调歌头　感南唐故宫，就檃括后主词。（南郊旧坛在）

  水调歌头　前题（朝华几时谢）

  夺锦标　得友人王仲常、李文蔚书。（仲常名思廉，仕元至翰林学士承旨。）（孤影长嗟）

  满江红　重阳后二日，王彦文并利用秦山甫相过小饮。（过了重阳）

  沁园春　金陵凤凰台眺望。保宁佛殿即凤凰台，太白留题在焉。宋高宗南渡，尝驻跸寺中，有石刻御书王荆公《赠僧》诗云："纷纷扰扰十年间，世事何常不强颜。亦欲心如秋水静，应须身似岭云间。"意者，当时南北扰攘，国家荡析，磨盾鞍马间，有经营之志，百未一遂，此诗若有深契于心者以自况。予暇日来游，因演太白、荆公诗意，亦犹稼轩《水龙吟》用李延年、淳于髡语也。（独上遗台）

  沁园春　题阙。（我望山形）

公元1281年，元世祖至元十八年辛巳，时年五十六岁，在建康。

  木兰花慢　题阙。（听鸣驼入谷）

公元1280~1281年，元世祖至元十七年庚辰至至元十八年辛巳，时年五十五~五十六岁，在建康。

  水龙吟　九日同诸公会饮钟山，望草堂有感。（倚天钟阜龙蟠）

公元1280年，元世祖至元十七年庚辰以后某年，时在五十五岁之后某年。

  水调歌头　十月海棠。（金盘荐华屋）

  水调歌头　题阙。（北风下庭绿）

  水调歌头　予儿时在遗山家，阿姊尝教诵先叔《放言》古，今忽

白首，感念之余，赋此词云。（韩非死孤愤）

宴瑶池　《宴瑶池》本名《八声甘州》，乐府《八声甘州》名颇鄙俚，予爱其法雅健，因采东坡《戚氏》一篇，稍加檃括，使就新翻，仍改其名。（玉龟山）

公元1280~1283年，元世祖至元十七年庚辰至元世祖至元二十年癸未之间，时年五十五~五十八岁之间，在建康。

木兰花慢　歌者樊娃索赋。（爱人间尤物）

沁园春　监察师巨源将辟予为政，因读嵇康与山涛书，有契于予心者，就谱此词以谢。（自古贤能）

公元1285年，元世祖至元二十二年乙酉，时年六十岁，在建康。

沁园春　吕道山左丞觐回，过金陵别业。至元丙子予识道山于九江，今十年矣。（流水高山）

公元1286年，元世祖至元二十三年丙戌，时年六十一岁，在建康。

满江红　同郑都事复用前韵，退讫所租学田。（费尽长绳）

水调歌头　丙戌夏四月八日，夜梦有人以"三元秘秋水"五言谓予，请三元之义，曰上中下也。恍惚玩味，可作《水调歌头》首句，恨秘字之义未详。后从相国史公欢游如平生，俾赋乐章，因道此句，但不知秘字何意？公曰，秘即封也。甫一韵而寤，后三日成之，以识其义。（三元秘秋水）

水调歌头　予既赋前篇，一日举似京口郭义山。义山曰："此词固佳，但详梦中所得之句，元者应谓水府，今止咏甲子及《秋水》篇事，恐未尽也。"因请再赋。（三元秘秋水）

念奴娇　题镇江多景楼，用坡仙韵。（江山信美）

摸鱼子　秋仲一日，李具瞻侍御偕予过天庆观，访蒲敬之都事。既而登冶城，藉草于苍苍万玉中，觞咏乐甚。道官王默堕者在焉，且盟其两柏森立间构亭，为游目骋怀之所。翌日赋此，记一时之概耳。（望参差）

摸鱼子　用前韵，送敬之蒲君卜居淮上，敬之自翰苑擢蕲黄道宣慰幕官。（听西风细吟亭树）

摸鱼子　复用前韵，题阙。（问谁歌六朝琼树）

水龙吟　送张大经御史，就用公九日韵，兼简卢处道副使，使宁国置按察司时。（卢号疏斋）（绣衣揽辔西行）

水调歌头　冬至，同行台王子勉中丞、韩君美侍御、霍清夫治书登周处读书台，过古鹿苑寺。（疏云黯雾树）

公元1286~1287年，元世祖至元二十三年丙戌至至元二十四年丁亥之间，时年六十一~六十二岁，在建康。

风入松　咏红梅将橙子皮作酒杯。（使君高宴出红梅）

公元1287年，元世祖至元二十四年丁亥，时年六十二岁，在平江、建康。

沁园春　夜枕无梦，感子陵、太白事，明日赋此。（千载寻盟）

风流子　丁亥秋，复得仲常书，有"楚星燕月，千里相望，何时会合，以副旧游"之语，就谱此曲以寄之。（花月少年场）

沁园春　十二月十四日为平章吕公寿。（盖世名豪）

公元1288年，元世祖至元二十五年，时年六十三岁，在建康。

木兰花慢　戊子秋，送合道监司赴任秦中，兼简程介甫按察。（倦区区游宦）

公元 1289 年，元世祖至元二十六年己丑，时年六十四岁，在扬州、镇江。

木兰花慢　己丑送胡绍开、王仲谋两按察赴浙右、闽中任。时浙宪置司于平江，故有向吴亭句。（拥煌煌双节）

西江月　郭祐之得雄，渠即贾治中婿。（天上灵椿未老）

水调歌头　拟游茅山，赠心远提点。（三峰足云气）

公元 1291 年，元世祖至元二十八年辛卯，时年六十六岁，在杭州、建康。

永遇乐　至元辛卯春二月三日，同李景安提举游杭州西湖。（一片西湖）

木兰花慢　王彦立所居南斋，榜真隐，庭中新作盘池，同诸公赋。（渺高情公子）

念奴娇　题阙。（江湖落魄）

清平乐　咏木樨花。（碧云叶底）

清平乐　咏水仙花。（玉肌消瘦）

清平乐　题阙。（朱颜渐老）

公元 1293～1295 年，元世祖至元三十年癸巳至元贞元年乙未之间，时年六十八～七十岁，在建康。

沁园春　送按察司合道公赴浙东任。（玉节星轺）

水龙吟　遗山先生有《醉乡》一词，仆饮量素悭，不知其趣，独闲居嗜睡有味，因为赋此。（醉乡千古人行）

水龙吟　用前韵，赠答光辅。（倚阑千里风烟）

水龙吟　予始赋睡词，诸公赓和三十余首。一日，友人王文卿携肴来访，话及梁园旧游，因感其事，复用前韵。（万金不买青春）

公元 1306 年，元大德十年丙午，时年八十一岁，游扬州。

水龙吟　丙午秋，别维扬，途中值雨，甚怏然。（短亭休唱阳关）

公元 1280 年，元至元十七年庚辰卜居建康以后，具体何年待考。

西江月　题阙。（白石空销战骨）

踏莎行　咏雪。（冻结南云）

烛影摇红　前事用吕东窗韵（三尺枯桐）

清平乐　同施景悦赌双陆，不胜戏作。（闲寻，博弈）

摸鱼子　真定城南异尘堂同诸公晚眺（敞青红水边窗外）

浪淘沙　题阙。（行路古来难）

朝中措　题阙。（苍松隐映竹交加）

清平乐　李仁山槛外蟠桃梅。（前村潇洒）

西江月　渔父。（世故重重厄网）

摸鱼子　七夕用严柔济韵（问双星、有情几许）

水调歌头　咏月。（银蟾吸清露）

秋色横空　本名《玉耳坠金环》，"秋色横空"盖前人词首句，遗山用以为名。赋虞美人草。（儿女多情）

浣溪沙　酒间赠金禅师，时近六旬，头白如雪。（世事方艰便猛回）

第五编 附录

白朴家世生平资料

善人白公墓表

〔金〕元好问

岁辛亥冬十有二月,河曲白某持雁门李某所撰先大夫行事之状请于某,曰:"先大夫弃诸孤之养,内翰王君从之实表其墓,礼部闲闲赵公为之书,并以"善人白公墓表"篆其额。某时阶止六秩[一],未及赠官之制,故王君弗克载。遭离板荡,闲闲手笔亦复失之。某惟先大夫积德累行,躬不受祉。子男之爵,仅见于告弟之书。而使之旌纪寂寥,随世磨灭,孤奉义方之训[二],不肖孤死不瞑矣!敢以通家之旧,属笔于吾子,幸为论次之。"谨按:公讳某,字全道,姓白氏。其家于河曲者,不知其几昭穆矣。曾大父讳重信,大父讳玉,父讳仲温,皆潜德弗耀。公生十二岁而孤,妣李氏弱无所依。舅氏僧法澄为经纪其家,拊育训导,恩义备至。及长,乃能自树立,营度生理,日就丰厚。其后,澄殁。公不忘外氏之故,丧祭之礼有加,又为建贰茔于白氏丘垄之侧[三],一以祔外祖氏,一以葬澄。初,僧舅既奉浮图,愍其家世不传,为李氏置后意甚专,初不以异姓为嫌。已而事不果行。公承舅氏之意,挈此子养于家,以昆弟待之。大定初通检,因附属籍。舅已亡，又历三推之久，弟为妄人所教，遽求异财。公欣然以美田宅之半分之。人谓："同胞而至别籍，往往起讼。白公乃无丝毫顾藉意，是难能也！"太原赵进规从其子文卿在官下，尤相叹异，云："古人以阴德见称。如白全道，非但阴德，乃显德也！"司户王伯常尝都督部民之不率者云："汝独不能效白君以礼治身，以义教子耶！"其为名流所重如此。崇庆壬申，避地太谷，不幸遘疾。春秋六十有九，终于寓舍，实八月十九日也。越七日，诸孤护丧，归祔于河曲王家里西原之先茔，礼也。初娶王氏，再娶李氏，皆前公卒。子男五人：长曰彦升，留心典籍，而不就举选。次曰贲，广览强记，尤精于《左氏》。至于禅学、道书、岐黄之说，无不精诣。弱冠，中泰和三年词赋进士第，历怀宁主簿、岐山令。远业未究，而成殂谢，士论惜之。次曰华，贞祐三年进士。历省掾，入翰林，仕至枢密院判官、右司郎中。次曰僧宝莹[四]，以诗笔见推文士间，有集行于世。次曰麟，蚤卒。女四人：长适州吏目杨桂，次适大族张访，次适进士贾铎，次未嫁而卒。彦升、女杨、女张，王出也。男孙五人：曰嗣隆，以荫监荥泽酒。曰忱，曰恒，皆习进士。曰常山，曰中山，皆尚幼。女孙二人，皆适士族。曾孙三人：中和、泰和、安和。女一人，尚幼。公资禀聪悟，而谨厚自持。略通经史，精究历算。中年耽嗜佛书，皆所成诵。为人敦信义，乐施予，一言所诺，千金不易。家人化之，皆以贤行称焉。正大中，累赠中大夫、轻车都尉、南阳郡伯。两夫人，南阳郡太君。维火山自太平兴国中升为军，虽有学校，而肄业者无几。宣和末，仅有上舍宋生。历大定、明昌官学之盛，然后公之二子擢魏科、取美仕，邦人筑亭，以'荣乡'名之。屏山李君之纯为作记，辞与事称，相为不朽。故公虽躬不受祉，所以起其家与善化一乡者，其利岂有既耶？铭曰：

齿以德尊，师以道存，习俗以教迁。惟仁人君子之所居，若时雨然。羽山之颜，疵厉为蠲[五]。愧心发之彦方，学业复于谯玄。礼所以祠乡长者，而传书先贤。在昔兵屯，河曲雄边。爰及公家，乃诵乃弦。身为义方，奉之周旋。两息蹁蹮，起为儒先。岿彼荣台，大伏在泉。振而鼓之，有光属天。仲也铜章，惠浃岐岍。叔也奉璋，入侍禁垣。蔼兮芝兰之庭，炯兮珠玉之渊。州里趋风，媚学跂跂。至于余波所及，且孝弟而力田。古有之，种德欲深，望岁百年。有相之道，理无空捐。禄匪我荣，殆以为党塾亡穷之传。乐石有铭，表公之阡。异时配县社之食，尚有考焉。

校记

［一］某时阶止六秩："阶"，原作"偕"，据文渊阁四库本、清光绪七年方戊昌读书山房重刊清道光三十年张穆阳泉山庄刻本（简称方刻本）改。

［二］孤奉义方之训："奉"，文渊阁四库本作"负"。

［三］又为建贰茔于白氏丘垄之侧："贰"，原作"建"，据文渊阁四库本、方刻本改。

［四］次曰僧宝莹："莹"，原作"茔"，据方刻本改。

［五］疵厉为蠲："厉"，文渊阁四库本作"疠"。

南阳县太君墓志铭

［金］元好问

夫人姓李氏，世家平定。父琮，宋末来火山，遂为陕州人。母邢，生四子一女，以夫人天性孝友，特钟爱焉。年二十，嫁为赠朝列大夫同郡白君讳某之妻。夫人事姑孝，拊前夫人子如所生。姑老且病，饮食医药必躬亲之而后进。及持丧，哀毁过礼，乡人称焉。性严重，不妄喜怒。白氏，大家也。夫人处之，不侈不陋，服食、居处皆有法度可观。以大安辛未三月丙辰，春秋五十有六，终于私第之正寝。子男四人：长曰贲，擢泰和三年进士第，官至岐山令。次曰华，擢贞祐三年进士第，今为枢密院判官。次曰莹，弃家为佛子，有诗笔闻于时。次曰麟。女二人：长嫁进士同郡贾铎。贲、莹、麟及次女皆早卒。男孙二人，曰汴阳、铁山。女孙一人，尚幼。初，华既冠，从兄贲官学，辈流中号楚楚者。乡先生谓当就科举，不可以家事役之。朝列君以为然，谋之夫人。夫人曰："彦升以长子持门户，劳苦为甚。贲举进士，莹与麟皆幼，可代彦升者，独华耳。今又使之从学，是逸者常逸，而劳者常劳矣。"执议者再三。语虽未从，识者谓夫人有《鸤鸠》均一之义焉。夫人自幼事西方，香火之具未尝去其手。病且革，沐浴易衣，趣男女诵佛名，怡然而逝。生平待中表有恩，尤赒恤贫者。其殁也，哭者皆为之尽哀。诸孤以是月戊午奉夫人之丧，殡于河曲王家里之西原。明年，朝列君殁，乃合葬焉。文举既参机务，而赠夫人南阳县太君，因请某铭其墓。某自龆龀识文举于太原，与之游，为弟昆之友，今三十年矣。知夫人之德，与文举念其亲者为详且久，乃为之铭。曰：

禄不于丰，惟禄之时。三釜追亲，万石不赀。母氏劬劳，无报可施。树静而风，霜露涕洒。悠悠苍天，孰命之尸。含饴弄孙，彼何人斯？嗟唯夫人，女宗妇师。德宜而家，物不疵疠。玉树阶庭，且兰且芝。一善不可能，我则百之。见于彤管[一]，永世有辞。重之以五福之养，神则我私。列铭墓石，尚以慰《凯风》"寒泉"之思。

校记

[一] 见于彤管："彤管"，原作"管彤"，据文渊阁四库本改。

与枢判白兄书

〔金〕元好问

某顿首：自乙巳岁往河南举先夫人旅殡，首尾阅十月之久，几落贼手者屡矣！狼狈北来，复以葬事往东平，连三年不宁居，坐是不得奉起居之问。吾兄亦便一字不相及，何也？如闻曾定襄人处寄书，然至今不曾见。但近得仲庸书，报铁山已娶妇，吾兄饮啖如平时，差用为慰耳。去秋七月二十三日，忽得足痿证。赖医者急救之，仅免偏废。今臂痛全减，但左右指麻木仍在也。比来数处传某下世，已有作祭文挽辞者。此虽出于妒者之口，亦恐是残喘无几，神先告之耳。向前八月，大葬之后，惟有《实录》一件，只消亲去顺天府一遭，破三数月功，抄节每朝终始及大政事[一]、大善恶、系废兴存亡者为一书，大安及正大事则略补之。此书成，虽溘死道边，无恨矣！更看向去时事稍得放松否也。王先生碑今送去。中间有过当处，吾兄细为商略之。碑石想亦未便立得，他日改定亦无害也。所欲言者甚多，聊疏三二事，欲吾兄知之。有便，望一书为报也。时暑，自爱。不宣。

校记

［一］抄节每朝终始及大政事："抄"，原作"披"，据文渊阁四库本改。

金史·白华传

〔元〕脱脱

白华字文举，㢮州人。贞祐三年进士。初为应奉翰林文字。正大元年,累迁为枢密院经历官。二年九月,武仙以真定来归,朝廷方经理河北,宋将彭义斌乘之,遂由山东取邢、洺、磁等州。华上奏曰:"北兵有事河西,故我得少宽。今彭义斌招降河朔郡县,骎骎及于真定,宜及此大举,以除后患。"时院官不欲行,即遣华相视彰德,实挤之也,事竟不行。

三年五月,宋人掠寿州,永州桃园军失利,死者四百余人。时夏全自楚州来奔。十一月庚申,集百官议和宋。上问全所以来,华奏:"全初在盱眙,从宋帅刘卓往楚州。州人讹言刘大帅来,欲屠城中北人耳。众军怒,杀卓以城来归。全终不自安,跳走盱眙,盱眙不纳,城下索妻孥,又不从,计无所出,乃狼狈而北,止求自免,无他虑也。"华因是为上所知。全至后,盱眙、楚州、王义深、张惠、范成进相继以城降。诏改楚州为平淮府,以全为金源郡王、平淮府都总管,张惠临淄郡王,义深东平郡王,成进胶西郡王。和宋议寝。

四年,李全据楚州,众皆谓盱眙不可守,上不从,乃以淮南王招全,全曰:"王义深、范成进皆我部曲而受王封,何以处我。"竟不至。是岁,庆山奴败绩于龟山。

五年秋,增筑归德城,拟工数百万,宰相奏遣华往相役,华见行院温撒辛,语以民劳,朝廷爱养之意,减工三之一。温撒,李辛赐姓也。

六年,以华权枢密院判官。上召忠孝军总领蒲察定住、经历王仲泽、户部郎中刁璧及华谕之曰:"李全据有楚州,睥睨山东,久必为患。今北事稍缓,合乘此隙令定住权监军,率所统军一千,别遣都尉司步军万人,以璧、仲泽为参谋,同往沂、海界招之,不从则以军马从事,卿等以为何如?"华对曰:"臣以为李全借大兵之势,要宋人供给馈饷,特一猾寇耳。老狐穴冢,待夜而出,何足介怀。我所虑者北方之强耳。今北方有事,未暇南图,一旦事定,必来攻矣。与我争天下者此也,全何预焉。若北方事定,全将听命不暇,设不自量,更有非望，天下之人宁不知逆顺，其肯去顺而从逆乎！为今计者，姑养士马，以备北方。使全果有不轨之谋，亦当发于北朝息兵之日，当此则我易与矣。"上沉思良久曰："卿等且退，容我更思。"明日，遣定住还屯尉氏。

时陕西兵大势已去，留脱或栾驻庆阳以扰河朔，且有攻河中之耗，而卫州帅府与恒山公府并立，虑一旦有警，节制不一，欲合二府为一，又恐其不和，命华往经画之。初，华在院屡承面谕云："汝为院官，不以军马责汝。汝辞辩，特以合喜、蒲阿皆武夫，一语不相入，便为龃龉，害事非细，今以汝调停之，或有乖忤，罪及汝矣。院中事当一一奏我，汝之职也。今卫州之委，亦前日调停之意。"

国制，凡枢密院上下所倚任者名奏事官，其目有三，一曰承受圣旨，二曰奏事，三曰省院议事，皆以一人主之。承受圣旨者，凡院官奏事，或上处分，独召奏事官付之，多至一二百言，或直传上旨，辞多者即与近侍局官批写。奏事者，谓事有区处当取奏裁者殿奏，其奏每嫌辞费，必欲言简而意明，退而奉行，即立文字谓之检目。省院官殿上议事则默记之，议定归院，亦立检目，呈复。有疑则复禀，无则付掾史施行。其赴省议者，议既定，留奏事官与省左右司官同立奏草，圆覆诸相无异同，则右司奏上。此三者之外又有难者，曰备顾问，如军马粮草器械、军帅部曲名数、与夫屯驻地里厄塞远近之类，凡省院一切事务，顾问之际一不能应，辄以不用心被谴，其职为甚难，故以华处之。

五月，以丞相赛不行尚书省事于关中，蒲阿率完颜陈和尚忠孝军一千驻邠州，且令审观北势。如是两月，上谓白华曰："汝往邠州六日可往复否？"华自量日可驰三百，应之曰："可。"上令密谕蒲阿才候春首，当事庆阳。华如期而还。上一日顾谓华言："我见汝从来凡语及征进，必有难色，今此一举特锐于平时，何也？"华曰："向日用兵，以南征及讨李全之事梗之，不能专意北方，故以北向为难。今日异于平时,况事至于此,不得不一举。大军入界已三百余里,若纵之令下秦川则何以救,终当一战摧之。与其战于近里之平川,不若战于近边之险隘。"上亦以为然。

七年正月,庆阳围解,大军还。白华上奏:"凡今之计,兵食为急。除密院已定忠孝军及马军都尉司步军足为一战之资,此外应河南府州亦须签拣防城军,秋聚春放,依古务农讲武之义,各令防本州府城,以今见在九十七万,无致他日为资敌之用。"

五月,华真授枢密判官,上遣近侍局副使七斤传旨云:"朕用汝为院官,非责汝将兵对垒,第欲汝立军中纲纪、发遣文移、和陆将帅、究察非违,至于军伍之阅习、器仗之修整,皆汝所职。其悉力国家,以称朕意。"

八年,大军自去岁入陕西,翱翔京兆、同、华之间,破南山砦栅六十余所。已而攻凤翔,金军自阌乡屯至渑池,两行省晏然不动。宰相台谏皆以枢院瞻望逗遛为言,京兆士庶横议蜂起,以至诸相力奏上前。上曰:"合达、蒲阿必相度机会,可进而进耳。若督之使战,终出勉强,恐无益而反害也。"因遣白华与右司郎中夹谷八里门道宰相百官所言,并问以:"目今二月过半,有急归之形,诸军何故不动?"且诏华等往复六日。华等既到同,谕两行省以上意。合达言:"不见机会,见则动耳。"蒲阿曰:"彼军绝无粮饷,使欲战不得,欲留不能,将自敝矣。"合达对蒲阿及诸帅则言不可动,见士大夫则言可动,人谓合达近尝得罪,又畏蒲阿方得君,不敢与抗,而亦言不可动。华等观二相见北兵势大皆有惧心,遂私问樊泽、定住、陈和尚以为何如,三人者皆曰:"他人言北兵疲困,故可攻,此言非也。大兵所在,岂可轻料?是真不敢动。"华等还,以二相及诸将意奏之,上曰:"我故知其怯不敢动矣。"即复遣华传旨谕二相云:"凤翔围久,恐守者力不能支。行省当领军出关,宿华阴界,次日及华阴,次日及华州,略与渭北军交手。计大兵闻之必当奔赴,且以少纾凤翔之急,我亦得为掣肘计耳。"二相回奏领旨。华东还及中牟，已有两行省纳奏人追及，华取报密院副本读之，言："领旨提军出关二十里至华阴界，与渭北军交，是晚收军入关。"华为之仰天浩叹曰："事至于此，无如之何矣。"华至京，奏章已达，知所奏为徒然，不二三日凤翔陷，两行省遂弃京兆，与牙古塔起迁居民于河南，留庆山奴守之。

夏五月，杨妙真以夫李全死于宋，构浮桥于楚州之北，就北帅梭鲁胡吐乞师复仇。朝廷觇知之，以谓北军果能渡淮，淮与河南跬步间耳，遣合达、蒲阿驻军桃源界漱河口备之。两行省乃约宋帅赵范、赵葵为夹攻之计。二赵亦遣人报聘，俱以议和为名，以张声势。二相屡以军少为言，而省院难之，因上奏云："向来附关屯驻半年，适还旧屯，喘不及息，又欲以暑月东行，实无可图之事，徒自疲而已。况兼桃源、青口蚊虻湫湿之地，不便牧养，目今非征进时月，决不敢妄动。且我之所虑，特楚州浮梁耳。姑以计图之，已遣提控王锐往视可否。"奏上，上遣白华以此传谕二相，兼领王锐行。二相不悦。蒲阿遣水军虹县所屯王提控者以小船二十四只令华顺河而下，必到八里庄城门为期，且曰："此中望八里庄如在云间天上，省院端坐徒事口吻，今枢判亲来可以相视可否，归而奏之。"华力辞不获，遂登舟。及淮与河合流处，才及八里庄城门相直，城守者以白鹞大船五十溯流而上，占其上流以截华归路。华几不得还，昏黑得径先归，乃悟两省怒朝省不益军，谓皆华辈主之，故挤之险地耳。是夜二更后，八里庄次将遣人送款云："早者主将出城开船，截大金归路，某等商议，主将还即闭门不纳，渠已奔去楚州，乞发军马接应。"二相即发兵骑、开船赴约，明旦入城安慰，又知楚州大军已还河朔，宋将烧浮桥，二相附华纳奏，上大喜。

初，合达谋取宋淮阴。五月渡淮。淮阴主者胡路钤往楚州计事于杨妙真，比还，提正官郭恩送款于金，胡还不纳，恸哭而去。合达遂入淮阴，诏改归州，以行省乌古论叶里哥守之，郭恩为元帅右都监。

既而，宋人以银绢五万两匹来赎盱眙龟山，宋使留馆中，郭恩谋劫而取之，或报之于盱眙帅府，即以军至，恩不果发。明日，宋将刘虎、汤孝信以船三十艘烧浮梁，因遣其将夏友谅来攻盱眙，未下。泗州总领完颜矢哥利馆中银绢，遂反。防御使徒单塔剌闻变，扼罘山亭甬路，好谓之曰："容我拜辞朝廷然后死。"遂取朝服望阙拜，恸良久，投亭下水死。矢哥遂以州归杨妙真，总帅纳合买住亦以盱眙降宋。

九月，陕西行省防秋，时大兵在河中，睿宗已领兵入界，庆山奴报粮尽，将弃京兆而东。一日，白华奏，侦候得睿宗所领军马四万，行营军一万，布置如此，"为今计者与其就汉御之，诸军比到可行半月，不若径往河中。目今沿河屯守一日可渡，如此中得利，襄、汉军马必当迟疑不进。在北为投机，在南为掣肘，臣以为如此便"。上曰："此策汝画之，为得之他人？"华曰："臣愚见如此。"上平日锐于武事，闻华言若欣快者，然竟不行。

未几，合达自陕州进奏帖，亦为此事，上得奏甚喜。蒲阿时在洛阳，驿召之，盖有意于此矣。蒲阿至，奏对之间不及此，止言大兵前锋忒木䚟统之，将出冷水谷口，且当先御此军。上曰："朕不问此，只欲问河中可捣否。"蒲阿不获已，始言睿宗所领兵骑虽多，计皆冗杂。大兵军少而精，无非选锋。金军北渡，大兵必遣辎重屯于平阳之北，匿其选锋百里之外，放我师渡，然后断我归路与我决战，恐不得利。上曰："朕料汝如此，果然。更不须再论，且还陕州。"蒲阿曰："合达枢密使所言，此间一面革拨恐亦未尽，乞召至同议可否。"上曰："见得合达亦止此而已，往复迟滞，转致误事。"华奏合达必见机会，召至同议为便。副枢赤盏合喜亦奏蒲阿、白华之言为是。上乃从之。召合达至，上令先与密院议定，然后入见。既议，华执合达奏帖举似再三，竟无一先发言者。移时，蒲阿言："且勾当冷水谷一军何如。"合达曰："是矣。"遂入见。上问卿等所议若何，合达敷奏，其言甚多，大概言河中之事与前日上奏时势不同，所奏亦不敢自主，议遂寝。二相还陕，量以军马出冷水谷，奉行故事而已。十二月，河中府破。

九年，京城被攻。四月兵退，改元天兴。是月十六日，并枢密院归尚书省，以宰相兼院官，左右司首领官兼经历官，惟平章白撒、副枢合喜、院判白华、权院判完颜忽鲁剌退罢。忽鲁剌有口辩，上爱幸之。朝议罪忽鲁剌，而书生辈妒华得君，先尝以语撼之，用是而罢。金制，枢密院虽主兵，而节制在尚书省。兵兴以来，兹制渐改，凡是军事，省官不得预，院官独任专见，往往败事。言者多以为将相权不当分，至是始并之。

十二月朔，上遣近侍局提点曳剌粘古即白华所居，问事势至于此，计将安出。华附奏："今耕稼已废，粮斛将尽，四外援兵皆不可指拟，车驾当出就外兵。可留皇兄荆王使之监国，任其裁处。圣主既出，遣使告语北朝，我出非他处收整军马，止以军卒擅诛唐庆，和议从此断绝，京师今付之荆王，乞我一二州以老耳。如此则太后皇族可存，正如《春秋》纪季入齐为附庸之事，圣主亦得少宽矣。"于是起华为右司郎中。初，亲巡之计决，诸将皆预其议，将退，首领官张衮、聂天骥奏："尚有旧人谙练军务者，乃置而不用，今所用者，皆不见军中事体，此为未尽。"上问未用者何人，皆曰院判白华，上颔之，故有是命。

明日，召华谕之曰："亲巡之计已决，但所往群议未定，有言归德四面皆水，可以自保者，或言可沿西山入邓。或言设欲入邓，大将速不觮今在汝州，不如取陈、蔡路转往邓下。卿以为如何？"华曰："归德城虽坚，久而食尽，坐以待毙，决不可往。欲往邓下，既汝州有速不觮，断不能往。以今日事势，博徒所谓孤注者也。孤注云者，止有背城之战。为今之计，当直赴汝州，与之一决，有楚则无汉，有汉则无楚。汝州战不如半途战，半途战又不如出城战，所以然者何？我军食力犹在，马则豆力犹在。若出京益远，军食日减，马食野草，事益难矣。若我军便得战，存亡决此一举，外则可以激三军之气，内则可以慰都人之心。或止为避迁之计，人心顾恋家业，未必毅然从行。可详审之。"遂召诸相及首领官同议，禾速嘉兀地不、元帅猪儿、高显、王义深俱主归德之议，丞相赛不主邓，议竟不能决。明日，制旨京城食尽，今拟亲出，聚集军士于大庆殿谕以此意，谕讫，诸帅将佐合辞奏曰："圣主不可亲出，止可命将，三军欣然愿为国家效死。"上犹豫，欲以官奴为马军帅，高显为步军帅，刘益副之，盖采舆议也，而三人者亦欲奉命。权参政内族讹出大骂云："汝辈把锄不知高下，国家大事，敢易承邪！"众默然，惟官奴曰："若将相可了，何至使我辈。"事亦中止。

明日，民间哄传车驾欲奉皇太后及妃后往归德，军士家属留后。目今食尽，坐视城中俱饿死矣。纵能至归德，军马所费支吾复得几许日。上闻之，召赛不、合周、讹出、乌古孙卜吉、完颜正夫议，余人不预。移时方出，见首领官、丞相言，前日巡守之议已定，止为一白华都改却，今往汝州就军马索战去矣。遂择日祭太庙誓师，拟以二十五日启行。是月晦，车驾至黄陵冈，复有北幸之议，语在《白撒传》。

天兴二年正月朔，上次黄陵冈，就归德餫船北渡，诸相共奏，京师及河南诸州闻上幸河北，恐生他变，可下诏安抚之。是时，在所父老僧道献食，及牛酒犒军者相属，上亲为拊慰，人人为之感泣。乃赦河朔，招集兵粮，赦文条画十余款，分道传送。二日，或有云："昨所发河南诏书，倘落大军中，奈泄事机何。"上怒，委近侍局官传旨，谓首领官张衮、白华、内族讹可当发诏时不为后虑，皆量决之。是时卫州军两日至蒲城，而大军徐蹑其后。十五日，宰相诸帅共议上前，郎中完颜胡鲁剌秉笔书，某军前锋，某军殿后，余事皆有条画。书毕，惟不言所往，华私问胡鲁剌，托以不知。是晚，平章及诸帅还蒲城军中。夜半，讹可、衮就华帐中呼华云："上已登舟，君不知之耶？"华遂问其由，讹可云："我昨日已知上欲与李左丞、完颜郎中先下归德，令诸军并北岸行，至凤池渡河。今夜平章及禾速嘉、元帅官奴等来,言大军在蒲城曾与金军接战,势莫能支,遂拥主上登舟,军资一切委弃,止令忠孝军上船,马悉留营中。计舟已行数里矣。"华又问:"公何不从往?"云:"昨日拟定首领官止令胡鲁剌登舟,余悉随军,用是不敢。"是夜,总帅百家领诸军舟往凤池,大军觉之,兵遂溃。

上在归德。三月,崔立以汴京降,右宣徽提点近侍局移剌粘古谋之邓,上不听。时粘古之兄瑗为邓州节度使、兼行枢密院事,其子与粘古之子并从驾为卫士。适朝廷将召邓兵入援,粘古因与华谋同之邓,且拉其二子以往,上觉之,独命华行,而粘古改之徐州。华既至邓,以事久不济,淹留于馆,遂若无意于世者。会瑗以邓入宋,华亦从至襄阳,宋署为制干,又改均州提督。后范用吉杀均之长吏,送款于北朝,遂因而北归。士大夫以华夙儒贵显,国危不能以义自处为贬云。

赞曰:白华以儒者习吏事,以经生知兵,其所论建,屡中事机,然三军败衄之余,士气不作,其言果可行乎。从瑗归宋,声名扫地,而犹得列于金臣之传者,援蜀谯周等例云。

朝列大夫同佥太常礼仪院事白公神道碑铭

〔元〕袁桷

白于太原为令族至金源氏……生子四人,俱有时名。君讳恪,字敬甫,少警敏,三岁善作字,书八卦八字,有以见于乡先生元公好问,公作诗深器之。郡守上其能……奖拔力成就。至元中,世祖遣使诣州郡,试明经生,复门役,君首预选。弱冠试吏,探奸拔冤狱具,御史不能挠,后为河南按察司书。……至元十四年,江南建行台,御史大夫相威公慎简所属,署君为掾史。……十八年,授从仕郎、江东建康道提刑按察司经历,改荆湖占城等处行省都事。……二十四年,改浙西提刑按察司经历,迁平江。丁母罗夫人忧。……除福建宣慰司经历。三十一年（由湖广行省都事），复升员外郎。大德二年，进本省理问官。大德四年，改江西省理问官。于时翰林承旨阎公复，持士论贤否有言曰："白文举父子兄弟，俱有文名，敬甫幼负俊声，老不入翰林，咎将谁执？"奏为翰林待制，复同金太常礼仪院事。晚自号竹梧，具为文不事雕饰，扶掖后进，侃侃自持，知其于孝友有加也。生丙午岁十有二月，至大二年己酉四月，卒于官，年六十有三，积阶至朝列大夫，有诗文若干卷藏于家，某年某月某日葬于真定路真定县之朱洛村。

新元史·白恪传

〔清〕柯劭忞

白恪，字敬甫，冀宁阳曲人。父华，字文举，以文学知名。至元十四年，江南行台大夫相威辟恪为掾，恪条二十事以献。相威见世祖，力陈之，允其十八，如大辟谳上刑部听报可，贾似道公田租岁减什二，皆是也。十八年，授建康道按察司经历，改湖南行省都事。省臣要束木恣为威福，恪度不可谏，辞不拜，复除福建宣慰司经历。三十一年，哈剌哈孙为湖广行省平章政事，荐恪为行省都事，擢员外郎，左右江官吏俸，受于行省，道远所得不偿旅食，恪建议随所产给之，著为令。戍兵屯田，官出牛，输其租，牛死，岁卒钱以偿之，恪令牛死纳皮角于官，戍兵由是免害。省臣奏广西地肥沃可为田，徙湖南民五千户往耕之，恪力言不可，哈剌合孙从其议，奏止之。大德四年，进江西省理问官。时阎复为翰林承旨，慨然曰："白文举父子，俱有文名，敬甫老不入翰林，咎将谁执？"奏为翰林待制，复同金太常礼仪院事。至大二年卒，年六十三。

《白氏宗谱》节录

白氏家乘

世传一世至九世

一世

重信公,字号职业并本生父母及配,俱无所考,世为山西太原府隩川河曲县人,生子一,煜。

二世

重信公子,讳煜,字号职业与配,俱无所考,生子一,仲温。

三世

煜公子,讳仲温,字号职业无考。隐德弗耀,享年未永,葬河曲王家里先茔。配李氏,生卒年葬地失考。生子一,全道。

四世

仲温公子,讳全道,字号生年失传。年十二而孤,资禀颖悟,谨厚自持。通经史,精历算。中年耽嗜佛书,皆所成诵。为人敦信义,乐施予,一言所诺,千金不易。见重名流乡间,咸称为善人。崇庆壬申年八月十九日,疾终于太谷寓舍,寿六十有九。越七日,归祔葬于王家老茔。后正大中,以子贵,赠中大夫、轻车都尉、南阳郡伯。初配王氏,再配李氏,生卒年葬失考,俱赠南阳郡太君。生子五:长彦升,次贲,三华,四宝莹,五麟早卒。生女四:长适吏目杨桂,次适大族张访,三适进士贾铎,四未稼(嫁)而卒。余详墓表。

五世

全道公长子,讳彦升,字号无传,留心典籍,不就举选,配张氏、王氏，生女一，小字杨女，余俱莫究。次子，讳贲，字号与配生卒年葬地俱无考。元遗山云：广览强记，尤精于左氏，至于禅学道书，无不精诣。弱冠中太和三年词赋进士，任怀宁县主簿，升授文林郎、岐山县令尹。远业未究，而成祖谢，士论惜之。又曰：公与弟华同擢巍科，邦人筑亭以荣乡名之屏山，李君之纯为作记辞，相传为不朽。

三子，讳华，字文举，号寓斋，中州元白旧家，与遗山元公为元白，通家世契，中祯祐三年经义进士，入翰林为应奉文字，升枢密院经历，转升本院判同签枢密院事，掌武备机密，宣授中议大夫，尚书省右司郎中，进中大夫。掌本院奏事，总领兵刑工三部受事付事，兼带修起居注官，回避其间记述之事，立朝建论，屡中事机。上尝遣近侍即其家，问图存之计，历陈三策，不用，迨国亡隐居真定，既又卜筑溏阳，卒葬真定府灵寿县凤凰墩朱骆村东南五里之茔。配失传。生子四：长诚甫，次仁甫，三敬甫，四信甫。余详《金史》。

四子，讳宝莹，字号无考。遗山云：以诗笔见推文士间，有集行于世。

六世

全道公长孙，讳嗣隆，字号并本生父母及配，俱无所考。遗山云：以荫监荣（荥）泽县酒。

华公长子，讳忱，字诚甫，有学识，有猷为。中统二年真定路宣抚使张文谦荐其才堪从政，敕授承事郎，同知本路琛州事。生卒年并配俱失传。生子二：长韶，次行二。

次子，讳朴，字仁甫，又字太素，号兰谷。甫七岁，遭罹兵乱，父子相失，遂鞠于父执友元遗山所，自是不茹荤血，人问其故，曰："俟见吾亲则如初。"国亡不事异姓。中统初，开府史公天泽等特以荐之于朝，逊谢不就，遂渡江而避，隐居金陵桐树湾，从诸故友放情山水，诗篇词翰在在有之，今世所传者，惟《天籁集》二卷，杂曲若干卷，生卒年失传，葬朱骆村之茔，圹有石蟾。配戴氏，生卒年失传，生三子：长镀、次钺、三鉴；女一，小字白姑姑。再配氏小字秀英，生卒年葬地亦失传，生子二，长钧、次镛；女一，小字桂娥。

三子，讳恪，字敬甫，小字常山，性颖异，生四十月，即能搦管作字，笔愈开廓，有成人之量。遗山喜为赋诗，使子浴诵之。及长，著名当时。至元二年，太匀参领中书省事刘秉忠征辟录用，累官至宣授朝列大夫、太常礼仪院同佥，掌大礼乐、祭享、宗庙社稷，封赠谥号之事，生卒年并配葬俱无考。生子五：长行四、次行六、三湛、四行十二、五行十三。

四子，字信甫，讳与职业生卒年并配葬地，俱无所考，生子二：长行七，次行十一。

七世

诚甫公长子，讳韶，字号生卒年与配并葬地无考。行一，博学能文。至元初提调真定路学校，张试贡举，敕授承事郎，同知真定路蠡州事。生子三：长渎、次浩、三沂。

次子，行二，讳字号生卒年与配并葬地，俱失传。力学砺行。至元间，本路荐授征事郎，判平江路吴江州事。捕盗有方，民赖安堵。生子一，行三。

仁甫公长子，讳镀，字景宣，行三，资性明敏，学识宏博。至元癸巳应举茂才异等，擢用累官至宣授嘉仪大夫、江西道肃政廉访司副使，生卒年并配与葬地失传，立二弟次子友谅承嗣。

次子，讳钺，字景麾，行五，至大庚戌平章李孟言欲用儒臣，江浙等处行中书省臣举贤能，擢用累官至宣授朝请大夫、同知江南浙西道杭州路事，生卒年并配与葬，俱失传。生子五：长友直，次友谅承嗣胞兄镀，三友义，四友闻，五友恭。

三子，讳鉴，字景明，行八，以眼疾不能修业，生卒年并配与葬无考。

四子，讳钧，字景宏，行九，生卒年职业与配并葬地无考。生子三：长溥、次浒、三鸿。

五子，讳镛，字景和，小字添丁，行十四，德行浑融，学问宏博。延祐乙卯，本省采访，疏名擢用，敕授从事郎、经历永州路事。配王氏。生卒年葬地失传。生子三：长醇、次淑、三溟。

敬甫公长子，行四，讳字职业生卒年并配与葬均失传，生子二：长子元、次子玉。

次子，行六，讳字职业生卒年并配与葬俱失传，生子二：长暹、次冰。

三子，讳湛，字季清，行十，习儒业，有学行，应皇庆癸丑特诏，郡守赵明以其该博之学经济之才充贡举，擢任历官至宣授奉政大夫，知浙西江北道庐州路无为州事，生卒年并配与葬地俱失传，生子三：长枢、次桂、三子中。

四子，行十二，讳字职业并配俱失传。

五子，行十三，讳字职业并配俱失传。

信甫公长子，行七，讳字职业与配俱无考，生子一，子寿。

次子，行十一，讳职业并配亦无考。生子六，讳字职业并配钧（均）失传，惟房排长行四、次行五、三行十三、四行十五、五行十九、六行二十一，皆迤居住，莫究其终。

八世

韶公长子，讳浈，字子通，行一，初郡守举其才学，贡于有司，延祐戊午春御试，赐同霍希贤榜进士，敕授文林郎，任广德路建平县令尹，远业莫究，生卒年与配亦失传，生子二：长榆、次栅。

次子，讳浩，字子然，行二，樟树务大使，生卒年并配葬失考，生子二：长权，承嗣堂弟，行三；次桧。

三子，讳沂，字澄，行八，江西道廉访司辟为书吏，以掌书记，远业莫究，生卒与配亦无考，生子栋。

韶公胞弟行二所生之子，行三，吴江州判，生卒年讳字与配葬俱无考，立堂兄浩长子权承嗣。

镀公子，讳友谅，字子京，行九，系立钺之次子也。泰定甲子廷试，赐同张益榜进士，历官宣授奉政大夫，知绍兴路暨州事，生卒年并配无考。生子五：长天定，字仲真，行七，敕授登仕郎，赣州卫知事。次小字寄，三关关，四庐，五观音保，皆幼，俱失传无考，莫知究竟。

钺公长子，讳友直，字子端，行七，博学宏才，应荐举，敕授征事郎，判福建青州事，生卒年并配无传。生子二：长天骥，字仲德，行八；次小字王家奴，讳字职业并配俱无考，莫知究竟。

三子，讳友义，行十一，茶运司吏，生卒年并配葬无考，生子二：长字仲芳，早卒；次失传。

四子，讳友闻，字子昭，行二十三，邃于理学，敕授迪功郎，任福建书房山长，生卒年并配失传。生子一，居福建，讳天凤，任汾县主簿，升授某职未详，字号排行配与生子，均失传。

五子，讳友恭，字子敬，行二十四，生卒年职业与配并葬生子，俱失传。

钧公长子，讳溥，字子泉，行二十，南雄路吏，生卒年并配葬失传。

次子，讳浒，字子云，行二十二，举才干，南台辟为典吏，生卒年并配失传。

三子，讳鸿，字子皋，行二十五，至正壬午顺帝亲御策试，赐同登陈祖仁榜进士第，历官至中议大夫、刑部侍郎，余失传，莫究所终。

镛公长子，讳醇，字子厚，行二十六，造诣精纯，享年未永，余失传。

次子，讳淑，字子仪，行二十八，明洪武初，以才学举，辛酉九月除任南直隶太平府芜湖县儒学司训。甲子八月，有往复知县祖书。至元丙子年生，建文壬午年卒，葬金陵桐树湾。配徐氏，至正辛巳年生，建文壬午永乐兵乱殉难，葬同兆。生子四：长梅、次锦、三端、四小字湖荫童；女二：长小字慈儿，次称奴。永乐初，由金陵迁六（安）。

三子，讳溟，字子南，行二十九，生年失传。质敦敏，貌古朴，随父宦游，卜居太平府当涂县。明洪武辛亥，举经明行修，任太平府儒学教事。庚申北平布政司真定府赵州宁晋县官丁原礼举到部，辛酉春升授山东济南府临邑县令尹。居官政治，克勤克慎，弊革利兴，吏畏民怀。洪武十八年岁次乙丑五月十八日卒于官，寿四十有七。初配陈氏。继配洪氏，才智贤能，恪守世家、谱牒遗像，给取路引，携二孤，扶夫柩归葬，经六道梗弗前，遂占籍焉。告给附籍由贴，因卜葬城南上五里塘之茔，丑山未向，上齐山岭分水，下齐田边，左右俱立有界石十四根。

祖妣洪，至正戊寅年生，永乐□□年七月二十八日卒。晚年敬持斋素，至今享祀犹供蔬食，葬前茔同兆，居右计两冢。生子二：长文、次春；女二：小字善才奴、文殊奴。筑居南门里塘子巷官仓塘地，是即起家于六之始祖云。

湛公长兄行四之长子，字子元，讳无传，行六，幼聪慧，弱冠有能声，诸名公交称誉之，江西肃政廉访司辟为掾，以掌书记，远业莫究。配与生卒年失传。生子一，讳焕，行四，充湖南雄州路吏，莫究所终。

湛公长兄行四之次子，字子玉，生卒年讳与配俱无考，行十四，庆元帅府辟为掾，莫究所终。

洪（湛）公二兄行六之长子，讳逞，字子进，行十二，敕授登仕佐郎，任南雄路照磨，生卒年并配无考。生子二：长炜，字应明，行十；次小字胡生保，余俱失传。

湛公二兄行六之次子，讳冰，字子政，行十六，淮南省辟为掾，配失传。

湛公长子，讳枢，字子机，行十七，以才干敕授从事郎，经历平江路事，生卒年并配与生子无考。

次子，讳桂，字子芳，行十八，博学广识，精攻书史。至顺庚午廷试，赐同王文烨榜进士，敕授文林郎、黄州路麻城县令尹，生子一，字应章，行九，生卒年讳与职业并配，俱失传。

三子，字子中，行二十七，生卒年讳与职业，俱失传。

信甫公长子行七，所生之子，字子寿，行十，学识猷为，著名一世。至治间，有司奉诏搜访，以才干举，辟授将仕郎，杭州路东北录事司录事，城中户民与本司录判，分审巡视，治有方略，城无失盗。生卒年并配无考。生子一，小字保保，早卒。

九世

浚公长子，讳榆，字应星，行一，任泉州南安县令尹。生子四：长守中、次用中、三敏中、四执中，余俱失传。

次子，讳枏，字应璋，行五，早卒。

浩公次子，讳桧，字应芳，行三，衡州路吏，余俱失传。

沂公子，讳栋，字应材，行六，赣州兴国县丞，生子一，小字文殊奴，余俱失传。

浩公长子，讳权，吴江州判之嗣子也，字应辰，行二，任台州仙居县尉。生子二：长普生、次巧生。余均失传。

淑公长子，讳梅，字天宝，生于洪武戊申年，职业与配俱失传。永乐初避兵，失其所在。

淑公次子，讳锦，字僧保，洪武三年庚戌二月初二日子时生，隐德弗耀，不就举选。建文壬午，庐墓金陵桐树湾。永乐大兵渡江，老母殉难，长兄、四弟分离。公同三弟关保，沂洄至芜湖县，渡江避兵，由无为、卢江、舒邑至六城南，因见六郡土纯民朴，卜宅于八里滩保，遂占籍焉。永乐十二年甲午三月二十五日卒。元配失传。迁六配章氏，洪武十年丁巳正月二十日午时生，卒于永乐二十一年癸卯九月十八日未时。生子一，钰。公妣合葬八里滩保，横排头中山嘴一段，上齐山坎石椿，左右俱齐，山脚为界，卯山西向，有坟图。

淑公三子，讳端，字关保，随兄迁六，配王氏，生卒年俱失考，公妣合葬城南棠梨冈，壬山丙向，生子一，义。

淑公四子，小字胡荫童，建文壬午年庐墓金陵桐树湾，永乐兵至，失其所在。

溟公长子，讳文，字应元，年十一而孤，随母扶父柩自临邑归葬，经六遂占籍焉。

从事经史，因孀母暮龄，设教国中，以奉母养。洪武甲寅七年十一月二十五日生，正统三年己未三月十六日卒，寿六十有六，葬城南上五里塘茔左畔，从先兆。初配陈氏。继配鲍氏，洪武十六年癸亥五月十二日生，成化癸巳年十月十三日卒，寿九十有二，葬同兆，右陈左鲍，共三冢。生子二：长玉、次璘；女四：长适尹铉，次适王仙，三适李桢，四适谢斌，俱大族。

次子，讳春，字应亨，号景云，八岁而孤，随母同兄扶父柩归葬，经六遂占籍焉。

缵承先业，治《易经》，入本郡庠生，年二十九以增广中永乐三年乙酉乡试第七十二名，联登丙戌林环榜进士三甲二十二名，即上疏乞省养，文庙许之，赐以敕谕。丁亥，召至京师，拜广西道监察御史。戊子春，敕按川蜀。庚寅，敕按河南，兼督学政。立朝规劾，不避权贵，奖进贤良，昌明正学。后以母老孀居，累乞归养。文庙察其情，恳诏充给驿传以归。晚年归隐官山，忠孝著闻，崇祀乡贤。有遗像及文稿《山居吟》藏于家。洪武十年丁巳九月十五日生，正统九年甲子五月十八日卒，寿六十有八，葬官山别墅平畈中，周围有圹。配王氏，无出。配郑氏、郭氏，附葬坂中，生子四：长璧、次玺、三璽、四琛，余详行状并郡志。

雁行辈约计数十人，其载于父传之下，无事复赘，然亦不载世而俱失其传意者，或出仕他邦，或远避兵燹，罔知所在，非略而不纪也。此后，则文公、春公、锦公、端公迁六之祖翁云。

研究评述

白朴戏曲评论汇辑

一、总评

元 周德清《中原音韵·自序》 乐府之盛、之备、之难,莫如今时。其盛则自缙绅及闾阎歌咏者众。其备则自关、郑、白、马一新制作,韵共守自然之音,字能通天下之语,字畅语俊,韵促音调;观其所述,曰忠曰孝,有补于世。其难则有六字三韵,"忽听、一声、猛惊"是也。诸公已矣,后学莫及,何也?盖其不悟声分平仄,字别阴阳。

元 朱经《青楼集序》 我皇元初并海宇,而金之遗民若杜散人、白兰谷、关已斋辈,皆不屑仕进,乃嘲风弄月,留连光景。

明 朱权《太和正音谱》 白仁甫之词,如鹏抟九霄。风骨磊块,词源滂沛。若大鹏之起北溟,奋翼凌乎九霄,有一举万里之志,宜冠于首。

明 何良俊《四友斋丛说》 元人乐府称马东篱、郑德辉、关汉卿、白仁甫为四大家。马之词老健而乏姿媚,关之词激厉而少蕴藉,白颇简淡,所欠者俊语,当以郑为第一。

明　徐渭《南词叙录》　南易制，罕妙曲；北难制，乃有佳者。何也？宋时名家，未肯留心。入元又尚北，如马、贯、王、白、虞、宋诸公，皆北词手。国朝虽尚南，而学者方陋，是以南不逮北；然南戏要是国初得体。

明　沈德符《顾曲杂言》　若《西厢》才华富赡，北词大本未有能继之者。终是肉胜于骨，所以让《拜月》一头地。元人以郑、马、关、白为四大家，而不及王实甫，有以也。

明　王世贞《艺苑卮言·附录》　曲者，词之变。自金元入中国，所用胡乐，嘈杂凄紧。缓急之间，词不能按，乃更为新声以媚之。而诸君如贯酸斋、马东篱、王实甫、关汉卿、张可久、乔梦符、郑德辉、宫大用、白仁甫辈，咸富有才情，兼善声律，以故遂擅一代之长。所谓宋词元曲，殆不虚也。

明　阮葵生《茶余客话》　梨园所扮杂剧，大半蓝本元人，而增饰搬演，改易名目耳……词曲著名者，北曲则关、郑、马、白，南曲则施、高、汤、沈，皆巨子矣。

明　胡应麟《庄岳委谈》　胜国词人，王实甫、高则诚声价本出关、郑、白、马下，而今世盛行元曲，仅《西厢》《琵琶》而已。

明　王骥德《曲律·杂论》　胜国诸贤，盖气数一时之盛。王、关、马、白皆大都人也，今求其乡，不能措一语矣。……世称曲手，必曰关、郑、白、马，顾不及王，要非定论。

明　王骥德《新校注古本西厢记》附评　元人称关、郑、白、马，要非定论。四人汉卿稍杀一等，第之当曰王、马、郑、白，有幸有不幸耳！

又　涵虚子品前元词手，凡八十余人，未必皆当；独于实甫，谓"如花间美人"，故是确评。

明　黄正位《阳春奏·凡例》　是编也，俱选金元名家，镌之梨枣。盖元时善曲藻者，不下数百家，而所称绝伦，独马东篱、白仁甫、关汉卿、乔梦符、李寿卿、罗贯中诸君而已。矧世远年湮烟火灰烬之余，而存无几。兹特取情思深远，词语精工，洎有关风教、神仙拯脱者。

  明　沈雄《柳塘词话》　周德清，字挺斋，著《中原音韵》。元人词曲，势必本此。使作者通方，歌者协律，亦一代词曲功臣也。况德清有曰："关、马、郑、白，一新制作，韵共守自然之音，字能通天下之语。"又曰："诸公已矣，后学莫及，盖（其）不悟声分平仄，字别阴阳故也。"此数语者，乃作词之膏肓，用字之骨髓，皆不传之妙也。

  清　程羽文《鸳鸯牒》　张惠连，霞姿月韵，春梦楼高。宜听配高则诚、马东篱、郑德辉、白仁甫、詹天游等，节红牙以度曲。

  清　焦循《剧说》　卓珂月《孟子塞残唐再创》杂剧，小引云："作近体难于古诗，作诗余难于近体；作南曲难于诗余，作北曲难于南曲。"总之，音调法律之间，愈严则愈苦耳。北曲如马、白、关、郑，南曲如《荆》《刘》《拜》《杀》，无论矣。入我明来，填词者比比，大才大情之人，则大愆大谬之所集也。

  清　李调元《雨村曲话》　王弇洲云："宋未有曲也。自金元而后，半皆凉州豪嘈之习，词不能按，乃为新声以媚之。而一时诸君，如马东篱、贯酸斋、王实甫、关汉卿、张可久、乔梦符、郑德辉、宫大用、白仁甫辈，咸富有才情，兼喜音律，遂擅一代之长。所谓宋词元曲，信不诬也。案贯酸斋、张可久、宫大用只工小令，不及王、马、关、乔、郑、白远甚，未可同年语也。"

  清　凌廷堪《校礼堂诗文集·程时斋论曲书》　元兴，关汉卿更为杂剧，而马东篱、白仁甫、郑德辉、李直夫诸君继之。故有元百年，北曲之佳，偻指难数。

  又《论曲绝句》　二甫才名世并夸，自然兰谷擅芳华。红牙按到《梧桐雨》，可是王家逊白家。

清　梁廷枬《藤花亭曲话》　　曲话以涵虚子论曲最先，取词客九十八人而品题之。如云："马东篱如朝阳鸣凰，张小山如瑶天笙鹤，白仁甫如鹏抟九霄，李寿卿如洞天春晓等类。"其题目虽佳，然未必人人切当不移也。

清　刘熙载《艺概》　　北曲名家，不可胜举。如白仁甫、贯酸斋、马东篱、王和卿、关汉卿、张小山、乔梦符、郑德辉、宫大用，其尤著也。诸家虽未开南曲之体，然南曲正当得其神味。观彼所制，圆溜潇洒，缠绵蕴藉，于此事固若有别材也。

近代　姚华《菉猗室曲话》　　玉田又云：词欲正而雅。志之所之，一为物所役，则失其雅正之音。耆卿、伯可不必论，虽美成亦有所不免。《词统》评云：词取香丽，既下于诗矣，若再佻薄，则流于曲，故不可也。按词曲之界，几微而已。词庄而曲谐，是诚有辨；若谓曲尽佻薄，实未必然，盖佻薄亦曲之末流下乘耳。如东篱、小山、兰谷诸家之作，未尝不归于雅正。然美成词句，且为玉田所指，则曲之流为佻薄，又何责于后人耶！

近代　王国维《宋元戏曲考》　　元代曲家，自明以来，称关、马、郑、白。然以其年代及造诣论之，宁称关、白、马、郑为妥也。关汉卿一空倚傍，自铸伟词，而其言曲尽人情，字字本色，故当为元人第一。白仁甫、马东篱高华雄浑，情深文明；郑德辉清丽芊绵，自成馨逸，均不失为第一流。其余曲家，均在四家范围内，唯宫大用瘦硬通神，独树一帜。以唐诗喻之，则汉卿似白乐天，仁甫似刘梦得，东篱似李义山，德辉似温飞卿，而大用则似韩昌黎。以宋词喻之，则汉卿似柳耆卿，仁甫似苏东坡，东篱似欧阳永叔，德辉似秦少游，大用似张子野。虽地位不必同，而品格则略相似也。明宁献王《曲品》，跻马致远于第一，而抑汉卿于第十，盖元中叶以后，曲家多祖马、郑，而祧汉卿，故宁王之评如是，其实非笃论也。

近代　王国维《录曲余谈》　　元初名公，喜作小令套数。如刘仲晦秉忠、杜善夫仁杰、杨正卿果、姚牧庵燧、卢疏斋挚、冯海粟子振、贯酸斋小云石海涯等，皆称善长，然不作杂剧。士大夫之作杂剧者，唯兰谷朴耳。此外杂剧大家如关、王、马、郑等，皆位不著，在士人与倡优之间。故其文字，诚有独绝千古者，然学问之窘陋，与胸襟之卑鄙，亦独绝千古。戏曲之所以不得与于文学之末者，未始不由于此。……余于元曲中，得三大杰作：马致远之《汉宫秋》，白仁甫之《梧桐雨》，郑德辉之《倩女离魂》是也。马之雄劲，白之悲壮，郑之幽艳，可谓千古绝品。今置元人一代文学于天平之左，而置此三剧于其右，恐衡将右倚矣。

近代　刘咸炘《文学述林·曲论》　北剧称关、马、郑、白四大家，马东篱本学人，多作神仙语；白兰谷亦诗人，而佳作乃止艳情（《梧桐雨》《墙头马上》）；郑则佳作不少，而全属艳情。何元朗论四家，乃独取郑，习陋之见耳。以言呼义，则取郑毋宁取马也。其余诸家，当以秦简夫为最。其作今传者，如《东堂记》《赵礼让肥》，皆言伦谊，佳处几配则诚，世顾无称者。

近代　王季烈《孤本元明杂剧·序》　古今谈曲者，咸以关汉卿为巨擘。以此书证之，则宁推实夫、仁甫，驾而上之。更有不著姓名之本，如《刘弘嫁婢》《村乐堂》等，古拙清新，兼擅其长，堪为元曲中之绝唱。未可贵耳贱目，以古人之说为定评。

二、剧评

明　杨慎《艺林伐山》　龙生九子不成龙，各有所好，赑屃、鸱吻之类也。椒图，其形似螺蛳，性好闭，故立于门上。词曲："门迎驷马车，户列八椒图。"人皆不能晓。今观椒图之名，亦有出也，见《椒图杂记》。又按《尸子》云：法螺蚌而闭户。《后汉书·礼仪志》：殷以水德王，故以螺着门户。则椒图之似螺形，信矣！（案此则虽论《西厢》曲文，实为元剧习语，并见《墙头马上》，姑录存之。）

明　李开先《词谑》　《梧桐雨》，白仁甫所制也，亦甚合调，但其间有数字悟入先天、桓欢、盐灭等韵，悉为改之。

　　明　沈德符《顾曲杂言》　　杂剧如《王粲登楼》《韩信胯下》《关大王单刀会》《赵太祖风云会》之属，不特命词之高秀，而意象悲壮，自足笼盖一时。至若《㑳梅香》《倩女离魂》《墙头马上》等曲，非不轻俊，然不出房帏窠臼，以《西厢》例之可也。

　　明　孟称舜《新镌古今名剧·柳枝集》　《墙头马上》评云：白仁甫号兰谷，赠太常礼仪院卿。昔人评其词，如大鹏之起北溟，奋翼凌乎九霄，有一举万里之志。而此剧潇洒俊丽，又是一种。《梧桐雨》摹写明皇、玉环得意失意之状，悲艳动人；《墙头马上》说佳人求偶处，亦自奕奕神动，真大家手笔也！

　　又孟称舜《酹江集》　《秋夜梧桐雨》评云：此剧与《孤雁汉宫秋》格套既同，而词华亦足相敌。一悲而豪，一悲而艳；一如秋空唳鹤，一如春月啼鹃。使读者一愤一痛，淫淫乎不知泪之何从，固是填词家巨手也。

　　清　程羽文《曲藻》　情语如白仁甫《墙头马上》："我推粘翠靥遮宫额，怕绰起罗裙露绣鞋。"白仁甫《秋夜梧桐雨》："见芙蓉怀媚脸，遇杨柳忆纤腰。"又："这雨一阵阵打梧桐叶凋，一点点滴人心碎了。枉着金井银床紧围绕，只好把泼枝叶，做柴烧，锯倒。"又："润蒙蒙杨柳雨，凄凄院宇侵帘幕；细丝丝梅子雨，妆点江干满楼阁。杏花雨红湿栏干，梨花雨玉容寂寞；荷花雨翠盖翩翩，豆花雨绿叶萧条。都不似你惊魂破梦，助恨添愁，彻夜连宵。莫不是水仙弄娇，蘸杨柳洒风飘。咪咪似喷泉瑞兽临双沼，刷刷似食叶春蚕散满箔。乱洒琼阶，水传宫漏，飞上雕檐，酒滴新槽。直下的更残漏断，枕冷衾寒，烛灭香消。可知道夏天不觉，把高凤麦来漂。"

　　又　诮语如白仁甫《墙头马上》："这是你自来的媳妇，今日参拜公姑。索甚擎壶执盏，又怕是定计铺谋。猛见了玉簪银瓶，不由我不想起当初。呀！只怕簪折瓶坠写休书。他那里做小伏低劝芳醑，将一杯满饮醉模糊。有甚心情笑欢娱,踌也波蹰,贼儿胆底虚,又怕似赶我归家去。"

又 谐语如白仁甫《墙头马上》:"枉教他遥授着尚书,则好教管着那普天下姻缘簿。"

明 祁彪佳《远山堂剧品》 王湘《梧桐雨》,南一折。传此欲与白仁甫北剧争胜,恐亦未免少逊之。然南曲得如此轻脱,不带一毫秾纤,固亦不宜。

又 无名氏《秋夜梧桐雨》,南北五折。此与王湘《梧桐雨》一折,总不及元白仁甫剧。马嵬之死,较他记独备。邢真人遇太真于蓬莱,而长生殿中竟不复明皇命,何以结果?(案《花当阁丛话》卷三自言"作《梧桐雨》,记玉环马嵬事",似即《剧品》所著录,则为徐复祚撰。《曲考》《今乐考证》等又误为传奇。)

清 洪昇《长生殿·自序》 余览白乐天《长恨歌》及元人《秋雨梧桐》剧,辄作数日恶;南曲《惊鸿》一记,未免涉秽。从来传奇家,非言情之义,不能擅场。而近乃子虚乌有,动写情词赠答,数见不鲜,兼乖典则。

清 徐麟《长生殿·序》 元人多咏马嵬事,自丹丘先生《开元遗事》外,其余编入院本者,毋虑十数家,而白仁甫《梧桐雨》剧最著。

清 朱彝尊《长生殿·题辞》 元人杂剧辄喜演太真故事,如白仁甫之《幸月宫》《梧桐雨》,庾吉甫之《华清宫》《霓裳怨》,关汉卿之《哭香囊》,李直夫之《念奴教乐》,岳伯川之《梦断贵妃》是也。或谓:古人有作,当引避之,譬诸登黄鹤楼,岂可和崔颢诗乎!此大不然。善书者必学《兰亭》,善画者多仿《清明上河图》,就其同而不同乃见也。

又 朱彝尊《天籁集·序》 明宁献王权谱元人曲作者凡一百八十有七人。白仁父居第三,虽次东篱、小山之下,而喻之鹏抟九霄,其矜许也至矣。余少日避兵练浦，村舍无书，览金元院本，最喜仁父《秋夜梧桐雨》剧，以为出关、郑之上。

  无名氏 《天籁词·序》 曲盛则词益衰，即涵虚子谓兰谷为鹏抟九霄，谓其曲非谓其词也。世传《黄鹤楼》剧乃兰谷作，是亦因其有吕仙祠一阕而附会之。（曹栋亭藏旧钞《天籁集》）

  清 徐材《天籁集摭遗·跋》 稗畦填词四十余种，自谓一生精力在《长生殿》，竹垞检讨序而传之。谓元人杂剧如白仁甫《幸月宫》《梧桐雨》等作，后人自当引避，譬登黄鹤楼，岂可复和崔颢诗。然善书者必草《兰亭》，善画者多仿《清明上河图》，就其同而不同乃见矣。

  清 厉鹗《东城杂记》 元人白仁甫有《梧桐雨》杂剧，亦写【雨淋铃】一曲。

  清 梁廷枏《藤花亭曲话》 言情之作，贵在含蓄不露，意到即止；其立言尤贵雅而忌俗。然所谓雅者，固非浮词取厌之谓，此《中原》有语妙，非深入堂奥者不知也。元人每作伤春语，必极情极态而出。白仁甫《墙头马上》云："谁管我衾单枕独数更长，则这半床锦褥，枉呼做鸳鸯被。流落的男游别郡，耽阁的女怨深闺。"偶尔思春，出语那便如许浅露。况此时尚未两相期遇，不过春情偶动，相思之意，并未实着谁人，则"男游别郡"语，究竟一无所指。至云："休道是转星眸上下窥，恨不得倚香腮左右偎。便锦被翻红浪，罗裙作地席。既待要暗偷期，咱先有意，爱别人可舍了自己。"此时四目相觑，闺女子公然作此种语，更属无状。大抵如此等类，确为元曲通病，不能止摘一人一曲，而索其瑕也。

  其【鹊踏枝】曲云："怎肯道负花期，惜芳菲，粉悴胭憔，他绿暗红稀。九十春光如过隙，怕春归又早春归。"如此则情在意中，意在言外，含蓄不尽，斯为妙谛。惜其全篇不称也。

  又 《长生殿》为千百年来曲中巨擘，以绝好题目作绝大文章，学人才人，一齐俯首。自有此曲，毋论《惊鸿》《彩毫》空惭形秽，即白仁甫《秋夜梧桐雨》亦不能稳占元人词坛一席矣。

《梧桐雨》与《长生殿》亦互有工拙处。《长生殿》按《长恨歌传》为之，删去几许秽迹；《梧桐雨》竟公然出自禄山之口。《长生殿》【惊变】折，于深宫欢燕之时，突作国忠直入，草草数语，便尔启行；事虽急遽，断不至是。《梧桐雨》则中间用一李林甫得报转奏，始而议战，战既不能，而后定计幸蜀，层次井然不紊。

《梧桐雨》第一折【醉中天】云："我把你半弹的肩儿凭，他把个百媚脸儿擎。正是金阙西厢扣玉扃，悄悄回廊静。靠着这招彩凤、舞青鸾，金井梧桐影，虽无人窃听，也索悄声儿海誓山盟。"第二折【普天乐】云："更那堪浐水西飞雁，一声声、送上雕鞍。伤心故园，西风渭水，落日长安。"第三折【殿前欢】云："他是朵娇滴滴海棠花，怎做得闹荒荒亡国祸根芽。再不将曲弯弯远山眉儿画，乱松松云鬓堆鸦。怎下得碜磕磕马蹄儿脸上踏，则将细袅袅咽喉搯，早把条长搀搀素白练安排下。他那里一身受死，我痛煞煞独力难加。"数曲力重千钧，亦非《长生殿》可及。

清 汤恩寿《词余丛话》 朱竹垞先生赠洪昉思诗云："海内诗篇洪玉父，禁中乐府柳屯田。梧桐夜雨声凄绝，薏苡明珠谤偶然。"《梧桐夜雨》元人杂剧，亦演明皇幸蜀事。遍查《元人百种》，并无是剧，仅于《北九宫谱》存其名耳。

佚名《曲海总目提要》 《梧桐雨》元白仁甫撰，采白居易《长恨歌》中"秋雨梧桐叶落时"句，以为标目也。

略云：张守珪为幽州节度使，裨将安禄山失机当斩，惜其骁勇，械送至京。丞相张九龄请诛之，明皇不从，召见，授以官。时贵妃方宠幸，命以禄山为义子，赐洗儿钱。后与杨国忠不协，出为范阳节度使。七月七日，妃陪上宴于长生殿，赐金钗钿盒。酒酣，感牛女事，对星而盟，愿生生世世为夫妇。天宝十四载，方食荔枝，禄山反报至，仓皇幸蜀。次马嵬驿，军哗不行，龙武将军陈元礼请诛杨国忠。既诛，军哗不止，元礼复以贵妃为请。明皇不得已，令高力士引至佛堂中自尽，六军始行。肃宗收京，上皇居西宫，悬贵妃像于宫中，朝夕相对。一夕梦与妃相见，而为梧桐雨惊醒，追思往事，怨梧桐不置云。（前后皆据正史及他传记，不妄）按《太真外传》及《长恨歌传》《开元天宝遗事》《明皇十七事》诸所载太真事甚详，此特十之二三耳。曲终言画像入梦，则本之元虚子所志道士王舟事也。志云："太真生而有玉环在臂，环上坟起，故小字玉环。马嵬变后，明皇朝夕思维。道士王舟以少君术求见，上极宠待。舟出袖中笔墨，索细黄绢，诵咒呵笔，画一女人，仅类人形。使上斋戒怀之，想其平日，三日夜不懈。舟曰：得之矣！上出像观之，乃真贵妃面貌也。上喜甚。舟曰：未也。请具五色帐，结坛壁而供之。索十五六聪慧端正之女二十四人，齐声歌子建《步虚词》。复焚符诵咒，吸烟呵像上，次命诸女如方呵之。至黄昏，请上自秉烛入帐中。先是，舟以五色石示上，谓之衡遥，以少许研极细，和以诸药，令作烛，外画五色花，谓之还形烛。上既入，舟命侍者出，反闭金扉，以葳蕤锁锁之。于是太真在帐中，见上泣曰：以天下之主，不能庇一弱女，何面颜复见妾乎！沉香亭下月中之誓何在也？上亦泪下，言马嵬之变，出于不意。言甚多，太真意稍释。与上曲尽绸缪，胜于平日，脱臂上玉环内上臂。天未明，舟曰：宜别矣。上出帐，回视不复见，惟玉环宛然在臂。舟具言太真所以尸解，今见为某洞仙甚悉。"说与《长恨歌》异，存之备考。

又　《墙头马上》元白仁甫撰，全系北曲。明时有人改作南曲，增饰成剧，情节亦稍添，而名不改。按此剧盖因白居易乐府有"墙头马上"句而作。居易虽作此诗，未必果有实事；即有实事，亦未指出姓名。仁甫以居易乃中唐人，则所咏之事，当在其前，故以裴行俭子当之，非其真也。彼时有拜住于马上见秋千会事，当已流传，疑暗指此。然拜住以正合，非少俊比也。稗史又有《青梅歌》，言室女金英闲步后园，因戏青梅，窥见墙外俊士骑马经过，彼此相顾，女背其亲相从；及后相弃，悔恨无及，乃作《青梅歌》以自解。此与仁甫所撰恰合，仁甫所撰女诗，亦有"手捻青梅"句。但金英之说，未知确否？其《青梅歌》即居易乐府，或此女诵居易之作，而人误以为女诗，未可知也。（李白说："妾发初覆额，折花门前剧。郎骑竹马来，绕床弄青梅。同居长干里，两小无嫌猜。十四为君妇，羞颜未尝开。"此词人作男女慕悦事，用青梅之根也。）白居易《长庆集》内有新题乐府，其《井底引银瓶》诗小序云："止淫奔也。"诗云："井底引银瓶，银瓶欲上丝绳绝；石上磨玉簪，玉簪欲成中央绝。瓶坠簪折两若何？似妾今朝与君别！（剧中磨簪汲瓶，逼子写休书逐女，即此。）忆昔在家为女时，人言举止有殊姿。婵娟两鬓秋蝉翼，宛转娥眉远山色。笑随戏伴后园中，此时与君未相识。君骑白马傍垂杨，妾折青梅倚短墙；墙头马上遥相顾，一见知君即断肠。为君断肠共君语，君指南山松柏树。感君松柏化为心，暗合双鬟逐君去。（此剧中正面也）去到君家五六年，君家大人频有言：聘则为妻奔则妾，不堪主祀奉蘋蘩。（剧云，女至裴宅七年，与此诗相仿佛。又裴尚书云，聘则为妻，奔则为妾，是引此语。）终知君家不可住，其奈出门无去处。岂无父母在高堂，亦有亲情满故乡。潜来竟不通消息，此日悲羞归不得。感君一日恩，误妾百年身。寄言痴小人家女，慎勿将身轻许人！"（剧云：裴尚书行俭子少俊，奉高宗命，往洛阳买花栽子。尝过洛阳总管李世杰园，马上见其女千金，雾鬓云鬟，冰肌玉骨，作诗投入云："只疑身在武陵游，流水桃花隔岸羞。咫尺刘郎肠已断，为谁含笑倚墙头。"女答诗云："深闺拘束暂闲游，手捻青梅半掩羞。莫负后园今夜约，月移初上柳梢头。"少俊遂于墙头跳入。为千金乳媪所知，密令二人遁去。至长安，不告父母，匿于后花园七年，生子端端六岁，女重阳四岁。清明祭奠，裴夫人柳氏率少俊同往，而行俭以小恙在家。偶至花园，见端端兄妹，询得其由，令少俊作休书逐女归，而留其男女。千金归，其父母已没，守节于家。少俊举进士，适官洛阳令，迎父母至任所。行俭亦怜李守节，且知是世杰之女，曾与议婚，遂使为夫妇终其身。）元人《秋千会记》：大德二年，孛罗拜宣徽院使。生自相门，穷极富贵。私居后有杏园一所，取"春色满园关不住，一枝红杏出墙来"之意。花卉之奇，亭树之好，冠于诸贵家。每年春，宣徽诸妹诸女，邀院判经历宅眷，于园中设秋千之戏，二月末至清明后方罢，谓之秋千会。适枢密同佥帖木耳不花子拜住过园外，闻笑声，于马上欠身望之。正见秋千竞就，欢哄方浓。潜于柳阴中窥之，睹诸女皆绝色，遂久不去。为阍者所觉，走报宣徽，索之，亡矣。拜住归，具白于母，母遣媒求婚。宣徽曰：得非窥墙耳乎？遣来一观，果佳则当许也。同佥饰拜住以往，宣徽见其美少年，心喜，试之曰：尔喜观秋千，以此为题，【菩萨蛮】为调，赋南词一阕，能乎？拜住以国字写之曰："红绳画板柔荑指，东风燕子双双起。夸俊要争高，更将裙系牢。牙床和困睡，一任金钗坠。推枕起来迟，纱窗月上时。"宣徽恐是欲构，再命作【满江红】咏莺，拜住用汉字书呈宣徽，其末云："入柳穿花来又去，欲求好友真无计。望上林何日得双栖，心迢递。"宣徽遂面许第三夫人女速哥失里为姻，择日遣聘，喧传都下，以为盛事。既而同佥以墨败，拜住财散人亡。宣徽将呼回家，教而养之，三夫人不肯，决意悔亲；速哥力谏不听。别议评章阔阔出之子。暨成婚，速哥行之中道，潜解脚纱缢于轿中。夫人悉倾家资，及夫家聘物殓之，暂寄清安僧寺。拜住闻变，夜往哭之，叩棺曰：拜住在此。应曰：我活矣！乃谋于僧，斧其盖，女果活，挈走上都。居一年，宣徽出尹开平，下车求馆客，召之则拜住也。问娶谁氏，拜住实告，昇至则真速哥。夫妇愧叹，待之弥厚，收为赘婿，终老其家。

又 《崔护谒浆》，元白仁甫撰。其时尚仲贤亦有《崔护谒浆》

剧，所记皆即《本事诗》中事，标出酒渴求浆以为名也。后人因此缘饰，有作《登楼记》者，有作《题门记》者，有作《桃花庄》者，有作《人面桃花》者，要皆脱胎于此。缘《本事诗》中未详时代，故或以为与王维友，或以为与裴航友，而女子姓氏随意撰出，不可为典要也。

佚名《传奇汇考》　《钱塘梦》，元真定白朴撰。苏小小本钱塘妓，司马才仲因梦中赠《黄金缕》词，至钱塘而访之，故标为名《苏小小月夜钱塘梦》也。据才仲本传，梦中之诗首句云："妾本钱塘江上住"；其后在杭，有携丽人登舟一段情迹。然初未有的姓名，作传者取其同僚揣摩之词，为坐于小小耳。钱塘佳丽之地，艳质芳魂，何代蔑有。才仲之时，去六朝甚远，安知所遇之必为苏小小耶？唐人诗云："钱塘苏小小，又值一年秋。"盖凡为妓者，率以苏小名之；如呼婢为小玉，仙女为双成，男子为刘阮萧郎之类，不可凿舟以求也。

佚名《见山楼丛录》　元人《崔护渴浆》杂剧有二本：其一白朴撰。朴，真定文举之子，字仁父，号兰谷先生；其一尚仲贤撰，与朴同时，亦真定人。所记皆即孟棨《本事诗》中，标出酒渴求浆，以为名也。（见《小说考证》卷一引）

翟灏《通俗编》　白仁甫《祝英台》剧，见《宣室志》。英台，上虞祝氏女，伪为男装游学，与会稽梁山伯者同肄业。山伯，字处仁。祝先归，二年，山伯访之，方知其为女子，怅然如有所失。告其父母求聘，而祝已字马氏子矣。山伯后为鄞令，病死葬鄮城西。祝适马氏，舟过墓所，风涛不能进。问知有山伯墓，祝登号恸，地忽自裂，陷祝氏，遂并埋焉。晋丞相谢安奏表其墓，曰义妇冢。（见函海本《通俗编》，又见传本《雨村剧话》。案函海有《剧话》二卷，实从函海本《通俗编》卷十九、二十抄出，前冠李调元小序。近人所称为《雨村剧话》者，未考其源，遂误为李氏专著。）

又 《唐明皇游月宫》剧，见《明皇杂录》：上与太真及叶法静八月望日游月宫，见龙楼凤堞，金阙玉扃，冷气逼人，后西川奏其夕有天乐过。《龙城录》：叶法善与明皇游月宫，闻天乐。上问曲名，曰《紫云回》也。上密记音调，归为《霓裳羽衣曲》。又见《集异记》《异闻录》，小异。

清　焦循《剧说》　《录鬼簿》载白仁甫所作剧目，有《祝英台死嫁梁山伯》。宋人词名，亦有《祝英台近》。《钱塘遗事》云："林镇属河间府，有梁山伯祝英台墓。"乾隆乙卯，余在山左，学使阮公修《山左金石志》，州县各以碑本来，嘉祥县有祝英台墓碣文，为明人刻石。丙辰客越，至宁波，闻其地亦有祝英台墓。载于志书者，详其事云："梁山伯祝英台墓，在鄞西十里，接待寺后，旧称义妇冢。"又云："晋梁山伯字处仁，家会稽。少游学，道逢祝氏子，同往肄业。三年，祝先返。后山伯归，访之上虞，始知祝为女子，名曰英台。归告父母求姻，时已许鄮城马氏。山伯后为县令，婴疾弗起，遗命葬鄮城西清道原。明年，祝适马氏，舟经墓所，风涛不能前。英台临冢哀痛，地裂而埋璧焉。事闻于朝，丞相谢安封义妇冢。"此说不知所本，而详载志书如此。乃吾郡城北槐子河旁有高土，俗亦呼为祝英台坟。余入城，必经此。或曰：此隋炀帝墓，谬为英台也。

又 《墙头马上》冲末扮装尚书，引老旦扮夫人上；第二折夫人同老旦嬷嬷上，是当场有二老旦。《梧桐》正末引宫娥挑灯拿砌末上，谓七夕乞巧筵所设物也。

清　李调元《雨村曲话》　元人咏马嵬事，无虑数十家，白仁甫《梧桐雨》剧为最。【古鲍老】云："红牙箸趁玉音击着梧桐按，嫩枝柯犹未干，更带着瑶琴声范，出几点琼珠似汗。"隽妙乃尔。

近代　王国维《人间词话》　白仁甫《秋夜梧桐雨》剧，沉雄悲壮，为元曲冠冕。然所作《天籁词》粗率之甚，不足为稼轩奴隶。岂创者易工，而因者难巧欤？抑人有能有不能也？读者观欧、秦之诗远不如词，足透此中消息。

又 "西风吹渭水，落日满长安。"美成以之入词，白仁甫以之入曲。(案《梧桐雨》二折及【得胜乐】小令中俱用此句)此借古人之境界，以为我之境界也。然非自有境界，古人亦不为我用。

近代 吴梅《顾曲尘谈》 正宫曲中套数之长者至多，如元鲍吉甫《秦少游》剧用牌至二十支，白仁甫《梧桐雨》剧用牌至十九支。惟其中多借宫，并非全属本调，则亦不足依据也。

近代 吴梅《梧桐雨·跋》 《录鬼簿》录仁甫之作，多至十五种……今所传者，止《墙头马上》及此种而已。其《钱塘梦》一节，系小说体非杂剧，今附见李卓吾批评《西厢》后，似不应入戏剧目中。余尝谓《录鬼簿》所见诸剧，未必皆丑斋亲见者，盖谓此等处也。

近代 王季烈《螾庐曲谈》 《梧桐雨》第一折之【油葫芦】云："报接驾的宫娥且慢行，亲自听，上瑶阶那步近前楹。悄悄蹙蹙款把纱窗映，扑扑簌簌风飐珠帘影。我恰待行，打个吃挣，怪玉笼中鹦鹉知人性，不住的语偏明。"【醉中天】云："龙麝焚金鼎，花萼插银瓶，小小金盆种五生，供养着鹊桥会丹青帧，把一个米来大蜘蛛儿抱定。搂夺尽六宫宠幸，更待怎生般智巧心灵。"【醉扶归】云："暗想那织女分牛郎命，虽不老是长生，他阻隔银河信杳冥，经年度岁成孤另。你试向天宫打听，他决害了些相思病。"是《长生殿》之【密誓】折袭其意处不少。至其第二折之【粉蝶儿】云："天淡云闲，列长空数行征雁。御园中夏景初残，柳添黄，荷减翠，秋莲脱瓣。坐近幽阑，喷清香玉簪花绽。"【惊变】折竟全然抄袭矣。

近代 梁启超《小说丛话》 钱塘洪昉思著《长生殿》传奇，自序云："余览白乐天《长恨歌》及元人《秋雨梧桐》剧，辄作数日恶。"而曲白中沿用白氏语处极多，【雨梦】一折并于《秋雨》剧有所采撷，何也？

近代　刘咸炘《文学述林·曲论》　马东篱《汉宫秋》以闻雁终，白仁甫《梧桐雨》以闻雨终，所以成其佳妙。《长生殿》弹词一出，全摹元人《货郎旦》。末折最为精警，正宜作终篇追吊，否亦当依白氏至闻铃而止。乃复叨叨为杨氏造作虚美，遂使局势散漫，词亦成强弩之末。《长恨歌》之逊于《连昌宫词》，即以顺叙直铺，详其不必详。洪氏正蹈其覆辙，且更增衍于其外，乃反谓读《长恨歌》《梧桐雨》作数日恶。虽曰文人相轻，无乃太不自量乎！

近代　王季烈《孤本元明杂剧·提要》　《东墙记》原标《董秀英花月东墙记》明抄本，元白仁甫撰。仁甫，名朴，父华，号寓斋，《金史》有传，与元遗山为世契。仁甫七岁，遭壬辰之难，寓斋以事远适，遗山挈仁甫北渡。仁甫自是不茹荤，曰：俟见吾亲则如故。读书颖悟异常，亲炙遗山，謦咳谈笑，悉能默记。以先代为金世臣，不欲干禄，优游诗酒，以忘天下。著有《天籁集》。其所作杂剧，见之《曲录》者十七种；今所见者，惟《元曲选》中之《梧桐雨》《墙头马上》二本，及此本耳。此本记三原马文辅之父，与松江董秀英之父为至友。二人幼时，曾有婚约。马父先卒，文辅长而至松江访之，董父亦卒，遂假馆山寿家之花木堂，与秀英所居后花园隔一东墙。文辅攀墙看花，与秀英相见，彼此有情，伤春致病。秀英侍女名梅香，为递简传情，约文辅至海棠亭欢会。董母适撞见之，梅香陈明文辅自幼与秀英有婚约，不如成就其事，以掩家门之丑。董母许其成婚，立逼文辅到京赴试，其后文辅得状元而归。事与《西厢》相同，曲中俊语甚多。楔子［赏花时］二支用模韵，不杂撮口一字，可见《中原音韵》虽鱼模不分，而能手亦严为区别也。唯北曲一套，例由一人唱，而此本则不然。元杂剧一本俱四折，此本五折，皆为元曲之变例。《太和正音谱》谓："仁甫之词，如鹏抟九霄。"以余观之，则如"晓风残月"，宜于浅酌低唱，而非铜琵琶铁绰板唱"大江东去"也。卷末有清常道人题记，谓抄东阿于谷峰相国子小谷藏本。案相国当即于文定,名慎行,《明史》有传。

三、曲话

元　周德清《中原音韵》　【寄生草·饮】:"长醉后方何碍,不醒时有甚思。糟腌两个功名字,醅渰兴亡事,曲埋万丈虹霓志。不达时皆笑屈原非,但知音尽说陶潜是。"评曰:命意、造语、下字俱好。最是陶字属阳协音,若以渊明字,则渊字唱作元字,盖渊字属阴。有甚二字上去声,尽说二字去上声,更妙。虹霓志、陶潜是务头也。

又　【沉醉东风·渔夫】:"黄芦岸、白蘋渡口,绿杨堤、红蓼滩头。虽无刎颈交,却有忘机友。点秋江、白鹭沙鸥,傲杀人间万户侯。不识字、烟波钓叟。"评曰:妙在杨字属阳,以起其音,取务头。杀字上声,以转其音。至下户字去声,以承其音,紧在此一句,承上接下,末句收之。刎颈二字若得上去声尤妙,万字若得上声更好。

明　王世贞《艺苑卮言·附录》　元人曲如:"仙翁何处炼丹砂,一缕白云下。客去斋余,人来茶罢。叹浮生数落花,楚家汉家,做了渔樵话。"(案此周德清【朝天子】曲文)"黄芦岸、白蘋渡口,绿杨堤、红蓼滩头。虽无刎颈交,颇有忘机友,点秋江白鹭沙鸥。傲杀人间万户侯,不识字、烟波钓叟。"意中爽语也。(笔者按:王世贞引曲文作"颇有"。)

又　"五眼鸡丹山鸣凤,两头蛇南阳卧龙,三脚猫渭水飞熊。"(案此张鸣凤【水仙子】曲文)"糟腌两个功名字,醅腌兴亡事,曲埋万丈虹霓志。不达时皆笑屈原非,但知音便说陶潜是。"诨中奇语也。

沈雄《柳塘词话》　余阅元人曲,关汉卿【商调·集贤宾】云:"裙染榴花,睡损胭脂皱;扭结丁香,掩过芙蓉扣。线脱珍珠,泪湿香罗袖;杨柳眉颦,人比黄花瘦。"(案此属《西厢》曲文)郑德辉【越调·圣药王】云:"近芦花,揽钓槎,有折柳衰蒲绿兼葭。遥望见烟笼寒水月笼纱，我只见茅舍两三家。"（案此属《倩女离魂》剧词）白仁甫《题情·阳春曲》云："笑将红袖遮银烛，不放才郎夜读书。只不过迭应举，及第待何如。"王和甫《别情·尧民歌》云："自别后遥山隐隐，更那堪远水粼粼。见杨柳飞绵滚滚，对桃花醉眼醺醺。"其情致不减于词也。徐士俊曾叙余词曰："上不类诗，下不类曲者，词之正位也。"余欲力崇词格，特究心于曲调如此。

清 李调元《雨村曲话》 东篱【寄生草】云："长醉后方何碍，不醒时有甚思。糟腌两个功名字，醅淹兴亡事，曲埋万丈虹霓志。不达时皆笑屈原非，但知音尽说陶潜是。"命意造词，俱臻绝顶。（案李调元论元散曲，多误为马致远作，本不足据。）

近代 吴梅《顾曲尘谈》 白仁甫【寄生草】……词中用醒时二字，为阴上与阳平相连，古、朝与屈原四字亦然。有甚二字为阴上与阳去，尽说陶三字为阳去阴上阳平相连，皆是务头也。

又 【小石调】，此调隶曲至少，据《正音谱》止有四支，而小令且在内矣。元明作者寥寥，不可多见，惟白仁甫《兰谷集》中有【恼煞人】一套，今取以为式，余则未见也。

又 元人乐府盛称关、马、郑、白，关为关汉卿，马为马东篱，郑为郑德辉，白为白仁甫。四家之词，直如钧天韶武之音，后有作者，不易及也。臧晋叔《元曲选》所录四家词至多，学者可以读之。……仁甫著有《天籁阁集》，博学多才，不仅以词曲名世。集后有《摭遗》一卷，皆录所作曲也。近吴仲伦刊《九金人集》，《天籁集》亦在其内，此书世多有之矣，不备论也。惟其【阳春曲】二支，集中所未刊者，今录见一斑也。词云："笑将红袖遮银烛，不放才郎夜看书，相偎相抱取欢娱。止不过迭举，便及第待何如！"第二支云："百忙里铰甚鞋儿样，寂寞罗帏冷串香，向前搂定可憎娘。止不过赶嫁妆，便误了又何妨！"可谓妙绝。他如"饮酒"之【寄生草】词，"渔夫"之【沉醉东风】词，"佳人黑痣"之【醉中天】词，皆见于

《啸余谱》《太和正音谱》及《天籁集》中，兹不载也。元王博文《天籁集序》……据博文此序，则仁甫固忠孝完人焉。今人读《梧桐雨》《鸳鸯简》诸剧，以仁甫为词章之士，又何异矮人观场乎！

近代　王季烈《螾庐曲谈》　南北曲有所谓务头者，余初见之于《北宫词纪》凡例，引周德清论云："要知某调某句是务头，可施俊语于其上。"注云：如小令【寄生草】长醉后一阕内，"虹霓志""陶潜是"是务头；【红绣鞋】叹孔子一阕内，"功名不挂口"句是务头（案此张可久曲，下略）。将数说寻绎再四，迄不得务头二字之解，遍询度曲家，亦无知者。及见吾友吴瞿菴，始谓务头者，即平上去三音相联，而阴阳不同之处，如阳去阴上相连，或阳上阴去相连，或阳平阴上相连，或阴平阳上相连，皆是务头。准此说，则【寄生草】末句"但知音尽说陶潜是"，尽说陶三字为阳去阴上阳平相连，【红绣鞋】之"功名不挂口"句，名不二字为阳平阴上相连。

四、题赠杂录

金　白华《寓斋诗·示恒》　数口无归累已深，学衣缝掖有青衿。蹉跎岁月成何事，锻炼文章更用心。多病若怜双白发。一经真经万黄金。忍教憔悴衡门底，窃得虚名玷士林！（此下三首并见《永乐大典》卷一三三四四示字引元《寓斋诗》，"真经"字原抄有误，经疑当作抵或值。寓斋为白朴父号，恒为朴之本名，说详年谱。）

又《是日又示恒二首》　潦倒吾何用，文章汝未成。过庭思父训，掷地惜家声。鸟哺三年养，鹏抟万里程。续弦胶不尽，无面见先兄。（一作坠地惜家声，杜诗家声惜坠地。）

穀也（一作郡）年虽长，挑弓业已荒。覆车须改辙，作室望为堂。鹤发仍多病，鸡栖尚异乡。远期七十岁，能得几称觞。

金　元好问《赠白恒》　元白通家旧，诸郎独汝贤。（佚句见《天籁集》序）

元　侯克中《艮斋诗集·答白仁甫》　别后人空老，书来慰所思。溪堂连辔日，风雨对床时。我爱香山曲，居奇石鼎诗。何当湖上路，同赋鹧鸪词。

元　元淮《金囤集·西风（仁甫词）》　西风一夜过长郊，吹透孤松野鹤巢。荷翠减时羼雨盖，柳添黄处脱枯梢。不烦红袖挥纨扇，赖有新诗作故交。水镜池边秋富贵，芙蓉十顷尽开苞。

元　陈深《宁极斋乐府·水龙吟·寿白兰谷》　此翁疑是香山，老来愈觉才情富。天孙借与，金刀玉尺，裁云缝雾。一曲阳春，樽前惟欠，柳蛮樱素。对苍松翠竹，江空岁晚，伴明月、倾芳醑。　深谷修兰楚楚。续《离骚》、载歌初度。麻姑素约，天寒相访，遗余琼露。拟借青鸾，吹笙碧落，采芝玄圃。奈玉堂催召，文园醉叟，草凌云赋。

陈深《宁极斋乐府·沁园春·次白兰谷韵》　浪迹烟霞，有酒千钟，有书五车。任从来萧散，闲心似水；何堪妩媚，笑面如花。濯发沧浪，放歌江海，肯被红尘半点遮。谁知道，抱无名巨璞，重价难赊。

嘻嗟、大泽龙蛇，且蟠屈深潜得计些。看淋漓醉墨，神情自足，摩挲雄剑，肝胆无邪。渭水烟蓑，营丘绣袭，出处何尝有异邪！今何在，但素蟾东出，红日西斜。

元　夏庭芝《青楼集》　天然秀，姓高氏，行第二，人以小二姐呼之。母刘，尝侍史开府。高丰神艳雅，殊有林下风致，才艺尤度越流辈。闺怨杂剧为当时第一手，花旦驾头亦臻其妙。始嫁行院王元俏，王死，再嫁焦太素治中；焦后没，复落乐部。人咸以国香深惜，然尚高洁凝重，尤为白仁甫、李溉之所爱赏云。

元　锺嗣成《录鬼簿》　白仁甫，文举之子，名朴（案：说集本、孟本及抄本无此六字），真定（案：抄本误脱此二字）人，号兰谷先生。赠嘉议大夫（案：说集本、孟本无此四字），掌礼仪院太卿（案：说集本作太常礼仪院大卿。孟本与说集本同，唯少大字。抄本亦作太常卿礼字之误仪院太卿）。贾仲明【凌波曲】：峨冠博带太常卿，娇马轻衫馆阁情。拈花摘叶风诗性，得青楼薄幸名。洗襟怀，剪雪裁冰。闲中趣，物外景，兰谷先生。

《六安州志》 朴字仁甫，六安人。少随父枢判真定，遭元兵，父子相失。自是不茹荤血，人问其故，曰：俟见吾亲后如初。宋亡，恒郁郁不乐，誓不仕元。中统初，开府史公等屡荐不屈，遂渡江而避，从诸故友，放情山水间。诗篇词翰，在在有之，皆寓不忘故国之意。所著有《朝野新声》《太和正韵》《天籁集》。（见《图书集成·氏族典》卷五三九宋白朴条。案《小学考》卷三十二亦误录白朴《朝野新声》《太和正韵》佚作两种。）

《雕丘杂录》 元人锺嗣成《录鬼簿》载有传奇行于世者，白仁甫号兰谷、李文蔚、侯正卿号艮斋先生、尚仲贤、戴善甫、江泽民俱真定人，才学之士也。今郡邑无传焉，记之俟考。（见《畿辅通志》识余类引）

近代 王国维《宋元戏曲考附录·白朴小传》 白朴，字太素，一字仁甫，号兰谷。隩州人，后居真定，故又为真定人焉。祖，元遗山为作墓表，所谓善人白公是也。父华，字文举，号寓斋，仕金贵显，为枢密院判官，《金史》有传。仁甫为寓斋仲子，于遗山为通家侄。甫七岁，遭壬辰之难，寓斋以事远适。明年春，京城变，遗山遂挈以北渡。自是不茹荤血，人问其故，曰：俟见吾亲则如初。尝罹疫，遗山昼夜抱持，凡六日，竟于臂上得汗而愈，盖视亲子侄不啻过之。数年，寓斋北归，以诗赠遗山云："顾我真成丧家狗，赖君曾护落巢儿。"居无何，父子卜筑于滹阳。律赋为专门之学，而太素有能声，为后进之翘楚。遗山每过之，必问为学次第，尝赠之诗曰："元白通家旧，诸郎独汝贤。"未几，生长见闻，学问博览。然自幼经丧乱，仓皇失母，便有满目山川之叹。逮亡国，恒郁郁不乐，以故放浪形骸，期于适意。中统初，开府史公将以所业荐之于朝，再三逊谢，栖迟衡门，视荣利蔑如也。至元一统后，徙家金陵，从诸遗老放情山水间，日以诗酒优游，用示雅志，诗词篇翰，在在有之。后以子贵，赠嘉仪大夫，掌礼仪院大卿。著有《天籁集》二卷。（据《金史·白华传》《录鬼簿》《元遗山文集》，王博文、孙大雅《天籁集序》）

平步青《小栖霞说稗》 《续奇书》，署名紫阳道人撰。借因果以论报应，蔓引佛经、《感应篇》，可一噱也。自弇州撰前书以毒荆川，冀雪戴天仇愤，而风行刊布，流祸百年。其续书名《玉娇梨》者，今已不传；坊肆有之，一名"第三才子书"者。《玉娇梨》叙白太素女红玉、苏友白事，阅者颇疑其依托。不知白苏事不可知，太素则实有其人。《曝书亭集》卷三十六《白兰谷天籁集序》云："仁甫名朴，又字太素，为枢判寓斋之子，于明初由姑熟徙六安。"《秋夜梧桐雨》院本亦白作，竹垞谓出关、程（案当作郑）之上。宁献王权谱元人曲作者，凡一百八十有七人，仁甫名第三，次东篱、小山之下。乃依托，不足观。

（据王文才《白朴戏曲集校注》附二移录）

白朴《天籁集》词话评论汇辑

邵亨贞《蚁术词》 《风入松·序》白仁甫集中《木兰花》，结句云："二十四桥明月，玉人何处吹箫。"黄一峰先生每叹赏之。一日，作《清平乐》赠一道人，末云："未试囊中餐玉，明朝且入蓝田。"以为得意，时举以似人。

陈霆《渚山堂词话》卷二 《垂杨》与《玉耳坠金环》二曲，宋唐以前，无闻有作，近于《天籁集》见之。然则其所始，岂金元之际乎？（下录《垂杨》及《玉耳坠金环》二曲，略）

又卷三 《天籁词集》为白朴太素所作。太素号兰谷，赵之真定人，故金世家也。生长兵间，流落窜逸，父子相失，遂鞠于父执元遗山所。元公教之读书，即长，问学宏博，后以诗词显。金亡，恒郁郁不乐，遂不复求仕，以诗酒自放于山水间。予谪倅六安，于其裔孙庠生白永盛家，获瞻其遗像，酒边为赋《酹江月》一词吊之。永盛因出词集，嘱予为登梓。宦迹蓬转，未及谐所诺；今屏退林下，无力复办此矣！感今追昔，是不惟辜永盛之托，且不肖于此，夙昔不浅，当复负此老于地下也。（下附《酹江月》词一首，前已录，略之）凡白之大略，词颇赅之。

丁绍仪《听秋声馆词话》卷十三　昔与㕙芗宗伯论及，词中有讹脱一二字，意调佚失者。余谓：《词综补遗》中采辑各词，如与调未协，文义亦不贯串，必原本脱落字句。似宜计字留空，或于词下注明，免致后人认为另体。宗伯颇以为然，允以注明词下，谓得虚衷论古之意。今就管窥所及，如……白仁甫《多丽》云："渺澄，波聚鱼曲港，滨纱人去掩柴荆。"语气不接，恐曲港下脱落十三字……此皆显而易见者。宋以来流传词调，因错落而误分另体者，正不少耳。

况周颐《蕙风词话》卷一　《织余琐述》又云：元白朴《天籁集·满庭芳》小序：屡欲作荼词，未暇也。近选宋名公乐府，黄、贺、陈三集中，凡载《满庭芳》四首，大概相类，各有得失，复杂用元、寒、删、先韵，而语意苦不伦云云。近人词，此四韵多通叶，昔贤不谓然也。夫词虽慢调，韵不逾十。即如寒、删两韵，本韵之字，即独用不患不敷，矧已通叶，何必再阑入元、先部乎？其为取便，亦已甚矣。

卷三　《天籁集》词《永遇乐》同李景安游西湖云：青衫尽付，蒙蒙细雨。更著小蛮针线。用坡公《青玉案》句：春衫犹是小蛮针线，曾湿西湖雨。而太素语特伤心，其言外之意，虽形骸可土木，何有于小蛮针线之青衫。以坡公之琼楼玉宇，高处不胜寒比之，犹死别之与生离也。

况周颐《清庵先生词跋》　白太素朴《天籁集·水调歌头》序

云：丙戌夏四月八日夜，梦有人以三元秘秋水五字谓予，请三元之义，曰上中下也。恍惚玩味，可作《水调歌头》首句，恨秘字之义未详。后从相国史公，欢游如平生，俾赋乐章，因道此句，但不知秘字何意。公曰秘即封也。甫一韵而寤，后三日成之，以识其义。前调序云：既赋前篇，一日举似京口郭义山，义山曰：此词固佳，但详梦中所得之句，元者应谓水府，今止吟甲子及《秋水》篇事，恐未尽也。因请再赋。两阕皆以三元秘秋水为起句，《清庵词·水调歌头》有赠白兰谷及言道、言性各一阕，亦皆以三元秘秋水为起句。太素词乃酬答清庵之作，顾必托诸梦幻何耶？清庵赠兰谷词歇拍云：谁为白兰谷，安寝感羲皇。以太素有《水龙吟》《睡词》二阕，可知当日商榷文字，过从甚密。太素词作于丙戌至元二十三年，清庵词当亦是时作也。临桂况周颐识于沪寓之天春楼。

　　王国维《人间词话》　　白仁甫《秋夜梧桐雨》剧，沉雄悲壮，为元曲冠冕。然所作《天籁词》，粗浅之甚，不足为稼轩奴隶。岂创者易工，而因者难巧欤？抑人各有能不能也？读者观欧、秦之诗，远不如词，足透此中消息。

（据徐凌云《天籁集编年校注》移录）

20 世纪的白朴研究

胡世厚

　　白朴是元曲四大家之一。他的生平史料和著作留下较多，为后人研究提供了珍贵资料。从 13 世纪至 19 世纪，学者多从曲论角度研究他，或考证其生平，或著录其作品，或品评其词曲，虽推崇备至，但显零碎简括，几乎没有专门系统评论的文章。

　　20 世纪，中国社会发生了巨大变化。由于西方学术思想的涌进，学术界开始运用新的观念和方法研究中国古代戏曲。20世纪初期的20年，古代戏曲研究取得显著成就，其代表是王国维。王国维从1908年至1912年撰写了8部研究古代戏曲的著作，不仅集古代研究之大成，而且成为现代研究的开山。王国维在这些著作中，高度评价了白朴及其戏曲。王在1912年《宋元戏曲考》中说："元代曲家，自明代以来，称关马郑白。然以其年代及造诣论之，宁称关白马郑为妥也。"其曲词，"高华雄浑，情深文明"，"不失为第一流"。王在是书附录《元戏曲家小传》中，据史籍，为白朴作了小传。王在1910年《录曲余谈》中称白仁甫的《梧桐雨》悲壮，可谓千古绝品。王在1908年《人间词话》中称赞白仁甫《秋夜梧桐雨》剧，"沉雄悲壮，为元曲冠冕"。但否定其词，认为"《天籁阁集》粗浅之甚，不足为稼轩奴隶"。这就显得偏颇。

1919年，五四运动掀起的文学革命浪潮，有力地冲击了学术界鄙视小说戏曲的传统观念，故而从1919年至1949年，戏曲研究包括白朴研究均较为活跃，出现了一些新的特色，传统的评点式、考据式的治学方法和新兴的社会历史方法同时为学者们运用。继王国维之后，研究戏曲成就突出的首推吴梅。吴梅早在1914年《顾曲麈谈》中说："元人乐府，盛称关马郑白"，"四家之词，直如钧天韶武之音，后有作者，不易及也"。"仁甫著有《天籁阁集》，博学多才，不仅以词曲名世，集后有《摭遗》一卷，皆录所作曲也"。"惟其《阳春曲》二支，集中所未刊者，今录见一斑也"，"可谓妙绝"。吴在1922年《瞿安读曲记·梧桐雨》中认为，白朴是真定人，今传杂剧止《梧桐雨》及《墙头马上》。《梧桐雨》"结构之妙，较他种更胜，不袭通常团圆套格，而以夜雨闻铃作结，高出常手百倍"。吴在1925年《中国戏曲概论》中说："《天籁》一集，质有其文，《秋雨梧桐》实驾碧云黄花之上。""碧云黄花"乃指王实甫的《西厢记》。吴梅在1929年《元曲研究》中的"元剧作者考略"中，又称白朴为隩州人。由此可见，吴梅对白朴的杂剧、词曲评价是很高的。惟其时称白朴为真定人，时称其为隩州人，说法不一，他对此似乎未加重视。

20世纪三四十年代，许多文学史和论曲的著作都论及白朴，尤为值得称道的是，已有10篇专文评论白朴，既有考辨，又有异议争论。郑振铎在1932年《插图本中国文学史》中说："《梧桐雨》确是一本很完美的悲剧"，"像这样纯粹的悲剧，元剧中是绝少见到的，连《窦娥冤》与《汉宫秋》那样天生的悲剧，都也勉强地以团圆为结束，更不必说别的了"。郑振铎在1937年《〈词林摘艳〉里的戏剧作家及散曲作家考》中称赞白朴《流红叶》【端正好】一折的结构和文章成就很高。

1933年，苏明仁在燕京大学《文学年报》发表了《白仁甫年谱》，这是后世研究者为元代剧作家撰写的第一部年谱。它结合考订白朴现有作品，广泛征集散见于各种正史杂记中的有关资料，比较清晰地显示了这位元曲大家的生平事迹和创作情况，在元杂剧作家身世的考订研究方面具有开创意义。这一时期发表的傅惜华《元代剧作家传略》、邵曾祺《元杂剧前后期作家传略》等，也都为白朴立了传。

在评价白朴杂剧和词曲方面，许多研究者都给予很高评价。卢前1935年的《元人杂剧全集·白仁甫杂剧跋》说："《梧桐雨》与《墙头马上》俊语如珠，是元曲中所罕见者。王国维谓朴似诗中刘梦得，词中苏东坡，婉约豪放，两美兼有之矣。"梁乙真1934年的《元明散曲小史》说：白朴散曲"俊逸有神，而小令尤为清隽……其成就则高出其剧曲之上"。王季烈1941年的《孤本元明杂剧序》说："古今谈曲者，咸以关汉卿为巨擘。以此书论之，则宁推实夫、仁甫，驾而上之。"刘大杰1943年的《中国文学发展史》认为，《梧桐雨》文字过于华丽，诗的效果增多，戏剧效果反而减少。《墙头马上》是一个最富社会性的婚姻问题的剧本，剧中关于李千金坚强个性和革命姿态的描写，在中国旧文学里是少见的。世人谈《墙头马上》，只是把它看作一个不重要的桃色喜剧，这是错误的。《墙头马上》的结构很完整，对白较为本色通俗。"就戏曲的价值上说，《墙头马上》实要胜过《梧桐雨》。"他还认为：白朴"在他的《天籁集》里，表现他在词上有良好的成绩。他的生活严正，品格很高。在他的词里，时现着故宫禾黍之悲"。邵曾祺1948年的《元杂剧六大家评略》对白朴现存剧作给予全面评价，认为其作品最好的是《梧桐雨》，《墙头马上》以结构见长，《东墙记》是白朴的败笔。两个残剧《流红叶》《箭射双雕》都是上等文字。

这期间对白朴的研究，是仁者见仁，智者见智。主要的有以下几个问题：

关于《东墙记》，多数学者都承认今存《东墙记》系白朴所著，如赵景深、谭正璧、王季烈等，亦有学者持不同意见。郑骞1947年的《辨今本〈东墙记〉非白朴原作》认为，今存《东墙记》不是白朴作品，系元末明初无名氏之作。

关于《金凤钗》杂剧，有学者认为系白朴所作。赵景深30年代的《白朴的〈金凤钗〉》认为："白朴的'金凤钗分'，不过是《仙吕·点绛唇》的首句，并非杂剧的一折，被孙季昌误认为杂剧，便编进《集杂剧名咏情》里，而后人沈伯英以讹传讹，也就认为《金凤钗》为杂剧名了。"赵文考证白朴的"金凤钗分"是散曲，非杂剧，是正确的，但说《金凤钗》不是杂剧就不妥了，因为元郑廷玉有此杂剧，且有传本。

关于白朴散曲的艺术风格，赵景深在《辨白朴非豪放派》一文中不同意任中敏在《散曲概论》中称白朴为"豪放之尤者"。他认为："白朴的散曲属于豪放的只有九首，还不到全部散曲的四分之一，所以因这极少数的豪放散曲而断定为豪放派，是不妥的。其余三十一首都可以入清丽一派。""任氏或者是受了王国维的暗示，我想王国维在《宋元戏曲史·元剧之文章》中说：'仁甫似苏东坡'，也是同样不恰当的。即以戏曲而论,白朴传世之作如《梧桐雨》《墙头马上》等也都属于清丽派而不属于豪放派。"

这期间,还发表有豫源的《裴少俊〈墙头马上〉》、隋树森的《〈东墙记〉与〈西厢记〉》、戴不凡的《跋〈天籁集〉》、冯沅君的《元剧中的〈东墙记〉》等文章,也都各抒己见,自陈其说。应当承认,20世纪上半叶,白朴研究取得了显著成绩。

1949年10月1日,中华人民共和国成立,白朴研究随着古代戏曲研究的深入开展进入了一个新的发展时期。五十年来,白朴研究的学者以马克思主义为指导,运用科学的研究方法,对白朴及著作进行深入细致的研究,取得了卓著成绩,使白朴研究提高到一个新的水平。

50年代初,白朴研究一度沉寂,所有文学史、戏曲史等著作虽然都论及白朴,但专论白朴的文章直到1956年以后才出现,如陈健的《略论〈梧桐雨〉杂剧》、徐凌云的《元曲家白朴及其创作》、宋荫谷的《论杂剧〈梧桐雨〉》。

1957年,《山西师院学报》曾发文讨论白朴的籍贯。陈过在是年该学报第2期发表《元杂剧的山西作家及其作品》一文,因从白朴为真定籍之说,没有提及白朴,于是于霞裳、沈善钧在该学报同年第3期发表质疑文章《白朴籍贯的商榷》,认为白朴是山西隩州人,属晋籍,不是河北真定人。

谭正璧的《元曲六大家略传》和周贻白的《中国戏剧史讲座》都说白朴今存杂剧三种,其中有《东墙记》。50年代郑振铎主编的《古本戏曲丛刊》和隋树森编的《元曲选外编》都收录了白朴的《东墙记》。1958年1月12日《光明日报》发表徐凌云的《论现存〈董秀英花月东墙记〉非白朴原作》,"判定该剧并非白朴作品,而是元末明初的无名氏在白朴原作《东墙记》残曲的基础上改窜而成"。这是40年代郑骞的旧论重提。1959年10月《山西师院学报》发表的该院中文系三年级古典文学研究组《白朴和他的杂剧》，则认为《东墙记》为白朴所作。

1959年上海市戏曲学校将白朴的《墙头马上》改编为昆曲重新搬上舞台，从而促进了学者对杂剧《墙头马上》的研究，相继发表了流诒的《论元曲〈墙头马上〉和昆曲改编本》、吴新雷《试论白朴的〈墙头马上〉》、陈辽的《〈墙头马上〉主题的积极意义》、赵景深的《〈墙头马上〉的演变》。这些文章多对《墙头马上》的思想和艺术成就给予高度评价。吴文认为"《墙头马上》的思想意义无疑是在《梧桐雨》之上的，即就艺术技巧而言，不论结构文辞，都有胜过《梧桐雨》的地方"（《光明日报》1960年11月13日）。陈文认为"剧本的反封建精神大大地超过了《西厢记》，在艺术上也是可以与《西厢记》相颉颃"（《新华日报》1961年11月5日）。这期间还发表了孙楷第《元曲家考略续编·白仁甫》、茅扬《金元戏曲家白朴》、汪正章《白朴散曲简论》和羊春秋《谈白朴〈寄生草〉》。应该说，新中国成立至1966年17年中，发表14篇白朴研究的专文，成绩是不错的。这是白朴研究的一大进步。

党的十一届三中全会以来，我国进入以经济建设为中心的新时期，学术界在破除迷信、解放思想的正确方针指导下，逐步摆脱了极左思想的桎梏，白朴研究也开始出现了蓬勃生机。1985年，中国古代戏曲学会在郑州成立，在学会组织与推动下，先后召开了四次学术讨论会和多次专题讨论会，对促进古代戏曲研究，包括白朴研究起了积极作用。20年来，对白朴研究无论在研究方法的掌握和运用上，还是研究的深度和广度上，较之以往都有长足进步，成果丰硕，新见迭出。20年来，出版专著三部，王文才《白朴戏曲集校注》（1984年，人民文学出版社）、吴乾浩《白朴评传》（1987年，中国戏剧出版社）、胡世厚《白朴论考》（中州古籍出版社1991年），并已发表相关论文上百篇。此外，还有多种文学史、戏曲史著作，论及白朴及其著作。这些论著,对白朴的生平、思想、杂剧、散曲、词进行了全面深入研究,研究者在学术民主的气氛中,各抒己见,既有许多新的见解,又有许多争论的意见,这是白朴研究史上从未有过的现象。这一时期的白朴研究,研究者关注和争论的问题,主要有以下几个方面。

关于白朴的生平,这一时期发表了39篇文章,其中仅"年谱"就有叶德均、王文才、李平、李修生、胡世厚撰写的五种。在这些文章中,涉及白朴的生平、卒年、籍贯、家世、思想、交游等许多问题,虽然意见纷纭,但在卒年和籍贯上有突破性进展。

白朴卒年,历来有1285年、1291年以后、1306年以后、1307年、1312年以后多种说法。20世纪80年代以后,卒年在1306年以后的说法开始占据主导地位。李平、徐济宪《白朴卒年考辨》(《复旦大学学报》1981年第6期)、胡世厚《白朴卒年考辨》(《文献》1981年第9辑)和《关于白朴生平的几个问题》(《中州学刊》1983年第5期)等文,都旨在论证白朴卒年在1306年以后的正确性。李文认为"1306年以后之说,更接近白朴卒年的真实"。胡文认为白朴卒年当在1306年以后不远。他们的主要依据是《天籁集》中《水龙吟·丙午秋,别维扬,途中值雨,甚快然》一词的系年。事实上,判定该词作于何年,关键在于对题中"丙午"所指年代的准确理解。他们根据史料考证白朴游维扬只能在元成宗大德十年的"丙午"即1306年,因此卒年当在其后,否定了白朴卒年的其他诸说。此后诸多论著多沿用并采用了卒年在1306年以后之说。

白朴的籍贯,历来有真定人;隩州人,后寓真定,或后寓建康;本为隩州或祖籍隩州,后流寓真定,故又为真定人等诸说。20世纪80年代胡世厚又提出开封人的新说。胡世厚在《关于白朴的籍贯》(《河南师范大学学报》1982年第5期)和《关于白朴生平的几个问题》二文中,认为考查一个人的籍贯,应以其出生地为准。基于这种认识,他根据大量史料考证出白朴出生于金都南京汴京(今河南开封),少年时代也是在开封度过的。因此说白朴祖籍隩州,生于汴京(即开封),较为合适,说他是开封人,亦无不可。当前有关研究白朴的论著都接受或采纳了祖籍隩州,生于开封之说。

此外,关于白朴的思想、拒仕元朝之因、暮年北返、交游等问题,也有不少学者著文,发表不同意见。如幺书仪《白朴年谱补正》,胡世厚《试论白朴拒仕元朝之因》,张志江《也谈白朴拒荐之因》,杜桂萍、于建慧《论白朴拒荐原因及其对杂剧创作的影响》,李修生《白朴交游考》,徐凌云《白朴交游考辨八题》,胡世厚《白朴交游考》等。

关于《梧桐雨》的研究,这一时期发表了20篇论文。对《梧桐雨》的评价,历来很高,今日亦然,但对其主题的认识,对唐明皇、杨贵妃的评价意见不一。

对《梧桐雨》的主题,多年来有"歌颂爱情""评判政治得失""表达沧桑之感"诸说,新时期对诸说仍持有这些不同意见。吴乾浩《白朴评传》认为《梧桐雨》是"有血有肉的风流天子的爱情悲剧"。吴新雷《论白朴名剧〈梧桐雨〉》说"他是通过李杨悲欢离合的故事,谴责统治集团的淫逸乱政,总结了历史兴亡和政治成败的教训"(《名作欣赏》1981年第2期)。幺书仪《山川满目泪沾衣——〈梧桐雨〉的时代特征》认为《梧桐雨》"是要借李杨故事抒发他的一种在词作中反复表现过的'沧桑之叹'"。王季思《白朴论考·序》说:胡世厚认为作品的主题是"通过唐玄宗宠幸杨贵妃的悲剧,深刻揭露和鞭挞了骄奢淫逸、昏庸腐朽的封建统治阶级,形象地揭示了封建王朝盛极必衰的历史发展规律,热情地歌颂了人民群众敢于抗击叛军、共赴国难的爱国精神,深切地同情了被侮辱损害的杨玉环,这与其他同志的看法相比,又有一些独到之处"。

对唐明皇的评价,褒贬不一。李修生认为"白仁甫对明皇既有讽刺批评,又有赞赏同情,而以后者为主"(《白仁甫及其创作》,《北京师范大学学报》1981年第6期)。黄澄海认为唐明皇"主要性格特征是昏聩、荒淫和自私"(《梧桐雨主题新议》,《艺谭》1981年第2期)。

对杨贵妃的评论是毁誉参半。吴新雷认为,"白朴是以否定态度来处理杨妃形象的,他只着眼于杨妃的'淫乱'这一点,把她当成了'亡国祸根'"。胡世厚认为"杨贵妃是封建社会里一个受侮辱、受损害、受压抑而又陷于污泥不能自拔的妇女形象","她的命运是悲惨的,是值得同情的"。"以往的评论家,对杨妃、安禄山的私情都不予原谅,指责她不贞洁,人格堕落,这样评论是不公允的……杨妃敢于和安禄山有私情,是向封建礼教的大胆挑战,是对压抑妇女的封建道德的反抗"(《论白朴的历史剧〈梧桐雨〉》,《河北学刊》1985年第2期)。

此外,还有多篇文章论述或比较《长恨歌》《长生殿》与《梧桐雨》,也有将其和《汉宫秋》比较的文章。

关于《墙头马上》,历来毁誉尽有,新时期发表了14篇专文,评价仍然不一。王文才《白朴戏曲集校注·前言》认为《墙头马上》的最终目的是"维护封建婚姻","李千金对封建势力也无法完全冲破"。王季思主编的《中国十大喜剧集》在《墙头马上》的后记中说:白朴"把裴、李幽会、私奔看成自由择配的合理现象,因而大大提高了作品反封建礼教的主题思想"(上海文艺出版社1982年版)。邓绍基主编的《元代文学史》说:"李千金的思想性格却闪烁出异样的光彩。比起《西厢记》中崔莺莺这样的人物来,李千金具有新的性格因素,她的感情方式和行为方式带有民间市井女子的豪爽、率真和泼辣的特征"(人民文学出版社1991年版)。对《墙头马上》的艺术成就,学者多为推重,认为它戏剧性更强。陈健认为"作者善于组织戏剧冲突和设置悬念,通过波澜起伏的情节,迅速将矛盾引向高潮,结构简练,结局合理,全剧始终洋溢着感人的魅力"(《白朴的优秀杂剧〈墙头马上〉》,《江苏戏剧》1982年第10期)。此外,沈惠东还从比较文学的角度发表了《〈墙头马上〉与〈驿站长〉比较谈》,李春祥发表了《简论白朴〈墙头马上〉对流传故事的发展》,颜长珂、袁新文、黄先与黄石还分别著文专论《墙头马上》的喜剧风格和喜剧特色。

关于《东墙记》的研究,百年来一直有争论。20世纪80年代之后,专论《东墙记》的文章虽然只有4篇,但在众多的文学史、戏曲史及其他有关著作中都论及这部杂剧,争论的问题主要有三:

一是关于《东墙记》的隶属。邓绍基主编的《元代文学史》说:"另传白朴的《东墙记》疑非白朴作品。"李修生《元杂剧史》说:"白朴的《东墙记》现存剧本情节极似《西厢记》,可能是后人模拟的作品,非白仁甫原作"(江苏古籍出版社1996年版)。胡世厚《论白朴的杂剧〈东墙记〉》认为"《东墙记》是白朴的作品,应是确信无疑的","《东墙记》在流传演出过程中,确实为后人改动过,但不能因此就断定它不是白朴的作品"(《吉林大学学报》1982年第1期)。吴乾浩在《白朴评传》中说:对于《东墙记》,"在没有确切否定材料之前,我们不要轻易剥夺白朴的'著作权'"。

二是关于《东墙记》与《西厢记》的关系。顾学颉在《元明杂剧》中说:"《东墙记》有蹈袭《西厢记》之嫌"(上海古典文学出版社1979年版)。聂石樵认为《东墙记》是从《西厢记》脱胎而来的(《中国古典文学名著题解》,中国青年出版社1980年版),王季思在《白朴论考·序》中说:胡世厚认为"白朴的年代和他的戏剧创作时期,都早于王实甫二三十年","那么,对于《东墙记》和《西厢记》之间的关系,就该倒过来看了","他认为更合理的解释应该是:白朴可能是受董解元说唱文学《西厢记诸宫调》的影响,并与之抗衡、争胜而创作《东墙记》的;王实甫是在董解元《西厢记诸宫调》的基础上,借鉴了白朴的杂剧《东墙记》而创作《西厢记》的。今后学者在进一步讨论问题时,不能不考虑胡世厚同志的这个独到之见"。吴乾浩说,有人说《东墙记》蹈袭《西厢记》,其理由也不充分，要是它是白朴的少作，生活时代晚于他的王实甫为什么不可以从中汲取养料和教训而达到更高的艺术境界呢？李玉莲和王岳红还发表专文《论〈东墙记〉对〈西厢记〉》的影响》，进一步从主题、情节关目、结构、人物塑造等方面论述了《西厢记》借鉴了《东墙记》，并认为历来论者都只从《董西厢》论到《西厢记》，而对白朴的《东墙记》只字不提，这是不符合历史事实的，因而是不公正的（《晋阳学刊》1995年11月）。

三是对《东墙记》的评价。王文才认为"作为白朴的剧本，应该看作败笔"。胡世厚认为《东墙记》反封建的主题是鲜明的，在艺术上亦有突出成就，"它虽然还有缺点和不足，但作为戏剧的早期作品，在思想和艺术上能够取得那样的成就是难能可贵的"。

《流红叶》残曲，学术界公认为白朴所作。对于《箭射双雕》残曲，严敦易《元剧斟疑》曾怀疑是否为白朴所作和是否是杂剧的问题。庄一拂1979年的《古典戏曲存目汇考》和邵曾祺1985年的《元明北杂剧总目考略》以及其他有关论著，都承认是白朴杂剧的残曲，但无专文论述。胡世厚《试论〈流红叶〉与〈箭射双雕〉》，对两部杂剧残曲的本事流源、思想艺术成就进行了全面评析，认为"《流红叶》主题是鲜明的、进步的，艺术性也是很高的"，"好像一首优美动人的叙事诗"。"《箭射双雕》是一部武打戏……从中可看出作者创作时选材广泛、题材新颖的一个侧面"（《中州学刊》1988年第2期）。

白朴的散曲，历来评价很高，但全面深入分析的文章不多。20世纪80年代以后，发表了12篇文章，而多数是赏析个别小令的，如陆联星《读白朴和马致远的两首〈天净沙〉小令》、王星琦《白朴小令〈仙吕·寄生草·饮〉赏析》、孙丕文《读白朴〈越调·天净沙·春〉》、周懋昌《三首〈天净沙〉对读》、李简《读白仁甫〈天净沙·秋〉》。此外，还有王宜瑗《白朴词和散曲的比较研究》、徐凌云《白朴散曲和词的比较研究》。这些文章或从一首数首小令或从散曲与词比较论述白朴散曲。胡世厚《论白朴的散曲》则比较全面深入地论述了白朴散曲的思想与艺术成就，认为白朴"对散曲这种新的文学样式的形成和发展有着重要贡献"（《文学论丛》1982年第2辑）。彭飞在《十大戏曲家·白朴》中说："白朴在散曲创作中以抒情诗人的面目出现，不管是咏物还是抒情，都能做到直抒胸臆，感情十分真挚；艺术技巧也自有特点，在同时代的诸家中品格高标，胜人一筹"（上海古籍出版社1990年版）。俞云穆《白朴散曲的艺术风格与历史地位》说白朴的散曲属"文采派"，基本风格是"清雅秀丽"，他和关汉卿同时登上曲坛，各自代表一派，"关汉卿是本色派，白朴是文采派，在思想内容题材风格方面无不给元曲以影响"，"白朴散曲在元曲中虽然数量不是最多的，却是散曲发展史上一块重要里程碑"（《社会科学战线》1997年第2期）。

白朴的词，以往由于其曲名太盛，其词为曲所掩，很少有人论及。1977年唐圭璋编的《全金元词》问世后，始引起研究者关注。20世代80年代以来，相继发表了13篇文章，如马兴荣《白朴词浅说》、王志华《试论白朴和他的词》、胡世厚《白朴六词系年》和《一曲心灵剖白的歌——评白朴词〈天籁集〉》、幺书仪《白朴的词》、徐凌云《白朴〈天籁集〉简论》、景刚《白朴词浅论》、彭国元《白朴词艺术初探》等。论词的文章和评散曲的文章显然不同，而多是全面评析白词的思想和艺术成就及其在元代词坛的地位。马兴荣说："从白朴现存的词来看，是有宣扬人生如梦及时行乐的，但不能否认他有些词是关怀现实、反映现实、同情人民的。""白朴词风，清隽豪放，语言质朴，音节和谐，用典慰贴无痕。"（《光明日报》1983年11月15日）王志华认为，从思想内容和艺术方面来看，白词写得最好、最感人、最有价值的部分，是那些亡国之痛故国之思的篇什（《山西师范大学学报》1985年第1期）。徐凌云认为，近代王国维对白词持完全否定态度，不仅失之片面，而且也很不公道很不实事求是。现存白词就其思想内容、艺术风格、语言技巧来考察,在元人词作中,都应该说是上乘,白朴是元代早期代表词人之一(《安庆师范学院学报》1988 年 11 月)。

百年来,白朴研究较以往有很大进步,取得了丰硕成果,但在一些问题上仍然众说纷纭,莫衷一是。期望研究者在新的 21 世纪,对白朴进行深入全面研究,取得更加辉煌的成就。

(原载《东南大学学报(社会科学版)》第 1 卷第 3 期,1999 年 8 月)

白朴、马致远等初期杂剧作家研究

张大新

在元代初期剧坛上,活跃着一大批重要作家。本章重点介绍的研究对象,是以白朴、李文蔚等为代表的真定作家,以马致远、纪君祥等为代表的大都作家,以高文秀、康进之等为代表的东平作家,以石君宝、李潜夫等为代表的平阳作家,以郑廷玉、李好古等为代表的中州作家。

第一节 白朴及真定作家研究

白朴是元代前期的重要杂剧作家。白朴研究是现当代戏曲研究中一个比较活跃的领域,围绕他的家世、生平和创作,学者们展开了多方面卓有成效的探索。自 1933 年《文学年报》刊出苏明仁《白仁甫年谱》以来,相继有叶德均《白朴年谱》(1949)、郑骞《白仁甫年谱》(1972)、王文才《白朴年谱》(1984) 和《白朴戏曲集校注》(1984)、李修生《白仁甫年谱》(1990)、胡世厚《白朴年谱》(1991) 和《白朴论考》(1991)、郑骞《白仁甫传》(1957)、邓绍基《白朴》(1985)、吴乾浩《白朴评传》（1987）等行世。全国各高校学报、戏曲专刊发表的有关白朴的学术论文，展示着这一学科领域积极的发展态势。

白朴之外，杂剧创作成就比较突出的真定籍作家尚有李文蔚、尚仲贤、戴善甫、史樟等。相比之下，对他们的研究显得薄弱一些。

一、白朴及其杂剧创作

1. 关于白朴的卒年

元代大多数杂剧作家的生平事迹往往湮没无闻，但白朴是个例外。今人可据《金史》《元史》《元朝名臣事略》和元好问、袁桷等人为他祖父、祖母、兄弟等撰写的墓表、墓志铭及神道碑铭，大略了解其家世；而他流传下来的词集《天籁集》，前有其至交王博文所撰小传式的"序言"，更为研究者探讨其生平思想提供了第一手资料。

王博文《天籁集·序》云："甫七岁，遭壬辰之难。"考壬辰之变发生在金哀宗天兴元年（1232），以此上推7年，白朴当生于金哀宗正大三年丙戌（1226）。对这个时间，人们历来无异议。至于其卒年，研究者们做了不少推断，但因证据比较贫乏，或竟不能举证，众说纷纭，至今尚未形成一致的看法。

综合诸家之见，关于白朴的卒年，大致可归纳为以下五种说法：

1285年说。姜亮夫1937年著《历代名人年里碑传总表》谓白朴卒于至元二十二年（1285）。从1959年至1965年，该书经过两次充实修订，易名为《历代人物年里碑传综表》再版，对白朴卒年仍持原议。但姜氏并未对此说提出有力佐证。

1291年以后说。见于叶德均《戏曲小说丛考》中的《白朴年谱》。叶著《年谱》中认为1291年以后，白朴事迹已"别无记载可证"，故卒年当在1291年以后。

1306年以后说。此说由中国科学院文学研究所编著的《中国文学史》首先提出。顾肇仓《元明杂剧》、蔡美彪等著《中国通史》第七册、《中国大百科全书·戏曲曲艺卷》"白朴"条及王文才《白朴戏曲集校注》中《白朴年谱》等，都持这种见解。

1307年说。见于唐圭璋辑校《全金元词》。该书下册白朴名下有小传，谓白朴"生于正大三年（1226）……卒于至元二十二年（1285），年八十一"。查至元二十二年是公元1285年，而1307年却是元成宗大德十一年。从结句看，唐著实际是主张白朴卒于1307年的，因为按白朴1226年出生推算，八十一岁时当为1307年。至于误题为至元二十二年，可能撰写时参对诸家之说，一时笔误所致。但唐氏文中也未运用具体材料出示立论根据，故亦只能备为一说。夏承焘等编《金元明清词选》中为白朴所作小传，又沿袭了这种观点。

1312年以后说。最早由苏明仁《白仁甫年谱》提出。该《年谱》中把白朴《天籁集》里"壬子冬薄游顺天"时应万户张柔妻毛氏命撰写的一首《垂杨》词系于1312年，认为词小序中"壬子"即是指皇庆元年（1312），故推出白朴卒年当在1312年以后。继苏氏以后主此说者，尚有冯沅君、傅惜华诸先生。冯沅君写于1947年的《记侯正卿》一文，根据白朴的词序，推"知他在元仁宗皇庆元年（1312）尚未死，这时他已经87岁了"。傅惜华也说他"元仁宗皇庆元年（1312）尚在，其卒年当在此后"。

从最近几年情况看，卒年在1306年以后的说法开始占据了主导地位。20世纪80年代以后陆续出版的文学史、戏曲史著作，如李春祥《元杂剧史稿》、郭预衡主编《中国古代文学史》等，都采纳了这一说法。除此之外，李平、徐济宪发表在《复旦学报》1981年第6期的《白朴卒年考辨》，胡世厚分别发表在《文献》第9期和《中州学刊》1983年第5期的《白朴卒年考辨》《关于白朴生平的几个问题》等文章，都旨在论证白朴卒年在1306年以后的正确性。李修生在《中国文学史纲要·宋辽金元文学》和《元杂剧史》中，则提出白朴的卒年大约在大德初的几年中，即不晚于大德四年（1300）。

2. 关于白朴的籍贯

王博文《天籁集·序》中虽对白朴的生平行事有较明确的记载，但由于序中所称"籍贯"，与其实际出生地并非同一概念，今人据相关材料，确认其"籍贯"，仅可理解为祖籍，遂又在白朴籍贯的引申意义上（主要是出生地和活动地域）产生争议。

关于白朴广义上的"籍贯"，目前主要有以下诸说：

其一，真定人。认定白朴为真定人，首见于元代锺嗣成《录鬼簿》："白仁甫，文举之子，名朴，真定人。"《四库全书提要》因之，亦云："朴字仁甫……真定人。"王国维《宋元戏曲史·元曲家小传》及《曲录》，也肯定此说。以后郑振铎《插图本中国文学史》、周贻白《中国戏曲发展史纲要》、唐圭璋《全金元词》中白朴小传，都注明白朴为真定人。

其二，隩州人。中国科学院文研所编著《中国文学史》谓白朴为隩州（今山西河曲附近）人。王季思等《元杂剧选注》、蔡美彪等《中国通史》第七册、《中国大百科全书·戏曲曲艺卷》"白朴"条、台湾学者孟瑶《中国戏曲史》等，论及白朴籍贯皆持此说。

1957年，《山西师院学报》曾有过一场关于白朴籍贯的讨论，起因是该学报当年第2期发表的陈过《元杂剧的山西作家及其作品》一文，因从白朴为真定籍之说，没有论及白朴，于是引出第3期于霞裳、沈善均的质疑文章。于文指出："虽然自锺嗣成及王国维，皆认为白朴河北真定人，但如详考白朴《天籁集》《元遗山诗文集》《金史·白华传》《元史·地理志》《元史纪事本末》等，即可考出白朴实是隩州人。隩州即宋之火山军，元之保德州，明清及今之河曲县，其为晋籍无疑。"沈文认为：陈文排列属于山西籍的11位杂剧作家而不及白朴，"这是有缺陷的。理由很简单，因为白朴是山西籍人，而不是什么真定籍人"。

其三，隩州人，后寓真定。20世纪50年代前谭正璧《中国文学家大辞典》、贺昌群《元曲概论》，20世纪50年代刘大杰《中国文学发展史》、游国恩等《中国文学史》，张庚、郭汉城主编《中国戏曲通史》以及《中国戏曲曲艺辞典》，新版《辞海文学分册》等，在介绍白朴生平时都持这种说法。另外傅惜华《元代杂剧全目》、顾肇仓《元明杂剧》、隋树森《金元散曲》等书则称白朴本为隩州人或祖籍隩州，后流寓真定，故又为真定人。两种提法略有区别，实则大同小异。

其四，开封人。近年来胡世厚接连发表文章申述这一观点。他的立论根据是："考察一个人的籍贯，应以其出生地为准。至于其郡望、祖居为何地，在封建社会里除有抬高其身价地位的作用之外，别无实际意义。""基于这种认识，我们根据大量史料……白朴不仅生于开封，而且少年时代也是在开封度过的。因此，说白朴祖籍隩州，生于汴京（今河南开封），较为合适，说他是开封人，亦无不可。"在另一篇文章里他则断言："白朴，祖籍隩州，生于河南开封，应为开封人。"李春祥《元杂剧史稿》也认为，白朴的祖籍是河曲隩州，而"生于河南开封"。

祥岑在一篇介绍白朴的文章中说："关于白朴的籍贯，山西人说他是隩州（山西河曲）人，河北人说他是真定（今河北正定）人，我们河南的有识之士又论证说是金代的南京（今河南开封）人。三种说法虽然不同，但说明白朴主要活动在晋、冀、豫三省。"

3. 关于《梧桐雨》的评价

《梧桐雨》是以唐明皇和杨贵妃的爱情故事为题材的杂剧作品，今人将其与《窦娥冤》《赵氏孤儿》《汉宫秋》并列为元代"四大悲剧"。从现存资料看，元人写这个题材的杂剧有五六种，但流传下来的，只有白朴这个剧本了。

在《梧桐雨》杂剧的研究中，对其所表达的主题思想一直存有争议。20世纪50年代以来，研究者曾就此做过各种各样的归纳，比较有代表性的论点有：

"歌颂爱情"说。陈健《略论〈梧桐雨〉杂剧》一文,认为"《梧桐雨》以歌颂唐明皇对杨妃的真挚爱情为中心,附带也反映了统治者荒淫享乐所造成的国家危难,而前者是作者所歌颂和赞美的"。作者还一再指出:《梧桐雨》所描写的杨李爱情,"在某种意义上说是接近人民的愿望和要求的,易为人民所理解的","人们欢迎和同情的并不是因为他们是帝王妃子,而是他们那爱情的故事"。

"评判政治得失"说。这种观点认为《梧桐雨》杂剧的主题并非要描写一个美好的爱情故事,而在于通过对不以李杨主观愿望为转移的悲欢离合的生活关系的描写,借以评价李隆基的政治得失,总结他的失政原因。因而,他们认为白朴在剧中对李杨关系不仅没有同情赞颂之意,相反,作者正是借他们之间貌合神离的所谓"爱情",来说明被压抑、被污辱的女性,不能忠实于以她为玩物的男人。罗弘基《论〈梧桐雨〉的主题及研究方法》一文,表述了与上文相近的看法,他认为:"《梧桐雨》通过唐明皇宠幸杨贵妃,荒淫误国,并执迷不悟,饮恨终身的悲剧,旨在揭示国家兴衰的原因。"并说:"作品的基调是统一的,主题是完整的。"

表达"沧桑之感"说。游国恩等指出:"当时的欢会带来今日的凄凉,这是白朴从李隆基一生历史中总结出的主题思想,同时带有金亡国的时代特征。"李修生在《中国文学史纲要·宋辽金元文学》和《元杂剧史》中,重申了上述观点,他说:"白仁甫通过这一事件的描述,批评了统治者由于'目不识人'和一味荒淫享乐造成国家危难的行为,并把安禄山倡乱,夺得京城,当作一场灾难。这在一定程度上反映出金亡国的时代特征。这两个历史事件有着明显的相似之处,再加以白朴和他父亲的遭遇,我们不难看出他在作品里所寄托的思想感情。剧中一曲曲哀婉的悲歌,正表现了白仁甫追怀往日的故国之思。"张庚、郭汉城说白朴在《梧桐雨》中是借"唐明皇、杨贵妃故事,抒发了自己的亡国之痛"。幺书仪在《山川满目泪沾衣——〈梧桐雨〉的时代特征》一文中,进一步阐发了这种观点。该文认为:"《梧桐雨》的主题思想,既非歌颂李、杨的不渝爱情,也不是探讨总结李隆基失政的原因。""白朴在这个剧中,是要借李、杨故事抒发他的一种在词作中反复表现过的'沧桑之叹',一种在美好的东西失去以后又无法复得的哀伤和追忆,表现极盛之后的寂寞给人带来的无可排解的悲哀,也是表达一种对盛衰无法预料和掌握的幻灭。""由于社会生活激烈变化和自己经历的波折所产生的沧桑之感。这就是《梧桐雨》的主题。"邓绍基主编《元代文学史》和章培恒、骆玉明主编《中国文学史》等,也有与此相近的看法,如后者曾指出该剧的"重心实际是以作者自身的体验为依据,来摹写唐明皇的内心世界",剧中充溢着"一种对盛衰荣枯无法预料和把握的幻灭感"。"这既是写历史人物,也渗透了作者因金国灭亡而产生的人世沧桑和人生悲凉之感"。

表达"人生悲剧"说。张大新在《传统人格范式失衡境遇下的悲怨与风流——白朴的心路历程与其剧作的泛人文内涵》中指出,该剧是一部不无狞厉之气和怨悱色彩的爱情悲剧,"借令人嘘唏叹惋的君妃爱恋悲剧,揭示了植根于人类心灵深处的性爱的普遍性。它不仅超越了帝、妃主从关系的局限,甚至也突破了以'三纲五常'为准则的传统道德的藩篱,表现出强烈的反异化倾向和潜在的破坏力量;然而,包括帝王在内的人类的自然情欲与社会机制、道德规范之间尖锐的对峙,必然造成情爱与理智取舍上的脆弱和无奈,并最终导致人格的扭曲和个性的丧失,酿成盛衰无常、命运难料的失落感和幻灭感"。因此《梧桐雨》"既是爱情悲剧、社会悲剧,更是人性与人生的悲剧"。张文还说,"这种由兴亡无定、盛世难逢的感伤情绪汇聚而成的人生失落感和幻灭感,在元代初期沉沦下僚的知识分子中间有着广泛的代表性,因而具有鲜明的时代特征"。

《梧桐雨》是末本戏,对唐明皇这个悲剧主人公,评论者历来也是褒贬不一。褒之者认为他对杨贵妃"有着非常深厚的感情";"即使杨贵妃死了,他的爱心也一直没有停止过跳跃";"他的真挚的爱情是人民所理解的,也是为人民所同情的,在某种程度上是接近人民的"。贬之者则说"这个人物形象的主要性格特征是昏聩、荒淫和自私";"唐玄宗爱杨妃,只是爱她貌美'绝类嫦娥',会跳'霓裳羽衣舞',可以使他'珊瑚枕上意两足',杨贵妃只不过是他的一件玩偶,能供他淫乐罢了。因此在马嵬兵变时……为了保住自己的生命和皇帝宝座,竟亲口赐贵妃自尽,使贵妃成了他的消灾解难的牺牲品。从这里我们看到的是唐玄宗的自私、残酷和无情,哪里有坚贞不渝的爱情!"

研究者们对《梧桐雨》杂剧浓郁的抒情气氛也极为推重。王国维《人间词话》说该剧"沉雄悲壮,为元曲冠冕"。《中国戏曲通史》指出:"《梧桐雨》第四折,以贵妃死后,明皇的追思作结,秋雨梧桐,糅合愁人的心境,悲剧气氛异常浓郁。""在把抒情诗戏剧化这点上,它在我国戏曲史上具有杰出的地位。"费秉勋《论元代悲剧》一文认为《梧桐雨》悲剧最后"以浓厚的诗情出之,把无穷无尽的哀怨悲愁作为苦茶,慢慢地让观众(读者)去品尝"。因而他称该剧是"中国式的韵味醇厚的诗剧"。李修生也认为:"《梧桐雨》可以说是一部抒情诗,整个作品充满了迷惘、悲凉的情调。"

台湾学者俞大纲"从另一角度"对《梧桐雨》杂剧进行了分析,指出该剧和马致远的《汉宫秋》一样,"文学价值非常的高,戏剧价值似乎赶不上关汉卿的《窦娥冤》《救风尘》《调风月》等杂剧"。他认为白朴、马致远的作品都"缺乏戏剧成分","顶多只能做到文词美、音乐美",而比不过关汉卿杂剧"具备文词、音乐和戏剧处理三个写歌剧之基本特长"。《梧桐雨》和《汉宫秋》之所以在当时和后代长久为人推重,"文词与音乐的结合,必为主要的原因"。

4. 关于《墙头马上》的评价

对白朴的这部作品，不少研究者都给予了较高评价。中国科学院文研所《中国文学史》说它"是白朴最出色的作品，它是元代杂剧中的四大爱情剧之一。通过一对青年男女的爱情故事，极力宣扬男女自由结合的合理性，表现了一种要求婚姻自主的民主的思想倾向"。吴新雷《试论白朴的〈墙头马上〉》一文指出该剧"肯定歌颂了争取爱情自主的英勇行为，对封建社会的不合理制度做了正面攻击，并以斗争获得胜利而圆满收场，这完全是作者结合宋元时代的社会情况，重新创造出来的反映了作者进步思想的成果"。陈辽认为该剧"有着明确的反封建主题"，"不仅高出于白朴现存的其他两部剧作，也是当时同类题材的剧作不能望其项背的"。"剧本的反封建精神大大地超过了《西厢记》，在艺术上也是可与《西厢记》相颉颃。"刘大杰《中国文学发展史》特别强调："前人谈《墙头马上》，只把它看作一个不重要的喜剧，这是错误的。""就戏曲的价值说，就戏曲的现实意义说，《墙头马上》都在《梧桐雨》之上。"李修生评价说：白仁甫的"爱情剧《墙头马上》是独具风格的佳作……作品正面歌颂了青年男女争取自由婚姻的合理要求；塑造了大胆追求爱情，勇敢地同封建礼教做斗争的李千金的光辉形象。"他还认为，作品中"李千金的形象大胆、泼辣，但并不流于轻浮。作品充分表现了她对裴少俊和儿女的深挚感情，写得真切动人"。邓绍基主编《元代文学史》认为："白朴《墙头马上》虽沿用白居易诗中不少情节，但完全改变了主题。它通过一对青年男女由互相爱恋而结合的故事，宣扬了爱情婚姻上自由结合的合理性，表现了一种要求婚姻自主的民主的思想倾向。"章培恒、骆玉明主编《中国文学史》则强调说：《墙头马上》"杂剧的主题，则完全与白居易原诗相背，是热情赞美男女间的自由结合，从'止淫奔'变成了'赞淫奔'"。韩国学者俞玄穆《元杂剧〈墙头马上〉新解读》认为该剧"不仅仅宣扬了爱情自由、婚姻自主的主张，更为深刻地表现了女主人公作为正常的、健康的人的独立意识和女性的自觉意识，其中特别是对于生命的本能冲动的发掘、理解和肯定，尤为难能可贵。这一点在此前的爱情作品中较为罕见，体现着作者对自然人性以及生命本能的哲学思考"。俞文还说，"这个爱情剧的独到之处，首先在于对最后的和解或大团圆结局的新表达，使之超越了同时代其他许多以歌颂爱情为主题的剧作。白朴自觉地把女主人公与封建家长的对立冲突贯穿到底……乃至在大团圆中双方都不肯放弃原则达成妥协，不以表面的和解和大团圆去掩饰人物思想性格的本质矛盾"。张大新既肯定作品中的追求个性解放和自由爱情婚姻的进步性，同时指出了其局限性："囿于门第家世和所受的影响，白朴始终未能表现出与纲常礼教决裂的勇气，毋宁说他在宣泄青年男女本能爱欲的同时，却在一厢情愿地编织着门当户对、郎才女貌的幻梦，并为之先行设置一个'议结婚姻'的合'礼'前提。这种向往人格自主与恪守伦理规范的两难抉择，直接影响到他笔下戏剧人物形象的矛盾性格，造成作品思想内涵的二元或多元对立。"

如上所述，在《墙头马上》评论中，人们总是对女主人公李千金报以较多的赞美之词。吴新雷称她是"一个光彩照人的充满斗争性的妇女形象"，"在大胆争取自由恋爱和坚决反抗封建势力这基本点上，与话本《碾玉观音》中的秀秀很相似"。胡世厚、邓绍基、章培恒等都表达了与此相近的看法。胡世厚认为像李千金"这样光辉、讨人喜爱的叛逆形象，与同时代爱情剧中出身于大家闺秀的崔莺莺、王瑞兰、张倩女等形象相比，似具有更强烈的反抗精神，在我国古典的爱情戏曲中是不多见的"。邓绍基主编《元代文学史》指出："虽然《墙头马上》所描写的故事未脱才子佳人一见钟情这一格局，但李千金的思想性格却闪烁出异样的光彩。比起《西厢记》中崔莺莺这样的人物来，李千金具有一种新的性格因素，她的感情方式和行动方式带有民间市井女子的豪爽、率真和泼辣的特征……她在冲破封建礼教和习俗的枷锁时，表现得更强烈、更坚决、更大胆……她对裴尚书诟骂的回击,她对他做的尽情地揶揄和奚落,又一扫大家闺秀的'敦厚'和'蕴藉'。"章培恒、骆玉明主编《中国文学史》也说:"通过李千金这一人物的行动和语言,剧本对自由的爱情、非礼的私奔、男女的情欲都作出率直坦露、毫无畏怯的肯定和赞美,比之《西厢记》更有一种勇敢的气派。这一人物形象与她的剧中身份实际是不相符的,在她身上,更多地表现出市井女子的性格和市民社会的世俗化的趣味。"台湾学者也认为《墙头马上》杂剧"不仅描写了一段可贵的恋爱故事,而且还刻画了李千金一个生动鲜明的形象,足以跟关汉卿所创造的那些生动的妇女形象相比美"。

王文才《白朴戏曲集校注·前言》则认为:"李千金对封建势力,也无法完全冲破,只因地位不同于裴生,必得顶住难以忍受的干禁和屈辱,显得倔强一些。她矜持自己是宦家仕女,择偶对象自然是名门俊士,希望丈夫高官重爵,又未尝不是白朴门第观念的曲折反映。"张大新从剧作家创作心理的角度出发对这个形象进行了较为深入的阐释。他认为,李千金在从热恋到私奔过程中时常表现出对夫贵妻荣、五花官诰的期盼和向往,与其自主泼辣的性格形成较大的反差。这应该归因于剧作家自身心理与观念的矛盾性:"由于白朴在创作过程中常常陷于向往爱情自由与迷恋功名利禄这样一个两难的窘境,就难免造成他笔下的人物形象自在身份与性格行为之间的脱榫或背离。倘若撇开剧作家廉价私许的贵族小姐身份,李千金实质上是和璩秀秀、周胜仙和李翠莲等具有一定的叛逆精神的女性形象息息相通的民间市井女子。"

《墙头马上》浓郁的喜剧色彩、开合自然的结构和洗练自然的语言,也受到人们的普遍称赞。陈健认为:"作者善于组织戏剧冲突和设置悬念,通过波澜起伏的情节,迅速地将矛盾引向高潮。结构简练,结局合情合理,全剧始终洋溢着感人的魅力。"邓绍基等说该剧"以生动的戏剧冲突取胜"。李修生认为:"《墙头马上》具有浓厚的喜剧性。""既有气势又富有文采，用语自然，凝练而不拘谨，清丽而又有生气。"他还说："白仁甫的戏剧作品矛盾集中，人物性格突出，很适合于舞台演出。"

5. 关于《东墙记》的隶属

《东墙记》是一部作者有争议的杂剧作品。《录鬼簿》、《太和正音谱》、《也是园书目》、《今乐考证》、王国维《曲录》等，在白朴名下均著录有《董秀英花月东墙记》剧名。明脉望馆抄校于小谷藏本，得《马文辅平步上鳌头 董秀英花月东墙记》一剧，近人王季烈《孤本元明杂剧》据脉望馆本校印，署名白仁甫作。但脉望馆抄本《东墙记》是否就是白朴原作，后人看法不一。周贻白《中国戏曲发展史纲要》，顾肇仓《元明杂剧》，张庚、郭汉城主编《中国戏曲通史》，王文才《白朴戏曲集校注》，傅惜华《元代杂剧全目》等著作中，都把它和《墙头马上》《梧桐雨》并列，认为是白朴现存三部杂剧作品之一。但郑振铎《插图本中国文学史》，游国恩等主编《中国文学史》《中国大百科全书戏曲曲艺卷》在介绍白朴现存杂剧作品时，均不提及《东墙记》。还有人专门撰文探讨该剧的隶属问题，如郑骞《辨今本〈东墙记〉非白朴原作》《元杂剧作者质疑》，都论证了现存《东墙记》不是白朴作品，并推论该剧实系元末明初无名氏之作。徐凌云《论现存〈董秀英花月东墙记〉非白朴原作》一文，也从套袭《西厢》故事情节、违反北曲唱法、剧中人物热衷功名富贵、男主人公名字与《录鬼簿》所载不同等方面，判定该剧并非白朴作品，而是元末明初的无名氏在白朴原作《东墙记》残曲的基础上改窜而成。

胡世厚《论白朴的杂剧〈东墙记〉》一文则说："《东墙记》在流传、演出过程中，确实有后人改动过，但不能因此就断定它不是白朴的原作。""白朴的年代和他的戏剧创作时期，都早于王实甫二三十年。既然如此，《东墙记》成书当在《西厢记》之前，那么，怎么能说白朴创作《东墙记》是受了王实甫《西厢记》的影响,是蹈袭、剽窃《西厢记》呢?"至于白朴创作《东墙记》的缘起,他是这样推断的:"白朴可能是受董解元说唱文学《西厢记诸宫调》的影响并与之抗衡、争胜而创作《东墙记》的;王实甫是在董解元《西厢记诸宫调》的基础上,借鉴了白朴的杂剧《东墙记》而创作《西厢记》的。"李玉莲、王岳红《论〈东墙记〉对〈西厢记〉的影响》进一步论证了胡的这一说法。

第二节　白朴、卢挚等始盛期作家研究

中统、至元年间,随着关汉卿等人登上曲坛,元散曲创作进入始盛时期。活动在这一时期的作家,主要有关汉卿、王和卿、白朴、王恽、徐琰、庾天锡、姚燧、卢挚等,其中犹以关汉卿、白朴、卢挚三人成就最高,可代表本期散曲创作的成就,赵义山曾将其并称为"始盛三大家"。因关汉卿研究前已有专章概述,故此处只概述对白朴、卢挚的研究情况。

一、白朴

白朴的散曲,《全元散曲》收小令37首,套数4篇。因曲学界一向并提"关郑白马"四大家,故白朴的散曲创作也一向引人注目。在20世纪30年代初,就白朴散曲的风格特征问题,学术界有不同看法,曾引起过一点小小的争论。任中敏在《散曲概论·派别》中曾将白朴与贯云石、刘致、冯子振、汪元亨、马九皋等相提并论,将其归入马致远豪放一派,称这些人"皆豪放之尤者"。陆侃如、冯沅君在《中国诗史》中则认为在白朴的曲子里"虽也有以豪放名的作品,如《劝饮》《渔父词》诸作,但究以俊爽、秀美者为多"。郑振铎在《插图本中国文学史》中也说白朴的散曲"俊逸有神,小令尤为清隽"。其后,赵景深著《辩白朴非豪放派》,针对上述三家之论发表了他的看法,他明确表示对陆、冯与郑氏的论断"有大部分的同意",对任

氏的论断"则持反面的意见";并通过定量分析,说白朴的散曲中"可以算作豪放派的","一共只有九首,还不到全部散曲的四分之一"。因此,赵氏认为,"因这极少数的豪放散曲而断定白朴为豪放派,是极不妥的。其余三十一首都可以归入清丽一派"。不过,白朴散曲中的豪放之作,也远不止赵氏所举到的那几首。梁乙真《元明散曲小史》虽将白朴归入清丽一派,但在具体论述时,谓白朴的散曲中"包含着豪放、俊爽、秀美诸点",也注意到了白曲的多格并存。事实上,白朴的散曲是多格并存的,任其往哪一派放,似乎都可以,但又都可以借相对的作品互相推翻,故这种争论,不可能争出一个大家都满意的结果。但通过这种争论,却更可以让人看到白朴散曲风格的多样性,所以,这种争论有一定意义。

到20世纪五六十年代,一些文学史著作对于白朴散曲的评价,便不再谈究竟是"豪放"还是"清丽"的派别问题,而只是从思想内容和艺术特征方面作比较客观的介绍。如中国科学院文学研究所编《中国文学史》云:(白朴的散曲)有的歌咏男女恋情,有的感叹人生无常,也有的描写自然景色。就他们的思想境界来说,大抵是一种低沉的哀愁,但很少当时散曲中容易犯的轻佻、庸俗的毛病,文字清丽,描写自然景色的写来也较有诗意。

到20世纪80年代,人们已不再满足一般的笼统介绍,而是作更深入细致的分析。如胡世厚《论白朴的散曲》便结合白朴的人生经历,从题材内容和艺术特征两方面对其散曲作了全面的论述。认为白朴的叹世之曲"表现了怀念故国、不满现实的思想情绪和明哲保身、与世无争、纵情诗酒的处世态度";"恋情之曲,独具特色,别有风味","歌颂妇女解放,争取婚姻自由,具有反封建的进步意义";写景咏物之曲,"清新自然,充满诗情画意","具有美学价值",其"情调是健康的"。白朴散曲的艺术成就,胡文认为有四点可以借鉴,即"形象鲜明","注意刻画心理活动","景新意深","语言通俗、口语化，风格质朴自然，具有民歌特点"。另如邓绍基在《白朴评传》中亦分叹世、写景和歌咏恋情三类评价白朴的散曲，认为："他的叹世之作，曲文比较率直，较少雕饰"；"他的写景作品，大多富有文采，其中《天净沙》《得胜乐》等都是通过对景物的美感评价，透露他恬淡、闲适的情趣"；"他写男女恋情的作品也极有特色……同关汉卿的恋情之作奔放和火辣辣的风格相比，白朴的风格比较淡雅和庄重"。邓传根据不同的题材内容来分别论述白朴散曲的风格特征，较为切实精当。

进入20世纪90年代，人们继续就思想内容和艺术特征对白朴的散曲作深入探索。如汪正章《愤世嫉俗闲袖手——白朴散曲论》亦根据题材内容之不同分三大类论述白曲，认为其隐逸之曲发避世超俗之情，悲愤沉郁，用语朴实，此为白曲创作之基调；其咏景之曲恬淡闲适，颇具文采，风格清丽婉约；其咏恋之曲代妇言情，通俗豪爽，真挚泼辣，饶有民歌特色。故白曲词语、情致皆因题材内容不同而变异，在愤世嫉俗的这一基调中又呈现出风格的多样化特征。此外，论者们还特别注意到了白朴在元散曲发展史上的地位和重要影响。如李昌集认为白朴叹世之作，从其表现出避世思想这一散曲文学突出的主题来看，他和元好问"是其最早的典型代表"；"白朴的言情散曲多通过行为、动作、心理、语言的描绘，紧紧围绕爱情展开"，就这一"元散曲描写爱情的通用形式"来说，"白朴可谓是最初的缔构者之一"；"在散套中将写景、抒情、言理综为一体则从白朴始，对以后散套内在构成的影响极为深远"；并认为"白朴在散曲史上地位实较其在戏曲史上的地位更重要。白朴散曲令、套皆备，风格鲜明而又多格并存，在同辈作家中当推为第一人"。这些论述，大都符合事实，惟其认为白朴"在同辈作家中当推为第一人"，则大可商榷。因为与白朴同辈的作家还有关汉卿，如果将白置于关上，显然是不合适的。

对于白曲的语言风格，赵义山指出：白朴的散曲不仅内容丰富，多格并存，且语言圆熟，亦雅亦俗，各得其宜。其雅者雅而不晦，丽而不靡;其俗者俗而不鄙,质而不野;是将雅化的诗词之语以曲趣陶冶而获得成功的范例。

对于白曲的影响,赵义山认为,他的叹世归隐之曲和男女恋情之作质朴自然,且具诙谐之趣,"从题材内容到语言风格,都影响了马致远、贯云石等豪放一派";其"写景咏物之作典雅华丽,显然是张可久、乔吉等一派的先导"。

另外,徐凌云《白朴散曲与词的比较研究》通过对两者题材内容、艺术风格等方面的比较,企图探讨其相互影响、渗透的情形,以及"时代和作家本身所具有主客观因素对文体演变和发展的影响"。俞玄穆(韩国)《白朴散曲的艺术风格与历史地位》认为白朴散曲的主导风格是"清丽秀雅",他与关汉卿"各自代表一派,关汉卿是本色派,白朴是文采派",白曲"是散曲发展史上一块重要的里程碑"。这些文章所论到的问题,也都值得关注。尤其俞文还对元散曲的流派划分和发展分期提出了自己的看法,更值得注意。

张大新《20世纪元代戏剧研究》节录

板凳甘坐三十二年冷　新见卓识海峡两岸知
——读评《白朴著作生平论考》
陈　辽

"板凳甘坐十年冷,文章不做一句空。"说的是治学和为文之道,实践证明了它的真理性。如今有位学者,甘坐三十二年冷板凳,一门心思研究白朴,由于他把白朴研究的基础夯得很扎实,又思想解放,敢于和善于发表新见卓识,他在白朴研究中取得的成果,终于成了海峡两岸学术界的共识。2014年10月,台北的"国家出版社"出版了他的著作《白朴著作生平论考》。这位学者,便是年近84岁的胡世厚先生。

白朴是我国元曲四大家（一说是"关（汉卿）、王（实甫）、白（朴）、马（致远）"；一说是"关、白、郑（光祖）、马"）之一。自从白朴逝世后，评说和研究他的论著不绝。胡世厚先生于1980年决定研究白朴后，便从基础工作做起。举凡有关白朴的品评和资料，他都要把它们收集到手，而后加以考证、梳理、比较、研究，或表示赞同，或与之商榷，或进行质疑，或予以批评，并撰写了《20世纪的白朴研究》一文（发表于《东南大学学报》1999年第3期），系统梳理了白朴研究的发展。20世纪初期的20年，白朴研究的代表是王国维，他是现代研究白朴的开山祖师。1919年，"五四"新文化运动兴起后，吴梅对白朴的研究，成就突出，他对白朴的杂剧、词曲评价很高；但吴梅对白朴是哪地人"未加重视"，"时称其为真定人，时称其为隩州人，说法不一"。20世纪三四十年代，许多文学史和戏曲史的著作都论及白朴，"尤为值得称道的是，已有10篇专文评论白朴，既有考辨，又有异议争论"。郑振铎、苏明仁、卢前、王季烈、刘大杰、邵曾祺、赵景深、谭正璧、郑骞、任中敏、豫源、隋树森、戴不凡、冯沅君等学者，对白朴研究都做出了各自的贡献。新中国成立后，白朴研究进入了一个新的发展时期。所有文学史、戏曲史都论及白朴。专论白朴的文章到1956年后也陆续出现，如陈健、徐凌云、宋荫谷、于霞裳、沈善钧等关于白朴的文章，推进了白朴研究。1959年，白朴的《墙头马上》被改编为昆曲重新登上舞台，促进了学者对杂剧《墙头马上》的研究。1949~1966的17年中，共发表了14篇白朴研究的专文，"是白朴研究的一大进步"。但是，"文化大革命"的10年，却"给白朴研究造成一片空白"。进入新时期以来，白朴研究"出现了蓬勃生机"。"20年来，对白朴研究无论在研究方法的掌握和运用上，还是研究的深度和广度，较之以往都有长足进步，成果丰硕"：出版专著三部、发表论文上百篇，"还有多种文学史、戏曲史著作，论及白朴及其著作"。胡世厚先生通过对白朴研究小史的撰写，发现白朴及其著作是古典文学研究中的一座富矿，其中的资源相当丰富精彩，需要进一步发掘和深入研究。胡世厚先生在做白朴研究这一基础工作时，极其刻苦、细致，甚至1961年刊登在一家省报副刊上的文章，他都没有忽视，加以收罗、评述。于是，在他手上，积累、掌握了白朴逝世后几乎所有有关白朴的资讯，无人出其右。

没有调查研究便没有发言权，不做好资料工作，夯实研究工作的基础，就不可能在研究中有真正的新知灼见。胡世厚先生在做好了资料工作，做到手中有据、心中有数以后，便以史料为基础、为论据，在以下有关白朴研究的重大问题上提出了一系列具有创意的观点。

一是关于白朴的卒年和籍贯问题。白朴生于1226年，史料确实，没有争议。但是，白朴的卒年，历来有1285年、1291年以后、1306年以后、1307年、1312年以后多种说法。胡世厚先生根据史料，考证出白朴游维扬只能是元成宗大德十年的"丙午"即1306年，因此卒年当在1306年以后不远。白朴的籍贯，有真定人；隩州人，后寓真定，或后寓建康；本为隩州或祖籍隩州，后流寓真定，故又为真定人等诸说。胡世厚先生根据大量史料考证出白朴出生于金都汴京（今河南开封），少年时代也是在开封度过的，因此说白朴祖籍隩州（今山西河曲附近），生于汴京（即开封），流寓真定、建康，如此表述更为恰当。

二是白朴的拒仕元朝问题。历来的评论家主导观点是，他对蒙元民族歧视和民族压迫政策不满。如《中国文学史》（中国科学院文学研究所编写，1962年人民文学出版社出版）认为：白朴"不愿出仕元朝"，"一方面'放浪形骸'，'玩世滑稽'，一方面在词作中感叹历代的兴亡，隐隐地寄托了自己的怀念故国的感情"。胡世厚先生对这种主导观点持异议，他从《天籁集》词中看到的是白朴对蒙元统一大业和为之建立功勋将相的竭力歌颂；交游的多是蒙元的权豪势要；家庭受到蒙元权贵的庇护和特殊照顾，政治地位很高，生活优裕；父亲欲仕蒙元、兄弟仕元等。"从上述四个方面的情况看，看不出白朴对蒙元民族歧视和民族压迫政策的不满。"他之所以拒仕元朝，是因为蒙元长期不举行科举，使白朴出仕的希望成了泡影，因而把自己所学，转向文学创作。当史天泽荐白朴仕元时（1261），白朴已36岁，"热烈的戏曲创作欲望，使他失去了为官作宦的兴趣，因而便借口谢绝"。至于晚年在建康，友人再次举荐他出仕，他便赋词婉言回谢。胡世厚先生明确指出："白朴不出仕蒙元的原因是复杂的，是多方面的，但其主要原因是个人的志趣，绝对不是对蒙元民族歧视、民族压迫政策的不满。"这一观点，实事求是，符合白朴的实际。

三是关于白朴的交游问题。前人有过一些考察，但较零散。胡世厚先生则对白朴的交游作了全面的、进一步的考察，"详其生平大略者三十六人"。通过《白朴交游考》，胡世厚先生论述了白朴的兴趣、爱好、追求、理想，对于后代学者理解白朴作品的取材、创作的题旨等很有帮助。同时，也证明白朴"交游的多是蒙元的权豪势要"是历史事实。

四是关于白朴的杂剧创作问题。白朴以其《梧桐雨》《墙头马上》《东墙记》等16部杂剧著名于世，但留存下来的只有上述三部杂剧和《水流红叶》《箭射双雕》两部杂剧的残曲，这是非常可惜的。关于《梧桐雨》，多年来有"歌颂爱情""评判政治得失""表达沧桑之感"诸说，但胡世厚先生在《论白朴的历史悲剧〈梧桐雨〉》（发表于《河北学刊》1985年第2期）中发表了他的不同看法。他在文中提出："《梧桐雨》通过唐玄宗宠幸杨贵妃的悲剧，深刻地揭露和鞭挞了骄奢淫逸、昏庸腐朽的封建统治阶级，形象地揭示了封建王朝盛极必衰的历史发展规律，热情地歌颂了人民群众敢于抗击叛军、共赴国难的爱国精神，深切地同情被侮辱、被损害的杨玉环。这样的主题是积极的、进步的，具有当时的时代特征，于今仍有认识意义。"

胡世厚先生对《梧桐雨》的艺术成就更作了具体、细致、独到的分析；同时也批评了《梧桐雨》的不足之处。胡世厚先生关于《梧桐雨》的"一家之言"出世，其后逐渐成为大陆学术界对《梧桐雨》的共识。

《墙头马上》的名气在某种程度上超过了《梧桐雨》，但毁誉皆有，评价不一。胡世厚先生的《论白朴的杂剧〈墙头马上〉》（发表于《中州学刊》1981年第1期），指出该剧"通过裴（少俊）李（千金）爱情故事的曲折描写，热情地歌颂了男女婚姻自主的合理性，猛烈地抨击了戕害青年身心的封建礼教，鲜明地表现了青年追求理想爱情与个性解放的思想倾向，具有强烈的反封建意义"。尤其是李千金"与同时代爱情剧中出身于大家闺秀的崔莺莺、王瑞兰、张倩女等形象相比，似具有更强烈的反抗精神，在我国古典的爱情戏曲中是不多见的"。而精心构思戏剧冲突、刻画人物性格，善于细节描写和心理描写，语言自然、优美、富于个性则是《墙头马上》的三大艺术特色。

关于白朴的杂剧《东墙记》，《中国文学史》认为它"可能不是白朴的原作"。胡世厚先生根据元人锺嗣成的《录鬼簿》在白朴名下记载有《东墙记》，而《录鬼簿》成书于元明宗三年（1330），相距白朴去世（1306年以后）仅二十几年，认为它的记载应当是可靠的。因此，胡世厚先生"据此而论，《东墙记》是白朴的作品，应是确信无疑的"。有人说，《东墙记》有蹈袭《西厢记》之嫌，胡世厚先生则根据史料和他的考证，在《论白朴的杂剧〈东墙记〉》（发表于《吉林大学学报》1982年第1期）一文中肯定"白朴的年代和他的戏剧创作时期都早于王实甫二三十年，既然如此，《东墙记》成书当在《西厢记》之前"，所以所谓《东墙记》蹈袭《西厢记》之说不能成立。继而，胡世厚先生对《东墙记》的思想和艺术作了探幽索隐的分析，认为"《东墙记》作为戏剧发展的早期——元代初期的一部剧作，在思想和艺术上"，"应该给予它以应有的评价"。胡世厚先生的三论白朴杂剧的著述问世后，他作为"白朴研究专家"的声誉在大陆学术界鹊起。

关于杂剧《水流红叶》与《箭射双雕》，虽然留存下来的只有这二部杂剧的残曲，胡世厚先生也从残曲的实际出发，表示《水流红叶》受了白居易《上阳白发人》一诗的启示和影响，"绘形绘声地描写了韩翠蘋的忧郁、苦闷、喜悦与欢乐，好像一首优美动人的叙事诗"。而《箭射双雕》则"是一部武打戏，这在白朴的剧作以至元杂剧中是不多见的"，"可看出作者创作时选材广泛、题材新颖的一个侧面"。胡世厚先生对这两部杂剧残曲的评论也有新意。

五是关于白朴的散曲和词创作问题。白朴不只是杂剧大家，也是散曲名家。历来对白朴散曲的评价，只是从总体来说，并无具体细致分析论述的文字。胡世厚先生的《论白朴的散曲》（发表于《文学论丛》1983年第2期）填补了这一空白。他条分缕析了白朴的全部散曲，概括了白朴的散曲创作成就：继承了古代诗词的优秀传统，采用现实主义手法，真实地反映了当时的现实生活，"不仅影响着散曲的形成和发展，而且对今天新诗的创作也有借鉴意义"。

由于白朴的杂剧和散曲在元代名声太盛，因此他的词创作的声望不大为人注意。又是胡世厚先生力辟王国维所谓白朴"所作《天籁集》，粗浅之甚，不足为稼轩奴隶"的说法，通过对白朴词《天籁集》的评论，在《一曲心灵剖白的歌——评白朴词〈天籁集〉》（发表于《中州学刊》1991年第2期）中肯定："白朴词篇篇'皆肺腑流出'，率意而为，真实自然，可谓是'我手写我心'，因而同样具有独特的价值。"他批评"王国维贬低白朴词作，未免失之偏颇"，这种从作品实际出发、敢于向权威挑战的精神十分难得。

特别需要表彰的是，胡世厚先生发掘到了《白氏宗谱》。他在《白朴与白氏宗谱》（发表于《文学遗产》2002年第5期）和《元代戏曲家白朴家谱的发现及其意义》（收录于胡世厚著《古稀集——中国古代戏曲小说论》）中记述了《白氏宗谱》的发现经过，指出《白氏宗谱》的主要意义和价值：对研究白朴的家世、生平、封赠有重要意义，解决了长期困扰学术界因无资料而不能解决的问题（如白朴有两房妻室五子二女）；为历史人口学，为人口迁徙、人口发展的研究提供了有价值的资料；对于研究金元明清八百年来的封建文化、教育传统、家礼、风俗人情，是不可多得的资讯；对谱牒学研究也有重要意义。尤其值得一说的是，胡世厚先生根据《白氏宗谱》提供的信息，在上海图书馆、南京图书馆查阅了古今编纂的有关史志，并亲自到南京探寻考察，考知白朴晚年迁居建康，居住在建康府城内秦淮河南岸的桐树湾，在这里生活了近30年，并卒于此地，据此写出《白朴晚年生活卒地考》（发表于南京大学《戏剧论丛》2012年第8辑）。这是胡世厚先生32年写的有关白朴的最后一篇论文。至此，胡世厚先生的白朴研究给自己打上了完美的句号。皇天不负"板凳甘坐三十二年冷"的学人，台湾的戏曲研究丛书总策划曾永义先生对胡世厚先生的《白朴著作生平论考》充分肯定，并迅速安排出版。胡世厚先生白朴研究的新见卓识遂为海峡两岸共知。今后，谁要研究白朴，作为参考书，就必得阅读这部著作了。我为胡世厚先生贺，更希望他在身体情况允许的前提下，为我国古典戏曲研究做出新贡献！

（《河南社会科学》2015年第6期）

白朴及其著作研究论著目录

一、著作

谭正璧：《中国文学家大辞典》	光明书局 1934 年版
谭正璧：《元曲六大家略传》	上海文艺联合出版社 1955 年版
傅惜华：《元代杂剧全目》	作家出版社 1957 年版
[日] 吉川幸次郎：《元杂剧研究》	台湾艺文书局 1960 年版
隋树森：《全元散曲》	中华书局 1964 年版
张李碧华：《白朴考述》	嘉新水泥公司 1976 年版
黄敬钦：《〈梧桐雨〉与〈长生殿〉之比较研究》	嘉新水泥公司 1979 年版
王忠林、应裕康：《元曲六大家》	东大图书公司 1979 年版
唐圭璋：《全金元词》	中华书局 1979 年版
上海艺术研究所、中国戏剧家协会上海分会：《中国戏曲曲艺词典》	上海辞书出版社 1981 年版
庄一拂：《古典戏曲存目汇考》	上海古籍出版社 1982 年版
王德毅等：《元人传记资料索引》	新文丰出版社公司 1982 年版
中国大百科全书编委会：《中国大百科全书·戏曲曲艺卷》	中国大百科全书出版社 1983 年版
王文才：《白朴戏曲集校注》	人民文学出版社 1984 年版

山东大学文史哲研究所：《中国历代著名文学家评传》
　　　　　　　　　　　　　　　　　　　山东教育出版社1984年版
王文才：《元曲纪事》　　　　　　　　　人民文学出版社1985年版
周　扬、刘再复：《中国大百科全书·中国文学卷》
　　　　　　　　　　　　　　　　　　　大百科全书出版社1986年版
贺圣遂、林大致：《关汉卿、白朴、郑光祖散曲》
　　　　　　　　　　　　　　　　　　　上海古籍出版社1986年版
黄丽贞：《中国文学讲话·辽金元文学》　巨流图书公司1986年版
徐沁君、陈绍华、熊文钦：《元曲四大家名剧选》齐鲁书社1987年版
吴乾浩：《白朴评传》　　　　　　　　　中国戏剧出版社1987年版
胡世厚、邓绍基：《中国古代戏曲家评传》中州古籍出版社1991年版
胡世厚：《白朴论考》　　　　　　　　　中州古籍出版社1991年版
何贵初：《元曲四大家论著索引》　　　　香港玉京书会出版1996年版
黄祖民：《白朴·纪君祥戏曲精品》　　　山东文艺出版社1997年版
李修生：《白朴·马致远》　　　　　　　春风文艺出版社1999年版
张月中：《元曲通融》　　　　　　　　　山西古籍出版社1999年版
韩雪璟：《白朴词选注》　　　　　　　　远方出版社2000年版
胡世厚：《古稀集——中国古代戏曲小说论》
　　　　　　　　　　　　　　　　　　　中州古籍出版社2004年版
马显慈：《关汉卿白朴马致远三家散曲之比较研究》
　　　　　　　　　　　　　　　　　　　中华书局2004年版
徐凌云：《天籁集编年校注》　　　　　　安徽大学出版社2005年版
韩　瑞：《元曲大家白朴》　　　　　　　山西春秋电子音像出版社2005年版
孙安邦、李亚娜：《天边残照水边霞·白朴卷》
　　　　　　　　　　　　　　　　　　　河南文艺出版社2006年版
上海戏曲学校：《〈墙头马上〉五十年传承典藏》
　　　　　　　　　　　　　　　　　　　上海文艺出版社2009年版

张石川:《白朴与元初词曲之嬗变》　　　中华书局 2011 年版
韩　瑞、王　博、韩小瑞:《白朴全集》　三晋出版社 2013 年版
马晓霓:《元曲四大家学术档案》　　　武汉大学出版社 2015 年版

二、论文

1. 白朴生平、总论

苏明仁:《白仁甫年谱》　　　　　　　《文学年报》1932 年第 1 期
徐凌云:《元曲家白朴及其创作》《教学与研究汇刊》1957 年第 1 期
沈善钧:《白朴籍贯的商榷》　　　　　《山西师院学报》1957 年第 3 期
山西师院中文系三年级古典文学研究组:《白朴和他的杂剧》
　　　　　　　　　　　　　　　　　　《山西师院学报》1959 年第 3 期
孙楷第:《元曲家考略续编(白仁甫)》《文学评论》1963 年第 5 期
茅　扬:《金元戏曲家白朴》　　　　　《学术通讯》1964 年第 1 期
郑　骞:《白仁甫交游生卒考》　　　　《广文月刊》1968 年第 1 期
金文京:《白仁甫的文学》　　　　　　《中国文学报》1976 年第 26 期
赖桥本:《白朴及其作品》　　　　　　《幼狮月刊》1977 年第 5 期
桂　竹:《白朴》　　　　《语文教学通讯》1978 年第 4、5 期
门　岿:《真定元曲十家》
　　　　　　《河北师范大学学报(社会科学版)》1979 年第 4 期
何　方:《白朴作品研究》　　　　《中国戏剧集刊》1980 年第 2 期
黄修婉:《白朴作品比较》　　　　《中国戏剧集刊》1980 年第 2 期
胡世厚:《白朴卒年考辨》　　　　　　　　　《文献》1981 年第 3 期
李　平、徐济宪:《白朴卒年考辨》
　　　　　　　　　　《复旦学报(社会科学版)》1981 年第 6 期
李修生:《白仁甫及其创作》　　《北京师范大学学报》1981 年第 6 期
李修生:《白仁甫二三事》　　　　《中华文史论丛》1982 年第 2 期

胡世厚：《关于白朴的籍贯》

《河南师大学报（社会科学版）》1982年第5期

吴柏森：《白朴和他的作品》　　《宜昌师专学报》1983年第2期

么书仪：《〈白朴年谱〉补证》　　　　《文史》1983年第3期

胡世厚：《白朴——河南元曲家魁首》　《中州今古》1983年第4期

胡世厚：《关于白朴生平的几个问题》　《中州学刊》1983年第5期

祥　岑：《以白居易为师的剧作家白朴》《河南戏剧》1984年第3期

胡世厚：《也谈白朴》　　　　　　　　《河南戏剧》1984年第6期

胡世厚：《试论白朴拒仕元朝之因》　　《中州学刊》1986年第1期

抒　义：《谈白朴与元好问的友情》《古典文学知识》1986年第3期

王星琦：《白朴剧作的不同追求》

《光明日报·文学遗产》1986年10月7日

陆　林：《白朴剧作不同风格之成因浅探》

《光明日报·文学遗产》1987年1月27日

李　平：《白朴和他的剧作》

《中国戏剧史论集》江西人民出版社1987年版

张志江：《也谈白朴拒荐之因——对〈试论白朴拒仕元朝之因〉的质
　　疑》　　　　　　　　　　　　　《中州学刊》1987年第4期

庄关然：《白朴杂剧中的伦理思想》　《道德与文明》1989年第3期

陈绍华：《元曲四大家浅识》

《扬州师院学报（社会科学版）》1989年第4期

蒋星煜：《元曲四大家说之产生与发展》《戏剧艺术》1990年第1期

王丽娜：《关、王、马、白名剧在国外》

《河北师院学报》1990年第2期

刘荫柏：《白朴及其剧作论考》　　　《河北师院学报》1990年第2期

曾永义：《所谓"元曲四大家"》　　《河北师院学报》1990年第2期

李文珊：《略论关、王、马、白弘扬民族文化》

《河北师院学报》1990 年第 2 期

王刘纯：《白朴的心路历程及其剧作的文化意蕴》

《信阳师范学院学报》1991 年第 1 期

何贵初：《〈关、王、马、白名剧在国外〉补订》

《河北师院学报》1991 年第 1 期

林宗毅：《白仁甫与郑德辉杂剧艺术成就之探讨》

《中国文学研究》1991 年第 5 期

李修生：《白仁甫交游考》　　《北京师范大学学报》1992 年增刊

徐凌云：《白朴交游考辨八题》　　《文学遗产》1993 年第 6 期

李修生：《白仁甫交游考辨——兼与徐凌云先生商榷》

《文学遗产》1995 年第 6 期

孟毓华：《元曲四大家说辨正》　　《艺术百家》1996 年第 4 期

李锦超、高　静：《悲喜交融的艺术风格：谈白朴杂剧艺术特色》

《语文学刊》1996 年第 5 期

马建新：《论白朴戏剧的情蕴》　　《晋东南师专学报》1997 年第 1 期

杜桂萍、于建慧：《论白朴拒荐原因及对其杂剧创作的影响》

《牡丹江师范学院学报（哲学社会科学版）》1997 年第 1 期

徐凌云：《白朴年谱再补正》　　　　《文史》1998 年第 45 辑

徐子方《"关、郑、白、马"与元曲四大家》

《漳州师院学报》1998 年 12 月

胡世厚：《二十世纪的白朴研究》

《东南大学学报（哲学社会科学版）》1999 年第 3 期

魏荣华：《元曲四大家杂剧的思想内容及文学史地位》

《南通师范学院学报（哲学社会科学版）》2000 年第 4 期

徐子方：《白朴心态历程剖析》

《淮阴师范学院学报（哲学社会科学版）》2001 年第 2 期

胡世厚：《白朴封赠及其诸子仕宦考——六安苏埠〈白氏宗谱〉阅读记》 《文教资料》2001 年第 6 期

胡世厚：《白朴世系考补正》 《中州学刊》2001 年第 6 期

胡世厚：《白朴与〈白氏宗谱〉》 《文学遗产》2002 年第 5 期

胡世厚：《白朴交游考补》
《山西大学学报（哲学社会科学版）》2002 年第 6 期

张文澍：《白朴家世补证》 《文艺研究》2004 年第 4 期

郑劭荣、刘丽娟：《论真定异质地域文化与白朴的戏剧创作》
《太原师范学院学报（社会科学版）》2005 年第 3 期

马丽娜：《白朴的生活经历对其杂剧创作的影响》
《前沿》2008 年第 3 期

温世亮：《浅谈古代文体转换的多重价值效应——以白朴改编白居易新乐府诗〈井底引银瓶〉为例》 《新余高专学报》2008 年第 5 期

张大新：《传统人格范式失衡境遇下的悲怨与风流——白朴的心路历程与其剧作的泛人文内涵》 《文学评论》2008 年第 6 期

王轶萍：《白朴生平与创作研究综述》 《大众文艺》2011 年第 4 期

傅艳华、付兴林：《白朴杂剧对白居易诗歌的接受与发展》
《陕西理工学院学报（社会科学版）》2011 年第 2 期

邓绍基：《白朴三题》
《中国社会科学院研究生院学报》2012 年第 1 期

胡世厚：《白朴晚年生活卒地考》 《南大戏剧论丛》2012 年第 8 辑

任存弼：《乡贤白朴》 《忻州日报》2012 年 7 月 8 日

李良子：《试论白朴杂剧语言风格的二重性》
《西安航空学院学报》2014 年第 2 期

陈四海、陈圆圆：《论白朴音乐思想》
《忻州师范学院学报》2016 年第 4 期

都刘平：《白朴行迹考》 《唐都学刊》2017 年第 5 期

吉晓凡：《近十年白朴研究综述》　　　《戏剧之家》2017 年第 8 期

2. 唐明皇秋夜梧桐雨

宋荫谷：《论杂剧〈梧桐雨〉》
　　　　　　　《东北人民大学学报（人文科学版）》1957 年第 1 期
曾西霸：《白朴的〈梧桐雨〉》　　　《自由青年》1975 年第 4 期
段熙仲《〈长恨歌〉〈梧桐雨〉〈长生殿〉》
　　　　　　　　　　　　　　　　　《江苏戏剧》1980 年第 5 期
吴新雷：《白朴的名剧〈梧桐雨〉》　《名作欣赏》1981 年第 2 期
么书仪：《山川满目泪沾衣——白朴〈梧桐雨〉的时代特征》
　　　　　　　　　　　　　　　　　《戏曲研究》1982 年 6 月
胡世厚：《秋雨梧桐落叶时》　　　《文学知识》1982 年第 4 期
王厚梁：《试论〈梧桐雨〉在戏曲史上的承先启后作用》
　　　　　　　《杭州师院学报（社会科学版）》1983 年第 1 期
中　仁、启　予：《杨玉环之死》　《学术论坛》1983 年第 1 期
田桂荃：《感物吟志，莫非自然——元杂剧《梧桐雨》第四折唱段赏
　　析》　　　　　　　　　　　　《戏剧创作》1983 年第 4 期
胡世厚：《论白朴的历史悲剧〈梧桐雨〉》
　　　　　　　　　　　　　　　　　《河北学刊》1985 年第 2 期
王　醒：《古代文学中的杨贵妃的形象》
　　　　　　　　　　　　　　　　　《晋中师专学报》1986 年第 2 期
徐学俭：《浅析〈梧桐雨〉中的爱情描写》
　　　　　　　　　　　　　　　　　《艺术论坛》1986 年第 2 期
罗弘基：《论〈梧桐雨〉的主题及研究方法》
　　　　　　　　　　　　　　　　　《学术交流》1987 年第 3 期
贾元苏：《元杂剧〈汉宫秋〉〈梧桐雨〉比较谈》
　　　　　　　　　　　　　　　　　《文史知识》1987 年第 11 期

褚雪梅、孙瑞清：《道与禅：〈梧桐雨〉的精神分析》

《上海戏剧》1988年第3期

吴惠珍：《谈〈梧桐雨〉与〈长生殿〉》

《文艺月刊》1988年6月第226期

寇士恺：《谈元代悲剧作家的忧患意识——读元代四大悲剧有感》

《中央戏剧学院学报》1989年第2期

岸　波：《不同文化背景下的艺术硕果——元代"四大悲剧"与莎士比亚"四大悲剧"之比较》

《西北民族大学学报（哲学社会科学版）》1989年第3期

许金榜：《一曲国破家亡的哀歌——〈梧桐雨〉新探》

《东岳论丛》1990年第2期

刘维俊：《乱自上作——评〈梧桐雨〉》

《河北师院学报》1990年第2期

武润婷：《从〈梧桐雨〉对李杨爱情故事的改造看元人审美情趣的变异》

《河北师院学报》1990年第2期

浦汉明：《从〈梧桐雨〉到〈长生殿〉》

《青海社会科学》1991年第1期

阙　真：《元代四大悲剧的审美特征及其价值》

《广西师范大学学报（哲学社会科学版）》1991年第4期

孙京荣：《〈梧桐雨〉与〈长生殿〉创作心理同构初探》

《西北师范大学学报（社会科学版）》1992年第2期

宋安华：《白朴〈梧桐雨〉主题新探》

《蒲剧艺术》1994年第1、2期合刊

卢媛好：《多情天子美艳妃——漫谈戏曲中唐明皇与杨贵妃的关系》

《南国红豆》1994年第3期

谭　坤：《试论元人四大悲剧的审美意蕴》

《六安师专学报》1995年第3期

张丹飞：《试论〈梧桐雨〉的悲剧特征》《天府新论》1997 年第 1 期
张哲俊：《论〈梧桐雨〉与〈长生殿〉两种悲剧形式》
《文学遗产》1997 年第 2 期
康保成：《杨贵妃的被误解与杨贵妃形象的被理解》
《文学遗产》1998 年第 4 期
全英淑：《〈梧桐雨〉的抒情性》 《中国文化报》1999 年 12 月
孙　谦：《论白朴的〈唐明皇秋夜梧桐雨〉》
《龙岩师专学报》2002 年第 1 期
周　潇：《对〈梧桐雨〉中李、杨爱情的再认识——兼与〈长生殿〉等作比较》 《青岛大学师范学院学报》2002 年第 2 期
杨秋红　孙吉民：《风骨磊块　词源滂沛——〈梧桐雨〉第四折审美意境阐释》 《文史知识》2002 年第 10 期
龙明明：《从杨贵妃之死看〈梧桐雨〉〈长生殿〉的不同》
《经济与社会发展》2003 年第 1 期
邢朝宁：《点滴淋霪，愁人不惯听——白朴〈梧桐雨〉第四折赏读》
《新疆石油教育学院学报》2003 年第 3 期
王万岭：《〈梧桐雨〉第二折并无"乞巧排宴"》
《巢湖学院学报》2003 年第 5 期
倪惠颖：《悲剧的母题与嬗变——从白居易的〈长恨歌〉到白朴的〈梧桐雨〉》 《大连大学学报》2003 年第 5 期
包小玲：《〈汉宫秋〉与〈梧桐雨〉的异曲同工之"趣"》
《平顶山学院学报》2004 年第 1 期
王　敏：《〈唐明皇秋夜梧桐雨〉中的"梧桐"意蕴》
《古典文学知识》2004 年第 4 期
张　昭：《"乱世佳人"与"佳人乱世"——郝思嘉与杨贵妃形象的文化解读》 《陕西教育学院学报》2004 年第 2 期

崔彩红：《〈梧桐雨〉和〈汉宫秋〉的比较研究》

       《武汉大学学报（人文科学版）》2005年第1期

赵书岐：《不一样的"梧桐雨"——〈长恨歌〉〈梧桐雨〉〈长生殿〉意境比较》 《语文世界（高中版）》2005年第9期

倪美玲：《唐明皇与杨贵妃文学形象的嬗变》

          《江西社会科学》2005年第8期

张 剑：《元代四大悲剧结局特点及成因微探》

         《经济技术协作信息》2005年第25期

李玲珑：《论元代四大悲剧中的民俗心理特点》

          《青海民族研究》2005年第4期

张石川：《论〈梧桐雨〉中的意象——兼及杂剧意象的特征与功能》

     《南京师范大学学报（社会科学版）》2006年第1期

谢柏梁：《从〈长恨歌〉到〈长生殿〉》

    《上海交通大学学报（哲学社会科学版）》2006年第1期

刘红艳：《古典戏曲中杨贵妃形象的演变》

            《戏曲艺术》2006年第1期

邓光泉：《试论杨玉环形象在文人作品中的嬗变》

         《高等教育与艺术研究》2006年第1期

刘清玲：《元代四大悲剧的现代阅读》

     《江西师范大学学报（哲学社会科学版）》2006年第1期

王冬梅：《千古帝妃情，异代文人心——论〈长恨歌〉〈梧桐雨〉〈长生殿〉作者的情感取向》 《经济与社会发展》2006年第4期

杨艳华：《浅析〈梧桐雨〉与〈汉宫秋〉的艺术相类性》

     《广播电视大学学报（哲学社会科学版）》2006年第4期

罗清华、王 珏：《〈梧桐雨〉的题材处理及其意义》

            《文史杂志》2006年第5期

赵翠萍：《〈梧桐雨〉与〈汉宫秋〉的悲剧意境营造》

　　　　　　　　　　　　　　　《台州学院学报》2006 年第 5 期

张玉玲：《元代四大悲剧之文本叙述概观》

　　　　　　　　　　　《山东理工大学学报（社会科学版）》2007 年第 2 期

萧　文：《唐明皇、杨贵妃情事溯源》　　《文学遗产》2007 年第 2 期

刘爱琳：《异曲同工，同中见异——〈梧桐雨〉与〈汉宫秋〉之比较》　　　　　　　　　　　　　　　《艺术百家》2007 年第 3 期

张利玲、陈亚军：《文学世界中的杨玉环——以〈长恨歌〉〈梧桐雨〉〈长生殿〉为中心》　　《现代语文（文学研究版）》2007 年第 3 期

姜巽林：《〈梧桐雨〉与〈汉宫秋〉艺术手法之异同》

　　　　　　　　　　　　　　　《文化艺术研究》2007 年第 4 期

陈慧敏：《论李杨题材在中国戏剧中的多重演绎》

　　　　　　　　　　　　　　　《中国戏剧》2007 年第 4 期

张桂芳：《〈梧桐雨〉主题辨析》

　　　　　　　　　　　《辽宁师专学报（社会科学版）》2007 年第 5 期

吴　晟：《不同文体对同一题材的表现比较——从〈长恨歌〉到〈长生殿〉》　　《广州大学学报（社会科学版）》2007 年第 6 期

钱叶春：《主观创作意图与作品形象的融合与断裂——兼析白朴的〈梧桐雨〉》　　　　　　　　　　　《戏剧文学》2007 年第 7 期

杜改俊：《梦短雨声长——读白朴的〈梧桐雨〉》

　　　　　　　　　　　　　　　　《名作欣赏》2007 年第 7 期

芙　尔：《杨贵妃从诗歌、戏曲到音乐剧文学剧本》

　　　　　　　　　　　　　　　　《广东艺术》2008 年第 1 期

张惠民：《汉宫唐苑，秋雨梧桐——也谈〈梧桐雨〉〈汉宫秋〉》

　　　　　　　　　　　　　　　　《文学评论》2008 年第 2 期

杜云辉：《从唐明皇和杨贵妃的故事看其在文学作品中的主题表现》

　　　　　　　　　　　　　　　　　　《作家》2008 年第 4 期

张大新：《狞厉之爱与怨悱之痛的悲幻扭结——白朴〈梧桐雨〉悲剧意蕴再认识》《东南大学学报（哲学社会科学版）》2008年第6期
蔡丽丽、杨　富：《"杨玉环现象"成因透析》
　　　　　　　　　　　　　　　　　　　　《时代人物》2008年第9期
李亦辉、李秀萍：《悲剧中的悲剧——〈梧桐雨〉杂剧人物形象与悲剧意蕴新论》　　　　　　　　《戏剧文学》2009年第4期
邹自振：《〈元曲品鉴〉第四讲：〈梧桐雨〉李杨悲剧》
　　　　　　　　　　　　　　　　　　　　《政协天地》2009年第6期
李建华：《化腐朽为神奇——试论历代文人对李、杨爱情主题的加工改造》
　　　　　　　　　　　　　　　　　　　　《名作欣赏》2009年第14期
钟巧灵：《论文学经典中的李、杨爱情》　　《求索》2009年第19期
邱　雯：《不同的杨、李之恋——〈梧桐雨〉〈长生殿〉的分析和比较》
　　　　　　　　　　　　　　　　　　　　《考试周刊》2009年第20期
余　娇：《杨贵妃形象的美丑变奏——以〈长生殿〉和〈梧桐雨〉为例》　　　　　《福建论坛（人文社会科学版）》2009年专刊
李晨雨、子　见：《元杂剧〈梧桐雨〉赏析》
　　　　　　　　　　　　　　　　　　　　《剧作家》2010年第1期
宋希芝：《〈梧桐雨〉创作主题新辨》　《四川戏剧》2010年第4期
黄萍阁：《秋雨梧桐叶落时——〈梧桐雨〉中梧桐的作用及文化意蕴》　　　　　　　《商丘职业技术学院学报》2010年第4期
蒋　珺：《元杂剧〈汉宫秋〉〈梧桐雨〉异同赏析》
　　　　　　　　　　　　　　　　　　　　《民族论坛》2010年第12期
刘红麟：《论〈梧桐雨〉中的李杨情缘》
　　　　　　　　　　　　　　　　　　　　《戏剧文学》2010年第12期
王　霞：《从〈长恨歌〉到〈长生殿〉——以接受美学视角看李、杨故事在中国古代文学中的演绎》　《名作欣赏》2010年第14期

安明宏《〈汉宫秋〉与〈梧桐雨〉女性悲剧之异同》

《黑龙江史志》2010 年第 21 期

姜晓光：《浅谈〈长生殿〉和〈梧桐雨〉的异同》

《现代语文（文学研究版）》2011 年第 2 期

戴培毅：《元杂剧中的七夕节日文化——以〈魔合罗〉〈梧桐雨〉为例》　　《节日研究》2011 年第 2 期

朱忠敏：《试从文学形象与历史形象中论唐明皇和杨贵妃的爱情》

《延安职业技术学院学报》2011 年第 2 期

李凤菲：《从〈长恨歌〉到〈长生殿〉——从李杨故事题材的演变看社会审美趣味的变化》　　《长安学刊》2011 年第 3 期

种　怡：《〈汉宫秋〉与〈梧桐雨〉的比较分析》

《电影评介》2011 年第 4 期

王前程：《〈梧桐雨〉〈汉宫秋〉的"舞台四骂"及其历史警示意义》

《郧阳师范高等专科学校学报》2011 年第 4 期

栀　子：《陈玫琪的"意念唐朝"——歌剧〈梧桐雨〉北京初露妆容》

《歌剧》2011 年第 11 期

安　娜、王亚萍、王雨青：《论元杂剧〈梧桐雨〉中的"梧桐"意象》

《中国科技博览》2011 年第 15 期

高皎皎：《从〈长恨歌〉到〈长生殿〉——李杨的情事演变比较》

《大观周刊》2011 年第 25 期

杜菁婧：《自古妃子多薄命——〈汉宫秋〉与〈梧桐雨〉之比较》

《文教资料》2011 年第 28 期

涂小丽：《从民俗事象看〈梧桐雨〉的俗化倾向》

《北京化工大学学报（社会科学版）》2012 年第 4 期

程　璇：《梧桐滴雨　孤雁哀鸣——论〈梧桐雨〉与〈汉宫秋〉的三重悲剧》　　《东京文学》2012 年第 5 期

徐　雪：《比较文学视角下的中西美女文学形象分析——以杨玉环与克丽奥佩特拉为例》　　　《武汉商学院学报》2012年第5期

李　青：《浅析〈梧桐雨〉中李杨故事的意蕴》
　　　　　　　　　　　　　　　　　　　　《文艺生活》2012年第7期

曾　正：《古典戏曲中杨贵妃形象的演变过程》
　　　　　　　　　　　　　　　　　　　　《大众文艺》2012年第8期

汪晓希：《杨玉环在〈梧桐雨〉与〈长生殿〉中形象的相异》
　　　　　　　　　　　　　　　　　　　　《博览群书》2013年第5期

王瑞景：《白朴杂剧〈梧桐雨〉中的"梧桐"意象》
　　　　　　　　　　　　　　　　　　　　《北方文学》2013年第6期

袁仕萍：《比较〈梧桐雨〉和〈长生殿〉之异同》
　　　　　　　　　　　　　　　《劳动保障世界（理论版）》2013年第12期

刘晓慧：《〈梧桐雨〉中"梧桐"的意蕴探究》
　　　　　　　　　　　　　　　　《短篇小说（原创版）》2013年第26期

温淳秀、郑海涛：《元人笔下的汉唐悲歌——〈汉宫秋〉〈梧桐雨〉抒情性共同点浅析》　　　《长治学院学报》2014年第1期

李　华：《从〈梧桐雨〉到〈长生殿〉——论〈长生殿〉对〈梧桐雨〉的继承与创新》　　　《青年文学家》2014年第1期

杜巧月：《论〈梧桐雨〉和〈长生殿〉中杨贵妃形象的差异》
　　　　　　　　　　　　　　　　　　　　《戏剧之家》2014年第2期

郭永梅：《李、杨故事的传承与流变》
　　　　　　　　　　　　　　　　　　《山西能源学院学报》2014年第3期

孙雅洁：《浅论白朴〈梧桐雨〉中的"梧桐"意象》
　　　　　　　　　　　　　　　　　《课程教育研究》2014年3月下旬刊

田　天：《杨贵妃人物形象的变化及成因》
　　　　　　　　　　　　　　　　《文艺生活（文艺理论）》2014年第11期

韩　皎：《〈梧桐雨〉与〈汉宫秋〉中帝王形象的对比》

《大众文艺》2014 年第 11 期

李　旬：《〈梧桐雨〉中"梦"意象之意蕴探究》

《青年作家》2014 年第 14 期

殷　飞：《浅析元曲〈汉宫秋〉〈梧桐雨〉中的意境与抒情》

《青年文学家》2014 年第 24 期

刘　卓、舒文昌：《从李杨故事线索演变看〈长生殿〉的命运主题》

《西江月》2014 年第 6 期

陈雨舟：《梧桐意蕴及其在〈梧桐雨〉中的作用》

《赤峰学院学报（汉文哲学社会科学版）》2015 年第 2 期

徐　婕：《近十年〈梧桐雨〉与〈长生殿〉比较研究述略》

《戏剧之家》2015 年第 3 期

徐晓玲：《杨玉环文学形象演变研究——以〈长恨歌〉〈梧桐雨〉〈长生殿〉为例》　　《湖北工业职业技术学院学报》2015 年第 3 期

邓伟月：《〈梧桐雨〉中节日习俗研究》　《科学导报》2015 年第 5 期

吕　玲：《从〈长恨歌〉到〈梧桐雨〉〈长生殿〉的李杨爱情》

《中文信息》2015 年第 6 期

张　娜：《元杂剧〈梧桐雨〉梦境措置的美学意义》

《忻州师范学院学报》2015 年第 6 期

覃琛然：《未成曲调心先悲——分析〈梧桐雨〉中爱情盟证对李杨爱情悲剧的暗示作用》　　《北方文学》2016 年第 3 期

卫疆娜：《古典戏曲中李杨故事的嬗变——从〈梧桐雨〉到〈长生殿〉》　　《齐齐哈尔师范高等专科学校学报》2016 年第 4 期

赵善煜：《从"梧桐"意象到"梨花"诗意——元杂剧〈梧桐雨〉与现代交响京剧〈大唐贵妃〉文本比较》

《文艺生活（文艺理论）》2016 年第 5 期

刘露蔓：《相同题材文学作品的文体差异性研究——以杨贵妃题材为

例》　　　　　　　　　　　　《知音励志》2016 年第 19 期

张　珍：《二十一世纪〈梧桐雨〉研究综述》

　　　　　　　　　　　　　　　《牡丹》2016 年第 12 期

马　坤：《〈梧桐雨〉〈长生殿〉结构助词对比分析——浅论元代到清代结构助词发展》　　　《青年文学家》2017 年第 4 期

杨明贵：《官史与戏剧中杨贵妃之死的文化意蕴之比较》

　　　　　　　　　　　　　　《安康学院学报》2017 年第 5 期

3. 裴少俊墙头马上

扬　人：《昆曲新戏〈墙头马上〉》　　　《戏剧报》1959 年第 8 期
俞振飞：《从〈墙头马上〉看两结合》　《文汇报》1959 年 3 月 29 日
杨村彬：《从〈墙头马上〉所体会到的》《文汇报》1959 年 4 月 1 日
何　纯：《〈墙头马上〉的作者白朴》　《新民晚报》1959 年 5 月 1 日
周城璋：《读昆曲〈墙头马上〉女主角李倩君》

　　　　　　　　　　　　　　《解放日报》1959 年 6 月 26 日

陈西汀：《昆曲〈墙头马上〉观后》　《解放日报》1959 年 6 月 27 日
伊　兵：《评昆曲〈墙头马上〉》　　《光明日报》1959 年 10 月 10 日
流　诒：《评元曲〈墙头马上〉和昆剧改编本》

　　　　　　　　　　　　　　　《上海戏剧》1960 年第 2 期

陈芳草：《〈墙头马上〉里的裴行俭是书法家》

　　　　　　　　　　　　　　《光明日报》1960 年 2 月 12 日

俞振飞：《〈墙头马上〉中的裴少俊》

　　　　　　　　　　　　　　《光明日报》1960 年 8 月 17 日

吴新雷：《试论白朴的〈墙头马上〉》

　　　　　　　　　　　　　　《光明日报》1960 年 11 月 13 日

陈　辽：《〈墙头马上〉主题的积极意义》

　　　　　　　　　　　　　　《光明日报》1961 年 11 月 5 日

赵景深：《〈墙头马上〉的演变》　《人民日报》1961年11月25日
俞振飞：《谈〈墙头马上〉裴少俊形象的塑造》

　　　　　　　　　　　　　　　　　《人民戏剧》1980年第10期
胡世厚：《论白朴的杂剧〈墙头马上〉》《中州学刊》1981年第1期
陈　健：《白朴的优秀杂剧〈墙头马上〉》

　　　　　　　　　　　　　　　　　《江苏戏剧》1982年第2期
雷　生：《诸多矛盾与线索——谈〈墙头马上〉主题的表现》

　　　　　　　　　　　　　　　　　《江苏戏剧》1982年第11期
李春祥：《简谈白朴〈墙头马上〉对流传故事的发展》

　　　　　　　　　　　　　　　　　《光明日报》1986年7月15日
吴柏森：《"龙虎也招了儒士"一解》　《文学遗产》1986年第2期
袁新文：《"寓哭于笑"——浅谈〈墙头马上〉的悲喜剧风格》

　　　　　　　　　　　　　　　　　《文史知识》1988年第11期
黄　先：《白朴〈墙头马上〉的戏剧特色》

　　　　　　　　　　　　　　《黄石九江电视大学学报》1989年第1期
沈慧乐：《开放在不同国土上的姐妹花——〈墙头马上〉〈驿站长〉
　比较谈》　　　　　　　　《上海教育学院学报》1989年第3期
周国雄：《试论〈墙头马上〉的审美心理结构》

　　　　　　　　　　　《华南师范大学学报（社会科学版）》1990年第3期
余　岢：《元代四大爱情剧婚姻观辨析》《齐鲁学刊》1991年第2期
徐凌云：《读白朴的〈墙头马上〉兼及其它三大爱情剧札记》

　　　　　　　　　　　《安庆师范大学学报（社会科学版）》1991年第3期
阙　真：《论元代四大爱情剧的大团圆结局》

　　　　　　　　　　　　　　　　《广西师范大学学报》1992年第4期

俞玄穆：《元杂剧〈墙头马上〉的新解读》《大舞台》1997 年第 1 期

丁金龙：《戏剧冲突的核心是性格冲突——元曲〈墙头马上〉浅析》

《当代戏剧》1998 年第 2 期

赵　忱：《〈墙头马上〉一枝梅》《中国文化报》2001 年 10 月 26 日

奚　海：《略论白朴的杂剧〈墙头马上〉——兼论杂剧与其故事所本白居易诗〈井底引银瓶〉两者题旨之优劣》

《长沙电力学院学报（社会科学版）》2002 年第 4 期

孙立恒：《越过封建礼教的藩篱，跨上自由幸福的骏马——〈墙头马上〉的浪漫主义精神刍议》

《西安文理学院学报（自然科学版）》2003 年第 1 期

魏永贵：《一枝独秀，占尽秋色——谈白朴〈墙头马上〉李千金形象的塑造》《集宁师范学院学报》2004 年第 1 期

梁越松：《"优、美、新"的黄梅精品——黄梅戏〈墙头马上〉赏析》

《黄梅戏艺术》2005 年第 2 期

翁敏华：《论三部元杂剧的上巳节俗意象》

《中华戏曲》2005 年第 2 期

李春喜：《看"上戏"学生演出京剧〈墙头马上〉〈培尔·金特〉》

《中国戏剧》2006 年第 7 期

王德明：《〈墙头马上〉宋元词曲中一个意味深长的爱情场景》

《文史知识》2006 年第 8 期

吴汶聪：《青春，激情的动力——浅谈〈墙头马上〉的改编》

《上海戏剧》2006 年第 9 期

吴永萍：《试论〈墙头马上〉中李千金形象的悲剧色彩》

《社科纵横》2006 年第 10 期

张艳萍：《"婚变"的背后——浅析〈墙头马上〉中的悲剧因素》

《盐城工学院学报（社会科学版）》2007 年第 3 期

路　迪：《崔莺莺与李千金反叛意识浅析》

《商丘师范学院学报》2008 年第 2 期

余　霞：《试论两个典型的叛逆女性——李千金与崔莺莺人物性格的比较》　　　　　　《太原大学教育学院学报》2008 年第 2 期

温世亮：《浅谈古代文体转换的多重价值效应——以白朴改编白居易新乐府诗〈井底引银瓶〉为例》　《新余学院学报》2008 年第 5 期

毕静枝：《〈墙头马上〉中李千金形象分析》

《文学教育》2008 年第 9 期

张大新：《放浪情欲与仕婚理念的错位整合——白朴杂剧〈墙头马上〉的泛人文内涵》　　　　　《求是学刊》2009 年第 3 期

李　佳：《谈〈墙头马上〉"一见钟情"》　《大舞台》2009 年第 3 期

武雪慧：《如捻青梅窥少俊，似骑红杏出墙头——〈墙头马上〉读后感》　　　　　　《农村经济与科技》2009 年第 4 期

吴　卉：《论元明爱情戏中的"花园"意象——以〈西厢记〉〈墙头马上〉〈牡丹亭〉等为例》　《柳州师专学报》2010 年第 5 期

张石川：《白朴〈墙头马上〉的俗化倾向》

《艺术百家》2010 年第 6 期

王　晨：《〈墙头马上〉中李千金形象的悲剧色彩浅析》

《青年文学家》2011 年第 1 期

杜美玲：《论〈墙头马上〉"李千金"形象的合理性》

《青年文学家》2011 年第 4 期

李　倩：《浅谈〈墙头马上〉中李千金"敢爱敢恨"的个性》

《传奇·传记文学选刊（理论研究）》2011 年第 10 期

景建军：《从〈墙头马上〉看白朴婚姻爱情观》

《山西广播电视大学学报》2012 年第 1 期

甄光俊：《哭亦有思，乐亦有情：昆曲〈墙头马上〉观后感》

《中国戏剧》2012 年第 2 期

张　燕：《〈墙头马上〉男性性别角色的缺失》

《文史博览（理论版）》2012年第2期

邓珍珍：《〈墙头马上〉中的李千金形象分析》

《金田》2012年第3期

吴　晗：《从"乘彼垝垣"到"墙头马上"——比较分析〈卫风·氓〉和〈井底引银瓶〉》　　　《北方文学》2012年第4期

安家琪、刘　顺：《中国古典戏曲中"后花园"意象探微——以〈牡丹亭〉〈西厢记〉〈墙头马上〉为例》

《齐齐哈尔大学学报（哲学社会科学版）》2012年第6期

张从墨、崔剑波：《解读〈墙头马上〉女主公李千金之"赌徒形象"》

《文学界（理论版）》2012年第12期

孙　薇：《浅析〈墙头马上〉李千金形象》《华章》2012年第16期

牛　燕：《从崔莺莺和李千金对比看元曲家的爱情创作取向》

《北京电力高等专科学校学报（社会科学版）》2012年第29期

张　漪：《"私奔"主题下的〈墙头马上〉和〈倩女离魂〉之异同浅谈》　　　《文学界（理论版）》2013年第1期

冯晴晴：《试论〈墙头马上〉中李千金形象的悲剧性》

《青春岁月》2013年第3期

包　琳：《论中国古典爱情戏曲中花园的艺术功能——以〈墙头马上〉〈西厢记〉〈牡丹亭〉为例》《北方文学》2013年第4期

史亚维：《从女主人公的塑造看〈墙头马上〉和〈西厢记〉主题之差异》　　　《北方文学》2013年第7期

贺玉洁：《现实主义与浪漫主义的交融整合——杂剧〈墙头马上〉的悲与喜》　　　《青春岁月》2013年第8期

刘安庆：《元杂剧中"墙"意象探微——以〈西厢记〉〈墙头马上〉为例》　　　《绵阳师范学院学报》2013年第9期

王　雯：《白朴〈墙头马上〉中李千金人物形象浅析》

　　　　　　　　　　　　《剑南文学（经典阅读）》2013 年第 11 期

夏　青：《浅析〈墙头马上〉的悲剧意味》

　　　　　　　　　　　　　　　　《青春岁月》2013 年第 14 期

徐付美智、徐　净：《元杂剧爱情剧封建家长形象——以〈西厢记〉
　　和〈墙头马上〉为例》　　　　《剑南文学》2014 年第 1 期

陈　颖：《从白朴元杂剧〈墙头马上〉主人公裴少俊看中庸之道》

　　　　　　　　　　　　　　　　《北方音乐》2014 年第 3 期

侯必勤：《〈墙头马上〉中李千金形象研究》

　　　　　　　　　　　　　　　　《西江月》2014 年第 3 期

东文明：《河曲以元曲作家白朴的名著〈墙头马上〉使其地名誉满瑰
　　彩》　　　　　　　　　　　《中国地名》2014 年第 5 期

郑　琛：《从主题的悲剧性看〈墙头马上〉对〈井底引银瓶〉的继承
　　和发展》　　　　　　　　　《戏剧之家》2014 年第 6 期

任　瑛：《美人何处归——〈西厢记〉〈墙头马上〉中女性人物的当
　　今启示》　　　　　　《小作家选刊（教学交流）》2014 年第 9 期

郭建平、桑晓飞：《白朴〈墙头马上〉裴少俊形象略论》

　　　　　　　　　　　《山西高等学校学报（社会科学版）》2014 年第 9 期

唐雪莹、廖金容：《笑中有泪　乐中有悲——浅析白朴〈墙头马上〉
　　之悲情蕴涵》　　　　　　　《名作欣赏》2014 年第 12 期

袁　庆：《〈井底引银瓶〉与〈墙头马上〉女性形象的文化内涵》

　　　　　　　　　　　　　　　《吕梁学院学报》2015 年第 1 期

陆玉茹：《由〈墙头马上〉简述白朴的杂剧创作》

　　　　　　　　　　　　　　　　《北方文学》2015 年第 9 期

李　琳：《论〈墙头马上〉李千金不畏世俗的爱情观》

　　　　　　　　　　　　　　　　《戏剧之家》2015 年第 15 期

田　甜：《论俗文学在〈墙头马上〉的主要表现》

《青年文学家》2015 年第 18 期

陈焯文：《略论〈墙头马上〉中李千金的叛逆形象及其影响因素》

《俪人：教师》2015 年第 20 期

吴东玲：《〈墙头马上〉中李千金之悲剧命运浅析》

《戏剧之家》2015 年第 21 期

高扬励：《"瓶沉簪折"的爱情悲剧——论白朴〈墙头马上〉对白居易〈井底引银瓶〉的传承与创新》　《戏剧之家》2015 年第 24 期

岳晨璐：《浅论〈墙头马上〉李千金的爱情之路》

《戏剧之家》2016 年第 1 期

张梦杨、侯一菲：《论〈墙头马上〉的喜剧特征》

《文艺生活·文海艺苑》2016 年第 3 期

李凯丽：《浅论〈墙头马上〉和〈梧桐雨〉中人文内涵》

《昆明民族干部学院学报》2016 年第 5 期

任恣娴：《〈墙头马上〉对〈井底引银瓶〉思想的批判性发展》

《人间》2016 年第 6 期

唐素芳：《浅析〈墙头马上〉在爱情观上的意义》

《中文科技期刊数据库（文摘版）》2016 年第 11 期

朱稚冉：《浅析〈墙头马上〉中的悲剧因素》

《青年文学家》2016 年第 17 期

冯玉霜：《私奔和出走——从白朴〈墙头马上〉谈起》

《兰州教育学院学报》2017 年第 4 期

郭梁锦：《浅析李千金与崔莺莺形象之不同》

《戏剧之家》2017 年第 5 期

李凯悦：《浅析〈墙头马上〉悲从何来》《戏剧之家》2017 年第 8 期

刘运巧：《亦媒亦阻——浅析〈墙头马上〉墙意象之内涵》

《小品文选刊》2017 年第 9 期

冯　军：《〈墙头马上〉：喜剧风格掩映下的家庭伦理悲剧》

《四川戏剧》2017 年第 10 期

宋　晗：《封建礼教下的大团圆——浅析元代戏剧〈墙头马上〉》

《戏剧之家》2017 年第 22 期

4. 董秀英花月东墙记

隋树森：《〈东墙记〉与〈西厢记〉》

《文史杂志》五卷 5、6 期 1942 年 6 月 15 日

冯沅君：《元杂剧中的〈东墙记〉》　《民国日报》1947 年 9 月 5 日

郑　骞：《辨今本〈东墙记〉非白朴原作》

《俗文学》1947 年 10 月 3 日

胡世厚：《论白朴的杂剧〈东墙记〉》

《吉林大学学报（社会科学版）》1982 年第 1 期

胡雪冈：《史九敬先和〈董秀英花月东墙记〉小考》

《浙江学刊》1987 年第 3 期

李玉莲、王岳红：《论白朴〈东墙记〉对〈王西厢〉的影响》

《晋阳学刊》1995 年第 6 期

5. 残曲与佚作

胡世厚：《试论〈流红叶〉与〈箭射双雕〉》

《中州学刊》1988 年第 2 期

6. 散曲

汪正章：《白朴散曲简论》　　　《开封师范学报》1960 年第 2 期

王忠林：《白朴散曲析评》　　　《南洋大学学报》1971 年第 5 期

刘庆华：《评白朴〈天净沙·秋〉及乔吉〈水仙子·寻梅〉》

《第六届青年文学奖文集》1980 年版

陆联星：《评白朴和马致远的两首〈天净沙〉小令》

《淮北煤师院学报》1981 年第 2 期

王星琦：《醉乡岂是忘忧处——白朴小令〈仙吕·寄生草·饮〉赏读》

《文史知识》1984 年第 12 期

伍学雷：《白朴小令〈驻马听·吹〉赏析》

《语文园地》1985 年第 2 期

王宜瑷：《试论元曲语言的艺术个性——白朴词和曲的比较研究》

《杭州师范大学学报（社会科学版）》1987 年第 4 期

王天民：《比较马致远、白朴的小令〈天净沙〉》

《大学文科园地》1988 年第 12 期

鲁国尧：《从曲律、曲韵查核诸家对白朴曲点校的失误》

《中华国学》1989 年第 1 辑

孙丕文：《读白朴的〈越调·天净沙·春〉》

《济宁师专学报》1989 年第 3 期

鲁国尧：《白朴曲韵与〈中原音韵〉》

《中原音韵新论》北京大学出版社 1991 年版

蒋星煜：《"元曲四大家"及其散曲创作·评宁希元"元曲四大家"考辨》

《山西师范大学学报》1992 年第 1 期

俞玄穆：《白朴散曲的艺术风格与历史地位》

《社会科学战线》1997 年第 2 期

马蓝婕：《难得妙境写秋情——读白朴、马致远的两首咏秋小令》

《古典文学知识》2000 年第 2 期

白玉红：《同一景色，两种歌吟——白朴与马致远的一点比较》

《美与时代》2002 年第 2 期

郭旺盛：《白朴散曲析》　　　　《科教文汇》2008 年第 6 期

张雅玲：《试析白朴与卢挚隐逸散曲的异同》

《科学时代》2009 年第 2 期

李晓红：《白朴曲作探论》　　　　《黄山学院学报》2012 年第 1 期
李延海：《从白朴散曲主题思想看其人格魅力》
　　　　　　　　　　　　　　　《忻州日报》2012 年 1 月 22 日
胡世厚：《鄙视功名　反抗礼教——浅析白朴散曲》2010 年 9 月在河
　　南老年诗词研究会诗词讲座上的讲稿
　　　　　　　　　　胡世厚《耄耋集》中华诗词出版社 2012 年版
王　静：《马致远〈天净沙·秋思〉与白朴〈天净沙·秋〉的对比研
　　究》　　　　　　　　　　　　《时代教育》2016 年第 6 期
尹清怡：《浅谈白朴散曲的艺术特点》　《现代交际》2017 年第 24 期

7. 词

戴不凡：《跋天籁》　　　　　　　　《俗文学》1947 年 6 月 27 日
马兴荣：《白朴词浅说》　　　　　《光明日报》1983 年 11 月 15 日
王志华：《试论白朴和他的词》《山西师范大学学报》1985 年第 1 期
徐凌云：《白朴〈天籁集〉简论》
　　　　　　　　　　　　　　《安庆师范学院学报》1988 年第 4 期
幺书仪：《白朴的词》
　　　　　　　　载《中国文学史研究集》上海古籍出版社 1985 年版
胡世厚：《白朴六词系年》　《文学论丛》河南人民出版社 1985 年版
景　刚：《白朴词浅论》
　　　　　　　　《武汉大学学报（社会科学版）》1988 年第 5 期
原　源：《从〈天籁集〉看白朴的思想情感和处世态度》
　　　　　　　　　《湖南师范大学社会科学学报》1988 年第 5 期
彭国元：《白朴词艺术初探》
　　　　　　　　　《湖南师范大学社会科学学报》1989 年第 2 期
鲁国尧：《白朴的词韵和曲韵及其同异》
　　　　　　　　　《王力先生纪念论文集》商务印书馆 1990 年版

张云生：《白朴词作的忠金反元思想》

《唐山师范专科学校学报》1990年第2期

胡世厚：《一曲心灵剖白的歌——评白朴词〈天籁集〉》

《中州学刊》1991年第4期

徐凌云：《白朴散曲与词的比较研究》

《安庆师院社会科学学报》1992年第4期

李延海：《鹏抟九霄，宜冠于首——析白朴〈沁园春·金陵凤凰台眺望〉的气势美》　《雁北师院学报》1994年第1期

俞玄穆：《白朴〈天籁集〉的艺术特色》

《山东大学学报（哲学社会科学版）》1996年第4期

何砚华：《〈天籁集〉三十四首词系年述考》

《广西教育学院学报》1998年第3期

何砚华：《论白朴的金陵怀古词》　《殷都学刊》1999年第3期

何砚华：《浅论白朴金陵怀古词的艺术风格》

《学术论坛》1999年第4期

赵维江：《隐士的隐衷——论白朴词隐逸倾向的文化心理成因》

《暨南学报（哲学社会科学版）》1999年第4期

赵维江：《论白朴词的文化心理内涵》　《殷都学刊》2001年第2期

赵维江：《白朴词与元代文人的玩世滑稽心理》

《宁波大学学报（人文科学版）》2001年第3期

赵　晶：《论白朴词的思想内容》

《华北科技学院学报》2002年第1期

马琳娜：《试论金元之际词曲互渗现象——白朴词与散曲的比较研究》

《南京晓庄学院学报》2006年第5期

余治平：《白朴词考论》　《理论界》2011年第11期

8. 学位论文

黄敬钦：《〈梧桐雨〉与〈长生殿〉之比较研究》

台湾师范大学 1976 年硕士学位论文

陈健诚：《白朴〈天籁集〉研究》（硕士学位论文） 香港大学 1985 年

李金恂：《白朴〈天籁集〉研究》（硕士学位论文）

台湾师范大学 1990 年

马琳娜：《论白朴和他的〈天籁集〉》（硕士学位论文）

南京师范大学 2004 年

张石川：《白朴研究》（博士学位论文） 复旦大学 2006 年

尤　华：《杨贵妃形象流变研究——以传统演艺为考察重点》（硕士学位论文） 上海师范大学 2006 年

吴义江：《试论白朴的文学创作及风格特征》（硕士学位论文）

安徽大学 2007 年

顾英娇：《倾国：杨玉环式叙述》（硕士学位论文）

陕西师范大学 2008 年

拉嫡娜：《灵魂的风暴——〈李尔王〉〈梧桐雨〉比较研究》（硕士学位论文） 华中师范大学 2009 年

曾　正：《中日古典戏剧中杨贵妃形象的比较研究——以元杂剧〈梧桐雨〉和能乐〈杨贵妃〉为个案》（硕士学位论文）

河南大学 2012 年

赵飞娟：《论〈梧桐雨〉与〈惊鸿记〉中李杨爱情的比较》（学士学位论文） 湖南科技学院 2012 年

汤晓丹：《白朴天籁词研究》（硕士学位论文）

内蒙古民族大学 2013 年

丁添彩：《白朴元曲创作研究》（硕士学位论文） 河南大学 2014 年

后 记

《白朴集校注》原打算 2020 年 4 月 1 日前出版，作为我 88 岁生辰的礼物赠送亲友。此情，我在 2018 年 11 月 27 日给中州古籍出版社送书稿时，曾与副总编马达和社长张存威陈说过，他们欣然同意，并表示届时还可以召开出版座谈会。由于出版社人事变动，副总编马达调往河南文艺出版社出任总编辑，社长张存威调往河南人民出版社任总编辑，责任编辑刘晓更换为高雪薇，未能如期出版。2020 年 8 月 30 日，我收到责任编辑高雪薇寄来的《白朴集校注》一校稿，我翻看之后，觉得校稿中有许多问题需要和责编沟通商量，于是便约她面谈。9 月 3 日，我去中州古籍出版社见了责编高雪薇和其编辑室主任闵世勇，商谈了书中需要校改的问题。9 月 21 日，我将校改过的书稿寄给了高责编。她审看我校改的稿件后又让我寄去我所用的白朴著作底本和参校本，她和校对将对照底本核对校改。2021 年 3 月 5 日，我与中州古籍出版社签订了图书出版合同，约定 2021 年 12 月 31 日前出版。后因新冠肺炎疫情，出版又推迟。2022 年 11 月，《白朴集校注》三校结束。我仔细看了三校稿，又做了一些校改。高责编审核了三校稿后，交排版改排。2023 年 1 月，老友原河南省社会科学院文学研究所所长、资深研究员王永宽应我之请，撰写了《白朴集校注》序。2023 年 5 月 26 日，高责编将最新校稿和封面设计发给我。我看了新排的校稿和设计的封面，和高责编反复商量，一致同意修改封面底图，正文前增补白朴画像、书影和戏画，正文天籁集跋后增白朴画像赞四则。人们常说，好事多磨，慢工出细活。《白朴集校注》经过了几年打磨，多次审核校改，终将以高质量图书的面貌问世，令人高兴。如今，在《白朴集校注》即将出版之际，特向重视古籍整理的古籍出版社和支持关心该书出版的张存威、马达、许绍山、郑雄、闵世勇先生，向拨冗劳神写序的王永宽先生，向精心审校的责编高雪薇以及校对排版的女士先生，向帮助我打字编排书稿的赵青先生，致以衷心的感谢。

胡世厚
2023 年 5 月 31 日